suhrkamp taschenbuch 191

T. S. Eliot, geboren am 26. September 1888 in St. Louis (Missouri), starb am 4. Januar 1965 in London. An der Harvard Universität, an der Sorbonne und in Oxford studierte er Philosophie und Philologie. Seit 1913 war er in London als Redakteur und Verleger tätig. Außer durch seine Dramen wurde Eliot durch seine Lyrik und seine Essays berühmt. Er erhielt 1948 den Nobelpreis für Literatur, 1954 den Hansischen Goethe-Preis.

In diesem Band sind sämtliche Dramen T. S. Eliots vereinigt. Zwei Wege führten den Lyriker und Essayisten Eliot zum Drama: die bereits in den frühen Gedichten auftretenden autonomen Charaktere, vor allem in parodistischer Selbstdarstellung die Figur des Sweeney, wechseln aus dramatischer Lyrik in lyrisches Drama, dessen erstes Zeugnis die 1926/27 erschienenen »Fragmente zu einem aristophanischen Melodram« *Sweeney Agonistes* sind. Der zweite Weg geht vom kritischen Werk aus. Im *Dialog über dramatische Dichtung* (1928) wird bereits der Standpunkt vertreten, das wahre Drama sei in der Liturgie der Messe zu finden. Die praktische Verwirklichung dieser Theorie ist das mittelalterliche »Moralität« und Liturgie verbindende Becket-Martyrium *Mord im Dom* (1935). Den Versuch, ein Drama zu schaffen, das ganz Gegenwart ist, aber zeitlos im Muster, führten ihn zu Anlehnungen an das griechische Drama: *Der Familientag* (nach der Orestie des Aischylos, 1939), *Die Cocktail Party* (nach der Alkestis des Euripides, 1949), *Der Privatsekretär* (nach dem Ion des Euripides, 1953) und sein letztes Drama *Ein verdienter Staatsmann* (nach dem Ödipus des Sophokles, 1958).

T. S. Eliot
Die Dramen

Sweeney Agonistes
Mord im Dom
Der Familientag
Die Cocktail Party
Der Privatsekretär
Ein verdienter Staatsmann

Suhrkamp

suhrkamp taschenbuch 191
Erste Auflage 1974

Druck: Nomos Verlagsgesellschaft,
Baden-Baden
Printed in Germany
Umschlag nach Entwürfen von
Willy Fleckhaus und Rolf Staudt

3 4 5 6 7 8 – 88 87 86 85 84 83

Sweeney Agonistes

Fragmente zu einem aristophanischen Melodram

Deutsch von Erich Fried

Orestes: Ihr seht sie nicht, ihr nicht – aber ich sehe sie:
Sie erjagen mich, ich muß weiter *Choephoroi*

Daher kann die Seele nicht besessen sein von der Einheit mit Gott, eh sie sich der Liebe zu Geschöpfen entkleidet hat. *Juan de la Cruz*

Personen:
Dusty
Doris
Wauchope
Klipstein
Krumpacker
Sweeney
Swarts
Snow
Horsfall

Fragment eines Prologs

DUSTY

Doris.

DUSTY

Wie is mit Pereira?

DORIS

Was ist mit Pereira?

Mir is gleich.

DUSTY

Dir is gleich!

Wer zahlt die Miete?

DORIS

Ja er zahlt die Miete.

DUSTY

Ja, manche Männer zahlen und manchen fällt das nicht ein
Manche zahlen nicht und du weißt wen ich mein.

DORIS

So nimm dir doch den Pereira

DUSTY

Was ist mit Pereira?

DORIS

Er ist kein Gentleman, der Pereira:
Es ist kein Verlaß auf ihn!

DUSTY

Ja, das ist wahr.

Er ist kein Gentleman wenn kein Verlaß ist auf ihn.
Und wenn kein Verlaß ist auf ihn –
Dann weißt du nie was er als nächstes tut.

DORIS

Nein, das wär' nicht gut, zu nett zu sein zu Pereira.

DUSTY

Aber Sam ist ein Gentleman ganz und gar.

DORIS

Ich mag Sam.

DUSTY

Ich mag Sam.
Ja und Sam ist ein netter Junge, wirklich wahr.
Er ist ein komischer Mensch

DORIS

Er ist ein komischer Mensch.
Er ist wie einer, mit dem ich einmal war.
Er könnt' einen zum Lachen bringen.

DUSTY

Sam kann einen zum Lachen bringen:
Sam geht in Ordnung.

DORIS

Aber Pereira, der war.
Pereira ist nichts für uns.

DUSTY

Ja aber wie kommst du klar?

TELEFON

Kling-kling-kling-kling
Kling-kling-kling-kling

DUSTY

Das ist Pereira

DORIS

Ja das ist Pereira

DUSTY

Ja aber wie kommst du klar?

TELFON

Kling-kling-kling-kling
Kling-kling-kling-kling

DUSTY

Das ist Pereira

DORIS

Ja kannst du nichts tun gegen diesen schrecklichen Lärm?

Heb den Hörer ab

DUSTY

Was sag ich!

DORIS

Sag was du willst: sag ich bin krank
Sag ich hab mir das Bein gebrochen auf der Treppe, ja
Sag bei uns hat's gebrannt

DUSTY

Hallo hallo sind Sie da?
Ja das ist Miss Dorrances *Wohnung* –
Ach Mr. Pereira sind das Sie? Wie geht's denn, wie!
Ach wie schade. Nein wirklich schade.
Aber Doris ist schrecklich erkältet heimgekommen.
Nein, bloß erkältet
Ja, ich hoffe auch, sie ist nur erkältet
Ja sicher – warum nicht gar –
Also ich *hoffe*, wir müssen keinen Arzt holen
Doris kann das nicht leiden einen Arzt zu holen
Sie sagt, können Sie anrufen am Montag
Sie hofft sie ist wieder in Ordnung am Montag
Hören Sie, verzeihen Sie, wenn ich jetzt aufhänge
Aber sie hat die Füße in einem Senfbad
Ich hab gesagt ich gebe ihr grade ein Senfbad
Gut, also Montag rufen Sie an.
Ja, ich sag's ihr. Wiedersehen. Wiiiedersehn.
Ach, Sie sind wirklich ein liebenswürdiger Mann.

Aaaah

DORIS

So jetzt heb ich die Karten ab für heut abend,
Ach rat was die erste ist.

DUSTY

Die erste ist. Was ist?

DORIS

Treffkönig

DUSTY

Das ist Pereira

DORIS

Es könnt auch Sweeney sein

DUSTY

Es ist Pereira

DORIS

Es könnt genau so gut auch Sweeney sein

DUSTY

Also allenfalls ist das sehr sonderbar.

DORIS

Hier ist die Karo-Vier, was bedeutet die?

DUSTY *liest vor:*

»Ein kleiner Geldbetrag, oder ein Geschenk
Eines Kleidungsstückes, oder eine Gesellschaft.«
Auch sonderbar.

DORIS

Das ist die Drei. Was heißt die?

DUSTY

»Nachricht von einem abwesenden Freund.« – Pereira!

DORIS

Die Herzdame! – Mrs. Porter!

DUSTY

Oder vielleicht auch du

DORIS

Oder vielleicht auch du.
Wir sind alle Herzen. Man kann nie wissen.
Fragt sich, was kommt als nächste dran.
Du mußt d e n k e n wenn du die Karten liest,
Das ist nicht etwas was jede kann.

DUSTY

Ja ich weiß, du verstehst dich auf die Karten.
Welche kommt dann?

DORIS

Welche kommt dann? Die Sechs.

DUSTY

»Ein Streit, eine Entfremdung. Trennung von Freunden.«

DORIS
Da ist die Pik-Zwei.

DUSTY
Die Pik-Zwei!
Das ist der Sarg!

DORIS
Das ist der Sarg?
Lieber Himmel was ich nur tu?
Knapp vor einer Gesellschaft noch dazu!

DUSTY
Es muß ja nicht deiner sein, vielleicht eine Freundin.

DORIS
Nein es ist meiner. Es ist sicher meiner.
Ich hab die ganze Nacht von Hochzeit geträumt.
Ja es ist meiner. Ich weiß es ist meiner.
Lieber Himmel was ich nur tu.
Also ich schlage keine mehr auf,
Du heb ab, daß es Glück bringt. Du heb ab, daß es Glück bringt.
Das löst vielleicht den Zauber. Du heb ab, daß es Glück bringt.

DUSTY
Der Pik-Bube.

DORIS
Das wird Snow sein

DUSTY
Oder vielleicht Swarts, wie?

DORIS
Oder vielleicht Snow.

DUSTY
Komisch, wie ich immer die bunten Karten zieh –

DORIS
Es kommt drauf an wie man sie nimmt

DUSTY
Es kommt schrecklich drauf an wie einem ist

DORIS
Manchmal sagen sie überhaupt nichts

DUSTY

Man muß wissen was man sie fragen will

DORIS

Man muß wissen was man wissen will

DUSTY

Es hat keinen Sinn sie zuviel zu fragen

DORIS

Es hat keinen Sinn mehr als einmal zu fragen

DUSTY

Manchmal haben sie gar keinen Sinn.

DORIS

Ich wüßte gern mehr von diesem Sarg.

DUSTY

Also nein! Hab ich dir's nicht gesagt?
Hab ich nicht gesagt, ich zieh immer bunte Karten?
Der Herz-Bube!
Pfeifen draußen vor dem Fenster
Nein was ich nicht sag!
Was für ein Zufall! Karten sind sonderbar!
Es pfeift wieder.

DORIS

Ist das Sam?

DUSTY

Natürlich is Sam!

DORIS

Natürlich der Herz-Bube ist ja Sam!

DUSTY *beugt sich zum Fenster hinaus:*

Hallo Sam!

WAUCHOPE

Hallo meine Lieben
Wie viele seid ihr da oben?

DUSTY

Kein Mensch ist hier oben.
Wie viele seid ihr dort unten?

WAUCHOPE

Wir hier sind vier.

Wartet, ich fahre den Wagen um die Ecke
Wir kommen gleich rauf

DUSTY
O. k. kommt rauf.

DUSTY *zu Doris:*
Karten sind sonderbar.

DORIS
Ich wüßte gern von diesem Sarg.
KLOPF KLOPF KLOPF
KLOPF KLOPF KLOPF
KLOPF
KLOPF
KLOPF
Doris. Dusty. Wauchope. Horsfall. Klipstein. Krumpacker.

WAUCHOPE
Hallo Doris! Hallo Dusty! Wie geht's!
Was tut sich? was tut sich? wollt ihr mir gestatten –
Ich glaube ihr Mädchen kennt beide Captain Horsfall –
Wir wollen euch zwei Freunde von uns vorstellen,
Gentlemen aus Amerika, die geschäftlich hier sind.
Hier Mr. Klipstein. Hier Mr. Krumpacker.

KLIPSTEIN
Angenehm

KRUMPACKER
Angenehm

KLIPSTEIN
Sehr erfreut Ihre Bekanntschaft zu machen

KRUMPACKER
Überaus erfreut bekannt zu werden

KLIPSTEIN
Sam ich meine Sam Wauchope der Plünderer

KRUMPACKER
Von den kanadischen Überseestreitkräften –

KLIPSTEIN
Der Plünderer hat uns viel von Ihnen erzählt.

KRUMPACKER

Wir waren nämlich im Krieg alle zusammen
Klip und ich und der Captain und Sam.

KLIPSTEIN

Ja wir haben unser Teil getan, wie ihr Leute sagt,
Meiner Treu, wir machten die Fritzen flitzen

KRUMPACKER

Was war mit diesem Pokerspiel? weißt du noch Sam?
Was war mit diesem Pokerspiel in Bordeaux?
Ja Mrs. Dorrance, sagen Sie nur Sam
Er soll erzählen von diesem Pokerspiel in Bordeaux.

DUSTY

Kennen Sie London gut, Mr. Krumpacker?

KLIPSTEIN

Nein wir sind nie zuvor hier gewesen

KRUMPACKER

Wir kamen hier angebraust gestern abend zum ersten Mal

KLIPSTEIN

Und ich hoffe bestimmt es ist nicht zum letzten Mal

DORIS

Haben Sie London gern, Mr. Klipstein?

KRUMPACKER

Ob wir London gernhaben? Ob wir London gern haben!
Und ob wir London gern haben!! He was, Klip?

KLIPSTEIN

Ich sage Ihnen Miss – äh – oh – London ist prima.
Wir haben London sooo gern.

KRUMPACKER

Ganz große Klasse.

DUSTY

Warum bleiben Sie dann nicht hier wohnen?

KLIPSTEIN

Ah – nein, Miss – äh – Sie ham's nicht ganz mitgekriegt.
(Ich fürchte, ich habe Ihren Namen nicht ganz verstanden –
aber ich bin trotzdem sehr froh, daß wir Sie hier fanden) –
London ist ein wenig zu lebhaft für uns

Jawohl ein wenig zu lebhaft.

KRUMPACKER

Ja London ist ein wenig zu lebhaft für uns
Denken Sie ja nicht ich meine am Ende gemein –
Nur ich fürchte, wir blieben auf die Dauer hier nicht bei Kasse.
He, Klip?

KLIPSTEIN

Du sagst es, Krum.
London ist eine prima Stadt, eine Stadt erster Klasse
London ist eine gute Stadt, wenn man zu Besuch kommt –

KRUMPACKER

Besonders wenn man einen wirklichen waschechten Briten hat
So wie Sam, der führt einen überall herum.
Sam ist natürlich hier zu Hause in London,
Und hat versprochen er führt uns überall herum.

Fragment eines Agon

Sweeny. Wauchope. Horsfall. Klipstein. Krumpacker. Swarts.
Snow. Doris. Dusty.

SWEENEY
Ich entführ dich auf
eine Kannibaleninsel.

DORIS
Du bist der Kannibale!

SWEENEY
Du bist der Missionar!
Du bist mein kleiner Neunzig-Pfund-Missionar!
Ich freß dich auf. Ich bin der Kannibale.

DORIS
Du entführst mich? Auf eine Kannibaleninsel?

SWEENEY
Ich bin der Kannibale.

DORIS
Ich bin der Missionar.
Ich werde dich verwandeln, beraten.

SWEENEY
Ich werde d i c h verwandeln!
In einen Braten
Einen netten kleinen, weißen kleinen Missionars-Braten.

DORIS
Du würdest mich doch nicht essen!

SWEENEY
Ja, ich würde dich essen!
Als schönen kleinen, weißen kleinen, weichen kleinen, zarten kleinen,
Saftigen kleinen, mürben kleinen Missionars-Braten würd' ich dich fressen.
Siehst du dieses Ei

Siehst du dieses Ei
Also so ist das Leben auf einer Krokodilinsel.
Dort gibt's keine Telephone
Dort gibt's keine Grammophone
Dort gibt's keine Autos
Keine Zweisitzer, keine Sechssitzer,
Keinen Rolls-Royce, keinen Citroën.
Nichts zu essen als die Früchte der Bäume die dort stehn.
Nichts zu sehn als die Palmen auf der einen Seite
Und die See auf der andern Seite,
Nichts zu hören als die Brandung am Strand.
Nichts von allem als die drei.

DORIS

Was für drei?

SWEENEY

Geburt, und Paarung, und Tod.
Das ist alles, das ist alles, das ist alles,
Geburt, und Paarung, und Tod.

DORIS

Mir wär' das langweilig.

SWEENEY

Dir wär' das langweilig.
Geburt, und Paarung, und Tod.

DORIS

Mir wär' das langweilig.

SWEENEY

Dir wär' das langweilig.
Geburt, und Paarung, und Tod.
Das ist alles was besteht, wenn's ums Ganze geht:
Geburt, und Paarung, und Tod.
Ich bin geboren worden, und einmal genügt.
Du erinnerst dich nicht, aber ich erinnere mich.
Einmal genügt.

Lied gesungen von Wauchope und Horsfall. Swarts als Tambo Snow als Bones:

Unter dem Bambus
Bambus Bambus
Unter dem Bambusstrauch
Leben zwei als eines
Lebt eines als zwei
Leben zwei als drei auch
Unter dem Bam
Unter dem Bus
Unter dem Bambusstrauch.
Wo die Brotfrucht fällt
Und des Pinguins Ruf gellt
Und der Laut ist der Laut in des Meeres Bauch
Unter dem Bam
Unter dem Bus
Unter dem Bambusstrauch.

Wo sich die Gauguin-Mädchen
Hüllen in Palmenblättchen
Und in Banyan-Schatten auch
Unter dem Bam
Unter dem Bus
Unter dem Bambusstrauch.

Sage mir unter welchen Pflanzen
Möchtest du flirten mit mir?
Unter dem Brotfruchtbaum, Banyan, Palmenbaum oder
Unter dem Bambusstrauch hier?
Ein jeder Strauch gibt alles was ich brauch
Ein jeder Wald reicht als Aufenthalt
Ein jedes Eiland, das ich grade frei fand
Jedes frische Ei
Jedes frische Ei
Und der Laut des Korallenmeers hier.

DORIS

Ich mag keine Eier; ich hab nie Eier mögen;
Und ich mag nicht das Leben auf eurer Krokodilinsel.

Lied gesungen von Klipstein und Krumpacker, Snow und Swarts wie zuvor:

Mein kleines Inselmädchen
Mein kleines Inselmädchen
Ich will jetzt bei dir bleiben
Und wir sorgen uns nicht was wir treiben
Wir müssen keine Züge erreichen
Und wir müssen nicht im Regen nach Hause schleichen
Wir werden Malven pflücken in der Runde
Denn es werden nicht Minuten sein sondern Stunden
Denn es werden nicht Stunden sein sondern Jahre

Diminuendo:

Und der Morgen
Und der Abend
Und Mittag
Und Nacht
Morgen
Abend
Mittag
Nacht

DORIS

Das ist nicht Leben, das ist kein Leben.
Also da könnt' ich ja grad so gut tot sein.

SWEENEY

So ist das Leben. So ist's

DORIS

Was ist?

Was ist das Leben?

SWEENEY

Leben ist Tod.

Ich kannte mal einen, der machte ein Mädchen kalt –

DORIS

O Mr. Sweeney, bitte reden Sie nicht,
Ich schlug die Karten auf bevor Sie kamen
Und ich zog den Sarg.

SWARTS

Sie zogen den Sarg?

DORIS

Ich zog den Sarg als allerletzte Karte.
Ich bin gar nicht scharf auf solche Gespräche
Eine Frau geht ein schreckliches Risiko ein

SNOW

Lassen Sie Mr. Sweeney weitererzählen.
Ich versichere Sie, Sir, wir sind sehr gespannt.

SWEENEY

Ich kannte mal einen, der machte ein Mädchen kalt
Jeder Mann könnte ein Mädchen kaltmachen
Jeder Mann muß das, braucht das, will das,
Einmal im Leben ein Mädchen kalt machen
Also, er hielt sie dort in der Badewanne
Mit vier Litern Lysol in der Badewanne

SWARTS

Diese Kerle werden immer erwischt am Ende.

SNOW

Verzeihung, die werden nicht alle erwischt am Ende.
Wie war's mit diesen Knochen auf der Epsom-Heide?
Ich hab das in den Zeitungen gesehn
Ihr habt es in den Zeitungen gesehn
Nein, die werden nicht alle erwischt am Ende.

DORIS

Eine Frau geht ein schreckliches Risiko ein.

SNOW

Lassen Sie Mr. Sweeney weitererzählen.

SWEENEY

Der Mann wurde nicht erwischt am Ende
Aber das ist schon wieder ein anderes Ding.
Das ging ein zwei Monate so, tagein tagaus
Niemand kam
Und niemand ging
Aber er nahm die Milch und zahlte die Miete fürs Haus.

SWARTS

Was hat er getan?
Diese ganze Zeit lang, was hat er getan?

SWEENEY

Was hat er getan? Was hat er getan?
Getan trifft nicht zu.
Lebende Männer gefragt was s i e tun, wenn sie ihn sahn.
Er kam manchmal zu Besuch zu mir
Ich gab ihm zu trinken und heiterte ihn auf.

DORIS

Heiterte ihn auf?

DUSTY

Heiterte ihn auf?

SWEENEY

Na ja, Aufheitern trifft wieder nicht zu
Aber ich muß Worte verwenden wenn ich euch was erklär.
Aber was ich sagen wollte war das.
Er wußte nicht war er am Leben
und das Mädchen war tot
Er wußte nicht war das Mädchen am Leben
und er war tot
Er wußte nicht waren sie beide am Leben
oder beide tot
Wenn er am Leben war dann war der Milchmann es nicht
und der Mietenkassier war es nicht
Und wenn sie am Leben waren dann war e r tot.
Da
Da
Denn wenn du allein bist
Wenn du allein bist wie er allein war
Bist du aus beiden eins oder keins
Ich sag euch das trifft wieder nicht zu
Tod oder Leben oder Leben oder Tod
Tod ist Leben und Leben ist Tod
Ich muß Worte verwenden wenn ich euch was erklär
Aber ob ihr versteht oder nicht versteht

Dran liegt mir nichts mehr und euch nichts mehr
Wir alle müssen her denn wir müssen her
Wir werden hier sitzen und den Schnaps da trinken
Wir werden hier sitzen und Platten spielen
Wir werden bleiben und wir werden gehen
Und jemand wird die Miete zahlen

DORIS

Ich weiß wer

SWEENEY

Aber dran liegt mir nichts mehr und euch nichts mehr.
Voller Chor: Wauchope, Horsfall, Klipstein, Krumpacker:
Wenn du allein bist mitten in der Nacht und du bist voller Schweiß und höllischer Angst erwacht
Wenn du allein bist mitten im Bett und du bist erwacht als ob dich wer übern Kopf gehauen hätt'
Du hast einen Alptraum gehabt wie nur was und du hast das Hu-ha das kommt auf dich zu da.
Hu hu hu
Du hast geträumt du bist erwacht um sieben Uhr und es ist neblig und feucht und Dämmergrau und tropft
Und du wartest daß es klopft und der Schlüssel sich dreht denn du weißt der Henker steht und wartet auf dich.
Und vielleicht bist du am Leben
Und vielleicht bist du tot
Hu ha ha
Hu ha ha
Hu
Hu
Hu
KLOPF KLOPF KLOPF
KLOPF KLOPF KLOPF
KLOPF
KLOPF
KLOPF

Ein alter Herr tritt auf, in vollem Abendanzug, mit einer Nelke, erinnert aber sonst möglichst an den Weihnachtsmann. In der einen

Hand trägt er eine leere Champagnerflasche, in der anderen einen Wecker.

DER ALTE HERR

Guten Abend. Mein Name ist Zeit. Nach der Börsenuhr ist die Zeit jetzt: 9 Uhr 45 (oder die jeweilige Zeit in jenem Augenblick). Ich komme vom leeren Baugrund vor dem Grand Union Depot, wo das heroische Reiterstandbild General Diego Cierras von Paraguay steht. Niemand weiß, warum General Cierra dort ist. Niemand weiß überhaupt etwas. Ich warte auf die verlorenen Züge, die die letzten Seelen hereinbringen, nach Mitternacht. Nach der Börsenuhr ist die Zeit jetzt: 9 Uhr 46.

SWEENEY

Haben Sie sonst nichts zu sagen?

ALTER HERR

Haben Sie mich sonst nichts zu fragen?

SWEENEY

Ja.

ALTER HERR

Gut.

SWEENEY

Wann wird das Hausgeflügel fliegen vor Morgen?
Wann wird die Eule am Grauen Star operiert?
Wann wird der Adler kommen aus seinem rollenden Faß?

ALTER HERR

Wenn das Kamel zu müde ist, um weiterzugehen
Dann soll die Taubenpastete erblühn in der Wüste
Bei dem Hochzeitsfrühstück von Leben und Tod.

SWEENEY

Dank Ihnen.

ALTER HERR

Gute Nacht.

Während der Alte Herr abgeht, beginnt der Wecker in seiner Hand zu läuten.

Mord im Dom

Deutsch von Rudolf Alexander Schröder

Personen:

Chor der Frauen von Canterbury
Drei Priester am Dom
Ein Bote
Erzbischof Thomas Becket
Vier Versucher
Vier Ritter
Gefolge

Ort und Zeit:

Der Erste Teil spielt in der Halle des Erzbischofs
am 2. Dezember 1170
Der Zweite Teil spielt am 29. Dezember 1170,
Erste Szene: in der Halle des Erzbischofs
Zweite Szene: im Dom

Erster Teil

CHOR

Hier laßt uns bleiben, dicht beim Münster, wartet hier.
Lockt uns Gefahr? Ist es das Wissen um Sicherheit, das unsre Füße
Zum Münster hinzerrt? Welche Gefahr bestünd
Für uns arm-arme Frauen von Canterbury? Welche Plage,
Mit der wir nicht schon längst vertraut sind? Nicht Gefahr besteht
Für uns noch Sicherheit im Münster. Dunkle Ahnung eines Tuns,
Das unser Aug bezeugen soll, heißt unsre Füße
Dem Münster nahn. Wir sollen Zeugnis geben.

Seit Gold-Oktober zum finstren November entartete,
Seit Äpfel gelesen wurden und aufbewahrt, und das Land zu braunen, kantigen Totengerippen ward in der Wüste von Wasser und Schlamm,
Wartet das Neujahr, atmet, wartet, wispernd in Finsternis.
Während der Pflüger den kotigen Schuh fortschlenkert und reckt seine Hände zum Feuer,
Wartet das Neujahr, wartet das Schicksal des, das da kommt.
Wer hat seine Hände zum Feuer gereckt und am Allerheiligenabend
Der Märtyrer gedacht und der Heiligen all, die warten? Und wer wird
Recken die Hände zum Feur und den Herrn verleugnen? Wer wird sich
Wärmen am Feur und den Herrn verleugnen?

Sieben Jahr und der Sommer vergangen,
Sieben Jahr, seit der Hirt uns verlassen,
Der seiner Herde stets mild und hold war. –
Doch wär es nicht gut, wenn er wiederkäm.
Der König herrscht, und die Landherrn herrschen,

Wir haben vielerlei Druck erlitten,
Haben doch meist unsern eigenen Willen,
Zufrieden, wenn man uns läßt allein.
Man versucht sein Haus in Ordnung zu halten,
Der Kaufmann schlau, vorsichtig sucht ein kleines Vermögen zu sammeln,
Der Landmann bückt sich auf sein Stück Land, erdfarb seine eigene Farbe,
Am liebsten bleibt er unbemerkt.
Jetzt fürcht ich Verstörung der stillen Gezeiten,
Winter wird kommen mit Tod aus der See,
Verderblicher Frühling wird pochen ans Tor,
Schoß und Sproß uns fressen mit Haut und Haar,
Unheilssommer das Bett unsrer Bäche verbrennen,
Und der Arme wird warten auf nächsten Oktobers Verwesung.
Wie sollte der Sommer uns Tröstung bringen
Für Winternebel und Spätherbstfeur?
Was sollen wir tun in der Sommerhitze,
Als im Baumhof ohn Baumfrucht des nächsten Oktobers warten?
Eine Krankheit ist auf dem Weg zu uns. Wir warten, wir warten,
Und die Märtrer und Heiligen warten der künftigen Heilgen und Märtrer.
Schicksal wartet in Gottes Hand, noch Ungestaltes gestaltend.
Ich hab dies alles gesehn im Blitz eines Sonnenblicks:
Schicksal wartet in Gottes Hand, nicht in den Händen der Herrscher,
Einer tut gut, andre tun übel, planen, vermuten,
Was sie gezettelt, entschlüpft ihrer Hand ins Gewebe der Zeit.
Komm, froher Dezember, wer wird dein walten, dich heilig halten?
Wirst, Menschen Sohn, wiederum irgendwo geborn auf verachtetem Stroh?
Für uns, für die Armen, gibt's kein Tun,
Nur warten und Zeugnis geben.
Die Priester treten auf.

ERSTER PRIESTER

Sieben Jahr und der Sommer vergangen,
Sieben Jahr, seit der Hirt uns verlassen!

ZWEITER PRIESTER

Was mag der Erzbischof tun und der Papst, unser oberster Herr,
Mit des Königs Trotz und dem welschen König
In unaufhörlichen Ränken und Plänen,
Zusammenkunft und Gespräch gewährt und Gespräch geweigert,
Gespräch ohn End oder nimmer geendet,
An dem oder jenem Ort in Frankreich?

DRITTER PRIESTER

Ich seh nichts, das ganz zum Ziel trifft in den Künsten der weltlichen Herrschaft,
Seh nur Gewalt, Zweizüngigkeit und häufigen Unterschleif.
Bald herrscht der König, bald herrschen die Großen,
Der starke Mann stark und der schwache Mann launisch;
Gilt ein Gesetz nur: ergreife die Macht und halt sie.
Wer standhaft bleibt, hat sein Spiel mit den Lastern und Lüstern der andern,
Den Schwachen verzehrt das eigne Gelüst.

ERSTER PRIESTER

Und nimmt dies alles kein End,
Eh hier an der Pforte die Armut
Ihres Freundes vergaß, ihres Vaters in Gott, eh sie vergaß
Den, der ihr Freund war?

Bote tritt auf.

DER BOTE

Ihr Diener Gottes, Wächter des Heiligtums,
Ich kam, euch hier ohn Umschweif zu bescheiden:
Der Erzbischof weilt in England, weilt draußen, nahe der Stadt.
Ich ward eilends vorgesandt,
Um euch sein Kommen kundzutun, so rasch es nur möglich war;
Seid bereit, ihm zu begegnen.

ERSTER PRIESTER

Wie? Die Verbannung endete? Unser Herr Erzbischof
Ward wieder mit dem König eins? Welche Versöhnung
Des Stolzes mit dem Stolz!

DRITTER PRIESTER

Gibt's einen Frieden,
Der zwischen Hammer und Amboß wüchs?

ZWEITER PRIESTER

Sag uns,
Ist der alte Streit zuend? Ist die Hochmutswand gefallen,
Die sie getrennt? Ist's Fried, ist's Krieg?

ERSTER PRIESTER

Kommt er
In voller Sicherheit, oder beschirmt ihn
Roms Macht allein und geistlich Regiment,
Der Schutz des Rechts und die Liebe des Volks?

BOTE

Ihr seid im Recht, wofern ihr einige Zweifel hegt.
Er kommt voll Stolz und Kummer, besteht auf jedem Anspruch.
Unzweifelhafter Liebe des Volks gewiß,
Das ihn mit tobender Begeistrung aufnimmt,
Den Heerweg säumt, die Mäntel in den Staub wirft,
Und streut die Bahn mit Läubern und Blumen des späten Jahrs.
Jedwede Gasse der Stadt wird voll sein zum Ersticken,
Und mich bedünkt, sein Roß wird seinen Schweif verlieren,
Des einzle Haare kostbare Reliquien sind.
Der Papst und Frankreichs König sind eins mit ihm:
Wahrhaftig, der hätt ihn gern in seinem Land behalten!
Mit unserm König ist das ein ander Ding.

ERSTER PRIESTER

Nochmals denn: ist's Fried, ist's Krieg?

BOTE

Fried, aber nicht der Friedenskuß.
Ein geflickter Handel, wo du mich fragst, was ich denke.
Und wo du mich fragst, ich mein, der Herr Erzbischof
Ist nicht der Mann, sich selber was vorzuspiegeln,
Auch freilich nicht, den mindesten Anspruch zu mildern.
Und wo du mich fragst, so mein ich, daß dieser Friede
Weder nem Abschluß gleichsieht noch nem Beginn.
Es weiß ein jeder, daß, als der Erzbischof
Vom König schied, da sprach er zum König:
»Mein Fürst«, sprach er, »ich scheid von Euch und werd
Euch nimmer wiedersehn auf dieser Erd.«

Ich hab's, das dürft ihr mir glauben, aus erster Hand.
Die Deutungen, was er gemeint, gehn auseinander,
Aber niemand sieht's als ein günstiges Omen an.
Bote ab

ERSTER PRIESTER

Ich fürcht für den Erzbischof, ich fürcht für die Kirche!
Ich weiß: sein Stolz, erwachsen aus plötzlicher Schicksalsgunst,
Ward härter nur durch bittere Schicksalsungunst.
Ich sah den Kanzler, dem der König schöntat,
Geliebt und gehaßt durch die Hofherrn, hochnäsig, wie sie sind,
Verachtet und verachtend, allzeit ganz allein,
Niemals einer von ihnen, allezeit ungeschützt,
Den Stolz allein mit eigner Tugend weidend,
Stolz, der die Nahrung zog aus seiner Gerechtigkeit,
Stolz, der die Nahrung zog aus seiner Adligkeit.
Ihn ekelt vor der Macht, die zeitlicher Erbfall gibt,
Er wünscht die Welt allein Gott untertan.
War der König größer, oder er selbst war schwächer,
Nahm manches wohl nen andern Weg mit Thomas.

ZWEITER PRIESTER

Und doch, unser Herr ist zurück, unser Herr kehrt heim zu den Seinigen,
Wir warteten lange genug von Dezember zu tristem Dezember.
Vor unsrer Schar wird der Erzhirt stehn, zerstreuend Zweifel und Furcht.
Er wird uns sagen, was not zu tun, Befehl und Weisung erteilen;
Unser Herr ist eins mit dem Papst, eins mit dem König von Frankreich.
Wir können uns lehnen auf Fels, wir setzen den Fuß fest auf
Gegen die ständige Flut der Gezeiten, den Gleichgewichtshader der Grafen und Grundherrn.
Nun haben wir Gottes Fels unterm Fuß; kommt und begegnet dem Erzbischof mit herzlicher Danksagung.
Unser Herr, unser Erzbischof kehrt heim, und wenn unser Erzbischof heimkehrt,
Sind die Zweifel zerstreut. So jauchzt und frohlockt,

Ich sag, frohlockt, zeigt fröhliche Miene zum Willkomm.
Ich bin des Erzbischofs Mann. Wir bieten dem Erzbischof Willkomm!

DRITTER PRIESTER

Sei's gut, sei's schlimm, laßt drehen das Rad,
Das Rad stand still diese sieben Jahr, und was half's?
Sei's gut, sei's schlimm, laßt drehen das Rad,
Denn wer kennt das Ende von Gut und Schlecht,
Bis der Wetzstein schweigt,
Und die Tür in der Gasse sich schließt,
Und alle die Töchter des frohen Gesangs verstummt sind.

CHOR

Wir haben hier keine bleibende Statt, keinen Aufenthalt, kein Obdach,
Bös der Wind, bös die Zeit, Gewinst fragwürdig, Gefahr gewiß,
O spät, spät, spät, spät ist die Zeit, spät, zu spät und morsch das Jahr,
Übel der Wind und bitter die See und grau der Himmel, grau, grau, grau,
O Thomas, kehr, Erzbischof, kehr, kehr um gen Frankreich,
Kehr um! Schleunig! Schweigend! Laß uns schweigend zugrundgehn.
Du kommst im Triumph, du kommst mit Frohlocken, doch kommst du und trägst den Tod gen Canterbury:
Gericht übers Haus, Gericht über dich, Gericht allüber die Welt.
Wir wünschen nicht, daß etwas gescheh.
Sieben Jahr lang lebten wir schweigend,
Haben erreicht, daß uns niemand merkt,
Lebend und halbwegs lebend.
War Unterdrückung und Schwelgerei,
War auch wohl Armut und Übermut,
War kleineres Unrecht mancherlei,
Dennoch fuhren wir fort zu leben,
Lebend und halbwegs lebend. –
Manchmal blieb uns das Korn aus,
Manchmal ist guter Herbst,
Einmal ein Regenjahr,

Dann wieder ein Jahr der Dürre,
Ein Jahr Äpfel die Fülle,
Dann wieder Mangel an Pflaumen;
Dennoch fuhren wir fort zu leben,
Lebend und halbwegs lebend. –
Wir hielten die Feste, wir hörten die Messen,
Wir haben Bier und Most gebraut,
Haben Holz für den Winter gesammelt,
Geschwätzt im Winkel am Herdfeur,
Geschwätzt im Winkel der Gassen,
Geschwätzt nicht immer mit Wisperlaut,
Lebend und halbwegs lebend. –
Wir sahen Geburt, Hochzeit und Tod,
Wir hatten allerhand Ärgernis,
Man hat uns beschwert mit Steuern,
Wir hatten Klatsch und Gelächter,
Einige Dirnen verschwanden, wer weiß, wo?
Andere taugten auch dazu nicht.
Wir hatten all unsre heimlichen Ängste,
Gesonderte Schatten, verstohlene Furcht.
Doch nun überfällt uns die große, die Furcht, nicht eines, nein vieler,
Furcht wie Geburt und wie Tod, wenn wir Tod und Geburt allein sehn,
Für sich im Leeren. Wir
Sind bang in Furcht, die keiner erkennt, der keiner ins Aug sieht, die keiner begreift,
Und unser Herz ist uns ausgerissen, enthülst unser Hirn wie die Schalen der Zwiebel, wir selbst sind verloren, verloren
In Furcht des Endes, die keiner begreift, o Thomas, Erzbischof,
O Thomas, Erzhirt, verlaß uns und laß uns leben in unsrer niedren, verwitterten Erdengestalt, verlaß uns und heiß uns nicht
Stehn dem Gericht übers Haus, dem Gericht übern Erzbischof, dem Gericht allüber die Welt!
Erzbischof, deines Geschickes gewiß und versichert, Unerschrockener zwischen den Schatten, weißt du denn, was du verlangst, weißt du denn, was es bedeutet

Fürs kleine Volk hineinverflochten ins Schicksalsgeweb, klein Volk, das lebt mit kleinen Dingen,
Für Stirn und Hirn des kleinen Volks, zu stehn vorm Gericht übers Haus, vorm Gericht übern Hirten und Herrn, Gericht allüber die Welt?
O Thomas, Erzbischof, geh von uns fort, geh fort, geh fort aus dem grämlichen Dover,
setz Segel für Frankreich. – Thomas, du, unser Erzbischof, allzeit unser Erzbischof
auch in Frankreich. – Thomas, Erzbischof, setz das weiße Segel zwischen grauer
Luft und bittrer See, geh von uns fort, geh fort nach Frankreich!

ZWEITER PRIESTER

Ist dies die Zeit für solch Geplärr?
Seid unbescheidne Weiber, närrisch, schwatzhaft.
Wißt ihr denn nicht, der fromme Erzbischof
Kann jeden Augenblick hier vor uns stehn?
Das Volk auf der Gasse wird jubeln und jauchzen,
Da quäkt ihr fort wie Laubfrösch im Gewipfel,
Doch Frösche könnte man wenigstens kochen und essen.
Was immer ihr argwöhnt in eurer feigen Verzagtheit,
Laßt mich euch wenigstens bitten, zeigt heitre Gesichter,
Grüßt unsern frommen Erzbischof mit herzlichem Willkommsgruß.
Thomas tritt auf.

THOMAS

Gib Frieden, laß sie, begeistert, wie sie sind.
Sie sagen mehr, denn sie wissen und du begreifst.
Sie wissen und wissen's nicht, daß Handeln Leiden ist
Und Leiden Handeln. Auch leidet der Handelnde nicht,
Noch handelt der Leidende. – Beide sind beschlossen
In ein unendliches Handeln, unendlich Erleiden,
Dem jeder willfahren muß, auf daß es gewollt werd,
Das jeder erleiden muß, auf daß er es wolle
Und bestehn bleib das Geweb – das Geweb ist ja das Handeln
Und das Leiden – und das Rad umläuft, aber doch
Ruht im ewigen Noch.

ZWEITER PRIESTER

Herr, ach, Herr, vergebt mir, ich sah nicht, daß Ihr kamt,
Benommen durch das Geschwätz von diesen albernen Fraun.
Vergebt uns, Herr, wir könnten Euch besseren Willkomm bieten,
Hätten wir frühere Kunde von Eurem Kommen gehabt,
Doch Euer Herrlichkeit weiß, daß sieben Jahre des Wartens,
Sieben Jahre Gebet, sieben Jahre Verlassenheit
Unser Herz weit besser für Euer Kommen bereiteten,
Als sieben Tage Canterbury vorzubereiten vermocht.
Gleich laß ich Feur anlegen in allen Euren Zimmern,
Das unser englisches Dezember-Frösteln vertreibt,
Weil Euer Herrlichkeit jetzt lauere Luft gewohnt ist.
Euer Herrlichkeit finden die Zimmer, ganz wie Sie sie verlassen.

THOMAS

Und hoffen, sie zu verlassen, ganz wie wir sie gefunden.
Bin euch mehr als dankbar für alle Lieb und Sorgfalt. –
Kleine Sorgen das. – Wenig Ruh bleibt Canterbury, weil
Grimmige Feinde ruhlos um uns her sind. –
Empörer-Bischöfe, York, London, Salisbury,
Hätten mein Schreiben erbrochen,
Haben den Strand mit Spähern gefüllt, zum Empfang
Mir meine grimmigsten Feinde gesandt.
Durch Gottes Gnad wußt ich um ihren Anschlag.
Ich sandte meinen Brief des andern Tags,
Hatt günstige Fahrt und fand in Sandwich
Broc und Warenne und den Gaugraf von Kent,
Die sich zu dritt auf meinen Kopf verschworen.
Nur Johann, Dekan von Salisbury,
Sorgte für des Königs Ruf, warnte vor Verrat, hielt
Ihre Hände fest. – Bislang sind wir
Noch unbehelligt.

ERSTER PRIESTER

Doch man wird Euch folgen?

THOMAS

Ein Weilchen wird der Räuberfalk
Nur steigen, wird bald stehn, bald kreisend spähn,

Anlaß abwartend, Vorwand, Gelegenheit.
Ganz einfach wird das Ende sein, jäh, gottverhängt.
Derweil wird unser erster Akt
Zum Schattenspiel und Kampf mit Schatten.
Schwerer dies Interim denn der Vollzug.
Er reift heran in allem, was geschehn wird. – Schau!
Der erste Versucher tritt auf.

ERSTER VERSUCHER

Euer Gnaden sehn, ich halt mich nicht auf mit Höflichkeiten,
Hier bin ich, hab vergessen aller Bitterkeiten.
Hoff, Eure gegenwärtige Gravität
Entschuldigt meine ergebenste Frivolität
In Erinnerung alter, guter Zeit.
Euer Herrlichkeit
Wird doch den alten Freund, dem's schlecht ging, nicht verachten?
Alter Tom, lustiger Tom, Becket von London!
Denkt, Herr, des Abends, da wir auf dem Fluß gefahren,
Da der König, Ihr und ich drei gute Freunde waren,
Freundschaft, Herr, hält stand und trotzt dem Zahn der Jahre.
Wie? Nun Euch heut des Königs neue
Gunst lacht, sprächen wir: Der Sommer hielt nicht Treue,
Und gute Zeit währt niemals lang? –
Flöten im Wiesengrund, Geigen im Saal,
Lachen und Apfelblust schwimmt auf den Wassern,
Lieder vor Nacht, Gewisper in den Kammern,
Feuer fressen die Winterzeit,
Verschwelgen das Dunkel mit Wein und Witz und Weisheit!
Nun, da der König und Ihr wieder Freunde seid,
Laien und Geistlichkeit haben nun frohe Zeit,
Scherz und Gelächter gehn nimmer im Büßerkleid.

THOMAS

Du sprichst von Lenzen, die vorbei sind. – Ich gedenk's,
Vergessen lohnt nicht.

VERSUCHER

Und vom neuen Frühling.
Lenz blüht auf im Winter. Wipfelschnee

Wird süß wie Blumen rieseln, Eis in Gracht und Graben
Die Sonne spiegeln. Liebe macht den Saft
Im Baumhof steigen. Schwermut weicht dem Frohsinn.

THOMAS

Wir wissen nicht sehr viel von der Zukunft,
Außer daß von Geschlecht zu Geschlecht
Das nämliche wieder und wieder geschieht.
Wenig lernt einer aus fremden Erfahrungen;
Doch kehrt im Leben des Mannes nimmer
Dieselbe Zeit zurück. – Trenn immer
Die Nabelschnur, leg ab die Schlangenhaut! Allein
Dem Narrn in seinem Wahn mag dünken,
Er dreh das Rad, das ihn selber dreht.

VERSUCHER

Ein Nicken, o Herr, ist so gut wie ein Zwinken:
Was einer begehrt, hat er oft schon geschmäht.
Nun wiederkehrt alte gute Zeit,
Bin ich Euer Mann.

THOMAS

Nicht in dem Kleid!
Acht auf dein Treiben! Weit sicherer führst du,
Wo du bereutest und folgtest dem Meister.

VERSUCHER

Nicht in der Hast!
Läufst du gar so dreist, andre laufen dreister!
Euer Gnaden hat der Stolz betört.
Nicht sichrer fährt der Hirsch, wenn er am lautsten röhrt.
Andre Sitte galt beim König, unserm Meister!
Ihr selbst wart minder streng mit den Gebresten
Der Sünder, Eurer Freunde. Fahrt gelind, Mann!
Gelinder Mann speist doch zuletzt am besten.
Hört Freundes Rat, laßt fahren wie's fährt,
Sonst wird Eure Gans bald gerupft und verzehrt.

THOMAS

Du kommst um zwanzig Jahr zu spät.

VERSUCHER

Dann seht selber, wie's Euch geht.
Ihr habt scheint's an höheren Lastern Gefallen,
Da müßt Ihr auch höheren Preis bezahlen.
Euer Gnaden leb wohl! Ich halt mich nicht auf mit Höflichkeiten,
Geh, wie ich kam, vergessend aller Bitterkeiten.
Hoff, Eure gegenwärtige Gravität
Entschuldigt meine ergebenste Frivolität.
Will Euer Gnaden mir Ihre Fürbitte schenken,
Will hinterm Haus ich zur Küssezeit Euer gedenken.

THOMAS

Laß fahren wie's fährt. – Traumfrühlingszeit:
So pfeift mit dem Wind ein Gedanke vorüber.
Das Unmögliche wirkt noch Versuchung,
Das Unmögliche – – – das Unerwünschliche,
Stimmen unterm Schlaf, weckend gestorbene Welt:
So dürfen Herz und Sinn nie ganz dem Heut gehören.
Zweiter Versucher tritt auf.

ZWEITER VERSUCHER

Euer Herrlichkeit vergaß? – Vielleicht. – Ich bring mich in Erinnrung,
Wir trafen uns in Clarendon, in Northampton,
Danach zu Montmirail in Maine. Nun, wo ich sie genannt hab,
Laßt uns dies minder freundliche Gedenken
Abwägen gegen andres, älteres,
Gewichtigers, das deiner Kanzlerschaft. – Sieh her,
Die ältere Schale sinkt. Meister der Staatskunst, du,
Von allen anerkannt, führ noch einmal das Reich.

THOMAS

Du meinst?

VERSUCHER

Das Kanzleramt, drauf Ihr verzichtet,
Als Ihr Erzbischof wurdet – Eurerseits
War das ein Fehler – könntet Ihr wiederhaben.
Bedenk es Euer Herrlichkeit:
Macht, die man errang, wird Glorie

Lebenslang, ein dauerndes Besitztum. –
Ein Tempelgrab, ein Marmormonument. –
Sagt nicht, daß der, der Herrschaft liebt, verrückt wär.

THOMAS

Ob Gottes Knecht damit beglückt wär?

VERSUCHER

Bedrückt wär
Dadurch nur, wer auf Erden Gott allein liebt.
Soll der, der Wirklichkeit gehandhabt,
Wachen Sinns mit Gaukelschatten umgehn?
Heut hab Macht! Die Heiligkeit hernachmals.

THOMAS

Wer denn?

VERSUCHER

Der Kanzler. – König und Kanzler!
Der König herrscht, der Kanzler übt die Macht,
Ein Spruch, den keine Schul erdacht.
Die Großen setz herab, des Armen schon',
Gibt's höheres Menschenwerk nächst Gottes Thron?
Stärk das Gesetz, häng Mörder und Dieb,
Regier der besseren Sache zulieb,
Sprich rechten Spruch, mach Ungleich gleich,
Dann geht dir's wohl auf Erden und – kann sein im Himmelreich.

THOMAS

Welch Mittel?

VERSUCHER

Nun, reale Macht
Läßt sich nur durch Verzicht erwerben.
Eure geistliche Macht ist irdisch Verderben.
Heut hab Macht, wer kann und will.

THOMAS

Wes wird sie sein?

VERSUCHER

Des, der da kommt.

THOMAS

Sein Monat?

VERSUCHER

Der letzte, vom ersten ab.

THOMAS

Was kostet's uns?

VERSUCHER

Den Anspruch geistlicher Gewalt.

THOMAS

Wofür gegeben?

VERSUCHER

Für die Macht und Herrlichkeit.

THOMAS

Nein!

VERSUCHER

Ja! Sonst würde der Stolz gebrochen,
Gekerkert in Canterbury, Herrscher ohn Herrschaft,
Selbstwilliger Knecht ohnmächtigen Papstes,
Leithirsch, von Rüden umstellt.

THOMAS

Nein!

VERSUCHER

Ja! Der Mann muß wirken. Ein Monarch,
Der im Felde steht, braucht den Freund daheim.
Eigennutz wird da Gemeinnutz,
Würde wird nochmals den Würdigen kleiden.

THOMAS

Du vergißt die Bischöfe,
Die ich mit Exkommunikation belegt hab.

VERSUCHER

Hungriger Haß bleibt
Ohnmächtig gegen wohlverstandne Selbstsucht.

THOMAS

Du vergißt die Landherrn. – Die vergessen nicht
Die ständige Kürzung kleiner Standesrechte.

VERSUCHER

Gegen die Landherrn
Steht Königs Sache, Landmanns Sache, Kanzlers Sache.

THOMAS

Niemals! Ich, der Schlüsselhalter
Von Höll und Himmel, zuhöchst, allein in England,
Der bindet und löst mit Privileg vom Papst,
Ließ mich gelüsten nach minderer Macht? –
Gewählt und gewürdigt, des Banns zu walten,
Könige züchtigen, nicht unter Dienern Dienst tun
Ist mein öffentlich Amt. Nein! – Geh!

VERSUCHER

Dann überlaß ich dich deinem Geschick.
Sonnenwärts steigt deine Sünde, nimmt Königsfalken aufs Korn.

THOMAS

Zeitliche Macht, eine gute Welt zu baun,
Ordnung zu stiften, was Welt hier Ordnung nennt:
Wer Vertraun auf weltliche Ordnung setzt,
Nicht überwacht durch Gottes Ordnung,
Des Torenstolz befestigt nur Unordnung,
Leiht ihr Bestand, zeugt tödlich Siechtum,
Erniedrigend, was er erhöht. – Macht unterm Fürsten! –
Ich war der Fürst, sein Arm, sein besseres Ich.
Doch das, was einst Erhöhung war,
Wär jetzt gemeiner Herabstieg.

Der dritte Versucher tritt auf.

DRITTER VERSUCHER

Ein unerwarteter Besuch.

THOMAS

Hab Euch erwartet.

VERSUCHER

Nicht in dem Kleid und nicht zu diesem Vorsatz.

THOMAS

Kein Vorsatz überrascht mich.

VERSUCHER

Nun, Euer Gnaden,
Ich bin kein Tagedieb, kein Politiker.
Bei Hof zu lungern und zu lauern

Fehlt mir Geschick. Ich bin kein Höfling,
Ich kenn ein Pferd, einen Hund, eine Dirne,
Halt meine Liegenschaften beisammen,
Ein Junker auf dem Land, treib, was mich angeht.
Wir Landherrn sind's, wir kennen unser Land,
Wir sind's, die wissen, wo's fehlt im Land.
Ist unser Land. Wir lieben das Land.
Wir sind das Rückgrat der Nation.
Wir, nicht die lungernden Schmarutzer
Bei Hof. Verzicht mir meine Grobheit:
Ich bin gradaus, ein derber Engelsmann.

THOMAS

Gradaus denn, sprecht!

VERSUCHER

Die Meinung ist klar.
Dauer der Freundschaft liegt nicht allein
An uns. Die Umstände tun da viel,
Doch Umstände lassen sich korrigieren.
Unwirkliche Freundschaft kann wirklich werden.
Doch wirkliche Freundschaft, einmal verscherzt, wird nie verschmerzt.
Eher wird Feindschaft zur Bundesverwandtschaft,
Die Feindschaft, die niemals Freundschaft war,
Führt eher zum Vergleich.

THOMAS

Für einen Landmann
Hüllst du deine Meinung in so dunkle Gemeinplätze,
Wie nur irgendein Höfling.

VERSUCHER

Hier das simple Faktum.
Ihr habt keine Hoffnung auf Wiederversöhnung
Mit Heinrich, dem König, baut allein
Auf blinde, vereinsamte Selbstverwöhnung.
Ein Fehler das.

THOMAS

O Heinrich, mein König!

VERSUCHER

Andre Freunde
Fändet Ihr heut um geringe Löhnung.
Englands König ist nicht allmächtig,
Weilt in Frankreich, rauft sich in Anjou.
Rings um ihn warten hungrige Söhne.
Wir in England sind für England,
Sind – Eur Gnaden und ich – Normannen.
England ist ein Land, wo der Normann
Herrschen soll. Richte der Anjou-Mann
Sich selber zu Grund, in Anjou fechtend.
Er kennt uns nicht, uns englische Grundherrn.
Wir sind das Volk!

THOMAS

Wo soll's hinaus?

VERSUCHER

Auf ein glücklich Bündnis
Wohlverstandner Intressen.

THOMAS

Was habt Ihr –
Ihr sprecht für die Grundherrn? –

VERSUCHER

Eine mächtige Partei,
Die ihr Augenmerk jüngst auf Euch gelenkt hat –
Für Euch zu gewinnen? – so fragt Euer Herrlichkeit.
Für uns wär kirchliche Gunst ein Vorteil,
Segen des Papstes ein mächtiger Schutz
Im Kampf um die Freiheit. Ihr schlügt, Euer Gnaden,
Wärt Ihr mit uns, eine gute Klinge
Zugleich für England und für Rom,
Endend tyrannische Jurisdiktion
Von Königsgericht über Bischofsgericht,
Von Königsgericht über Grafengericht.

THOMAS

Die ich gründen half.

VERSUCHER

Die Ihr gründen halft.
Doch Zeit vergangen ist Zeit vergessen.
Wir hoffen veränderten Sternenaspekt.

THOMAS

Und kann der Erzbischof dem König nicht mehr traun,
Wie kann er sein Vertraun auf des Königs Feinde baun?

VERSUCHER

Könige dulden keine Macht, die neben ihnen wohne,
Kirch und Volk hat guten Grund gegen Thron und Krone.

THOMAS

Doch verlor der Erzbischof sein Vertraun zur Krone,
Hat er Grund, allein zu traun Gott im höchsten Throne.
Als Kanzler kannte mich einst jedermann;
Da pochte deines Gleichen gern vor meiner Türe an.
Hab manchen bei Hof und in der Schlacht
Und in der Stechbahn zu Fall gebracht.
Soll ich, der als Aar über Tauben geboten,
Mit Wölfen nun schleichen auf wölfischen Pfoten?
Treibt euren Hochverrat, wie ihr zuvor getan.
Sag keiner, ich hab einen König verraten.

VERSUCHER

Ich poch, Euer Gnaden, nicht noch einmal an.
Hoff nur, der nächste Lenz bringt Euren Taten
Und Eurer Treu vom König reichen Lohn.

THOMAS

Erst mach's, dann brich's. Hab's auch wohl schon bedacht,
Verzweiflungsvolles Tun gesunkner Macht.
Samson in Gaza hat's ähnlich gemacht.
Doch muß ich brechen, brech ich mich allein.
Der vierte Versucher tritt auf.

VIERTER VERSUCHER

Wohl getan, Thomas, dein Sinn ist schwer zu beugen.
An mir hast du Begleiter, Freund und Zeugen.

THOMAS

Wer bist du? Ich erwartete
Besucher drei, nicht vier.

VERSUCHER

Sei nicht erstaunt, einen vierten zu sehn,
Käm ich erwartet, wär's früher geschehn.
Ich komm stets der Erwartung zuvor.

THOMAS

Wer bist du?

VERSUCHER

Weil du mich nicht kennst, brauch ich keinen Namen,
Daß du mich kennst, ist Ursach, daß ich kam.
Kennst mich und sahst doch niemals mein Gesicht.
So Zeit als Ort erlaubten's früher nicht.

THOMAS

Sag, was du sagen mußt.

VERSUCHER

Ich sag's, denn nun ist Zeit.
Fischhaken waren beködert mit Häppchen Vergangenheit.
Wer schwankt, ist schwach. – Und dann der König!
Hart ward sein Haß, weicht nimmerdar.
Du weißt, der König ist nimmer bereit,
Dem zweimal zu traun, der sein Treufreund war.
Legst sorgsam Zins auf Zins, ein Mann,
Der seinen Dienst darleiht solang er kann?
Wart nur, bis es klappt und schnappt:
Hast ausgedient, die Falle quetscht dich. –
Und dann die Grundherrn? Kleiner Leute Neid
Hält länger stand als Königs Zorn.
Fürsten frönen dem Gemeinwohl, Grundherrn heimlicher
Habsucht, rasender
Scheelsucht, Teufelsbesessenheit.
Spielst Herrn und Grafen gegeneinander aus.
Weit größerer Feind ist not, um Könige zu stürzen.

THOMAS

Und nun dein Rat?

VERSUCHER

Fahr fort und führ's hinaus.
Jed andrer Weg ist dir verschlossen
Außer dem einen, den du gewählt. –
Zwar, was wär Wollust, Königsmacht,
Macht über Menschen unterm König
Vorm Zugriff geistlicher Allgewalt?
Mensch unterm Sündenjoch, Adams Gesell,
Du hältst die Schlüssel von Himmel und Höll.
Macht, die bindet und löst: bind, Thomas, bind,
König und Bischof dir unterm Fuß. –
König, Kaiser, Bischof, Edelmann, König:
Unsichere Lenkung bröckelnder Armeen,
Krieg, Pestilenz, Empörung,
Gebrochener Schwur und neue Verschwörung,
Bald Herr, bald Knecht im Lauf einer Stunde,
So läuft zeitliche Macht die Runde.
Der alte König fühl's in letzter Not:
Nicht Reich noch Söhne, nicht Zahn noch Brot. –
Du hältst den Strang, wind, Thomas, wind
Das Fädlein Leben, das Fädlein Tod!
Du hältst die Macht, halt fest!

THOMAS

Zuhöchst im Land?

VERSUCHER

Zuhöchst bis auf einen.

THOMAS

Mir unbekannt.

VERSUCHER

Ich steh hier nicht zu sagen, wer und was er sei.
Nur, was du, Thomas, *weißt*, steht mir zu sagen frei.

THOMAS

Sagst du, wann Zeit und Stund ist?

VERSUCHER

Frag mich nach nichts, das dir nicht selber kund ist.
Doch, Thomas, denk der Glorie nach dem Tod.

Ein König geht, und ein König kommt;
Neuer König, neu Regiment.
Des alten vergißt, wen der neue beruft;
Heilger und Märtyrer herrscht aus der Gruft.
Denk, Thomas, denk, wie dein geschlagner Feind
Vor deinem Schatten bangt und büßt und greint;
Denk an die Pilgrime, harrend in Reihn
Vor dem juwelenen, blinkenden Schrein.
Generation nach Generation
Beugen die Knie zur Veneration.
Denk der Mirakel, der gottgeweihten,
Denk deiner Feinde – zur linken Seiten.

THOMAS

Hab schon gedacht.

VERSUCHER

Drum darf ich's gedenken.
Dein Gedank hat mehr Macht denn dein Fürst, dich zu lenken.
Noch ein weitrer Gedank hat dich manchmal betreten
In Stiegenhauswinkeln und manchmal beim Beten.
Zwischen Wachen und Traum galt frühe Betrachtung,
Wenn der Vogel geschrien, zukünftger Mißachtung,
Galt kreisendem Rad, das nichts dauern läßt,
Dem Vogel, der trauert vorm leeren Nest. –
Das Gold vergeudet, erbrochen der Schrein,
Leicht Weibervolk schmückt sich mit Perl und Gestein;
Der Tempel geplündert, die heiligen Schätze
Landen im Schoß von Schmarotzer und Metze.
Und später noch ärger: kein Haß, der noch eifert,
Kein Feind, der dich lästert, verflucht und begeifert.
Man wog deine Mängel, man hat sie notiert,
Das historische Faktum wird kühl registriert.
Es hängt kein Geheimnis, so geht dann die Meinung,
An dieser geschichtlich umschriebnen Erscheinung.

THOMAS

Was müßte man tun, was bleibt zu beginnen?
Kann niemand die bleibende Krone gewinnen?

VERSUCHER

Ja, Thomas, ja, hast auch das bedacht.
Was darf dem Ruhme der Heiligen gleichen,
Die ewig vor Gottes Antlitz stehn?
Welch irdischer Ruhm von König und Kaiser,
Welch irdischer Stolz, der nicht Armut wär,
Verglichen dem Reichtum der himmlischen Glorie? –
Geh den Weg des Märtertums, mach dich hier auf Erden
Zum Kleinsten, werde groß im Himmel;
Dann sieh tief unten, wo die Kluft befestigt ist,
Deine Verfolger in ewiger Pein,
Lechzendem Jammer, den niemand stillt.

THOMAS

Nein! Wer bist du,
Der mich mit meinem eignen Wunsch versucht?
Andere kamen, versuchten mich zeitlich
Mit Wollust und Macht. Handgreiflich der Preis.
Was hast du zu bieten? Was zu fordern?

VERSUCHER

Ich biete, was du begehrst. Ich fordre,
Was du zu geben hast. Ist es zuviel
Für solch Gesicht der ewigen Herrlichkeit?

THOMAS

Andere boten mir wirkliche Gabe. Wertlos,
Aber doch wirklich. – Du beutst mir nur
Traum der Verdammnis.

VERSUCHER

Du hast ihn oft geträumt.

THOMAS

Winkt meiner kranken Seel kein Weg,
Der nicht zur Verdammnis im Hochmut führt?
Weiß wohl, daß diese Versuchungen
Hier Eitelkeit bedeuten, drüben Qual.
Wird arger Hochmut nur durch ärgern
Aus mir vertrieben? Kann ich nichts tun, nichts leiden
Ohne Verdammnis?

VERSUCHER

Du weißt es und weißt es nicht, daß Handeln Leiden ist
Und Leiden Handeln. Auch leidet der Handelnde nicht,
Noch handelt der Leidende. – Beide sind beschlossen
In ein unendliches Handeln, unendlich Erleiden,
Dem jeder willfahren muß, auf daß es gewollt werd,
Das jeder erleiden muß, auf daß er es wolle,
Und bestehn bleib das Geweb – das Geweb ist ja das Handeln
Und das Leiden – und das Rad umläuft, aber doch
Ruht im ewigen Noch.

CHOR

Es gibt keine Rast im Haus, es gibt keine Rast in den Gassen,
Ich hör rastloser Füße Geschleif, und die Luft ist schwer und dumpf.
Schwer der Himmel und dumpf. Erdreich drängt empor gegen unsre Füße.
Was will der kranke Geruch, der Dunst? – Aus Gewölk finster-grünes Licht auf verwettertem Baum? – Das Erdreich regt sich stöhnend, kreißt mit höllischer Geburt. – Was will der Tau, geronnen, klebrig auf dem Rücken meiner Hand?

DIE VIER VERSUCHER

Mensch-Sein ist Schwindel, Trug und Enttäuschung,
Ist stets unwirklich,
Unwirklich oder enttäuschend;
Das Feuerwerksrad, der gestiefelte Kater,
Die Preise, verlost auf der Kindergesellschaft,
Die Preise, gewährt für den englischen Aufsatz,
Des Doktors Rang und des Staatsmanns Orden,
Stets wird's unwirklicher. – Der Mensch geht
Aus Unwirklichem in Unwirkliches. –
Der dort ist verstockt, ist blind, erpicht
Auf Selbstvernichtung,
Geht aus Täuschung in Täuschung,
Aus Hoffart in Hoffart letzten Selbstbetrugs,
Vergafft ins Wunder der eigenen Größe,
Feind der Gesellschaft, Feind sein selbst.

DIE DREI PRIESTER

O Thomas, Erzhirt, setz den Mut nicht gegen steigende Flut,
Nicht gegen unwiderstehlichen Wind. Im Sturm
Wart bis sich lege die Wut. Tut nicht der Pilgrim gut,
Wenn er ruht bei Nacht, bis der Tag ihm sagt, wo er wandern mag,
Und der Schiffer die Sonne befragt?

Der Chor, die Priester und die Versucher abwechselnd

CHOR

Ist es die Eule, die ruft, ist's der Diebspfiff zwischen den Bäumen?

PRIESTER

Ist der Fensterladen versperrt, ist die Tür unter Riegel und Schloß?

VERSUCHER

Ist's Regen, der tappt ans Fenster? Ist's Wind, der ruckt an der Tür?

CHOR

Flackert die Fackel im Saal? Brennt in der Kammer das Licht?

PRIESTER

Geht der Wachmann längs der Mauer?

VERSUCHER

Streift der Wachhund längs dem Tor?

CHOR

Tod hat hundertfältige Hände, wandert hundertfältigen Weg.

PRIESTER

Kommt, wo jeder hört und sieht, schleicht unsichtbar, ungehört.

VERSUCHER

Kriecht als Flüsterwort ins Ohr, plötzlich schlägt er dich aufs Haupt.

CHOR

Ein Mann mag nachts mit der Lampe gehn und doch im Graben ertrinken.

PRIESTER

Ein Mann steigt tags die Stiegen auf – eine brüchige Stufe, da stürzt er.

VERSUCHER

Ein Mann sitzt über Tisch und fühlt, wie sein Gedärm erkaltet.

CHOR

Wir sind nie glücklich gewesen, o Herr, wir waren nie zu glücklich,
Wir sind keine törichten Fraun, wir wissen, was unsereins erwarten muß und wiederum nicht erwarten.

Wir wissen von Zwang und Folter,
Wir kennen Erpressung und Notzucht,
Mangel, Verlassenheit, Siechtum.
Ohn Feur im Winter der Alte,
Ohn Milch im Sommer das Kind,
Arbeit uns fortgenommen,
Sünden uns schwerer gemacht.
Wir haben den Jungmann verstümmelt gesehn,
Die Dirne verschleppt und ins Wasser gescheucht.
Inzwischen lebten wir weiter.
Lebend und halbwegs lebend,
Stückelten Stückchen zusammen,
Sammelten Reiser, wenn's dunkel ward,
Bauten ein Schlupfdach, halbwegs dicht,
Für Essen und Schlaf und Trunk und Gelächter.

Gott gab uns stets einen Grund, eine Hoffnung; doch nun hat neues Graun uns besudelt, das keiner wendet, dem keiner entgeht, kriecht unterm Fuß, kriecht über den Himmel,
Unter der Tür, zum Rauchfang hinein, kriecht ins Ohr, in den Mund, ins Aug.
Gott verläßt uns, Gott verläßt uns, neue Pein, neue Pön, ärger denn Geburt und Tod!

Süß und beklommen aus finstrer Luft,
Sinkt der Verzweiflung Ekel-Duft,
Bild wird Gestalt in finstrer Luft.
Schnurrender Pardel, trottender Bären Stapf,
Hand-Klapp nickender Affen, träge Hyänen lauernd auf
Gelächter, Gelächter, Gelächter! – Die Höllen-Geister sind los.
Das kreist um dich, hängt dir am Fuß, ringelt, schwingt durch finstre Luft.
O Thomas, Erzbischof, rett uns, rett uns, rette dich selbst, und wir sind gerettet,
Zernichte dich selbst, und wir werden zunicht!

THOMAS

Nun ist mein Weg frei, nun die Meinung klar:
Mich lockt nicht mehr, was einst Verlockung war.
Die letzte Lockung ist der Hochverrat:
Aus falschem Trieb tun rechte Tat.
Fleisches Sieg in der läßlichen Sünd
Ist der Weg, auf dem unser Leben beginnt.
Vor dreißig Jahren nahm ich in acht
Die Wege zur Lust, zum Lob und zur Macht.
Freuden des Sinns, des Wissens, des Gedankens,
Musik, Weltwahrheitstraum, Weltrarheitstraum,
Der Purpurgimpel im Syringenbaum,
Der Stechbahn Künste, Feldherrnkunst des Schachbretts,
Der Liebesgärten Spiel, das Lautenlied,
War'n alles Dinge, wünschbar, eins wie's andre.
Ehrgeiz pocht an, wenn Jugendkraft vertan ist
Und wir nicht länger alles möglich wähnen.
Ehrgeiz kommt hintennach, kommt unauffällig.
Rechttun zieht Sünden groß. Als ich des Königs Recht
Dem Land aufdrang und zog mit gen Toulouse ins Feld,
Fing ich in seinem eignen Garn dies Junkervolk,
Von Sitten plump und ungestutzt wie seine Fingernägel.
Solang ich aus Königs Schüssel aß,
Den Gottesmann ich gern vergaß. –
Den Gottesmann bedroht weit ärgre Sünd
Und Sorg als den, der einem König dient.
Denn wer der größern Sache dient, kann sie zum eignen Dienst
mißbrauchen,
Auch wo er recht tut. Im Kampf mit Politikern
Macht er die Sache selbst politisch. – Nicht sein Tun,
Sein Wesen macht's. – Ich weiß,
Was noch zu zeigen wär von meinen Begebenheiten,
Dünkt manchen bestenfalls ein Haufe Belanglosigkeiten.
Sinnloser Selbstmord eines Fanatikers,
Ertrotzter Kreuzgang eines Ekstatikers.
Geschichte zieht, wie jederzeit zu sehn,

Je dreistern Schluß, je ferner ein Geschehn,
Und doch, für jeden Frevel am Seelenheil,
Mißhandlung, Unterdrückung, Henkers Beil,
Ausbeutung, faule Duldsamkeit, wirst du
Und du, und jedermann gestraft. Auch du.
Ich handle länger nicht, leid nicht nach Schwertes Willen.
Nun, guter Engel, den, bevor ich scheide,
Mir Gott zum Schutz gesandt, wach über Schwertes Schneide!

Zweiter Teil

ERZBISCHOF *predigt im Dom am Weihnachtsmorgen des Jahres 1170:* »Ehre sei Gott in der Höhe und Friede auf Erden den Menschen, die guten Willens sind.« Der vierzehnte Vers im zweiten Kapitel des Evangeliums nach Sankt Lukas. Im Namen des Vaters und des Sohnes und des Heiligen Geistes. Amen.

Liebe Kinder Gottes, meine Predigt am heutigen Weihnachtsmorgen wird sehr kurz sein. Ich wünschte nur, ihr erwöget in euren Herzen die tiefe Bedeutung und das Geheimnis unsrer Weihnachtsmessen. – Wo immer Messe gesungen wird, erneuern wir die Passion und den Tod unsres Herrn; und heut am Weihnachtstag tun wir das, um seinen Geburtstag zu feiern. Also, daß wir zur selben Stunde frohlokken über sein Kommen für die Erlösung der Menschen und wiederum Gott sein Fleisch und Blut zum Opfer bringen, Darbietung und Genugtuung für die Sünden der ganzen Welt. Grad heut nacht ist es geschehen, daß die Menge der himmlischen Heerscharen den Hirten zu Bethlehem erschien und sprach: »Ehre sei Gott in der Höhe und Friede auf Erden den Menschen, die guten Willens sind.« Und es ist diese Stunde von allen im ganzen Jahr, die, in der wir zugleich die Geburt unsres Herrn feiern und seine Passion und seinen Tod am Kreuz. – Geliebte, in den Augen der Welt heißt das ein seltsames Verhalten. Denn wer in der Welt möchte beides zugleich, trauern und frohlocken, und das aus demselben Anlaß? Entweder wird doch die Freude durch die Trauer überwogen, oder die Trauer wird durch die Freude verdrängt werden; so ist es denn allein anläßlich dieser unsrer christlichen Mysterien, daß wir aus ein und demselben Grunde zugleich frohlocken und trauern dürfen. – Nun denkt für einen Augenblick an die Bedeutung dieses Wortes: »Friede.« Dünkt es euch nicht seltsam, daß die Engel Frieden verkündigt haben, wo doch die Welt unaufhörlich heimgesucht wird durch Krieg und Kriegsgefahr? Dünkt es euch nicht, daß die englischen Stimmen im Irrtum

waren, und daß das Versprechen eine Täuschung und ein Betrug war?
Nun überlegt euch, was unser Herr selber vom Frieden gesagt hat. Er hat zu seinen Jüngern gesagt: »Meinen Frieden lasse ich euch, meinen Frieden gebe ich euch.« Verstand er darunter einen Frieden, wie wir ihn verstehen: das Königreich England in Frieden mit seinen Nachbarn, die Landherrn in Frieden mit dem König, der Hauswirt seinen friedsamen Gewinst überschlagend, der Herd gefegt, der beste Wein auf dem Tisch für einen guten Freund, während die Frau die Kinder in Schlaf singt? – Jene Männer, seine Jünger, kannten derlei nicht. Sie gingen auf weite Reisen, durch Mühsal zu Wasser und zu Land, um Tortur, Gefangenschaft, Anfechtung zu erdulden und schließlich den Martertod zu leiden. Was mag Er denn wohl gemeint haben? Wenn ihr das fragt, so bedenkt, daß er also gesprochen: »Nicht gebe ich euch, wie die Welt gibt.« So gab er denn seinen Jüngern Frieden, aber nicht Frieden, wie die Welt ihn gibt.
Bedenkt also eine Sache, über die ihr wahrscheinlich früher nie nachgesonnen habt. Wir feiern am Weihnachtsfest nicht nur zugleich die Geburt und den Tod unsres Herrn, sondern am nächsten Tag feiern wir das Martyrium seines ersten Blutzeugen, des heiligen Stephanus. Meint ihr nun, es ist ein Zufall, daß der Tag des ersten Märtyrers unmittelbar auf den Geburtstag Jesu Christi folgt? Das ist nun keineswegs Zufall. Just wie wir anläßlich der Geburt und der Passion unsres Herrn zugleich frohlocken und trauern, so frohlokken und trauern wir in geringerem Maße ebenfalls zugleich über den Todestag der Blutzeugen. Wir trauern über die Sünden der Welt, die sie gemartert hat, wir frohlocken, weil wiederum eine Seele gezählt ward unter die Heiligen des Himmels zum Ruhme Gottes und zur Seligmachung der Menschen.
Geliebte in dem Herrn, wir denken an einen Märtyrer nicht bloß als an einen guten Christen, der getötet worden ist, weil er ein Christ war. Wir denken an ihn nicht bloß als an einen guten Christen, der erhöht worden ist in die Gemeinschaft der Heiligen: denn das würde nur Frohlocken sein, und weder unsre Trauer noch unser Frohlocken sind die der Welt. Ein christlich Martyrium ist niemals ein zufälliges Geschehen, denn der Zufall macht keine Heiligen. Noch

weniger wird ein christliches Martyrium durch den Willen eines Mannes herbeigeführt, der ein Heiliger werden will, etwa wie ein Mensch, der will und sich Mühe gibt, ein Herrscher über Menschen werden kann. Ein Martyrium ist immer Gottes Absicht, entsprungen aus seiner Liebe zu den Menschen, um sie zu warnen und zu leiten und sie wieder auf seinen Weg zurückzuführen. Es ist niemals die Absicht eines Mannes; denn der rechte Märtyrer ist jemand, der Gottes Werkzeug geworden ist, der seinen eigenen Willen an Gottes Willen verloren hat, und der nicht länger irgendwas für sich wünscht, nicht einmal den Ruhm, ein Blutzeuge zu sein. Darum also trauert die Kirche auf Erden und frohlockt zugleich auf eine Art, die die Welt nicht begreifen kann; so sind auch im Himmel die Heiligen am höchsten erhöht, weil sie sich selbst am tiefsten erniedrigt haben, und sind angesehn, nicht wie wir sehen, sondern im Licht der Gottheit, aus dem sie ihr Sein haben.

Ich habe zu euch, ihr lieben Gotteskinder, heut von den Blutzeugen der Vergangenheit gesprochen und euch gebeten, besonders unsres Blutzeugen von Canterbury zu gedenken, des heiligen Erzbischofs Elphegius, weil es sich an Christi Geburtstag gehört, daran zu denken, was das für ein Friede sei, den er gebracht hat, und weil, liebe Kinder, mich nicht dünkt, ich werde je noch einmal zu euch predigen; und weil es möglich ist, daß ihr in Bälde noch einen Blutzeugen mehr haben werdet, und daß auch der vielleicht nicht der letzte sein wird. Ich möchte, ihr bewahrtet diese Worte, die ich rede, in euren Herzen und dächtet zu einer anderen Zeit an sie. –

Im Namen des Vaters und des Sohnes und des Heiligen Geistes. Amen.

Zwischenspiel

CHOR

Singt der Vogel im Süden?
Nur der Meervogel schreit, den der Sturm landeinwärts gescheucht.
Was deutet auf Jahres Geburt?
Nur der Tod des alten; kein Ruck, kein Sproß, kein Hauch.
Beginnen die Tage zu längen?
Länger und dunkler der Tag, kürzer und kälter die Nacht.
Still und stickig die Luft, doch ein Wind liegt lauernd im Osten.
Die magere Krähe hockt im Feld und äugt, und drinnen im Holz
Probt das Käuzchen den hohlen Unheilsruf.
Was deutet auf bitteren Lenz?
Der Wind, der lauert im Osten.
Warum zur Zeit der Geburt unsres Herrn, zur Christmeß-Zeit,
Kein Fried auf Erden, kein guter Wille bei Menschen?
Friede der Welt ist nimmer gewiß, solang sie nicht Gottes Frieden hält.
Und Krieg unter Menschen beschmutzt die Welt; doch Sterben im Herrn erneut sie.
Und die Welt muß im Winter gereinigt sein, sonst haben wir nur
Einen sauren Lenz, verdursteten Sommer, öden Herbst.
Zwischen Weihnacht und Ostern welch Werk wird geschehn?
Der Pflüger wird im März ausgehn und wendet die nämliche Scholle,
Die er früher gewendet, der Vogel singt sein altes Lied.
Wenn die Blätter am Baum heraus sind, wenn Holler und Hagedorn
Aufblühn über dem Bach, und die Lüfte sind klar und hoch,
Und Stimmen vorm Fenster trillern und Kinder sich tummeln vorm Tor,
Welch Werk wird dann geschehn sein, welchen Greul
Deckt dann des Vogels Lied, deckt dann der grüne Wipfel, welchen Greul

Deckt dann die frische Scholle zu? Wir warten, und die Zeit ist kurz,
Doch Warten ist lang.

Der erste Priester tritt auf, vor ihm her das Banner St. Stephanus'.
*Die mit Stern * begonnenen Zeilen werden gesungen.*

ERSTER PRIESTER

Seit Weihnacht ein Tag und der Tag Sankt Stefans, des ersten Märtrers,
* Es sitzen auch die Fürsten und reden wider mich.
Ein Tag, der Thomas, dem Erzbischof, immer der liebste war.
»Er kniete aber nieder und schrie laut:
Herr, behalte ihnen diese Sünde nicht.«
* Es sitzen auch die Fürsten.

Man hört den Introitus des St. Stefanstages.
Der zweite Priester tritt auf, vor ihm her das Banner St. Johannis, des Apostels.

ZWEITER PRIESTER

Seit Sankt Stefanstag ein Tag und der Tag Sankt Johanns, des Apostels.
* Inmitten der Gemeinde tat er seinen Mund auf.
»Was da von Anfang war, das wir gehört haben,
Das wir gesehen haben mit unsern Augen und unsre Hände betastet haben
Vom Wort des Lebens; was wir gehört haben,
Das verkünden wir euch.«
* Inmitten der Gemeinde.

Man hört den Introitus St. Johannis.
Der dritte Priester tritt auf. Vor ihm her das Banner der unschuldigen Kindlein.

DRITTER PRIESTER

Seit Sankt Johann, dem Apostel, ein Tag und der Tag der unschuldigen Kindlein.
* Aus dem Munde der jungen Kinder, o Gott!
»Wie die Stimme großer Wasser, Donners, Harfen,
Und sie sangen ein neues Lied.«
Das Blut deiner Heiligen haben sie vergossen wie Wasser.
Und war niemand, der begrub. Räch, o Herr,

Das Blut deiner Heiligen! – »Zu Rama ward ein Geschrei gehört und Weinen.«
Aus dem Munde der jungen Kinder, o Gott!
Die Priester treten zusammen, die Banner hinter ihnen.

ERSTER PRIESTER
Seit dem Tag der unschuldigen Kindlein ein Tag, der vierte Tag nach dem Weihnachtsfest.

DIE DREI PRIESTER
* Frohlocken wir alle und halten das Fest!

ERSTER PRIESTER
»Gleichwie für das Volk, so auch für sich selbst opfert er für die Sünden. Er läßt sein Leben für seine Schafe.«

DIE DREI PRIESTER
* Frohlocken wir alle und halten das Fest!

ERSTER PRIESTER
Heut?

ZWEITER PRIESTER
Heut? Was ist Heut? Dies Heut ist bald vorbei.

ERSTER PRIESTER
Heut? Was ist Heut? Eine weitere Nacht und ein weiteres Morgen.

DRITTER PRIESTER
Welcher Tag ist der, um den wir wissen, der, auf den wir hoffen, den wir fürchten?
Jeder Tag ist der Tag, den wir fürchten sollten oder hoffen. Jeder Augenblick
Wiegt wie der andre. Nur der Rückblick lehrt uns, erklärt uns:
»Dies war der Tag.« Der Augenblick des Gerichts
Ist immer heut und hier. Auch heut, im schäbigsten Geschehn,
Kann sich der ewige Wille kundtun.
Die vier Ritter treten auf. Die Banner verschwinden.

ERSTER RITTER
Diener des Königs!

ERSTER PRIESTER
Uns wohl bekannt.
Ihr seid willkommen. Seid weit geritten?

ERSTER RITTER
Heut nicht weit. Doch dringende Sendung
Rief uns von Frankreich. Wir ritten rasch,
Schifften uns gestern ein, landeten abends,
Haben Geschäft mit dem Erzbischof.

ZWEITER RITTER
Dringend Geschäft.

DRITTER RITTER
Botschaft vom König.

ZWEITER RITTER
Auf Königs Befehl.

ERSTER RITTER
Unsre Leute stehn draußen.

ERSTER PRIESTER
Ihr kennt des Erzbischofs Gastfreundlichkeit,
Wir wollen just zum Essen gehn.
Den frommen Erzbischof würd's kränken,
Wenn wir euch nicht Bewirtung boten,
Eh das Geschäft begann. Kommt, speist mit uns.
Erst essen, dann Geschäft. Ihr mögt doch Schweinsbraten?

ERSTER RITTER
Erst das Geschäft, dann essen. Wir stecken euer Schwein
Selbst auf den Spieß und essen's dann.

ZWEITER RITTER
Wir müssen den Erzbischof sprechen.

DRITTER RITTER
Geh, sag dem Erzbischof,
Wir haben seine Gastfreundschaft nicht nötig,
Wir finden unser Mittagessen selbst.

ERSTER PRIESTER *zu einem aus dem Gefolg:*
Geh, meld es seiner Herrlichkeit.

VIERTER RITTER
Wie lang wollt ihr uns hier noch warten lassen?
Thomas tritt auf.

THOMAS *zu den Priestern:*
Wie gewiß auch unsre Erwartung sei,

Das Vorhergesehne kann unerwartet
Sein, wenn es eintrifft. Es kommt, wenn wir
Mit andern Dingen vollauf beschäftigt sind.
Auf meinem Tische findet ihr
Die Akten geordnet, die Briefe gesiegelt.
Zu den Rittern:
Ihr seid willkommen, was immer eure Botschaft sei.
Vom König, sagt ihr?

ERSTER RITTER

Ganz gewiß, vom König.
Wir müssen Euch alleine sprechen.

THOMAS *zu den Priestern:*

Laßt uns denn allein.
Nun, und was ist die Botschaft?

ERSTER RITTER

Dies ist die Botschaft:

DIE DREI RITTER

Du bist der Erzbischof, der sich empört hat gegen den König, der
Aufruhr stiftet gegen den König und das Gesetz im Land.
Du bist der Erzbischof, welcher bestallt ward durch den König,
eingesetzt, um zu gehorchen, durch des Königs eigne Hand.
Du bist sein Diener, sein Werkzeug, sein Hausknecht,
Von seinen Gnaden hast du dein Hausrecht,
Hast alle Ehren aus seiner Hand, Ring, Siegel, Vollmacht,
Bischofsstand.
Dies ist der Mann, der des Handelsmanns Sohn war, der
Hinterhausbalg, geboren in Cheapside,
Dies das Gewürm, das den König beschlichen, geschwollen von Blut
und geschwollen von Stolz und Neid.
Kroch aus der Gosse von London heraus,
Kroch wie auf Euer Hemd die Laus,
Der Mann, der schwindelte, log und trog, brach seinen Eid, verriet
König und Land!

THOMAS

Das ist nicht wahr.
Bevor ich diesen Ring empfing, und als ich ihn empfangen,

Hab ich als treuer Untertan dem König angehangen.
Ich steh ihm zu Gebot bis auf meinen Stand
Als der treueste Vasall in seinem Land.

ERSTER RITTER

Bis auf deinen Stand. – So helf dir dein Stand!
Doch er wird's nicht tun, wenn ich's recht verstand,
Bis auf deinen Ehrgeiz meinst du wohl,
Bis auf deinen Stolz, Haß, Neid und Groll.

ZWEITER RITTER

Bis auf deine Frechheit, Raffsucht, Gierigkeit!
Willst du nicht uns bitten, Gott für dich zu bitten? Ist hohe Zeit.

DRITTER RITTER

Ja, wir wollen für dich bitten!

ERSTER RITTER

Ja, wir wollen für dich bitten!

DIE DREI RITTER

Ja, wir wollen beten, daß Gott dir gnädig sei!

THOMAS

Doch, edle Herrn, euer Geschäft,
Das, wie ihr sagt, so dringend ist, wär nur
Geschimpf und Lästerung?

ERSTER RITTER

War nur
Entrüstung treuer Untertanen!

THOMAS

Treu wem?

ERSTER RITTER

Dem König.

ZWEITER RITTER

Dem König!

DRITTER RITTER

Dem König!

DIE DREI RITTER

Gott schütz ihn!

THOMAS

Dann tragt nur den Rock eurer neuen Treue

Mit Vorsicht, sonst reißt er, und ihr habt die Reue.
Was bringt ihr sonst?

ERSTER RITTER

Königs Befehl.
Sagen wir's gleich?

ZWEITER RITTER

Ja freilich, flugs,
Sonst entwischt uns der alte, verschlagene Fuchs.

THOMAS

Was ihr zu sagen habt
Auf Königs Befehl – ihr sagtet doch »Königs Befehl«? –
Wird besser öffentlich gesagt. Erhebt ihr Klage,
Will ich euch öffentlich Rede stehn.

ERSTER RITTER

Nein, hier und jetzt!

Sie wollen sich auf ihn stürzen. Aber die Priester und das Gefolg kehren zurück und schieben sich lautlos dazwischen.

THOMAS

Jetzt denn und hier!

ERSTER RITTER

Eurer frühern Verbrechen geschieht nicht Erwähnung.
Sie sind allen bekannt. Doch nun, da Versöhnung
In Frankreich geschehn und Ihr heimgekehrt seid
In Würden und Rang, wo blieb Eure Dankbarkeit?
Ihr waret aus England geflohn, nicht verbannt,
Nicht bedroht – merkt's Euch! –, da gefiel's Euch nicht wenig.
In den welschen Provinzen Verwirrung zu stiften,
Zwietracht zu säen im fremden Land,
Dem König und Papst und dem welschen König
Die Seele mit falschem Gerücht zu vergiften.

ZWEITER RITTER

Der König dagegen aus frommem Gemüte
Erwies Euch auf Bitten der Euren nur Güte.
Der Friedensvertrag schuf ein Ende des Zwistes,
Und entließ Euch in Ehren und Würden. Ihr wißt es.
Der alten Verfehlungen ward vergessen,

Ihr erhieltet zurück, was Ihr früher besessen,
Man fand sich zu jeder Verwillgung bereit.
Noch einmal: Wo blieb Eure Dankbarkeit?

ERSTER RITTER

Ihr ächtetet die, die den Prinzen gekrönt,
Indem Ihr die Krönung für nichtig schaltet,

ZWEITER RITTER

Gebrauchet der Waffe des Kirchenbannes,

DRITTER RITTER

Habt auf jegliche Weise gehemmt und gehöhnt,
Wer, seit der König im Ausland war,
Der Reichsgeschäfte mit Treuen gewaltet.

ERSTER RITTER

Das sind die Fakten, klipp und klar.
Sagt nun, ob Ihr's zufrieden seid,
Sie vor dem König zu vertreten, wir warten hier auf den Bescheid.

THOMAS

Mein Wunsch hat nie daran gedacht,
Den Prinzen zu kränken an Ehren und Macht.
Wüßt freilich gern, warum er tracht,
Meinem Volk mich zu rauben und mir das meine,
Und heißt mich in Canterbury sitzen alleine.
Ich wünscht ihm gern drei Kronen für eine.
Und die Bischöfe? – Mein ist nicht der Bann,
Der sie traf, und den ich nicht lösen kann.
Laßt sie zum Papst gehn, der hat sie gerichtet.

ERSTER RITTER

Ihr habt sie geächtet!

ZWEITER RITTER

Durch Euch werd's berechtet!

DRITTER RITTER

Absolvier sie!

ERSTER RITTER

Absolvier sie!

THOMAS

Ich leugn es nicht,

Was durch mich geschehn ist. Doch bin ich's nicht,
Der lösen kann, was der Papst gebunden.
Fragt ihn, der sich selber gekränkt gefunden
Durch ihre Mißachtung meiner Person, durch ihre Mißachtung der Kirche.

ERSTER RITTER

Genug! Ich geb Königs Willen bekannt:
Du und die Deinen verlassen das Land.

THOMAS

Wenn das Königs Willen ist, so will ich kühn bekennen:
Sieben Jahr war meine Herde meiner Gegenwart beraubt.
Sieben Jahr Entbehrung, Kummer, Not und Pein,
Sieben Jahr ein Bettler von fremder Barmherzigkeit
Fremden Landes: sieben Jahr sind keine geringe Zeit.
Ich hole diese sieben Jahr nicht wieder ein.
Nimmermehr – daß ihr mir's wisset und glaubt! –
Wird salzige See den Hirten von seiner Herde trennen.

ERSTER RITTER

Des Königs Majestät, des Königs Gerechtigkeit
Verhöhnt Ihr mit dreister Vermessenheit.
Narr, der, durch keinerlei Scham belehrt,
Seine Diener und Boten beschmutzt und entehrt.

THOMAS

Nicht ich bin's, welcher den König schmäht,
Es gibt Höhres als mich und die Majestät.
Nicht ich bin's, Becket von Cheapside,
Nicht gegen Becket geht der Streit;
Becket verhängt das Urteil nicht,
Sondern Christi Kirche und Roms Gericht.

ERSTER RITTER

Pfaff, du sprachst dich um Leib und Leben.

ZWEITER RITTER

Pfaff, hast dich selbst ans Messer gegeben.

DRITTER RITTER

Pfaff, hast geredet Verrat und Hochverrat.

DIE DREI RITTER

Pfaff, Verräter, verhärtet in Freveltat.

THOMAS

Ich bring meine Sach vor den Papst zu Rom.
Und schlagt ihr mich tot, so steh ich schon
Und führ meine Sache vor Gottes Thron.

Ab

VIERTER RITTER

Pfaff, Mönch und Knecht! Frisch, greift ihn an,
In Königs Namen! Bindet den Mann!

ERSTER RITTER

Ihr haftet mit eurem Leib!

ZWEITER RITTER

Fühl's wer nicht hört:
Wir bringen des Königs Recht, wir bringen das Schwert!

Die Ritter ab

CHOR

Ich hab sie gerochen, die Todbringer, Sinne sind geschärft
Durch Vorempfindung, zarteste. Hab gehört
Flötenruf bei Nacht, Flöten und Käuzchen, hab gesehn im Mittag
Grindige Fittiche, schief geneigt, riesig und lächerlich. Hab geschmeckt
Fauligen Fleisches Schmack im Löffel, hab gefühlt
Erdreichs Regen und Seufzen vor Nacht, ruhlos, sinnlos. Hab gehört
Lachen im Ruf der Tiere, die seltsam rufen: Lachfalk, Lachfrosch, Lachtaube; hastende Flucht von Maus und Springmaus, Lachen der Lumme, des Wahnsinnsvogels. Hab gesehn Grau-Hälse verwrungen, Rattenschwänze verfilzt im dunstigen Dämmer vor Tag. Gegessen hab ich
Glatte Geschöpfe, lebendig, mit scharfem Salzgeschmack des Lebendigen unter der See. Gekostet hab ich
Lebende Hummer und Krabben, Austern, Garnele, Kinkhorn; sie leben und laichen in meinem Gedärm, und mein Gedärm zerlöst sich im Dämmerlicht. Gerochen hab ich
Tod in der Rose, Tod in der Malve, Wicke, Hyazinthe, Primel,
Schlüsselblume, hab gesehn
Rüssel und Horn, Fang und Huf an vielen Orten;

Hab gelegen am Boden der See, hab geatmet im Atmen der Seeanemone, geschlürft mit der Schlingbewegung des Schwamms, hab gelegen im Grund und die Würmer bekrittelt. In Lüften
Hab ich gescherzt mit den Fluchten des Königsweihs, bin mit dem Königsweih niedergestoßen, kroch mit dem Zaunkönig unter den Zaun. Gefühlt hab ich
Hornkäfers Horn, der Natter Schuppe, die harte, bewegliche, fühllose Haut des Elefanten, die glitschige Flanke des Fisches. Gerochen hab ich
In der Schüssel Verwesung, im Abort Weihrauch, im Weihrauch die Gosse, wohlriechender Seife Gedüft auf dem Waldpfad, höllisch süßes Gedüft auf dem Waldpfad, während der Boden sich regte. Gesehn
Hab ich Ringe von Licht niederwärts taumelnd und sinkend
Zum Schreck der Affen. – Wußt ich nicht, wußt ich nicht.
Was verhängt war zu kommen? – Hier war's, auf dem Gang, in der Küche,
Im Roßstall, im Kuhstall, im Schober, am Markt,
In Adern, Geweiden und Schädel sowohl
Als in den Plänen der Potentaten,
Als in der Ratsversammlung der Reiche.
Was gewoben wird auf dem Stuhl des Geschicks,
Was gewoben wird in den Kammern der Fürsten,
Webt seinen Zwirn durch Adern und Hirn,
Gewebt wie Geweb von lebendgem Gewürm,
Im Gedärm der Frauen von Canterbury.
Ich hab sie gerochen, die Bringer des Tods. Jetzt ist zu spät
Für Handeln, zu spät für Zerknirschung.
Nichts mehr möglich, nur Ohnmacht schamvoll sinkende,
Derer, die willfahrten der letzten Erniedrigung.
Ich hab willfahrt, Herr Erzbischof, ich hab willfahrt!
Bin weggeschleift, gejocht, geschändet,
Vermählt dem geistlichen Fleisch der Natur,
Bemeistert durch tierische Kräfte des Geists,
Unterjocht durch die Wollust der Selbstzernichtung,
Im allalleräußersten Tod des Geistes,

Im letzten Krampf von Verfluchung und Schmach.
O Fürst Erzbischof, o Thomas Erzbischof, vergib uns, vergib uns, bitt für uns, auf daß wir für dich beten mögen aus unsrer Schmach heraus!

Thomas tritt auf.

THOMAS

Fried! Habt nun Frieden mit eurem Gesicht und Gedanken!
Euch mußte das alles geschehn, und ihr mußtet's erdulden.
's ist euer Teil an der ewigen Bürde,
Der ewigen Glorie. Dies ist hier ein Augenblick;
Doch wisset, ein andrer
Wird euch durchbohren mit plötzlicher, schmerzlicher Wonne,
Wenn Gottes Vorsatz sich erfüllt und nimmt Gestalt.
Ihr werdet dies alles vergessen im Tagwerk des Haushalts,
Werdet der Dinge gedenken am Herdfeuer murmelnd. –
Wenn Alter und Vergeßlichkeit Gedenken süß macht,
Wird's wie ein Traum sein, der oft erzählt,
Oft im Erzählen verändert ward. Unwirklich wird's euch dünken. –
Menschenkraft erträgt nicht sehr viel Wirklichkeit.

Die Priester treten auf.

DIE PRIESTER *einzeln:*

Eur Gnaden dürfen hier nicht bleiben. Flieht ins Münster!
Durch den Kreuzgang! Keine Zeit verlieren! Sie sind auf dem Weg, bewaffnet! Zum Altar! Zum Altar!

THOMAS

Sie waren all mein Leben lang zu mir unterwegs, diese Füße; all mein Leben lang hab ich gewartet.
Tod wird nur kommen, wenn ich würdig bin,
Und wenn ich würdig bin, hat's nicht Gefahr.
Ich muß nur meinen Willen vollkommen machen.

DIE PRIESTER

Euer Herrlichkeit, sie kommen! Sie werden gleich durchbrechen!
Sie werden Euch töten. Kommt zum Altar!
Eur Gnaden, rasch! Bleibt hier nicht stehn und redet. Es ist nicht recht!
Was wird aus uns, wenn man Euch tötet, Herr, was wird aus uns?

THOMAS
Schweigt! Haltet Ruh! Besinnt euch, wo ihr seid, und was geschieht.
Man sucht kein Leben außer meinem,
Und meines ist nicht in Gefahr: nur nah dem Tod.

DIE PRIESTER
Eur Herrlichkeit zur Vesper! Ihr dürft nicht fehlen bei der Vesper. Ihr dürft nicht fehlen bei dem heiligen Amt. Zur Vesper! Ins Münster!

THOMAS
Geht zur Vesper! Gedenkt mein in euren Gebeten.
Sie werden hier den Hirten finden; die Herde bleibt verschont.
Ich empfand ein Zittern: Seligkeit, einen Blick des Himmels, ein Flüstern,
Und möchte nicht länger, es bleibt mir verwehrt. Alles reift
Zu freudiger Erfüllung.

DIE PRIESTER
Ergreift ihn, zwingt ihn, schleppt ihn!

THOMAS
Laßt eure Hände!

DIE PRIESTER
Zur Vesper, geschwind!
Sie schleppen ihn hinaus. Während der Chor spricht, verwandelt sich die Bühne in den Dom.

DER CHOR *während das Dies irae in der Ferne gesungen wird:*
Lahm die Hand, die Wimper trocken,
Doch der Schrecken, ärgrer Schrecken,
Als wenn's zerrt im Eingeweid.

Doch der Schrecken, ärgrer Schrecken,
Als wenn sich die Finger krampfen,
Als wenn Haupt und Schädel birst.

Mehr denn Fußtapf auf dem Gange,
Mehr denn Schatten auf der Schwelle,
Mehr denn Mörders Wut im Saal.

Das Höllengesindel verschwindet, das menschliche, – weicht, zerstreut sich
Zu Staub im Wind, vergessen, undenkwürdig; blieb allein
Dein weißes, schales Angesicht, Tod, stummer Bote Gottes,
Und hinterm Angesicht des Todes das Gericht,
Und hinter dem Gericht die Lücke, gräßlicher denn alle tätige Gestalt der Hölle,
Leerheit, Abwesenheit, Geschiedensein von Gott;
Das Graun der mühelosen Fahrt ins leere Land,
Das kein Land *ist*, nur Leerheit, Wegsein, Lücke,
Wo der, der Mensch war, seinen Sinn nicht länger wendet,
Auf Unrast, Spiegelfechterei, Flucht in den Traum, Fehlanspruch,
Wo nichts hinfort die Seele täuscht, wo weder Bild noch Ton blieb,
Noch Farb, noch Form, die Seele zu zerstreun und zu verwirren,
Daß sie sich selbst nicht seh, schmählich für immer vereint,
Nichts mit dem Nichts.
Nicht was man Tod nennt, sondern was hinter dem Tod nicht Tod ist,
Fürchten wir, fürchten wir. Wer tritt dann für mich ein,
Wer nimmt für mich das Wort in meiner Angst?

Heiland, tot am Holz des Lebens,
Laß die Müh nicht sein vergebens,
Hilf mir, Herr, in letzter Not.

Ich bin Staub, zum Staub geartet,
Vorm Gericht, das meiner wartet,
Rett mich, denn nun naht der Tod.

Im Dom. Thomas und die Priester

DIE PRIESTER

Verriegelt die Tür, verriegelt die Tür!
Die Tür ist verriegelt.
Wir sind sicher, wir sind sicher!
Sie wagen nicht einzubrechen.

Sie können nicht einbrechen. Sie haben nicht die Kraft.
Wir sind sicher, wir sind sicher!

THOMAS

Entriegelt die Türen, werft offen die Türen!
Ich will nicht das Gebetshaus, Christi Kirche,
Das Heiligtum zur Festung machen.
Beschirmerin soll die Kirche sein, allein nach ihrer Sitte, nicht
Wie Holz und Stein. Stein und Holz verwittert,
Birst und splittert. Bleiben wird die Kirche für und für.
Offen soll die Kirche stehn, auch für unsre Feinde. Öffnet die Tür!

PRIESTER

Euer Herrlichkeit! Dies sind nicht Menschen, sie kommen nicht, wie Menschen kommen, sondern
Wie wütende Bestien. Sie kommen nicht wie Menschen, die
Das Heiligtum ehren, die knien vor dem Leibe des Herrn,
Sondern wie Bestien. Ihr würdet die Tür
Festmachen gegen Leun, Wolf, Eber, Pardeltier.
Warum nicht hier
Gegen Bestien mit der Seele verdammter Menschen, gegen Menschen,
Die sich selber zur Bestie verdammen mochten. Euer Herrlichkeit! Euer Herrlichkeit!

THOMAS

Dünkt ruchlos euch, verzweifelt und verrückt,
Ihr rechnet nach dem Ausgang, wie die Welt tut,
Dann sagt ihr: Es mißlang; es ist geglückt.
Tatsachen tun's euch an. Aus jedem Tun und Leiden kann
Man leicht ein gut und bös Ergebnis wachsen sehn.
Und wie die Zeit den Ausgang vieler Taten mengt,
Wird Gut und Bös zuletzt in einen Knäul verschränkt.
Nicht hier in dieser Zeit läßt sich mein Tod verstehn;
Nein, außer aller Zeit fiel mein Entschluß,
Nennt ihr Entschluß,
Worin mein ganzes Wesen völlig einstimmt.
Ich geb mein Leben
Für Gottes Recht, das über Menschen Recht ist.
Tut auf die Tür, tut auf die Tür!

Wir sind nicht hier, durch Kampf und List, auch nicht durch Widerstand zu triumphieren,
Auch nicht, als Mensch mit Bestien zu kämpfen. Wir haben das Tier bekämpft
Und haben es besiegt. Nun bleibt nur noch der Sieg
Durch Leiden. 's ist die leichtere Victorie.
Jetzt triumphiert das Kreuz. Jetzt
Öffnet das Tor! Ich will's. Öffnet das Tor!
Die Tür wird geöffnet. Die Ritter treten auf, leicht angetrunken.

DIE PRIESTER

Hierher, Euer Gnaden, rasch! Die Stiege hinauf! Aufs Dach! In die Krypta! Rasch!
Kommt! Zwingt ihn!

DIE RITTER

Ist nicht Becket, der Reichsverräter,
Becket, der Pfaff, der vermeßne, nicht hier?
Daniel, komm in die Löwengrube,
Daniel, komm, daß dich zeichne das Tier.

Bist du gewaschen im Blute des Lammes?
Hat dir die Stirne gezeichnet das Tier?
Daniel, komm in die Löwengrube,
Daniel, tritt an den Tanz mit mir.
Ist nicht Becket, der Cheapsidebalg,
Becket, der treulose Pfaff, nicht hier?
Daniel, komm in die Löwengrube,
Daniel, tritt an den Tanz mit mir.

THOMAS

Der Gerechte soll
Ein Leu sein, furchtlos für und für.
Ich steh hier!
Kein Reichsverräter! Ich, ein Priester,
Ein Christ, erlöst durch Christi Blut,
Bereit zu leiden in meinem Blut. –
Das ist allzeit der Kirche Signatur,
Die Signatur des Blutes. Blut für Blut.

Sein Blut gegeben, mein Leben zu kaufen,
Mein Blut gegeben, sein Sterben zu zahlen.
Mein Tod für seinen Tod!

ERSTER RITTER

Lös alle, die du exkommuniziert hast!

ZWEITER RITTER

Gib ab die Macht, die du usurpiert hast!

DRITTER RITTER

Gib dem König zurück, was du defraudiert hast!

VIERTER RITTER

Erneu den Gehorsam, wo du rebelliert hast!

THOMAS

Zu meinem Herrn ich jetzt abscheid
Für seiner Kirche Fried und Freiheit.
Tut mir, was ihr wollt, euch zu Schaden und Scham;
Doch meine Leut, in Gottes Nam,
Weder Laien noch Priester rührt keiner mir an,
Ich verbiet es!

DIE RITTER

Verräter! Verräter! Verräter!

THOMAS

Du, Reginald, dreimal Verräter du:
Verräter an mir als mein zeitlicher Lehnsmann,
Verräter an mir, deinem geistlichen Obern,
Verräter an Gott als ein Heiligtumsschänder!

ERSTER RITTER

Ich schulde dir weder Treu noch Huld.
Renegat! Hier zahl ich dir, was ich dir schuld!

THOMAS

Jetzt Dir, allmächtiger Gott, jetzt Dir, hochgelobte Maria, allzeit Jungfrau,
Dem hochgelobten Johannes dem Täufer, den heiligen Aposteln Peter und Paul,
Dem hochgelobten Märtyrer Dionysius und allen Heiligen befehl ich meine Sache und die der Kirche.

Während die Ritter ihn töten, hört man den Chor.

CHOR

Klärt die Luft! Fegt den Himmel! Wascht den Wind! Nehmt den Stein vom Stein und wascht sie!
Das Land ist faul, das Wasser ist faul, unsre Tiere und wir sind mit Blut befleckt.
Ein Regen von Blut hat mich blind gemacht. Wo ist England? Wo Kent? Wo Canterbury?
O fern, fern, fern im Vergangnen! – Ich wandr im Land voll Dorn und Gestrüpp: wenn ich sie breche, so bluten sie. Ich wandr im Land voll dürren Gesteins, wenn ich's berühre, so blutet's.
Wie fänd ich wieder zurück in die friedlichen, stillen Gezeiten?
Nacht bleibt finster, Sonne steh, daure Gezeit! – Laßt den Tag nicht kommen, laßt den Lenz nicht kommen!
Kann ich denn wieder den Tag anschaun und die Dinge des Tags? Und seh sie alle schwarz von Blut durch den Vorhang rinnenden Bluts?

Wir wünschen nicht, daß etwas gescheh,
Wir haben das einzelne Leid verstanden,
Einsame Schmerzen, gemeinsamen Jammer,
Lebend und halbwegs lebend;
Den Schrecken des Nachts, der endet im täglichen Handeln,
Den Schrecken des Tags, der endet im Schlaf.
Doch der Schwatz beim Brunnen, die Hand am Besen,
Das Häufeln der Asche zunacht,
Das Reisig vor Morgen aufs Feuer gelegt,
Solch Handeln zog unserm Leid die Schranke,
Jegliches Graun fand seine Begrenzung,
Jeglicher Kummer fand irgend ein Ende. –
Dem Leben fehlt Zeit zu langer Betrübnis,
Doch dies, dies ist außer dem Leben, außer der Zeit!
Augenblicks-Ewigkeit: Untat, Mordtat!

An uns hängt Schmutz, der nicht weicht, uns frißt unirdisch Greul, Gewürm und Geziefer;

Wir sind's nicht allein, es ist nicht das Haus, es ist nicht die Stadt, die verunreint ist,
Sondern die Welt ist im Kern verfault.
Klärt die Luft, fegt den Himmel, wascht den Wind! Nehmt den Stein vom Stein, nehmt die Haut vom Arm, nehmt das Fleisch vom Bein und wascht es. Wascht den Stein, wascht das Bein, wascht das Hirn, wascht die Seele, wascht sie, wascht sie!

Nachdem die Ritter den Mord vollbracht haben, treten sie vor die Rampe und reden die Zuschauer an.

ERSTER RITTER

Wir bitten für einige wenige Minuten um Ihre Aufmerksamkeit. Wir wissen es, daß Sie möglicherweise geneigt sind, unsre Tat ungünstig zu beurteilen. Sie sind Engländer, und deshalb glauben Sie an faires Spiel. Wenn Sie sehen, daß vier auf Einen losgehn, sind Ihre ganzen Sympathien auf Seite des Überwältigten. Ich achte diese Gefühle. Ich teile sie. Trotzdem appelliere ich an Ihr Rechtsbewußtsein. Sie sind Engländer und werden daher niemanden verurteilen, ohne beide Parteien gehört zu haben. Das deckt sich mit der bei uns seit undenklichen Zeiten bestehenden Institution der Schwurgerichte. Nun bin ich selbst nicht der Mann, Ihnen unsern Fall auseinanderzusetzen. Ich bin ein Mann der Tat und nicht des Wortes. Deshalb werde ich mich darauf beschränken, die andern Redner vorzustellen, die entsprechend ihrer besonderen Eignung imstande sein werden, Ihnen die verschiedenen Seiten dieses äußerst verwickelten Problems nach wechselnden Gesichtspunkten auseinanderzusetzen. Ich erteile demnach unserm ältesten Mitglied zuerst das Wort: Mein Gutsnachbar, Baron William de Traci.

DRITTER RITTER

Ich fürchte, ich bin durchaus kein solch erfahrener Redner wie mein alter Freund Reginald Fitz Urse Sie glauben machen möchte. Doch da ist etwas, das ich Ihnen gern sagen würde, und ich möchte es am liebsten gleich jetzt sagen. Nämlich: bei dem, was wir getan haben, und worüber Sie denken mögen, wie Sie wollen, sind wir völlig uneigennützig vorgegangen.

Die andern Ritter: »Hört, hört!«

Wir gewinnen bei dieser Sache nichts. Wir sind vier schlichte Engelsmänner, die ihr Land über alles stellen. Ich würde mich nicht wundern, wenn wir keinen besonders guten Eindruck gemacht haben, als wir jetzt eben auftraten. Die Wahrheit ist: wir wußten, daß wir einen harten Brocken vor uns hatten. Ich kann da nur für mich selber sprechen, aber ich hatte ziemlich viel getrunken – ich bin für gewöhnlich kein Potator –, um Mumm in die Knochen zu kriegen. Denn kommt's zum bittern Ende, so geht's einem doch gegen den Strich, einen Erzbischof umzubringen, vor allem, wenn man in gutem kirchlichem Herkommen aufgewachsen ist. – Haben wir also ein wenig wie Raufbolde gewirkt, so wissen Sie jetzt, wie das kam; und ich für meinen Teil bedaure das aufrichtig. Wir waren uns alle vier darüber klar, daß es geschehen mußte, aber trotzdem hatten wir nötig, uns aufzupulvern. Und, wie gesagt, wir haben an dieser ganzen Sache keinen Pfennig. Wir wissen im voraus, wie die Geschichte ausgehn wird. König Heinrich – Gott schütz ihn! – wird aus Gründen der Staatsräson sagen müssen, er habe nie den Wunsch gehegt, daß etwas Derartiges geschehe; da wird es also einen Mordsradau geben, und wir werden bestenfalls den Rest unsrer Tage außer Landes zu beschließen haben. Selbst wenn vernünftige Leute zu der Einsicht kommen, der Erzbischof habe beseitig werden *müssen* – und ich persönlich hatte eine kolossale Bewunderung für ihn – Sie selber werden ja bemerkt haben, wie fabelhaft er sich bei seinem Ende gehalten hat –, *uns* wird man deshalb keine Kränze flechten. Nein, wir sind erledigte Leute, daran ist nicht zu zweifeln. Also, wie ich gleich anfangs gesagt habe, schenken Sie uns wenigstens den Glauben, daß wir in dieser Sache vollkommen uneigennützig gehandelt haben. Ich meine, das ist alles, was ich zu sagen habe.

DER ERSTE RITTER

Ich denke, wir werden alle zugeben, daß William de Traci gut gesprochen und einen sehr wichtigen Punkt hervorgehoben hat. Der Kern seiner Beweisführung ist dieser: wir sind völlig uneigennützig vorgegangen. Aber unsere Tat als solche benötigt noch andre Rechtfertigung als nur diese, und Sie müssen noch unsre weiteren Redner hören. Ich bitte zunächst um Gehör für Hugo von Morville, der eine anerkannte Autorität in allen kameralistischen und verfassungsrechtlichen Fragen ist: Baron Hugo von Morville.

ZWEITER RITTER

Ich möchte gleich auf einen Punkt zurückkommen, den unser Verhandlungsleiter, Reginald Fitz Urse, mit Recht zur Sprache gebracht hat, nämlich daß Sie, meine Herrschaften, Engländer sind, und daß deshalb Ihre Sympathien immer der schwächeren Partei gehören. Das ist der englische Geist des fairen Spiels. – Nun hat der hochwürdige Erzbischof, dessen gute Eigenschaften ich außerordentlich verehre, heute durchweg die Rolle des Schwächeren gespielt. Aber ist das wirklich der Fall? Ich möchte in der Frage weniger an Ihre Gefühle als an Ihre Einsicht appellieren. – Ich habe – soweit ich sehen kann – nüchterne, verständige Leute vor mir, die sich durch sentimentales Gewäsch nicht auf den Leim locken lassen. Ich bitte Sie also, in aller Ruhe folgendes zu erwägen: Was waren die Absichten des Erzbischofs, und was sind König Heinrichs Absichten? In der Antwort auf diese Fragen liegt der Schlüssel des Problems.

Des Königs Absichten sind von Anfang an die gleichen geblieben. Während der Regierung der verstorbenen Königin Mathilda und dem Einfall des unseligen Usurpators Stefan zerfiel das Reich in viele Parteien. Unser König sah, daß das erste, was nottat, die Wiederherstellung der Ordnung war. Dafür war es nötig, die übertriebenen Machtbefugnisse der örtlichen Gewalthaber zu beschneiden, deren sie sich ohnehin meist zu selbstischen, oft zu aufrührerischen Zwecken bedienten. Daneben bedurfte es einer allgemeinen Rechtsreform. Der König wünschte daher, daß Becket, der sich als ein ungewöhnlich fähiger Verwaltungsbeamter erwiesen hatte – niemand stellt das in Abrede –, das Amt des Kanzlers und Erzbischofs in seiner Person vereinige. Wäre Becket mit den Wünschen des Königs konform gegangen, so hätten wir ein beinah ideales Staatswesen gehabt: den Zusammenschluß geistlicher und weltlicher Amtswaltung unter einer zentralen Behörde. Ich habe Becket bei verschiedenen amtlichen Begegnungen persönlich kennengelernt und darf sagen, ich habe niemals jemanden gekannt, der wie er für die höchsten Posten der Zivilverwaltung qualifiziert gewesen wäre. Aber was geschah? Von dem Moment an, wo Becket auf Verwendung des Königs zum Erzbischof gewählt war, legte er das Amt des Kanzlers nieder, wurde päpstlicher als der Papst, befleißigte sich in ostentativer und beleidigender Art einer asketischen Lebenshaltung und behauptete alsbald, es gebe eine höhere Ordnung als die, für deren Zustandekommen unser König und er selbst als des Königs Diener so viele Jahre gearbeitet hatten, und diese beiden Ordnungen seien – Gott weiß, warum – miteinander unverträglich.

Sie werden mir zugeben, daß solche Anmaßung seitens eines Kirchenfürsten den Instinkten eines Volkes wie das unsrige zuwiderlaufe. So weit bin ich der Zustimmung meiner Hörer gewiß. Nur hinsichtlich der Maßnahmen, zu denen wir uns zwecks Aufrechterhaltung der Ordnung gezwungen sahen, haben Sie Ihre eigene Meinung. Nun, niemand bedauert die Notwendigkeit gewaltsamen Vorgehens aufrichtiger als wir. Aber leider gibt es Zeiten, in denen Gewalt der einzige Weg ist, auf dem soziale Gerechtigkeit sichergestellt zu werden vermag. Zu andrer Zeit würden wir einen Erzbischof durch Parlamentsbeschluß verurteilen und ihn in aller Form rechtens als Hochverräter bestrafen, und niemand würde es auf sich nehmen müssen, daß man ihn deshalb einen Mörder schelte. Und in noch späterer Zeit würde selbst ein so maßvolles Verfahren unnötig geworden sein. Aber wenn wir jetzt eine gerechte Unterordnung des kirchlichen Machtwillens unter die Wohlfahrt des Staates erreicht haben, so wollen Sie daran denken, daß wir es sind, die den ersten Schritt dazu getan. Wir sind das Werkzeug gewesen, das den Stand der Dinge herbeiführen half, zu dem Sie sich jetzt beglückwünschen. Wir haben Ihren Interessen gedient, wir verdienen Ihren Beifall, und wenn in der Sache von irgendeiner Schuld die Rede zu sein hat, so müssen Sie sie mit uns teilen.

ERSTER RITTER

Morville hat uns viel Stoff zum Nachdenken gegeben. Mir scheint, er hat beinah das letzte Wort in der Sache gesagt, wenigstens für die, die imstande gewesen sind, mit seinen tiefschürfenden Erwägungen Schritt zu halten. Wir haben aber hier noch einen Redner, der, wie ich meine, einen weiteren Gesichtspunkt vorzubringen hat. Sollte irgend jemand noch nicht voll überzeugt sein, so wird, denk ich, Richard Brito in der Lage sein, Sie zu überzeugen. Abkömmling einer durch ihre Treue zur Kirche berühmten Familie, der er ist: Richard Brito.

VIERTER RITTER

Mein Vorredner mit Einschluß unsres Verhandlungsleiters Reginald Fitz Urse haben alle in vorbildlicher Weise zur Sache gesprochen. Ich habe ihren jeweiligen Ausführungen nichts hinzuzusetzen. Was ich zu sagen habe, kann ich in Form einer Frage sagen: *Wer hat den Erzbischof umgebracht?* Da Sie alle Augenzeugen dieses bedauerlichen Vorfalls gewesen sind, mögen Sie einigermaßen erstaunt sein, wenn ich die Sache so anpacke. Aber rekapitulieren Sie den Gang der Ereignisse. Ich muß noch einmal mich für einen Augenblick auf das Feld meines letzten Vorredners begeben. Solang der verblichene Erzbischof Kanzler war, hat – außer dem König – niemand mehr getan, um das Land zusammenzuschweißen, ihm die Einheit, die Stabilität, die Ordnung, Ruhe und Rechtssicherheit zu geben, deren es so sehr bedurfte. Von dem Augenblick an, wo er Erzbischof wurde, krempelte er seine Politik vollkommen um; er zeigte sich völlig gleichgültig gegen das Schicksal des Landes, entpuppte sich tatsächlich als Mann einer wahrhaft ungeheuerlichen Ichbezogenheit. Diese Ichbezogenheit nahm bei ihm zu, bis sie schließlich zu unzweifelhafter Besessenheit wurde. Ich besitze unanfechtbares Beweismaterial dafür, daß er, bevor er Frankreich verließ, in Gegenwart vieler Zeugen wörtlich vorausgesagt hat, er habe nicht mehr lange zu leben und werde in England ermordet werden. Er hatt denn auch dies Ende auf jede mögliche Art herausgefordert. Aus seinem schrittweisen Verhalten läßt sich nichts anderes entnehmen, als daß er sich den Märtyrertod zum Ziel gesetzt. – Noch zuletzt hätte er uns gegenüber Vernunft beweisen können: Sie haben gesehen, wie er unsern Fragen auswich. Auch als er uns vorsätzlich über alle menschliche Geduld hinaus exasperiert hatte, hätte er noch leicht entkommen können. Er hätte sich lange genug vor uns verborgen halten können, um unsern gerechten Zorn abzukühlen. Das war aber grade, was er nicht wollte. Er bestand darauf, die Türen zu öffnen, als wir noch in voller Wut waren. Muß ich noch mehr sagen? Ich meine, mit diesen Tatsachen vor Augen werden Sie nicht zögern, ein Verdikt auf Selbstmord infolge Geisteskrankheit zu fällen. Es ist das nachsichtigste Urteil, das Sie fällen können über einen Mann, der schließlich trotz allem doch ein großer Mann war.

ERSTER RITTER

Dank, Brito. Ich meine, es bleibt nichts mehr zu sagen, und schlage vor, wir gehn nun alle ruhig und friedlich nach Haus. Achten Sie, bitte, darauf, daß Sie an den Ecken der Bürgersteige keine Gruppen bilden und nichts tun, was einen Straßenauflauf verursachen könnte.

Die Ritter ab

ERSTER PRIESTER

O Vater, Vater, uns verloren, fern von uns!
Wo finden wir dich, von welchem Ort
Blickst du herab auf uns, du, nun im Himmel?
Wer wird uns nun führen, uns schirmen, uns weisen?
Nach welcher Wanderschaft durch wieviel Furcht
Winkt wieder uns dein Nahsein? Wann erfüllt uns
Deine Kraft? Die Kirche liegt beraubt,
Allein, entheiligt und verwaist; Ungläubige werden auf den Trümmern
Ihre Welt baun ohne Gott. Ich seh's, ich seh's.

DRITTER PRIESTER

Nein! Stärker wird durch dies Geschehn die Kirche.
Sie triumphiert durch Trübsal, kräftigt sich,
Je mehr man sie verfolgt, solang ein Mensch noch für sie stirbt.
Geh, trüb, verloren, irrig Volk, ohn Heim in Erd und Himmel,
Geh wo der Abend rötet den letzten Fels
Britanniens und die Säulen des Herkules,
Geh, wag den Schiffbruch an unholder Küste,
Wo schwarzer Mann sich Christenleiber fängt,
Geh bis zu Nordmeers eisumgürtetem Rand,
Wo Hand erstarrt und Hirn ertäubt im Frosthauch,
Die Wasserstelle find im Brand der Wüste,
Schließ mit dem Heidenvolk der Sarazenen
Ein Bündnis, füg dich seinem Greueldienst,
Such in der Wollust seines Hofs Betäubung,
Vergessen an dem Bronn beim Dattelbaum,
Sitz und verbeiß die Zähn in Aquitanien:
Das Denken, das dein Tun rechtfertigen möchte,

Tritt doch und trabt die endlos, enge Bahn
Des Qualenzirkels hinter der Schädelwand,
Webt ein Geweb, das, wie sich's webt, sich auflöst,
Im Höllenbann der Schein-Gutgläubigkeit,
Der niemand glaubt: dies bleibt dein irdisches Verhängnis.
Wir wollen dein nicht weiter denken.

ERSTER PRIESTER

O mein Hirt,
Des neue Glorie sich uns verbirgt,
Bitt für uns aus Barmherzigkeit!

ZWEITER PRIESTER

Vor Gottes Angesicht
Vereint mit allen Heiligen und Märtrern
Gedenk an uns!

DRITTER PRIESTER

Schickt unsern Dank empor
Zu Gott, der uns in Canterbury den neuen Heiligen gab.

CHOR *während ein lateinisches Tedeum in der Ferne gesungen wird:*

Wir loben dich, Gott, dessen Ruhm sich bezeugt in aller Kreatur der Erde,
Im Schnee, im Regen, im Wind, im Sturm, in allem Geschöpf, beides, dem Jäger und dem Gejagten.
Jeglich Ding besteht, nur weil du selbst es schaust, nur weil du selbst es kennst, jed Ding besteht
Nur in deinem Licht, und dein Ruhm ist bezeugt auch noch durch das, was dich leugnet; die Finsternis zeugt vom Ruhme des Lichts.
Die, so dich leugnen, könnten nicht leugnen, wo du nicht wärest; ihre Verleugnung ist nimmer vollkommen, könnte sie's sein, wo wären sie selbst?
Ihr Leben bejaht dich, ein jeglich Leben bejaht dich, Vögel in Lüften, beide, der Falk und der Fink, Getier auf Erden, beide, der Wolf und das Lamm; der Wurm im Erdloch, der Wurm im Leibe.
Also der Mensch, den du gemacht hast, daß er dich kenne: kennend soll er dich loben mit Wort und Gedanken und Tat.
Auch mit der Hand am Besen, den Rücken gebeugt beim Schichten des Brands, die Knie gebeugt beim Fegen des Herds, die Schrubber

und Feger von Canterbury,
Den Rücken gebeugt von Mühen, die Knie gebeugt von Sünden,
die Hand vorm Gesicht aus Furcht, das Haupt gebeugt unterm Leid,
Auch in uns die Stimmen der Jahrszeit, Schnauben des Winters,
Frühlings Lied, Sommers Gesumm, die Stimmen von Tier und Gevögel, loben dich.
Wir danken dir für deine Gnaden des Bluts, Erlösung durch Blut.
Denn das Blut deiner Heilgen und Märtrer
Macht reich das Land und stiftet die heiligen Stätten.
Wo je ein Heiliger Wohnung nahm, ein Märtyrer je sein Blut hingab für Christi Blut,
Ist heiliger Grund, und die Heiligkeit wird nicht von ihm weichen,
Ob Heer- nach Heerschar über ihn trabt, ob die Schaulust kommt mit dem Reisebuch und gafft ihn an;
Von dort, wo die westliche See nagt an den Klippen Ionas,
Bis zum Tod in der Wüste, zum letzten Gebet am vergessenen Ort bei gesunkener Säule der Kaiser. –
Aus solchem Grund erwächst, was die Welt allimmer erneut,
Und ob sie's immer verleugnet. O Gott, wir danken dir,
Der solche Gnade verliehn zu Canterbury!

Vergib uns, Herr, wir bekennen uns selbst als ein Bild durchschnittlicher Menschen,
Der Männer und Frauen, die schließen das Tor und hocken am Herd,
Die fürchten den Segen des Herrn, Einsamkeit der Nacht vor Gott:
Hingabe, verlangt, Entbehrung, verhängt.
Gericht,
Fürchten die Hand am Fenster, das Feuer im Dach, die Faust in der Schenke, den Stoß ins Wasser
Mit minderer Furcht denn Gottes Erbarmung.
Wir bekennen die Sünde, die Schwäche, den Fehl, wir bekennen,
Daß die Sünde der Welt auf unser Haupt kommt, das Blut der Märtrer, das Sterben der Heiligen
Auf unser Haupt kommt.

Herr, erbarm dich über uns,
Christe, erbarm dich über uns,
Herr, erbarm dich über uns!
Heiliger Thomas, bitt für uns!

Der Familientag

Schauspiel

Deutsch von Rudolf Alexander Schröder und Peter Suhrkamp

Amy, *verwitwete Lady Monchensey*
Ivy, Violet *und* Agatha, *ihre jüngeren Schwestern*
Oberst Gerald Piper *und* Charles Piper,
Brüder ihres verstorbenen Mannes
Mary, *Tochter einer verstorbenen Kusine Lady Monchenseys*
Denman, *ein Zimmermädchen*
Harry, Lord Monchensey, *Amys ältester Sohn*
Downing, *sein Diener und Chauffeur*
Dr. Warburton
Sergeant Winchell
Die Eumeniden

Ort:
ein Landsitz im Norden Englands

Erster Teil

Wohnzimmer an einem Märznachmittag
nach der Teezeit

ERSTE SZENE

Amy, Ivy, Violet, Agatha, Gerald, Charles, Mary
Denman tritt auf, will die Vorhänge zuziehen.

AMY

Noch nicht. Ich werde läuten nach Ihnen. Es ist noch ganz hell.
Ich habe nichts zu tun, als zusehn, wie die Tage hingehn,
Nun ich zuhaus sitze von Oktober bis Juni,
Und die Schwalben kamen längst, und der Frühling wird vorbei sein
Und der Kuckuck fort, bevor ich wieder hinaus kann.
– O Sonne, sie wärmte einmal, und Licht schien selbstverständlich,
Als ich jung und stark war und auf Sonne und Licht nichts gab,
Und die Nacht ungefürchtet und der Tag wie gerufen
Und Uhren, auf die Verlaß war, ein gesichertes Morgen,
Und die Zeit stand nicht still im Dunkeln!
– Machen Sie Licht. Doch die Gardinen lassen Sie offen.
Und machen Sie Feuer. Will der Frühling nie kommen? Ich friere.

AGATHA

Wishwood ist immer kalt gewesen, Amy.

IVY

Ich habe immer zu Amy gesagt, sie soll in den Süden im Winter.
An Amys Stelle ginge ich in den Süden im Winter.
Ich folgte der Sonne und wartete nicht, bis die Sonne hierher kommt.
Ich reiste in den Süden im Winter, wenn ich mir's leisten könnte,
Und fröre nicht in Bayswater am künstlichen Kamin mit Gasautomaten.

VIOLET

In den Süden, zu englischen Leihbibliotheken,
Englischen Offizierswitwen und englischen Kaplänen,
Nüchternen Liegestühlen und kaltem bitteren Tee –
Indischem Tee, überzogen und kalt.

CHARLES

Das ist bestimmt Amys Stil nicht. Wir sind Landmenschen.
Amy ist zu lange schon dies Leben gewohnt
Mit Pferden, Hunden und Jagdflinten,
Um je daran zu denken, England im Winter zu verlassen.
Aber ein Junggeselle wie ich ist besser dran in London:
Man hat's dort ganz gemütlich in seinem Klub,
Selbst in einem englischen Winter.

GERALD

Ich dagegen
Wär grad so gern wieder Leutnant,
Noch 'nmal in Indien. Ein unvergleichliches Klima
Für jeden, der ein geregeltes Leben führt;
Und die eingeborene Bedienung ist so viel aufmerksamer.

AMY

Die Bedienung bei mir ist doch vorbildlich, Gerald.
Darauf kann ich noch sehn.

VIOLET

Wirklich,
Ich möchte nie in den Süden, nein, bestimmt niemals,
Auch wenn ich's genau so gut könnte wie Amy:
England ist schlimm genug, man braucht doch nicht in den Süden,
Bloß um den vulgären Leuten zu begegnen –
Zuhaus kann man ihnen aus dem Wege gehn;
Leuten mit Geld, weiß Gott woher –

GERALD

Dividenden aus Flugzeugaktien.

VILOET

Den ganzen Tag wird gebadet und die ganze Nacht wird getanzt
In einem letzten Minimum von Kleidung.

CHARLES

Das ist das Cocktail-Trinken, davon kommt alles:
's gibt nichts auf der Welt, das so schädlich ist für die Jugend.
Alles, was ein zivilisierter Mensch nötig hat,
Sind ein oder zwei Glas Sherry vorm Essen.
Die modernen jungen Leute merken nicht, was sie trinken,

Moderne junge Leute wissen nicht, was sie essen;
Ihr Geruchs- und Geschmackssinn ist ruiniert,
Und alles von den Cocktails und Zigaretten.
Denman tritt auf mit Sherry und Whisky. Charles nimmt Sherry und Gerald Whisky.
Dahin ist es gekommen.
Zündet eine Zigarette an

IVY

Die jüngere Generation
Ist ohne Zweifel dekadent.

CHARLES

Die jüngere Generation
Ist nicht, was wir waren. Hat nicht die Willenskraft,
Hat keinen Sinn für Verantwortung.

GERALD

Ihr urteilt sehr hart über die jüngere Generation.
Ich selbst komme jetzt nur sehr selten mit ihr zusammen,
Muß aber sagen, ich traf einige sehr nette Vertreter
Und erstklassige Schützen – bessere als du einer warst,
Charles, wie ich mich entsinne. Übrigens haben wir allen Grund zur Nachsicht:
Wir hinterlassen ihnen keine Welt, in der sich's leicht leben läßt.
Laßt die jüngere Generation für sich selber sprechen:
Es ist Marys Generation. Wie steht sie zu der Frage?

MARY

Wirklich, Vetter Gerald, wenn du Auskunft suchst
Über die jüngere Generation, mußt du sonst jemand fragen.
Ich fürchte, ich verdien nicht das Kompliment:
Ich gehöre überhaupt zu keiner Generation.
Ab

VIOLET

Wahrhaftig, Gerald, ich muß sagen, du bist reichlich taktlos.
Und Charles hätte auch rücksichtsvoller sein können.

GERALD

Es tut mir leid. doch was hat sie aufgebracht?
Ich wollte sie ja nur ins Gespräch ziehn.

CHARLES

Sie ist 'n nettes Mädchen, aber in einem schwierigen Alter.
Sie muß doch nahe an die Dreißig sein.
Sie sollte eigentlich verheiratet sein, nicht wahr.

AMY

Sie wäre es längst, wenn es nach mir gegangen wäre.
Harrys Rückkehr macht die Dinge in diesem Augenblick
Für sie nicht leicht: aber das Leben kann alles noch richten.
Doch hören wir davon auf. Je weniger man drüber spricht, je besser.

GERALD

Dabei fällt mir ein, Amy,
Wann werden die drei Jungen ankommen?

AMY

Ich will nicht, daß die Uhr stehn bleibt im Dunkeln.
Wenn ihr wissen wollt, warum ich Wishwood nie verlasse:
Das ist der Grund. Ich halte Wishwood am Leben,
Um die Familie am Leben zu halten, um sie zusammenzuhalten,
Um mich am Leben zu halten, und ich lebe, ums Ganze zu halten.
Nicht einer von euch begreift, wie alt er ist,
Der Tod wird euch überkommen als sachte Überraschung,
Als flüchtiges Schaudern in einem leeren Zimmer.
Agatha allein scheint im Tod irgendeinen Sinn zu entdecken,
Den ich nicht finden kann.
– Genaues weiß ich nur von Arthur und John,
Arthur in London, John in Leicestershire:
Sie dürften beide rechtzeitig vorm Dinner hier sein.
Harry telephonierte mich an aus Marseille,
Er will nach Paris fliegen und dann nach London
Und hofft im Laufe des Abends anzukommen.

VIOLET

Harry kam immer leicht zu spät.

AMY

Diesmal wird es nicht seine Schuld sein.
Wir haben großes Glück, daß Harry überhaupt kommt.

IVY

Und wann willst du deinen Geburtstagskuchen haben, Amy,
Und deine Geschenke aufmachen?

AMY

Nach dem Dinner:
Das ist die beste Zeit.

IVY

Es ist das erste Mal,
Daß du Kuchen und Geschenke nicht zum Tee gehabt hast.

AMY

Dies ist ein besonders festliches Ereignis,
Wie du wissen solltest. Es wird das erste Mal sein
Seit acht Jahren, daß wir alle zusammen sind.

AGATHA

Es muß eigentlich schmerzlich sein für Harry,
Nach acht Jahren und allem was geschehen ist,
Wieder nach Wishwood zu kommen.

GERALD

Was, schmerzlich?

VIOLET

Gerald, du weißt, was Agatha meint.

AGATHA

Ich meine schmerzlich, weil alles unwiderruflich ist,
Weil die Vergangenheit unabänderlich ist,
Weil die Zukunft nur auf der realen Vergangenheit
Gebaut werden kann. Auf Reisen in den Tropen
Oder vor den Kulissen der Mittelmeerlandschaft
Muß Harry oft an Wishwood gedacht haben –
Den Kindertee, die Schulferien,
Die Reiterkunststücke auf dem alten Pony –
Und in Gedanken zurückgekrochen sein durch die kleine Tür.
Er wird ein neues Wishwood finden. Anpassung ist schwer.

AMY

Nichts ist verändert in Wishwood, Agatha.
Alles ist erhalten, wie's war, als er es verließ,
Außer dem alten Pony und dem Bastard-Setter,

Die ich töten lassen mußte.
Nichts ist verändert worden. Dafür hab ich gesorgt.

AGATHA

Gewiß. Ich meine, er wird in Wishwood einen anderen Harry finden.
Der Mann, der zurückkehrt, wird dem Knaben
Begegnen müssen, den er hier zurückließ.
Bei den Stallungen, in der Remise, im Obstgarten,
In der Baumschule, auf dem Korridor,
Der zum Kinderzimmer führt, an der Ecke
Zum neuen Flügel, wird er ihm ins Gesicht sehn –
Und das wird kein ganz geheurer Winkel sein.
Wenn die Zeiten sich ineinanderschlingen – nicht jedem geschieht das –,
Wird Verborgenes enthüllt, und Gespenster zeigen sich.

GERALD

Ich versteh nicht im geringsten, wovon du redest.
Du scheinst uns allen die Laune verderben zu wollen.
Ich muß sagen, das ist nicht erheiternd zu Amys Geburtstag
Oder zu Harrys Heimkehr. Macht, daß er sich zuhause fühlt,
Laßt ihn fühlen, daß gleichgültig ist, was gewesen ist.
Er hat Bittres genug hinter sich, daran zweifle ich nicht.
Er soll sich wieder verheiraten und Wishwood übernehmen.

AMY

Danke, Gerald. Obwohl Agatha meistens
Viel mehr im Sinn hat, als sie verraten mag,
Muß ich sagen, ich stimme mit dir überein.

CHARLES

Ich habe ihm nicht geschrieben, als er seine Frau verlor –
Das war grade vor einem Jahr, nicht wahr?
Meint ihr, ich soll es jetzt erwähnen?
Mir scheint es zu spät.

AMY

Viel zu spät.
Wenn er darüber sprechen mag, ist das ganz was andres;
Doch glaub ich nicht, daß er will. Er möchte es gewiß vergessen.

Ich beschönige nicht gern etwas vor dem Forum der Familie:
Man kann es nur eine glückliche Lösung nennen.

VIOLET

Ich nenn's Vorsehung.

IVY

Und doch, es muß schrecklich gewesen sein,
Besonders, jemand auf diese Weise zu verlieren –
Von Deck gefegt mitten in einem Sturm,
Und nie auch nur die Leiche wiederzubekommen.

CHARLES

»Dame der Gesellschaft von Dampfer verschwunden.«

GERALD

Ja, sonderbar, an sie zu denken als dauernd vermißt.

VIOLET

Hatte sie getrunken?

AMY

Ich möchte ihn nicht fragen.

IVY

Nach so was fragt man besser nicht.
Vielleicht hat sie's in einem Wutanfall getan.

GERALD

Ich hab sie nie gesehn.

AMY

Ich bin sehr froh darüber.
Es freut mich, daß keiner von euch sie gekannt hat.
Das wird die Situation viel leichter machen,
Grad deshalb wollte ich, ihr solltet alle hier sein.
Sie hätte nie in unsre Familie gepaßt,
Sie wollte nie zur Familie gehören.
Sie wollte ihn nur für sich selber haben,
Ihrer Eitelkeit zuliebe. Bloß darum hat sie ihn
Durch ganz Europa und die halbe Welt geschleift,
In teure Hotels und unerfreuliche Gesellschaft,
Die sie sich selber aussuchte. Sie wollte nie
Harrys Verwandte, Harrys alte Freunde;
Sie suchte nie sich Harry anzupassen,

Nur Harry auf ihr eigenes Niveau herabzuziehen.
Ein ruhlos fiebernder Flimmerschatten
Im Leben, ist sie tot noch weniger als ein Schatten.
Es kann nur gut sein, wenn ihr alle die Wahrheit wißt,
Schon um der Zukunft willen. Kummer ist nicht am Platz,
Und kein Bedauern, keine Reue.
Hätt ich gekonnt, ich hätt's verhindert. Um der Zukunft willen:
Harry tritt jetzt die Herrschaft an in Wishwood,
Und ich hoffe, wir werden sein künftiges Glück zustande bringen.
Erwähnt nicht seine Abwesenheit. Bitte, benehmt euch so,
Als wär nichts geschehn in den letzten acht Jahren.

GERALD

Das wird etwas schwierig sein.

VIOLET

Unsinn, Gerald!
Du mußt doch selbst einsehn, es ist das einzig Mögliche.

AGATHA

So mit äußerst beflissenem Eifer,
So mit genauester Aufmerksamkeit
Fürs Detail mischen sich Menschen in die Vorbereitung
Dessen, was längst vorbereitet ist,
Und schürzen den Knoten der Verwirrung
Bis zum völligen Mißverstehen,
Geblendet vom Taschenlicht ihrer Beobachtung
Auf des andern Dunkelheit,
Blind gegen alle Warnungen
Aus verborgenen Winkeln:
Des Winds Flüstern in dürren Stechpalmen,
Die Inklination des Monds,
Die Lockung des dunklen Torwegs,
Die Tatze unter der Tür.

CHORUS (IVY, VIOLET, GERALD und CHARLES)

Warum sind wir verwirrt, unruhig, reizbar, übellaunig,
Ein Ensemble von Amateur-Schauspielern, die noch auf ihre Rolle warten?
Wie Amateur-Schauspieler eines Traums, wenn der Vorhang aufgeht,

und sie finden sich kostümiert für ein anderes Stück oder haben die falschen Rollen geprobt,
Warten auf das Rascheln in den Logen, das Kichern im Parkett, Gelächter und Pfeifen auf der Galerie?

CHARLES

Ich könnte jetzt in St. James Street sein, in einem bequemen Sessel, etwas näher am Feuer.

IVY

Ich hätte meine Kusine Lili in Sidmouth besuchen können, wenn ich nicht zu dieser Party gemußt hätte.

GERALD

Ich hätte bei Compton-Smith sein können, auf seinem Besitz unten in Dorset.

VIOLET

Ich hätte Lady Bumpus helfen können beim Amerika-Tee des Vikars.

CHORUS

Nun sind wir hier auf Amys Befehl, um eine unbekannte Rolle in einer monströsen Farce zu spiegeln, in irgendeiner lächerlichen Albdruck-Pantomime.

AMY

Was war das? Mir war, ich sah jemand am Fenster vorbeigehn.
Wie spät ist es?

CHARLES

Gleich zwanzig vor sieben.

AMY

Jetzt könnte John hier sein, er hat den kürzesten Herweg.
John zumindest, wo nicht Arthur. Hört, es kommt jemand.
Ja, es muß John sein.

Harry tritt auf.

Harry!

Harry bleibt an der Tür plötzlich stehen und starrt auf das Fenster.

IVY

Willkommen, Harry!

GERALD

Ausgezeichnet!

VIOLET

Willkommen daheim in Wishwood.

CHARLES

Nun, was ist los?

AMY

Harry, wenn du willst, daß die Gardinen geschlossen werden, laß mich nach Denman klingeln.

HARRY

Wie könnt ihr in diesem blenden Licht für alle Welt zur Schau sitzen?
Wenn ihr wüßtet, wie ihr aussaht, als ich euch durchs Fenster sah.
Habt ihr es gern, wenn euch Augen durchs Fenster anstarren?

AMY

Du vergißt, Harry, du bist in Wishwood,
Nicht in der Stadt, wo man die Läden schließen muß.
Hier ist niemand, der dich sieht, außer der Dienerschaft, die hierher gehört,
Und die sich alle freun, dich wiederzusehn, Harry.

HARRY

Seht dort, seht dort: seht ihr sie?

GERALD

Nein, ich sehe nirgends jemand.

HARRY

Nein, nein, nicht dort. Seht dorthin!
Könnt ihr sie sehn? – Ihr seht sie nicht, ich aber seh sie.
Und sie sehn mich. Es ist das erste Mal, daß ich sie sah.
Im Java-Sund, in der Sunda-See,
In der giftig-süßen tropischen Nacht, wußt ich, sie waren im Kommen.
In Italien, hinter der Nachtigallenhecke,
Starrten die Augen auf mich und verdarben das Lied.
Hinter den Palmbäumen des Grand-Hotel
Waren sie jederzeit da. Doch ich konnte sie nicht sehn.
Warum mußten sie warten, bis ich heimkam, nach Wishwood?
Es gab tausend Orte, wo ich ihnen begegnen konnte,
Warum hier? Warum hier? –

Meine Glückwünsche zum Geburtstag,
Mutter.
Tante Ivy, Tante Violet, Onkel Gerald, Onkel Charles, Agatha.

AMY

Wir sind sehr froh, daß du zurück bist, Harry.
Nun werden wir zum Dinner alle zusammensein.
Die Dienerschaft hat sich schon auf dein Kommen gefreut:
Sollen sie nicht nach dem Essen hereinkommen,
Oder warten bis morgen? Du bist sicher müde.
Du wirst hier jeden wiederfinden und alles beim alten.
Herr Bevan – erinnerst du dich – möchte dich morgen sprechen,
Wegen irgendeiner Rechtsfrage, einer Steuersache.
Doch das kann gewiß warten, bis du ausgeruht bist.
Dein Zimmer wartet auf dich. Es ist nichts verändert.

HARRY

Verändert? Nichts verändert? Wie kannst du sagen, nichts sei verändert?
Ihr alle seht so verwelkt und jung aus.

GERALD

Wir machen morgen einen Ritt.
Du wirst dann sehen, das Land ist genau wie immer.
Da ist kein Winkel, den du nicht kanntest.
Doch wirst du dich nach ein paar neuen Pferden umsehn müssen.

CHARLES

Und ich kann dir einen neuen Weinhändler empfehlen.
Dein Keller kann etwas Pflege brauchen.

IVY

Und du mußt wirklich für den alten Hawkins einen Nachfolger suchen.
Es ist wahrhaftig höchste Zeit, den alten Mann zu pensionieren.
Er hat den Steingarten völlig verkommen lassen,
Und er ist beinahe halbblind. Ich hab ein übers andre Mal
Mit deiner Mutter gesprochen; aber sie hat nichts getan,
Weil sie es vorzog, dein Kommen abzuwarten.

VIOLET

Und ein übers andre Mal hab ich mit deiner Mutter gesprochen

Über die Verschwendung in der Küche.
Frau Packell ist zu alt, um zu wissen, was sie tut.
Hier fehlt wirklich ein Mann, der die Dinge in Wishwood angreift.

AMY

Du siehst, deine Tanten und Onkel sind sehr hilfreich, Harry.
Ich fand sie immer bereit zu Ratschlägen,
Die ich nur nie befolgte. Nun ist das deine Angelegenheit.
Ich habe nur gekämpft, Wishwood in Gang zu halten
Und nichts zu ändern vor deiner Rückkehr.
Nun mußt du allem vorstehn. Ich bin eine alte Frau.
Sie können mir keinen Rat mehr geben, wenn ich tot bin.

IVY

O liebste Amy!
Kein Mensch hier wünscht deinen Tod, ganz gewiß!
Nun Harry zurück ist, ist's Zeit, ans Leben zu denken!

HARRY

Zeit und Zeit und Zeit, verändert, unverändert!
Ihr alle versucht zu reden, als wäre nichts passiert,
Und sprecht doch von nichts anderm. Warum denn nicht zur
Sache?
Oder, wenn ihr so tun wollt, als wär ich jemand anderes,
Jemand, den zu erfinden ihr euch verschworen habt, bitte, tut das
In meiner Abwesenheit. Ich werd euch dann weniger genieren.
Agatha?

AGATHA

Ich mein, Harry, da wir schon so weit gingen –
Wenn du keine Verstellung wünschst, vermeiden wir jede Verstellung:
Und du mußt versuchen, dich verständlich zu machen,
Und wir müssen suchen, dich zu verstehen.

HARRY

Aber wie kann ich's erklären, wie kann ich's euch erklären?
Ihr werdet's weniger verstehen, wenn ich's erklärte.
Denn was ich euch vielleicht verständlich machen könnte,
Sind nur Ereignisse: nicht, was wirklich geschah.
Und Menschen, denen nie was Wirkliches geschah,
Begreifen nie die Unwichtigkeit von Ereignissen.

GERALD

Na, du kannst nicht sagen, mir wäre nie was geschehen.
Als junger Fähnrich stand ich an der Nordwestgrenze,
War seitdem in Klemmen zeit meines Lebens
Und ein paarmal recht in der Patsche.

CHARLES

Es gibt auch nicht viel, das mich überraschen
Oder schockieren würde, Harry.

HARRY

Ihr alle seid Menschen,
Denen nichts geschehn ist, höchstens dauernd Zusammenstöße
Mit äußeren Ereignissen. Ihr seid im Schlaf durchs Leben gegangen,
Seid nie zu dem Albdruck erwacht. Das Leben wär euch unerträglich,
Wärt ihr völlig wach. Nein, ihr kennt nicht
Den unbestimmbaren Giftgeruch im Leitungsrohr,
Der nachts auftritt, dessen Herd die Klempner nie finden;
Ihr kennt nicht
Die ungesprochenen Worte der Sorge im alten Schlafzimmer
Um drei Uhr vor Morgen. Ich rede da nicht
Von eigner Erfahrung, versuche nur, euch Vergleiche
Aus einer vertrauten Umwelt zu geben. Ich bin das alte Haus
Mit dem Giftgeruch und der Sorge vor Morgen,
In dem alles Vergangene gegenwärtig ist, alle Verderbtheit
Nicht erlöst werden kann. Und die Ereignisse –
Ihr seht vom Vergangenen nur das Vergangne,
Nicht das, was gegenwärtig bleibt. Auf das kommt's aber an.

AGATHA

Trotzdem wär's am besten, Harry, du erzählst, so gut du kannst,
Sprich in deiner eignen Sprache und halte dich nicht damit auf,
Ob's vielleicht über unser Verständnis hinausgeht.

HARRY

Die plötzliche Einsamkeit in wimmelnder Wüste,
In dickem Rauch, wo viele Geschöpfe sich regen,
Richtungslos, denn keine Richtung
Führt anderswohin, als Kreis um Kreis in dem Dunst –
Ziellos und ohne Grundsätze im Handeln,

In flackernden Intervallen von Licht und Dunkel;
Teils Unempfindlichkeit im Leiden ohne Gefühl,
Und teils Obacht auf den eigenen Automatismus,
Indes der schleichende Aussatz tiefer eindringt durch die Haut,
Das Fleisch befleckt, die Knochen entfärbt –
Darauf kommt's an, doch das ist unaussprechlich,
Unübertragbar. Ich sprach in allgemeinen Begriffen,
Weil das Besondere keine Sprache hat. Man hofft noch mit Gewalt
Frei zu werden, bleibt aber doch allein
In der wimmelnden Wüste, von Geistern umhergestoßen.
Ich wechselte nur die sinnlose Richtung
Für den Augenblick Rast auf dem brennenden Rad,
Jene wolkenlose Nacht im Mittel-Atlantik,
Als ich sie über Bord stieß.

VIOLET

Sie stieß?

HARRY

Ihr würdet nie glauben, daß jemand so rasch untergehn kann.
Ich hatte immer gemeint, wo immer ich ginge,
Sie würde mit mir sein; was immer ich täte,
Nichts könnte sie töten. Das war nicht so.
All das ist wahr in einem andern Sinn.
Ich hoffte, sie in der Kajüte zu finden, als ich zurückging.
Später wurde ich unruhig, ich glaube, ich stellte
Nachforschungen an.
Der Zahlmeister und der Steward waren äußerst teilnehmend,
Und der Arzt wirklich besorgt.
Jene Nacht hab ich tief geschlafen, allein.

AMY

Harry!

CHARLES

Du darfst so gefährlichen Ideen nicht nachgehn,
Du schadest damit nur deiner Mutter und dir selbst.
Zudem: wir wissen genau, was wirklich geschah, wir lasen es in
Zeitungen –
Unnütz, darauf zurückzukommen. Sieh doch, mein Junge:

Ich versteh, euer Zusammenleben läßt es noch fürchterlicher
erscheinen.
In meiner eignen Vergangenheit gibt's allerhand, das sich mir auf die
Brust legt,
Wenn ich, wie's jetzt oft vorkommt, früh vor Morgen wach lieg.
Ich kenne solche Gefühle besser als du meinst –
Doch du hast keinen Grund, dir Vorwürfe zu machen.
Dein Gewissen darf rein sein.

HARRY

Es geht ein gut Teil tiefer
Als bis ans Gewissen oder was Menschen so nennen; es ist nichts als
Krebs,
Der dein Ich auffrißt. Ich wußte, wie ihr's nehmen würdet.
Als erstes isoliert ihr das einzelne Faktum
Als etwas so Gräßliches, daß es nie geschehn sein darf,
Weil ihr es nicht ertragen könnt. So müßt ihr glauben,
Ich litte an Wahnvorstellungen. Nicht mein Gewissen,
Nicht mein Gemüt ist krank, sondern die Welt, in der ich leben
muß.
– Zwei Tage lag ich in zufriedener Mattigkeit:
Dann kam ich wieder hoch. Ich fürchte mich vorm Schlaf:
Weil man darin endgültig gefangen werden kann,
Und auch vorm Wachen. Sie ist näher denn je.
Die Ansteckung hat das Mark erreicht,
Und sie sind immer nahe. Hier näher denn je.
Sie sind hier besonders nah. Das hatt ich nicht erwartet.

AMY

Harry, Harry, du bist sehr müd
Und überanstrengt. Du kommst so weit her,
Und in solcher Hast, der Wechsel ist zu plötzlich für dich.
Du bist unser Nebelklima nicht gewöhnt
Und dies Land im Norden. Wenn du Wishwood
Bei Tage siehst, wird alles sein wie sonst.
Ich bitte dich, geh nun, ruh dich vorm Essen aus.
Sag Downing, daß er dir ein heißes Bad einläßt,
Danach fühlst du dich gleich besser.

AGATHA

Da sind noch ein paar Punkte, die ich nicht versteh:
Sie werden auch geklärt werden, später. Ich bin überzeugt,
Du selbst faßt nur einen Teil der Erklärung.
Was du noch nicht begreifst, das ist der Grund,
Weshalb du den Zwang fühlst, zu erklären, was du tust.
Da ist noch mehr zu verstehn: halt dich daran,
Es ist der Weg zur Freiheit.

HARRY

Ich versteh dich schon,
Undeutlich – wie einst, als du mir das Seufzen im Kamin gedeutet hast,
Das Böse im düstern Kabinett; sie sagten mir, es sei nicht da,
Erklärten es für nichts; aber du deutetest es mir,
Oder wenigstens machtest du mich frei von der Angst davor.
– Jetzt geh ich und nehme mein Bad.
Ab

GERALD

Um Himmels willen!
Daß es so schlimm sein würde, hab ich nie gedacht.

VIOLET

Da gibt's nur einen Rat:
Ein Arzt muß nach Harry sehn.

IVY

Ich mein doch,
Ich hätte von solchen Fällen schon gehört, daß Menschen in seinem Zustand
Häufig in maßlose Aufregung gerieten
Über solche Zumutung. Sie können sehr listig sein –
Ihre Krankheit macht sie so. Sie wollen nicht geheilt werden,
Und sie wissen, was man denkt.

CHARLES

Wahrscheinlich ist diese Idee in ihm gekeimt,
Weil er unter Fremden lebte und mit niemandem sprechen konnte.
Ich vermute einfach: er hatte den Wunsch, sie loszuwerden,

Und nun glaubt er, daß er es tat. Er kann sein Glück noch nicht fassen.
Was ihm fehlt, ist jemand, mit dem er sich aussprechen kann,
Um sein Gemüt zu erleichtern. Ich werde morgen mit ihm reden.

AMY

Auf keinen Fall, Charles, du bist nicht der Richtige dafür.
Ich möchte glauben, daß ein paar Tage in Wishwood,
Inmitten seiner Familie, alles sind, was er braucht.

GERALD

Trotzdem, Amy, Violets Vorschlag hat etwas für sich.
Warum nicht Warburton anrufen und ihn einladen zu uns?
Er ist ein alter Freund des Hauses, es ist völlig natürlich,
Daß man ihn einlädt. Er sah nach all deinen Jungen,
Als sie Kinder waren. Ich werde ein Wort mit ihm reden.
Er wird mit Harry sprechen, ohne daß Harry Verdacht haben wird.
Ich vertraue Warburtons Urteil.

AMY

Wenn einer mit Doktor Warburton sprechen soll,
Muß ich es selbst tun. Was denkst du, Agatha?

AGATHA

Mir scheint's ein nötiger Schritt
In einem unnötigen Spiel,
Nicht, daß Gutes draus folgen wird,
Aber damit nichts unterblieb
An der Grenze zum Unmöglichen.

AMY

Gut also.
Ich will selbst nach dem Doktor telephonieren. *Ab*

CHARLES

Inzwischen ist mir ein Gedanke gekommen: warum nicht Downing fragen?
Er ist zehn Jahre bei Harry, er ist völlig verschwiegen.
Er war mit ihnen auf dem Schiff. Es könnte was wert sein.

IVY

Charles! Nimmst du wirklich an,
Er könnte sie über Bord gestoßen haben?

CHARLES

Ich würde Harry deswegen nicht schelten.
Ich selber hätte früher dasselbe tun können.
Niemand weiß, wozu er fähig ist,
Wenn da jemand ist, den er loswerden möchte.

GERALD

Gerade deswegen braucht Downing nicht
Mehr zu wissen, als er schon weiß.
Und selbst wenn er's weiß, ist es viel besser,
Er weiß nicht, daß wir's ebenfalls wissen.
Warum schlafende Hunde nicht schlafen lassen?

CHARLES

Einerlei. Es sind da ein oder zwei Fragen,
Er schellt.
Die ich Downing stellen möchte.
Er wird nicht wissen, warum ich frage.
Demnan tritt auf.
Denman, wo ist Downing? Ist er oben bei Seiner Lordschaft?

DENMAN

Er ist draußen in der Garage, Sir, bei Seiner Lordschaft Wagen.

CHARLES

Sagen Sie ihm, bitte, ich möchte ihn sprechen.
Demnan ab

VIOLET

Charles, wenn du auf dieser Untersuchung bestehst,
Die meiner Überzeugung nach zu nichts führt,
Und von der ich sicher bin, daß Amy sie nicht billigt –
Möchte ich nur meinen nachdrücklichen Protest aussprechen,
Sowohl gegen deine Absicht wie die Mittel, die du benutzt.

CHARLES

Meine Absicht ist, herauszufinden, was mit Harry los ist:
Eh wir das nicht wissen, können wir nichts für ihn tun.
Und die Mittel: wir können's uns nicht leisten, wählerisch zu sein
Im Aufgreifen von jedem, das sich uns bietet.
Wenn dir dran liegt, Harry zu helfen,
Kannst du kaum gegen die Mittel protestieren.

VIOLET

Ich protestiere.

IVY

Und ich schließe mich meiner Schwester an
In ihrem Protest –

AGATHA

Ich hab nichts dagegen,
Ebensowenig wie gegen die Konsultation Doktor Warburtons,
Ich sehe nur, daß alles das ganz belanglos ist;
Wir lassen Charles am besten allein mit Downing reden
Und seine eigenen Wege gehn.
Steht auf

VIOLET

Dafür bin ich nicht.
Es sollten Zeugen dabei sein. Ich habe vor zu bleiben.
Ich will dabei sein und hören, was Downing sagt.
Ich möchte es direkt wissen und nicht später erzählt bekommen.

IVY

Ich bleibe mit Violet.

AGATHA

Ich komme zurück,
Wenn Downing euch verlassen hat
Ab

CHARLES

Es tut mir leid,
Daß ihr's alle so anseht! Aber es gibt einfach Lagen,
Wo man nur den Stier bei den Hörnern packen kann,
In so einer sind wir.
Es klopft, Downing tritt auf.
Guten Abend, Downing.
Freut mich, Sie wiederzusehn, nach so viel Jahren.
Geht Ihnen hoffentlich gut?

DOWNING

Danke, ausgezeichnet, Sir.

CHARLES

Entschuldigen Sie, daß ich einfach nach Ihnen schickte,

Aber ich hätte Sie gern etwas gefragt,
Sie verstehn's gewiß nicht falsch, es betrifft Seine Lordschaft.
Sie haben seit über zehn Jahren für Seine Lordschaft gesorgt.

DOWNING

Elf Jahre, Sir, nächsten Michaeli.

CHARLES

Elf Jahre, und Sie kennen ihn ganz genau.
Und ich bin überzeugt, Sie sind ihm auch ein guter Freund gewesen.
W i r haben ihn seit fast acht Jahren nicht gesehn,
Und, grad herausgesagt, nun wir ihn sehn,
Sind wir ein wenig besorgt wegen seiner Gesundheit.
Er scheint nicht ... ganz der alte zu sein.

DOWNING

Ganz natürlich, wenn's erlaubt ist, Sir,
Nach allem, was geschehen ist.

CHARLES

Ganz recht, jawohl.
Downing, Sie waren dabei auf der Reise von New York –
Wir haben wenig erfahren von den Umständen;
Wir wissen nur, was wir in den Zeitungen lasen –
Natürlich stand viel zuviel in den Zeitungen.
Downing, meinen Sie, es könnte Selbstmord gewesen sein,
Und daß Seine Lordschaft davon wußte?

DOWNING

Unwahrscheinlich, Sir, wenn Sie gestatten.
Viel wahrscheinlicher war es ein Unfall.
Wie ich Lady Monchensey kannte,
Glaube ich nicht, daß sie den Mut hatte.

CHARLES

Sprach sie wohl mal von Selbstmord?

DOWNING

O ja, das schon, sogar dann und wann.
Doch meiner Meinung nach sind die, die davon reden,
Die letzten, die's tun. Wie ich mir vorstelle,
Tat sie's nur, um die Leute zu erschrecken.
Sie verstehn, was ich meine – nur wegen der Wirkung.

CHARLES

Ich versteh, Downing. War sie guter Laune?

DOWNING

Ja, immer ziemlich das gleiche, Sir.
Sie verstehn mich: immer auf und ab.
Tief unten am Morgen und obenauf am Abend,
Und *dann* war sie gewöhnlich recht exaltiert,
Und, gewissermaßen, unberechenbar, Sir.
Wenn ich so frei sein darf, Sir:
Ich hab immer gefunden, daß zwei, drei Cocktails
Bei Lady Monchensey schon ihre Wirkung taten.
Sie gehörte nicht zu denen, die fürs Trinken geschaffen sind:
Bei den einen ist's natürlich, bei den andern unnatürlich.

CHARLES

Und wie war Seine Lordschaft während der Überfahrt?

DOWNING

Nun, sozusagen niedergeschlagen, Sir.
Aber wie Sie wissen, war Seine Lordschaft stets sehr still:
Sehr selten, daß ich ihn einmal aufgekratzt sah.
Soweit mein Urteil in Betracht kommt: ich sagte stets, Seine Lordschaft
Litt an so 'ner Art Hemmungen, oder wie man das nennt.
Und was mir auffiel, ... nervöser als gewöhnlich,
Das heißt, man sah's ihm an, daß er nervös war.
Er benahm sich, als wüßte er, daß was passieren würde.

CHARLES

Was denn?

DOWNING

Ja, das weiß ich nicht, Sir.
Doch schien er sehr besorgt um Lady Monchensey,
Suchte sie drinnen zu halten bei rauhem Wetter,
Sah nicht gern, wenn sie sich über die Reling lehnte.
Einmal oder zweimal zeigte er sich besonders ängstlich.
Und, wissen Sie, Sir, es ist nur meine bescheidene Meinung.
Seine Lordschaft ist, wie man so sagt, übersinnlich veranlagt.

CHARLES

Waren sie stets zusammen?

DOWNING

Stets, Sir.

Grad das gefiel mir nicht an Lady Monchensey.
Nach meiner Meinung sollten Mann und Frau
Einander nicht zuviel sehn, Sir.
Das steht mit der üblichen Meinung freilich
In Widerspruch. Sie konnt ihn nie allein lassen.
Und das gefällt mir nicht an diesen Ozeandampfern
Mit all ihren Schwimmbädern und Gymnastikhallen:
Da ist nicht ein Raum, in den ein Mann sich zurückziehen kann
Zu einer stillen Pfeife, ohne daß Frauen ihm folgen.
Sie hat ihn nie aus den Augen gelassen.

CHARLES

Und an dem Abend – haben Sie ihn da gesehn?

DOWNING

O ja, Sir, gewiß, ich sah ihn.
Ich möchte aber nicht gesagt haben, daß er etwas wollte,
Seine Lordschaft ist immer besonders besorgt
Um meine Ruhe. Wenn ich sag, ich sah ihn,
Heißt das, ich sah ihn zufälligerweise.
Also, Sir, ich war unten in der Touristenklasse
Und schnappte etwas Luft vor dem Zubettgehn,
Und man konnte eine Ecke des Oberdecks sehn.
Und wie ich mich erinnere, sah ich da Seine Lordschaft
Über die Reling lehnen, er blickte aufs Wasser –
Es war kein Mond, doch weiß ich gewiß, er war es.
Während ich auf und ab ging, fast eine halbe Stunde,
Stand er da ganz allein und blickte über die Reling.
Da muß mit Lady Monchensey noch alles in Ordnung gewesen sein,
Nicht wahr, Sir? Sonst hätt er's doch gewußt.

CHARLES

Ja, ja ... gewiß. – Danke, Downing,
Wir brauchen Sie jetzt nicht länger.

GERALD

Ach, Downing,
Ist etwas mit dem Wagen Seiner Lordschaft?

DOWNING

O nein, Sir, in bester Ordnung,
Da paß ich auf.

GERALD

Ich wunderte mich nur,
Daß Sie sich heute abend noch mit ihm befassen.

DOWNING

Alles im Lot, Sir.
Ich hab ihn nur gern immer fahrbereit.
Ist sonst noch was, Sir?

GERALD

Danke, Downing,
Nichts weiter.
Downing ab

VIOLET

Nun, ich muß sagen, Charles, mit deiner Untersuchung
Blieben die Dinge ziemlich so, wie sie waren –
Nur daß du Downing mit hineingebracht hast,
Was ich mißbilligen muß

CHARLES

Was du mißbilligen mußt.
Doch ich halte einen unfreiwilligen Komplicen für wünschenswert.

CHORUS

Warum sollen wir hier stehn, gleich schuldigen Verschwörern, einer Enthüllung gewärtig,
Daß Verborgenes aufgedeckt wird, und die Zeitungsboys in den Straßen es ausschrein?
Daß Privates publik gemacht wird, das Blitzlicht
Der Pressephotographen es in die Illustrierten bringt; was hocken wir zusammen
In grausiger Freundschaft mit dem Mißgeschick? Was werden wir darin verwickelt, hineingetrieben, damit zusammengebracht?

IVY

Ich traue Charles nicht mit seiner selbstgefälligen Vulgarität aus der Gesellschaft der Lebewelt.

GERALD

Ivy ist nur für sich selbst und für ihren Ruf bei ihrer spießigen Bekanntschaft.

VIOLET

Gerald schießt sicher Böcke, er ist nur beim Heer zu gebrauchen.

CHARLES

Violet ist in Angst, daß ihr Ansehn als Amys Schwester leidet.

CHORUS

Wir alle erheben den Anspruch
Die ungewöhnliche Ausnahme zu sein
Von der allgemeinen Knechtschaft.
Wir werden gern in der Zeitung genannt
Solange es in der richtigen Spalte geschieht.
Wir wissen Bescheid übers Eisenbahnunglück,
Wir wissen Bescheid über plötzliche Thrombose
Und über schleichende Arterienverkalkung.
Wir wollen, daß andere gut von uns denken,
Dann können wir selber gut von uns denken.
Und jede Begründung ist uns recht:
Wir wollen nur beruhigt werden
Über das Rascheln im Keller
Und das Fenster, das nicht offen stehn sollte.

Warum benehmen wir alle uns, als könnte die Tür plötzlich aufgehn, der Vorhang sich öffnen,
Der Keller etwas Fürchterliches enthüllen, das Dach verschwinden,
Und wir wüßten nicht sicher mehr, was wirklich und was unwirklich ist?
Bleibt fest, bleibt fest! Wir müssen darauf bestehn, daß die Welt das ist, wofür wir sie immer hielten.

AMYS STIMME

Ivy, Violet, ist Arthur jetzt gekommen oder John?

IVY

Wir hörten nichts von Arthur oder John.

Amy und Agatha treten auf.

AMY

Das ist doch ärgerlich. Sie versprachen beide, rechtzeitig
Vorm Dinner hier zu sein. Das ist sehr ärgerlich,
Nun kommen sie kaum zur Zeit zum Umziehn.
Ich begreife nicht, was bei beiden schiefgegangen sein kann,
Sie kommen doch aus verschiedenen Richtungen.
Wir müssen gehn und uns umziehn. Hoffentlich hat Harry sich oben ausgeruht
Und fühlt sich besser.

Alle ab außer Agatha

ZWEITE SZENE

Agatha. Mary tritt auf mit Blumen.

MARY

Der Frühling kommt wirklich spät hier oben im Norden,
Spät und unsicher, und hält sich an der Südwand.
Der Gärtner konnte mir heute abend keine Gartenblumen geben.

AGATHA

Ich vergesse immer wieder, wie spät es Frühling wird hier.

MARY

Ich hätt lieber gewartet auf unsere windharten Blumen
So wie sie sind, als diese Treibhausblumen zu nehmen,
Die hier nicht hergehören, die Wind und Regen
Nicht kennen, so wie ich sie kenne.

AGATHA

Ich möchte wissen, wieviel wir zu Tisch sein werden.

MARY

Sieben . . . neun . . . zehn bestimmt.
Ich hörte, Harry ist schon eingetroffen;
Und er war der einzige, der ungewiß war.

Arthur und John verspäten sich – natürlich.
Vielleicht muß man das Essen warten lassen ...

AGATHA

Und dann noch Doktor Warburton. Wenigstens hat Amy ihn eingeladen.

MARY

Doktor Warburton? Das hätte sie mir doch sagen können;
Es ist wirklich schwer, eine Tischordnung zu machen
Für eine unbestimmte Gesellschaft. Wieso hat sie ihn eingeladen?

AGATHA

Sie dachte erst vor einem Augenblick daran, ihn zu bitten.

MARY

Nun, es hat etwas für sich, daß ein Fremder dabei ist;
Denn was ist förmlicher als ein Familiendinner?
Eine offizielle Gelegenheit für ungemütliche Leute,
Die sich selten sehn, Konversation zu machen.
Ich freu mich doch, daß Doktor Warburton kommt.
Ich werde zwischen Arthur und John sitzen müssen.
Was ist schlimmer, nachzudenken, was man mit John reden soll,
Oder Arthurs Geschwätz anhören zu müssen,
Wenn er meint, er müßte den Mann von Welt spielen? –
Tante Agatha, ich brauch deinen Rat.

AGATHA

Ich habe geglaubt,
Du hättest auf dem College mehr als genug davon gehabt.

MARY

Ich hätt's wissen können, daß du mir das vorwirfst.
Ich weiß, ich war keine deiner Favoritinnen:
Ich sah in dir nur die strenge Rektorin,
Die wußte, wie man schüchterne Mädchen beherrscht.
Ich seh dich auch jetzt nicht etwa anders;
Aber ich wünsche wirklich, ich hätte deinen Rat befolgt,
Und mich damals, vor sieben Jahren, um eine Lehrerstelle bemüht.
Nun brauch ich deinen Rat, weil ich niemand sonst fragen könnte,
Und weil du stark bist, und weil du nicht hierhergehörst,
Ebensowenig wie ich. Ich möchte fort von hier.

AGATHA

Nach sieben Jahren?

MARY

Oh, du verstehst mich nicht.
Doch, du verstehst mich schon. Du willst nur wissen,
Ob ich versteh. Du weißt sehr gut:
Was Tante Amy wünscht, erreicht sie gewöhnlich.
Warum kommst du so selten her? Du hast doch keine Angst vor ihr.
Aber mir scheint, du möchtest Zusammenstöße vermeiden.
Ich wär wahrscheinlich längst fort, hätt ich dazu den moralischen Mut,
Auch gegen einen Willen wie ihren. Ich weiß sehr gut,
Warum sie mich halten möchte. Sie hatte mich nicht nötig,
Sie wäre mit einer Angestellten genau so gut gefahren,
Oder mit niemand. Sie wollte mich nur für Harry –
Das ist keineswegs ein Kompliment: sie wünschte nur
Eine zahme Schwiegertochter mit möglichst wenig Geld
Als Haushälterin und Gesellschafterin für sich und Harry.
Selbst als er geheiratet hatte, hielt sie fest an mir,
Weil sie es einfach nicht erträgt, ein Projekt aufzugeben;
Und selbst als sie starb: ich glaube, daß Tante Amy –
Ich glaubte es beinah – sie durch ihren Willen getötet hat.
Klingt das nicht furchtbar? Ich weiß, daß es das tut.
Hast du sie je getroffen? Wie sah sie aus?

AGATHA

Ich bin die einzige, die sie gekannt hat,
Die einzige, die Harry zu seiner Hochzeit einlud.
Amy wußte es nicht. – Sie hat mir leid getan.
Ich merkte, daß sie mir mißtraute – sie hat sich vor der Familie gefürchtet,
Sie wollte gegen sie kämpfen – mit den Waffen des Schwachen,
Der immer zu heftig vorgeht. Und es wird nicht leicht gewesen sein,
Mit Harry zu leben. Nicht was sie Harry antat
Ist wesentlich, glaub ich, doch was er selber sich antat.

MARY

Doch erst seit ich weiß, daß Harry zurück ist,

Fühl ich die Kraft zu gehn. Ich weiß, ich muß gehn.
Doch wohin? Ich brauch eine Stellung: und du kannst mir helfen.

AGATHA

Es tut mir sehr leid, Mary, es tut mir sehr leid für dich;
Wenn du mich auch nicht eines solchen Gefühls für fähig hältst.
Ich würde dir gern helfen: aber du darfst nicht weglaufen.
Zu jeder früheren Zeit hätte das Mut bewiesen
Und wäre richtig gewesen. Jetzt liegt dein Mut allein im Moment,
Und der Moment ist nur Furcht und Stolz. Ich sehe mehr als dies hier,
Mehr als ich dir sagen kann, mehr als in Worte geht.
In diesem Augenblick darf keine Entscheidung getroffen werden;
Die Entscheidung wird durch Mächte außer uns gefällt,
Die dann und wann hervortreten. Mary, du und ich
Sind nichts als Wächter und Warter: das ist nicht die leichteste Rolle. –
Ich muß gehn und mich umziehn zum Dinner.

Ab

MARY

So, du willst mir nicht helfen!

Warten, warten, immer warten.
Mir scheint, dies Haus will, daß wir warten.

Harry tritt auf.

HARRY

Warten? Auf was?

MARY

Guten Abend, Harry.

Du kommst sehr früh herunter. Ich dachte, du wärst grad angekommen.
War deine Reise bequem?

HARRY

Nicht sehr.

Doch schließlich: sie dauerte nicht lang. Wie geht dir's, Mary?

MARY

Oh, sehr gut. Wonach siehst du dich um?

HARRY

Ich bemerk erst jetzt, daß dies Zimmer ganz unverändert ist:
Dieselben Gardinen ... dieselben Bilder ... selbst der Tisch,
Die Stühle, das Sofa ... alles am alten Platz.
Ich sah mich um, ob was geändert wurde,
Aber wenn, kann ich's nicht finden.

MARY

Deine Mutter bestand drauf,
Alles mußte so bleiben, wie du's verlassen hast.

HARRY

Ich wollt, sie hätt es nicht getan. Es ist sehr unnatürlich,
Den normalen Wandel der Dinge aufzuhalten:
Aber das sieht ihr ähnlich. Ich hätt's voraussehn können.
Es macht nur die Veränderung an den Menschen
So viel deutlicher.

MARY

Ja, hier ändert sich nichts,
Und man lebt so hin, trocknet ein, vermute ich,
Und merkt es nicht. Aber dir, das begreif ich,
Müssen wir sehr verändert vorkommen.

HARRY

Du hast dich kaum verändert.
Und ich hab dich nicht gesehn, seit du aus Oxford kamst.

MARY

Ich muß gehn und ein anderes Kleid anziehn zum Dinner.
Das ist der Grad – unserer Veränderung.

HARRY

Nein, geh noch nicht.

MARY

Freust du dich, zu Hause zu sein?

HARRY

Da war etwas,
Das ich dich fragen wollte. Es fällt mir noch nicht ein.
Weil ich dachte, ich würde nie zurückkommen, hatt ich all die Jahre
Verlangen, es zu tun. Ich stellte mir hier einen Ort vor,
Wo Leben wirklich und klar wär.

Doch diese Vereinfachung geschah in meiner Erinnerung,
Fürcht ich. Es scheint, ich soll von nichts loskommen,
Von keinem der Schatten, denen ich zu entkommen dachte;
Und gleichzeitig fangen andere Erinnerungen an
Wiederzukommen, frühere, vergessene,
Aus meiner Kinderzeit. Ich kann's nicht erklären,
Aber ich dachte, ich könnte aus meinem Leben in ein anderes
entrinnen,
Doch vielleicht ist alles ein Leben, ist unentrinnbar. – Sag mir,
Warst du jemals glücklich als Kind hier in Wishwood?

MARY

Glücklich? nicht wirklich, obgleich ich nie wußte, warum:
Es schien mir immer, als müßte es mein eigner Fehler sein,
Und nie glücklich sein hieß immer unartig sein.
Aber es gab da Gründe: ich war nur die Kusine
Und hier behalten, weil man nicht wußte, was mit mir beginnen.
Ich gehörte nicht her. Für dich war das anders.
Und du schienst so viel älter. Wir hatten eigentlich Angst vor dir,
Ich wenigstens.

HARRY

Warum waren wir nicht glücklich?

MARY

Warum? Es schien uns alles aufgezwungen,
Selbst die netten Dinge, sie waren fertig gehäuft,
Und die Feste waren immer so genau vorbereitet;
Uns blieb nicht ein Augenblick, unsere eigenen Spiele zu erfinden.
Doch vielleicht war das alles für dich gerichtet, nicht für uns.

HARRY

Nein, so sah das doch nicht aus. Ich war ein Teil im Plan,
Genau wie ihr. Aber was war der Plan?
Das kam nie heraus. Aber erinnerst du dich –

MARY

Der hohle Baum dort, in unserer Wildnis –

HARRY

Unten, dicht am Fluß. Das war die Palisade,
Von wo wir die Indianer bekämpften, Arthur und John.

MARY

Es war die Höhle, wo wir uns bei Mondschein trafen,
Um böse Geister zu beschwören.

HARRY

Arthur und John.
Natürlich wurden wir bestraft, weil wir draußen waren nachts,
Nach dem Schlafengehn. Aber sie haben doch nie gewußt,
Wo wir gewesen sind.

MARY

Sie fanden nie das Versteck.

HARRY

Da nicht. Aber später, als ich von der Schule zurück
In die Ferien kam, da macht ich mich gleich
Nach dem großen Empfang und Familienfest,
Sobald es ging, davon, schlich runter an den Fluß
Zu unserm alten Versteck. Die Wildnis war fort,
Der Baum war gefällt, und ein stilvolles Sommerhaus
War dort errichtet, »Zum Kinderparadies«.
Zu albern, daß unser einziges Andenken an Freiheit
Ein hohler Baum in einem Wald am Fluß ist.

MARY

Damals als Kind nahm ich alles, auch die Dummheit
Älterer Leute, als selbstverständlich –
Sie lebten in einer anderen Welt, die mich nichts anging.
Jetzt aber finde ich sie wirklich schwer erträglich.
Sie sind immer überzeugt, daß du glücklich sein müßtest,
Und das im selben Moment, wo es dir völlig klar ist,
Daß du eine Mißgeburt bist, fünftes Rad am Wagen.
Aber was rede ich von meinen Alltags-Kümmernissen?
Sie müssen dir wirklich sehr trivial vorkommen.
Es ist ganz gewöhnliche Hoffnungslosigkeit.

HARRY

Eines wirst du nicht kennen:
Das plötzliche Auslöschen jeder freien Möglichkeit,
Das unverhoffte Zukrachen des eisernen Vorhangs.
Du weißt nicht, was Hoffnung ist, bevor du sie verlorst.

Du weißt nur, was das ist, nicht zu hoffen:
Du weißt nicht, wie das ist, wenn jede Hoffnung dir genommen ist,
Oder sie wegwerfen, zum Heer der Hoffnungslosen gehören,
Unkenntlich für die andern, außer manchmal für seinesgleichen.

MARY

Ich weiß, was du meinst. Es ist eine Erfahrung,
Die ich noch nicht habe. Nichtsdestoweniger, wie wirklich auch immer,
Wie grausam auch immer, kann es doch eine Täuschung sein.

HARRY

Was ich sehe,
Mag ein Traum von dieser oder jener Art sein. Und wenn es nichts andres gibt:
So fürchte ich den realsten. Die heitere Farbe verblaßt
Mitsamt dem unwiederbringlichen Gefühl,
Der Glut in der Welt, die nicht ihr Ziel fand;
Und das Auge gewöhnt sich an ein Zwielicht,
Worin der tote Stein amphibisch aussieht,
Der entlaubte Zweig wie Schlangen.

MARY

Du schaffst dir eine eigene Landschaft,
Nicht wirklicher als jede andere. Gewissermaßen widersprichst du dir selbst:
Das plötzliche Gefühl vom Tod der Hoffnung,
Von dem du sprichst, ich weiß, du hast es erfahren,
Und kann mir vorstellen, wie furchtbar es sein muß.
Aber in dieser Welt entspringt neue Hoffnung,
Von der wir noch nichts wissen, am unverhofften Ort.
Du hofftest auf irgend etwas, als du nach Wishwood zurückkamst,
Sonst wärst du nicht gekommen.

HARRY

Was immer ich davon erhoffte,
Nun ich hier bin, weiß ich, ich werd's nicht finden.
Der Trieb, zum Ausgangspunkt zurückzukehren,
Neu zu beginnen, als wäre nichts geschehn,

Ist das nicht alles Narrheit? 's ist wie der hohle Baum,
Der nicht mehr *ist*.

MARY

Wahrhaftig, was du sagst,
Beweist nur, du erwartetest, daß Wishwood
Dein eigentliches Selbst sei, und alles für dich tun würde,
Was du nur selbst für dich tun kannst.
Das, was du ändern mußt, ist etwas in dir,
Das du überall ändern kannst – hier so gut wie anderswo.

HARRY

Etwas in mir – meinst du – ließe sich ändern!
Und hier, wahrhaftig! wo ich sie rings um mich spüre,
Hier und hier und hier! – überall, wo ich nicht hinblicke,
Immer flackert's eben aus dem Gesichtswinkel,
Überall flüchtet's grad außer Hörweite –
Und auch im Innern, in der nächtlichen Panik
Vor der Auflösung im Traum. – Du kennst das nicht,
Du kannst es nicht kennen, du kannst es nicht verstehn.

MARY

Ich glaube, ich könnte verstehn; aber du müßtest Geduld haben.
Mit mir und mit allen, die nicht deine Erfahrung machten.

HARRY

Wenn ich versuchte, es zu erklären, du würdest es nicht verstehn:
Erklärung führte nur zu einem schlimmeren Mißverständnis,
Erklärung würde mich nur weiter von dir entfernen.
Es gibt nur eine Möglichkeit für dich zum Verständnis:
Daß du sehend wirst. Doch sind sie viel zu klug,
Euch in *unsre* Welt einzulassen. Eure ist nicht besser.
Dafür haben sie gesorgt: das ist ein Teil der Marter.

MARY

Wenn du meinst, ich bin unfähig, dich zu verstehn –
Aber jetzt muß ich mich dringend umziehn zum Dinner.

HARRY

Nein, nein, geh nicht! Bitte verlaß mich nicht
Grad in diesem Augenblick. Ich fühl, es ist sehr wichtig.
Bei unserm Gespräch sollte etwas herausgekommen sein.

MARY

Ich bin keine kluge Person,
Und im üblichen Sinne kenn ich dich nicht sehr gut,
Obwohl ich mehr von dir weiß, als du denkst,
Und zwar von deinem wahren Ich. Ich hab nicht viel Erfahrung,
Aber ich seh jetzt manches, das ich nicht von Lehrern weiß
Oder aus Büchern oder vom Nachdenken oder aus der Beobachtung:
Manches, von dem ich nicht wußte, daß ich's weiß.
Wenn selbst Wishwood, wie du sagst, ein Betrug ist,
Deine Familie eine Täuschung – dann ist alles eine Täuschung:
Und zwar alles, was du fühlst – ich mein nicht, was du denkst,
Aber was du fühlst. Du klammerst dich an den Widerwillen
Wie andre an die Liebe: das ist Verranntheit,
Unrecht, mißbrauchte Kraft. Du täuschst dich selbst,
Wie jemand, der sich einbildet, er sei gelähmt,
Wie jemand, der glaubt, er sei blind,
Während er noch die Sonne sieht. Ich weiß, daß es so ist.

HARRY

Ich habe auf sinnlosen Reisen manche Jahre vertan;
Du bliebst in England und kommst mir vor
Wie jemand, der von sehr weit daher kommt
Oder wie ein entfernter Wasserfall im Wald,
Unzugänglich, grad noch zu hören.
Und ich hör deine Stimme wie in der Stille
Zwischen zwei Stürmen: man hört gedämpft die üblichen Geräusche
In Gras und Laub, das ständige Leben,
Das gewöhnlich unbeachtet bleibt.
Vielleicht hast du recht, obwohl ich nicht weiß,
Woher du's wissen solltest. Ist das kalte Frühjahr,
Ist der Frühling nicht eine böse Zeit, die uns aufregt mit täuschenden Stimmen?

MARY

Der kalte Frühling jetzt ist die Zeit
Der Wehen in treibenden Wurzeln,
Der Agonie im Dunkeln,
Des pulsenden flutenden Steigens im Stamm,

Der Schmerzen in brechenden Knospen.
Am wenigsten von allen leiden noch diese:
Der Eisenhut unter dem Schnee
Und das Schneeglöckchen, das einen Augenblick klagt im Wald.

HARRY

Frühling ist Blutfluß,
Gezeit der Opferung,
Und der Schrei vor der Hochflut,
Wiederkehr der Geister der Toten,
Welche der Winter ertränkt hat.
Kehren nicht die Geister der Ertrunknen
Zurück ans Land im Frühling?
Wollen die Toten nicht zurück?

MARY

Schmerz ist das Widerbild der Lust,
Doch Lust eine Art des Schmerzes.
Ich glaube, der Moment der Geburt
Ist's, wo wir Kunde vom Tod haben.
Ich glaube, die Gezeit der Geburt
Ist die Gezeit der Opferung
Für die Bäume, die Tiere, den Fisch,
Der sich stromaufwärts schnellt:
Was wird mit dem erschreckten Geist,
Zur Wiedergeburt hinauf
Genötigt ins sengende Sonnenlicht,
Feuchtem Flug im Regengewölk,
Hasensprung über den Mond?

HARRY

Was sagten wir eben? Ich glaube, ich sagte,
Es sei mir, als wär ich immer hier gewesen,
Und du wärst jemand, der aus großer Ferne kommt.
Ob ich weiß, was ich sage, und warum ich's sage,
Bedeutet nichts. Du bringst mir Nachricht
Von einer Tür am Ende eines Korridors, die sich öffnet
Auf Sonnenschein und Gesang, während ich sicher war,
Daß jeder Korridor nur auf einen andern führt

Oder auf eine blanke Wand und in Bewegung blieb,
Bloß um nicht still zu stehn. Licht und Gesang.
Halt!
Was ist das? Spürst du's?

MARY

Was, Harry?

HARRY

Diese Wahrnehmung, die über alle Sinne geht,
Geheimer als jeder Geruch, aber wie ein Geruch,
Der nicht zu beschreiben ist, ein süßer und bittrer Geruch
Aus einer andern Welt. Ich spür ihn, ich spür ihn!
Mächtiger als je vorher, ein Dunst, der alles,
Alle Welten auflöst, und mich mit. O Mary!
Sieh mich nicht so an! Halt! Versuch's aufzuhalten!
Ich vergehe. Oh, warum jetzt? Kommt heraus!
Kommt heraus! Wo seid ihr? Laßt euch sehn,
Seit ich weiß, ihr seid da, weiß ich, ihr stellt mir nach.
Weswegen spielt ihr mit mir, weswegen laßt ihr mich laufen,
Nur um mich einzukreisen? – Sobald ich an sie denke,
Lassen sie mich allein; sobald ich sie vergesse,
Nun für einen gedankenlosen Augenblick,
Tauchen sie wieder auf, schlaflose Jäger,
Die mich nicht schlafen lassen. Im Einschlafen
Seh ich immer ihre Klauen gestreckt
Und ruhig, als hätten sie sich nie gerührt.
Nur einen Augenblick, nur einen einzigen Augenblick
Stand ich im Sonnenlicht und dachte, ich dürfte da bleiben:

MARY

Sieh mich an! Du kannst dich auf mich verlassen.
Harry, Harry! alles ist gut, ich sag dir's.
Wenn du dich auf mich verläßt, ist alles gut.

HARRY

Kommt heraus!
Die Fenstervorhänge teilen sich, enthüllen die Eumeniden in der Fensternische.
Warum zeigt ihr euch jetzt zum erstenmal?

Als ich sie kannte, war ich nicht derselbe,
Ich war überhaupt niemand. Nichts, was ich tat,
Hat etwas mit mir zu tun. Der Zufall eines Traum-Moments,
Eines Traum-Alters, als ich irgend sonst was war,
An irgend sonst was dachte, stieß mich unter euch.
Ich sag euch, nicht ich bin's, auf den ihr blickt,
Nicht ich, den ihr angrinst, den eure vertraulichen Blicke
Anklagen, aber laßt eure Leichenschändung
Sich sättigen an dem andern Kadaver, für den
Ihr mich haltet. Sie wollen nicht fort.

MARY

Harry! Es ist ja niemand hier.
Geht ans Fenster, zieht die Vorhänge zu.

HARRY

Sie waren hier, sag ich dir. Sie sind hier.
Bist du so unempfänglich, hast du so stumpfe Sinne,
Daß du sie nicht sehen konntest? Hätte ich gemerkt
Daß du so beschränkt bist, hätte ich deinen Unsinn
Gar nicht angehört. – Kannst du mir nicht helfen?
Du nützt mir nicht. Ich muß sie stellen,
Mit ihnen kämpfen. Aber sie sind dumm.
Wie kann man gegen Dummheit kämpfen?
Trotzdem, ich muß mit ihnen reden.
Stürzt vor und reißt die Vorhänge voneinander. Die Nische ist leer.

MARY

Oh, Harry!

DRITTE SZENE

Harry, Mary, Ivy, Violet, Gerald, Charles.

VIOLET

Guten Abend, Mary. Noch nicht umgezogen?
Wie findest du, daß Harry aussieht?
Wer kann denn nur den Vorhang aufgezogen haben? *Zieht ihn zu*

Ich finde, sehr gut, nach einer so langen Reise;
Du weißt, wie gehetzt, um rechtzeitig hier zu sein
Zum Geburtstag seiner Mutter.

IVY

Mary, Liebste,
Hast du die Blumen hingestellt? Darf ich sie arrangieren?
Du nimmst mir's nicht übel, nicht wahr? Ich versteh ein wenig von Blumen,
Blumen waren immer meine Leidenschaft.
Ich hatte nämlich einmal meinen eigenen Garten, in Cornwall,
Als ich mir einen Garten leisten konnte. Und ich gewann mehrere Preise
Mit meinem Rittersporn. Ich war beinahe eine Autorität.

GERALD

Guten Abend, Mary. Du hast also Harry schon gesprochen.
Es ist schön, ihn wieder hier zu haben, nicht wahr?
Er soll sich hier zu Hause fühlen. Und dies Omen,
Daß er heute ankam, zum Geburtstag seiner Mutter!

MARY

Ich muß gehn und mich umziehn. Ich verspätete mich.
Ab

CHARLES

Nun warten wir nur noch auf Arthur und John.
Ich bin froh, Harry, daß ihr wieder alle zusammen sein werdet.
Sie brauchen die Autorität ihres älteren Bruders.
Arthur ist nämlich etwas leichtsinnig,
Dein Einfluß sollte ihn zur Vernunft bringen.
Schließlich bist du das Familienhaupt.

AMYS STIMME

Violet, ist Arthur jetzt gekommen oder John?

VIOLET

Keiner von beiden ist da, Amy.
Amy tritt auf mit Dr. Warburton.

AMY

Das ist sehr ärgerlich. Was kann passiert sein?
Ich denk, der Nebel hält sie auf.

Da hat's keinen Sinn, irgendwohin zu telephonieren – Harry!
Kennst du Doktor Warburton nicht mehr?
Er ist doch der älteste Freund unserer Familie,
Und dich, Harry, kennt er länger als irgend jemand.
Als er hörte, du würdest zum Dinner hier sein,
Gab er eine wichtige Verabredung auf und kam.

WARBURTON

Wir haben uns beide gewiß sehr verändert, Harry,
Ein Landarzt wird auch nicht jünger.
Sie zu sehn, versetzt mich weiter zurück,
Als Ihre Erinnerung reicht. Aber Sie werden nicht vergessen haben,
Daß Sie einmal mit Masern von der Schule nach Hause kamen,
Und wir es schwer hatten, Sie im Bett zu halten.
Es paßte Ihnen gar nicht, in den Ferien krank zu sein.

IVY

Das war auch nicht schön, heimkommen und krank sein.

VIOLET

Es war immer dasselbe mit deinen Unpäßlichkeiten
Und Kinderkrankheiten, du wolltest nie im Bett bleiben,
Du warst überzeugt, dir würde nie wieder besser werden.

HARRY

Wie mir scheint, nicht ganz ohne Grund:
Was man allgemein Genesung nennt,
Ist nur die Inkubationszeit für eine andere Krankheit.

WARBURTON

Sie dürfen nicht so pessimistische Ansichten äußern,
Die sich für einen Arzt nicht sehr schmeichelhaft anhören.
Doch ich erinnere mich, als ich Student in Cambridge war,
Pflegte ich von großen Entdeckungen zu träumen,
Um die eine oder andere Krankheit zu vertreiben.
Nach vierzig Jahren Praxis, die ich habe,
Weiß ich, daß das Leben kein Laboratorium ist.
Wir haben alle unsere Krankheit, die eine oder andere:
Wir nennen's Gesundheit, wenn kein Krankheitssymptom
Zu finden ist. Gesundheit ist ein relativer Begriff.

IVY

Sie müssen eine riesige Erfahrung gesammelt haben
In vierzig Jahren, Doktor.

WARBURTON

Ja, gewiß.
Selbst in einer Landpraxis. Mein erster Patient, nun –
Sie werden's nicht glauben, meine Damen – war ein Mörder,
Er litt an einem unheilbaren Krebsgeschwür.
Wie er dagegen anging! Ich sah nie einen Mann
Ängstlicher besorgt ums Leben.

HARRY

Nichts Ungewöhnliches.
Es ist wirklich schwerer, an Mord zu glauben
Als an Krebs. Krebs, das ist hier:
Geschwulst, dumpfer Schmerz, gelegentliches Erbrechen.
Mord eine Umkehrung von Schlaf und Wachen.
Mord geschah dort. Ihr gewöhnlicher Mörder
Betrachtet sich selbst als ein unschuldiges Opfer.
Für sich selbst ist er noch, was er gewohnt ist zu sein
Oder sein möchte. Er kann es sich nicht als wirklich vorstellen,
Daß all und jedes unwiderruflich ist, und
Vergangenes nicht zu erlösen. Aber Krebs, nun,
Das ist was Wirkliches.

WARBURTON

Wir wollen von diesen Dingen nicht weiter reden,
Wie sind wir denn nur auf den Krebs verfallen?
Ich weiß wirklich nicht mehr. – Sie sind nun alle erwachsen,
Und ich habe keine Patienten mehr in Wishwood.
Wishwood ist immer kalt gewesen, aber gesund.
Und höchstens, wenn ich hier zu Tisch eingeladen bin,
Seh ich mal Ihre Mutter.

VIOLET

Ja, sieh deine Mutter an.
Abgesehen davon, daß sie nicht mehr ausgehn kann im Winter,
Kämst du nicht auf den Gedanken, daß sie einen Tag älter ist
Als an ihrem Geburtstag vor zehn Jahren.

GERALD

Hat es noch Zweck, auf Arthur und John zu warten?

AMY

Wir könnten ebensogut zu Tisch gehn.
Vielleicht kommen sie, eh wir fertig sind. Führen Sie mich zu Tisch, Doktor?
Wir sind gewiß die weitaus Ältesten hier –
Wir sind sogar die ältesten Einwohner Wishwoods.
Wie wir als erste kamen, wollen wir als erste gehn, zum Dinner.

WARBURTON

Mit Vergnügen, Lady Monchensey.
Ich hoffe, es wird mir nächstes Jahr wieder vergönnt sein.
Amy, Dr. Warburton, Harry ab

CHORUS

Ich habe Angst vor allem was geschehn ist und vor allem das im Kommen ist;
Was im Kommen ist, das sitzt vor der Tür, als wär's immer da gewesen
Die Vergangenheit ist dabei zu geschehn, und die Zukunft ist längst beschlossen.
Und die Schwingen der Zukunft verdunkeln die Vergangenheit, Schnabel und Klauen entweihten
Historisches. Geschändet
Der erste Schrei im Schlafzimmer, der Lärm in der Kinderstube, zerfleddert
Das Familien-Album, lächerlich gemacht
Das Pächter-Mahl, das Familien-Picknick im Moor. Abgerissen
Das Dach von dem Hause, oder es war vielleicht nie da.
Und der Vogel hockt auf dem geborstenen Schornstein. Ich habe Angst.

IVY

Dies ist ein recht gemeines Entsetzen, und ich muß mich wehren dagegen.

GERALD

Ich bin an stabile Gefahren gewohnt, doch nur, wenn ich sie begreifen kann.

VIOLET

Es ist die Stumpfheit von Gerald und Charles und dem Doktor, die mich enerviert.

CHARLES

Überließe man die Sache mir, würde ich gewiß die Situation meistern.

Chorus ab. Mary tritt ein und geht durch zum Essen, Agatha tritt auf.

AGATHA

Das Auge ist überm Haus,
Das Auge bannt es.
Drei sind hier zusammen:
Die drei sollen geschieden sein;
Der Knoten, der geschürzt ist,
Soll aufgeknotet sein,
Die gekreuzten Gebeine
Im verschütteten Brunnen
Sollen endlich grade gerichtet sein.
Das Wiesel und die Otter
Sollen rings ihrer Wege gehn.
Das Auge der Tagzeit
Und das Auge der Nachtzeit
Sei abgewandt von diesem Haus:
Bis der Knoten entknotet,
Das Gekreuzte entkreuzt
Und das Krumme grade gemacht ist.

Geht ab zum Essen

Zweiter Teil

Die Bibliothek, nach dem Dinner

ERSTE SZENE

Harry, Dr. Warburton.

WARBURTON

Ich freu mich auf ein paar Minuten mit Ihnen allein, Harry
In Wirklichkeit hatte ich 'n andern Grund, heut abend zu
kommen,
Als lediglich zur Feier von Ihrer Mutter Geburtstag.
Mir lag an einem persönlichen Gespräch mit Ihnen
In einer vertraulichen Angelegenheit.

HARRY

Ich glaube zu ahnen –
Doch ich fürchte, es wird wahrscheinlich zwecklos sein,
Oder, wenn irgendwas, alles eher schwieriger machen.
Aber sprechen Sie, wenn Sie wollen.

WARBURTON

Sie mißverstehn mich,
Ich bin sicher, Sie können nicht wissen, woran ich denke;
Und was das Schwierigerwerden der Angelegenheit betrifft:
Auf etwas, das sehr wahrscheinlich geschehen wird,
Unvorbereitet sein, macht es noch viel schwieriger!

HARRY

O Gott, Mensch, die Dinge, die geschehen werden,
Sind schon geschehn.

WARBURTON

In gewissem Sinn ist das richtig.
Aber in einem, den Sie nicht kennen. Und was man
Im Augenblick weiß oder nicht weiß, kann
Für die Zukunft den größten Unterschied machen.
Es handelt sich um Ihre Mutter ...

HARRY

Um meine Mutter?
Hier hat sich's stets in allem um Mutter gehandelt.
Als wir Kinder waren, eh wir zur Schule gingen,
War der Maßstab für unser Betragen nur Mutters Gefallen;
Unartigkeit bedeutet: unfreundlich sein zur Mutter;
Was immer ihr Kummer machte, das war unrecht,
Und gut war alles, was sie glücklich machte –
Doch niemals ganz glücklich, erinnere ich mich. Das war's, warum
Wir alles als Fehlschlag empfanden, bevor wir's angefangen hatten.
Und kamen wir in den Schulferien nach Haus,
So waren das keine Ferien, sondern nur eine Zeit,
In der von uns erwartet wurde, daß wir Mutter enschädigten
Für alle Wochen, die sie uns nicht gesehn hatte,
Sie sah uns zum Halbsemester, und da
Erschien sie uns noch unglücklicher; wir fühlten uns
Noch mehr schuldig und betrugen uns schlecht
In der Schule am nächsten Tag, um bestraft zu werden,
Denn Strafe verringerte unser Schuldgefühl. Mutter
Bestrafte uns nie, aber sie ließ uns Schuld fühlen.
Ich glaube, was als selbstverständlich vorausgesetzt wird
Zuhaus, macht tiefern Eindruck auf Kinder,
Als was man ihnen sagt.

WARBURTON

Halt, Harry, Sie sind im Irrtum.
Vielmehr, Sie wissen nicht, was ich Ihnen sagen will.
Sie mögen im Recht sein, aber was uns beide jetzt
Angeht, ist das Glück Ihrer Mutter in der Zukunft,
Für den Rest ihres Lebens: nicht das Vergangene.

HARRY

Oh, gibt's da einen Unterschied?
Wie können wir uns Sorgen machen um die Vergangenheit
Und nicht zugleich um die Zukunft, oder um die Zukunft
Und nicht auch um die Vergangenheit? Was ich Ihnen sage,
Ist äußerst wichtig. Äußerst wichtig.
Das müssen Sie mich erklären lassen, und dann erzählen Sie.

Ich weiß nicht warum, aber grad heute abend
Überwältigt mich das Bedürfnis zu Erklärungen –
Vielleicht träume ich nur, daß ich spreche,
Um, wach geworden, zu finden, daß ich schwieg
Oder sprach zu Stocktauben: und die andern
Scheinen irgendwas anderes zu hören als ich sage.
Doch wenn Sie reden möchten, können Sie mir wirklich
Was Nützliches sagen. Erinnern Sie sich an meinen Vater?

WARBURTON

Ja, gewiß, sicher, Harry, aber ich seh wirklich nicht,
Was das mit dem jetzigen Anlaß zu tun hat,
Mit dem, was ich Ihnen sagen muß.

HARRY

Was Sie mir sagen müssen,
Ist entweder etwas, das ich schon weiß,
Oder unwichtig oder sonst unwahr.
Aber ich möchte mehr von meinem Vater wissen.
Ich erinnre mich kaum an ihn, weiß aber noch sehr gut,
Daß ich von ihm ferngehalten wurde, bis er fortging.
Sein Name wurde nie genannt, doch auf die eine oder andere Art,
Fühlten wir, daß er stets hier war.
Doch wenn wir ihn fassen wollten, war da nur ein Vakuum,
Umringt von wispernden Tanten: Ivy und Violet –
Agatha kam damals nie. Wo war mein Vater?

WARBURTON

Harry, es ist nicht gut, im Unglück zu stöbern.
Davon gab's damals genug: und was damals schwärte,
Hat nun eine Narbe hinterlassen.
Lassen Sie's ruhn. Sie wissen doch, Ihre Mutter
Und Ihr Vater sind miteinander nie sehr glücklich gewesen:
Sie haben sich mit gegenseitigem Einverständnis getrennt,
Und er ging, um draußen zu leben. Sie waren noch ein Knabe,
Als er starb. Sie werden sich kaum erinnern.

HARRY

Doch, jetzt erinnere ich mich. Nicht Arthur oder John,
Die waren zu jung. Aber ich erinnre mich

An den einen Sommertag, ungewöhnlich heiß,
An ihm verlor ich mein Schmetterlingsnetz;
Ich erinnre mich an das Schweigen, die vertuschte Aufregung
Und das Geflüster der triumphierenden Tanten.
Sie kennen diese zufällig belauschten Gespräche
Mit Seitenblicken, die man nicht hören soll,
Die Tod in das Herz eines Kindes tragen.
Das war der Tag, an dem er starb. Natürlich.
Das heißt, ich meine, der Tag, an dem die Nacht eintraf.

WARBURTON

Sie übertreiben.
Ich weiß, Ihre Mutter liebte ihn immer:
Von einem Skandal war nie die leiseste Spur.

HARRY

Skandal? Wer sprach von Skandal? Ich nicht.
Ja, jetzt seh ich's. Abends, als sie mich küßte,
Fühlt ich die Falle zuschnappen. Wenn Sie mir's nicht sagen,
Muß ich Agatha fragen. Ich wagte es bis jetzt nicht.

WARBURTON

Ich rat Ihnen dringend, fragen Sie Ihre Tante nicht. –
Das heißt, sie wird Ihnen nichts sagen können. Doch, Harry,
Verstehn Sie, wir können nicht den ganzen Abend hier sitzen;
Sie werden den Geburtstag feiern müssen,
Und Ihre Brüder werden hier sein. Darf ich Ihnen nicht erzählen,
Was ich zu sagen habe?

HARRY

Gut also, reden Sie.

WARBURTON

Ich wollte mit Ihnen über die Gesundheit Ihrer Mutter sprechen,
Ich muß Ihnen sagen, Harry, obgleich Ihre Mutter
Immer noch lebhaft und geistig frisch ist,
Obgleich sie so vital scheint wie immer –
Es ist nur die Kraft ihrer Persönlichkeit,
Ihr unbeugsamer Wille, der sie am Leben hält.
Im Moment ist's nicht nötig, mich fachmännisch
Auszudrücken. Die ganze Maschine ist geschwächt

Und ausgeleiert. Ihr Herz ist sehr schwach.
Mit Pflege, und wenn ihr alle Aufregungen erspart werden,
Kann sie noch ein paar Jahre leben. Ein plötzlicher Schock
Kann jeden Augenblick ihr Ende sein.
Wäre sie eine andere Frau gewesen,
So würde sie heute nicht mehr leben.
Ihre Entschlossenheit hielt sie in Gang:
Sie lebte nur für Ihre Rückkehr nach Wishwood,
Daß Sie die Herrschaft übernehmen in Wishwood,
Und deshalb ist es von größter Wichtigkeit,
Daß nichts sie beunruhigt oder aufregt.

HARRY

Ach!

WARBURTON

Es tut mir leid, Harry.
Ich hätt Ihnen das sehr gern erspart,
Und grad jetzt. Aber aus zwei Gründen
Mußten Sie's wissen. Einer ist Ihre Mutter,
Sie sollte für den Rest ihres Lebens glücklich sein.
Der andere Sie selber: die Zukunft von Wishwood
Ist abhängig von Ihnen. Ich erwähne es nicht gern;
Aber Sie wissen, ich bin ein sehr alter Freund
Und war immer mit den Familienverhältnissen vertraut –
Sie wissen so gut wie ich, daß Arthur und John
Für Ihre Mutter eine große Enttäuschung gewesen sind.
John ist recht anständig, aber er ist nicht gerade blendend;
Und Arthur ist immer ein rechter Windhund gewesen.
Alle Hoffnungen Ihrer Mutter sind auf Sie konzentriert.

HARRY

Hoffnungen? – – Sagen Sie,
Kannten Sie meinen Vater, als er so alt war wie ich jetzt?

WARBURTON

Doch, ja, Harry, selbstverständlich.

HARRY

Wie sah er damals aus? War er mir etwas ähnlich?

WARBURTON

Sehr ähnlich. Selbstverständlich mit Unterschieden:
Aber wenn man den Wechsel in der Mode berücksichtigt,
Und daß Sie glatt rasiert sind, sehr ähnlich.
Und nun, Harry, wollen wir von Ihnen sprechen.

HARRY

Ich sah nie ein Photo. Es gibt kein Bild.

WARBURTON

Was ich wissen möchte: Schlafen Sie gut . . .

Denman tritt auf.

DENMAN

Wachtmeister Winchell ist da, Mylord,
Und möchte Mylord dringend sprechen,
Auch Doktor Warburton. Er sagt, es ist sehr dringend,
Sonst würde er nicht gestört haben.

HARRY

Er soll hereinkommen.

Denman tritt ab.

WARBURTON

Was mag er wollen? Hoffentlich ist nichts geschehen
Mit einem von Ihren Brüdern.

HARRY

Keinem von meinen Brüdern
Kann was geschehn sein. Nichts kann geschehn sein –
Wenn Wachtmeister Winchell wirklich da ist. Aber Denman sah ihn.
Was aber, wenn Denman ihn sah, und er war doch nicht wirklich?
Das wäre schlimmer als irgendwas, das geschehn ist.
Was, wenn Sie ihn sehn würden, und . . .

WARBURTON

Harry, nehmen Sie sich zusammen!
Einem Ihrer Brüder kann was Ernstes geschehn sein.

Winchell tritt auf.

WINCHELL

Guten Abend, Mylord. Guten Abend, Doktor.
Herzlichen Glückwunsch . . . Oh, Verzeihung, Mylord,
Ich dachte, es wär Ihr Geburtstag, nicht Lady Monchenseys.

HARRY

Lady Monchenseys!

Er springt auf Winchell zu und packt ihn an den Schultern.

Er ist wirklich, Doktor!

So, nun wollen wir weiter reden. Sie und ich
Und Winchell. Setzen Sie sich, Winchell,
Und nehmen Sie ein Glas Portwein. Wir sprachen von meinem Vater.

WINCHELL

Immer noch Ihre alten Späße. Sie sehn um kein Jahr älter aus
Als das letzte Mal, Mylord. Aber ein Landwachtmeister
Wird nicht jünger. – Nein danke, Mylord,
Portwein und Rheumatismus vertragen sich schlecht.

WARBURTON

Um Gottes willen, Winchell, erzählen Sie, was los ist. –
Seine Lordschaft ist heute abend nicht ganz wohl.

WINCHELL

Ich verstehe.

Es ginge mir ebenso, wenn's mein Geburtstag wär –
Verzeihung, ich vergaß schon wieder –
Wenn's meiner Mutter Geburtstag wär. Gott hab sie selig,
Seit zehn Jahren ist sie tot. Wie geht es Lady Monchensey,
Wenn ich fragen darf, Mylord?

HARRY

Warum fragen Sie immerfort

Nach Lady Monchensey? Wissen Sie etwas oder wissen Sie nichts?
Ich habe keine Angst vor Ihnen.

WINCHELL

Ich hoffe nein, Mylord.

Ich wollt gewiß nicht zudringlich sein,
Aber sehen Sie, Mylord, ich hatte doch Grund, zu fragen – –

HARRY

Schön. Wünschen Sie, daß ich sie herhole?

WINCHELL

Nein, nein, gewiß nicht, Mylord, doch lieber nicht . . .

HARRY

Sie meinen gewiß, ich kann's nicht. Aber ich könnte Sie überraschen;
Ich wär imstand, Ihnen einen Schreck einzujagen.

WINCHELL

Für heute abend genügt der Schrecken, Mylord.
Grad deshalb kam ich her.

WARBURTON

Um Himmels willen, Winchell,
Erzählen Sie endlich was ist.

WINCHELL

Es ist wegen Mister John.

HARRY

John!

WINCHELL

Ja, Mylord. 's tut mir leid.
Ein Wort in Ruhe mit Ihnen schien mir besser
Als zu telephonieren und womöglich Lady Monchensey aufzuregen.
So rutschte ich herüber auf dem Rad. Meist zu Fuß,
Weil der Nebel so dick war. Sonst wär ich früher hier gewesen.
Ich rief bei Doktor Warburton an,
Und man sagte mir, er wär hier, und Sie wären zurück.
Mister John hat einen kleinen Unfall gehabt
Auf der Landstraße, im Nebel; er fuhr
Etwas schnell, nehme ich an, und fuhr in einen Lastwagen,
Der hinter einer Kurve hielt. Wir werden den Fahrer haftbar machen:
Er sagt, daß er die Gegend hier nicht kennt
Und anhielt, um sich zu orientieren. Wir haben ihn ins Gasthaus gebracht –
Mister John, mein ich. Glücklicherweise
War Doktor Owen da und untersuchte ihn:
Sagt, es ist nichts Schlimmes, nur ein paar üble Schrammen
Und eine böse Gehirnerschütterung, sagt, daß er morgen früh
Wahrscheinlich zu sich kommt, aber er braucht Ruhe.
Doch Doktor Owen möchte gern, daß Sie auch nach ihm sehn.

WARBURTON

Ganz recht, ganz recht. Ich werd gehn und nach ihm sehn.
Wir müssen Ihrer Mutter sagen …

AMYS STIMME

Harry, Harry!
Wer ist bei dir! Ist es Arthur oder John?

Amy tritt auf, Violet, Ivy, Agatha, Gerald und Charles folgen einer nach dem andern.

AMY

Winchell! Warum sind Sie hier?

WINCHELL

Bedaure, Mylady, ich erzählte es grade dem Doktor,
Es ist wirklich nichts, nur ein kleiner Unfall.

WARBURTON

Ja, John hat einen Unfall gehabt, Lady Monchensey;
Und Winchell erzählte, daß Doktor Owen ihn sich ansah
Und sagt, es sei nur eine leichte Gehirnerschütterung,
Aber er muß die Nacht still liegen. Ich vertraue Owen
In einem solchen Fall. Sie können Owen vertrauen.
Wir werden ihn morgen herbringen; und ein paar Tage Ruhe
Sind ohne Zweifel alles, was nötig ist.

AMY

Unfall? Was für ein Unfall?

WINCHELL

Er fuhr bei dem Nebel, Mylady,
Und muß wohl ziemliche Eile gehabt haben.
Da hielt ein Lastwagen, wo er nicht stehn sollte,
Außerhalb des Dorfs, auf der Landstraße.

AMY

Wo ist er?

WINCHELL

Im Gasthaus, Mylady,
Natürlich noch nicht bei Bewußtsein.
Doktor Owen war zum Glück zufällig da.

GERALD

Ich geh hinunter und sehe nach, Amy, und komme und berichte dir.

AMY

Ich muß selber nachsehn. Bestell sofort den Wagen.

WARBURTON

Ich verbiete das, Lady Monchensey.
Als Ihr Arzt verbiete ich Ihnen, das Haus zur Nacht zu verlassen.
Sie können da nichts tun. Und hinaus bei diesem Wetter,
Und so spät bei Nacht: die Folgen kann ich nicht verantworten.
Ich werd selber gehn. Ich komm dann zurück und berichte.

AMY

Ich muß ihn selber sehn. Ihnen glaube ich nicht.

CHARLES

Viel besser, das Warburton zu überlassen, Amy.
Und außerordentlich glücklich für uns, daß er hier ist.
Wir müssen uns alle Warburtons Anordnungen fügen.

WARBURTON

Ich wiederhole, Lady Monchensey, Sie dürfen nicht nach draußen.
Wenn Sie's tun, muß ich ablehnen, Sie weiter zu behandeln.
Sie halten mich nur auf. Ich werde gleich zurück sein.

AMY

Gut. Ich nehme an, Sie haben recht. Aber kann ich Ihnen trauen?

WARBURTON

Sie haben mir so manche Jahre vertraut, Lady Monchensey,
Jetzt ist nicht der richtige Augenblick, anzufangen zu zweifeln.
Kommen Sie, Winchell, wir stellen Ihr Rad
Hinten auf meinen Wagen.

Warburton und Winchell ab

VIOLET

Nun, Harry,
Und du, hast du gar nichts zu sagen?
Tut dir dein Bruder denn nicht leid? Ist dir nicht klar,
Was vor sich geht, und was es bedeutet für deine Mutter?

HARRY

Oh, gewiß tut's mir leid. Aber nach Winchells Bericht
Halt ich die Sache nicht für gar so ernst.
Ein leichter Unfall wie 'ne Gehirnerschütterung
Ist wirklich nicht von großer Bedeutung für John.

Ein kurzer Urlaub von der Art von Bewußtsein,
Wie John es hat, kann nicht sehr viel ausmachen
Für ihn oder für irgendwen sonst. War er immer wirklich bei Bewußtsein,
Würde mich diese Atempause für ihn freuen:
Aber Johns normaler Tag ist kaum viel mehr als Atmen.

IVY

Wirklich, Harry, wie kannst du so gefühllos sein?
Ich hab immer gedacht, du hättest John so gern.

VIOLET

Und wenn's dir nichts ausmacht, was John passiert,
Könntest du doch etwas Rücksicht auf deine Mutter nehmen.

AMY

Ich verstehe nicht sehr viel:
Und nun ich älter werde, fang ich an einzusehn,
Wie wenig ich immer verstanden hab.
Aber eure Bemerkungen scheinen mir sehr viel unpassender
Als Harrys.

HARRY

Nur wenn sie nichts verstehn,
Können Menschen immer die passenden Gefühle zeigen –
Und sofern sie überhaupt was fühlen, sind ihre Gefühle passend
Sie begreifen nicht, was das heißt, wach zu sein,
Zugleich auf verschiedenen Ebenen zu leben,
Obwohl man nicht zugleich in verschiedenen Sprachen reden kann.
In meinem Gefühl bin ich John durchaus wohlgesonnen,
Was ihr als passend betrachtet. – Nur wenn ich davon spreche,
Ist das nicht meine Sprache. Ich will nicht in eurer sprechen.

AMY

Du sahst aus wie dein Vater,
Wie du das sagtest.

HARRY

Jetzt, Mutter,
Helf ich dir, dich niederlegen. Du mußt sehr müde sein.
Harry und Amy ab

VIOLET

Wirklich, ich versteh Harrys Benehmen nicht.

AGATHA

Ich halt es für gut, man läßt Harry, wenn er kann,
Zu einem Einvernehmen mit seiner Mutter kommen.

VIOLET

Mir scheint, ich bin heut abend nicht sehr beliebt.

CHARLES

Hm. – Es hat wohl keinen Zweck, daß einer von uns hinuntergeht –
In einer Nacht wie dieser – es sind gute drei Meilen;
Wir können auch nicht mehr tun als Warburton.
Wenn's schlimmer ist, als Winchell sagte, wird er's uns sofort wissen lassen.

GERALD

Mir macht wirklich der Schock für Amy mehr Sorge.
Doch ich glaube, daß Warburton auch d a r a n denkt.

IVY

Du hast ganz recht, Gerald, das einzige, worauf es ankommt,
Ist, sie nicht merken zu lassen, daß man sich sorgt.
Wir müssen tun, als wäre nichts passiert,
Und vom Kuchen und den Geschenken reden.

GERALD

Aber i c h bin besorgt um Arthur:
Mit ihm kann viel leichter was passieren als mit John.

CHARLES

Oh, aber Arthur ist ein glänzender Fahrer.
Nach all den Erfahrungen in den Brooklands
Wird ihm so leicht nichts passieren.

GERALD

Ein glänzender Fahrer, aber tollkühn.

IVY

Ich erinnere mich noch, als sie Knaben waren,
War Arthur immer der größere Abenteurer,
Aber John war der, der die Unfälle hatte,
Vielleicht just, weil er so schwerfällig war.
Er war's, der immer vom Pony fiel
Oder aus dem Baum – und immer auf den Kopf.

VIOLET

Vor einem Jahr nahm Arthur mich mit im Wagen,
Und da sagte ich ihm, ich würde nie wieder mit ihm fahren.
Nicht, als hätte ich überhaupt mit ihm fahren wollen –
Wenn er's auch wirklich gut meint –, aber ein offner Wagen
Ist so ordinär: man wird rundum zerzaust,
Man fühlt sich so auffällig, so hingelungert,
Und beinah auf der Straße, und jeder glotzt;
Und dann sein Tempo! Schreckenerregend!
Ich sagte, ich möchte lieber zu Fuß gehn: und ich tat's.

GERALD

Zu Fuß? Wohin?

VIOLET

Er fuhr los, um mich nach Cheltenham zu bringen,
Irgendwo in Chiswick, glaub ich, bat ich ihn zu halten.
Jedenfalls war's eine fremde Gegend,
Ich hatte die größte Mühe, heimzukommen.
Ich weiß, er meint's gut. Aber er ist doch rücksichtslos.

GERALD

Ich frag mich, wieviel Amy von Arthur weiß.

CHARLES

Ich glaube, mehr als sie je erwähnen wird.

Harry tritt auf.

HARRY

Mutter schläft, glaub ich. Seltsam, wie die Alten
So mitten im Unglück in Schlaf fallen können,
Wie Kinder oder wie abgehärtete Soldaten. Sie sah aus,
Ganz wie sie ausgesehn haben muß, als sie ein Kind war.
Ihr habt eine Konferenz abgehalten – den üblichen Familienkonvent
Über die Charaktere aller jugendlichen Mitglieder?
Oder wart beschäftigt, ein unbedeutendes Ereignis zu prophezeien,
Beschäftigt, kleinere Übel vorauszusehn?
Ihr bleibt dabei, jedes Ding für sich zu betrachten,
Macht kleine Dinge wichtig, so daß all und jedes
Unwichtig wird, die schwache Abweichung
Von irgendeinem imaginären Lauf, den das Leben zu nehmen hat,

Und den ihr normal nennt. Was ihr das Normale nennt,
Ist nichts als das Unwesentliche und das Unwichtige.
Es ging mir ähnlich, als ich noch selber
Mein eigenes Leben als einen separaten Ruin ansah,
Ein Zufallsstückchen Wüste in einer geordneten Welt.
Doch jetzt erscheint's mir als Teil eines gewaltigen Mißgeschicks,
Eines ungeheuerlichen Mißgriffs und Irrtums
Aller Menschen, der Welt, den ich nicht in Ordnung bringe.
Wenn ihr nur die Jahre kenntet, die ich zu durchleben hatte,
Seit ich vor ein paar Stunden heimkam nach Wishwood.

VIOLET

Zu dem, was du sagst, will ich keine Bemerkung machen, Harry;
Meine Kommentare sind in dieser Familie nicht immer willkommen.

Denman tritt auf.

DENMAN

Entschuldigen Sie, Miss Ivy, ein Ferngespräch für Sie.

IVY

Ein Ferngespräch für mich? Wer kann das sein?

DENMAN

Er wollte seinen Namen nicht nennen, Miss, aber es ist Mister Arthur.

IVY

Arthur! O Gott, nun ist er's, der einen Unfall hat.

Ivy und Denman ab

VIOLET

Wenn er Ivy verlangt, erwart ich das Schlimmste.

AGATHA

Wieviel du auch gelernt hast, Harry, denke daran,
Es kommt noch immer mehr: wir können nicht stehenbleiben
Als ungeduldige Zuschauer der Bosheit oder der Dummheit.
Wir müssen versuchen, auch die geheimen Welten der Einbildung
Und der Furcht zu ergründen. Stehenbleiben bei unserm Leiden
Ist Flucht vor dem Leiden. Wir müssen lernen mehr zu leiden.

VIOLET

Agathas Bemerkungen sind ständig pointiert.

HARRY

Meinst du, ich glaube, was ich eben grade sagte?
Das war nur, was ich gern glauben möchte.
Ich sprach in Allgemeinheiten, und du antwortetest mit Allgemeinheiten.
Meine Ratlosigkeit aber ist ganz persönlich. – Wären sie nur da draußen,
Könnte ich irgendwohin flüchten – vielleicht. Wären sie nur in mir,
Könnte ich sie vielleicht verdrängen mit Hilfe von Doktor Warburton
Oder von irgendeinem Arzt, einem andern Doktor Warburton,
Wenn es euch beliebte, einen andern Arzt auf mich loszulassen.
Aber dies ist viel zu wirklich: eure Worte können nichts daran ändern.
Ach, es muß eine andre Art zu sprechen geben,
Die uns zu irgend etwas führen würde. Du verstehst mich nicht.
Du kannst mich nicht verstehn. Nicht das Alleinsein
Ist das Grauenvolle – das Alleinsein mit dem Grauenvollen.
Das Eigentliche ist die Beschmutzung. Ich kann meine Haut säubern,
Mein Leben läutern, meinen Geist reinigen,
Und doch immer die Beschmutzung, die ein bißchen tiefer liegt ...
Ivy tritt auf.

IVY

Ist hier ein Abendblatt?

GERALD

Warum? Was ist los?

IVY

Jemand muß wegen Arthur im Abendblatt nachsehn.
Es war Arthur, der von London aus anrief:
Die Verbindung war so schlecht, ich konnte ihn kaum hören,
Und seine Stimme war so sonderbar. Es scheint, Arthur hat auch
Einen Unfall gehabt. Aber keine Verletzung, glaub ich.
Doch er sagt, er kann seinen Wagen nicht benutzen
Und hat den letzten Zug verpaßt. So kommt er erst morgen,
Und er sagt, es steht was in der Zeitung,

's sei aber alles ein Mißverständnis. Und seiner Mutter soll man nichts sagen.

VIOLET

Was hat's für einen Sinn, nach dem Abendblatt zu fragen?
Du weißt so gut wie ich, daß so weit von London
Unmöglich schon die Abendblätter da sein können.

CHARLES

Halt, ich glaube, ich kaufte eine Mittagsausgabe,
Als ich in St. Pancras einstieg. Dann ist sie in meinem Mantel.
Ich will nachsehn. Vielleicht steht da was drin.
Ab

GERALD

Ich hab's doch gesagt, Arthur könnte ebensogut
Wie John einen Unfall haben. Und John hat keine Schuld,
Bin ich überzeugt. John ist ein Pechvogel,
Aber Arthur ist entschieden leichtsinnig.

VIOLET

Ich finde, diese Rennwagen müßten verboten werden.
Charles kehrt zurück mit einer Zeitung.

CHARLES

Ja, da ist eine Meldung – Gott sei Dank
Nicht sehr auffällig –

GERALD

In den späteren Ausgaben wird mehr stehn.
Du liest es uns besser vor.

CHARLES *liest:*

»Lords Bruder hat Autounfall. Hon. Arthur Gerald Charles Piper, jüngerer Bruder von Lord Monchensey, fuhr am Morgen des ersten Januar in Ebury Street in einen Lieferwagen und zertrümmerte ihn. Er wurde zu einer Geldstrafe von fünfzig Pfund und Schadenersatz verurteilt, und ihm wurde für zwölf Monate der Führerschein entzogen. Als er versuchte, seinen Wagen aus dem Zusammenstoß herauszuziehen, fuhr Mister Piper rückwärts in ein Schaufenster. Zur Rede gestellt, sagte Mister Piper: ›Ich dachte, ich wäre hier auf freiem Felde.‹«

GERALD

Wo?

CHARLES

In der Ebury Street. – »Die Polizei stellte fest, daß Mister Piper, der im Augenblick des Unfalls von einer Patrouille verfolgt wurde, mit sechsundsechzig Meilen Stundengeschwindigkeit fuhr. Gefragt, warum er nicht gehalten habe, als die Polizei ihm Zeichen gab, sagte er: ›Ich meinte, sie wollten mit mir wettfahren.‹«

GERALD

Aus so etwas schlagen die Kommunisten Kapital.

CHARLES

Hier steht noch etwas. »Die Familie Piper ...«, nein, das brauchen wir nicht zu lesen.

VIOLET

Genau das, was ich erwartete. Aber wenn Agatha
Anfängt darüber zu moralisieren, werde ich schrein.

GERALD

Es wird fatal sein, das Amy beizubringen.

IVY

Der arme Arthur. Ich bin überzeugt, ihr seid viel zu streng mit ihm.

CHARLES

Zu meiner Zeit wurden solche Geschichten nicht in die Zeitung gebracht.
Aber heutzutage gibt's so etwas wie Privatleben nicht mehr.

CHORUS

In einem alten Haus wird immer gehorcht, und mehr gehört als gesprochen wird.
Und was gesprochen wird, bleibt zurück im Raum und wartet auf die Zukunft, die's hören wird.
Und was immer geschieht, begann in der Vergangenheit und drückt schwer auf die Zukunft.
Die Marter hinterm Vorhang im Schlafzimmer, ob es Geburt ist oder Sterben,
Schließt in sich alle Stimmen der Vergangenheit und wirft sie hinein in die Zukunft.
Die hellen Stimmen auf dem Rasen
Die Heumahd im Sommer
Die Hunde und das alte Pony

Das Stolpern und der kleine Aufschrei
Das Holzhacken im Herbst
Und das Singen in der Küche
Und Schritte bei Nacht auf dem Gang
Der Ausbruch von plötzlichem Ekel
Und die Zeit erstickten Kummers
Das Wispern, der fadenscheinige Betrug
Der krampfhaft bewahrte Schein
Der Optimismus, wenn's schlecht geht,
In eins verflochten und verstrickt, bleibt alles bewahrt.
Da gibt's kein Ausweichen vor diesen Dingen
Und wir kennen keine Geisterbeschwörung
Und ob in Argos oder England
Überall gelten diese unbeugsamen Gesetze,
Unabänderlich, wie in der Musik.
Man kann nichts dran machen,
Man kann an gar nichts etwas machen,
Und jetzt ist's Zeit für die Nachrichten
Wir müssen den Wetterbericht hören
Und die internationalen Katastrophen.
Chorus ab

ZWEITE SZENE

Harry, Agatha

HARRY

John wird sich erholen, wird sein, wie er immer war.
Arthur wird wieder nüchtern werden, wenn auch nicht für lange,
Und alles wird weitergehn wie vorher. Solche gelinden
Überraschungen
Gehören zum normalen Verlauf des Lebens in Wishwood.
John ist der einzige unter uns, von dem ich mir vorstellen kann,
Das er sich hersetzt und zuhause fühlt in Wishwood,
Eine langweilige Ehe schließt, eine Frau heiratet, dümmer –

Dümmer noch als er selbst. Er wird dem Einfluß von Wishwood
Widerstehn, ahnungslos und ruhig dahinlebend
Mit Pferden und rechten Besuchen bei den rechten Nachbarn
Zur rechten Zeit, und er wird ein vorzüglicher Gutsherr sein.

AGATHA

Was hast du im Sinn, Harry?
Ich errate es, was die Vergangenheit betrifft, und was du denkst über die Zukunft,
Vermisse aber eine Gegenwart, die beides verbinden sollte.
Du fürchtest vielleicht, ich könnte dich nicht verstehn,
Vielleicht fürchtest du sogar, verstanden zu werden,
Ich will dich nicht zu einer Erklärung nötigen.

HARRY

Ich muß erst genau herausfinden, was sie zu bedeuten haben.
Im Anfang, vor acht Jahren,
Überkam mich, als erstes, dies Gefühl des Abgesondertseins,
Der gnadenlosen, unwiderruflichen Einsamkeit –
Es ist ewig, oder gibt einen Begriff von Ewigkeit,
Weil man es als ewig empfindet, solange es währt. Das ist die eine Hölle.
Dann kam die Betäubung und verdeckte es – das ist die andre –
Das war die zweite Hölle: nicht mehr da sein,
Die Erniedrigung im Abgelöstsein von sich selbst,
Vom Ich, das nur noch Auge war, nur sah.
Das ganze letzte Jahr fand ich nie zu mir selbst.
War ich im alten Traum drin, hatte ich dieselbe Empfindung
Oder Empfindungslosigkeit wie vorher: im selben Ekel
Zerflossen, war ich nicht mehr Person in einer Welt von Personen,
Sondern allein mit schmutzenden Geistern.
Dann hatte ich kein Grauen vor meiner Tat,
Erlebte allein die Wiederholung von ihr
Wieder und wieder. Und war ich heraus aus ihm,
Dann konnte ich nichts davon mit mir selbst verbinden,
Obwohl nichts sonst wirklich war. Ich dachte töricht,
Wenn ich zurückkehrte nach Wishwood, wie ich's verließ,
Würd alles an seinem Platz sein. Doch *sie* verhindern's.

Ich muß noch herausfinden, was sie zu bedeuten haben.
Hier hab ich nichts gefunden
Als längst vergeßnes Elend und eine neue Marter,
Den Schatten von irgend etwas hinter unserer armseligen Kindheit,
Irgendeinen Ursprung des Jammers. Ist's das, was sie mir zeigen wollen?
Und nun möchte ich, daß du mir von meinem Vater erzählst.

AGATHA

Was willst du von deinem Vater wissen?

HARRY

Wenn ich's wüßte, hätt ich nicht zu fragen brauchen.
Du weißt, was ich wissen muß, und das ist genug.
Warburton hat es mir gesagt, obwohl er's nicht wollte.
Was ich wissen möchte, ist etwas, das ich wissen muß.
Du allein kannst mir's sagen. Soviel weiß ich.

AGATHA

Ich brauchte Jahre, um mich freizukämpfen aus einer Besessenheit,
Und Jahre, mich so zu halten. Was die Leute in mir sehen,
Die tüchtige Rektorin eines Frauen-College –
Das ist die Oberfläche. Da ist ein tieferer Komplex, den deine Frage verwirrt.

HARRY

Ich weiß, wenn ich es weiß, werde ich auf diesem Wege finden.
Daß ich's immer gewußt habe. Und das wird besser sein.

AGATHA

Ich will versuchen, dir zu erzählen. Ich hoff, ich hab die Kraft.

HARRY

Ich hielt dich immer für unangreifbar stark,
Frei geworden aus dem menschlichen Räderwerk,
So suchte ich Kraft bei dir. Vielleicht ist dies
Unser gemeinsamer Versuch zur Befreiung.

AGATHA

Dein Vater hätte leben können – ich sah ihn wenigstens so –
Als ein ungewöhnlich kultivierter Landedelmann,
Lesend, zeichnend, Flöte spielend,
Ein wunderlicher Kauz für seine ländlichen Nachbarn,

Der seine öffentlichen Pflichten jedoch nicht vernachlässigt.
Er verbarg seine Stärke hinter einer ungewöhnlichen Schwäche,
Der Schüchternheit eines Einsamen:
Wo er schwach war, erkannte er die Stärke deiner Mutter
Und gab ihr nach.

HARRY

Also keine Ekstase.
Sag mir jetzt, wer waren meine Eltern?

AGATHA

Dein Vater und deine Mutter.

HARRY

Das sagt mir nichts.

AGATHA

Der Tote, den du für deinen Vater hältst,
Und meine Schwester, die du als deine Mutter anerkennst.
Dahinter steckt kein Geheimnis.

HARRY

Was weiter?

AGATHA

Du siehst deine Mutter wie mit diesem Haus verwachsen –
Das war nicht immer so. Es hat Jahre gebraucht,
Bis sie sich abgefunden hat mit Wishwood.
Erst als sie deines Vaters Platz einnahm und der Punkt erreicht war,
Daß Wishwood sie aufrecht hielt und sie Wishwood aufrecht hielt.
Zuerst war es Unausgefülltsein. Ein Mann und eine Frau,
Verheiratet, allein miteinander in einem einsamen Landhaus,
Und drei Jahre kinderlos, lernen, was das heißt,
Einsam sein. Deine Mutter wollte eine Schwester ins Haus haben,
Für dauernd. Ich war die jüngste: damals war ich
Eine junge Studentin in Oxford. Ich kam
Einmal für Semesterferien. Da gab es
Einen Sommertag, ungewöhnlich heiß
Für diese kalte Gegend.

HARRY

Und da?

AGATHA

Es gibt Stunden, die ohne Vergangenheit und Zukunft scheinen,
Nur Gegenwart im scharfen Licht,
In denen du brennen möchtest. Und du streckst deine Hand
Aus zur Flamme. Sie kommen, gottlob,
Nur einmal so. Es gibt sie vielleicht in andrer Art,
Ich glaube, nach lebenslangem Marsch jenseits
Eines ganzen Tibet voll zerbrochener Steine wie Fänge. So glaube ich.

HARRY

Ich habe keines gekannt.

AGATHA

Der Herbst kam zu schnell, nicht schnell genug.
Wind und Regen hatten deinen Vater
Nicht wach geschüttelt. Ich traf ihn, als er bedachte,
Wie deine Mutter zu beseitigen wäre. Was für einfältige Pläne!
Er war nicht geeignet für die Rolle eines Mörders.

HARRY

Auf welche Art wollte er sie ermorden?

AGATHA

Ach, auf ein Dutzend verrückte Arten, jede wieder aufgegeben
Für noch kompliziertere. Du wurdest erwartet, in drei Monaten,
Du wärst in dem Fall nicht geboren worden: ich hielt ihn auf.
Ich kann mir das bißchen gesunde Vernunft nicht anrechnen,
Er hätte alles verpfuscht.
Ich wollte dich nicht töten!
Du getötet! Was warst du damals? Nur ein Etwas, »Leben« genannt –
Etwas, das mein hätte sein sollen, wie ich damals fühlte.
Die meisten Menschen hätten sich darüber kein Gewissen gemacht,
Wenn sie sich sonst keins machten. Aber ich wollte dich!
Wenn das geschehn wäre, wußte ich, ich hätte selber den Tod
Durchs Leben getragen, mein Leben lang, den Tod in meinem Schoß.
Ich fühlte, daß du irgendwie mein warst!
Und ich würde jedenfalls kein anderes Kind haben.

HARRY

Und hättest mich.– Das ist die Weise, wie Dinge geschehn,

All und jedes ist wahr in einem anderen Sinn,
Einem Sinn, der vorher bedeutungslos geschienen hätte.
Alles strebt zur Versöhnung,
Wie der Stein fällt, wie der Baum fällt. Und am Ende
Ist das Erfüllung, was am Anfang
Untergang scheinen wollte.
Mein Leben war vielleicht nur ein Traum,
Geträumt durch mich hindurch von Geistern andrer. 's mag sein,
Ich träumte nur, daß ich sie stieß.

AGATHA

Das hatte ich vermutet. Was tut's?
Was wir geschrieben haben, ist keine Detektivgeschichte
Von Verbrechen und Strafe, sondern von Sünde und Sühne.
Es ist möglich, daß du nicht gewußt hast, welche Sünde
Du sühnen mußt, noch wessen, noch warum. Sicher ist
Daß das Wissen um sie der Sühne vorausgehn muß.
Es ist möglich, daß Sünde strebt und ringt
Im Drang der finsteren Geburt, sich bewußt zu werden
Und so Reinigung zu finden. Es ist möglich,
Daß du das Sich-Bewußt-Sein deiner unseligen Familie bist,
Ihr Vogel, ausgesandt, durchs Fegefeuer zu fliegen.
Tatsächlich, das ist möglich. Du magst es später erfahren,
Wandernd allein durch eisige Flammen, erwählt,
Den Fluch zu lösen, unter dem wir leiden.

HARRY

Sieh, ich weiß nicht warum,
Im Augenblick fühlt ich mich glücklich, als wär ich
heimgekommen.
Es ist ganz unsinnig, doch jetzt
Fühl ich mich ganz glücklich, als läge Glück
Nicht darin, daß man bekommt, was man sich wünscht,
Oder loswird, was nicht loszuwerden ist,
Sondern in einer anderen Sicht. Dies ist wie ein Ende.

AGATHA

Und ein Anfang. – Harry, mein Lieber,
Ich fühle mich sehr müde, wie nur die Alten sich fühlen.

Die Jungen fühlen sich müde am Ende einer Aktion,
Die Alten am Anfang. Es ist, als hätte
Ich all diese Jahre von meinem Kapital gelebt,
Anstatt mir täglich mein geistig Brot zu erwerben:
Und ich bin zu alt, noch einmal anzufangen mein Leben zu verdienen.

HARRY

Aber du bist grad jetzt nicht unglücklich?

AGATHA

Was heißt unglücklich?
Ich fühle Befreiung von der Last, die auf mir lag,
Und ich bin erschöpft im Augenblick der Befreiung.
Die Last hast du nun – du,
Die Last des ganzen Hauses. Und mir ist etwas bange.

HARRY

Dir bange! – Das kann ich mir kaum vorstellen.
Wenn ich nur gewußt hätte – doch das war unmöglich.
Ich fange erst jetzt an, ein wenig zu verstehn
Von dir und von uns allen. Familiengefühl
Ist eine Bindung formaler Natur, eine Pflicht,
Nur beachtet, wenn sie vernachlässigt wird. Man hat diese Rolle zu spielen.
Nach soviel Übung konnt ich's aushalten, diese zehn Jahre
Eine Rolle zu spielen, die mir aufgenötigt wurde;
Nun kam ich zurück und fand eine andere fertig –
Das Buch lag auf, Zeilen unterstrichen, und das Kostüm
Zum Anziehn bereit. Aber es ist merkwürdig:
Als andre so stark erschienen, hat ihre augenscheinliche Kraft
Meinen Entschluß erstickt. Jetzt sehe ich,
Ich könnte selbst für meine Mutter Zärtlichkeit fühlen,
Mehr Mitleid wenigstens – durch Verständnis.
Aber das würde ihr nicht recht sein. Ich sehe jetzt,
Ich bin verwundet in einem Krieg von Phantomen,
Nicht durch menschliche Wesen – sie haben nicht mehr Macht als ich.
Was ich für wirklich hielt, waren Schatten, und wirklich,

Was ich für private Gespenster hielt. Oh, diese furchtbare Einsamkeit
Des wahnsinnigen Gemüts! Jetzt kann ich unter Menschen leben.
Freiheit ist eine andere Strafe als Gefängnis.

AGATHA

Ich hab nur durch die kleine Tür gesehn,
Als Sonnenlicht auf dem Rosengarten lag:
Und hab von fern winzige Stimmen gehört;
Und dann flog ein schwarzer Rabe vorüber.
Und dann war nur der Schritt der eigenen Füße,
Entfernt, einen steinernen Flur entlang,
In toter Luft. Nur Schritt der Füße
Und Scharren scharfer Absätze. Oben und unten
Echo und Lärm von Füßen.
Ich war nichts als Fuß und der Blick
Auf die Füße, der Blick ohne Blinzeln
Gebannt an die Füße. Oben und unten.

HARRY

Ein und aus, in endloser Herde,
Geschrei und Gespenster in kreisender Wüste,
Pestluft und Ansteckung in fauliger Umarmung
Verwesender Gebeine. Ein und aus im Kreis,
Bis die Kette riß, und ich blieb zurück
Unter dem einzigen Auge über der Wüste.

AGATHA

Auf und ab, durch die steinernen Gänge
Eines riesigen verlaßnen Hospitals
Im stehenden Geruch von Desinfektion,
Den Blick gradeaus, an vernagelten Fenstern vorbei.
Auf und ab. Bis die Kette reißt.

HARRY

Hin und her, mit schleppenden Füßen
Unter heimlichen Schatten in dampfender Wildnis,
Zwischen rankenden Ästen hindurch
Und der Rieseneidechse. Hin und her.
Bis die Kette reißt.

Die Kette reißt,

Das Rad steht, und das Getöse des Treibwerks,
Und die Wüste wird hell, unter der richterlichen Sonne
Des letzten Augs, und der furchtbare Auszug
Reinigt.
Ich war nicht da, du warst nicht da, nur unsere Schatten,
Und was nicht geschah, ist ebenso wahr, als was geschah.
Oh, meine Liebe, und du gingst durch die kleine Tür,
Und ich lief, dir zu begegnen im Rosengarten.

AGATHA

Dies ist, was nun beginnt. Dies ist der Anfang.
Wir gehn nicht zweimal durch dieselbe Tür,
Wir kehren nicht zurück durch die Tür, durch die wir nicht davongingen.
Ich hab die erste Station gesehn: Befreiung von dem was geschah,
Ist auch Befreiung von unerfülltem Verlangen,
Das uns kitzelt im Schlaf und täuscht im Wachen.
Du hast eine lange Reise.

HARRY

Noch nicht, noch nicht! Dies ist das erstemal, daß ich frei bin
Vom Ring der Gespenster Hand in Hand, von den Verfolgern,
Und an einen ruhigen Ort komme.
Warum ist es so still?
Spürst du diese Art von Unruhe unterhalb der Luft?
Spürst du's? Spürst du's nicht? Sie melden sich! Ein Geruch
Direkt ins Hirn ... aber nicht so wie früher,
Nicht ganz so, nicht dasselbe ...
Die Eumeniden erscheinen.
... und diesmal
Könnt ihr nicht denken, es überraschte mich, euch zu erblicken,
Und ihr sollt nicht glauben, es erschreckte mich, euch zu erblicken.
Nein, diesmal seid ihr wirklich, diesmal außerhalb von mir,
Und grad erträglich. Ich weiß, daß ihr bereit seid,
Bereit, Wishwood zu verlassen, und ich geh mit euch.
Ihr folgtet mir hierher, wo ich dachte, ich könnte entfliehn vor euch –
Nein! Ihr wart schon hier, bevor ich ankam.
Nun seh ich endlich: daß ich euch folge,

Und weiß, es gibt nur eine Reiseroute
Und ein Ziel. Verlieren wir keine Zeit. Ich werde folgen.
Die Vorhänge schließen sich. Agatha tritt traumwandlerisch ans Fenster, zieht die Vorhänge auf, enthüllt die leere Nische, tritt in den Raum, den die Eumeniden einnahmen.

AGATHA

Ein Fluch tritt ins Leben
Wie ein Kind entsteht.
In beiden tritt das Unglaubliche
In die Erscheinung
Ohne daß unsere Absicht
Weiß, was beabsichtigt ist.
Ein Fluch ist wie ein Kind, gezeugt
Im unbewußten Augenblick
In einem Zufallsbett
Oder unterm Holunderbaum
Bedingt von der Phase
Des wechselnden Monds.
Ein Fluch ist wie ein Kind, geboren
Zu wachsen zur Reife:
Zufall ist Absicht
Und Absicht ist Zufall
In einer Wolke von Unwissen.
Oh, mein Kind, mein Fluch,
Du wirst erfüllt werden:
Der Knoten wird entknotet
Das Krumme grade gemacht.
Sie tritt ins Zimmer zurück.
Was sagte ich eben? Ich glaube, ich sagte,
Daß du eine lange Reise vorhast. Hier hält dich nichts.
Denk daran wie an die Schatzgräberei von Kindern:
Hier fandst du den Schlüssel, versteckt am richtigen Platz.
Aufschub ist ihn verlieren. – Liebe zwingt zur Grausamkeit
Gegen die, die Liebe nicht verstehn.
Was du wissen wolltest, was du gelernt hast,
Bedeutet das Ende einer Verbindung, macht sie unmöglich.

Du hast das nicht gewollt, ich hab das nicht gewollt,
Niemand hat das gewollt, doch – du mußt gehn.

HARRY

Werden wir uns je wieder treffen?

AGATHA

Werden wir uns je wieder treffen?
Und wer wird sich wieder treffen? Treffen gibt es für Fremde.
Treffen sind für die, die sich nicht kennen.

HARRY

Ich weiß, ich hab einen Entschluß gefaßt
In einem Augenblick voll Klarheit, und nun fühl ich mich wieder stumpf.
Ich weiß nur, daß ich einen Entschluß faßte,
Zu dem dein Wort das Amen war. Noch bin ich beschmutzt;
Doch ich weiß, es gibt nur einen Weg aus der Besudelung –
Der am Ende zur Versöhnung führt.
So weiß ich, daß ich gehn muß.

AGATHA

Du mußt gehn.

Amy tritt auf.

AMY

Was sagst du zu Harry? Er ist eben angekommen,
Und du sagst, er muß gehn?

AGATHA

Er soll gehn.

AMY

Er soll gehn? Und wer bist du, zu sagen, er soll gehn?
Ich glaube sehr gut zu wissen, warum du willst, daß er geht.

AGATHA

Ich will nichts. Ich sage nur, was ich weiß, das sein muß.

AMY

Du sagst nur, was du wünschst, daß geschehn soll.

HARRY

Mutter,
Dies hat mit Agatha nichts zu tun, nicht mehr als mit euch andern.
Meine Weisung kommt von ganz woanders her.
Nur kann ich dir's jetzt nicht erklären. Sei gewiß,

Daß ich weiß, was ich tu, und was ich tun muß,
Und daß es zum Besten von allen ist.
Nur jetzt kann ich es niemandem erklären:
Ich finde die Worte nicht, es zu erklären –
Das macht es schwerer. Du mußt mir einfach glauben,
Bis ich wiederkomme.

AMY

Doch warum gehst du?

HARRY

Ich kann nur sprechen,
Und du kannst mich nicht hören. Ich kann nur sprechen,
Damit du nicht denkst, ich verschwiege dir eine Erklärung,
Und dir sagen, daß ich es dir gern erklärt hätte.

AMY

Warum soll Agatha es wissen und ich nicht?

HARRY

Ich weiß nicht, ob Agatha es weiß,
Oder wieviel sie weiß. Was sie an Wissen haben mag – –
Ich war es nicht, der ihr's sagte . . . Dies ganze Jahr,
Dies letzte Jahr, bin ich auf der Flucht gewesen,
Doch stets in Unkenntnis der unsichtbaren Verfolger.
Jetzt weiß ich, daß mein ganzes Leben Flucht war,
Gespenster nährten sich von mir, während ich floh. Jetzt weiß ich,
Die letzte, wahre Zuflucht, der sicherste Schutz
Ist dort, wo man sie trifft. – Das ist Gespensterbrauch.

AMY

Hier ist niemand!
Niemand, nur deine Familie!

HARRY

Und jetzt weiß ich,
Meine Aufgabe ist nicht davonlaufen, sondern folgen,
Nicht sich verstecken, um nicht gefunden zu werden, sondern suchen.
Ich hätte diesen Weg nicht gewählt, wenn's einen andern gäbe.
Es ist das Härteste und das einzig Mögliche.
Nun werden sie mich führen. Ich werde bei ihnen sicher sein.
Hier bin ich's nicht.

AMY

Dann willst du also weglaufen.

AGATHA

In einer Welt von Flüchtenden
Wird jeder, der die entgegengesetzte Richtung nimmt,
Davonzulaufen scheinen.

AMY

Ich sprach mit Harry.

HARRY

Es ist sehr hart, wenn man grade seine Vernunft wiederfand
Und sie noch nicht ganz sicher hat, grad dann
Fängt man an, für die andern völlig verrückt zu scheinen.
Auch für dich ist's hart, Mutter, es ist tatsächlich härter,
Nicht zu verstehn.

AMY

Wo wirst du hingehn?

HARRY

Das werd ich lernen müssen. Das ist noch ungewiß.
Ich hab noch nicht die genauen Direktiven.
Wohin geht man aus einer Welt des Wahnsinns?
Irgendwohin jenseits der Verzweiflung.
Zum Gebet in die Wüste, zu Durst und Entsagung,
Einem steinernen Heiligtum und einem rohen Altar,
In Sonnenbrand und eisige Nachtwachen,
Zur Sorge für das Wohl von geringen Menschen,
In die Schule der Unwissenheit, der unheilbaren Krankheiten.
Das ist alles möglich. Es ist Liebe und Furcht,
Was auf mich wartet und mich ruft und mich nicht fallen lassen wird.
Laß das Heimchen zirpen. John soll Herr sein.
Was ich habe, ist sein. Nichts Böses kann ihn treffen.
Was mich zerstören würde, für John wird's Leben sein,
Ich bin verantwortlich für ihn. Warum diese Wahl auf mich fiel,
Versteh ich nicht. Es muß immer vorbereitet gewesen sein,
Und ich seh, dies war's, was ich immer wollte. Kraft gefordert,

So daß es zu viel scheint, ist grade genug Kraft gegeben.
Ich muß den hellen Engeln folgen.
Ab

DRITTE SZENE

Amy, Agatha

AMY

Ich war eine Närrin, dich wieder nach Wishwood einzuladen.
Aber ich dachte, fünfunddreißig Jahr ist lang, und der Tod ist ein Ende,
Und dachte, die Zeit könnte Agatha verändert haben –
Aus mir hat sie genug gemacht. Vor fünfunddreißig Jahren
Nahmst du mir meinen Mann. Jetzt nimmst du meinen Sohn.

AGATHA

Was nahm ich dir? nichts, was je dein war.
Und was bekam ich? Dreißig Jahre Einsamkeit,
Allein, unter Frauen, in einem Frauen-College,
Versuchend, die Frauen nicht zu hassen. Dreißig Jahre zum Nachdenken.
Meinst du, mich verlangte nach Wishwood zurück?

AMY

Um so raubgieriger, zu nehmen, was ich nie besaß,
Und unverzeihlich, mich zu verhöhnen, weil ich es nicht hatte.
Hätt'st du genommen, was mir gehörte, wär mir die Erinnrung daran geblieben,
Etwas, um davon zu leben. Du weißt, daß du alles nahmst,
Nur nicht die vier Wände, die Möbel, die Äcker;
Alles – außer, was ich mir selbst ziehen konnte,
Was ich hier pflanzen konnte. Sieben Jahre hielt ich ihn,
Im Interesse der Zukunft, ein grämliches Gespenst,
In seinem eignen Haus. Was für Erniedrigungen,
Für kalte Vorwände im verschwiegenen Schlafzimmer,
Einem unwilligen Vater Söhne abzufordern.

Wagst du zu denken, was das für einen ist? Versuch es zu denken.
Ich w o l l t e Söhne haben, wenn ich nicht einen Mann haben
konnte:
Dann ließ ich ihn gehn. Ich demütigte mich selbst.
Wann zeigte ich Schwäche? Wann Selbstmitleid?
Ich zwang mich selbst zum Dienst an Wishwood;
Ich lud sogar dich wieder ein zu Besuch, als er fort war,
Um jedem üblen Gerücht zu begegnen.
Du dachtest, ich wüßte davon nichts!
Du magst verschlossen sein, aber ich durchschaute i h n.
Und nun ist es mein Sohn.

AGATHA

Ich weiß eins, Amy:
Daß du dich nie geändert hast. Und vielleicht auch ich nicht.
Ich meinte bis heute abend, ich hätt's.
Doch wollte ich es wenigstens. Nun muß ich beginnen.
Es gibt nichts Schwereres. Du aber bist genau die gleiche:
Genau so gierig auf das, was du nicht haben kannst,
Weil du es zurückstößt.

AMY

Ich bereitete alles vor
Für unsere Aussöhnung, wegen Harry,
Wegen seiner Fehler, wegen seines Unglücks,
Wegen des Elends, das er hinter sich zurückließ,
Wegen der Verwüstung. Ich wollte sein früheres Leben
Auslöschen, und habe ihm nichts zu bieten als das Andenken
An die Jahre, als er ein glücklicher Knabe war in Wishwood;
Für seinen zukünftigen Erfolg.

AGATHA

Erfolg ist relativ:
Ist, was wir aus dem Brei machen können, den wir angerührt haben.
Ist, was er machen kann, nicht was du bereiten willst für ihn.

AMY

Erfolg ist etwas; was du ihm bereiten möchtest,
Ist etwas andres. Ich nenn es Bankrott. Deine Besitzgier
Ist nach den Jahren des Verzichtes nur gewachsen.

Vor fünfunddreißig Jahren nahmst du mir meinen Mann,
Und jetzt nimmst du meinen Sohn.

AGATHA

Was streiten wir um etwas, das keine von uns haben kann?
Hat keine von uns je Mann oder Sohn gehabt,
Besteht kein Grund zu unsrer Erörterung.

AMY

Wer hat dich zum Richter bestellt, wer, bitte,
Gibt dir zu wissen, was für Harry das beste ist?
Was gab dir diese Kraft, ihn zu überreden,
Daß er seine Pflicht, seine Familie und sein Glück im Stich läßt?
Wer hat für ihn geplant? Du oder ich?
Fünfunddreißig Jahre Pläne gemacht für sein Leben,
Acht Jahre gewartet, ohne ihn, in Wishwood,
Jahre voll Bitterkeit und Enttäuschung.
Was war dein Teil daran? Was hast du gegeben?
Und jetzt, im Augenblick des Sieges über das Mißgeschick,
Wo ich ganz sicher bin, daß er sich glücklich niederlassen wird:
Kommst du, die mir den Mann nahm, und nimmst mir den Sohn.
Nimmst ihn von Wishwood weg, nimmst ihn von mir weg,
Nimmst ihn ...
Mary tritt auf.

MARY

Entschuldige, Tante Amy. Ich traf soeben Denman,
Sie wollte mir sagen, daß Harry abreist:
Downing sagte es ihr. Er hat den Wagen fertig.
Was ist los?

AMY

Hier, dieses Frauenzimmer,
Sie hat ihn überredet: wie, weiß ich nicht.
Ich habe die ganze Zeit versucht, mir selber einzureden,
Er wäre kein solcher Schwächling wie sein Vater
In der Hand jedes gewissenlosen Frauenzimmers.
Ich habe keinen Einfluß auf ihn; versuch du es,
Aber du wirst keinen Erfolg haben: die da besitzt einen Zauber,
Der wirkt von Generation zu Generation.

MARY

Geht Harry wirklich?

AGATHA

Ja, er geht.
Doch das ist nicht meine Kunst, nichts, bei dem meine Hand im Spiel ist,
Ich habe nur gewacht und gewartet. In dieser Welt
Bleibt's unfaßlich, die Lösung liegt in einer andern.

MARY

Oh, aber aus der andern kommt die Gefahr!
Kannst du ihn nicht halten? Tante Agatha, halt ihn!
Du weißt nicht, was ich weiß, was ich gesehn habe!
Er ist in großer Gefahr, ich weiß es, frag mich nicht,
Du würdest mir nicht glauben, aber ich sag dir, ich weiß es.
Du mußt ihn hier halten, du darfst ihn nicht fortlassen.
Ich weiß nicht, was man tun muß, was man tun kann;
Selbst hier, auch sonstwo, überall ist er in Gefahr.
Ich werde bleiben oder gehn, was das beste ist;
Es ist mir gleich, was mit mir geschieht,
Aber Harry darf nicht gehn, Tante Agatha!

AGATHA

Hier ist die Gefahr, hier der Tod, hier, nicht anderswo;
Woanders warten ohne Frage Seelenqual, Verzicht,
Aber Geburt und Leben. Harry hat die Grenze hinter sich,
Jenseits der Sicherheit und Gefahr einen anderen Sinn haben.
Er kann nicht wieder zurück. Das ist sein Privileg.
Für die, die hier in dieser Welt leben, allein in dieser Welt,
Glaubst du, ich würde für sie die Verantwortung übernehmen,
Und sie über den Rand locken? Keiner könnte es, keiner, der weiß,
Niemand, der die leiseste Ahnung davon hat, was ihn dort erwartet.
Doch Harry wurde über die Grenze geführt: er muß folgen;
Für ihn ist auf dieser Seite nur noch der Tod,
Für ihn haben Gefahr und Sicherheit einen anderen Sinn.
Sie haben das klargemacht. Und ich habe sie gesehn und muß ihnen glauben.

MARY

Oh – so –, du sahst sie auch!

AGATHA

Wir alle müssen gehn, jeder seinen Weg,
Du und ich und Harry. Du und ich,
Mein liebes Kind, werden uns wahrscheinlich wieder begegnen
Auf unsern Wanderungen in der neutralen Zone
Zwischen zwei Welten.

MARY

Du willst mir also helfen!
Erinnerst du dich, was ich zu dir sagte heute abend?
Ich wußte, es war richtig: du ließt mich warten auf dies –
Nur auf dies. Vielleicht meinte ich es da nicht ganz ernst,
Nun mein ich's im Ernst. Da war es gewiß viel zu spät,
Daß für mich noch was werden konnte, das hätt ich wissen sollen;
Und alles war vorbei, wahrscheinlich, bevor es begann;
Aber ich täuschte mich selbst. Es kostet doch manche Jahre
Zu lernen, daß man tot ist! Nun mußt du mir helfen.
Ich will fort. Doch ich fürchte, es ist viel zu spät,
Sich jetzt noch um einen Lehrauftrag zu bewerben?

AMY

Alle wollt ihr mich verlassen!
Eine alte Frau allein in einem Haus, auf dem ein Fluch liegt.
Ich werde die Mauern verfallen lassen. Warum soll ich mich quälen,
Die Ziegel auf dem Dach zu halten, im ewigen Kampf gegen Wetter
Und Wind? Mich herumschlagen mit wachsenden Steuern,
Unbezahlten Renten und Zinsen. Kapitalanlagen
Bedenken in schlaflosen Nächten und langwierigen
Beratungen mit dem Notar, den Maklern, Agenten? Warum?
Der Leichnam in der Gruft braucht sich nicht mehr
Mit der Instandhaltung plagen. Wind und Regen mögen das tun.
Während Amys Worten ist Harry, reisefertig, eingetreten.

HARRY

Aber Mutter, du wirst immer Arthur und John haben,
Um dich zu plagen. Nicht, daß John eine Plage ist –
Der geborene und vollkommne Herr von Wishwood,

Der Sohn, mit dem du zufrieden sein kannst. Und ich,
Ich bin der letzte, um den du dich quälen solltest;
Ich habe meinen Weg vor mir und bin sicher vor den gewöhnlichen Gefahren,
Wenn ich ihn gehe. Ich kann es dir nicht begründen,
Aber es ist so, Mutter. Also auf Wiedersehn.

AMY

Wenn du jetzt gehst, werd ich dich nicht wiedersehn.
Unterdes sind Violet, Gerald und Charles hereingekommen.

CHARLES

Wohin will Harry gehn? Was ist los?

AMY

Frag Agatha.

GERALD

Wieso? Was ist los? Wohin geht er?

AMY

Frag Agatha.

VIOLET

Ich versteh überhaupt nichts. Warum will er fort?

AMY

Frag Agatha.

VIOLET

Wahrhaftig, es scheint mir manchmal, daß ich
Der einzige zurechnungsfähige Mensch im Haus bin.
Das Benehmen von euch allen scheint mir völlig unerklärlich.
Was ist wirklich passiert, Amy?

AMY

Harry geht weg, um – Missionar zu werden.

HARRY

Aber ...!

CHARLES

Missionar! Das ist in unsrer Familie noch nie dagewesen!
Und warum diese Eile? Bevor du dich entschließt ...

VIOLET

Du kannst nicht ernstlich dran denken, im Tropenklima zu leben.

GERALD

Das Tropenklima ist nicht das Schlimmste –
Aber du mußt dich darauf in mancher Hinsicht vorbereiten,
Medizinische Kenntnisse sind die Hauptsache.
Ich bin Missionaren begegnet, oft genug –
Ein paar prima Burschen darunter. Ein verleumdeter Stand.
Sind manchmal höchst brauchbar, kennen die Eingeborenen,
Gelegentlich sind sie lästig. Aber du wirst Sprachen lernen müssen,
Und einige Dialekte. Einen Haufen Vorbereitungen.

VIOLET

Du brauchst außerdem eine kirchliche Qualifikation,
Du solltest doch den Vikar konsultieren ...

GERALD

Und vergiß nicht,
Du hast verschiedene Impfungen nötig –
Das hängt davon ab, wohin du gehst.

CHARLES

So was
Ist in unsrer Familie noch nicht dagewesen.

VIOLET

Ich kann's nicht verstehn.

HARRY

Ich habe nicht gesagt, ich wollte Missionar werden.
Ich möchte es erklären, aber ihr würdet es nicht glauben;
Und wenn ihr's glaubtet, würdet ihr's nicht verstehn.
Ihr könnt nicht begreifen, warum ich geh. Ihr habt nicht gesehn,
Was ich gesehn hab. Oh, warum macht ihr's so lächerlich,
Und grade jetzt? Macht bitte jetzt
So wenig Lärm wie möglich. Ihr müßt euch daran gewöhnen.
Und jetzt verzeiht meine schlechten Manieren.
Wenn ihr's verstehn könntet, würdet ihr nur glücklich darüber sein.
Und nun muß ich mich verabschieden und sage Auf Wiedersehn.

GERALD

Gut, wenn du entschlossen bist, Harry, müssen wir's hinnehmen;
Aber es ist eine böse Nacht, du wirst aufpassen müssen.
Downing geht doch mit, nicht wahr?

HARRY

O ja, Downing geht mit.
Ihr braucht nicht zu fürchten, daß ich einen Unfall haben könnte
Der Art wie Arthur oder John:
Auf die paßt auf. Meine Adresse, Mutter,
Ist, bis du von mir hörst, unsere Londoner Bank.
Lebwohl, Mutter.

AMY

Lebwohl, Harry.

AGATHA

Lebwohl.

HARRY

Lebwohl, Mary.

MARY

Lebwohl, Harry. Gib auf dich acht!

Harry ab

AMY

Erst jetzt, in meinem Alter, fang ich grade an zu erkennen,
Daß es Dinge gibt, die zu ändern es zu spät ist: und das heißt alt sein.
Trotzdem bin ich froh, daß ich noch zu dieser Erkenntnis kam.
Ich habe immer zuviel für meine Kinder verlangt,
Mehr als das Leben gewähren kann. Nun hab ich dafür die Strafe.
– Gerald! Du bist der dümmste Mensch in diesem Zimmer,
Violet, du bist auf harmlose Weise die maliziöseste;
Ich zieh eure Begleitung der von einem der andern vor,
Helft mir nur nach nebenan. Da kann ich mich hinlegen.
Dann dürft ihr mich allein lassen.

GERALD

Oh, gewiß, Amy.

VIOLET

Ich begreife
Nicht das geringste von allem.

Amy, Violet, Gerald ab

CHARLES

Wirklich sonderbar,

Aber ich bin im Begriff zu ahnen, grad im Begriff zu ahnen,
Daß ich manches verstehn *könnte*, wenn man's mir sagte.
Aber ich weiß nicht, ob ich's wissen möchte. Mir scheint, ich werde alt:
Das Alter kam eben jetzt sacht heran. Ich fühlte mich ganz sicher;
Und nun fühl ich mich nicht sicher. Als könnte sich der Boden öffnen
Bis an den Mittelpunkt der Erde, während ich Pall Mall überquere.
Ich glaubte, das Leben hätte für mich keine Schrecken mehr;
Aber ich erinnere mich jetzt, daß ich jedesmal erschrocken bin
Vor der Bulldogge in der Burlington-Arkade.
Und wenn jeder Moment, den man wach wäre, so sein sollte?
Ihr beide scheint darüber mehr zu wissen als ich.

Downing im Chauffeuranzug tritt eilig auf.

DOWNING

O Verzeihung, Miss, Verzeihung, Mister Charles;
Seine Lordschaft schickt mich zurück, weil ihm einfiel,
Er meint, er hat sein Zigarettenetui auf dem Tisch liegen lassen.
Oh, da ist es, danke. Gute Nacht, Miss. Gute Nacht, Miss Mary, gute Nacht, Sir.

MARY

Downing, wollen Sie versprechen, Seine Lordschaft nicht zu verlassen,
Solang Sie auf Reisen sind?

DOWNING

Ganz gewiß, Miss Mary.
Ich werd ihn nicht verlassen, solange er mich braucht.

MARY

Aber er wird Sie brauchen. Sie dürfen ihn nie verlassen.

DOWNING

Sie mögen's für lächerlich halten, was ich jetzt sagen möchte –
Aber, aus der Nähe betrachtet, ist es nicht weiter erstaunlich:
Nach all diesen Jahren, die ich mit ihm zusammen bin,
Glaub ich Seine Lordschaft doch besser zu kennen als sonst jemand;
Und ich habe so ein Gefühl, Seine Lordschaft wird mich nicht
Mehr lange nötig haben. Ich könnte Ihnen keine Gründe angeben.
Um Ihnen aber zu zeigen, was ich meine, obwohl Sie's kaum glauben werden:

Ich hab immer gesagt, was Seiner Lordschaft passiert,
Wär stets irgendwie eine Vorbereitung für etwas ganz andres.
Ich kann mich nicht gut ausdrücken, aber ich weiß genau, was ich meine:
Die meisten von uns leben einfach nach den Umständen,
Doch bei Menschen wie ihm ist's etwas in ihrem Innern,
Davon hängt alles ab, was ihnen geschieht. Man kriegt ein Gefühl dafür.
So schein ich es vorher zu wissen, wenn etwas geschehen wird,
Und das ist natürlich, weil's Seine Lordschaft ist.
Und darum sage ich jetzt, ich habe das Gefühl,
Daß Seine Lordschaft mich nicht lange mehr braucht und niemand mehr brauchen wird.

AGATHA

Und wenn sein Benehmen manchmal sonderbar scheint,
Downing, müssen Sie sich keine Gedanken darüber machen.
Er ist ebensogut bei Vernunft wie Sie oder ich,
Er sieht alle Dinge so klar, wie Sie oder ich sie sehn,
Nur hat er noch sehr viel mehr gesehn als das,
Und wir haben sie auch gesehn – Miss Mary und ich.

DOWNING

Ich versteh Sie, Miss. Und wenn ich das sagen darf:
Da Sie den Gegenstand erwähnen, bin ich äußerst erleichtert –
Wenn Sie mich recht verstehn: ich meine, das wär's, weshalb
Wir nachts abreisen. Tatsächlich hab ich's halb erwartet
Und hielt den Wagen bereit. Sie meinen die Gespenster, Miss.
Ich fragte mich, wann Seine Lordschaft so weit sein würde und sie sehn –
Und Sie haben sie also auch gesehn! Das muß Ihnen einen Schrecken eingejagt haben!
Mir auch, zuerst. Man gewöhnt sich schnell an sie.
Natürlich wußte ich, daß sie mit Seiner Lordschaft zu tun hatten
Und nicht mit mir, so konnt ich sie sozusagen
Getrost sehn. An sich sind sie ganz harmlos,
Darauf möcht ich schwören. Ist das alles, Miss?

AGATHA

Das wird alles sein, danke, Downing. Wir dürfen Sie nicht aufhalten;
Seine Lordschaft wird sich wundern, wo Sie so lange bleiben.
Downing ab. Ivy tritt auf.

IVY

Wo geht Downing hin? Wo ist Harry?
Da ist ein Telegramm gekommen von Arthur;
Gerald und Violet treten auf.
Ich frage mich, warum er's schickte, nach dem Telephongespräch.
Soll ich's euch vorlesen? Ich weiß nicht recht,
Ob ich's Amy zeigen soll oder nicht
Liest:
»Leider geschäftlich in Stadt aufgehalten. Herzliche Glückwünsche.
Seh dich morgen. Herzliche Glückwünsche. Hurra herzlich Arthur«
Meint ihr, nach allem, was wir von der Geschichte wissen, Amy sollte es sehn?

VIOLET

Nein, gewiß nicht.
Du weißt nicht, Ivy, was sich zugetragen hat.
Und wenn du's wüßtest, würdest du's nicht verstehn.
Ich versteh's nicht. Wie solltest du? Amy geht's nicht gut;
Sie legte sich hin.

IVY

Ach, schade. Aber kannst du's mir nicht erklären?
Was blickt ihr alle so sonderbar? Ich habe doch auch ein Recht
Zu erfahren, was passiert ist.

AMYS STIMME

Agatha, Mary, kommt.
Die Uhr blieb stehn im Dunkeln!
Agatha und Mary ab. Pause. Dr. Warburton tritt auf.

WARBURTON

Na, das ist eine lausige Nacht, um draußen zu sein.
Deshalb hab ich hin und her so lange gebraucht.
Doch glücklicherweise kann ich sagen, daß es John recht gut geht;
Es war nicht so schlimm, wie Winchell es machte,
Wir werden ihn morgen früh hier oben haben.

Ich hoffe, Lady Monchensey hat sich keine Sorgen gemacht?
Ich möchte sie gleich beruhigen. Wie? Was ist hier los?
Mary tritt auf.

MARY
Doktor Warburton!

WARBURTON
Entschuldigen Sie.
Mary und Warburton ab

CHORUS
Wir mögen es nicht, wenn wir aus demselben Fenster blicken und eine ganz andere Landschaft sehn.
Wir mögen es nicht, wenn wir eine Treppe hinaufsteigen und spüren, sie führt hinunter.
Wir mögen es nicht, wenn wir zur Tür hinausgehn und uns wieder im selben Zimmer befinden.
Wir mögen das Labyrinth im Garten nicht, weil es dem Labyrinth im Gehirn zu ähnlich ist.
Wir mögen nicht, was geschieht, wenn wir wach sind, weil es dem zu ähnlich ist, was geschieht, wenn wir schlafen.
Wir verstehn uns auf die alltäglichen Dinge des Lebens,
Wir wissen Maschinen zu bedienen,
Wir können die üblichen Unfälle vermeiden,
Wir sind versichert gegen Feuer,
Gegen Diebstahl und Krankheit,
Gegen Wasserschäden.
Doch nicht gegen Höhere Gewalt.
Wir kennen verschiedene Sprüche und Zauber,
Und kleinere Arten von Zauberei,
Von Wahrsagerei und Chiromantie,
Spezialmittel gegen Schlaflosigkeit,
Hexenschuß und den Verlust von Geld
Aber der Kreis unseres Verständnisses
Ist ein sehr begrenzter Bereich.
Abgesehn von einer beschränkten Zahl
Von rein praktischen Handlungen
Wissen wir nicht, was wir tun;

Und wenn wir's recht bedenken,
Wissen wir nicht viel vom Denken.
Was geschieht außerhalb unseres Kreises?
Und was ist der Sinn des Geschehens?
Was liegt im Hinterhalt jenseits der Heide
Und hinter den Thingsteinen?
Hinter den Hünengräbern
Und hinter dem Lächeln des Monds?
Und was geschieht mit uns?
Und was sind wir, und was tun wir?
Auf all und jede dieser Fragen
Gibt es keine faßliche Antwort.
Uns traf viel mehr als ein persönlicher Verlust –
Wir verloren unsern Weg im Dunkeln.

IVY

Ich muß bis nach der Beerdigung bleiben: wird mein Billet nach London dann noch gültig sein?

GERALD

Ich seh den Verhandlungen mit Arthur und John morgen früh mit wenig Vergnügen entgegen.

VIOLET

Wir müssen bestimmt bis zur Testamentseröffnung bleiben. Ich muß morgen früh ein Telegramm schicken.

CHARLES

Ich fürchte, mein Kopf ist nicht, was er war – oder war er's – und denke doch, ich könnte verstehn.

CHORUS

Aber wir müssen uns in den Moment schicken: müssen tun, was richtig ist.

Chorus ab

Aus der einen Tür treten Agatha und Mary auf und setzen ein Tragtischchen nieder. Aus einer andern Tür tritt Denman auf und bringt einen Geburtstagskuchen mit Lichtern, den sie auf das Tischchen stellt. Denman ab. Agatha und Mary schreiten langsam in der Richtung des Uhrzeigers rund um den Tisch. Nach jedem Umgang blasen sie ein paar Kerzen aus, so daß die letzten Worte im Dunkel verhallen.

AGATHA

Ein Fluch wächst langsam heran
Zur fertigen Frucht
Er ist nicht anzutreiben
Und er ist nicht aufzuhalten.

MARY

Er ist nicht abzuwenden
Versuch ihn zu wenden
Es reißt nur andre hinein
Am Tage seiner Vollziehung

AGATHA

Ein Fluch ist eine Macht
Unabhängig vom Verstand
Jeder Fluch hat seinen Lauf
Die eigne Bahn der Sühnung
Folge folge

MARY

Nicht in der Tagzeit
Und in unserer Welt
Wo wir wissen, was wir tun,
Da ist er ohne Wirkung
Folge folge

AGATHA

Doch in der Nachtzeit
Und in der untern Welt
Wo die Maschen, von uns gewoben,
Uns aneinander binden
Folge folge

MARY

Ein Fluch ist geschrieben
Auf der Rückseite der Dinge
Hinter dem Lächeln des Spiegels
Und hinter dem Lächeln des Monds
Folge folge

AGATHA

Dieser Weg der Pilgerschaft

Zur Entsühnung
Kreis um Kreis im Zirkel
Vollende den Zauber
Daß der Knoten entknotet
Das Gekreuzte entkreuzt
Das Krumme grade gemacht
Und der Fluch gebannt sei
Durch Fürbitte
Durch Pilgerschaft
Durch die welche gehn
Nach verschiedenen Richtungen
Um ihrer Erlösung willen
Und derer, die da schieden –
  Mögen sie in Frieden ruhn.

Die Cocktail Party

Komödie

Deutsch von Nora Wydenbruck

Personen:
Edward Chamberlayne
Julia (Mrs. Shuttlethwaite)
Celia Coplestone
Alexander MacColgie Gibbs
Peter Quilpe
Der Unbekannte Gast, *der sich später als*
Sir Henry Harcourt-Reilly *herausstellt*
Lavinia Chamberlayne
Sekretärin
Diener

Das Stück spielt in London

Erster Akt

ERSTE SZENE

Salon in der Londoner Wohnung des Ehepaars Chamberlayne. Früh am Abend.

Edward Chamberlayne, Julia Shuttlethwaite, Celia Coplestone, Peter Quilpe, Alexander MacColgie Gibbs und ein Unbekannter Gast.

ALEX

Du hast die Pointe gar nicht begriffen, Julia.
Da waren keine Tiger, das war die Pointe.

JULIA

Und was habt ihr dann oben im Baum gemacht,
Du und der Maharadscha?

ALEX

Beste Julia!
Es ist hoffnungslos. Du hast gar nicht zugehört.

PETER

Du mußt das Ganze noch einmal erzählen, Alex.

ALEX

Ich erzähle nie dieselbe Geschichte zweimal.

JULIA

Aber ich möchte doch wissen, was passiert ist.
Es war bestimmt zuerst eine Tigergeschichte.

ALEX

Ich hab schon gesagt, da waren keine Tiger.

CELIA

Nun zankt euch nicht,
Ihr beiden, du bist an der Reihe, Julia.
Erzähl uns die Geschichte von neulich, die von Lady Klootz
und dem Hochzeitskuchen.

PETER

Und wie der Butler sie in der Anrichte fand, als sie sich den Mund mit Champagner spülte.

Eine hübsche Geschichte.

CELIA

Eine himmlische Geschichte.

ALEX

Ich kann die Geschichte nicht oft genug hören.

JULIA

Aber ihr scheint sie alle zu kennen.

CELIA

Kennen wir alle sie?

Aber wir können sie immer wieder hören, wenn du sie erzählst.

Ich glaube auch nicht, daß alle hier sie kennen.

Zu dem Unbekannten Gast:

Sie kennen sie noch nicht, oder doch?

UNBEKANNTER GAST

Nein, ich habe sie nie gehört.

CELIA

Hier ist schon ein neuer Zuhörer für dich, Julia;

Ich glaube auch nicht, daß Edward sie kennt.

EDWARD

Vielleicht hörte ich sie schon, aber ich erinnere mich nicht.

CELIA

Und Julia ist die einzige, die sie erzählen kann.

Sie macht so gut nach.

JULIA

Mache ich gut nach?

PETER

Du machst wirklich gut nach. Du triffst nie daneben.

ALEX

Sie trifft nie daneben, es sei denn mit Absicht.

CELIA

Besonders den litauischen Akzent.

JULIA

Litauisch? Lady Klootz?

PETER

Ich meinte, sie wär Belgierin.

ALEX

Ihr Vater stammte aus einer baltischen Familie –
Einer der ältesten baltischen Familien,
Mit einem Zweig in Schweden und einem in Dänemark.
Sie hatten ein paar sehr hübsche Töchter:
Was wohl aus ihnen geworden ist?

JULIA

Lady Klootz war sehr schön, lange ist das her.
Und was für ein Leben sie führte! Ich sagte oft zu ihr:
»Greta, du hast zu viel Vitalität!«
Aber sie hat's genossen.
Zu dem Unbekannten Gast:
Haben Sie Lady Klootz gekannt?

UNBEKANNTER GAST

Nein, ich bin ihr nie begegnet.

CELIA

Erzähl jetzt die Geschichte mit dem Hochzeitskuchen.

JULIA

Gut, aber eigentlich ist die Geschichte nicht von mir.
Ich hörte sie zuerst von Delia Verinder,
Die dabei war, als sie passierte.
Zu dem Unbekannten Gast:
Kennen Sie Delia Verinder?

UNBEKANNTER GAST

Nein, ich kenn sie nicht.

JULIA

Man kann sich nicht genug vorsehn,
Bevor man eine Geschichte erzählt.

ALEX

Delia Verinder?
War das die mit den drei Brüdern?

JULIA

Wieviel Brüder? Zwei, mein ich.

ALEX

Nein, es waren drei, aber den dritten wirst du nicht kennen:
Man hielt ihn möglichst für sich.

JULIA

Ach, den meinst du.

ALEX

Er war schwachsinnig.

JULIA

Nein, nicht schwachsinnig:
Nur etwas einfältig.

ALEX

Schön, also einfältig.

JULIA

Er war sehr geschickt im Reparieren von Uhren,
Und er hatte ein phantastisches Gehör –
Der einzige, den ich kenne, der den Schrei der Fledermäuse hören konnte.

PETER

Den Schrei der Fledermäuse?

JULIA

Ja, den Schrei der Fledermäuse.

CELIA

Aber woher weißt du, daß er den Schrei der Fledermäuse hörte?

JULIA

Weil er's sagte. Und ich glaubte es ihm.

CELIA

Wie konntest du ihm glauben, wenn er doch so ... einfältig war?
Er kann es sich ja eingebildet haben.

JULIA

Liebste Celia,
Du brauchst nicht so skeptisch zu sein. Ich war einmal
Zu Gast auf ihrem Schloß im Norden. Wie er da litt!
Sie mußten für ihn eine Insel suchen,
Auf der es keine Fledermäuse gab.

ALEX

Und ist er noch dort?
Julia weiß aber auch wirklich alles.

CELIA

Es gibt nicht viel, was Julia nicht weiß.

PETER

Erzähl jetzt die Geschichte mit dem Hochzeitskuchen.
Edward verläßt das Zimmer.

JULIA

Nein, wir wollen warten, bis Edward wieder hereinkommt.
Jetzt will ich mich ausruhen. Gibt's noch Cocktails?

PETER

Ach, erzähl doch. Edward hört ja doch nicht zu.

JULIA

Nein, er hört nicht zu, aber er ist zu anstrengend –
Edward ohne Lavinia! Er ist ganz unmöglich!
Es mir zu überlassen, alle zu unterhalten.
So ein Hausherr! Nicht einmal was Gutes zu essen!
Für eine gierige alte Frau wie mich
Liegt der einzige Reiz einer Cocktail Party
In einigen wirklichen Leckerbissen. Trinken kann ich zu Haus.
Edward kommt mit einem Tablett.
Edward, gib mir noch eine von den köstlichen Oliven.
Was ist das? Chips? Nein, die kann ich nicht ausstehn.
Ja, ich wollte euch von Lady Klootz erzählen.
Das war bei der Vincewell-Hochzeit. Ach, schon vor vielen Jahren!
Zu dem Unbekannten Gast:
Kannten Sie die Vincewells?

UNBEKANNTER GAST

Nein, ich kannte die Vincewells nicht.

JULIA

Sie sind beide schon tot. Aber sie hätten Freunde von Ihnen
Sein können. Dann würde ich die Geschichte nicht erzählen.

PETER

Waren das die Eltern von Tony Vincewell?

JULIA

Ja. Tony war das Produkt, aber keine Lösung.
Mit ihm wurde die Situation nur noch schwieriger.
Du kennst Tony Vincewell? Trafst du ihn in Oxford?

PETER

Nein, ich kenne ihn nicht aus Oxford:
Ich begegnete ihm voriges Jahr in Kalifornien.

JULIA

Ich wollte immer schon nach Kalifornien.
Sag, was hast du denn in Kalifornien gemacht?

CELIA

Einen Film.

PETER

Ich versuchte es beim Film.

JULIA

Ach, was für ein Film war das? Ob ich ihn gesehn habe?

PETER

Nein, bestimmt nicht. Offen gestanden,
Er wurde nie gedreht. Man machte wohl einen Film,
Aber nach einem andern Drehbuch.

JULIA

Nicht nach deinem Manuskript?

PETER

Nicht nach meinem Manuskript:
Aber ich habe die Zeit sehr genossen.

CELIA

Erzähl jetzt endlich die Geschichte mit dem Hochzeitskuchen!

JULIA

Edward, setz dich doch einen Augenblick hin.
Ich weiß, daß du ein perfekter Hausherr bist,
Aber denk jetzt, du wärst einer der Gäste
Auf Lavinias Party. Ich möchte dich
So vieles fragen. Jetzt, wo Lavinia nicht da ist,
Ist eine glänzende Gelegenheit dazu. Ich hab immer gesagt:
»Hätte ich nur einmal Edward für mich allein
Und könnte mich ernsthaft mit ihm unterhalten!«
Das sagte ich zu Lavinia. Sie stimmte mir zu.
Sie sagte: »Versuch es doch.« Und dies ist das erstemal,
Daß ich dich ohne Lavinia sehe.
Außer damals, als sie im Klosett eingeschlossen war

Und nicht herauskonnte.
Zu Peter, Alex und Celia gewendet:
Ich weiß, was ihr euch denkt!
Ich weiß, ihr haltet mich für eine komische alte Frau,
Aber es ist mir sehr ernst. Lavinia nimmt mich ernst!
Ich glaube, sie ist nur deshalb fortgegangen –
Damit ich mit dir reden kann. Vielleicht ist sie nebenan
Und hört alles, was wir sagen!

EDWARD
Nein, sie ist nicht nebenan.

CELIA
Wird sie länger wegbleiben, Edward?

EDWARD
Ich weiß es wirklich nicht, das werde ich von ihr hören.
Wenn ihre Tante sehr krank ist, kann's sein, daß sie länger wegbleibt.

CELIA
Und wie kommst du zurecht, während sie weg ist?

EDWARD
Ich weiß es wirklich nicht. Vielleicht verreise ich auch.

CELIA
Du verreist auch?

JULIA
Etwa auch zu einer Tante?

EDWARD
Nein, ich habe keine Tante, aber vielleicht verreise ich trotzdem.

CELIA
Aber, Edward ... Was wollt ich grade sagen?
Für eine alte Dame ist es schrecklich allein auf dem Land,
Und eine Pflegerin ist kaum zu bekommen.

JULIA
Ist es Tante Laura?

EDWARD
Nein, eine andere Tante,
Die du nicht kennen wirst. Die Schwester ihrer Mutter,
Fast eine Einsiedlerin.

JULIA

Ihre Lieblingstante?

EDWARD

Sie ist ihre Lieblingsnichte. Und die Tante ist recht schwierig.
Wenn sie krank ist, verlangt sie, daß Lavinia kommt.

JULIA

Ich habe nie gehört, daß sie je krank war.

EDWARD

Nein, sie war immer sehr rüstig. Deshalb gerät sie in eine Panik,
Wenn ihr einmal etwas fehlt.

JULIA

Und schickt nach Lavinia.
Ich verstehe. Sind irgendwelche Aussichten vorhanden?

EDWARD

Nein. Sie hat alles in einer Lebensrente angelegt.

JULIA

Dann ist es wirklich selbstlos von Lavinia,
Das sieht ihr ähnlich. Aber weißt du, Edward,
Lavinia kann ja wochenlang fort sein,
Oder sie kann zurückkommen und wieder weggerufen werden.
Ich kenne solche zähen alten Frauen –
Gehöre selbst zu ihnen. Mir ist, als wüßte
Ich alles über diese Tante in Hampshire.

EDWARD

Hampshire?

JULIA

Sagtest du nicht Hampshire?

EDWARD

Nein, ich sagte nicht Hampshire.

JULIA

Sagtest du Hampstead?

EDWARD

Nein, ich sagte nicht Hampstead.

JULIA

Aber irgendwo muß sie doch leben.

EDWARD

Sie lebt in Essex.

JULIA

Am Ende bei Colchester? Lavinia liebt Austern.

EDWARD

Nein. Mitten in Essex.

JULIA

Nun, wir wollen das nicht weiter untersuchen.
Hast du die Adresse und die Telephonnummer?
Vielleicht mache ich einen Sprung zu Lavinia
Auf meiner Reise nach Cornwall. Aber laß uns vernünftig sein:
Jetzt mußt du gestatten, daß ich die Rolle deiner Tante spiele –
Im Genuß einer Lebensrente natürlich.
Du wirst allein bei mir zu Abend essen
Am Freitag und wirst alles mit mir besprechen.

EDWARD

Alles?

JULIA

Ach, du weißt, was ich meine:
Die nächsten Wahlen, und deine Prozeß-Geheimnisse.

EDWARD

Die meisten meiner Geheimnisse sind ganz uninteressant.

JULIA

Aber du wirst mir nicht entwischen. Freitag ißt du bei mir.
Ich weiß schon, wen ich dazu einladen werde.

EDWARD

Aber du ludst mich ein, allein bei dir zu essen.

JULIA

Ja, allein!
Ohne Lavinia! Die andern Gäste werden dir gefallen –
Doch du mußt dich mir widmen. So, das wär abgemacht.
Und nun muß ich gehn.

EDWARD

Mußt du schon gehn?

PETER

Willst du uns denn die Geschichte von Lady Klootz nicht erzählen?

JULIA
Was für einer Lady Klootz?

CELIA
Und vom Hochzeitskuchen.

JULIA
Hochzeitskuchen? Ich war doch gar nicht auf ihrer Hochzeit.
Edward, es war ein reizender Abend:
Die Chips waren wirklich ausgezeichnet.
Aber warte: hab ich nichts vergessen?
Eine sehr nette Party, ich geh ungern fort.
Eine sehr nette Party, ich möchte sie gern wiederholen.
Warum kommt ihr nicht a l l e Freitag abend zu mir?
Doch nein – da könnte meine gute Mrs. Batten
Mir kündigen. Jetzt muß ich aber gehn.

ALEX
Leider werde i c h auch gehn müssen.

PETER
Celia –
Darf ich dich begleiten?

CELIA
Es tut mir leid, Peter,
Ich muß wohl ein Taxi nehmen.

JULIA
Komm mit mir, Peter.
Du kannst mir ein Taxi holen, und dann setze ich dich ab.
Edward, bis Freitag also. Und Celia –
Dich möchte ich gerne sehr bald sehn. Aber geht nicht alle,
Nur weil ich gehn muß. Auf Wiedersehn, Edward.

EDWARD
Auf Wiedersehn, Julia.
Julia und Peter ab

CELIA
Auf Wiedersehn, Edward,
Sehn wir uns bald?

EDWARD
Vielleicht. Ich weiß es noch nicht.

CELIA

Du weißt es noch nicht? Also gut. Auf Wiedersehn.

EDWARD

Auf Wiedersehn, Celia.

ALEX

Auf Wiedersehn, Edward. Hoffentlich
kommen bald bessere Nachrichten von Lavinias Tante.

EDWARD

Ach ... ja ... danke. Auf Wiedersehn, Alex,
Nett, daß du gekommen bist.
Alex und Celia ab
Zu dem Unbekannten Gast:
Gehn Sie noch nicht.
Bleiben Sie noch. Wir trinken die Cocktails aus.
Oder hätten Sie lieber Whisky?

UNBEKANNTER GAST

Gin.

EDWARD

Mit etwas drin?

UNBEKANNTER GAST

Ganz wenig Wasser.

EDWARD

Ich muß um Entschuldigung bitten für diesen Abend.
Tatsächlich hatte ich versucht, die Party abzusagen:
Hier waren nur die Leute, die ich nicht ausladen konnte,
Weil ich sie nicht rechtzeitig erreichte;
Und daß Sie kommen würden, wußte ich nicht.
Ich glaubte, Lavinia hätte mir alle Gäste genannt,
Die sie, wie sie sagte, eingeladen hatte.
Es ist auch einzig dieser schrecklichen Alten wegen –
Die andern hätten mir weiter nichts ausgemacht,
Die Türglocke schellt, Edward geht zur Tür und sagt noch:
Aber sie taucht immer im ungelegensten Moment auf.
Öffnet die Tür
Julia!
Julia tritt ein.

JULIA

Edward! Ein Segen, daß es regnet!
Das hat mich an meinen Regenschirm erinnert.
Und hier ist er! Und was habt ihr beide ausgeheckt?
Was für'n Glück, daß es m e i n Schirm war
Und nicht Alexanders – e r ist so neugierig!
Aber i c h mische mich nie in fremde Angelegenheiten.
Also nochmals adieu. Jetzt geh ich aber wirklich.
Ab

EDWARD

Verzeihen Sie. Aber ich weiß nicht einmal Ihren Namen.

UNBEKANNTER GAST

Ich sollte auch gehn.

EDWARD

Gehn Sie noch nicht.
Ich möchte sehr gern zu irgend jemandem sprechen;
Und es ist leichter, zu jemandem zu sprechen, den man nicht kennt.
Lavinia hat mich nämlich verlassen.

UNBEKANNTER GAST

Ihre Frau hat Sie verlassen?

EDWARD

Ganz aus heiterm Himmel;
Nachdem sie noch die Cocktail Party arrangiert hatte.
Als ich nachmittags nach Hause kam, war sie fort.
Auf einem Zettel hinterließ sie, daß sie mich verlasse;
Und ich weiß nicht, wo sie hin ist.

UNBEKANNTER GAST

Das muß man feiern.
Bekomme ich noch einen Drink?

EDWARD

Whisky?

UNBEKANNTER GAST

Gin.

EDWARD

Mit etwas drin?

UNBEKANNTER GAST

Nur mit Wasser.
Und ich empfehle Ihnen dasselbe Rezept ...
Ich werde es Ihnen mischen, wenn Sie erlauben ...
Stark ... schön langsam trinken ... aber setzen Sie sich dabei.
Tief Atem holen und sich ganz entspannen.
So. Und nun ein paar Fragen.
Wie lange verheiratet?

EDWARD

Fünf Jahre.

UNBEKANNTER GAST

Kinder?

EDWARD

Keine.

UNBEKANNTER GAST

Dann nehmen Sie es von der angenehmen Seite.
Sie sagen, Sie wissen nicht, wo sie hin ist?

EDWARD

Nein, ich weiß es nicht.

UNBEKANNTER GAST

Wissen Sie, wer der Mann ist?

EDWARD

Da ist kein anderer Mann –
Ich weiß von keinem.

UNBEKANNTER GAST

Oder eine andere Frau,
Auf die sie eifersüchtig gewesen sein könnte?

EDWARD

Sie hatte sich über nichts zu beklagen in meinem Benehmen.

UNBEKANNTER GAST

Dann steht zweifellos alles zum besten.
Mit einem andern Mann könnte sie sich geirrt haben
Und zu Ihnen zurück wollen. Bei einer andern Frau
Könnte sie die Verzeihende spielen wollen,
Um im Vorteil zu sein. Gibt es keine andere Frau
Und keinen andern Mann, liegen die Ursachen vielleicht tiefer,

Und Sie dürfen hoffen, daß sie gar nicht mehr zurückkommt.
Geht's um einen andern Mann, würden Sie sich wieder verheiraten wollen,
Um der Welt zu zeigen, daß Sie noch begehrt sind;
Geht's um eine andere Frau, müßten Sie die vielleicht heiraten –
Sie könnten sich sogar einbilden, daß Sie sie heiraten wollten.

EDWARD

Aber ich möchte meine Frau zurück.

UNBEKANNTER GAST

Das ist die natürliche Reaktion.
Es kommt ungelegen und ist unbequem.
Es war gewiß lästig, lügen zu müssen,
Da man am Telephon nicht die Wahrheit sagen kann.
Das alles kostet Zeit, die Sie wohl kaum haben;
Aber ich frage Sie ...

EDWARD

Fragen Sie mich nichts.

UNBEKANNTER GAST

Dann vermute ich ...

EDWARD

Bitte, keine Vermutungen.
Ich gebrauche diese Ausdrucksweise oft bei Zeugenvernehmungen,
Darum mag ich sie nicht. Darf ich den Spieß umkehren?
Ich weiß, daß ich dieses Gespräch herbeigeführt habe.
Aber ich weiß nicht, wer Sie sind. Auf dies war ich nicht gefaßt.
Ich wollte mir nur etwas Luft machen,
Indem ich jemandem erzählte, was ich verschwiegen hatte.
Ich möchte nicht einmal wissen, wer Sie sind;
Andererseits kennen Sie vielleicht meine Frau
Viel besser als ich dachte, oder wissen über uns
Weit mehr Bescheid, als es zuerst scheint.
Ich finde Ihre Kombinationen recht verletzend.

UNBEKANNTER GAST

Ich kenne Sie so gut, wie ich Ihre Frau kenne;
Und ich weiß, daß Sie nichts mehr wünschten,
Als sich einem Fremden persönlich zu eröffnen.

Deshalb möchte ich für Sie der Fremde bleiben.
Aber lassen Sie sich sagen: sich dem Fremden nähern
Heißt, das Unerwartete herausfordern, eine neue Macht
entfesseln,
Den Geist aus der Flasche steigen lassen.
Es heißt, eine Kette von Ereignissen verursachen, die
Außerhalb Ihrer Kontrolle sind. Jetzt hören Sie weiter.
Ich möchte annehmen, Sie erleben schon eine gewisse Entspannung,
Die Ihnen noch nicht bewußt ist. Das wird langsam kommen,
Daß Sie, wenn Sie erwachen am Morgen, wenn Sie zu Bett gehen am
Abend,
Anfangen, sich Ihrer Unabhängigkeit zu freuen;
Ihr Leben wird angenehmer und angenehmer werden,
Ohne die beharrliche Kritik, das geduldige Mißverstehen,
Einer, die stets alles besser regelt, als Sie es haben möchten,
Die nie dieselben Freunde bevorzugt wie Sie
Oder erreicht, daß *sie* Ihren Freunden besser gefällt als Sie.
Und wenn Sie die Vergangenheit um und um drehn,
Werden Sie sich nur noch wundern, daß Sie's so lange aushielten.
Und zuweilen werden Sie vielleicht ein wenig neidisch sein,
Weil sie's zuerst sah, und den Mut hatte zu brechen –
Und sich damit einen bleibenden Vorteil sicherte.

EDWARD

So mag es kommen, doch –

UNBEKANNTER GAST

Wollen Sie etwa sagen, Sie liebten sie?

EDWARD

Ach, wir nahmen einer den andern einfach hin, glaube ich.
Ich habe nie darüber nachgedacht, ob ich glücklicher sein würde
Mit einer andern Frau. Warum von Liebe sprechen?
Wir waren einander gewöhnt. So ist ihr Fortgehen,
Ohne die geringste Warnung, ohne Erklärung,
Außer einer Mitteilung, daß sie gegangen sei
Und nicht zurückkomme – ach, ich kann es nicht verstehn.
Niemand wird gern mit einem Rätsel zurückgelassen.
Das ist so . . . unvollendet.

UNBEKANNTER GAST

Ja, es ist unvollendet,
Und niemand wird gern mit einem Rätsel zurückgelassen.
Aber es ist noch mehr als das. Es ist ein Verlust des eigenen Ich.
Oder besser: Sie haben Fühlung verloren mit dem Menschen,
Für den Sie sich hielten. Sie fühlen sich nicht mehr als Mensch.
Sie sind plötzlich reduziert auf den Stand eines Objekts –
Ein lebendes Objekt, aber nicht mehr ein Mensch.
Das geschieht sehr oft, weil man sowohl Objekt
Wie Mensch ist. Doch wir vergessen das,
So schnell wir nur können. Wenn Sie, zum Ausgehen angezogen,
Die Treppe hinuntergehen, mit allem ausstaffiert,
Was Sie in der Rolle unterstützt, die Sie für sich gewählt haben,
Kommt gelegentlich, wenn Sie an der unteren Stufe sind,
Noch eine Stufe mehr, als Sie dachten,
Und Sie stolpern hinunter. In diesem Moment
Erleben Sie sich als Objekt, das
Der Gnade einer tückischen Treppe ausgeliefert ist.
Oder nehmen wir eine chirurgische Operation an.
Bei der Konsultation mit Arzt und Chirurg,
Beim Zubettgehen in der Klinik,
Im Gespräch mit der Oberin, sind Sie noch Subjekt,
Das Zentrum der Wirklichkeit. Aber ausgestreckt auf dem Tisch,
Sind Sie für Ihre Umgebung, für die maskierten Akteurs,
Nichts als ein reparaturbedürftiges Möbelstück;
Nur Ihr Körper ist von Ihnen noch da,
Ihr »Selbst« ist entwichen. Darf ich mir nachschenken?

EDWARD

Oh, Entschuldigung. Was hatten Sie?
Whisky?

UNBEKANNTER GAST

Gin.

EDWARD

Mit etwas drin?

UNBEKANNTER GAST

Wasser.

EDWARD

Wozu das alles?

UNBEKANNTER GAST

Um herauszufinden,
Was Sie wirklich sind. Was Sie wirklich fühlen.
Was Sie unter den anderen Menschen wirklich sind.
Die meiste Zeit nehmen wir uns selbst als selbstverständlich,
So gut wir können, und leben von dem bißchen Kenntnis
Von uns selbst, wie wir waren. Wer sind Sie jetzt?
Sie wissen nicht mehr darüber als ich,
Eher weniger. Sie sind nichts als eine Reihe
Abgenutzter Reaktionen. Das einzige, was zu tun ist,
Ist nichts zu tun. Warten.

EDWARD

Warten!
Aber Warten ist das einzige, was unmöglich ist.
Zudem: sehn Sie nicht, daß es mich lächerlich macht?

UNBEKANNTER GAST

Es wird Ihnen nichts schaden, sich selbst lächerlich zu finden.
Ergeben Sie sich darin, der Narr zu sein, der Sie sind.
Das ist der beste Rat, den *ich* Ihnen geben kann.

EDWARD

Aber wie kann ich warten, ohne zu wissen, worauf ich warte?
Soll ich zu meinen Freunden sagen: »Meine Frau ist fortgegangen?«
Und sie antworten: »Wohin?« und ich sage: »Ich weiß nicht«;
Und sie sagen: »Wann kommt sie zurück?«
Und ich antworte: »Ich weiß nicht, *ob* sie zurückkommt.«
Und sie fragen: »Und was wirst du tun?«
Und ich antworte: »Nichts.« Man wird mich für verrückt halten
Oder einfach für verächtlich.

UNBEKANNTER GAST

Um so besser.
Sie werden lernen, daß man Demütigungen überlebt.
Und das ist eine Erfahrung von unschätzbarem Wert.

EDWARD

Halt! Ich gebe zu, daß vieles, was Sie gesagt haben,

Wohl richtig ist. Aber das ist noch nicht alles.
Seit ich sie heute beim Frühstück sah,
Hab ich vergessen, wie meine Frau aussieht.
Ich bin nicht sicher, daß ich sie beschreiben könnte,
Wenn ich sie von der Polizei suchen lassen müßte.
Ich kann mich nicht erinnern, wie sie angezogen war,
Als ich sie zuletzt sah. Und doch will ich sie zurück.
Und ich m u ß sie zurück haben, um herauszubekommen, was gewesen ist
In den fünf Jahren, die wir verheiratet waren.
Ich muß herausfinden, wer sie ist, um zu wissen, wer ich bin.
Und welchen Sinn haben all Ihre Analysen,
Wenn ich für immer im Dunkeln bleiben soll?

UNBEKANNTER GAST

Es hat bestimmt keinen Sinn, länger im Dunkel zu bleiben
Als nötig ist, um den Geist frei zu machen
Von der Illusion, jemals im Licht gewesen zu sein.
Daß Sie keinen Grund angeben können, warum Sie sie haben wollen,
Ist der beste Grund zu glauben, daß Sie sie wollen.

EDWARD

Ich möchte sie wiedersehn – hier.

UNBEKANNTER GAST

Sie werden sie wiedersehn – hier.

EDWARD

Wollen Sie etwa sagen, daß Sie wissen, wo sie ist?

UNBEKANNTER GAST

Eine Antwort auf diese Frage lohnt sich nicht.
Aber wenn ich sie wiederbringe, dann unter einer Bedingung nur:
Daß Sie versprechen, sie nicht zu fragen,
Wo sie gewesen ist.

EDWARD

Ich werde sie nicht fragen.
Und doch – scheint mir – als wir anfingen zu sprechen,
War ich nicht sicher, ob ich sie zurück haben wollte; und jetzt –
Will ich sie wirklich? Oder ist es nur Ihre Suggestion?

UNBEKANNTER GAST

Noch wissen wir's nicht. In vierundzwanzig Stunden
Wird sie zu Ihnen hierher kommen. Sie werden hier sein, sie zu treffen.
Die Türglocke schellt.

EDWARD

Ich muß die Tür öffnen.
Edward geht zur Tür.
Ach, du schon wieder, Julia!
Julia und Peter treten ein.

JULIA

Edward, wie gut, daß du da bist.
Denk dir, ich muß meine Brille hier gelassen haben,
Und ich kann einfach nichts sehn ohne sie.
Ich habe Peter durch die ganze Stadt geschleppt
Und habe sie überall gesucht, wo ich gewesen bin.
Hat jemand sie gefunden? Man sieht sofort, daß es meine ist –
Mit so einer Art biegsamen Gestell –
An die Farbe kann ich mich leider nicht erinnern,
Aber ich erkenn sie sofort, weil ein Glas fehlt.

UNBEKANNTER GAST *singt:*

»Als ich meinen Gin mit Wasser nahm,
Und ging in mich, den Ein-Aug-Riley,
Wer kam, wenn nicht die Wirtstochter kam,
Und sie stahl mein Herz einstweilig.«
Halten Sie unsere Verabredung ein?

EDWARD

Ich werde sie einhalten.

UNBEKANNTER GAST *singt:*

»Turiuli, turi-eili
Was ist los mit dem Ein-Aug-Riley.«
Ab

JULIA

Edward, wer ist dieser unmögliche Mensch?
Noch nie in meinem Leben bin ich so insultiert worden.
Ein Glück, daß ich meine Brille vergaß:

Das nenne ich ein richtiges Abenteuer!
Erzähl mir von ihm. Ihr habt getrunken!
Also das sind die Freunde, die du einlädst,
Wenn Lavinia außer Sicht ist. Wer ist er?

EDWARD

Ich weiß nicht.

JULIA

Du weißt nicht?

EDWARD

Ich sah ihn selbst zum erstenmal.

JULIA

Und wie kam er hierher?

EDWARD

Weiß ich nicht.

JULIA

Weißt du nicht! Und wie heißt er?
Verstand ich recht, daß er Riley sagte?

EDWARD

Ich weiß nicht, wie er heißt.

JULIA

Du weißt nicht, wie er heißt?

EDWARD

Ich sag dir, ich hab keine Ahnung, wer er ist,
Und wie er herkam.

JULIA

Und wovon habt ihr gesprochen?
Oder habt ihr etwa die ganze Zeit gesungen?
Mir kommt hier heute überhaupt alles
Reichlich mysteriös vor.

EDWARD

Das tut mir leid.

JULIA

Nein, ich liebe das. Aber das erinnert mich
An meine Brille. Das ist das größte Mysterium.
Peter! Warum suchst du sie nicht?
Sieh am Kamin nach. Wo saß ich denn?

Dreh doch die Polster auf dem Sofa um –
Nein, auf dem Fauteuil. Sieh unter dem Kissen nach.

EDWARD

Bist du ganz sicher, daß du sie nicht in der Handtasche hast?

JULIA

O nein, bestimmt nicht: da sollte sie sein.
Oh, da ist sie ja! Danke, Edward,
Das war wirklich sehr klug von dir;
Ohne dich hätt ich sie niemals gefunden.
Wenn ich wieder etwas verliere, Edward,
Wende ich mich sofort an dich, statt an den heiligen Antonius.
Und jetzt muß ich eilen. Ich ließ das Taxi warten.
Komm rasch, Peter.

PETER

Hoffentlich nimmst du's mir nicht übel,
Wenn ich jetzt nicht mitkomme, Julia. Auf der Herfahrt
Fiel mir etwas ein, was ich mit Edward besprechen muß.

JULIA

Oh, über Lavinia?

PETER

Nein, nicht über Lavinia.
Ich möchte seinen Rat in einer Sache wissen.
Und ich könnte ihn jetzt fragen.

JULIA

Natürlich nehm ich's nicht übel.

PETER

Gut, aber darf ich dich erst im Lift hinunterbringen?

JULIA

Nein, du bleibst und sprichst mit Edward. So hilflos bin ich noch nicht.
Außerdem bediene ich den Apparat gerne selbst –
Im Lift kann ich meditieren. Auf Wiedersehn also.
Und vielen Dank – euch beiden.
Ab

PETER

Hoffentlich störe ich dich nicht, Edward.

EDWARD

Mir scheint, ich bin genug gestört worden.
Und ich wäre eigentlich gerne allein.
Aber worum handelt es sich?

PETER

Ich brauche deine Hilfe.
Ich wollte anrufen, ob ich dich später sehen könnte;
Aber nun bot sich diese Gelegenheit.

EDWARD

Und was ist los?

PETER

Heute abend glaubte ich, ich könnte es nicht länger aushalten.
Diese schreckliche Party! Verzeih, Edward;
Es war natürlich für alle außer mir
Eine reizende Party, und du kannst nichts dafür.
Dir ist wahrscheinlich nichts aufgefallen.

EDWARD

Ich glaube schon, das eine oder andere bemerkt zu haben,
Aber ich will nicht behaupten, daß ich alles wahrnahm.

PETER

Ach, bin ich froh, daß du nichts bemerkt hast:
Ich muß mich besser gehalten haben als ich dachte.
Wenn dir nicht, ist auch gewiß den andern nichts aufgefallen.
Obgleich ich vor Julia Shuttlethwaite ziemlich Angst habe.

EDWARD

Julia paßt gewiß auf alles auf.
Aber ich glaube, sie hatte zuviel anderes im Kopf.

PETER

Es geht um Celia. Um mich und Celia.

EDWARD

Wie, was könnte sein mit dir und Celia?
Nimmst du an, ihr hättet etwas gemeinsam?

PETER

Mir schien, als hätten wir sehr viel gemeinsam.
Wir sind beide Künstler.

EDWARD

Das wäre mir nicht eingefallen.
Was für eine Kunst übst du aus?

PETER

Du wirst meinen Roman nicht kennen,
Obgleich er sehr gute Rezensionen hatte.
Aber es ist mehr der Film, der uns beide interessiert.

EDWARD

Ein gemeinsames Interesse fürs Kino
Bringt häufig junge Leute zusammen.

PETER

Jetzt bist du auch noch sarkastisch:
Celia ist an der Filmkunst interessiert.

EDWARD

Als eventuellen Beruf?

PETER

Vielleicht macht sie einen Beruf daraus;
Doch sie hat ihre Poesie.

EDWARD

Ja, ich habe ihre Gedichte gelesen.
Interessant für den, der interessiert ist an Celia.
Abgesehen, natürlich, vom literarischen Wert,
Über den mir kein Urteil zusteht.

PETER

Nun, darüber kann ich urteilen,
Und ich finde sie sehr gut. Aber darum handelt es sich nicht.
Ich glaubte, wir hätten sehr viel Gemeinsames, und ich meine,
Sie glaubte das auch: darum handelt es sich.

EDWARD

Wie hast du sie kennengelernt?

Alex tritt ein.

ALEX

Da bin ich wieder, Edward! Weißt du, warum ich vorbeikomme?

EDWARD

Zunächst möchte ich wissen, wie du h e r e i n k a m s t, Alex.

ALEX

Nun, ich kam vorbei und sah, daß die Tür offen war.
Und da dachte ich, ich geh rasch und seh nach, ob jemand bei dir ist.

PETER

Julia muß sie offengelassen haben.

EDWARD

Es macht nichts;
Hauptsache, daß ihr beide sie schließt, wenn ihr geht.

ALEX

Ja, aber du kommst mit mir, Edward.
Ich dachte, Edward ist vielleicht ganz allein heute abend,
Und ich weiß, daß er ungern den Abend allein verbringt.
Deshalb wirst du jetzt mitkommen und mit mir dinieren.

EDWARD

Das ist sehr aufmerksam von dir, Alex, gewiß;
Doch ich möchte lieber allein sein heute abend.

ALEX

Aber du mußt doch etwas essen. Gehst du aus?
Ist jemand hier, der dir zu essen macht?

EDWARD

Nein, ich brauche nicht viel und richte mir das selbst.

ALEX

Aha, dann weiß ich auch, was ich tu.
Ich werde dir eine kleine Überraschung bereiten:
Bekanntlich bin ich ein glänzender Koch.
Ich geh jetzt sofort in deine Küche
Und richte dir ein nettes kleines Dinner,
Nur für dich allein. Und dann verlassen wir dich.
Inzwischen kannst du dich weiter mit Peter unterhalten,
Ich werde euch nicht stören.

EDWARD

Mein lieber Alex,
Es wird nichts im Speiseschrank sein, wofür sich deine Kochkunst lohnt.
Das kann ich dir nicht zumuten.

ALEX

Oh, das ist gerade meine Spezialität,
Aus nichts eine schmackhafte Mahlzeit zusammenzubrauen.
Ein paar Reste genügen. Das lernte ich im Osten.
Aus einer Handvoll Reis und etwas gedörrtem Fisch
Mache ich ein halbes Dutzend Gerichte. Kein Wort mehr.
Ich fange sofort an.
Ab in die Küche

EDWARD

Also, wo blieben wir stehn?

PETER

Du fragtest mich, wie ich Celia kennenlernte.
Ich traf sie hier, vor etwa einem Jahr.

EDWARD

An einem von Lavinias Liebhaber-Donnerstagen?

PETER

Einem Donnerstag. Was nennst du Liebhaber?

EDWARD

Lavinias Versuche, einen Salon zu kreieren.
Wo ich die kleinen Gäste unterhielt,
Mich mit den Mißliebigen abgab, Lavinias Mißgriffen.
Aber du gehörtest zu den kleinen Erfolgen,
Wenigstens eine Zeitlang.

PETER

Das glaube ich wieder nicht.
Aber Lavinia war riesig nett zu mir,
Und ich verdanke ihr viel. Und dann traf ich Celia.
Sie war anders als alle Mädchen, die ich je gekannt habe.
Damals war es nicht leicht, mit ihr ins Gespräch zu kommen.

EDWARD

Hast du sie oft gesehen?

ALEXENS STIMME

Edward, hast du einen Schmortopf?

EDWARD

Ich glaube, ein Schmortopf muß da sein;
Gehört der nicht in jede Küche?

ALEXENS STIMME

Ich finde ihn nicht.

Damit ist diese Überraschung hin. Ich werde mir eine andere ausdenken.

PETER

Nicht sehr oft.

Und wenn, hatte ich keine Gelegenheit, mit ihr zu reden.

EDWARD

Du und Celia wart aus verschiedenen Gründen eingeladen.
Du hattest eine von Lavinias Entdeckungen zu sein;
Celia die vornehme Gesellschaft zu vertreten.
Lavinia hat immer den Ehrgeiz gehabt,
Sich in zwei Welten gleichzeitig zu etablieren –
Doch sie selbst mußte das verbindende Glied sein.
Ich glaube, darum waren ihre Donnerstage ein Fehlschlag.

PETER

Das klingt, als müßte alles vollendet sein.

EDWARD

O nein, nein, alles bleibt unvollendet.
Aber du erzähltest noch nicht, wie du Celia kennengelernt hast.

PETER

Ich sah sie einige Tage später wieder
Allein in einem Konzert. Auch ich war allein.
Ich ging in Konzerte stets allein –
Anfangs kannte ich niemand, der mit mir ging,
Und später fand ich, daß ich am liebsten allein ging.
Aber es war sehr ungewöhnlich, ein Mädchen wie Celia,
Die ich mir nur als Namen in der Gesellschaftsrubrik
Vorstellen konnte, dort allein anzutreffen.
Jedenfalls, wir kamen in ein Gespräch,
Und ich erfuhr, daß sie allein in Konzerte
Und in Ausstellungen ging. So begegneten wir
Uns öfter und gingen manchmal auch zusammen.
Und mit Celia zusammen sein war etwas anderes,
Als in Gesellschaft oder allein sein. Manchmal tranken wir zusammen Tee

Und speisten ein- oder zweimal miteinander.

EDWARD

Und danach?

Führte sie dich je in ihre Familie ein
Oder bei ihren Freunden?

PETER

Nein, sie sprach ein paarmal von ihnen
Und über ihren Mangel an geistigen Interessen.

EDWARD

Und was geschah danach?

PETER

Ach, nichts geschah.
Aber ich glaubte, sie mache sich wirklich etwas aus mir.
Und ich war so glücklich, wenn wir zusammen waren –
So ... erfüllt, so ... zufrieden: ich kann es gar nicht sagen;
Ich hätte nie ein so ruhiges Glück für möglich gehalten.
Ich hatte nur Aufregung erlebt, nur Rausch,
Verlangen nach Besitz. Dies war ganz anders.
Es war etwas sehr Seltsames. Eine solche ... Stille ...

EDWARD

Und was unterbrach diese interessante Affäre?
Alex, in Hemdsärmeln und Schürze, kommt herein.

ALEX

Edward, ich kann kein Curry-Pulver finden.

EDWARD

Es ist kein Curry-Pulver da. Lavinia haßt Curry.

ALEX

Noch eine Überraschung ist hin. Ich muß mir was anderes ausdenken.
Mangofrüchte hatte ich nicht erwartet,
Aber mit Curry-Pulver hatte ich doch gerechnet.
Ab

PETER

Gerade das möchte ich wissen.
Sie ist einfach hingeschwunden – in ein anderes Bild –
Wie ein Filmeffekt. Sie will mich nicht mehr sehen;

Macht nicht sehr plausible Ausflüchte,
Und wenn ich sie treffe, scheint sie befangen
In irgendeiner dunklen Erregung, die ich nicht teile.

EDWARD

Meinst du, sie hat einfach das Interesse an dir verloren?

PETER

Das gerade nicht. Mir erscheint es wenigstens anders.
Nicht ihr Interesse an m i r vermisse ich –
Sondern jene Augenblicke, in denen wir die gleichen Wahrnehmungen,
Die gleichen Gefühle, die gleichen unerklärlichen Erfahrungen hatten,
So daß wir beide uns selbst kaum wiederkannten.
Vielleicht verlor sie das Interesse an mir, wie du es ausdrückst.

EDWARD

Das alles ist ganz normal. Wenn du nur wüßtest,
Was du für Glück hast. In kurzer Zeit
Wäre es eine gewöhnliche Affäre geworden
Wie jede andere. Nachdem das Feuer nachgelassen,
Hättest du gefunden, daß sie eine andere Frau ist,
Als du dachtest, und du ein anderer Mann. Ich gratuliere
Zum rechtzeitigen Entkommen.

PETER

Mir wäre lieber, du verschontest mich
Mit deinem Glückwunsch. Ich mußte mich aussprechen.
Und ich habe dir etwas Wirkliches erzählt –
Meine erste Erfahrung von Wirklichkeit
Und vielleicht die letzte. Und du verstehst nicht.

EDWARD

Lieber Peter, ich habe dir nur gesagt,
Was dir mit Celia passiert wäre
Im nächsten halben Jahr. Genau das.
Du kannst es glauben oder nicht.

PETER

Aber was soll ich tun?

EDWARD

Nichts. Warten. Zurückkehren nach Kalifornien.

PETER

Ich muß Celia wiedersehn.

EDWARD

Wird's dieselbe Celia sein?
Sei lieber zufrieden mit der Celia, an die du dich erinnerst.
Erinnerst! Es ist schon eine Erinnerung, sag ich dir.

PETER

Aber ich muß Celia wenigstens sehn, um von ihr zu hören,
Mit ihren Worten, was geschehn ist. Solange ich das nicht weiß,
Solange werde ich gerade der Erinnerung nicht trau'n.
Hatten wir wirklich die gleichen Interessen, fühlten wir wirklich dasselbe,
Wenn wir eine gewisse Musik hörten? Oder uns gewisse Bilder ansahn?
Da war etwas Wesentliches. Aber was ist das Wesenhafte ...?
Das Telephon läutet.

EDWARD

Entschuldige einen Moment.
Am Telephon:
Hallo! ... Ich kann jetzt nicht sprechen ...
Nein, eben nicht ... Gut, ich rufe an,
Sobald ich kann.
Zu Peter:
Verzeih. Was sagtest du?

PETER

Ich sagte, was ist das Wesenhafte
Am Erlebnis zwischen zwei wesenlosen Menschen?
Wenn ich mich nur an die Erinnerung halten kann,
Ertrag ich jede Zukunft. Aber für die Erinnerung
Muß ich die Wahrheit wissen über die Vergangenheit.

EDWARD

Keine Erinnerung läßt sich in Kampfer legen,
Die Motten kommen doch hinein. Du willst Celia also wiedersehn
Ich weiß nicht, warum ich mir soviel Mühe gebe,
Dich vor deiner eigenen Torheit zu schützen.
Was kann ich für dich tun?

PETER

Sprich mit Celia.
Du kennst sie viel besser als ich,
Und du bist soviel älter.

EDWARD

Soviel älter?

PETER

Ja, sie wird dich als Unbeteiligten
Gewiß hören.

EDWARD

Gut, ich werde mit Celia sprechen.

PETER

Danke, Edward. Es ist riesig nett von dir.

Alex tritt ein, er hat seinen Rock wieder an.

ALEX

So, Edward! Ich habe dir was Köstliches zubereitet!
Ich glaube wirklich, unter all meinen Erfolgen
Ist das der größte. So etwas aus nichts zu machen!
Niemals, auch auf Reisen in Albanien,
Hab ich ein solches Souper aus so wenig gemacht,
Wie ich in deinem Kühlschrank fand. Gott sei Dank
Hatte ich Glück und fand ein halbes Dutzend Eier.

EDWARD

Was! Du hast die Eier alle verbraucht! Lavinias Tante
Hat sie eben vom Lande geschickt.

ALEX

Aha, die Tante
Existiert also wirklich. Ein substantieller Beweis.

EDWARD

Nein, nein ... Das ist doch eine andere Tante.

ALEX

Ich versteh. Die wirkliche Tante. Du kannst dich bedanken.
Es gibt wenig Bauern in Montenegro,
Die heute das aufgetischt kriegen, was du zu essen bekommst.

EDWARD

Und was ist mit meinem Frühstück?

ALEX

Keine Sorgen ums Frühstück.
Da brauchst du nur eine Tasse schwarzen Kaffee
Und etwas Toast. Ich ließ es auf kleiner Flamme.
Laß es nicht länger darauf als höchstens zehn Minuten.
Jetzt werde ich gehn und Peter mitnehmen.

PETER

Ich nahm deine Zeit schon zu sehr in Anspruch, Edward,
Und du willst allein sein. Grüß Lavinia von mir,
Wenn sie zurückkommt ... doch wenn es dir recht ist,
Sag ihr doch lieber nicht, was ich dir erzählt habe.

EDWARD

Ich werde Lavinia nichts davon erzählen.

PETER

Danke, Edward. Gute Nacht.

EDWARD

Gute Nacht, Peter.
Und gute Nacht, Alex. Ja, und wenn ihr daran denken wollt,
Schließt bitte die Tür hinter euch, so daß sie einschnappt.

ALEX

Vergiß nicht, Edward, nicht länger als zehn Minuten,
Zwanzig Minuten, und mein Werk ist hin.
Alex und Peter ab
Edward nimmt den Hörer ab und wählt eine Nummer.

EDWARD

Kann ich Miss Coplestone sprechen? ... Wann denn?
Nein, es macht nichts.
Vorhang

ZWEITE SZENE

Derselbe Raum eine Viertelstunde später. Edward allein, legt eine Patience. Die Türglocke schellt, und er geht aufmachen.

CELIAS STIMME

Bist du allein?

Edward kommt mit Celia zurück.

EDWARD

Celia! Warum kommst du her?
Ich sagte dir, ich würde anrufen, sobald ich könnte:
Und eben grade hab ich versucht, dich zu erreichen.

CELIA

Wenn jemand bei dir gewesen wäre,
Hätt ich gesagt, mein Schirm wäre hier geblieben.
Du scheinst dich nicht zu freuen, mich zu sehen.
Edward, ich verstehe, was geschehen ist,
Aber dein Verhalten am Telephon war mir unverständlich.
Es sah dir nicht ähnlich. Da mußte ich herkommen.
Sag mir, daß alles in Ordnung ist, und ich gehe wieder.

EDWARD

Wie kannst du sagen, du verstehst, was geschehn ist?
I c h weiß nicht, was geschehen ist oder noch geschehen wird.
Und um mir darüber klar zu werden, möchte ich allein sein.

CELIA

Das sollte doch wohl völlig klar sein.
Lavinia hat dich verlassen.

EDWARD

Ja, so w a r die Situation.
Ich meine, das war wohl jedem wirklich klar.

CELIA

Es war offensichtlich, daß die Tante pure Erfindung war,
Aus dem Moment heraus, und keine sehr gute.
Für Julia hättest du dir etwas Besseres überlegen müssen.
Aber das ist wirklich ohne Bedeutung. Sie werden's bald genug erfahren.
Sind damit nicht u n s e r e Schwierigkeiten alle erledigt?

EDWARD

Es hat erst die wirklichen Schwierigkeiten ans Licht gebracht.

CELIA

Aber die sind doch sicher nur vorübergehend.
Du weißt, ich nahm unsere Situation so hin,
Weil eine Scheidung deine Karriere ruiniert hätte;
Und wir dachten, Lavinia würde dich niemals freigeben.
Du hältst dich doch sicher nicht an die dumme Konvention,
Daß der Mann immer der Schuldige sein muß bei der Scheidung,
Wenn sie es vorzieht, dir Ursache zu geben . . .

EDWARD

Gewiß. Aber so ist das alles gar nicht.
Lavinia kommt zurück.

CELIA

Lavinia kommt zurück!
Willst du damit sagen, sie hätte uns eine Falle gestellt?

EDWARD

Nein. Wenn es eine Falle ist, sind wir sämtlich darin,
Und wir selbst haben sie uns gestellt. Aber ich weiß nicht,
Was für eine Falle es sein soll.

CELIA

Was ist denn geschehen?

Das Telephon läutet.

EDWARD

Verfluchtes Telephon. Ich muß mich wohl melden.
Hallo . . . ja, hallo! . . . Nein. Vielmehr ja, Alex;
Ja, natürlich . . . es war wunderbar.
Ich habe noch nie so etwas gegessen . . .
Ja, sehr interessant. Aber ich frage mich nur,
Ob es nicht ziemlich unverdaulich ist?
O nein, Alex, bringe mir keinen Käse;
Es ist genug Käse da . . . Nein, norwegischer nicht,
Aber ich möchte wirklich keinen Käse . . . Slibo was?
Ach, jugoslawischen . . . Zwetschenschnaps?
Nein, wirklich, Alex, ich möchte nichts mehr.

Ich bin sehr müde. Tausend Dank, Alex.
Gute Nacht.

CELIA

Um Gottes willen, was war denn das?

EDWARD

Es war Alex.

CELIA

Ich weiß, daß es Alex war.
Aber worüber habt ihr gesprochen?

EDWARD

Ich hatte es gänzlich vergessen.
Er kam vorbei, vor einer Weile,
Und bestand darauf, mir etwas zu Abend zu kochen;
Er sagte, ich sollte es in zehn Minuten essen.
Vermutlich kocht es noch.

CELIA

Du meinst, es kocht noch!
Ich meinte, ich hätte einen eigentümlichen Geruch bemerkt;
Natürlich kocht es noch – oder tut sonst was
Da muß ich nachsehn.
Will gehen

EDWARD

Um Himmels willen, bemüh dich nicht!
Celia ab
Wenn nun jemand kommt und dich in der Küche findet?
Edward geht an den Tisch und sieht seine Patience an. Er legt eine Karte um. Es wird mehrmals an der Tür geschellt. Celia kommt in einer Schürze wieder herein.

CELIA

Du solltest doch lieber aufmachen, Edward.
Es ist das beste. Verliere nicht den Kopf.
Ich habe meinen Schirm wirklich da gelassen;
Ich werde sagen, ich hätte dich hier hungrig und hilflos gefunden
Und etwas tun müssen. Jedenfalls bleibe ich
Und verstecke mich nicht.

Geht zurück in die Küche. Es schellt wieder. Edward geht zur Haustür. Man hört ihn sagen:

EDWARD

Julia!
Weshalb kommst du noch einmal?

Julia tritt ein.

JULIA

Ich hatte plötzlich eine Idee!

Celia kommt mit einer Pfanne herein.

CELIA

Edward, es ist hin!

EDWARD

Gott sei Dank.

CELIA

Aber die Pfanne ist auch hin.

EDWARD

Und ein Halbdutzend Eier!
Ich wollte eins zum Frühstück. Ein weiches Ei.
Das ist das einzige, was ich kochen kann.

JULIA

Celia! Offenbar hattest du die gleiche Idee,
Die ich hatte. Edward muß doch essen,
Er ist in einer solchen Anspannung. Wir müssen ihn bei Kräften halten.
Edward! Begreifst du denn, was du für Glück hast,
Zwei Samariterinnen auf einmal? Das hat's noch nie gegeben.

EDWARD

Der Mann, der unter die Räuber fiel, war glücklicher als ich:
Man ließ ihn in einer Herberge.

JULIA

Wie undankbar, Edward!
Was ist denn in der Pfanne?

CELIA

Das weiß niemand.

EDWARD

Irgend etwas, das Alex für mich zubereitet hat.

Er wollte unbedingt. Drei barmherzige Samariter.
Ich vergaß es völlig.

JULIA

Du darfst es nicht anrühren.

EDWARD

Bestimmt rühr ich's nicht an.

JULIA

Mein Lieber, ich hätte dich warnen sollen.
Alles, was Alex zubereitet, ist absolut tödlich.
Ich könnte viel erzählen von Leuten, die er vergiftete.
Nun, liebes Kind, gibst du mir die Schürze,
Und wir werden sehn, was ich tun kann. Du bleibst und unterhältst Edward.

CELIA

Was ist denn geschehn, Edward? Was ist geschehn?

EDWARD

Lavinia kommt zurück, glaube ich.

CELIA

Du glaubst es! Weißt du's nicht?

EDWARD

Nein, aber ich glaube es. Der Mann, der hier war . . .

CELIA

Ja, wer war dieser Mann? Ich fürchtete mich fast vor ihm;
Er hatte etwas Unheimliches.

EDWARD

Ich weiß nicht, wer er ist.
Ich unterhielt mich mit ihm, als ihr alle weg wart,
Und er sagte, er würde morgen Lavinia zurückbringen.

CELIA

Aber warum sollte dieser Mann Lavinia zurückbringen wollen –
Wenn er nicht der Teufel ist. Fast möcht ich's glauben.

EDWARD

Weil ich ihn darum bat.

CELIA

Du batest ihn darum!
Dann muß er der Teufel sein. Er muß dich verhext haben.

Wie konnte er dir einreden, du wolltest sie zurück?
Man hört in der Küche einen Pfropfen knallen.

EDWARD

Zum Teufel, was ist das?
Julia, in einer Schürze, kommt mit einem Tablett und drei Gläsern.

JULIA

Ich hatte eine Idee!
Es gibt nichts Vernünftiges zu essen,
Ich habe alles durchgestöbert. Aber ich fand diesen Champagner –
Nur eine kleine Flasche, allerdings,
Und natürlich nicht gekühlt. Aber es erfrischt so;
Und ich dachte, wir brauchen alle ein Stimulans
Nach diesem Pech. Wir wollen auf etwas anstoßen.
Könnt ihr raten, auf wessen Wohl ich trinken will?

EDWARD

Nein, ich nicht. Keinesfalls trinke ich auf Alex.

JULIA

Nein, nicht auf Alex. Kommt, trinken wir
Auf Lavinias Tante. Das hättet ihr raten können.

CELIA und EDWARD

Lavinias Tante!

JULIA

Die nächste Frage
Ist, was tun wir jetzt. Das ist sehr einfach.
Es ist zu spät oder noch zu früh, in ein Restaurant zu gehn.
Ihr müßt beide mit zu mir kommen.

EDWARD

Nein, bedauere, Julia.
Ich bin zu müde auszugehn und gar nicht hungrig.
Ich esse ein paar Biskuits.

JULIA

Aber du, Celia,
Du mußt mitkommen und eine Kleinigkeit bei mir essen –
Nur eine Kleinigkeit.

CELIA

Danke, Julia,

Sehr gerne. Darf ich dir nachkommen,
In etwa zehn Minuten? Ich möchte, bevor ich geh,
Edward noch etwas sagen.

JULIA

Über Lavinia?
Schön, komm rasch nach. Und nimm ein Taxi.
Du siehst wirklich ganz ausgehungert aus.
Gute Nacht, Edward.
Julia ab

CELIA

Also, wie hat er dich überredet?

EDWARD

Wie er mich überredet hat? Hat er mich überredet?
Ich hatte ganz deutlich den Eindruck,
Er wollte mich überzeugen, es wär alles zum besten,
Da Lavinia gegangen ist; daß ich dankbar sein müßte.
Er redete, als wüßte er über alles Bescheid;
Und doch war der Effekt seiner ganzen Argumente,
Daß mir klar wurde, ich wünschte ihre Rückkehr.

CELIA

So macht es der Teufel! Du wünschst Lavinia also zurück!
Lavinia! Du hast nur die einzige Sorge,
Einen Bruch zu vermeiden – alles Unerfreuliche!
Nein, das kann es nicht sein. Ich will das nicht glauben.
Ich glaube, du hast nur im Moment vor Müdigkeit
Aufgegeben. Aus Panik. Die Schwierigkeiten werden dir zuviel.

EDWARD

Nein, das ist es nicht. Nicht das allein.

CELIA

Es kann doch nicht nur Eitelkeit sein:
Daß du glaubst, die Welt könnte über dich lachen,
Weil deine Frau dich verließ für einen andern Mann?
Das bringe ich bald in Ordnung, Edward,
Sobald du frei bist.

EDWARD

Nein, das ist es nicht.

Diese Gründe wollte mir alle auch der Mann
Suggerieren, den ich Riley nenne – er heißt aber nicht Riley;
Es ist ein Name aus einem Song, den er sang...

CELIA

Er sang dir einen Song vor über einen Riley!
Wirklich, Eduard, ich glaube, du bist verrückt –
Ich mein, du bist hart vor einem Nervenzusammenbruch.
Edward, wenn ich jetzt gehe,
Versprichst du mir, zu einem berühmten Arzt zu gehn,
Von dem ich gehört habe – er heißt wirklich Reilly!

EDWARD

Dazu gehört ein größerer als der größte Arzt,
Um diese Krankheit zu kurieren.

CELIA

Edward, wenn ich jetzt geh,
Schwörst du mir, daß dann alles in Ordnung ist,
Daß du nicht willst, daß Lavinia zurückkommt,
Und daß du deine Freiheit erringen willst,
Und daß zwischen uns alles gut ist.
Darauf kommt's allein an. Wirklich, Edward,
Wenn das gut ist, wird alles andere gut werden,
Das verspreche ich.

EDWARD

Nein, Celia.
Es war wirklich wunderschön, und ich danke dir sehr,
Und ich weiß, du bist ein ganz seltener Mensch.
Aber es ist zu spät. Und ich hätte wissen sollen,
Daß es nicht fair war gegen dich.

CELIA

Nicht fair gegen mich!
Du stehst da und sprichst von fair gegen mich!

EDWARD

Wäre Lavinia nicht gegangen, wäre das nie zur Sprache gekommen.
Was für eine Zukunft hast du dir vorgestellt?

CELIA

Was für eine Zukunft ich mir vorgestellt habe?

Ich gab die Zukunft auf, als es mit uns begann,
Und dann lebte ich in einer Gegenwart,
In der Zeit bedeutungslos war, in unserer eigenen Welt,
In der das Wort »Glück« eine andere Bedeutung hatte.
Mir schien es so.

EDWARD

Ich habe ähnliches schon gehört.

CELIA

Ein Traum. In dem ich bis heute glücklich war.
Und dann, als Julia nach Lavinia fragte,
Und ich merkte, daß Lavinia dich verlassen hatte,
Und du frei sein würdest – da entdeckte ich plötzlich –
Daß der Traum nicht genügte; daß ich mehr wollte;
Und ich wartete, wollte zu dir laufen, dir's sagen.
Vielleicht war der Traum besser. Er schien die wahre Wirklichkeit.
Und wenn dies Wirklichkeit ist, ähnelt sie sehr einem Traum.
Vielleicht verriet ich selbst während der ganzen Zeit
Meinen eigenen Traum; und zu erkennen, ich wollte
Diese Welt sowie jene – das ist erniedrigend.

EDWARD

Du hast keinen Grund, dich erniedrigt zu fühlen ...

CELIA

Oh, glaube nicht, daß du mich erniedrigen kannst!
Erniedrigung – das ist etwas, das ich mir selber antat.
Ich weiß sogar nicht, ob du wirklich genug bist,
Um mich zu erniedrigen. Die meisten Frauen werden sich wahrscheinlich
Entwürdigt fühlen, wenn sie merken, daß ein Mann,
Mit dem sie etwas Herrliches zu teilen glaubten,
Sie nur zum Zeitvertreib nahm.
Doch ich gebe zu, daß du dich selbst getäuscht hast;
Ja, so ist es, ohne Zweifel.

EDWARD

Ich nahm dich nicht zum Zeitvertreib!
Wenn du von Zeitvertreib sprechen willst,
Wofür nahmst du Peter?

CELIA

Peter? Welchen Peter?

EDWARD

Peter Quilpe, der heute abend hier war. *Er* war in einem Traum,
Und jetzt ist er nur unglücklich und verwirrt.

CELIA

Ich weiß einfach nicht, wovon du sprichst.
Edward, das ist wirklich eine zu plumpe Ausflucht,
Um dich zu rechtfertigen. Es war nie etwas
Zwischen mir und Peter.

EDWARD

Wirklich nicht? *Er* glaubte doch.
Er kam vorhin zurück, um mir davon zu erzählen.

CELIA

Aber das ist lächerlich! Ich gab Peter niemals
Ursache anzunehmen, daß ich ihn gern möchte.
Ich hielt ihn für begabt; ich sah, daß er einsam war;
Ich glaubte ihm helfen zu können. Ich nahm ihn mit in Konzerte.
Und dann, als er mehr Leute kennenlernte,
Fand ich ihn weniger interessant und etwas eingebildet.
Aber warum sprechen wir über Peter? Du glaubst, Lavinia fehlt dir,
Darauf allein kommt es hier an.
Und wenn du jemanden wie sie brauchst
Gut, dann bleibe bei ihr.

EDWARD

So ist es nicht.
Ich liebe Lavinia nicht, das ist es nicht.
Ich glaube nicht, daß ich sie je wirklich geliebt habe.
Wenn ich je geliebt habe – und das glaube ich –
Habe ich niemanden anders geliebt als dich,
Und vielleicht tu ich's noch immer. Aber so geht's nicht weiter.
Es hätte niemals ... von Dauer sein können:
Du solltest einen Mann haben ... der nicht so viel älter ist

CELIA

Ich glaube nicht, daß ich dich um Rat anging, Edward:
Du hast kein Recht mehr, noch an *meiner* Zukunft

Interesse zu nehmen. Ich hoffe nur, du bist fähig,
Deine eigene zu bewältigen. Aber wenn du Lavinia
Nicht liebst und nie geliebt hast,
Was willst du eigentlich?

EDWARD

Ich weiß es nicht.
Nur eins ist mir einigermaßen klar,
Daß ich mir erst seit heute morgen
Selbst begegnet bin als älterem Mann,
Der anfängt zu begreifen, was es heißt, sich alt zu fühlen.
Das ist der schlimmste Moment, wenn man empfindet,
Daß man, was einem einst begehrenswert war, nicht mehr begehrt,
Und sich noch nicht begnügt mit dem, was man noch begehren kann,
Und noch nicht weiß, was übrigbleibt an Begierden,
Und weiter wünscht, daß man begehren könnte,
Was die Begierde übrigließ. Aber du kannst das nicht verstehn.
Wie könntest du verstehn, was das heißt, sich alt zu fühlen?

CELIA

Aber ich will dich verstehn. Und ich könnte verstehn.
Und bitte, Edward, glaub mir, was immer geschieht,
Ich werde dich nicht hassen. Nur Mitleid werde ich haben.
Die Gefahr, daß ich mich selbst hasse, ist größer.
Aber was wird aus deinem Leben. Ich darf nicht daran denken.
Oh, Edward, wirst du mit Lavinia glücklich sein können?

EDWARD

Nein – nicht glücklich; oder, wenn es so etwas gibt,
Nur glücklich zu wissen,
Daß sich das Elend nicht von den Trümmern der Schönheit nährt;
Daß die Unlust nicht der Bodensatz der Leidenschaft ist.
Ich sehe, daß mein Leben von lange her vorbestimmt war,
Und daß man sich in dem Ringen, dem zu entkommen,
Nur etwas vormacht, sich vorspiegelt:
Das, was ist, wäre nicht oder ließe sich ändern.
Das Ich, das »ich möchte dies – oder möchte das« sagen kann,
Das Ich, das will – ist eine schwache Kreatur;
Es muß sich am Ende verständigen

Mit dem hartnäckigen, dem zähen Ich: das stumm ist,
Das niemals redet, das nicht argumentiert;
Und das in manchen Menschen vielleicht der Wächter ist –
Doch in Menschen meiner Art der dumpfe, der unerbittliche,
Der unüberwindliche Geist der Mittelmäßigkeit.
Das wollende Ich wird Unheil bringen
In dieser ungewollten Partnerschaft – es kann nur gedeihen,
Wenn es sich der Herrschaft des stärkeren Partners unterwirft.

CELIA

Ich bin nicht sicher, Edward, ob ich dich verstehe;
Und doch sehe ich dich so klar wie nie vorher.
Ich meine – ich glaube – du bist jetzt du selbst,
Wie du es nie mit mir vorher warst.
Zweimal hast du dich verändert, während ich dich ansah.
Ich sah in dein Gesicht: und ich glaubte, daß ich jeden Zug
Darin kannte und liebte; und während ich dich ansah,
Verwelkte es wie eine Mumie, die man auspackt.
Ich hörte auf deine Stimme, die mich stets berauscht hat,
Und sie wurde zu einer anderen Stimme – nein, keiner Stimme:
Was ich hörte, war nur das Zirpen eines Insekts,
Dürr, endlos, ausdruckslos, nicht menschlich –
Als hättest du die Beine gegeneinander gerieben –
Oder wie es die Heuschrecken sonst machen. Ich suchte,
Und wartete auf dein Herz, dein Blut;
Und sah nur einen Käfer, so groß wie ein Mann,
Der nichts anderes in sich hat als was herauskommt,
Wenn man auf einen Käfer tritt.

EDWARD

Vielleicht bin ich einer.
Zertritt mich, wenn du magst.

CELIA

Nein, ich werde dich nicht zertreten.
Das bist ja nicht du. Es ist nur alles, was übrigblieb
Von dem, wofür ich dich hielt. Ich sehe einen anderen,
Ich sehe dich als jemanden, den ich nie vorher sah.
Der Mann, den ich früher sah, war nur, wie ich jetzt weiß,

Eine Projektion von etwas, das ich mir wünschte – –
Nein, nicht wünschte – etwas, wonach ich strebte –
Etwas, nach dessen Existenz ich mich verzweifelt sehnte.
Irgendwo muß es das geben – aber was, und wo ist es?
Und ich bitte dich, verzeih mir.

EDWARD

Du ... bittest mich, dir zu verzeihen!

CELIA

Ja, zweierlei. Erstens ...
Das Telephon läutet.

EDWARD

Verfluchtes Telephon!
Ich werde mich doch lieber melden.

CELIA

Ja, meld' dich lieber.

EDWARD

Hallo! ... Ach, Julia – Was ist jetzt los?
Deine Brille wieder ... wo hast du sie gelassen?
Oder müssen wir ... muß ich überall suchen?
Hast du in deiner Handtasche nachgesehn? ... Nun, reiß mir nicht den Kopf ab ...
Bist du sicher, in der Küche? Neben der Champagnerflasche?
Bist du ganz sicher? ... Gut, bleib am Apparat;
Wir ... ich werde nachsehn.

CELIA

Ja, sieh du nach.
Ich werde nie mehr in deine Küche gehn.
Edward ab. Er kommt mit der Brille und einer Flasche zurück.

EDWARD

Diesmal hat sie recht.

CELIA

Sie hat immer recht.
Aber warum bringst du die leere Champagnerflasche mit?

EDWARD

Sie ist nicht leer. Vielleicht ist er etwas abgestanden –
Aber warum sagte sie, es wäre eine kleine Flasche?

Es ist vom meinem besten, und ich habe gar keine kleinen Flaschen.
Du trinkst doch noch ein Glas zum Abschied mit mir.

CELIA

Worauf sollen wir trinken?

EDWARD

Auf wen sollen wir trinken?

CELIA

Auf die Wächter.

EDWARD

Die Wächter?

CELIA

Auf die Wächter. Du sprachst doch vorhin von den Wächtern.
Sie trinken.

CELIA

Vielleicht ist sogar Julia einer der Wächter.
Vielleicht ist sie m e i n Wächter. Gib mir die Brille.
Gute Nacht, Edward.

EDWARD

Gute Nacht ... Celia.

Celia ab

Oh!

Greift hastig nach dem Hörer:
Hallo, Julia! Bist du noch da? ...
Ja, es tut mir leid, daß ich dich warten ließ;
Aber wir ... Ich mußte sie überall suchen ... Nein, ich hab sie ...
Ja, sie bringt sie dir mit ... Gute Nacht.
Vorhang

DRITTE SZENE

Der gleiche Raum am Spätnachmittag des nächsten Tages.
Edward allein. Er geht, die Wohnungstür öffnen.

EDWARD

Ah ... Guten Abend.

Der Unbekannte Gast tritt ein.

UNBEKANNTER GAST

Guten Abend, Mr. Chamberlayne.

EDWARD

Nun, darf ich Ihnen Gin mit Wasser anbieten?

UNBEKANNTER GAST

Nein, danke. Heute ist das etwas anderes.

EDWARD

Da Sie allein kommen, nehme ich an,
Daß Sie erfolglos waren.

UNBEKANNTER GAST

Keineswegs.
Ich bin gekommen – um Sie an Ihren Entschluß zu erinnern.

EDWARD

Dachten Sie, ich könnte meine Ansicht geändert haben?

UNBEKANNTER GAST

Nein, Sie werden erst soweit sein, Ihre Ansicht zu ändern,
Wenn Sie sich von Ihrem Entschluß erholt haben.
Nein. Ich wollte Ihnen gerade sagen, daß Sie Ihre Ansicht ändern werden,
Daß das aber nichts ausmachen wird. Es wird zu spät sein.

EDWARD

Fast möchte ich jetzt noch meine Meinung ändern,
Um Ihnen zu zeigen, daß es mir freisteht.

UNBEKANNTER GAST

Sie werden Ihre Ansicht ändern, frei sind Sie aber nicht.
Ihnen stand die Tür zur Freiheit gestern offen.
Sie trafen eine Entscheidung und setzten damit in Ihrem Leben
Und im Leben anderer Kräfte in Bewegung,
Die sich nicht aufhalten lassen. Das ist e i n Grund dafür.
Ein zweiter: es ist eine ernste Angelegenheit,
Jemanden von den Toten zurückzuholen.

EDWARD

Von den Toten?
Diese Ausdrucksweise ist ein wenig ... dramatisch,
Da meine Frau mich erst gestern verließ.

UNBEKANNTER GAST

Ach, aber wir sterben für einander jeden Tag.
Was wir von anderen wissen,
Ist nur unsere Erinnerung an Momente,
In denen wir sie kannten. Und seitdem haben sie sich verändert.
Anzunehmen, sie und wir seien dieselben,
Ist eine nützliche und bequeme gesellschaftliche Konvention,
Die manchmal durchbrochen werden muß. Uns sollte stets
gegenwärtig sein,
Daß wir bei jeder Begegnung einen Fremden treffen.

EDWARD

So wollen Sie, daß ich meine Frau wie eine Fremde begrüße?
Das wird nicht leicht sein.

UNBEKANNTER GAST

Es ist sehr schwer.
Aber vielleicht ist es noch schwerer
So zu tun, als wären Sie einander nicht fremd.
Die zärtlichen Geister: die Großmutter,
Der lebhafte Junggesellenonkel bei der Weihnachtsfeier,
Die geliebte Kinderfrau – alle, die Ihre Kinderjahre
Mit Wohlbehagen, Frohsinn, Sicherheit erfüllten –
Wenn sie wiederkehrten, wäre das nicht befremdlich?
Was hätten Sie ihnen nach den ersten zehn Minuten noch zu sagen,
Oder jene Ihnen. Es würde Ihnen schwerfallen,
Sie als Fremde zu behandeln, aber noch viel schwerer,
Zu tun, als wären Sie einander nicht fremd.

EDWARD

Sie können kaum von mir erwarten, daß ich die letzten
Fünf Jahre auslösche.

UNBEKANNTER GAST

Ich möchte nicht, daß Sie etwas vergessen.
Zu vergessen suchen, heißt zu verbergen suchen.

EDWARD

Natürlich gibt es Dinge, die ich gerne vergessen möchte.

UNBEKANNTER GAST

Und auch Menschen. Aber Sie dürfen sie nicht vergessen.

Sie sollen allen gegenübertreten, doch ihnen begegnen wie
Fremden,

EDWARD

Dann wäre ich mir selbst auch ein Fremder.

UNBEKANNTER GAST

Sogar sich selbst. Denken Sie daran,
Daß Sie, wenn Sie Ihre Frau treffen, keine Fragen stellen
Und keine Erklärungen geben. Ich habe ihr dasselbe gesagt.
Ersticken Sie einander nicht mit verwickelten Erinnerungen.
Jetzt werde ich gehn.

EDWARD

Halt! Bringen Sie sie selbst zurück?

UNBEKANNTER GAST

Nein, ich werde nicht mitkommen.

EDWARD

Ich weiß nicht warum,
Aber fast wäre es mir lieber, Sie selber brächten sie.

UNBEKANNTER GAST

Ich weiß, daß Sie das möchten, aber aus bestimmten Gründen,
Über die ich jetzt nichts sagen kann und will,
Muß ich Sie bitten, zu ihr nicht von mir zu sprechen;
Sie wird mich Ihnen gegenüber auch nicht erwähnen.

EDWARD

Ich verspreche es.

UNBEKANNTER GAST

Und jetzt erwarten Sie Ihre Gäste.

EDWARD

Gäste? Was für Gäste?

UNBEKANNTER GAST

Wer immer kommt. Die Fremden.
Ich selbst jedoch werde mich vorsichtshalber
Über die Hintertreppe entfernen.

EDWARD

Darf ich Sie etwas fragen?

UNBEKANNTER GAST

Fragen dürfen Sie.

EDWARD

Wer sind Sie?

UNBEKANNTER GAST

Ich bin auch ein Fremder.

Unbekannter Gast ab. Pause. Edward geht rastlos umher. An der Tür wird geschellt, er geht zur Eingangstür.

EDWARD

Celia!

CELIA

Ist Lavinia schon da?

EDWARD

Celia! Warum kommst du?
Ich erwarte Lavinia jeden Augenblick.
Du darfst nicht hier sein. Warum bist du gekommen?

CELIA

Weil Lavinia darum bat.

EDWARD

Lavinia hat dich darum gebeten?

CELIA

Nun, nicht mich direkt. Julia bekam ein Telegramm,
Sie möchte kommen und mich mitbringen.
Julia wurde aufgehalten und hat mich vorausgeschickt.

EDWARD

Wie sonderbar. Und gar nicht wie Lavinia.
Es bleibt uns wohl nichts übrig als zu warten.
Willst du dich nicht setzen?

CELIA

Danke.

Pause

EDWARD

Mein Gott, worüber sollen wir uns unterhalten?
Wir können doch nicht stumm dasitzen.

CELIA

Doch, ich könnte es,
Und nur dich ansehen. Verzeih, daß ich lache, Edward.
Du siehst aus wie ein kleiner Schulbub, der zum Direktor

Gerufen wird und nicht ganz sicher ist,
Wobei man ihn ertappt hat. So sah ich dich noch nie.
Das ist wirklich eine drollige Situation.

EDWARD

Leider kann ich daran nichts Komisches finden.

CELIA

Ich lache ja nicht wirklich über d i c h, Edward.
Und gestern hätte ich nicht lachen können, über nichts.
Aber ich habe viel gelernt in vierundzwanzig Stunden.
Es war nicht gerade eine angenehme Erfahrung.
Ach, bin ich froh, daß ich kam!
Ich seh dich endlich als ein menschliches Wesen.
Kannst du mich nicht auch so sehn, und darüber lachen?

EDWARD

Ich wollte, ich könnte. Ich möchte ja gerne verstehn.
Ich tappe völlig im dunkeln.

CELIA

Es ist doch alles so einfach.
Verstehst du nicht, daß ...
Es schellt.

EDWARD

Da kommt Lavinia.
Geht zur Tür:
Peter!
Peter kommt herein.

PETER

Wo ist Lavinia?

EDWARD

Sag mir nur nicht, daß Lavinia
Dir ein Telegramm geschickt hat ...

PETER

Nein, nicht mir,
Aber Alex. Sie bat ihn herzukommen
Und mich mitzubringen. Er wird gleich hier sein.
Celia! Hast auch du von Lavinia gehört?
Oder störe ich vielleicht?

CELIA

Ich erklärte Edward soeben –
Ich bin selbst grade erst gekommen –,
Daß sie Julia telegraphierte, hierherzukommen und mich mitzubringen.

EDWARD

Ich bin nur neugierig, wen Lavinia noch einlud.

PETER

Wieso! Ich nehme doch an, daß Lavinia vorhat,
Die gestrige Cocktail Party heute abzuhalten.
Ihre Tante ist also doch nicht gestorben.

EDWARD

Welche Tante?

PETER

Die Tante, von der du erzähltest.
Aber Edward – du erinnerst dich doch an unser gestriges Gespräch?

EDWARD

Natürlich.

PETER

Du hast hoffentlich noch nichts unternommen.

EDWARD

Nein, noch gar nichts.

PETER

Gott sei Dank:
Denn ich hab meine Meinung geändert. Vielmehr, mir wurde klar,
Daß alles keinen Sinn hat. Ich gehe nach Kalifornien.

CELIA

Du gehst nach Kalifornien?

PETER

Ja, ich habe einen neuen Job.

EDWARD

Und wie ist das gekommen, so über Nacht?

PETER

Nun, Alex brachte mich mit einem Mann zusammen,
Und wir machten heute morgen alles ab.

Alex zu kennen ist wirklich wunderbar,
Er kennt tatsächlich Gott und die Welt.
So kam ich eigentlich, um mich zu verabschieden.

CELIA

Wie schön, Peter, das freut mich riesig für dich.
Aber du wirst uns ... du wirst mir fehlen;
Du weißt, wie ich dich brauche für Konzerte
Und Gemäldeausstellungen – mehr als du glaubst.
Es war doch schön, nicht wahr! Aber nun wirst du hoffentlich
Gelegenheit haben, deine Pläne zu verwirklichen.
Du wirst mir fehlen.

PETER

Nett von dir, daß du das sagst!
Aber du wirst einen Besseren finden, der mit dir geht.

CELIA

Ich glaube nicht, daß ich noch in Konzerte gehn werde.
Ich reise auch fort.
Lavinia schließt mit einem Wohnungsschlüssel selbst auf.

PETER

Gehst du ins Ausland?

CELIA

Ich weiß nicht. Vielleicht.

EDWARD

Ihr reist beide weg?

Lavinia kommt herein.

LAVINIA

Wer reist weg! Ah, Celia. Ah, Peter.
Ich hätte nicht gedacht, euch hier zu finden.

PETER UND CELIA

Und das Telegramm?

LAVINIA

Was für'n Telegramm?

CELIA

Das du an Julia schicktest.

PETER

Und das du an Alex schicktest.

LAVINIA

Ich weiß nicht, was ihr meint.
Hast du Telegramme geschickt, Edward?

EDWARD

Natürlich hab ich keine Telegramme geschickt.

LAVINIA

Das ist eine von Julias Possen.
Und wird s i e kommen?

PETER

Ja, Alex auch.

LAVINIA

Dann werde ich s i e um eine Erklärung bitten.
Inzwischen könnten wir uns eigentlich setzen.
Worüber sollen wir uns unterhalten?

EDWARD

Peter geht nach Amerika.

PETER

Ja, ich hätte morgen bei dir angerufen
Und mich, bevor ich abreise, verabschiedet.

LAVINIA

Und Celia verreist auch? Wenn ich recht verstand?
Ich gratuliere euch. Nach Hollywood natürlich?
Wie aufregend für dich, Celia! Nun wirst du endlich
Gelegenheit haben, deine Ambitionen zu erfüllen.
Fahrt ihr zusammen?

PETER

Nein, wir fahren nicht zusammen.
Celia erzählte uns gerade, daß sie weggeht,
Aber ich weiß noch nicht, wohin.

LAVINIA

Du weißt nicht, wohin?
Und weißt du, wohin du selbst gehst?

PETER

Doch, natürlich, ich gehe nach Kalifornien.

LAVINIA

Warum gehst d u dann nicht auch nach Kalifornien, Celia?

Jeder sagt, das Klima sei wunderbar:
Wer einmal da ist, möchte nie wieder fort.

CELIA

Lavinia, ich kann Peter schon verstehen ...

LAVINIA

Daran zweifle ich nicht.

CELIA

Und warum er weggeht ...

LAVINIA

Auch daran zweifle ich nicht.

CELIA

Und ich glaube, es ist richtig so.

LAVINIA

So hast du ihm also geraten?

PETER

Sie wußte nichts davon.

CELIA

Und da ich nun auch weggehn will – irgendwohin –
Hätte ich es gern gesehn, wir schieden – als Freunde.

LAVINIA

Aber, Celia, waren wir nicht immer gute Freunde?
Ich hielt dich stets für eine meiner besten Freundinnen,
Soweit ein Mädchen die Freundin einer Frau
Sein *kann*, die so viel älter ist als sie.

CELIA

Lavinia,
Nicht so, bitte. Vielleicht sehen wir uns nicht wieder.
Ich möchte nur sagen: wenn du an mich denkst, vergiß nicht,
Ich wünsche dir und Edward, daß ihr glücklich seid.

LAVINIA

Du bist sehr freundlich, aber so geheimnisvoll.
Wir werden schon irgendwie miteinander zurechtkommen,
So wie bisher.

CELIA

Oh, nicht wie bisher!

Es schellt, und Edward geht öffnen.

Ach, ich fürchte, das alles klingt vielleicht albern!
Aber . . .
Edward kommt mit Julia zurück.

JULIA
Da bist du ja, Lavinia. Verzeih, daß ich so spät komme,
Aber dein Telegramm kam etwas unerwartet.
Ich ließ sofort alles liegen. Und wie geht's der lieben Tante?

LAVINIA
Soviel ich weiß, sehr gut, danke.

JULIA
Sie muß sich unglaublich schnell erholt haben.
Das dacht ich gleich, als ich dein Telegramm bekam.

LAVINIA
Aber, darf ich fragen, wo das Telegramm herkam?

JULIA
Aus Essex natürlich.

LAVINIA
Wieso aus Essex?

JULIA
Weil du in Essex warst.

LAVINIA
Weil ich in Essex war!

JULIA
Lavinia! Nun sag nur noch, daß du das Gedächtnis verloren hast!
Dann erklärt das die Tante – und das Telegramm.

LAVINIA
Nun, vielleicht war ich in Essex. Ich weiß es wahrhaftig nicht.

JULIA
Lavinia! Du weißt nicht, wo du warst?
Soll das heißen, daß du entführt wurdest! Komm, erzähl;
Wie spannend . . .
Es schellt.
Edward geht aufmachen.
Alex kommt herein.

ALEX
Lavinia ist zurück?

EDWARD

Ja.

ALEX

Willkommen daheim, Lavinia!
Als ich dein Telegramm bekam ...

LAVINIA

Von wo?

ALEX

Dedham.

LAVINIA

Dedham ist in Essex. Es kam also aus Dedham.
Edward, hast du vielleicht Freunde in Dedham?

EDWARD

Nein, ich habe keine Bekannten in Dedham.

JULIA

Das ist ja alles köstlich geheimnisvoll.

ALEX

Was für ein Geheimnis denn?

JULIA

Alex sei nicht so neugierig.
Lavinia hatte das Gedächtnis verloren,
Und natürlich hat sie die Telegramme geschickt.
Und jetzt kann sie uns, glaub ich, gar nicht brauchen.
Man sieht ja, daß sie ganz erschöpft ist
Von der Angst um ihre Tante –
Die sich glücklicherweise vollkommen erholt hat, Alex –
Und von der langen Reise auf der alten Ostbahn
Und dem Warten beim Umsteigen. Sie wird auch hungrig sein.

ALEX

Dann weiß ich, was ich zu tun habe ...

JULIA

Nein, Alex,
Wir müssen die beiden allein lassen, Lavinia braucht Ruhe.
Jetzt gehen wir alle zu mir. Peter, besorg ein Taxi.
Peter ab
Wir werden heute bei mir eine Cocktail Party machen.

CELIA

Doch ich werde jetzt gehn. Leb wohl, Lavinia.
Leb wohl, Edward.

EDWARD

Leb wohl, Celia.

CELIA

Leb wohl, Lavinia.

LAVINIA

Leb wohl, Celia.

Celia ab

JULIA

Und Alex, jetzt sollten wir beide auch gehn.

EDWARD

Hast du auch wirklich nichts vergessen, Julia?

JULIA

Etwas vergessen? Ach, du meinst meine Brille.
Nein, hier ist sie. Außerdem hätte es keinen Zweck.
Ich komme heute abend bestimmt nicht wieder.

LAVINIA

Warte! Du mußt mir das Telegramm noch erklären.

JULIA

Das Telegramm erklären? Was meinst du, Alex?

ALEX

Nein, Julia, wir können das Telegramm nicht erklären.

LAVINIA

Ganz sicher könnt ihr das Telegramm aufklären.
Ich weiß nicht, warum. Mir scheint, als hätt ich gestern
Eine Maschinerie in Gang gesetzt, die weiterläuft,
Und ich kann sie nicht anhalten; nein, eigentlich keine Maschinerie –
Wenn's doch eine sein sollte, dann treibt ein anderer sie.
Aber wer? Irgend jemand greift immer ein ...
Ich fühle mich nicht frei ... und doch brachte ich sie in Gang ...

JULIA

Glaubst du, Alex, wir könnten irgend etwas erklären?

ALEX

Ich glaube nicht, Julia. Das muß sie selbst herausfinden:
Das ist die einzige Möglichkeit.

JULIA

Wie recht du hast!
Nun, meine Lieben, wir sehn uns sehr bald wieder.

EDWARD

Wann werden wir dich sehn?

JULIA

Sagte ich, ich käme zu euch?
Lebt wohl. Ich glaube ... ich habe nichts vergessen.

Peter kommt herein.

PETER

Ich habe ein Taxi besorgt, Julia.

JULIA

Herrlich! Lebt wohl!

Julia, Alex und Peter ab

LAVINIA

Ich muß sagen, du scheinst dich nicht sehr zu freu'n, daß ich da bin.

EDWARD

Ich kann nicht sagen, daß ich bis jetzt Gelegenheit gehabt hätte
Zu irgend etwas. Natürlich bin ich froh, daß du da bist.

LAVINIA

Es war albern von mir, das zu sagen.
Wie ein Backfisch. Wie Celia. Ich weiß nicht, warum ich's sagte.
Also, da bin ich.

EDWARD

Ich habe keine Fragen zu stellen.

LAVINIA

Und ich weiß, daß ich keine Erklärungen zu geben habe.

EDWARD

Und auch ich habe keine Erklärungen zu geben.

LAVINIA

Und ich habe auch keine Fragen zu stellen. Doch ... warum eigentlich?

EDWARD

Ich weiß nicht. Also, worüber sollen wir uns unterhalten?

LAVINIA

Eines müßte ich aber doch wissen, der andern Leute wegen,
Was da zu tun ist. Wegen der Cocktail Party.
Du wirst mir's nicht glauben, ich vergaß sie vollständig!
Ich ließ dich einfach sitzen. Wie hast du's gemacht?
Es fiel mir erst ein, als ich fort war.

EDWARD

Ich rief alle an, von denen ich wußte, daß sie kommen sollten,
Erreichte aber nicht alle. Und so kamen einige.

LAVINIA

Wer denn?

EDWARD

Dieselben, die heute abend hier waren ...

LAVINIA

Sonderbar.

EDWARD

... und noch einer. Ich weiß nicht, wer's war,
Aber du solltest ihn kennen.

LAVINIA

Ja, höchstwahrscheinlich.
Doch mir ist Julia ein Rätsel. Diese Frau ist des Teufels.
Sie riecht förmlich, wenn irgendwo etwas schiefgeht.
Verlaß dich drauf, daß sie bei keiner peinlichen Situation fehlt.
Und was hast du ihnen gesagt?

EDWARD

Ich erfand eine Tante
Auf dem Lande, die krank ist und nach dir geschickt hat.

LAVINIA

Wirklich, Edward! Du hättest besser die Wahrheit gesagt:
Allein die Wahrheit könnte Julia täuschen.
Wie kam's aber, daß die Tante in Essex wohnt?

EDWARD

Julia brachte es so weit, daß sie irgendwo wohnen mußte.

LAVINIA

Aha. Julia ließ sie also in Essex wohnen;
Und ließ die Telegramme aus Essex kommen.
Ich werde Julia also die Wahrheit sagen müssen.
Ich werde jetzt immer die Wahrheit sagen.
Wir haben schon zu viel Zeit vergeudet mit Lügen.

EDWARD

Ich weiß nicht, was du damit sagen willst.

LAVINIA

Ach, Edward!
Die Sache ist die: seit ich fort war,
Weiß ich, daß ich dich viel zu ernst genommen habe.
Und jetzt seh ich erst, wie komisch du bist.

EDWARD

Das ist ein sehr ernstes Ergebnis, zu dem du
In ... wieviel? ... zweiunddreißig Stunden gekommen bist.

LAVINIA

Ja, eine sehr wichtige Entdeckung:
Daß ich fünf Jahre meines Lebens verbrachte
Mit einem Mann, der keinen Sinn für Humor hat;
Und daß die Wirkung auf mich war,
Daß ich selbst jeden Sinn für Humor verlor.
Und das: weil ich d i r in allem nachgab.

EDWARD

Ich habe nicht bemerkt, daß du mir in etwas nachgabst.
Mir schien das ganz anders. Da wir davon sprechen:
Ich dachte, daß ich es war, der d i r nachgab.

LAVINIA

Ich weiß, was du mit m i r nachgeben meinst:
Du meinst, du hast mir alle praktischen Entschlüsse
Überlassen, statt sie selbst zu fassen. Ich weiß noch –
Ach, ich hätte mir denken können, was kommen würde –
Als wir für unsere Hochzeitsreise Pläne machten,
War's mir unmöglich, aus dir herauszukriegen, wohin du wolltest ...

EDWARD

Ich wollte, daß d u es bestimmen solltest.

LAVINIA

Aber wie konnte ich sagen, wohin ich gern wollte,
Wenn du nicht erst irgendeinen andern Ort vorschlugst?
Und ich weiß noch, daß ich am Ende in meiner Verzweiflung
Gesagt habe: »Vielleicht gehst du ebenso gern nach Peacehaven« –
Und su sagtest: »Ich hab nichts dagegen.«

EDWARD

Natürlich hatt ich nichts dagegen.
Das sollte ein Kompliment sein.

LAVINIA

Das sollte ein Kompliment sein!

EDWARD

Grade diese Art, die Dinge zu sagen, macht dich so aufreizend.

LAVINIA

Und die Leute sagen, du wärst so aufmerksam;
Du selbst hieltst dich für selbstlos. Es war nur Passivität;
Du wolltest nur unterstützt, ermutigt werden ...

EDWARD

Ermutigt? Wozu?

LAVINIA

Etwas von dir zu halten.
Du weißt, daß ich dich anspornte, deinen Beruf ernst zu nehmen ...

EDWARD

Du nörgeltest, weil ich nicht genug zu tun hatte,
Und sagtest, ich müßte mehr unter Leute kommen:
Als dann aber die Aufträge anfingen zu kommen –
Und zwar nicht durch einen *deiner* Freunde vermittelt –,
Da fandest du es plötzlich lästig,
Daß ich stets zu beschäftigt oder zu erschöpft war,
Um dir gesellschaftlich von Nutzen zu sein ...

LAVINIA

Ich beklagte mich *nie*.

EDWARD

Nein; und es war zum Ausderhautfahren,
Wie du dich nie beklagt hast ...

LAVINIA

Da warst du's, der klagte,
Außer Anwälten und Klienten, niemand mehr zu sehn ...

EDWARD

Und du zeigtest nie viel Verständnis.

LAVINIA

Gut, aber ich versuchte doch etwas zu tun.
Darum gab ich mir so viel Mühe
Mit diesen Donnerstagen, um dir Gelegenheit zu geben,
Mit geistigen Menschen zu sprechen ...

EDWARD

Die Gelegenheit hättest du mir ebensogut geboten,
Wenn du mich als deinen Butler angestellt hättest:
Manche deiner Gäste mögen geglaubt haben, ich wäre der Butler.

LAVINIA

Und verschiedentlich, wenn jemand da war,
Von dem ich besonders wünschte, du solltest ihn treffen,
Bist du erst erschienen, wenn er im Weggehn war.

EDWARD

Nun wenigstens werden die nicht gedacht haben, ich sei der Butler.

LAVINIA

Was ich auch versuchte, es machte alles nur schlimmer,
Und sobald man dir das bot, was du dir wünschtest,
Wolltest du etwas anderes. In Zukunft werde ich dich
Ganz anders behandeln.

EDWARD

Danke für die Warnung. Aber sag mir,
Wenn du mich so siehst, warum kamst du dann wieder?

LAVINIA

Offen gestanden, ich weiß es nicht. Man warnte mich davor,
Doch irgend etwas, irgend jemand, zwang mich zu kommen.
Und warum wolltest du mich?

EDWARD

Ich weiß es auch nicht.
Du sagst, du versuchtest mich zu »ermutigen«:

Warum fühlte ich mich vor dir dann stets so winzig?
Es mag sein, daß ich nicht wußte, was für ein Leben ich wollte,
Das Leben, das du für mich wähltest, war es aber nicht.
Du wolltest einen Mann, der erfolgreich sein mußte.
Du wolltest, ich sollte den öffentlichen Hintergrund bilden
Für deine Sorte von Gesellschaften. Meine Karriere sollte
Für deinen Salon den Rückhalt abgeben.
Schön, ich habe getan, was ich konnte. Aber sei gewiß,
In Zukunft werde ich mich ganz anders verhalten.

LAVINIA

Bravo, Edward! Das ist erstaunlich.
Wer hat dir beigebracht, derart zu replizieren?

EDWARD

Ich habe in letzter Zeit genug Demütigungen
Eingesteckt, um an den Punkt zu kommen,
Wo Demütigung nicht mehr demütigt.
Man kommt an einen Punkt, wo jede Empfindung aufhört,
Und dann sagt man, was man denkt.

LAVINIA

Das ist etwas ganz Neues,
Zu entdecken, daß du eine eigene Meinung hast.
Jedenfalls bin ich bereit, dich zu nehmen wie du bist.

EDWARD

Heißt das, du bist bereit, mich zu nehmen
Wie ich bin, oder wie du denkst, daß ich wär.
Und wie, denkst du, bin ich?

LAVINIA

Oh, wie du immer warst.
Ich selbst bin ein anderer Mensch geworden,
Den du kennenlernen mußt.

EDWARD

Das ist sehr interessant:
Du scheinst aber anzunehmen, daß du allein dich geändert hast –
Obgleich ich noch keine Veränderung zum Besseren fand.
Aber ist dir noch nicht die Möglichkeit eingefallen,
Auch ich könnte mich verändert haben?

LAVINIA

O Edward, als kleiner Junge
Hast du dich sicher stets messen lassen,
Wieviel du seit den letzten Ferien gewachsen warst.
Du warst immer sehr stark mit dir beschäftigt;
Und wenn die anderen wuchsen, dann wolltest du auch wachsen.
Inwiefern hast du dich also verändert?

EDWARD

Wie man sich ändert,
Wenn man sich selbst mit den Augen der andern sieht.

LAVINIA

Das muß sehr erschütternd für dich gewesen sein.
Aber mach dir nichts draus, du wirst bald drüber wegkommen
Und eine andre kleine Rolle für dich finden,
Mit einer andern Maske, um die Welt zu täuschen.

EDWARD

Schon immer hat mich an dir die Sicherheit
Am meisten in Wut gebracht, mit der du überzeugt bist,
Daß du mich besser verstehst als ich mich selber.

LAVINIA

Und immer schon hat mich an dir die Gelassenheit
Am meisten in Wut gebracht, mit der du annimmst,
Es wäre nicht der Mühe wert, mich zu verstehn.

EDWARD

Da haben wir's also wieder. Wir sind wieder in der Falle,
Mit einem einzigen Unterschied vielleicht – wir kämpfen wenigstens,
Statt daß sich jeder zurückzieht in seine Ecke des Käfigs.
Und es ist besser, damit den Abend zu verbringen,
Als mit Grammophonspielen.

LAVINIA

Wir haben sehr gute Platten;
Aber ich ahnte immer schon, daß du eigentlich Musik haßt,
Und daß das Grammophon nur ein Vorwand für dich war,
Um nicht mit mir sprechen zu müssen, wenn wir allein waren.

EDWARD

Ich habe mich oft gefragt, warum du mich geheiratet hast.

LAVINIA

Nun, du warst eigentlich ganz attraktiv, weißt du;
Und du hörtest nicht auf zu *sagen*, daß du mich liebtest –
Ich glaube, du versuchtest dich selbst dazu zu überreden.
Ich fühlte mich immer am Anfang von einem wunderbaren Erlebnis,
Und dann kam es nie. Ich frage mich jetzt,
Wie du glauben konntest, du liebtest mich.

EDWARD

Alle sagten mir, daß ich dich liebe
Und auch, wie gut wir zueinander paßten.

LAVINIA

Schade, daß du keine eigene Meinung hattest.
Ach, Edward, wie gern wäre ich gut zu dir –
Oder, wenn das möglich ist, wenigstens abscheulich –
Alles, nur nicht nichts, und das scheinst du zu wollen.
Aber du tust mir leid ...

EDWARD

Sag nicht, daß ich dir leid tu!
Ich habe genug davon, anderen leid zu tun.

LAVINIA

Ja, weil du ihnen nie so leid tun kannst
Wie dir selbst. Und das ist schwer zu ertragen.
Ich glaubte, es wäre ein Ausweg für dich,
Wenn ich wegginge. Ich glaubte, wenn ich, die ich dir
Nur immer ein Phantom war, für dich tot wäre,
Fänd'st du vielleicht den Weg in eine Zeit zurück,
In der du wirklich da warst – denn du mußt wirklich gewesen sein,
Irgendwann, vielleicht ehe du mich kanntest:
Vielleicht nur, als du ein Kind warst.

EDWARD

Ich will nicht, daß du dich für mich verantwortlich fühlst:
Das ist nur eine andere Art von Verachtung.
Und ich will auch nicht, daß du mich über mich selbst aufklärst.
Du versuchst immer noch, eine Persönlichkeit für mich zu erfinden,
Die mich nur von mir selbst fernhalten wird.

LAVINIA

Du machst kompliziert, was in Wahrheit sehr einfach ist.
Aber in einem Punkt sehe ich klar:
Wir dürfen nicht in das Leben zurückfallen, wie wir es
Bis gestern morgen führten.

EDWARD

Da war eine Tür,
Und ich konnte sie nicht öffnen. Ich reichte nicht bis an die Klinke.
Warum konnte ich mein Gefängnis nicht verlassen?
Was ist die Hölle? Die Hölle ist man selbst,
Allein. Die andern Gestalten darin
Sind nur Projektionen. Da ist nichts, wovor
Und nichts, wohin man fliehen könnte. Man ist immer allein.

LAVINIA

Edward, wovon redest du denn?
Sprichst du zu dir selbst? Bringst du es nicht einen Augenblick über dich,
An mich zu denken?

EDWARD

Erst gestern
Geschah die Verdammung. Und jetzt muß ich in ihr leben,
Tag für Tag, Stunde für Stunde, immer und immer.

LAVINIA

Ich glaube, du stehst nah vor einem Nervenzusammenbruch.

EDWARD

Sag das nicht!

LAVINIA

Ich muß es sagen.
Ich kenne einen Arzt, der dir vielleicht helfen könnte.

EDWARD

Wenn ich zu einem Arzt geh, werde ich ihn selbst wählen
Und keinen nehmen, den du wähltest. Kann ich wissen,
Ob du nicht vorher zu ihm gehst und ihm von mir erzählst,
So wie du es siehst? Ich brauche keinen Arzt.
Ich bin einfach in der Hölle. Wo es keine Ärzte gibt –
Wenigstens nicht als Fachkapazitäten.

LAVINIA

Man kann praktisch sein, sogar in der Hölle,
Und du weißt, daß ich viel praktischer bin als du.

EDWARD

Ich weiß nun allmählich, was du unter praktisch verstehst.
Praktisch! Ich kann mich erinnern, auf unserer Hochzeitsreise
Hast du immer alles in Seidenpapier eingewickelt
Und mußtest immer wieder alles auswickeln,
Wenn du etwas suchtest. Und ich konnte dir nie beibringen,
Den Deckel auf die Zahnpastentube zu tun.

LAVINIA

Also gut, ich will dich keineswegs drängen.
Du bist viel zu zwiespältig, um zu wissen, was du willst.
Aber in deinem Zwiespalt wirst du einen Kompromiß suchen,
Und das wird wieder einer von den alten sein.

EDWARD

Du verstehst mich nicht. Habe ich dir nicht klargemacht,
Daß ich in Zukunft ein anderer sein werde?

LAVINIA

Wirklich? Und hat die Veränderung nichts damit zu tun,
Daß Celia nach Kalifornien geht?

EDWARD

Celia? Sie geht nach Kalifornien?

LAVINIA

Ja, mit Peter.
Wirklich, Edward, wenn du wie ein normaler Mensch fühltest,
Würdest du jetzt laut herauslachen. Aber du tust es nicht.

EDWARD

O Gott, o Gott! Könnt ich doch zurück, und es wäre gestern,
Bevor ich meinte, ich hätte einen Entschluß gefaßt.
Was für ein Teufel ließ die Tür angelehnt,
Um diese Zweifel einzulassen? Und dann kommst du zurück, du
Der Engel des Verderbens — genau wie ich's voraussah —
Im Augenblick, wo du etwas berührst, liegt alles in Trümmern.
O Gott, was habe ich getan. Die Kobra. Der Polyp.
Muß ich am Ende doch das werden, wozu du mich machen willst?

LAVINIA

Nun, Edward, da ich dich nicht zum Lachen bringen kann
Und dich nicht überreden kann, einen Arzt aufzusuchen,
Gibt es nichts, was ich im Augenblick tun könnte.
Ich sollte gehn, mich in der Küche umzusehen.
Ich weiß, daß Eier da sind. Aber wir müssen zum Dinner ausgehn.
Übrigens, mein Gepäck ist unten in der Halle:
Würdest du den Portier bitten, es mir heraufzubringen?
Vorhang

Zweiter Akt

Sir Henry Harcourt-Reillys Sprechzimmer in London.
Morgens, einige Wochen später. Sir Henry allein an seinem Schreibtisch. Er drückt auf eine elektrische Klingel. Die Sprechstundensekretärin kommt mit einem Terminkalender herein.

REILLY

Zu den drei Besuchern heute vormittag, Miss Barraway:
Ich möchte meine Instruktionen noch einmal durchgehen.
Sie verstehen, nicht wahr, daß es sehr wichtig ist,
Jedes Zusammentreffen zu vermeiden?

SEKRETÄRIN

Sie ordneten an, Sir Henry:
Der erste Besuch um elf Uhr.
Er ist in das kleine Wartezimmer zu führen.
Sie wollen ihn sofort empfangen.

REILLY

Ich werde ihn sofort empfangen. Und der zweite?

SEKRETÄRIN

Der zweite wird in das andere Zimmer geführt,
So wie gewöhnlich. Sie kommt um viertel zwölf;
Aber vielleicht lassen Sie sie warten.

REILLY

Oder sie mich;
Doch ich denke, sie wird pünktlich sein.

SEKRETÄRIN

Ich melde sie telephonisch,
Sobald sie ankommt. Ich lasse sie warten,
Bis Sie dreimal läuten.

REILLY

Und der dritte Patient?

SEKRETÄRIN

Der dritte wird in das kleine Zimmer geführt;
Und ich brauche nicht zu melden, wenn sie gekommen ist.
Dann, wenn Sie klingeln, führe ich die andern hinaus;
Und erst, wenn diese das Haus verlassen haben...

REILLY

In Ordnung, Miss Barraway. Das ist im Augenblick alles.

SEKRETÄRIN

Mr. Gibbs ist da, Sir Henry.

REILLY

Bitten Sie ihn sofort herein.

Sekretärin ab. Unmittelbar danach tritt Alex ein.

ALEX

Zu wann ist Chamberlayne bestellt?

REILLY

Auf elf Uhr,
Zur üblichen Stunde. Wir haben nicht viel Zeit.
Sag mir nur, hast du Schwierigkeiten gehabt,
Ihn zu überzeugen, daß ich der richtige Mann bin für seinen Fall?

ALEX

Schwierigkeiten? Nein! Er war nur ungeduldig,
Vier Tage auf die Konsultation warten zu müssen.

REILLY

Die Verzögerung der Konsultation war notwendig,
Um seinen Widerstand zu schwächen. Aber ich meinte:
Traut er deinem Urteil?

ALEX

Ja, unbedingt.
Er hält mich gewiß nicht für besonders intelligent,
Aber er glaubt, daß ich gut Bescheid weiß: ein Mensch,
Der den besten Arzt so gut kennt wie den besten Kaufladen.
Übrigens wäre er bereit, jeden Arzt zu konsultieren,
Auf jede Empfehlung – außer von seiner Frau.

REILLY

Ich hatte ihr bereits eingeschärft,
Ihm gegenüber meinen Namen nicht zu erwähnen.

ALEX

Mit deiner gewohnten Voraussicht. Nun, er ist ganz stolz,
Weil er glaubt, ihr zuvorgekommen zu sein.
Und wenn du ihn in ein Sanatorium schickst,
Wo sie nicht zu ihm kann – dann, glaubt er,
Wird sie ganz bußfertig sein. Er genießt sein Leiden.

REILLY

Das Leiden bietet ihm einen doppelten Vorteil:
Sich selbst zu entrinnen – und die Oberhand über seine Frau.

ALEX

Nicht ihr zu entkommen?

REILLY

Er will ihr gar nicht entkommen.

ALEX

Er wohnt jetzt in seinem Klub.

REILLY

Ja, von dort schrieb er.

Das Haustelephon läutet.

Hallo! Ja, führen Sie ihn herauf.

ALEX

Das wird ein lebhafter Vormittag!
Ich werde die Hintertreppe benutzen
Und wiederkommen, wenn sie fort sind.

Alex durch eine Seitentür ab.

Edward wird von der Sekretärin hereingeführt.

EDWARD

Sir Henry Harcourt-Reilly –

Stutzt und starrt Reilly an

REILLY *ohne von seinen Papieren aufzusehen:*

Guten Morgen, Mr. Chamberlayne.
Bitte, nehmen Sie Platz. Nur einen Augenblick noch.
– Nun, Mr. Chamberlayne?

EDWARD

Bevor ich hier eintrat,
Kam mir der Gedanke, Sie könnten es sein.
Aber ich nahm das auch für ein Symptom und ließ es fallen.

Nun, ich hätte Besseres tun können als hierherzukommen
Auf Empfehlung eines Mannes, der Sie nicht kennt.
Aber Alex ist so überzeugend. Und wenn er Geschäfte
Empfahl, waren sie immer sehr befriedigend.
Entschuldigen Sie. Aber er i s t ein Pfuscher.
Ich möchte nur wissen ... aber wozu eigentlich!
Ich glaube, es ist besser, ich gehe gleich wieder.

REILLY

Nein. Aber bitte, setzen Sie sich, Mr. Chamberlayne.
Sie werden nicht gehn, da können Sie sich ebensogut setzen.
Sie wollten etwas fragen.

EDWARD

Als Sie zu mir in die Wohnung kamen,
Waren Sie da von meiner Frau als Gast geladen worden,
Wie ich annahm? ... Oder hatte sie Sie geschickt?

REILLY

Ich kann nicht sagen, daß ich eingeladen war;
Und Mrs. Chamberlayne wußte nicht, daß ich kommen würde.
Aber ich wußte, Sie würden da sein, und wen ich sonst treffen würde bei Ihnen.

EDWARD

Aber Sie kannten meine Frau?

REILLY

O ja, ich kannte sie.

EDWARD

Also d o c h eine Falle!

REILLY

Nennen wir's nicht eine Falle.
Sollte es doch eine Falle sein, können Sie nicht heraus aus ihr:
Daher ... können Sie sich ebensogut setzen.
Ich glaube, dieser Sessel ist sehr bequem.

EDWARD

Sie wußten,
Bevor ich Ihnen etwas erzählt hatte, was geschehen war?

REILLY

Jawohl, gewiß. Aber alles zu seiner Zeit.

Lassen Sie uns diese Frage vorläufig zurückstellen.
Erzählen Sie mir zunächst von Ihren Beschwerden,
Für die Sie meinen ärztlichen Rat wünschen.

EDWARD

Es steht mir nicht zu, Ihnen Vorwürfe zu machen, weil Sie meine Frau
Zurückbrachten. Sie schienen mich überzeugen zu wollen,
Daß ich besser dran sei ohne sie. Aber haben Sie nicht bemerkt,
Daß ich nicht in der Lage war, eine Entscheidung zu treffen?

REILLY

Wenn ich Ihre Frau nicht zurückgebracht hätte, Mr. Chamberlayne,
Glauben Sie, die Dinge würden besser stehen – jetzt?

EDWARD

Das weiß ich wirklich nicht. Sie könnten kaum schlechter stehn.

REILLY

Sie könnten viel schlechter stehn. Sie hätten durch Ihre Unschlüssigkeit
Drei Leben ruinieren können. Jetzt sind es nur zwei –
Die Sie immer noch retten können vor dem Ruin.

EDWARD

Sie reden, als wäre ich fähig zu handeln.
Wenn ich's wäre, brauchte ich weder Sie noch irgendwen
Zu konsultieren. Ich bin als Patient gekommen.
Wenn Sie mein Fall nicht interessiert, kann ich anderswo hingehn.

REILLY

Sie haben Grund anzunehmen, daß Sie wirklich krank sind?

EDWARD

Ich hätte gedacht, ein Arzt würde das selber sehn.
Oder sich zumindest nach den Symptomen erkundigen.
Zwei Menschen rieten mir kürzlich,
Mit fast den gleichen Worten, ich müßte zu einem Arzt gehn.
Sie sagten – auch mit fast den gleichen Worten –
Ich sei nahe an einem Nervenzusammenbruch.
Da wußte ich das selbst nicht – aber da sie's mir ansahn,
Hätt ich gedacht, ein Arzt müßte es sofort sehn.

REILLY

»Nervenzusammenbruch« ist ein Wort, das ich nie gebrauche:
Es kann fast alles bedeuten.

EDWARD

Und seitdem habe ich gesehn,
Daß ich ein ganz ungewöhnlicher Fall bin.

REILLY

Jeder Fall ist einzig, und doch andern ähnlich.

EDWARD

Gibt es ein Sanatorium, in das Sie Patienten schicken
Wie mich, unter Ihrer persönlichen Beobachtung?

REILLY

Sie sind sehr ungeduldig, Mr. Chamberlayne.
Es gibt verschiedene Arten von Sanatorien
Für verschiedene Arten von Patienten. Es gibt auch Patienten,
Für die ein Sanatorium der ungeeignetste Aufenthalt ist.
Erst müssen wir herausfinden, was los ist mit Ihnen,
Dann können wir entscheiden, was zu tun ist mit Ihnen.

EDWARD

Ich zweifle, daß Sie jemals einen Fall wie meinen hatten:
Ich habe aufgehört, an meine eigene Persönlichkeit zu glauben.

REILLY

O Gott ja; das ist ernsthaft. Eine ganz alltägliche Krankheit,
Wirklich sehr verbreitet.

EDWARD

Ich erinnere mich, in meiner Kindheit ...

REILLY

Ich fange immer bei der gegenwärtigen Situation an
Und gehe dann so weit zurück, wie ich es nötig finde.
Sehen Sie, Ihre Kindheitserinnerungen würden –
Das heißt, in Ihrer jetzigen Geistesverfassung –
Größtenteils erfunden sein; und erst Ihre Träume:
Sie würden erstaunliche Träume vorbringen, mir zu Gefallen.
Durch Suggestion könnte ich Sie Träume jeder Art träumen lassen,
Der momentane Reiz, sich interessant zu fühlen,
Würde nur Ihre Eitelkeit noch unterstützen.

EDWARD

Ich bin doch besessen von dem Gedanken meiner eigenen Bedeutungslosigkeit.

REILLY

Ganz recht. Und ich könnte Sie dazu bringen, sich wichtig zu fühlen.
Und Sie würden das für eine wunderbare Heilung halten;
Und Sie würden fortfahren, soviel Unheil anzurichten,
Wie in Ihrer Macht liegt – bis Sie zu Fall kämen.
Das meiste Unheil, das in dieser Welt geschieht,
Wird von Menschen angerichtet, die sich wichtig vorkommen.
Sie wollen nichts Böses tun – aber das Böse interessiert sie nicht,
Oder sie sehn es nicht, oder billigen es,
Weil sie in Anspruch genommen sind von der ständigen Anstrengung,
Gut von sich selbst zu denken.

EDWARD

Wenn ich so einer bin,
Muß ich sehr viel Böses getan haben.

REILLY

Oh, lange nicht soviel, wie Sie glauben möchten:
Sagen wir, nur innerhalb Ihres bescheidenen Rahmens.
Versuchen Sie mir zu erklären, was geschehn ist, seit ich Sie verließ.

EDWARD

Jetzt weiß ich, warum ich wollte, daß meine Frau zurückkam.
Weil sie mich zu dem gemacht hat, was ich bin.
Wir waren noch keine Viertelstunde allein gewesen,
Da fühlte ich, und viel klarer als je –
So richtig klar überhaupt zum erstenmal –
Das ganze Elend, die Unwirklichkeit
Der Rolle, die sie mir immer aufgenötigt hat,
Mit der obstinaten, unbewußten, un-menschlichen Kraft,
Die manche Frauen haben. Ohne sie war da Leere.
Als ich dachte, sie hätte mich verlassen, löste ich mich auf,
Ich hörte auf zu existieren. Dahin hat sie mich gebracht!
Ich kann nicht mit ihr leben – das ist jetzt unerträglich;
Ich kann nicht ohne sie leben, weil sie mich unfähig gemacht hat,

Irgendeine eigene Existenz zu haben.
Das hat sie aus mir gemacht in fünf Ehejahren!
Sie machte die Welt zu einem Ort, an dem ich nicht leben kann,
Es sei denn, unter ihren Bedingungen. Ich muß allein sein,
Aber nicht in derselben Welt. Darum möchte ich, Sie schickten mich
In Ihr Sanatorium. Könnte ich dort allein sein?
Das Haustelephon läutet.

REILLY

Ins Telephon:
Ja.
Zu Edward:
Ja, dort könnten Sie allein sein.

EDWARD

Ich möchte wissen,
Ob Sie ein Wort von dem, was ich sagte, verstanden haben.

REILLY

Sie müssen Geduld mit mir haben, Mr. Chamberlayne:
Ich lerne viel dabei, wenn ich Sie nur beobachte
Und Sie reden lasse, solange Sie es wünschen,
Und mir merke, was Sie mir nicht erzählen.

EDWARD

Ich litt einmal das Äußerste an physischem Schmerz,
Jetzt weiß ich, daß es schlimmere Leiden gibt als das.
Es ist erstaunlich, wenn man Zeit hätte, erstaunt zu sein,
Ich fürchte mich nicht vor dem physischen Tod,
Aber dieser Tod ist erschreckend. Der geistige Tod –
Können Sie begreifen, was ich leide?

REILLY

Ich verstehe, was Sie meinen.

EDWARD

Ich kann nicht mehr selbständig handeln.
Sie aufzusuchen – das war der letzte Entschluß,
Zu dem ich imstande war. Ich bin in Ihrer Hand.
Ich selbst kann keine Verantwortung mehr übernehmen.

REILLY

Viele Patienten kommen zu diesem Glauben.

EDWARD

Und werden Sie mich jetzt in Ihr Sanatorium schicken?

REILLY

Sie haben mir sonst nichts zu sagen?

EDWARD

Was soll ich Ihnen noch erzählen?
Sie wollten von meinem früheren Leben nichts hören.

REILLY

Nein, von Ihrem früheren Leben möchte ich nichts hören.

EDWARD

Werden Sie mich also in ein Sanatorium schicken?
Ich kann nicht wieder nach Hause. Und in meinem Klub
Bekomm ich für länger als eine Woche kein Zimmer;
Ich bringe nicht die Kraft auf, in ein Hotel zu ziehn,
Und außerdem brauche ich mehr Hemden. – Sie könnten meine Frau
Veranlassen, mir meine Sachen zu schicken: alles, was ich brauche.
Natürlich dürfen Sie ihr nicht sagen, wo ich bin.
Ist es weit von hier?

REILLY

Eine weite Reise, sozusagen.
Aber bevor ich einen Patienten wie Sie behandle,
Muß ich noch sehr viel mehr über ihn wissen,
Als der Patient selbst mir meistens sagen kann.
Und dann kommt es oft vor, daß meine Patienten
Nur Teile in einer Gesamtsituation sind,
Die ich erforschen muß. Der einzelne Patient,
Der nur für sich krank ist, ist fast eine Ausnahme.
Ich hatte kürzlich einen anderen Patienten,
Dessen Situation ist fast dieselbe wie Ihre.
Drückt dreimal auf die Schreibtischklingel.
Sie müssen sich eine etwas ungewöhnliche Prozedur gefallen lassen:
Ich habe vor, Sie dem andern Patienten gegenüberzustellen.

EDWARD

Was meinen Sie? Wer ist dieser andere Patient?
Ich finde das ein höchst ungebräuchliches Verhalten –

Ich will nicht, daß mein Fall vor einem andern Kranken besprochen wird.

REILLY

Im Gegenteil. Das ist die einzige Möglichkeit,
Um ihn zu besprechen. Sie haben mir nichts gesagt.
Sie hatten dazu Gelegenheit und Sie sagten genug,
Mich zu überzeugen, daß Sie Ihren Fall während der Verhandlung
Sozusagen »aufgemacht« haben. Ein Rechtsanwalt
Sollte seine Akten kennen, bevor er das Gericht betritt.

EDWARD

Mir steht doch noch frei, zu gehen. Und ich beabsichtige das zu tun.
Ich bin entschlossen. Ich werde in ein Hotel ziehn.

REILLY

Sie sind doch zu mir gekommen, Mr. Chamberlayne,
Gerade, weil Sie nicht frei sind. Es liegt bei mir, sie Ihnen zu geben –
Ihre Freiheit. Das ist meine Sache.
Lavinia wird von der Sekretärin hereingeführt.
Aber da ist der andere Patient.

EDWARD

Lavinia!

LAVINIA

Aber Sir Henry!
Ich sagte, ich würde kommen, um über meinen Mann zu sprechen:
Ich sagte nicht, ich wäre bereit, ihn zu treffen.

EDWARD

Und ich war nicht darauf gefaßt, d i c h zu treffen, Lavinia.
Ich finde das einen recht ehrlosen Trick.

REILLY

Ehrlichkeit geht vor Ehre, Mr. Chamberlayne.
Bitte, nehmen Sie beide Platz. Mrs. Chamberlayne,
Ihr Gatte möchte in ein Sanatorium gehn,
Und das ist eine Frage, die Sie natürlich auch angeht.

EDWARD

Ich gehe nicht in ein Sanatorium.

Ich geh in ein Hotel. Und ich bitte dich, Lavinia,
Sei so gut und schick mir einige Sachen nach.

LAVINIA

Oh, in welches Hotel?

EDWARD

Ich weiß nicht – das heißt,
Das geht dich nichts an.

LAVINIA

In diesem Fall, Edward,
Glaube ich, gehn mich deine Sachen auch nichts an.
Zu Reilly:
Ich vermute, Sie werden ihn in das gleiche Sanatorium schicken,
In das Sie mich schickten. Schön, er braucht es nötiger als ich.

REILLY

Ich bin froh, daß Sie es nun auch von der Seite sehn –
Wenigstens für den Moment. Aber, Mrs. Chamberlayne,
Sie waren noch nie in meinem Sanatorium.

LAVINIA

Was wollen Sie damit sagen? Ich bat darum,
Und Sie brachten mich hin. Wenn das kein Sanatorium war,
Was war es dann?

REILLY

Eine Art Hotel. Eine Zuflucht
Für Menschen, die glauben, daß sie Erholung brauchen
Vom Alltagsleben. Sie kehrten erfrischt zurück;
Und wenn Sie es für ein Sanatorium hielten,
Ist das Grund genug, Sie nicht in eins zu schicken.
Menschen, die meine Art Sanatorium nötig haben,
Sind nicht so leicht zu täuschen.

LAVINIA

Sind Sie ein Teufel
Oder nur ein verrückter grober Witzbold?

EDWARD

Ich neige zur zweiten Erklärung,
Ohne die Qualifikation »verrückt«.
Warum solltest *du* in ein Sanatorium gehn?

Ich habe niemals in meinem Leben jemand getroffen
Mit weniger seelischen Komplikationen als dich;
Du bist stärker als ein ... Schlachtschiff. Das trieb mich doch zum Wahnsinn.
Ich bin's, der ein Sanatorium braucht –
Aber ich gehe in keins.

REILLY

Sie haben recht, Mr. Chamberlayne.
Sie sind kein Fall für mein Sanatorium:
Sie sind viel zu krank.

EDWARD

Viel zu krank?
Dann will ich gehn und in einem Vorstadt-Boarding-House krank sein.

LAVINIA

Das würde dir nicht behagen, Edward. Aber ich kenne ein Hotel
In New Forest ...

EDWARD

Das sieht dir ähnlich, Lavinia.
Du weißt immer alles noch besser.

LAVINIA

Doch nur, weil ich praktischer veranlagt bin
Als du, Edward. Das weißt du doch.

EDWARD

Nur, weil du es mir so oft gesagt hast.
Ich möchte *dich* ein Einkommensteuerformular ausfüllen sehn.

LAVINIA

Sei nicht albern, Edward. Wenn ich praktisch sage,
Meine ich praktisch in wirklich wichtigen Dingen.

REILLY

Darf ich diese interessante Diskussion unterbrechen?
Ich sage, Sie sind beide zu krank. Verschiedene Symptome sind es,
Die zusammen und in auffälligem Grad auftreten müssen,
Damit ein Patient für mein Sanatorium qualifiziert ist;
Und eines davon ist eine aufrichtige Gesinnung.
Das ist eine der Ursachen für ihre Leiden.

LAVINIA

Niemand kann sagen, mein Mann wäre aufrichtig.

EDWARD

Und ich könnte das aufrichtig nicht von dir sagen, Lavinia.

REILLY

Ich gratuliere Ihnen beiden zu Ihrem Scharfblick,
Ihr liebevolles Verständnis füreinander
Wird Ihnen ermöglichen, was ich jetzt sage, zu würdigen.
Ich gebe mich nicht mit dem gewöhnlichen Betrug ab
Oder mit der unüberwindlichen, einfältigen Dummheit:
Die Patienten so wie Sie geben sich unendliche Mühe,
Und erschöpfen alle Energie, um sich selbst zu täuschen,
Doch nie mit Erfolg. Sie gaben beide vor,
Sie wollten mich konsultieren; beide versuchten Sie, mir Ihre eigene
Diagnose aufzudrängen und Ihre eigene Kur vorzuschreiben.
Wenn Sie sich aber in Hände wie meine begeben,
Dann liefern Sie weit mehr aus als Sie glauben.
Das kommt heraus bei Ihrem Versuch, mich zu belügen.

LAVINIA

Ich bin nicht hergekommen, um mich beleidigen zu lassen.

REILLY

Hier, wo Sie sind, hat das Wort »Beleidigung« keine Bedeutung;
Damit müssen Sie sich abfinden. Alles, was Sie mir erzählten –
Sie beide –, war gewiß wahr: Sie beschrieben Ihre Gefühle –
Oder einige davon –, die wichtigsten Fakten übergingen Sie.
Zuerst zu Ihrem Mann.
Zu Edward:
Sie waren unaufrichtig zu mir,
Als Sie mir Ihre Beziehungen zu Miss Coplestone verschwiegen.

EDWARD

Das ist unerhört! Meine Frau wußte davon nichts.

LAVINIA

Wirklich, Edward! Selbst wenn ich blind gewesen wäre,
Gab es Menschen genug, es mich wissen zu lassen.
Als ob es noch jemanden gab, der's nicht wußte.

REILLY

Es gab tatsächlich einen. Sie aber, Mrs. Chamberlayne,
Suchten mir vorzumachen, diese Entdeckung wäre es gewesen,
Die Ihren sogenannten Nervenzusammenbruch herbeiführte.

LAVINIA

Aber das ist wahr! Ich war völlig gebrochen;
Wenn ich mich jetzt auch etwas erholt habe.

REILLY

Gewiß waren Sie völlig gebrochen,
Und sicher haben Sie sich einigermaßen erholt.
Aber Sie erwähnten nicht, daß der Grund Ihres Kummers
Der Treubruch Ihres Liebhabers war – der sich plötzlich,
Zum erstenmal im Leben, in jemand verliebte,
In jemand, auf den Sie mit Grund eifersüchtig waren.

EDWARD

Tatsächlich, Lavinia! Das ist wirklich interessant.
Anscheinend warst du im Verheimlichen doch erfolgreicher
Als ich. Nun bin ich neugierig, wer das gewesen sein kann.

LAVINIA

Nun, sagen Sie's ihm, wenn Sie wollen.

REILLY

Ein junger Mann namens Peter.

EDWARD

Peter? Was für ein Peter?

REILLY

Mr. Peter Quilpe
War ein häufiger Gast.

EDWARD

Peter Quilpe!
Peter Quilpe! Wirklich, Lavinia!
Ich gratuliere. Du hättest keinen wählen können,
Auf den ich weniger Verdacht gehabt hätte.
Und er sprach mit *mir* vertraulich über Celia!
Etwas derart Groteskes hab ich niemals gehört:
Das ist der beste Witz, der je passiert ist.

LAVINIA

Ich wußte nicht, daß du so viel Sinn für Humor hast.

REILLY

Das ist das erste hoffnungsvolle Symptom.

LAVINIA

Woher wissen Sie das alles?

REILLY

Das kann ich nicht aufdecken.
Ich habe meine eigene Methode, Auskunft über meine Patienten
Einzuholen. Verlangen Sie nicht, daß ich sie verrate –
Das gehört zu meiner Berufsetikette.

LAVINIA

Ich habe nicht viel gemerkt von Berufsetikette
In Ihrem Benehmen heute.

REILLY

Gut pariert.
Ich möchte aber doch feststellen, daß in meinen Enthüllungen
Über jeden von Ihnen und voreinander
Nichts von allem gewesen ist, was Sie mir anvertrauten.
Die Informationen, die ich zwischen Ihnen austauschte,
Stammen alle von Außenstehenden.
Mrs. Chamberlayne, als Sie zu mir kamen vor zwei Monaten,
Genügten mir Ihre Erklärungen nicht
Für die deutlichen Symptome einer Gemütsverwirrung,
Und deshalb holte ich Erkundigungen ein.

EDWARD

Vor zwei Monaten schon
Fing dein Zusammenbruch an! Und ich merkte nichts davon.

LAVINIA

Du merkst überhaupt nichts. Du hast mich nie bemerkt.

REILLY

Jetzt möchte ich Ihnen beiden klarmachen,
Wieviel Sie gemeinsam haben. Wirklich, ich finde,
Daß Sie ganz außergewöhnlich gut zueinander passen.
Mr. Chamberlayne, als Sie glaubten, Ihre Frau hätte Sie verlassen,

Entdeckten Sie zu Ihrem Erstaunen und Entsetzen,
Daß Sie Miss Coplestone gar nicht wirklich liebten ...

LAVINIA

Mein Mann hat nie jemanden geliebt.

REILLY

Und nicht bereit waren, auch nur das kleinste Opfer
Für sie zu bringen. Das verletzte Ihre Eitelkeit.
Sie hielten sich gern selbst für einen leidenschaftlichen Liebhaber.
Dann sahen Sie ein, wie Ihre Frau richtig bemerkte,
Daß Sie noch nie jemanden wirklich geliebt haben.
Das ließ Sie argwöhnen, Sie wären nicht imstande
Zu lieben. Für einen bestimmten Typ Männer
Ist der Verdacht, sie wären nicht imstande zu lieben,
So beunruhigend für ihre Selbstachtung,
Wie bei gröberen Männern die Furcht vor Impotenz.

LAVINIA

Du bist wirklich kaltherzig, Edward.

REILLY

Das sagen Sie, Mrs. Chamberlayne.
Und nun wollen wir das Problem auf Ihrer Seite ansehn.
Als Sie entdeckten, daß Ihr junger Freund
(Obwohl Sie im Grunde Ihres Herzens wußten, daß er Sie nicht
liebte,
Und sich immer gedemütigt fühlten von dem Bewußtsein,
Daß Sie ihn in dieses Verhältnis gezwungen hatten) –
Als Sie, sage ich, entdeckten, daß Ihr junger Freund
Sich tatsächlich in Miss Coplestone verliebt hatte,
Kostete es Sie einige Zeit, daran zweifle ich nicht,
Bis Sie es zugeben konnten. Obwohl Sie's vielleicht früher wußten
Als er selbst. Sie machten sich,
Vermute ich, solange wie möglich vor,
Daß er nach höherer gesellschaftlicher Distinktion strebe,
Als die Ehre ihm verlieh, Ihr Liebhaber zu sein.
Als Sie der Tatsache gegenüberstanden, daß seine Gefühle für
jene
Verschieden waren von denen, die Sie in ihm weckten –

War das ein Schock. Sie wollten geliebt werden;
Und mußten nun einsehn, daß niemand Sie je geliebt hatte.
Da fingen Sie an zu fürchten, daß niemand Sie lieben könne.

EDWARD

Du fängst an, mir wirklich leid zu tun, Lavinia.
Weißt du, du bist tatsächlich exzeptionell wenig liebenswert.
Und ich wußte nie recht warum. Ich hielt es für meinen Fehler.

REILLY

Und nun, hoffe ich, erkennen Sie langsam,
Wieviel Sie gemeinsam haben. Das gleiche Ausgeschlossensein.
Ein Mann, der sieht, daß er nicht imstande ist zu lieben,
Und eine Frau, die sieht, daß kein Mann sie lieben kann.

LAVINIA

Mir kommt es so vor, als hätten wir gerade genug
Gemeinsam, um uns gegenseitig zu verabscheun.

REILLY

Sehn Sie es lieber als Band an, das Sie verbindet.
Sie konnten, solange Sie noch nicht eingeweiht waren,
Stets sagen: »Er kann keine Frau lieben«;
Sie konnten stets sagen: »Kein Mann kann Sie lieben.«
Sie konnten sich gegenseitig Ihre Fehler vorwerfen
Und so einer Verständigung miteinander ausweichen.
Jetzt haben Sie nur Ihre Behauptungen umzukehren
Und auf sich anzuwenden.

LAVINIA

Ist das möglich?

REILLY

Hätte ich einen von Ihnen in diesem Zustand, wie Sie
Zu mir kamen, ins Sanatorium geschickt – Ich sage Ihnen:
Es wäre über Ihre Vorstellungen entsetzlich gewesen,
Denn Sie wären dem überlassen gewesen, womit Sie hinkamen:
Dem Schatten der Begierde nach Begierde. Eine Beute
Der Dämonen, die mit ihrer ganzen Macht auftreten,
Sobald man ihnen ausgeliefert ist.

LAVINIA

Was sollen wir tun,

Wenn wir weder zurück noch vorwärts können? Edward!
Was sollen wir tun?

REILLY

Sie haben Ihre Frage selbst beantwortet,
Wenn Sie auch die Bedeutung dessen, was Sie sagten, nicht verstehn.

EDWARD

Wir müssen aus einer schlimmen Lage das Beste machen, Lavinia.
Das ist gemeint.

REILLY

Wenn Sie, Mr. Chamberlayne, finden,
Das Beste in einer schlimmen Lage sei alles, was unsereiner –
Die Heiligen natürlich ausgenommen, jene, die in das
Sanatorium gehn – daraus macht, vergessen Sie diese Redensart,
Und im Vergessen werden sich die Umstände ändern.

LAVINIA

Edward, da ist doch das Hotel in New Forest,
Falls du dorthin möchtest. Der Besitzer,
Der es gerade übernommen hat, ist ein Freund von Alex.
Ich könnte dich hinbringen und dich dortlassen,
Wenn du allein sein willst ...

EDWARD

Aber ich kann jetzt nicht fort!
Ich habe einen Termin am nächsten Montag.

LAVINIA

So bleibst du in deinem Klub?

EDWARD

Nein, man läßt mich nicht.
Ich muß morgen ausziehn – aber woher weißt du,
Daß ich im Klub wohne?

LAVINIA

Aber, Edward!
Etwas Verantwortungsgefühl habe ich doch auch.
Ich wollte gerade ein paar Hemden für dich abgeben.

EDWARD

Mir scheint, ich könnte ebensogut nach Hause gehn.

LAVINIA

Dann können wir sparen und zusammen ein Taxi nehmen.
Hast du ihn noch irgend etwas zu fragen, Edward,
Bevor wir gehn?

EDWARD

Ja, doch.
Aber es ist schwer zu sagen.

LAVINIA

Ich möchte aber, daß du es sagst.
Jedenfalls ist da noch etwas, wonach du fragen solltest.

EDWARD

Es betrifft die Zukunft von . . . den anderen.
Ich möchte nicht auf Trümmern von anderen aufbauen.

LAVINIA

Das ist's. Und ich habe auch eine Frage.
Sir Henry, haben Sie jene Telegramme geschickt?

REILLY

Zunächst will ich das Problem Ihres Mannes beseitigen.
Zu Edward:
Ihre Aufgabe ist nicht, Ihr Gewissen zu reinigen,
Sondern zu lernen, die Last auf Ihrem Gewissen zu tragen.
Mit der Zukunft der andern haben Sie nichts zu tun.

LAVINIA

Ich glaube, damit haben Sie meine Frage auch beantwortet.
Sie sagten uns von sich aus, daß sie ihre Entschlüsse faßten.

EDWARD

Haben Sie uns noch etwas zu sagen, Sir Henry?

REILLY

Nein. Nicht als Arzt.
Edward zieht sein Scheckbuch heraus. Reilly hebt seine Hand.
Meine Sekretärin wird Ihnen meine Liquidation schicken.
Gehet hin in Frieden. Und schaffet, daß ihr selig werdet, mit Eifer.
Edward und Lavinia ab
Reilly geht zur Couch und legt sich hin. Das Haustelephon läutet.
Er erhebt sich und nimmt den Hörer ab.

REILLY

Ja? ... Ja. Komm herein!

Julia tritt durch eine Seitentür ein.

Sie wartet unten.

JULIA

Ich weiß es, Henry. Ich brachte sie selbst her.

REILLY

So? Du hast ihr doch nicht gesagt, daß du mich vorher sprichst?

JULIA

Natürlich nicht. Ich setzte sie an der Tür ab.
Und fuhr mit dem Taxi weiter um die Ecke,
Wartete einen Moment und schlüpfte durch die Hintertür herein.
Ich kam nur, um dir zu sagen, sie ist sicher bereit
Zu einer Entscheidung.

REILLY

Kam sie widerwillig?
Hast du sie deshalb hergebracht?

JULIA

O nein, nicht widerwillig:
Aber schüchtern. Sie kann nicht glauben,
Daß du sie ernst nehmen wirst.

REILLY

Das ist nicht ungewöhnlich.

JULIA

Oder daß sie es verdient, ernst genommen zu werden.

REILLY

Das ist höchst ungewöhnlich.

JULIA

Henry, steh auf.
So müde kannst du nicht sein. Ich werde nebenan warten
Und wiederkommen, wenn sie fort ist.

REILLY

Ja, wenn sie fort ist.

JULIA

Wird Alex kommen?

REILLY

Ja, er wird kommen.

Julia durch eine Seitentür ab.
Reilly drückt auf die Klingel.
Die Sprechstundensekretärin führt Celia herein.

REILLY

Miss Celia Coplestone? ... Wollen Sie sich nicht setzen?
Sie sind mit Mrs. Shuttlethwaite befreundet, nicht wahr?

CELIA

Ja, es war Julia ... Mrs. Shuttlethwaite,
Die mir riet, zu Ihnen zu gehen. – Aber ich traf Sie schon
Irgendwo, nicht wahr? ... Ach, natürlich.
Aber ich wußte nicht ...

REILLY

Da ist auch nichts zu wissen.
Ich war auf Bitten von Mrs. Shuttlethwaite dort.

CELIA

Das macht es nur noch verwickelter. Jedoch,
Ich möchte Ihre Zeit nicht verschwenden. Und ich habe entsetzliche Angst,
Sie könnten denken, daß ich sie auf jeden Fall verschwende.
Wahrscheinlich sieht man es den meisten an, wenn sie zu Ihnen kommen,
Daß sie krank sind, und sie können brauchbare Gründe angeben,
Warum sie zu Ihnen kommen. Das kann ich nicht.
Ich komme einfach aus Verzweiflung. Und ich werde nicht gekränkt sein,
Wenn Sie mir jetzt sagen, daß ich wieder gehn soll.

REILLY

Miss Coplestone, meine Patienten fangen meistens damit an,
Daß sie mir genau erzählen, was ihnen fehlt,
Und was ich dagegen tun soll. Sie sind ganz sicher,
Daß sie einen Nervenzusammenbruch haben – so nennen sie's –
Und gewöhnlich glauben sie, daß ein anderer daran schuld ist.

CELIA

Ich weiß wenigstens, daß niemand schuld ist, außer mir.

REILLY

Und danach, als Auftakt zu meiner Behandlung,
Versuche ich ihnen zu zeigen, daß sie sich irren
In der Natur ihrer Krankheit, und bringe sie zur Einsicht,
Daß sie nicht so interessant ist, wie sie sich einbilden.
Wenn ich soweit gekommen bin, kann ich erst etwas tun.

CELIA

Nun, ich kann nicht behaupten, daß mein Leiden interessant ist;
Aber damit will ich nicht anfangen. Ich fühle mich ganz wohl,
Ich könnte ein aktives Leben führen – wenn ich etwas zu tun hätte;
Ich bilde mir nicht ein, daß ich verfolgt werde;
Ich höre keine Stimmen und habe keine Gesichte,
Es sei denn, die Welt, in der ich lebe, wäre nur ein Gesicht.
Aber sollte ich Ihnen nicht zuerst die Umstände erklären?
Ich vergaß ganz, daß Sie nichts über mich wissen;
Nach allem, was ich durchgemacht habe, diese letzten Wochen,
Nahm ich es irgendwie für selbstverständlich, daß ich mich selbst nicht zu erklären brauchte.

REILLY

Das genügt mir, wenigstens für den Moment:
Versuchen Sie zunächst, Ihren jetzigen Zustand zu schildern.

CELIA

Also, da sind zwei Dinge, die ich nicht verstehn kann.
Sie werden sie vielleicht als Symptome ansehn. Aber vorweg muß ich sagen,
Ich möchte wirklich gerne glauben, daß mit mir etwas nicht in Ordnung ist –
Denn wenn es nicht so ist, *ist* etwas nicht in Ordnung;
Oder vielmehr ganz anders, als es sein sollte,
Mit der Welt selbst – und das ist noch viel furchtbarer,
Das wäre schrecklich. So möchte ich lieber glauben,
Daß mit mir etwas nicht in Ordnung ist, das sich richten ließe.
Ich werde alles tun, was Sie sagen, um wieder normal zu werden.

REILLY

Wir müssen sehen, was mit Ihnen los ist, bevor wir entscheiden,

Was normal *ist*. Sie sprachen von zwei Dingen:
Was ist das erste?

CELIA

Das Bewußtsein meiner Einsamkeit.
Aber das klingt unecht. Ich meine nicht einfach,
Daß es zu einem Bruch kam: obgleich es das wirklich war.
Es ist nicht einfach das Ende einer Illusion
Auf die gewöhnliche Weise oder gewaltsam.
Das ist etwas, was alle Tage passiert
Und allen möglichen Menschen, und sie kommen darüber hinweg,
Mehr oder weniger, oder machen doch weiter.
Nein. Ich meine, was geschah, hat mir bewußt gemacht,
Daß ich immer allein gewesen bin. Daß man immer allein ist.
Nicht einfach das Ende einer Beziehung,
Nicht einmal die simple Entdeckung, daß sie nie bestand –
Sondern eine Offenbarung über meine Beziehung
Zu allen *Menschen*. Wissen Sie –
Es scheint nicht mehr der Mühe wert, überhaupt noch mit jemand zu sprechen!

REILLY

Und was ist mit Ihren Eltern?

CELIA

Ach, die leben auf dem Lande,
Sie können sich jetzt kein Stadthaus leisten.
Sie können nur noch versuchen, das Landhaus zu halten:
Es ist so lange in der Familie gewesen, daß sie's nicht aufgeben wollen.

REILLY

Und Sie leben in London?

CELIA

Ich habe eine Wohnung
Mit einer Kusine zusammen, aber sie ist zur Zeit im Ausland.
Und meine Familie wünscht, daß ich nach Hause komme und dort bleibe.
Aber das kann ich jetzt nicht.

REILLY

Sie möchten also keinen Menschen sehn?

CELIA

Nein ..., nicht, daß ich allein sein möchte,
Aber jeder ist allein – oder mir scheint es so.
Man macht Lärm und glaubt sich zu unterhalten.
Man macht Grimassen und glaubt sich zu verstehn.
Und ich weiß, daß es nicht so ist. Ist das ein Wahn?

REILLY

Ein Wahn ist etwas, wovon man frei werden muß.
Es gibt andere Zustände des Geistes, die wir für Wahn halten,
Die wir aber auf uns nehmen und von denen wir auszugehen haben.
Und das zweite Symptom?

CELIA

Das ist noch seltsamer.
Es klingt lächerlich – aber der einzige Ausdruck dafür,
Den ich finden kann, ist: ein Gefühl der Sünde.

REILLY

Sie leiden unter dem Gefühl der Sünde, Miss Coplestone?
Das ist höchst ungewöhnlich.

CELIA

Mir schien es anomal.

REILLY

Bevor wir den Terminus »anomal« gebrauchen, müssen wir
Zunächst herausfinden, was für Sie normal ist.
Erzählen Sie mir, was Sie mit Sündenbewußtsein meinen.

CELIA

Es ist viel leichter zu sagen, was ich nicht meine:
Ich meine nicht Sünde im gewöhnlichen Sinn.

REILLY

Und was ist, nach Ihrer Auffassung, der gewöhnliche Sinn?

CELIA

Nun ... ich nehme an, unmoralisch zu sein –
Und ich habe nicht das Gefühl, daß ich unmoralisch war:
Übrigens, sind nicht die Menschen, die man für unmoralisch hält,

Gerade die, von denen wir sagen, sie hätten kein moralisches Empfinden?
Ich habe nie bemerkt, daß Unmoral
Vom Bewußtsein der Sünde begleitet war:
Jedenfalls bin ich dem nie begegnet.
Ich nehme an, es ist schlecht, andere Menschen zu verletzen,
Wenn man weiß, daß man sie verletzt. Ich habe *sie* nicht verletzt.
Ich habe ihr doch nichts weggenommen –
Nichts, was ihr gehörte. Vielleicht war ich töricht:
Aber ich habe gar nichts dagegen, töricht gewesen zu sein.

REILLY

Und wie steht Ihre Familie dazu?

CELIA

Nun, meine Erziehung war recht konventionell –
Ich wurde erzogen, als gebe es keine Sünde.
Oh, ich glaube nicht, daß so etwas je erwähnt wurde.
Alles, was wir an Unrecht taten, galt
Entweder als geschmacklos oder pathologisch,
Weil die Menschen, die man kannte, es mißbilligten.
Ich selbst kümmerte mich nicht sehr um ihre Normen –
Aber wenn alles als geschmacklos oder als Sparren gilt,
Benimmt man sich entweder schlecht und macht sich nichts daraus,
Oder wenn man sich was draus macht, ist man überspannt.

REILLY

Sie glauben also, Sie hätten einen »Sparren«, wie Sie's nennen.

CELIA

Aber alles schien mir so richtig, damals!
Ich habe viel darüber nachdenken müssen, immer wieder;
Jetzt erkenne ich, das Ganze war ein Irrtum:
Aber ich sehe nicht ein, warum man sich Irrtümer wegen sündig fühlen sollte!
Und doch kann ich kein anderes Wort dafür finden.
Es muß eine Art Zwangsvorstellung sein;
Doch gleichzeitig packt mich die Angst,
Daß es wirklicher ist als alles, woran ich glaubte.

REILLY

Was ist wirklicher als alles, woran Sie glaubten?

CELIA

Nicht das Gefühl von etwas, das ich je tat, ist es,
Wovon ich mich befreien möchte, oder von etwas in mir,
Das ich loswerden könnte – sondern von Leere, von Versagen
Vor jemandem oder vor irgend etwas außer mir;
Und ich fühle, ich muß ... sühnen – ist das das richtige Wort?
Können Sie einen Patienten auf diesen Geisteszustand behandeln?

REILLY

Und als was sahen Sie Ihre Beziehungen zu diesem Mann an?

CELIA

Oh, das haben Sie erraten, nicht wahr? Das ist tüchtig von Ihnen.
Nein, vielleicht ließ ich es zu deutlich merken. Sie brauchen über ihn
Nichts zu wissen, nicht wahr?

REILLY

Nein.

CELIA

Vielleicht bin ich nur typisch.

REILLY

Es gibt verschiedene Typen. Manche sind seltener als andere.

CELIA

Oh, ich glaubte, ich hätte ihm so viel zu geben!
Und er mir – und das Geben und Nehmen
Schien so richtig: darin war nichts von Berechnung,
Was uns, wie wir waren, zugestanden hätte,
Sondern dem neuen Menschen, uns. Wenn ich noch fühlte
Wie damals, würde ich es jetzt noch für richtig halten.
Und dann entdeckte ich, daß wir Fremde waren,
Und daß es weder Geben noch Nehmen gewesen war,
Sondern daß wir nur Gebrauch voneinander gemacht hatten,
Jeder zu seinem Zweck. Das ist schrecklich. Können wir nur lieben,
Was in unserer eigenen Phantasie lebendig ist?
Können wir alle tatsächlich nicht lieben und nicht geliebt werden?
Dann ist man allein, und wenn man allein ist,

Dann sind Liebende und Geliebte gleich unwirklich,
Und der Träumer ist nicht wirklicher als seine Träume.

REILLY

Und dieser Mann, wie erscheint er Ihnen jetzt?

CELIA

Wie ein Kind, das in einen Wald gewandert ist
Und mit einem imaginären Spielgefährten spielt,
Und plötzlich entdeckt, daß es nur ein Kind ist, allein,
Verloren im Wald, und nach Hause möchte.

REILLY

Mitleid kann bereits der Faden sein,
Ihren eigenen Weg aus dem Wald heraus zu finden.

CELIA

Selbst wenn ich meinen Weg aus dem Wald heraus finde,
Bleibe ich zurück mit der untröstlichen Erinnerung
An den Schatz, den ich suchen ging im Wald
Und niemals fand, und der dort nicht war
Und vielleicht nirgends ist? Aber wenn nirgends,
Warum fühle ich mich schuldig, weil ich ihn nicht fand?

REILLY

Desillusion kann selbst zur Illusion werden,
Wenn man in ihr verharrt.

CELIA

Ich kann nicht streiten.
Nicht, weil ich fürchte, von neuem verletzt zu werden:
Nichts kann mehr verletzen oder heilen.
Manchmal habe ich geglaubt, die Ekstase wäre echt,
Obgleich die, welche sie erleben, keine Wirklichkeit haben mögen.
Denn an das, was geschah, erinnert man sich wie an einen Traum,
In den man im Geiste durch Intensität der Liebe
Versetzt ist, ein Beben vor Entzücken
Ohne Verlangen, denn das Verlangen ist befriedigt
In der Wonne zu lieben. Ein Zustand, den man nicht kennt,
Wenn man wach ist. Aber was oder wen ich liebte,
Oder was in mir liebte, weiß ich nicht.
Und wenn das alles sinnlos ist, möchte ich geheilt werden

Von der Sehnsucht nach dem, was ich nicht finden kann,
Und der Scham darüber, es niemals zu finden.
Können Sie mich heilen?

REILLY

Der Zustand ist heilbar.
Aber die Art der Behandlung muß Ihre eigene Wahl sein:
Ich kann nicht für Sie wählen. Wenn Sie das wünschen,
Kann ich Sie mit dem allgemeinen Zustand der Menschen aussöhnen,
Zu dem manche, die ebensoweit gegangen waren wie Sie,
Zurückkehren konnten. Vielleicht erinnern sie sich
Der Vision, die sie hatten, aber sie trauern ihr nicht mehr nach,
Halten sich aufrecht an den täglichen Pflichten,
Lernen übertriebene Erwartungen zu vermeiden,
Werden tolerant gegen sich selbst und andere,
Geben und nehmen, was im täglichen Leben
Zu geben und zu nehmen ist. Sie klagen nicht;
Sind zufrieden mit dem Morgen, der sie trennt,
Und mit dem Abend, der sie, zu gelegentlichen
Gesprächen am Kamin, wieder vereint,
Zwei Menschen, die wissen, daß sie sich nicht verstehn,
Die Kinder aufziehn, die sie nicht verstehn,
Und die *sie* nie verstehen werden.

CELIA

Ist *das* das beste Leben?

REILLY

Es ist ein gutes Leben. Wenn Sie auch, bis es zu Ende ist,
Nicht wissen, wie gut. Doch Sie werden nichts anderes wollen,
Und das andere Leben wird nur noch wie ein Buch sein,
Das man einst gelesen hat und verlor. In einer Welt voller
Wahnsinn,
Gewalt, Dummheit, Gier, ... ist das ein gutes Leben.

CELIA

Ich weiß, ich sollte imstande sein, es auf mich zu nehmen,
Wenn es dennoch für mich wäre. Aber es läßt mich kalt.
Vielleicht gehört das grade zu meiner Krankheit,
Aber es käme mir vor wie eine Art Kapitulation –

Nein, nicht Kapitulation – mehr wie ein Verrat.
Sehen Sie, ich glaube wirklich, ich hatte eine Vision von etwas,
Wenn ich auch nicht weiß, wovon. Ich möchte sie nicht vergessen.
Ich will damit leben. Ich könnte alles entbehren,
Mich in alles fügen, wenn ich sie hegen kann.
Tatsächlich, ich glaube, es wäre wirklich unehrlich
Von mir, jetzt zu versuchen, mit *irgend* jemand zu leben!
Ich könnte niemandem die Art Liebe geben –
Ich wollte, ich könnte es –, die zu diesem Leben gehört.
Ach, ich fürchte, das klingt wie Raserei!
Oder einfach wie Verbohrtheit ... doch
Wenn es keinen anderen Weg gibt ... halte ich mich wirklich für hoffnungslos.

REILLY

Es *gibt* einen anderen Weg, wenn Sie Mut dazu haben.
Den ersten konnte ich Ihnen verständlich beschreiben,
Weil Sie ihn kennen, wie wir alle ihn kennen,
Das Leben ringsum illustriert ihn mehr oder weniger.
Der zweite ist unbekannt, er verlangt also Glauben –
Jenen Glauben, der aus der Verzweiflung entspringt.
Das Wegziel läßt sich nicht bezeichnen;
Sie werden wenig verstehen, bis Sie dort ankommen;
Sie werden blind reisen. Der Weg führt aber zum Besitz
Dessen, was Sie am falschen Ort gesucht haben.

CELIA

Das klingt so, als möchte ich es. Doch was muß ich tun?

REILLY

Welchen Weg Sie auch gehen, jeder stellt seine eigenen Anforderungen.

CELIA

Welcher Weg ist der bessere?

REILLY

Kein Weg ist besser.
Beide Wege sind notwendig. Es ist ebenfalls notwendig,
Zwischen beiden zu wählen.

CELIA

Dann wähle ich den zweiten.

REILLY

Es ist eine grauenvolle Reise.

CELIA

Ich habe keine Angst,
Sondern freue mich. Es ist sicher ein einsamer Weg?

REILLY

Nicht einsamer als der andere. Aber wer den anderen nimmt,
Kann seine Einsamkeit vergessen. Sie vergessen Ihre nicht.
Beide Wege bedeuten Einsamkeit – und Gemeinschaft.
Beide Wege vermeiden die letzte Öde.
Der Einsamkeit in der geisterhaften Welt
Der Einbildung, die Erinnerungen mischt mit Begierden.

CELIA

Das ist die Hölle, in der ich war.

REILLY

Es ist keine Hölle,
Solange Sie nicht zu allem andern unfähig wurden.
Nun – sind Sie ganz sicher?

CELIA

Ich will den zweiten Weg.
Was muß ich also tun?

REILLY

Sie werden ins Sanatorium gehn.

CELIA

Oh, was für ein Absturz! Ich habe Leute gekannt,
Die in Ihrem Sanatorium waren und herauskamen –
Das soll nicht heißen, daß es ihnen nicht besser ging –
Darum kam ich ja zu Ihnen. Aber sie kamen zurück als ... normale Menschen.

REILLY

Richtig. Aber die Freunde, die Sie im Sinn haben,
Können nicht in diesem Sanatorium gewesen sein.
Ich bin sehr vorsichtig, wen ich dahin schicke:
Wer dorthin geht, kehrt nicht wie jene zurück.

CELIA

Das klingt nach Gefängnis. Aber alle können dort nicht bleiben!
Ich meine, dann müßte das Haus doch sehr überfüllt sein.

REILLY

Nicht sehr viele gehn. Aber ich sagte, sie kämen nicht zurück
So wie Ihre Freunde zurückkamen.
Ich sagte nicht, sie blieben dort.

CELIA

Was wird aus ihnen?

REILLY

Was sie wollen, Miss Coplestone. Nichts wird ihnen aufgezwungen.
Einige von ihnen kehren wieder, im physischen Sinn;
Keiner verschwindet. Sie führen sehr oft in der Welt
Ein recht aktives Leben.

CELIA

Wann werden Sie mich hinschicken?

REILLY

Wann können Sie bereit sein?

CELIA

Heute abend um neun Uhr.

REILLY

Dann gehn Sie jetzt und treffen Ihre Vorbereitungen.
Hier ist Ihre Adresse, die Sie Freunden geben können;
Schreibt auf ein Stück Papier:
Am besten benachrichtigen Sie Ihre Familie sofort.
Ich werde um neun einen Wagen für Sie schicken.

CELIA

Was muß ich an Notwendigem mitnehmen?

REILLY

Nichts.
Für alles, was Sie brauchen, wird gesorgt werden,
Und Sie werden im Sanatorium keine Ausgaben haben.

CELIA

Ich weiß nicht im geringsten, was ich tue,
Oder warum ich es tue. Es gibt nichts anderes zu tun:
Das ist der einzige Grund.

REILLY

Es ist der beste Grund.

CELIA

Aber ich weiß, ich selbst traf die Entscheidung:
Das muß ich Ihnen sagen. Oh, fast hätte ich vergessen –
Was bin ich Ihnen schuldig?

REILLY

Ich habe meiner Sekretärin gesagt,
Daß Sie kein Honorar zahlen.

CELIA

Aber ...

REILLY

In einem Fall wie Ihrem,
Erhebe ich kein Honorar.
Drückt auf die Klingel

CELIA

Sie waren sehr gütig.

REILLY

Gehe hin in Frieden, meine Tochter,
Und schaffe, daß du selig wirst, mit Eifer.
Die Sekretärin erscheint in der Tür. Celia ab. Reilly wählt am Haustelephon eine Nummer.

REILLY *ins Telephon:*

Wir sind fertig. Du kannst jetzt kommen.
Julia tritt durch die Seitentür ein.
Sie wird's weit bringen, diese da.

JULIA

Sehr weit, glaube ich.
Das brauchst du mir nicht zu sagen. Ich wußte es gleich.

REILLY

Die anderen sind's, die mir Sorge machen.

JULIA

Unsinn, Henry. Ich werde auf sie achten.

REILLY

Sie zurückzuschicken: wohin kehren sie zurück?
Zu den schalen Resten, die in der Speisekammer modern,

Zu den schalen Gedanken, die in ihren Köpfen modern.
Jeder unfähig, seine eigene Erbärmlichkeit vor sich selbst
Zu verbergen, weil sie dem anderen bekannt ist.
Es ist nicht das Wissen um die Treulosigkeit des anderen,
Sondern weil jeder weiß, daß der andere seine Motive kennt –
Spiegel vor Spiegel, Eitelkeit widerspiegelnd.
Ich habe viel riskiert.

JULIA

Wir müssen immer riskieren,
Das ist unser Los. Da du an der Entscheidung zweifelst –
An welche andere Möglichkeit denkst du?

REILLY

An keine.

JULIA

Nun also. Dann müssen wir das Risiko tragen.
Wir konnten nicht mehr tun, als ihnen eine Chance geben.
Und jetzt, da sie bis in ihre Seelen nackt und entblößt sind,
Und wählen können, ob sie ein passendes Kleid anziehen,
Oder sich hurtig in neue Verkleidungen hüllen wollen,
Haben sie zum erstenmal etwas, wovon sie ausgehn könnten.
Oh, natürlich, sie können sich auch gegenseitig umbringen!
Aber ich glaub nicht, daß sie das tun. Warten wir ab.
Was mich bedrückt, ist der Gedanke an Celia.

REILLY

An Celia?

JULIA

An Celia.

REILLY

Aber als ich eben sagte,
Sie würde weit gehn, warst du meiner Ansicht.

JULIA

O ja, sie wird weit gehn. Und wir wissen, wohin sie geht.
Aber was wissen wir von den Schrecken der Reise?
Wir, du und ich, kennen nicht den Prozeß, durch den der
Mensch
Ins Übermenschliche geht: was wissen wir

Von der Natur der Leiden, die er auf sich nehmen muß,
Auf dem Weg zur Verklärung?

REILLY

Wird sie sich fürchten
Beim ersten Anblick der Geistererscheinungen?

JULIA

Henry, du hast einfach keine Ahnung von Unschuld.
Sie wird vor nichts Angst haben; sie wird nicht einmal wissen,
Daß es etwas gibt, wovor man sich fürchten könnte.
Sie ist zu demütig. Sie wird zwischen den Lästerhügeln hindurchgehn,
Durch das Tal der Verspottung, voll Eifer und Geduld,
Wie ein Kind mit einem Auftrag. Und doch muß sie leiden.

REILLY

Wenn ich Vertrauen in etwas ausdrücke,
Rührst du immer Zweifel auf; wenn ich besorgt bin,
Siehst du keinen Grund für etwas anderes als Vertrauen.

JULIA

Auf die Weise bin ich so brauchbar für dich.
Du solltest dankbar sein.

REILLY

Und wenn ich zu einer wie ihr sage,
»Schaffe, daß du selig wirst, mit Eifer«, verstehe ich nicht einmal,
Was ich selbst sage.

JULIA

Du mußt deine Grenzen hinnehmen.
– Aber wie lange wird Alex uns noch warten lassen?

REILLY

Er sollte schon hier sein. Ich werde Miss Barraway fragen.
Hebt das Haustelephon ab:
Miss Barraway, wenn Mr. Gibbs kommt ...
Oh, sehr gut.
Zu Julia:
Er kommt gerade herauf!
Ins Telephon:
Bitte, bringen Sie doch jetzt das Tablett, Miss Barraway.
Alex tritt ein.

ALEX

Nun, was haben wir ausgerichtet?

JULIA

Alles in Ordnung.

ALEX

Die Chamberlaynes haben gewählt?

REILLY

Sie nehmen ihre Bestimmung auf sich.

ALEX

Und hat sie ihre Wahl getroffen?

REILLY

Sie wird heute abend abgeholt.

Die Sekretärin tritt ein mit einer Karaffe und drei Glasern und geht wieder. Reilly schenkt ein.

Und jetzt sind wir bereit, zum Opfertrunk überzugehn.

ALEX

Die Worte zur Errichtung des Herdes.

Sie heben die Gläser.

REILLY

Laß sie baun den Herd
Unter dem Schutz der Gestirne.

ALEX

Laß sie einen Stuhl auf jede Seite stellen.

JULIA

Mögen die Gesegneten wachen über dem Haus,
Möge der Mond das Bett bestrahlen. *Sie trinken.*

ALEX

Die Worte für jene, die auf eine Reise gehn.

REILLY

Beschützer der Reisenden
Segne die Straße.

ALEX

Wach über sie in der Wüste.
Wach über sie im Gebirge.
Wach über sie im Labyrinth.
Wach über sie bei Treibsand.

JULIA

Beschütz sie vor den Stimmen.
Beschütz sie vor den Gesichten.
Beschütz sie im Aufruhr.
Beschütz sie in der Stille.
Sie trinken.

REILLY

Für einen können die Worte nicht gesprochen werden.

ALEX

Noch können sie nicht gesprochen werden.

JULIA

Ihr meint Peter Quilpe.

REILLY

Er ist noch nicht dahin gekommen, wo die Worte gelten.

JULIA

Werden wir sie jemals sprechen?

ALEX

Andere werden sie vielleicht sprechen.
Ihr wißt, ich habe Verbindungen – sogar in Kalifornien.
Vorhang

Dritter Akt

Der Salon der Chamberlaynes in ihrer Londoner Wohnung. Zwei Jahre später. Spätnachmittag im Juli. Ein Lohndiener arrangiert das kalte Bufett.

Lavinia tritt durch eine Seitentür ein.

DIENER

Wünschen Sie noch etwas, gnädige Frau?

LAVINIA

Sie könnten den Teewagen mit den Gläsern hereinbringen
Und sie bereitstellen.

DIENER

Sehr wohl, gnädige Frau.

Ab. Lavinia mustert den Raum kritisch und rückt an einer Blumenschale.

Der Diener kommt mit dem Teewagen zurück.

LAVINIA

Dort in der Ecke. So ist es am bequemsten;
Dann können Sie ein- und ausgehen. Brauchen Sie noch etwas,
Das Sie nicht finden in der Küche?

DIENER

Nein, gnädige Frau.
Haben Sie jetzt noch irgendwelche Wünsche?

LAVINIA

Ich glaube vor halb sieben nicht mehr.

Diener ab

Edward kommt durch die Vordertür herein.

EDWARD

Ich bin doch rechtzeitig da, nicht wahr? Hoffentlich hast du dich noch nicht gesorgt.

LAVINIA

O nein. Allerdings rief ich in deinem Büro an,

Und dein Sekretär sagte, du wärst schon fort.
Aber ich rief nur an, um dich zu beruhigen ...

EDWARD *lächelnd:*
Daß du nicht weggelaufen bist?

LAVINIA
Aber Edward, das ist unfair!
Wir haben doch schon verschiedene Partys gegeben
In den letzten zwei Jahren. Und ich bin bei allen dagewesen.
Du bist hoffentlich nicht zu müde?

EDWARD
O nein, es war ruhig heute.
Zwei Verhandlungen mit Anwälten,
In Fällen, die ganz einfach lagen. Aber du mußt müde sein.

LAVINIA
Ich bin noch nicht müde. Aber gewiß werde ich froh sein,
Wenn alles vorüber ist.

EDWARD
Das Kleid, das du anhast, gefällt mir:
Wie schön, daß du gerade das anzogst.

LAVINIA
Ja, Edward!
Du machst mir zum erstenmal ein Kompliment vor einer Party,
Weißt du das? Und gerade dann kann man's brauchen.

EDWARD
Ja? Du verdienst es.
Mustert die Liste der Eingeladenen, die ihm Lavinia reicht:
Wir luden zuviel Leute ein.

LAVINIA
Es ist wahr, viel mehr haben zugesagt
Als wir erwarteten. Aber was kann man tun?
Manche würden gewiß am liebsten nicht kommen,
Aber sie wären bitter beleidigt, wenn sie hörten,
Daß wir eine Party gaben, ohne sie einzuladen.

EDWARD
Vielleicht hätten wir zwei Partys veranstalten sollen
Statt einer.

LAVINIA

Das führt nie zu was Gutem.
Jeder, der zu dieser Party eingeladen wird,
Nimmt an, daß die andere die wichtigere war.

EDWARD

Das ist wahr. Du hast wirklich Sinn fürs Praktische.

LAVINIA

Aber weißt du, ich glaube, wir brauchen uns nicht zu sorgen:
Von denen, die zugesagt haben, werden nicht alle kommen.
Wir sagten uns, »wir können ruhig zwanzig mehr einladen,
Weil viele doch zu den Gunnings gehen werden«.

EDWARD

Gewiß, das sagten wir uns schon;
Aber ich hatte vergessen, wie die Partys bei den Gunnings sind.
Ihre Gäste bekommen gerade so viel, daß sie Durst bekommen;
Nachher kommen sie dann zu uns und schreien nach etwas zu trinken.
Nun, hoffen wir, daß die, die zuerst zu uns kommen,
Nachher zu den Gunnings gehen werden
Und Platz machen für alle, die von den Gunnings kommen.

LAVINIA

Und wenn's sehr voll ist, kann niemand an die Cocktails kommen,
Und der Diener wird auf dem Tablett nichts reichen können,
Sie werden also wieder gehn. Jedenfalls kann man nichts
Mehr daran ändern, wenn das der Fall sein sollte:
Und jeder möchte gern gesehen werden auf einer Party,
Bei der alle Welt ist, um zu zeigen, daß er eingeladen wurde.
Das macht ihren Erfolg. Hängt das Bild gerade?

EDWARD

Ja, das tut es.

LAVINIA

Nein, das tut's nicht. Rück es bitte gerade.

EDWARD

Hängt es jetzt gerade?

LAVINIA

Etwas zu weit nach links.

EDWARD

Wie ist es nun?

LAVINIA

Nein, ich meinte nach rechts.
So mag es gehn. Ich bin jetzt zu müde dazu.

EDWARD

Wenn alle gegangen sind, trinken wir noch etwas Champagner,
Nur wir beide. Jetzt leg dich doch hin, Lavinia.
Vor einer halben Stunde kommt bestimmt niemand,
Komm, ruh dich aus.

LAVINIA

Du mußt neben mir sitzen.
Das entspannt mich.

EDWARD

Dies ist der schönste Augenblick
Von der ganzen Party.

LAVINIA

O nein, Edward.
Der schönste Augenblick ist der Moment, wenn's vorbei ist;
Und dann zu wissen, die Saison ist vorüber,
Und es gibt keine Partys mehr.

EDWARD

Und keine Komitees mehr.

LAVINIA

Können wir bald wegfahren?

EDWARD

Gegen Ende nächster Woche
Werde ich ganz frei sein.

LAVINIA

Und wir können allein sein.
Ich bin froh, daß das Haus so abgelegen ist.

EDWARD

Darum nahmen wir es ja. Und ich bin wirklich dankbar,
Daß ich diese Ausrede habe, um niemand sehen zu müssen;
Und du brauchst jetzt nötig Ruhe.
Die Türglocke klingelt.

LAVINIA

Ach Gott!
Wer kann denn so früh kommen? Ich *kann* einfach nicht aufstehn.

DIENER

Mrs. Shuttlethwaite!

LAVINIA

Natürlich, Julia!

Julia tritt ein.

JULIA

Also, meine Lieben, da bin ich!
Ich scheine euch *buchstäblich* überrumpelt zu haben.
Ich weiß, ich komme viel zu früh; aber es ist nun einmal so, meine Lieben,
Daß ich noch auf die Party der Gunnings muß –
Und ihr wißt, was *die* einem an Essen und Trinken schon anbieten.
Ich habe meinen Tee nicht bekommen und komme einfach um vor Hunger
Und sterbe vor Durst. Was hat Parkinson mir zu bieten?
Ja, ja, ich weiß schon, dies ist eine Parkinson-Party;
Ich erkannte einen ihrer Leute an der Tür –
Einen alten Bekannten von mir, jawohl. Aber was ich vergaß!
Ich habe noch eine Überraschung: ich habe Alex mitgebracht!
Er ist erst heute morgen aus dem Ausland zurückgekommen –
Von einer seiner mysteriösen Expeditionen,
Und wir müssen ihn dazu bringen, uns viel davon zu erzählen.
Aber wo ist er geblieben?

Alex tritt ein.

EDWARD

Ja, Alex!
Aus welcher Weltgegend tauchst du denn auf?

ALEX

Aus welcher Weltgegend? Aus dem Osten. Aus Kinkanja –
Einer Insel, von der ihr gewiß noch nichts gehört habt
Bis jetzt. Kam heute morgen zurück. Ich hörte von eurer Party
Und da ich dachte, ihr würdet vielleicht aufs Land gehn,

Sagte ich mir, ich darf die Gelegenheit nicht verpassen,
Edward und Lavinia zu begrüßen.

LAVINIA

Wie geht's dir, Alex?

ALEX

Ich habe nach dem Lunch versucht, euch telephonisch
Zu erreichen, aber meine Sekretärin bekam keine Verbindung.
Macht nichts, sagte ich – zu mir selbst, nicht zu ihr –
Macht nichts: der unerwartete Gast
Wird am wärmsten von allen willkommen geheißen.
Dazu kenne ich sie gut genug.

JULIA

Nun erzähl, Alex,
Was hast du an diesem seltsamen Ort gemacht –
Wie hieß er?

ALEX

Kinkanja.

JULIA

Was hast du gemacht
In Kinkanja? Irgendeinen Sultan besucht?
Hast du Tiger geschossen?

ALEX

Julia, es gibt keine Tiger
In Kinkanja. Und auch keine Sultane.
Ich habe beim Gouverneur gewohnt.
Drei von uns waren auf einer Tour, um die lokalen
Verhältnisse zu untersuchen.

JULIA

Wofür? Affennüsse?

ALEX

Du hast besser geraten, als du glaubst.
Nein, nicht Affennüsse. Aber es hat mit Affen zu tun –
Doch bin ich nicht sicher, ob die Affen der Kern
Des Problems sind, oder bloß ein Symptom.
Jedenfalls wurden Affen der Vorwand
Für allgemeine Unruhen unter den Eingeborenen.

EDWARD

Aber wie können Affen Unruhen verursachen?

ALEX

Um damit zu beginnen, Affen sind wirklich destruktive...

JULIA

Das brauchst du mir nicht zu erzählen, daß Affen destruktiv sind.
Ich werde Mary Mallingtons Affen nie vergessen,
Das schreckliche kleine Biest – stahl mein Billett nach Mentone,
Und ich mußte mit einem richtigen Bummelzug fahren
Und ohne Couchette. Sie war ganz außer sich,
Als ich ihr sagte, die Kreatur gehörte umgebracht.

LAVINIA

Aber kann man diese Affen nicht ausrotten,
Wenn sie eine Plage sind?

ALEX

Unglücklicherweise
Sind die meisten der Eingeborenen Heiden.
Die Affen genießen bei ihnen besondere Verehrung
Und dürfen nicht getötet werden. Für allen Schaden,
Den die Affen anrichten, machen sie also die Regierung verantwortlich.

EDWARD

Das scheint unvernünftig.

ALEX

Es ist unvernünftig.
Aber charakteristisch. Und das ist noch nicht das Schlimmste.
Einige der Stämme sind zum Christentum übergetreten
Und sind natürlich anderer Ansicht.
Sie fangen die Affen. Und sie verzehren sie.
Die jungen Affen sind äußerst schmackhaft:
Ich habe selbst welche gekocht...

EDWARD

Und hat sie jemand gegessen,
Wenn du sie kochtest?

ALEX

O ja, gewiß.

Ich erfand verschiedene neue Rezepte für die Eingeborenen.
Aber seht ihr, da sie die Affen essen
Und so ihre Pflanzungen vor den Affen schützen,
Gedeiht alles überaus bei den christlichen Eingeborenen:
Und das ruft Reibungen zwischen ihnen und den anderen hervor.
Und das ist das eigentliche Problem. Hoffentlich langweilt euch das nicht?

EDWARD

Nein, bestimmt nicht: wir sind gespannt auf die Lösung.

ALEX

Ich bin nicht sicher, ob es eine Lösung gibt.
Aber selbst das bringt uns nicht auf den Kern der Sache.
Es gibt dort auch ausländische Agitatoren,
Die Unruhe stiften ...

LAVINIA

Warum weist man sie nicht aus?

ALEX

Sie sind Bürger eines befreundeten Nachbarstaates,
Den wir gerade anerkannt haben. Du siehst, Lavinia,
Das sind wirklich tiefe Wasser.

EDWARD

Und die Agitatoren;
Wie arbeiten die?

ALEX

Sie bringen den Heiden bei,
Daß das Schlachten der Affen einen Fluch über sie brachte,
Der nur durch ein Gemetzel unter den Christen zu bannen ist.
Sie haben sogar einige von den Bekehrten überredet –
Die das schließlich dem Geschlachtetwerden vorziehen –
Wieder ins Heidentum zu verfallen. Sie essen also statt Affen
Jetzt Christen.

JULIA

Die doch Affen gegessen haben.

ALEX

Die Eingeborenen sind, fürchte ich, nicht sehr logisch.

JULIA

Ich wunderte mich, wo du hinauswolltest mit deinen Affen.
Ich hoffte, die Affen würden ein witziges Tischgespräch abgeben:
Aber mit Christenverspeisung kann man keine Gesellschaft amüsieren,
Selbst unter Heiden nicht.

ALEX

Mit der *ganzen* Geschichte nicht.

EDWARD

Ist in der englischen Siedlung jemand ermordet worden?

ALEX

Ja, aber die werden gewöhnlich nicht verspeist.
Wenn dies Volk mit einem Europäer fertig ist,
Kann man ihn, in der Regel, nicht mehr verspeisen.

EDWARD

Und was hat eure Kommission ausgerichtet?

ALEX

Wir haben grade einen vorläufigen Bericht aufgesetzt.

EDWARD

Wird er veröffentlicht werden?

ALEX

Das ist gegenwärtig nicht möglich:
Das würde zu viele internationale Verwicklungen ergeben.
Vielleicht kommt einmal eine offizielle Erklärung.

EDWARD

Aber wann?

ALEX

In einem Jahr oder zwei.

EDWARD

Und inzwischen?

ALEX

Inzwischen vermehren sich die Affen.

LAVINIA

Und die Christen?

ALEX

O die Christen! Jetzt muß ich euch wohl über jemand
Erzählen, den ihr kennt – oder gekannt habt . . .

JULIA

Edward!

Jemand ist über mein Grab gestolpert:
Mich fröstelt. Gib mir bitte etwas Gin.
Nein, keinen Cocktail. Mir ist eisig – im Juli!

DIENER

Mr. Quilpe!

EDWARD

Wer ist da ...

Peter tritt ein.

Ach, es ist Peter!

LAVINIA

Peter!

PETER

Hallo, alle miteinander.

LAVINIA

Seit wann bist du hier?

PETER

Ich flog heute nacht von New York herüber –
Los Angeles verließ ich vor drei Tagen.
Beim Lunch sah ich heute Sheila Paisley,
Und sie erzählte mir, daß ihr eine Party gebt –
Sie kommt später, wenn sie bei den Gunnings war –
Da sagte ich mir, ich sollte euch unbedingt überfallen,
Es wäre die einzige Chance, Edward und Lavinia zu treffen.
Ich bin nämlich nur für eine Woche hier,
Und heute abend fahre ich weiter aufs Land,
Ihr nehmt's nicht übel, dachte ich, daß ich so früh komme.
Mir ist, als hätten wir uns eine Ewigkeit nicht gesehn!
Wie geht's dir, Alex? Und unserer lieben Julia!

LAVINIA

Du kommst also gerade aus New York?

PETER

Jawohl, aus New York.

Die Bologolomskys brachten mich auf den Flugplatz.
Du erinnerst dich an die Fürstin Bologolomsky

Von früher her? Wir speisten neulich abends zusammen
Im »Safrangelben Affen«. Dahin geht man jetzt.

ALEX

Zu komisch. Meine Affen sind safrangelb.

PETER

Deine Affen, Alex? Ich habe immer gesagt,
Daß Alex alle Welt kennt. Aber ich wußte nicht,
Daß er auch Affen kennt.

JULIA

Aber erzähl das Neueste;
Was gibt es Neues in der Welt, Peter?
Wir führen hier in London ein so stilles Leben.

PETER

Du machst dich noch immer gern lustig über mich, Julia!
Aber ihr wißt schon, daß ich für die Pan-Am-Eagle arbeite?

EDWARD

Nein. Erkläre, was ist die Pan-Am-Eagle?

PETER

Ihr müßt wirklich hinterm Mond gelebt haben!
Geht ihr denn nie ins Kino?

LAVINIA

Gelegentlich.

PETER

Alex weiß Bescheid.
Hast du meinen letzten Film gesehen, Alex?

ALEX

Ich hörte davon, aber ich hab ihn nicht gesehn.
In Kinkanja gibt es kein Kino.

PETER

Kinkanja? Wo ist das? Dort gibt es keine Kinos?
Die Pan-Am-Eagle muß sich darum kümmern.
Vielleicht kann man dort etwas drehen.
Alex weiß über die Pan Am Eagle Bescheid.
Er hat mich doch mit dem großen Bela bekannt gemacht.

LAVINIA

Und wer ist der große Bela?

PETER

Was, Bela Szogody –
Er ist mein Chef. Alle Welt kennt doch *seinen* Namen.

JULIA

Ist das deine Beziehung in Kalifornien, Alex?

ALEX

Ja, wir haben uns gelegentlich gegenseitig einen Gefallen getan.

PETER

Also Bela hat mich hergeschickt,
Gerade für eine Woche. Ich habe alle Hände voll zu tun.
Heute abend muß ich hinunter nach Boltwell.

JULIA

Als Gast des Herzogs?

PETER

Und ihm einen Dienst erweisen.
Wir wollen einen Film über englisches Leben drehen,
Und wir möchten Boltwell dazu benützen.

JULIA

Soviel ich weiß, ist Boltwell
In sehr verfallenem Zustand.

PETER

Eben. So ist es. Und deswegen interessiert es uns.
Der verfallenste Adelssitz in England!
Wenigstens von allen, die noch bewohnt sind.
Wir haben ein Team von Experten herübergeschickt,
Den Verfall zu studieren und ihn zu kopieren.
Wir bauen dann in Kalifornien ein zweites Boltwell auf.

JULIA

Und was hast du dabei zu tun, Peter?
Bist du Experte für verfallende Häuser?

PETER

O bewahre! Ich habe das Filmmanuskript geschrieben,
Und Bela ist sehr begeistert davon.
Er meinte, ich müßte das Original-Boltwell sehen;
Außerdem glaubt er, weil ich Engländer bin,
Wüßte ich am besten, wie man mit einem Herzog umgeht.

Außerdem ist auch der Produktionschef mit:
Er sucht einige typisch englische Gesichter –
Natürlich nur für kleinere Rollen –
Und ich soll ihm entscheiden helfen, welche Gesichter typisch sind.

JULIA

Peter, ich habe eine fabelhafte Idee!
Ich wollte immer schon nach Kalifornien:
Könntest du deinen Produktionschef nicht überreden,
Uns alle mitzunehmen. Wir alle sind sehr typisch.

PETER

Ich fürchte, nein …

DIENER

Sir Henry Harcourt-Reilly –

JULIA

Oh, ich vergaß ganz. Noch eine Überraschung für euch:
Reilly tritt ein.
Ich möchte euch Sir Henry Harcourt-Reilly vorstellen –

EDWARD

Wir freuen uns, ihn zu sehen. Aber wir begegneten uns schon.

JULIA

Wenn ihr ihn schon kennt, werdet ihr keine Angst vor ihm haben.
Ich hatte nämlich zuerst Angst vor ihm:
Er sieht so gefährlich aus

REILLY

Meine liebe Julia,
Das ist eine schlechte Empfehlung für mich –
Vorausgesetzt, daß eine Empfehlung notwendig war.

JULIA

Mein lieber Henry, du hast mich unterbrochen.

LAVINIA

Wenn Sie es fertigbringen, Julia zu unterbrechen, Sir Henry,
Sind Sie der ideale Gast, auf den wir gewartet haben.

REILLY

Im Traum würde es mir nicht einfallen, Julia zu unterbrechen …

JULIA

Aber ihr beide unterbrecht mich!

REILLY

Und wer unterbricht jetzt?

JULIA

Wenn du meine Unterbrechung unterbrichst,
Ist das wirklich schlimmer als unterbrechen.
Nun bin ich aber ganz schwindlig. Ich muß einen Cocktail haben.

EDWARD *zu Reilly:*

Und nehmen Sie auch einen Cocktail?

REILLY

Könnte ich ein Glas Wasser haben?

EDWARD

Etwas dazu?

REILLY

Nein, danke sehr.

LAVINIA

Darf ich Mr. Peter Quilpe vorstellen?
Sir Henry Harcourt-Reilly. Peter ist ein alter Freund
Von meinem Mann und mir. Oh, ich vergaß –
Sich an Alex wendend:
Ich setzte voraus, daß Sie sich kennen –
Ich weiß nicht, warum. Mr. MacColgie Gibbs.

ALEX

Ja, wir kennen uns wirklich schon.

REILLY

Von verschiedenen Anlässen her.

JULIA

Wir waren eben in einer so interessanten Unterhaltung.
Peter kommt gerade aus Kalifornien,
Wo er etwas ganz Großes beim Film ist.
Er dreht einen Film über englisches Leben,
Und er sucht jetzt für uns alle Rollen. Denk einmal!

PETER

Aber, Julia, ich war gerade im Begriff zu erklären –
Ich bedaure, ich kann niemandem eine Rolle geben
In diesem Film – das ist nicht meine Aufgabe;
Und so machen wir das auch nicht.

JULIA

Aber Peter;
Wenn ihr schon Boltwell nach Kalifornien nehmt,
Warum mich dann nicht?

PETER

Wir nehmen ja nicht Boltwell.
Wir rekonstruieren Boltwell.

JULIA

Nun gut, also:
Warum mich nicht rekonstruieren? Das ist doch viel billiger.
Mein Lieber, ich merke, du willst mich einfach nicht haben.
Also Schluß mit der Hoffnung, je Kalifornien zu sehen.

PETER

Du würdest doch gar nicht kommen, wenn wir dich einladen.
Es gibt aber jemand, nach der ich fragen wollte,
Die wirklich zum Film gehen wollte,
Und sie würde, wie ich stets dachte, Erfolg dabei haben,
Wenn sie eine Chance hätte. Celia Coplestone.
Sie hat es sich immer gewünscht. Und jetzt könnte ich ihr helfen.
Mit Bela habe ich schon über sie gesprochen,
Und ich möchte sie unserm Produktionschef vorstellen.
Ich habe eine Idee für einen neuen Film.
Kannst du mir sagen, wo sie ist? Im Telefonbuch
Kann ich sie nicht finden.

JULIA

Weder im Telefonbuch
Noch in sonst einem Verzeichnis. Du kannst es jetzt erzählen, Alex.

LAVINIA

Was meint Julia?

ALEX

Ich wollte gerade von ihr erzählen,
Als du hereinkamst, Peter. Du kannst leider Celia nicht bekommen.

PETER

Oh ... ist sie verheiratet?

ALEX

Nicht verheiratet, aber tot.

LAVINIA

Celia?

ALEX

Ist tot.

PETER

Tot. Damit ist alles aus.

EDWARD

Celia tot.

JULIA

Alex, du solltest ihnen lieber erzählen,
Was du für Nachrichten aus Kinkanja mitbringst.

LAVINIA

Kinkanja? Was hatte Celia in Kinkanja zu tun?
Wir hörten, sie sei in einen Pflegerinnenorden eingetreten ...

ALEX

Sie war in einen Orden eingetreten. Einen sehr strengen.
Und da sie bereits Erfahrungen in der Krankenpflege hatte ...

LAVINIA

Ja, ich erinnere mich, sie hat während des Krieges gepflegt.

ALEX

Wurde sie nach Kinkanja geschickt,
Wo, abgesehen natürlich von solchen, die Europäer einschleppen,
Verschiedene endemische Krankheiten herrschen,
Und wo die Beulenpest sehr oft vorkommt.

EDWARD

Weiter.

ALEX

Anscheinend waren sie zu dritt dort –
Drei Schwestern auf der Station in einem christlichen Dorfe;
Und die Hälfte der Einwohner starb an der Pest.
Sie müssen seit Wochen überarbeitet gewesen sein.

EDWARD

Und dann?

ALEX

Dann brach unter den Heiden
Der Aufstand aus, von dem ich vorhin erzählte.

Sie wußten davon, wollten aber die sterbenden Eingeborenen nicht verlassen.
Zwei von ihnen flohen schließlich;
Eine starb im Dschungel, und die andere
Wird für ein normales Leben nie mehr zu gebrauchen sein.
Celia Coplestone aber fiel in ihre Hände.
Als unsere Leute hinkamen, fragten sie die Einwohner aus –
Soweit sie überlebten. Und dann fanden sie ihre Leiche,
Oder jedenfalls fanden sie Spuren von ihr.

EDWARD

Aber vorher . . .

ALEX

Es ist schwer zu sagen.
Aber soweit wir die örtlichen Gebräuche kennen,
Muß man annehmen, daß sie gekreuzigt wurde,
Dicht neben einem Ameisenhügel.

LAVINIA

Grade Celia! . . . Ausgerechnet sie . . .

EDWARD

Und das für ein paar pestkranke Eingeborene,
Die ohnehin gestorben wären.

ALEX

Ja, die Kranken starben ohnehin.
Weil sie von der Pest verseucht waren, wurden sie nicht verzehrt.

LAVINIA

O Edward, es tut mir so leid – wie armselig das klingt!
Aber du weißt, was ich meine.

EDWARD

Und du weißt, woran ich denke.

PETER

Ich verstehe überhaupt nichts. Aber ich bin zwei Jahre
Weg gewesen und weiß nicht, was mit Celia
Gewesen ist in diesen zwei Jahren.
Zwei Jahre! Immer in Gedanken an Celia.

EDWARD

Ich wehre mich gegen die Sinnlosigkeit.

PETER

Du verstehst mehr als ich:
Für mich ist alles übrige eine Sinnlosigkeit.
Zwei Jahre! Und alles war umsonst.
Julia! Warum sagst du nicht irgend etwas?

JULIA

Du opfertest ihr diese zwei Jahre so gut du konntest.

PETER

Wann nahm sie ... diesen Beruf auf?

JULIA

Vor zwei Jahren.

PETER

Vor zwei Jahren! Ich versuchte sie zu vergessen,
Bis ich anfing, an meinen Erfolg zu glauben
Und etwas mehr Selbstvertrauen bekam;
Und dann dachte ich wieder an sie. Immer häufiger.
Zuerst wollte ich über Celia nichts wissen
Und fragte deshalb nie. Dann hätte ich gerne etwas gewußt
Und wagte nicht zu fragen. Ich brauchte meinen ganzen Mut,
Um mich bei euch jetzt zu erkundigen; aber an so etwas
Hätte ich niemals gedacht. Ich glaube, ich habe sie nicht gekannt,
Ich habe sie nicht verstanden. Ich verstehe gar nichts.

REILLY

Sie verstehen Ihr Metier, Mr. Quilpe –
Mehr kann keiner von uns verlangen.

PETER

Und was für ein Metier! Ich habe versucht, daran zu glauben,
Um an mich selbst glauben zu können.
Mir schwebte vor, mit meinen Ideen würde ich eine Revolution
Im Film herbeiführen, die keiner ignorieren könnte –
Und was tue ich, ich mache einen zweitrangigen Film!
Aber ich glaubte, das würde zu etwas Besserem führen,
Und das schien möglich, solange Celia lebte.
Ich wollte es, glaubte daran, für Celia.
Und natürlich wollte ich etwas für Celia tun –

Aber alles kam darauf an, daß Celia lebte.
Und nun ist alles sinnlos. Celia lebt nicht mehr.

LAVINIA

Nein, sinnlos ist das alles nicht, Peter. Du hast nur grade angefangen.
Vielmehr bist du jetzt erst an den Punkt gekommen,
An dem du anfangen mußt. Du sagtest gerade eben,
Daß du Celia nicht gekannt hast. Keiner von uns kannte sie.
Das, womit du gelebt hast, war ein Wunschbild von Celia,
Das du selbst dir für deine Bedürfnisse gemacht hast.
Peter, bitte, denke nicht, ich sei lieblos . . .

PETER

Nein, ich denke nicht, daß du lieblos bist, Lavinia:
Und ich weiß, daß du recht hast.

LAVINIA

Und vielleicht erscheint dir,
Was ich sage, weniger lieblos, wenn du verstehn wirst,
Daß ich eigentlich von mir gesprochen habe.

EDWARD

Lavinia hat recht. Damit mußt du anfangen.
Wenn du jetzt Dinge an dir entdeckst, Peter,
Die dir nicht gefallen: nun, dann denke daran,
Daß manche Menschen viel schlimmere Dinge über sich
Erfahren mußten, und das viel später,
Wenn es schwieriger ist, sich wiederzufinden und neu anzufangen.
Für dich ist es nicht so schwer. Du bist von Natur gut.

PETER

Verzeih, aber ich glaube nicht, daß ich alles verstand,
Was du gesagt hast. Aber ich bin dir für alles dankbar.
Weißt du, während du sprachst, ist mir die ganze Zeit
Ein Gedanke immer wieder durch den Kopf gegangen –
Daß ich nur für mich selbst Interesse hatte:
Und so wurde ich Celia nicht gerecht.

JULIA

Peter, du mußt doch wissen, wie man Menschen sieht,
Wenn du sie mit Augen für den Film ansiehst;

Das heißt, wenn du nicht mit dir selbst beschäftigt,
Sondern nur noch Auge bist. Eines Tages wirst du an Celia
Genau so denken können. Und dann wirst du sie verstehn.
Und ausgesöhnt sein, und glücklich in Gedanken an sie.

LAVINIA

Sir Henry, ich möchte Ihnen gerne etwas sagen.
Während Alex uns erzählte, was mit Celia geschah,
Sah ich Sie an. Und nach Ihrem Ausdruck schien es mir,
Als hätte Sie weder die Art, wie sie starb, entsetzt,
Noch daß sie starb, weil sie ein paar sterbende Wilde
Nicht verlassen wollte.

REILLY

Mrs. Chamberlayne, weiß jemand,
Was das für die sterbenden Wilden ausmachte,
Oder für die Seelenverfassung, in der sie starben?

LAVINIA

Ich bin bereit, das zuzugeben. Was mir jedoch auffiel, war,
Daß Ihr Gesicht weder Überraschung noch Entsetzen darüber
Verriet, wie sie starb. Ich weiß nicht, ob Sie sie kannten.
Ich vermute, ja. Jedenfalls wußten Sie von ihr.
Doch war in Ihrem Ausdruck etwas wie – Befriedigung!

REILLY

Mrs. Chamberlayne, entweder bin ich leicht zu durchschauen,
Oder Sie beobachten besonders gut.

JULIA

O Henry!
Lavinia bemerkt viel mehr, als du glaubst.
Mir scheint, sie hat dich in die Enge getrieben.

REILLY

Du hast die Lage richtig bezeichnet, Julia.
Haben Sie etwas dagegen, wenn ich Verse zitiere, Mrs.
Chamberlayne?

LAVINIA

O nein, ich würde Sie gerne Verse sprechen hören ...

JULIA

Sie hat recht, Henry.

LAVINIA

. . . wenn sie meine Frage beantworten.

REILLY

»Eh Babylon in Staub fiel, traf,
Mein totes Kind, der Magier Zoroaster
Sein eignes Bild im Garten wandelnd an.
Nur er, kein andrer Mensch, sah die Erscheinung.
Denn sieh, es gibt zwei Welten, Leben und Tod:
Die eine, die du siehst; die andre aber
Ist unterm Grabe, wo die Schatten wohnen
Von allen Wesen, die leben und denken,
Bis sie der Tod eint, und sie nimmer scheiden!«
– Als ich Miss Coplestone in diesem Zimmer zum erstenmal traf,
Sah ich, aufrecht hinter ihrem Stuhl, das Bild
Einer Celia Coplestone, deren Gesicht das Erstaunen
Der ersten fünf Minuten nach einem gewaltsamen Tod zeigte.
Wenn Ihnen das unglaubhaft erscheint, Mrs. Chamberlayne,
Bitte ich Sie, die Möglichkeit in Betracht zu ziehen,
Daß eine plötzliche Intuition bei gewissen Menschen
Die Neigung haben kann, sich sofort in einem Bild
auszudrücken.
Das geschieht mir zuweilen. So war mir offenbar,
Daß da eine Frau im Zeichen des Todes stand.
Das war ihre Bestimmung. Nur die Art des Todes
War fraglich. *Ich* konnte sie nicht kennen;
Denn es stand bei ihr, den Lebensweg zu wählen,
Der zum Tod führte; und so, ohne das Ende zu kennen,
Die Art ihres Todes zu wählen. Wir wissen, welchen Tod sie wählte.
Ich wußte nicht, daß sie auf diese Weise sterben würde,
Sie wußte es nicht. So war alles, was ich tun konnte,
Sie auf den Weg der Vorbereitung zu weisen.
Der Weg, den sie wählte, führte in diesen Tod.
Und wenn das kein glücklicher Tod ist, welcher Tod wäre glücklich.

EDWARD

Soll das heißen, daß sie, weil sie diese Art des Todes wählte,
Nicht so gelitten hat, wie gewöhnliche Sterbliche leiden?

REILLY

Das meine ich keineswegs. Eher das Gegenteil.
Ich möchte sagen, daß sie alles, was wir leiden müssen, litt
An Angst und Pein und Ekel – alles das zusammen –
Und das Widerstreben des Körpers, ein Ding zu werden.
Sie litt mehr, möchte ich sagen, weil sie bewußter litt
Als wir alle. Sie zahlte den höchsten Preis
An Leiden. Das war ein Teil ihrer Bestimmung.

LAVINIA

Vielleicht hat sie schon vorher schlimmere Qualen durchgemacht.
Das heißt – ich weiß nichts über ihre beiden letzten Jahre.

REILLY

Das zeigt, daß Sie einiges erkannt haben, Mrs. Chamberlayne;
Aber solche Erfahrungen können nur in Mythen
Und Gleichnissen angedeutet werden. Wenn wir sie erwähnen,
Sprechen wir von Finsternis, Labyrinthen und Minotaurus-
Schrecken.
Aber die Welt nimmt nicht den Platz unsrer eigenen ein.
Doch glauben Sie, daß der Heilige in der Wüste,
Ständig mit den Stimmen des Bösen im Ohr,
Weniger unter Hunger, Nässe, Ausgesetztsein,
Verdauungsstörungen und Angst vor wilden Tieren,
Kälte bei Nacht und Hitze bei Tag leidet als wir.

EDWARD

Aber wenn das richtig war – richtig für Celia –,
Dann muß es etwas anderes geben, was grauenhaft falsch ist,
Und wir anderen sind irgendwie verwickelt in das Falsche.
Ich kann nur von mir sprechen. Ich bin es gewiß.

REILLY

Lassen Sie mich Ihr Gewissen von einer Last befreien:
Sie müssen versuchen, sich von dem Gefühl frei zu machen,
Daß Sie noch verantwortlich sind.

EDWARD

Ich kann mir nicht helfen,
Ich fühle, daß meine Verantwortung, in gewisser Weise,
Größer ist als die einer Bande halbverrückter Wilder.

LAVINIA

Ach Edward, ich weiß! Ich weiß, was du denkst!
Aber hilft es dir nicht, daß auch ich mich schuldig fühle?

REILLY

Würden wir alle zusammen nach den Folgen gerichtet,
Die unsere Worte und Taten haben, über unsere Absichten
Und über unser beschränktes Verständnis für uns
Und für andere hinaus, wir würden alle verdammt.
Mr. Chamberlayne, wie oft muß ich eine Entscheidung treffen,
Die für einen Patienten Genesung oder Untergang bedeuten kann –
Und manchmal habe ich die falsche Entscheidung getroffen.
Aber zu Miss Coplestone: weil Sie glauben, ihr Tod sei sinnlos,
Beschuldigen Sie sich, und weil Sie sich selbst beschuldigen,
Glauben Sie, ihr Leben war sinnlos. Es war ein Triumph.
Aber ich bin nicht m e h r verantwortlich für den Triumph –
Und e b e n s o verantwortlich für ihren Tod wie Sie.

LAVINIA

Doch weiß ich, daß ich mir weiter Vorwürfe machen werde,
Weil ich herzlos zu ihr war ... so boshaft.
Ich werde sie immer vor mir sehn in dem Augenblick,
Als sie sich von uns verabschiedete, vor zwei Jahren.

EDWARD

Deine Verantwortung ist nichts gegen meine, Lavinia.

LAVINIA

Das weiß ich nicht recht. Wenn ich dich verstanden hätte,
Dann hätte ich Celia wohl nicht mißverstanden.

REILLY

Sie werden mit diesen Erinnerungen leben und etwas Neues
Daraus machen müssen. Nur durch Hinnahme
Der Vergangenheit werden Sie ihren Sinn verwandeln.

JULIA

Henry, ich glaube, es ist Zeit, daß i c h etwas sage,
Jeder trifft eine Wahl, auf diese oder jene Weise,
Und muß dann die Konsequenzen tragen. Celia wählte
Einen Weg, dessen Konsequenz Kinkanja war.

Peter wählte den Weg, der ihn nach Boltwell führt.
Und er muß dahin gehen.

PETER

Ich verstehe, was du meinst.
Ich wünschte, es müßte nicht sein. Aber der Wagen wartet schon.
Und die Experten – beinahe vergaß ich sie.
Ich sehe ein, daß ich mich unmöglich drücken kann –
Und was bleibt mir sonst?

ALEX

Es ist dein Film.
Und ich weiß, daß Bela sich viel davon verspricht.

PETER

Dann geh ich jetzt.

EDWARD

Werden wir dich noch einmal sehn, Peter,
Bevor du England verläßt?

LAVINIA

Sieh doch zu, daß du noch herkommst.
Weißt du, ich glaube, es täte uns allen gut –
Dir und mir und Edward ... von Celia zu sprechen.

PETER

Ich danke euch. Aber dieses Mal nicht –
Ich werde es einfach nicht schaffen.

EDWARD

Aber bei deinem nächsten Besuch?

PETER

Das verspreche ich: wenn ich das nächste Mal wieder nach England komme.
Es liegt mir wirklich viel daran, euch beide zu sehn.
Lebwohl, Julia, Lebewohl, Alex. Adieu, Sir Henry.
Ab

JULIA

... und jetzt die Konsequenz der Wahl der Chamberlaynes:
Die Cocktail Party. Sie müssen dafür bereit sein.
Ihre Gäste können jeden Moment kommen.

REILLY

Du hast recht, Julia. Und es ist auch recht,
Daß die Chamberlaynes eine Cocktail Party geben.

LAVINIA

Die letzten fünf Minuten habe ich immerfort gedacht,
Wie ich meinen Gästen gegenübertreten soll. Ich wollte, alles wäre vorbei.
Ich wollte sagen ... ich freue mich, daß Sie kamen ... und daß Alex uns erzählte ...
Und Peter mußte es wissen ...

EDWARD

Ich glaube, jetzt verstehe ich ...

LAVINIA

Dann hoffe ich, daß du es mir erklärst!

EDWARD

Oh, es ist sehr wenig,
Was ich bis jetzt verstehe! Aber Sir Henry sagte, glaube ich,
Daß jeder Augenblick ein neuer Anfang ist;
Und Julia, daß das Leben nur weiter geht;
Und irgendwie scheinen mir die beiden Gedanken zusammen zu passen.

LAVINIA

Aber trotzdem – ich mag diese Leute jetzt nicht sehn.

REILLY

Das ist die Ihnen auferlegte Bürde. Und die Party
Wird sicher ein Erfolg.

JULIA

Und ich glaube, Henry,
Wir sollten gehn, bevor die Party anfängt.
Sie wird ohne uns besser gehn. Du auch, Alex.

LAVINIA

Es ist nicht schön, daß ihr jetzt geht!

ALEX

Wir haben noch eine Einladung.

REILLY

Und diesmal komme ich nicht ungebeten.

JULIA

Komm, Henry; komm, Alex. Wir gehen zu den Gunnings.

Julia, Reilly und Alex ab

LAVINIA

Edward, wie seh ich aus?

EDWARD

Wunderbar.

Fast möchte ich sagen, besser denn je. Aber du bist immer schön.

LAVINIA

Oh, Edward, das verdirbt's wieder. Keine Frau kann glauben,
Daß sie immer schön aussieht. Du bist leicht zu durchschauen
Weißt du, wenn du mich aufzuheitern versuchst.
Wenn du sagst, ich sei immer schön, kann nur das Ärgste gemeint sein.

EDWARD

Ich werde nie lernen, Komplimente zu machen.

LAVINIA

Du hättest mein Kleid bewundern sollen.

EDWARD

Ich hab dir doch schon gesagt, wie gut es mir gefällt.

LAVINIA

Aber was ist seitdem alles geschehn. Außerdem
Hört man manchmal gern dasselbe Kompliment zweimal.

EDWARD

Und nun zur Party.

LAVINIA

Nun zur Party.

EDWARD

Sie wird bald vorbei sein.

LAVINIA

Wenn sie doch nur anfinge.

EDWARD

Da, es klingelt.

LAVINIA

Oh, wie gut. Sie hat angefangen.

Vorhang

Der Privatsekretär

Komödie

Deutsch von Nora Wydenbruck und Peter Suhrkamp

Personen:

Sir Claude Mulhammer

Eggerson

Colby Simpkins

B. Kaghan

Lucasta Angel

Lady Elizabeth Mulhammer

Mrs. Guzzard

Um das englische Milieu des Stückes auch auf den deutschen Bühnen zu wahren, sind in der Übersetzung außer den englischen Anreden Sir, Lady, Mr., Mrs., Miss, usw. einige Eigentümlichkeiten des englischen geselligen Umgangs beibehalten worden. Eggerson spricht von seiner Frau als Mrs. E. (sprich »i«) und Barnabas Kaghan wird durchweg als B. (sprich »bi«) Kaghan oder auch nur als B. angesprochen.

Erster Akt

Arbeitszimmer im ersten Stock von Sir Claude Mulhammers Londoner Haus. Früher Nachmittag. Sir Claude schreibend am Tisch. Eggerson tritt ein.

SIR CLAUDE

Ah, Eggerson, da sind Sie! Pünktlich wie immer.
Es tut mir leid, daß ich Sie für 'ne derartige Mission
Den weiten Weg von Joshua Park nach London bemühen mußte.
Aber meine Frau wird am Flugplatz niemand erwarten
Als Sie, das wissen Sie. Ich konnte doch nicht Colby schicken.
So darf man nicht ihr erstes Zusammentreffen richten:
Wenn sie aus der Schweiz ankommt.

EGGERSON

Unmöglich, Sir Claude!
Eine wirklich delikate Situation –
Mr. Simpkins' und ihre erste Begegnung.
Aber ich freute mich über den Vorwand, nach London zu kommen.
Den Vormittag verbrachte ich mit Einkäufen! Gartengerät.
Die vielen Dinge, die im Garten nötig sind!
Und ich dachte, jetzt ist der Augenblick, einiges neue Gerät zu kaufen
Und nicht noch Zeit zu verlieren zu Ende des Winters.
Und einen passenden Stoff nahm ich mit für Mrs. E.,
Den sie sich wünschte. Auch *sie* wird erfreut sein.
Dann lunchte ich im Kaufhaus – da ist ein Restaurant;
Einen ausgezeichneten Lunch, und billig, für heutzutage.
Doch wo ist Mr. Simpkins? Kommt er noch?

SIR CLAUDE

Ich mußte ihn heut' morgen in die City schicken,
Er wird hoffentlich zurück sein, bevor Sie gehn

EGGERSON

Und wie findet er sich zurecht? Gewiß mit Leichtigkeit,
Da ich nichts hörte, seit ich zuletzt da war.

SIR CLAUDE

Na, Eggerson, Sie sind natürlich nicht zu ersetzen ...

EGGERSON

Oh, Sir Claude, sagen Sie das nicht!
Mr. Simpkins ist als Privatsekretär für Sie
Viel geeigneter, als ich es war.
Er fand sich gut und wirklich rasch hinein
In der Zeit, die wir zusammen arbeiteten.
Ihm fehlt nur noch Selbstvertrauen.

SIR CLAUDE

Und Erfahrung.
Ein junger Mann braucht Zeit sich einzuarbeiten.
Aber ich bin überzeugt, er wird bald hinter die Dinge kommen,
Und ich habe den Eindruck, er fängt an, sich lebhaft zu interessieren.

EGGERSON

Und über seine Enttäuschung hinwegzukommen?
Ich erwähnte das natürlich niemals:
Nur, Sie erzählten mir davon.

SIR CLAUDE

Mit seiner Musik.
Ja, ich glaube. Ich verstehe seine Gefühle.
Er ist wie ich, Eggerson. Die gleiche Enttäuschung
In anderer Form. Er kann seine Ambition,
Ein großer Organist zu werden, nicht vergessen,
So wie ich nicht vergessen kann ... genug davon.
Die Hauptsache war, irgendwas zu finden,
Das er kann und gern tut. Und ich glaube, er fand es,
Genau wie ich. Ich werd ihm von mir erzählen.
Doch bis jetzt überließ ich ihn sich selber:
Ich dachte, er würde sich rascher in dieses Leben finden,
Wenn wir auf rein geschäftlicher Basis anfingen.

EGGERSON

Ohne Zweifel ist es so am besten. Solange er noch auswärts

Bei seiner Tante in Teddington wohnt und täglich herein kommt,
So wie ich es tat. Und die Wohnung über der Garage?
Wie ist es, wird sie bald fertig sein für ihn?

SIR CLAUDE

Noch ist man bei den Wänden. Dann muß sie möbliert werden.
Ich bin dabei, einen wirklich guten Flügel für ihn zu suchen.

EGGERSON

Einen Flügel? Ja, das glaube ich, da wird er sich zuhause fühlen.
Mit einem Flügel. Sie denken an alles.
Wenn ich noch eine Anregung geben darf: Fensterkästen!
Er zeigte sich so interessiert an meinem Garten,
Daß ich annehme, er hätte Blumenkästen gern.
Eines Tages wird er sich einen Garten wünschen. Und ja, ein Vogelbad!

SIR CLAUDE

Ein Vogelbad? Bei der Garage? Wozu das?

EGGERSON

Er erzählte mir, daß er gern Vögel beobachtet.

SIR CLAUDE

Aber es wird da keine Vögel geben – keine bemerkenswerten.

EGGERSON

Ich weiß nicht, Sir Claude. Erst vor einigen Tagen
Las ich in einem Brief an die ›Times‹ über Waldvögel in London.
Ich bin überzeugt, wenn irgend jemand, wird Mr. Simpkins sie entdecken.

SIR CLAUDE

Schön, doch lassen wir das im Moment. Da wir noch etwas Zeit haben,
Bis Sie aufbrechen nach Northolt – der Wagen steht bereit –,
Lassen Sie uns überlegen, was Sie Lady Elizabeth über Colby
Auf der Herfahrt vom Flughafen sagen werden.
Sie sollten sie doch darauf vorbereiten,
Wen sie hier bei ihrer Ankunft treffen wird.

EGGERSON

Und wie möchten Sie, daß ich das anfasse?

SIR CLAUDE

Natürlich weiß sie, daß Sie sich zurückziehen wollten,
Da wir manchmal besprochen haben, wie Sie zu ersetzen sind.
Aber Sie wissen, sie betrachtet Sie – ja, vollkommen
Als zur Familie gehörig.

EGGERSON

Das ist ein großes Kompliment.

SIR CLAUDE

Und wohlverdient; aber etwas ungelegen,
Wenn es darauf ankommt, einen Nachfolger zu finden.
Das macht es gerade schwer, Sie zu ersetzen.
Sie meint, sie müßte dabei mitzureden haben;
Nebenbei ist sie überzeugt, daß sie – ausgerechnet! –
Ein besserer Menschenkenner ist als ich.

EGGERSON

Nein, das möcht' ich doch nicht sagen, Sir Claude!
Sie hat viel zuviel Achtung vor Ihrem geschäftlichen Genie.
Es ist wahr, sie glaubt, sie hat, wie sie sagt, ›Intuition‹.

SIR CLAUDE

Intuition! Das ist schlimmer, als baute sie auf ihr Urteil:
Darüber ließe sich streiten. Sie können über Intuition nicht streiten.
Doch sollte sie sich den Kopf zerbrechen oder sich ärgern,
Weil ich die Anstellung in ihrer Abwesenheit vornahm,
Dann sollten Sie sagen, Sie hätten auf ärztliche Order aufgehört.
Sie ist immer besorgt gewesen um Ihren Gesundheitszustand,
So wird sie empfänglich dafür sein. Und über Colby –
Sagt man, daß Mr. Simpkins bestens empfohlen war,
Und sagt, daß ich eine rasche Entscheidung treffen mußte,
Weil er ein anderes, sehr verlockendes Angebot hatte.
Irgendwas Derartiges. Nicht zuviel davon hermachen.
Und ich hoffe fast, sie wird sofort von ihm entzückt sein;
Und ja, dann wird sie noch so weit kommen zu glauben,
Daß sie selbst ihn wählte. Übrigens, nicht vergessen,
Sie wissen zu lassen, daß er sehr musikalisch ist.
Sie kann ihn mitnehmen in Konzerte. Aber nicht übertreiben!

EGGERSON

Das werde ich mir merken. Musik.

SIR CLAUDE

Übrigens,
Was haben Sie ihm schon erzählt über sie?
Ich bat Sie doch, ihn ein wenig vorzubereiten.
Es gibt ja Dinge, die Sie leichter sagen können als ich,
Und Sie haben eher Gelegenheit, ihn zu beruhigen,
Als ich. Er ist mit Ihnen viel zwangloser
Als mit mir.

EGGERSON

Oh, glauben Sie doch das nicht!
Wenn ich auch alles tat, sein Vertrauen zu gewinnen.
Ich erwähnte ihr Interesse für die Erkenntnis des Ostens.

SIR CLAUDE

Und das Buch der Offenbarungen? Und die Weisheit von Atlantis?

EGGERSON

Offen gesagt, Sir Claude, ich habe diese Materie nur gestreift,
Sie ist viel zu hoch für mich. Und Mr. Simpkins, dünkt mich,
Ist hochgebildet. Er wird das bald erfaßt haben.
Nein, ich habe ihm nicht viel erzählt über Lady Elizabeth.
Doch über etwas hätte ich gern noch Bescheid gewußt –
Wenn es Ihnen recht ist , bevor ich sie abhole.
Wann haben Sie vor, ihr Mr. Simpkins zu – *erklären*?
Seine Stellung in Ihrem Hause zu ordnen?
Sie sagten mir, daß Sie das eventuell beabsichtigen.

SIR CLAUDE

Wann – und ob – ich seine Identität aufdecke,
Hängt davon ab, wie sie ihn aufnimmt. Heut' nachmittag
Soll sie nur erfahren, daß Sie sich zur Ruhe setzten
Und daß Sie einen jungen Nachfolger haben,
Einen Mr. Colby Simpkins.

EGGERSON

Nur Mr. Simpkins.

SIR CLAUDE

Die Gründe für seinen Eintritt in ihrer Abwesenheit

Sind völlig klar. Aber weiter kann ich
Ihnen jetzt nichts sagen, ich weiß es noch nicht.
Ich habe nie über ihn zu ihr gesprochen,
Und er ist bei der Begegnung für sie nur Mr. Simpkins,
Weil ihre mütterlichen Instinkte so stark sind ...

EGGERSON
Ich verstehe.

SIR CLAUDE
Und immer durchkreuzt worden sind.

EGGERSON
Das ist gewiß für Sie beide ein Kummer gewesen,
Daß Sie keine Kinder hatten.

SIR CLAUDE
Nicht schlimmer, Eggerson,
Als für Sie und Ihre Frau, einen Sohn, den Sie hatten,
Im Kriege verlieren und sein Grab nicht kennen.

EGGERSON
Und Sie haben zweifellos gedacht, Lady Elizabeth
Könnte an das Kind erinnert werden, das *sie* verlor.

SIR CLAUDE
Auf ganz andere Art, ja. Man könnte sagen *verlegte*,
Seit der Vater tot ist, und es ist auf keine Weise aufzuspüren.
Ja, ich dachte an ihr vermißtes Kind:
Die Umstände könnten sie eifersüchtig machen.
Ich habe das Colby – Mr. Simpkins – alles erklärt.

EGGERSON
Ich verstehe jetzt.

SIR CLAUDE
Zunächst muß sie ihn mögen:
Und dann, Eggerson, bin ich nicht ohne Hoffnung,
Daß sie, unter dem Eindruck, daß er Waise ist,
Wünschen wird, wir sollten ihn adoptieren.

EGGERSON
Adoptieren! Ja, wirklich,
Das wäre die Lösung. Ja, ganz ideal.

SIR CLAUDE
Mich freut Ihre Zustimmung. Ihre Hilfe wird nützlich sein.

EGGERSON
Es wird mir gewiß eine Freude sein, ihn zu empfehlen.

SIR CLAUDE
Nur ja nicht zu weit gehn! Aber Ihre Billigung ist wichtig.
Sie wissen, wieviel sie auf Ihre Meinung gibt.

EGGERSON
Na, ein oder das andere Mal, vielleicht ...
Aber ich fürchte, Sie überschätzen meinen Einfluß.
Es ist mir nie gelungen, ihr Miss Angel näherzubringen;
Sie wird unaufmerksam, sobald ich sie erwähne.

SIR CLAUDE
Sie wußte von Lucasta – Miss Angel von Anfang an.
Das war ein Hindernis. Und es gibt andere.
Zum Beispiel, daß beide Frauen sind.

EGGERSON
Eben.

SIR CLAUDE
Aber ich glaube nicht, daß sie viel Notiz nimmt von Miss Angel.
Sie übersieht sie einfach. Und Miss Angel
Wird vermutlich bald heiraten.

EGGERSON
Das hoffe ich auch. Es wäre die allerbeste Lösung.
Doch sagen Sie mir das noch: sollte es dahin kommen,
Daß Lady Elizabeth ihn adoptieren möchte –
Eine vortreffliche Lösung – was dann?
Werden Sie dann Lady Elizabeth sagen, daß Mr. Simpkins
Wirklich Ihr Sohn ist?

SIR CLAUDE
Da tappe ich im Dunkeln.
Ich weiß einfach nicht, wie sie reagieren wird.
Es gibt vieles, was ich nicht verstehe bei meiner Frau.
Bei jedem, so gut man ihn auch kennt,
Gibt es immer noch etwas, das man nicht versteht;
Und das kann etwas von höchster Bedeutung sein.

Gerade wenn man sicher ist, einen Menschen zu kennen,
Ist man den größten Irrtümern über ihn ausgesetzt.
Zum Beweis nur: es gibt sehr viel, was ich nicht weiß
Über Sie, Eggerson, obgleich wir beinahe dreißig Jahre
Zusammen arbeiteten.

EGGERSON

Beinahe einunddreißig.
Aber nun Sie es so schlagend ausdrücken,
Muß ich zugeben, es gibt vieles, was *ich* nicht verstehe
Bei meiner Gattin.

SIR CLAUDE

Und ebensoviel
Weiß sie von Ihnen nicht. Und ebensoviel
Wissen Sie nicht von mir – halt, darin bin ich nicht so sicher!
Meine Regel ist, eingedenk zu sein, daß ich niemand verstehe,
Andererseits aber auch nie sicher zu sein,
Ob man mich nicht doch versteht – viel besser vielleicht,
Als mir lieb sein würde.

EGGERSON

Und darf ich schließen,
Daß Sie auch nicht sicher sind, ob Sie Mr. Simpkins verstehn?

SIR CLAUDE

Eine berechtigte Mahnung. Sie wird öfter nötig sein.
Er sollte doch längst wieder da sein. Dann werde ich Sie allein lassen.
Ich muß mit Amsterdam telefonieren und vielleicht mit Paris.
Aber wenn Sie wiederkommen mit Lady Elizabeth,
Werde ich so weit sein, um ihn vorzustellen.
Colby Simpkins tritt ein mit Aktentasche.

SIR CLAUDE

Ah, Colby, gerade sagte ich zu Eggerson,
Es wäre Zeit, daß Sie kommen. Sind Sie zufrieden mit dem Vormittag?

COLBY

Alles besorgt, wie Sie wünschten, Sir Claude. Guten Tag,
Mr. Eggerson. Ich hatte Angst, ich könnte Sie verfehlen.

EGGERSON

Ich geh in einer halben Stunde, Mr. Simpkins.

SIR CLAUDE

Ich verlasse Sie jetzt. Aber wenn Eggerson mit Lady Elizabeth
Zurückkommt, treffe ich Sie wieder. *Sir Claude ab*

COLBY

Ich bin froh, daß Sie nicht sofort weg müssen.
Diese Begegnung macht mich ziemlich nervös.
Sie haben mir sehr wenig erzählt über Lady Elizabeth,
Und Sir Claude selbst hat mir auch nicht viel mehr erzählt:
So habe ich keine Ahnung, wie ich mich benehmen soll.
B. Kaghan hat mir einiges gesagt über sie,
Aber das ist eher beängstigend.

EGGERSON

Mr. Kaghan ist voreingenommen.
Er hat sich nie mit Lady Elizabeth verstanden.
Hören Sie nicht auf ihn. Er versteht sich mit Sir Claude,
Und hat sich Sir Claude gegenüber immer sehr dankbar gezeigt,
Das ist in Ordnung. Sir Claude entdeckte ihn
Und bereitete ihm den Start. Und er hat alles draus gemacht –
Das muß man sagen. Ein ermutigendes Beispiel
Für Sie, Mr. Simpkins. Er ist der kommende Mann in der City!
Und er hat ein Herz wie Gold. Aber offen gesagt,
Er ist ein ungeschliffener Diamant. Recht frei und burschikos;
Und Lady Elizabeth hat nie viel übrig gehabt für ihn.
Aber Sie, Mr. Simpkins, das ist was ganz anderes.

COLBY

Ich weiß nicht, warum das was anderes sein soll.
B. Kaghan gefällt mir. Ich fand ihn hilfsbereit
Und privat einen sehr guten Gesellschafter.

EGGERSON

O ja, Mr. Kaghan ist ein glänzender Gesellschafter.
Er bringt manchmal mich zum Lachen. Ich lache nicht leicht.
Durchaus ein Humorist. Tatsächlich, gelegentlich sagt
Mrs. E. zu mir: ›Eggerson, warum kannst du mich nie zum Lachen bringen

So wie Mr. Kaghan?‹ Sie hat ihn nur einmal getroffen;
Aber stellen Sie sich vor, gleich innerhalb der ersten zehn Minuten
Redete er sie Muriel an! Ich war entsetzt.
Aber ihr gefiel es wirklich. Sie heißt Muriel.
Wissen Sie, er versteht es, mit Damen umzugehn.
Aber bei Lady Elizabeth war er nicht so erfolgreich.
Sie bezeichnete ihn einmal als ›undistinguiert‹;
Aber mit Ihnen, wie gesagt, wird das ganz anders sein.
Sie wird sofort sehn, daß Sie ein kultivierter Mensch sind;
Und nebenbei, sie ist sehr musikalisch.

COLBY

Danke für den Wink!

EGGERSON

Wenn Sie nichts dagegen haben, werde ich gleich erwähnen,
Daß Sie Musiker sind.

COLBY

Ich werde auf'm Posten sein.

EGGERSON

Die Musik wird bestimmt ein großes Plus sein für Sie
Bei Lady Elizabeth. Ich beneide Sie darum.
Ich habe nur in unserm Freiwilligenchor gesungen
Und bei der Christmette. Aber ich wollte, ich wäre musikalisch.

COLBY

Ich fühle mich immer noch recht unvorbereitet auf die Begegnung.
Lautes Klopfen. B. Kaghan tritt ein.

KAGHAN

Auf tritt B. Kaghan. Hallo Colby!
Und hallo Eggers! Gut, daß Sie da sind.
Ein Glück für Colby.

EGGERSON

Wieso, Mr. Kaghan?

KAGHAN

Weil Lucasta mit kommt! Die übliche Katastrophe.
Sie will die Kasse etwas erleichtern.
Schon wieder pleite! Da brachte ich sie lieber her
Und komme voraus hinauf, um für Colby den Schock zu mildern.

Aber da Sie hier sind, Eggers, kann ich mich wohl abregen.
Ich werde das Spiel aus den Kulissen genießen.
Lucasta Angel tritt ein.

LUCASTA

Eggy, ich bin entlassen!

EGGERSON

Schon wieder, Miss Angel?

LUCASTA

Ja, schon wieder! Und recht geschieht es ihnen!

EGGERSON

Sie waren gewiß wieder dauernd unpünktlich.

LUCASTA

Sie irren sich, Eggy. Eine klare Ungerechtigkeit.
Zwei Monate tu ich nichts als diese Papiere einordnen,
Die nie jemand verlangt hat – wenigstens nicht bis gestern.
Und da, so ein Pech, verlangte der Chef einen Brief,
Und ich konnte ihn nicht finden. Da wurde er mißtrauisch
Und verlangte nach Dingen, die er bestimmt nicht brauchte –
Nur um Schwierigkeiten zu machen! Und ich konnte nicht eins finden.
Aber sie sind alle irgendwo eingeordnet, ganz sicher, warum sich also aufregen?
Doch wer ist das, Eggy? Ist das Colby Simpkins?
Stellt ihn mir vor, einer von euch beiden.

EGGERSON

Mr. Simpkins, Miss Angel. Sie wissen, Miss Angel,
Mr. Simpkins hat meine Pflichten übernommen.

LUCASTA

Und weiß er, daß *ich* eine von seinen Pflichten bin?
Haben Sie ihn darauf vorbereitet, *mich* zu übernehmen?
Wissen Sie Bescheid, Colby? Ich bin Lucasta.
Eggy allein nennt mich Miss Angel,
Nur um mich zu ärgern. Finden Sie nicht,
Daß Lucasta besser zu mir paßt?

COLBY

Gewiß paßt beides auf Sie.

LUCASTA

Wieder 'ne Abfuhr! Ich fordere vermutlich dazu heraus.
Das kommt davon, wenn man mit einem Namen wie Angel bestraft ist.
Ich beabsichtige ihn zu wechseln. Aber, Colby
Sind Sie sich bewußt, daß ich eine von Ihren Verpflichtungen bin?

COLBY

Nein, es tut mir leid, das wußte ich nicht.

EGGERSON

Sie dürfen ihr nicht nachgeben, Mr. Simpkins.
Das tu ich nie. Ich sage immer:
Gibt man Miss Angel den kleinen Finger,
Nimmt sie die ganze Hand.

LUCASTA

Also doch kein Engel.
Gehn Sie, Eggy. Hören Sie nicht auf ihn, Colby.
Colby, sind Sie verheiratet?

COLBY

Nein, ich bin nicht verheiratet.

LUCASTA

Dann macht es nichts, wenn ich mit Ihnen ausgehe.
Sie können mich zum Dinner ausführen. Ein Girl wie ich, das arbeitet –
Und von einem Hungerlohn lebt – ist immer sehr hungrig,
Ein Paar heiße Würstchen ...

EGGERSON

Glauben Sie kein Wort von dem, was sie sagt.

LUCASTA

Mr. Simpkins wird mir jedes Wort glauben,
Mr. Eggerson. Und er wird bestimmt reizend zu mir sein,
Wenn Sie nicht im Wege sind. Warum lassen Sie ihn nicht reden?
Eggy ist eigentlich ganz menschlich, Colby.
Er hat nur Angst vor Mrs. Eggerson;
Nur darum hat er mich nie zum Lunch eingeladen.

EGGERSON

Wir wollen Mrs. Eggerson aus dem Spiel lassen, Miss Angel.

LUCASTA

Das sagt er jedesmal, Colby,
Sobald ich Mrs. Eggerson erwähne. Er geht regelmäßig hoch.
B.! Was haben Sie Colby erzählt über mich?

KAGHAN

Es ist zwecklos, jemandem von Ihnen zu erzählen:
Niemand würde je glauben, daß es Sie gibt,
Bis er Ihnen begegnet. Colby ist ganz schwindlig.
Als Ihr Verlobter werde ich
Die Aufgabe haben, Colby vor Ihnen zu schützen.
Doch nehmen wir es erst mit der finanziellen Krise auf.

LUCASTA

Ja, Eggy, würden Sie Claude die betrübliche Neuigkeit schonend mitteilen?
Inzwischen müssen Sie die Kasse für mich plündern. Ich bin am Verhungern.

KAGHAN

Sie hat gerade mit mir geluncht. Bei Lucasta ist das Problem,
Wie man sie zwischen den Mahlzeiten satt kriegt.

LUCASTA

B., Sie sind ein Biest. Mein Appetit ist sehr gering.
Die Sache ist die, daß ich ohne einen Pfennig bin.

KAGHAN

Sie hat zur Kündigung einen Wochenlohn bekommen.

LUCASTA

B., vergessen Sie nicht, Sie sind nur mein Verlobter auf Probe.
Kann ich etwas Geld haben, Eggy?

EGGERSON

Ich bin nicht mehr im Amt,
Und dies Ressort ist nicht an Mr. Simpkins übergegangen:
Sir Claude wünscht diese Dinge selbst zu erledigen.
Sie müssen Sir Claude darum bitten. Doch ich will mit ihm sprechen,
Wenn ich von Northolt zurück bin.

LUCASTA

Sie wollen Lizzie abholen?

EGGERSON

Ich bin zum Empfang von Lady Elizabeth in Northolt.

LUCASTA

Schön, ich beabsichtige nicht, auf dem Schauplatz zu sein, wenn sie kommt.

KAGHAN

Und ich beabsichtige nicht, Sie bei Colby zu lassen.
Er hat genug für heute. Nimm meinen Rat, Colby,
Gestatte Lucasta nie den geringsten Vorteil,
Denn sie würde das ausbeuten. Man muß fest mit ihr sein;
Sie hat scharfe Krallen. Jetzt will ich sie dir abnehmen.
Ich will dir zeigen, wie man's macht. Kommen Sie, Lucasta,
Ich will den Tag voll machen und lade Sie zum Tee ein.

LUCASTA

Ich schmachte nach meinem Tee. Diese Krise mit ihren Aufregungen
Ist zuviel gewesen für mich. Ein ander Mal, Colby.
Ich rufe Sie an und lasse mich von Ihnen zum Lunch einladen.
Lucasta ab

KAGHAN

Keine Angst, Colby. Du wirst dich an sie gewöhnen.
Kaghan ab

COLBY

Egg ... Mr. Eggerson!

EGGERSON

Ja. Mr. Simpkins?

COLBY

Sie sind doch bei Vernunft. Und ich denke, ich auch.

EGGERSON

Ich habe keinen Zweifel, was uns betrifft, nicht den geringsten.

COLBY

Und B. Kaghan ist mir immer vernünftig vorgekommen.

EGGERSON

Ich halte ihn für das Bild des gesunden Menschenverstandes.

COLBY

Aber Miss Angel, Sie warnten mich auf keine Weise.
Was ist mit ihr?

EGGERSON

Ach, Miss Angel.
Sie ist etwas leichtsinnig. Aber sie hat ein gutes Herz.

COLBY

Aber redet sie Sir Claude Mulhammer mit Claude an?
Auch wenn sie mit ihm spricht?

EGGERSON

Das tut sie wirklich.

COLBY

Und nennt sie Lady Elizabeth tatsächlich Lizzie?

EGGERSON

Na, nicht in ihrer Gegenwart. Jedenfalls nicht, wenn ich dabei war.
Nein, ich glaube nicht, daß sie das tut. Aber bei Sir Claude nennt sie sie,
Zuweilen, Lizzie. Und was glauben Sie –
Es scheint ihn zu amüsieren.

COLBY

Ja, vielleicht ist es amüsant.
Aber es machte mich ganz schwindlig – alle diese Vornamen
Bei der ersten Begegnung. Ich bin so was nicht gewöhnt.

EGGERSON

Sie werden sich bald daran gewöhnen. Sie werden mich Eggers nennen,
Ehe Sie es merken!

COLBY

Das würde mich nicht wundern.
Vor einem Augenblick tat ich es beinah.
Dann wäre ich gewiß, daß ich den Verstand verlor:
Ihr Einfluß ist geradezu erschreckend.
Doch berichten Sie mir über Lu ... Miss Angel:
Wie ist sie verwandt mit diesem Haus?

EGGERSON

Ja. Halb und halb ist es ein Vormundschaftsverhältnis.
Nein, das ist wohl doch nicht ganz der richtige Ausdruck.
Sie hat kein eigenes Vermögen, wie Sie wohl entnommen haben,
Aber ich glaube, ihr Vater war ein Freund Sir Claudes

Und hat sie seiner persönlichen Obhut übermacht.
Auf jeden Fall ist er wie ein Vater –
Ein wirklich großzügiger Mensch, das ist Sir Claude.
Sie, sie ist in Wahrheit so etwas wie ein Dorn in seinem Fleisch,
Immer wieder ihrer Stellung verlustig, weil sie in keiner aushält.
Er gibt ihr ein Taschengeld – wirklich sehr angemessen,
Dennoch hat sie immer Schulden. Doch sorgen Sie sich nicht
Um sie, Mr. Simpkins. Letzten Endes wird sie Mr. Kaghan
Heiraten. Er ist ein Mann, der sich durchsetzt,
Und ich glaube, er wird – wenn irgend jemand – mit ihr fertig werden.

COLBY

Aber kann sie nicht sehr lästig werden?

EGGERSON

Nein, außer, Sie machen ihr Mut dazu.
Ich habe sie nie ermutigt.

COLBY

Aber Sie haben Mrs. Eggerson.

EGGERSON

Ja, sie ist ein glänzender Schutz. Und ich habe meinen Garten,
Mich vor Mrs. E. zu schützen. Das ist so mein Spaß.

COLBY

So jemand wie Miss Angel bin ich noch nicht begegnet.

EGGERSON

Sie werden sich an sie gewöhnen, Mr. Simpkins.
Zeit wirkt Wunder, sage ich immer.
Ich nehme auch nicht an, daß Sie viel mit ihr zu tun haben werden:
Diese Verantwortung ist Ihnen abgenommen.
Mit Lady Elizabeth, nun, das ist etwas anderes.

COLBY

Ich nehme an, Lady Elizabeth wird wenigstens
Nicht ganz so ungewöhnlich sein wie Miss Angel.

EGGERSON

O doch, Mr. Simpkins; noch viel ungewöhnlicher.

COLBY

Oh!

EGGERSON

Ja, wie ich schon sagte, sie ist eine wirkliche Lady,
Eine richtige grande dame, wie die Franzosen sagen.
Und das ist es, was Sir Claude an ihr bewundert.
Er sagte einmal, in einem vertraulichen Moment, zu mir –
Er war eben von einem Bankett gekommen –
›Eggerson‹, sagte er, ›ich wollte eine Lady haben,
Ich bin absolut zufrieden mit dem Handel.‹
Natürlich sind die Verbindungen ihrer Familie für ihn
Manchmal wertvoll gewesen, das ist wahr. Daran dachte er aber nicht:
Er ist nicht kleinlich – wenn ihm auch nichts entgeht.
Und ein so generöses Herz! Er ist fast ein Sozialist.
Ich selbst, ich bin ein treuer Konservativer.

COLBY

Ist Lady Elizabeth auch sonst, abgesehen davon,
Daß sie eine Lady ist, noch sehr ungewöhnlich?

EGGERSON

Doch, ja, wahrhaftig ist sie das, ich muß es zugeben.
Die meisten ihrer Wunderlichkeiten sind völlig harmlos.
Sie werden sich rasch daran gewöhnen. Wie Sir Claude sagt:
›Auf sie eingehn, Eggerson‹, sagt er. ›Auf sie eingehn.‹
Aber sie hat einen Zug, den ich schon berührte, glaube ich:
Sie ist außerordentlich zerstreut.

COLBY

Sie meinen hoffentlich nicht,
Sie verliert das Gedächtnis?

EGGERSON

Das meinte ich nicht.
Nein, sie hat nicht viel Gedächtnis zu verlieren,
Zwar fällt ihr manchmal, wenn man's am wenigsten erwartet, etwas ein.
Aber sie vergißt einfach Dinge. Und sie reist viel,
Hauptsächlich für ihre Gesundheit. Und wenn sie im Ausland ist,

Kann es ihr einfallen, ein Haus zu kaufen. Und dann reist sie ab
Und vergißt es ganz. Das ist manchmal kompliziert
Und sehr kostspielig. Ich habe da schon seltene Abenteuer erlebt!
Als wir unser Haus in Joshua Park gekauft hatten
(Mit einer Hypothek natürlich), vor vielen Jahren,
Sagte ich zu Mrs. E.: ›Jetzt, wo wir uns niedergelassen haben,
Möchte i c h nicht mehr reisen, außer früh hinein in die City
Und abends zurück nach Joshua Park,
Und einmal im Jahr in Ferien nach Dawlish.‹
Und denken Sie, da fingen meine Reisen erst an!
Es war ein ganz außergewöhnliches Privileg,
Soviel wie ich von Europa zu sehen,
Um Lady Elizabeth aus ihren Schwierigkeiten herauszuholen.

COLBY

Vielleicht kommt sie gar nicht mit dem Flugzeug.

EGGERSON

Das wäre möglich. Manchmal verirrt sie sich,
Oder verliert ihr Billett oder selbst ihren Paß.
Aber warten wir ab und lassen die Dinge
An uns herankommen. Das ist es, was i c h immer sage.
Und sicher wird sie Ihnen gefallen. Sie ist s o l c h eine Lady!
Und vor allem, sie hat ein gutes Herz.

COLBY

Jedermann hier scheint gutherzig zu sein.
Ich glaube aber eines, Mr. Eggerson:
Daß S i e ein gutes Herz haben. Und ich bin überzeugt,
Daß Sie es stets fertigbringen, von jedem das Beste zu denken.

EGGERSON

Sie werden einmal erkennen, daß das richtig ist, ganz gewiß.
Sir Claude tritt ein.

SIR CLAUDE

Hallo! Noch hier? Es ist Zeit für Sie, zu gehen.

EGGERSON

Ich will gerade gehen. Noch ist reichlich Zeit.
Sieht auf seine Uhr
Ich werde noch etwas zu früh am Flughafen sein,

Und außerdem ist dann noch der Zoll, das dauert seine Zeit,
Nach meiner Erfahrung.

LADY ELIZABETH MULHAMMERS STIMME *entfernt*:*

Öffnen Sie eben die Tasche, ich möchte etwas herausnehmen.
Wickeln Sie das aus – es ist eine Flasche Medizin.
Hier, geben Sie sie dem Chauffeur, Parkman.
Er erzählte mir, daß er unter chronischem Katarrh leidet.

SIR CLAUDE

Nanu, was ist das?
Öffnet die Tür zum Vorplatz und horcht
Sie ist da, Eggerson! Das ist ihre Stimme.
Wo ist sie? Ach, sie ist wieder hinausgegangen.
Geht ans Fenster und blickt auf die Straße hinab
Sie unterhält sich mit dem Taxichauffeur.
Worüber mögen sie reden? Sie kommt herein.

LADY ELIZABETH MULHAMMERS STIMME *entfernt*:*

Nein, Gertrud, ich habe noch keinen Lunch gehabt,
Und ich wünsche auch keinen mehr. Bringen Sie mir nur etwas Tee.
Nichts dazu. Nein, ich vergaß,
Daß Sie noch nicht gelernt haben, wie man anständig Tee macht.
Eine Tasse schwarzen Kaffee. Ist Sir Claude zu Hause?
Ich möchte ihn erst sprechen.

SIR CLAUDE

Um Gottes willen, Eggerson, was m a g passiert sein?

EGGERSON

Es ist geradezu verblüffend. I c h werde ihr entgegen gehn.

SIR CLAUDE

Wo sollten wir jetzt sein? Was hätten wir zu tun?

EGGERSON *in der offenen Tür:*

Sie spricht mit dem Stubenmädchen. Sie kommt herauf.

EGGERSON

Colby, setzen Sie sich an den Tisch und nehmen Sie irgendein Papier vor.

* Lady Elizabeths Worte hinter der Szene müssen von den Zuschauern nicht deutlich zu verstehen sein.

Es muß aussehn, als wären wir bei der Arbeit.
Lady Elizabeth Mulhammer tritt ein.

EGGERSON und SIR CLAUDE *gleichzeitig:*
Lady Elizabeth!
Elizabeth!

SIR CLAUDE
Was in aller Welt ist passiert?

EGGERSON
Lady Elizabeth! Und völlig überraschend.

LADY ELIZABETH
Was ist überraschend, Eggerson? Ich bin angekommen, das ist alles.

EGGERSON
Ich wollte grade aufbrechen nach Northolt, Sie abzuholen.

LADY ELIZABETH
Wie aufmerksam von Ihnen, Eggerson,
Aber ganz unnötig. Und außerdem,
Ich bin nicht geflogen. Ich kam mit dem Zug.

SIR CLAUDE
Du willst doch nicht sagen, daß du dein Billett umgetauscht hast?

EGGERSON
Ja, wie ist es Ihnen gelungen, Ihr Billett umzutauschen?

LADY ELIZABETH
Ich ging ins Reisebüro und ließ es umtauschen.
Ich verstehe nicht, warum ihr beide so überrascht seid.
Ihr wißt doch, ich bin sehr erfahren im Reisen.

SIR CLAUDE
O ja, natürlich, das wissen wir, Elizabeth.
Aber warum ändertest du deine Pläne?

LADY ELIZABETH
Wegen Mildred Deverell.
Sie hat mit mir die Kur gemacht,
Und sie verträgt fliegen nicht – es mach sie seekrank, sagt sie;
Deshalb nahmen wir den Nachtzug und machten die Kanalüberfahrt.
Aber wer ist dieser junge Mann? Er kommt mir bekannt vor.

SIR CLAUDE

Dieser junge Mann ist Eggersons Nachfolger.
Du weißt, daß Eggerson sich zurückziehen wollte . . .

EGGERSON

Auf ärztliche Order, Lady Elizabeth:
Der Doktor bestand darauf . . .

SIR CLAUDE

Mr. Simpkins hatte ganz besondere Empfehlungen . . .

EGGERSON

Und er hatte gleichzeitig ein anderes verlockendes Angebot:
So mußten wir uns rasch entscheiden.

SIR CLAUDE

Ich wollte dich während deiner Kur nicht belästigen . . .

EGGERSON

Und Mr. Simpkins ist als Privatsekretär
Viel geeigneter, als ich es war.
Außerdem ist er sehr musikalisch.

LADY ELIZABETH

Musikalisch?
Ist das nicht der junge Mann, den ich interviewt
Und Sir Claude empfohlen habe? Natürlich ist er's.
Ich entsinne mich, daß ich sagte: ›Er hat eine gute Aura‹.
Ich behalte die Aura von Menschen meist besser als ihre Gesichter.
Was sagtest du, wie heißt er?

SIR CLAUDE

Colby Simpkins.

LADY ELIZABETH *an den Fingern abzählend:*

Dreizehn Buchstaben. Das sind glückliche Auspizien –
Trotz allem, was die meisten Leute glauben.
Sie sind künstlerisch begabt. Nur sehn Sie etwas zart aus.
Ich werde Sie unterrichten in der Kunst, gesund zu leben.
Wo sind Sie zu Hause, Mr. Colby?

COLBY

Simpkins.

EGGERSON

Mr. Colby Simpkins.

LADY ELIZABETH

Colby gefällt mir besser.
Wo wohnen Sie?

SIR CLAUDE

Seine Wohnung ist außerhalb Londons.
Aber ich möchte ihn näher bei der Hand haben –
Du weißt, wie lästig das für Eggerson gewesen ist –
So laß ich das Apartement über der Garage richten.

LADY ELIZABETH

Doch sicher alles in falschen Farben. Mein Mann
Versteht nichts vom Einfluß der Farben
Auf unser spirituelles Leben, Mr. Colby.
Und Eggerson auch nicht, es tut mir leid, das zu sagen.
Welche Farbe habt ihr beide ausgesucht?

SIR CLAUDE

Ich dachte, ein Primelgelb würde freundlich wirken.

LADY ELIZABETH

Genau, was ich erwartete. Ein Primelgelb
Wäre absolut verboten für Mr. Colby.
Er braucht ein helles Mauve. Ich werde mich darum kümmern.
Aber nicht heute. Jetzt werde ich mich ausruhn.
Es ist in einem Schlafwagen ganz unmöglich,
Eine ruhige Stunde zu haben. Eine Stunde Ruhe am Tag
Ist äußerst wichtig, sagt Dr. Rebmann.

SIR CLAUDE

Rebmann? War es nicht Dr. Leroux?

LADY ELIZABETH

Dr. Leroux ist in Lausanne.
Ich war in Zürich, bei Dr. Rebmann.

SIR CLAUDE

Aber du fuhrst von hier zu Dr. Leroux
In Lausanne. Warum gingst du denn nach Zürich?

LADY ELIZABETH

Nun, ich war kaum in Lausanne angekommen,
Wen anders traf ich da als Mildred Deverell
Auf dem Weg nach Zürich. Sie sagte: ›Komm mit nach Zürich!

Da ist ein wunderbarer Arzt, der Gedächtniskontrolle lehrt.‹
So fuhr ich weiter nach Zürich.

SIR CLAUDE

So fuhrst du weiter nach Zürich.
Ich meinte doch, der Arzt in Lausanne lehre Gedächtniskontrolle?

LADY ELIZABETH

Nein, Claude, er lehrt nur Gedanken-Kontrolle.
Gedächtniskontrolle ist etwas ganz anderes:
Viel fortgeschrittener. Aber ich schrieb dir über alles.

SIR CLAUDE

Gewiß, du schicktest mir Postkarten aus Zürich;
Du weißt aber doch, daß ich deine Schrift nicht entziffern kann.
Ich war froh über die Karten, vom Poststempel ersehn zu können,
Wo du bist.

LADY ELIZABETH

Doch Claude, es freut mich zu sehn,
Daß du meinen Rat befolgt hast.

SIR CLAUDE

Deinen Rat? Worin?

LADY ELIZABETH

Mr. Colby zu engagieren. Ich bin ernstlich besorgt!
Das ist nicht das erste Symptom von Gedächtnisschwäche,
Das mir bei dir auffallt. Laß dich von mir überreden
Und mach eine Kur mit Behandlung bei Dr. Rebmann –
Nein, lieber, in deinem Stadium, bei Dr. Leroux.
Erinnerst du dich nicht, ich sagte vor meiner Abreise:
›Verlaß dich einmal auf meine Intuition und engagiere den jungen Mann?‹
Nun, das war Mr. Colby.

SIR CLAUDE

Oh, ich versteh.
Nun erinnere ich mich langsam.
Ich muß unter deiner Intuition gehandelt haben.

LADY ELIZABETH

Sie müssen wissen, Mr. Colby,
Daß ich Sie mit meinem Mann zu teilen habe.

Sie werden morgen mit mir den Tee nehmen,
Und da werde ich Ihnen berichten über meine Komitees.
Jetzt muß ich gehen und mich ausruhn.

SIR CLAUDE

Ja, geh und ruh dich aus.
Ich bin mitten in einigen Arbeiten mit Mr. . . .

LADY ELIZABETH

Colby!

Lady Elizabeth ab

SIR CLAUDE

Sie hat es tatsächlich fertiggebracht, ihr Billett umzutauschen.
So etwas ist noch nicht dagewesen.

EGGERSON

Verblüffend, nicht wahr!

SIR CLAUDE

Wenn das der Doktor in Zürich bei ihr erreicht hat,
Hat er bei mir gewonnenes Spiel. Ja, Eggerson,
Ich habe Sie anscheinend umsonst nach London bemüht.

EGGERSON

Oh nein, nicht umsonst. Ich möchte das nicht missen –
Und außerdem, wie gesagt, machte ich einige Besorgungen.
Aber jetzt will ich lieber gehn. Mr. Simpkins –
Wenn irgendwas Unerwartetes auftauchen sollte,
Und Sie finden sich nicht zurecht, müssen Sie mich anrufen.
Sollte ich nicht im Hause sein, bin ich draußen im Garten.
Und ich komme jederzeit schnell in die Stadt, wenn Sie mich brauchen.
Mrs. E. sagte tatsächlich: ›Wenn er uns doch anrufen wollte!
Er hat sicher eine sehr kultivierte Stimme.‹

COLBY

Vielen Dank, ich tu's. Es ist beruhigend für mich
Zu wissen, daß ich Sie jederzeit hinter mir habe,
Wenn ich in Schwierigkeiten komme. Aber ich hoffe,
Ich muß nicht zu oft nach Ihnen telefonieren.

EGGERSON

Fast hätte ich vergessen . . . daß Mrs. E. sagt:

›Warum lädst du ihn nicht mal sonntags zum Essen ein?‹
Aber ich sage: ›Wir können ihm um diese Jahreszeit
Nicht zumuten, so weit heraus nach Joshua Park zu kommen.‹
Ich sagte: ›Im Frühling wollen wir daran denken,
Wenn der Garten ein richtiger Augenschmaus sein wird.‹
So, jetzt will ich gehn.

SIR CLAUDE

Auf Wiedersehen, und danke, Eggerson.

EGGERSON

Guten Tag, Sir Claude. Guten Tag, Mr. Simpkins.
Eggerson ab

SIR CLAUDE

So, Colby. Bis jetzt hab ich dich, weil es mir klüger schien,
In der Öffentlichkeit Mr. Simpkins genannt.
Wie ausgemacht. Doch nach zwei Monaten –
Und da meine Frau auf dich als Mr. Colby besteht –
Werde ich dich von nun an überall auch Colby nennen.

COLBY

Das wird für uns beide gewiß einfacher sein.

SIR CLAUDE

Ihre plötzliche Ankunft war recht verwirrend:
So etwas ist noch nicht vorgekommen, wie du wohl bemerkt hast.
Deshalb ist eure Begegnung nicht so verlaufen, wie ich wünschte;
Und doch glaube ich, daß es so das beste war.
Es ging wirklich gut ab. Es war ganz deutlich,
Daß sie sofort für dich eingenommen war.

COLBY

Glaubt sie wirklich,
Sie hätte mich früher schon gesehn?

SIR CLAUDE

Unmöglich zu sagen.
Entscheidend ist, daß sie Neigung zu dir gefaßt hat
Und also Anspruch auf dich erhebt. Das ist sehr beruhigend.
Sie hält es für selbstverständlich, daß du das Apartement
bekommst –
Und morgen wird sie glauben, sie war es, die das vorschlug.

Nicht lange mehr, das fühle ich leidlich zuversichtlich,
Und wir können alles auf eine dauerhafte Basis stellen.

COLBY

Ich muß gestehn, daß ich noch nicht imstande bin,
Mich schon so weit ganz sicher zu fühlen.
Und was du im Sinn hast, kommt mir noch so vor,
Als hieße es, mein Leben auf einer Täuschung aufbauen.
Glaubst du wirklich, Lady Elizabeth kann mich je
Hinnehmen, als wäre ich ihr Sohn?

SIR CLAUDE

Als wärst du ihr Sohn? Wenn sie so weit kommt, in dir
Den Menschen zu sehen, der ihr Sohn jetzt sein würde –
Und ich glaube, das wird sie: wenn *ihr* Sohn auch,
Wovon ich vollkommen überzeugt bin, ein ganz anderer Typ gewesen ist –
Dann *wirst* du, in ihren Augen, ihr Sohn werden. So ist sie.
Es würde mich deshalb nicht wundern, wenn sie zu dem Glauben käme,
Daß du wirklich ihr Sohn bist, statt meiner.
Sie hat von jeher in einer Scheinwelt gelebt,
Und das Beste, was man tun kann, ist, ihre Selbsttäuschungen
Auf die rechte Bahn leiten.

COLBY

Das scheint mir nicht ganz ehrlich.
Wenn wir alle in einer Scheinwelt leben müssen,
Ist das richtig für uns? Oder freundlich gegen sie?

SIR CLAUDE

Wer nicht hart genug ist, dem Leben seine Bedingungen aufzuprägen,
Der muß die Bedingungen hinnehmen, die es ihm bietet.
Aber sag mir zunächst – ich habe Grund, das zu fragen –
Wie gefällt dir deine Arbeit? Ist sie dir nicht unsympathisch?
Nicht, um das Thema zu wechseln; ich komme darauf zurück.
Du weißt, ich ließ dich absichtlich allein,
Und so weit haben wir nun über laufende Geschäfte gesprochen,
Denn ich dachte, es würde für dich leichter sein,

Dich in der neuen Situation einzurichten,
Wenn wir in einem mehr formellen Verhältnis anfingen.

COLBY

Dafür bin ich dir sehr dankbar:
Es ist tatsächlich eine neue und sonderbare Situation.
Und noch kommt sie mir unwirklich vor.

SIR CLAUDE

Aber nun muß das anders werden. Es ist sonderbar, Colby.
Bis du bei mir hier anfingst, merkte ich nicht,
Daß wir uns gegenseitig noch kaum kennen.

COLBY

Dazu gab es noch keine Gelegenheit, nicht wahr.

SIR CLAUDE

Als Kind gehörtest du deiner Tante,
Oder sie ließ mich das fühlen. Ich sah dich nie allein.
Und dann, als ich euch beide nach Kanada schickte,
Im Kriege – das war vielleicht ein Fehler,
Doch schien es deutlich so viel Vorteile zu haben,
Daß mir damals keine Zweifel kamen – diese fünf Jahre;
Und dann deine Schulzeit, und dein Militärdienst,
Und dann deine Beanspruchung durch deine Musik . . .

COLBY

Du fragtest mich vorhin, wie ich diese Arbeit fände.

SIR CLAUDE

Ja, wie findest du sie?

COLBY

Einerseits erfreulich.
Zu entdecken, daß ich etwas verrichten kann,
Was von meinen früheren Interessen so weit entfernt ist.
Das gibt mir, einerseits, eine Art Selbstvertrauen,
Das ich vorher nicht kannte. Doch gleichzeitig
Ist es eigentlich beunruhigend. Nicht die Arbeit, das meine ich nicht:
Ich meine in bezug auf mich. Es ist, als würde ich
Zu einer anderen Person. Gerade so, nehme ich an,
Als lernte man eine fremde Sprache so fließend sprechen,
Daß man in ihr denken kann – während man sich in ihr unterhält,

Empfindet man sich selbst als eine ganz andere Person.
Ich bin gar nicht sicher, ob mir der andere gefällt,
In den ich mich verwandle – obgleich er mich fasziniert.
Und immer noch, von Zeit zu Zeit, wenn ich es am wenigsten erwarte.
Wenn mein Geist klar und nüchtern ist, unterwegs auf der Straße
Oder nachts im Wachen, kehrt die frühere Person,
Die ich vorher war, zurück und bemächtigt sich meiner:
Und ich bin wieder der enttäuschte Organist,
Und für den Moment scheint doch, was ich nicht kann,
Die Kunst, in der ich mich nie auszeichnen könnte,
Das Einzige, wert getan zu werden, das Einzige,
Das ich tun möchte. Ich habe gegen diese Person anzugehn.

SIR CLAUDE

Was du da sagst, verstehe ich
Viel besser als du denkst. Du machst jetzt
Meine Erfahrung durch.

COLBY

Deine Erfahrung?

SIR CLAUDE

Ja, ich wollte auch kein Finanzmann werden.

COLBY

Was wolltest du werden?

SIR CLAUDE

Ich wollte Töpfer werden.

COLBY

Töpfer!

SIR CLAUDE

Töpfer. Als Knabe schon
Modellierte ich gern. Ich liebte Form und Farbe,
Und ich liebte das Material, das der Töpfer verarbeitet.
Die meisten Leute halten einen Bildhauer oder Maler
Für etwas Bedeutenderes als einen Töpfer.
Die meisten sehen in Porzellan oder Keramik
Nur Gegenstände für den Gebrauch oder zur Dekoration –
Auf jeden Fall eine niedere Kunst.

Für mich sind sie weder ›Gebrauch‹ noch ›Dekoration‹ –
Das heißt, Dekoration als Hintergrund des Lebens.
Für mich sind sie das Leben selbst. Inmitten solcher Dinge leben:
Wenn das Flucht ist, ist es Flucht ins Leben,
Flucht aus einer gemeinen Welt in eine reine.
Plastik und Malerei – ich besitze ein paar schöne Stücke –
Aber sie haben nicht dieses ... Losgelöste, nach dem mich immer verlangt.
Ich möchte eine Welt, in der die Form die Realität ist,
Und das Materielle nur ein Schatten davon.
Sonderbar. Ich habe noch nie zu jemandem davon gesprochen.
Noch nie bis jetzt. Empfindest du etwas Ähnliches,
Wenn du allein bist mit deiner Musik?

COLBY

Genau dasselbe.
Die ganze Zeit übertrug ich alles, was du sagtest,
In die Sprache der Musik. Aber darf ich fragen:
Bei dieser Leidenschaft für ... Töpferei, wie ist es gekommen,
Daß du sie nicht zu deinem Beruf machtest?

SIR CLAUDE

Familienzwang, in erster Linie.
Mein Vater – dein Großvater – baute dies Geschäft auf,
Er fing mit nichts an. Das war seine Passion.
Er liebte es mit derselben Hingabe,
Mit der ich am Ton hing und was daraus zu machen ist –
Was daraus zu machen ich mich sehnte.
Ich glaubte ihn zu verachten,
Solange ich jung war. Und doch fürchtete ich ihn.
Ich hatte unrecht, in beidem. Ich verabscheute diese Tätigkeit,
Bis ich anfing, darin meine Macht zu fühlen.
Das Leben hat mich gewandelt, so wie es dich wandelt:
Es fängt mit einer Art von Spiegelfechterei an,
Und das Spiegelgefecht erweist sich als real.
Das ist noch nicht alles. Mein Vater wußte, ich haßte das Geschäft:
Das war sein Gram. Er wußte, ganz sicher,
Daß ich lange Zeit einen heimlichen Vorwurf hegte:

Doch nach seinem Tode, als es zu spät war,
Erkannte ich, daß er recht hatte. Mein ganzes Leben
Hab ich dafür gebüßt. Vor einem toten Vater,
Der immer recht gehabt hat. Ich verstand ihn gar nicht.
Ich war zu jung. Und als ich reif genug war,
Ihn zu verstehn, war er nicht da.

COLBY

Du hast noch nicht erklärt, wie du zu der Einsicht kamst,
Daß dein Vater recht hatte.

SIR CLAUDE

Weil ich zur Einsicht kam,
Daß ich nie ein erstrangiger Töpfer würde.
Ich war nicht begabt genug. Es ist merkwürdig, nicht wahr,
Daß einer eine verzehrende Leidenschaft haben kann,
Etwas zu tun, wofür ihm die Fähigkeit fehlt.
Könnte man von jemand sagen, er fühle sich berufen
Ein zweitrangiger Töpfer zu werden? Bestenfalls
Ein fähiger Kopierer, besessen von der Leidenschaft
Zu schaffen, während er ganz unschöpferisch ist?
Ich glaube kaum. Denn ich lernte einsehn,
Was ich, in heimlichen Momenten, immer gewußt habe:
Daß ich nicht begabt bin. Es gibt Gelegenheiten,
Wo ich außer mir bin – ein anderer Mensch,
Verklärt im Anblick irgendeiner wunderbaren Schöpfung,
Und ich fühle, was der Mensch gefühlt haben muß, als er das schuf.
Doch nichts, was *ich* je machte, gab mir diese Befriedigung –
Jenen Zustand von vollkommener Erschöpfung und Ruhe,
Jenes Sterben, damit etwas lebe ...
Du sollst einen guten Flügel bekommen. Den besten.
Und wenn du allein bist an deinem Flügel, abends,
Dann wirst du durch die heimliche Tür eintreten
In die wirkliche Welt, wie ich es, manchmal, tu.

COLBY

Wirklich, bei deinen Worten habe ich das Gefühl,
Du sprichst meine Empfindungen aus,
Wenn das Medium auch ein anderes ist. Ich weiß,

Ich wäre nie ein großer Organist geworden,
Wonach ich strebte. Ich bin kein Künstler im Spiel;
Und nur ein Schattenbild der großen Komponisten.
Immer, wenn ich für mich spiele,
Höre ich Musik, wie ich sie gern geschrieben hätte,
Wie der Komponist sie hörte, als sie ihm einfiel;
Wenn ich aber vor anderen spielte,
War ich mir immer bewußt, *sie* hörten
Nicht das, was ich höre, wenn ich für mich spiele.
Ich höre die Musik eines großen Musikers,
Sie hören eine minderwertige Wiedergabe.
So habe ich den Versuch aufgegeben, vor andern zu spielen:
Ich bin nur glücklich, wenn ich allein für mich spiele.

SIR CLAUDE

Du mußt für dich allein spielen. Mach's wie ich:
Ich hüte meine Keramiken in einem geheimen Raum.
Nicht, weil ich nicht möchte, daß jemand sie sieht!
Aber wenn ich da allein bin und betrachte ein Ding lange genug,
Habe ich manchmal dies Gefühl der Identifikation
Mit dem Schöpfer, wovon ich sprach – ein qualvolles Entzücken,
Das das Leben erträglich macht. Das ist für mich alles.
Ich glaube, es nimmt den Platz der Religion ein:
So wie für meine Frau ihre Nachforschungen
Nach allem, was sie spirituelles Leben nennt,
Eine Art Ersatz sind für Religion.
Jawohl, wirklich religiöse Menschen –
Ich bin nie welchen begegnet – können irgendeine Übereinstimmung finden.
Dann gibt es da auch die Genies.
Und diese andern, die bestenfalls, wie es scheint,
In zwei Welten leben dürfen – jede eine Art Scheinwelt –
Wie wir beide. Vielleicht werde ich dir
Eines Tages meine Sammlung zeigen.

COLBY

Ich danke dir.

SIR CLAUDE

Und vielleicht wirst du mich, irgendwann, zuhören lassen, wenn du spielst.
Ich werde es nicht noch einmal erwähnen. Ich will warten, bis du mich bittest.
Verstehst du nun, was ich meinte, wenn ich sagte, daß man
Die Bedingungen auf sich nehmen muß, die das Leben einem stellt,
Sogar bis zur Billigung des ... Scheins?

COLBY

Ich glaube ja. Wenigstens verstehe ich dich besser,
Indem ich lerne, die Umstände zu begreifen,
Die das Leben dir auferlegt hat. Aber ... etwas in mir
Rebelliert dagegen, derartige Umstände gelten zu lassen.
Es wäre viel einfacher, wenn du mein Vater nicht wärst!
Ich war betroffen von dem, was du vorhin sagtest,
Als du davon sprachst, wie du deinen Vater nicht verstanden hast,
Bis es zu spät war. Da sprachst du von ›büßen‹.
Selbst dein Versagen im Verständnis für ihn,
Von dem du erzähltest – auch das war eine Verbundenheit
Von Vater und Sohn. Es muß oft vorkommen,
Und die Aussöhnung, nach seinem Tod,
Vollendet die Bindung. Du bist immer sein Sohn gewesen,
Und er ist noch dein Vater. Ich wollte nur,
Ich hätte für etwas zu büßen!
Da fehlt zwischen dir und mir etwas,
Was du hattest und hast und immer haben wirst mit deinem Vater.
Ich erkenne erst jetzt, wie du mir immer vorgekommen bist –
Wie eine Art Beschützer, ein generöser Wohltäter,
Eher wie ein Patron als ein Vater –
Der Vater fehlte mir in den Jahren der Kindheit.
Diese Jahre sind vorbei für immer. Die leeren Jahre.
Oh, es tut mir schrecklich leid, daß ich das sage;
Aber es soll erklären, was ich grad eben sagte
Über Widerstand gegen Bedingungen,
Welche das Leben gestellt hat.

SIR CLAUDE

Es ist meine Schuld.
Ich war immer bemüht, die Fehler zu vermeiden,
Die mein Vater bei mir machte. Und dabei scheine ich
Ein größeres Versehen begangen zu haben als er.

COLBY

Ich weiß, daß ich dir weh tu, und ich werde
Mich hassen, weil ich dir weh tu.

SIR CLAUDE

Denke nicht daran.

COLBY

Ich bin wirklich dankbar für alles, was du getan hast für mich;
Und ich werde mein Bestes tun, deine Güte zu rechtfertigen
Durch meine Arbeit.

SIR CLAUDE

Als mein Privatsekretär.

COLBY

Ich bin wirklich interessiert an der Arbeit, die ich tu,
Und begierig nach mehr. Ich möchte nicht, daß meine Position
In irgendeiner Weise eine Schein-Position wäre.

SIR CLAUDE

Das wird sie nicht. Inzwischen müssen wir einfach abwarten und sehen,
Welche neuen Umstände das Leben uns aufbürden wird.
Gerade wenn wir meinen, wir haben unsere Rechnung bezahlt,
Präsentiert das Leben uns eine neue, schwerer zu bezahlende.
Ich gehe jetzt etwas hinüber zu meinem Porzellan.

COLBY

Entschuldige, aber ich muß dich erinnern:
Du hast diese Konferenz in der City
Morgen vormittag. Du trugst mir auf, für dich
Einige Zahlen vorzubereiten. Hier sind sie.

SIR CLAUDE

Von meiner Frau hängt viel ab. Sei nachsichtig mit ihr, Colby.
Ach ja, diese Konferenz. Wir wollen rasch die Zahlen durchgehen.

Vorhang

Zweiter Akt

Die Wohnung über der Garage, einige Wochen später. Colby am Flügel; Lucasta in einem Sessel. Wenn der Vorhang aufgeht, hört man die Schlußtakte eines Musikstückes.

LUCASTA

Ich finde, Sie spielen phantastisch gut, Colby –
Natürlich ist meine Meinung völlig belanglos:
Das wissen Sie. Ich möchte aber gern etwas von Musik verstehn.
Ich wollte, Sie würden mich darin unterrichten.

COLBY

Ich glaube nicht, daß Sie viel Unterricht brauchen,
Jedenfalls zunächst nicht. Viel Musik hören,
Das ist fürs erste alles. Und herausfinden, was Ihnen gefällt.
Wenn Sie wissen, was Ihnen gefällt, und anfangen, es wirklich zu kennen,
Dann sollten Sie etwas lernen über den Aufbau,
Die verschiedenen Formen und die Nuancen im Spiel.

LUCASTA

Wenn mir aber nur die falschen Sachen gefallen?

COLBY

Nein, ganz gewiß werden Sie, wenn Sie sie hören, die richtigen vorziehn,
Ich machte die Probe. Verschiedene von den Stücken,
Die ich Ihnen vorspielte, waren recht zweitklassig,
Und sie gefielen Ihnen nicht. Ihnen gefielen nur die richtigen.

LUCASTA

Ich wußte nicht, daß Sie so schlau sind, Colby!
Was mir gefiel, war also das, was einem gefallen muß?
Ich bin aber doch furchtbar ungebildet. Wollen Sie glauben,
Daß ich im Leben noch nie in einem Konzert gewesen bin?
Ich gehe nur in Aufführungen, wenn mich jemand einlädt,

Und niemand hat mich je zu einem Konzert gebeten.
Natürlich war ich mehrmals in der Oper,
Aber ich gestehe, daß ich nie auf die Musik gehört habe:
Ich genoß es nur – die andern Leute zu sehn
Und von ihnen gesehn zu werden. Man fühlt sich ausgeschlossen,
Wenn man während der Saison nicht in die Oper geht.
Obgleich ich mir immer ausgeschlossen vorkam. Und ist das zu glauben,
Daß mir noch nie jemand vorgespielt hat?

COLBY

Und dies ist das erste Mal, daß ich jemand vorgespielt habe ...

LUCASTA

Schwindeln Sie nicht so. Sie haben mir doch gesagt,
Daß der Flügel erst diese Woche geliefert wurde
Und Sie ihn gestern stimmen ließen. Ich fühle mich aber geschmeichelt,
Daß ich der erste Besuch in Ihrem Apartement bin,
Und der erste, der Sie auf diesem Flügel spielen hört.

COLBY

Das wollte ich nicht sagen, sondern daß ich keinem mehr
Vorgespielt habe, seit für mich entschieden ist,
Daß ich nie ein Musiker sein würde.

LUCASTA

War es für Sie eine Zumutung, mir vorzuspielen?

COLBY

Ich glaube, ich spielte tatsächlich besser.
Ich bringe es nicht fertig, vor andern zu spielen,
Und wenn ich allein bin, kann ich nicht vergessen,
Daß ich nur für mich allein spiele.
Doch vor Ihnen, das war weder allein noch ... vor andern.

LUCASTA

Bin ich froh, daß ich nicht ›andere‹ bin. Werden Sie wieder für mich spielen
Und mich in Musik unterrichten?

COLBY

Ja, natürlich, gern.

Aber sicher werden Sie, sobald Sie etwas von Musik verstehn –
Und das wird nicht lange dauern – und gute Künstler hören,
Sehr rasch erkennen, wie schlecht mein Spiel ist.

LUCASTA

Wirklich, Colby, was machen Sie für Schwierigkeiten!
Doch wie wäre es, wenn Sie mich mitnehmen würden in ein Konzert?

COLBY

Erst neulich hab ich Sie eingeladen . . .

LUCASTA

Mir diese amerikanische Musikshow anzusehn!

COLBY

Aber Sie hatten gesagt, Sie möchten sich das ansehn.

LUCASTA

Doch nicht mit Ihnen!

COLBY

Das war sehr deutlich.
Aber warum nicht mit mir?

LUCASTA

Weil Ihnen nichts daran liegt – an diesen
Amerikanischen Musikshows. Halten Sie es für ein Kompliment,
Eine Frau zu etwas, das ihr gefällt, einladen,
Wenn sie weiß, daß *Ihnen* nichts daran liegt. Das ist kein Kompliment:
Das ist geradezu – gönnerhaft. Wenn Sie mich aber zu etwas
Einladen, woran Ihnen liegt – das *ist* ein Kompliment.
Es zeigt, daß Sie mich bilden möchten.

COLBY

Ich habe nicht gewußt,
Daß Sie gebildet sein möchten.

LUCASTA

Ich auch nicht.
Ich wollte, es wäre Ihr Wunsch, mich zu bilden.
Und nun glaube ich fast, daß ich es mir wünsche.

COLBY

Schön, ich werde Sie zum nächsten Konzert einladen . . .

LUCASTA

Zum nächsten, in das Sie selbst gehn möchten.

COLBY

Und vielleicht erlauben Sie mir, Ihnen vorher
Das Programm zu erklären – oder die Stücke, die ich hören möchte.
Ich werde Ihnen die Themen vorspielen, so daß Sie sie wiedererkennen.
Oder lieber spiele ich Ihnen die Grammophonplatten vor.

LUCASTA

Ich möchte lieber, Sie spielten mir Teile vor und erklärten sie mir.
Fangen wir jetzt gleich mit meiner Erziehung an.

COLBY

Ich glaube fast, Sie sind es, die mich erzieht.

LUCASTA

Sie sind aber wirklich voller Überraschungen, Colby!
Noch nie habe ich jemanden so unwissend getroffen wie Sie,
Der doch so vieles weiß, was man nicht erwartet hätte.
Vielleicht mag ich Sie deshalb, Colby.

COLBY

Das ist nicht so ganz der Grund.

LUCASTA

Oh, Sie glauben also, daß ich Sie mag?
Ich wußte nicht, daß Sie so eingebildet sind.

COLBY

Nein, es ist nicht Eingebildetsein – der Grund, den ich meine.
Es ist etwas ganz Einfaches.

LUCASTA

Dann möchte ich, daß Sie ihn mir sagen.
Weil ich ihn nicht kenne.

COLBY

Zuerst, als wir uns trafen,
Versuchten Sie mit aller Gewalt, einen falschen Eindruck zu machen,
Und dann mußten Sie einsehn, daß Ihnen das nicht gelungen war.

LUCASTA

Ach, ich wollte also einen falschen Eindruck machen?
Was für ein Eindruck war das, den ich machen wollte?

COLBY

Das ist völlig belanglos. Aus irgendeinem Grunde,
Dachten Sie aber, ich würde sowieso ein falsches Bild bekommen.
Da zogen Sie es vor, lieber selbst eins zu schaffen,
Statt abzuwarten und zu sehn, was geschehn würde.
Ich hoffe, Sie sind mir nicht böse: es klingt impertinent.

LUCASTA

Na, das haben Sie aber noch nicht gelernt:
Zu wissen, wann Sie ein Kompliment machen.
D a s war ein Kompliment. Und ein sehr geschicktes.

COLBY

Ich gebe zu, daß ich anfangs wirklich verwirrt war
Durch Sie ... und B.

LUCASTA

Ach, durch mich ... und B.

COLBY

Erst später,
Als ich Sie öfter getroffen hatte,
War mir deutlich, daß es nur Ihre Art Selbstschutz war.

LUCASTA

Wie kamen Sie auf den Gedanken, es wäre Selbstschutz?

COLBY

Weil Sie nicht abwarten konnten und sehn, was geschehn würde.
Sie haben Angst davor, was geschehn könnte, wenn Sie die Dinge sich selbst überlassen.
Sie springen hinein – weil Sie Angst haben, gestoßen zu werden.
Ich glaube, Sie sind mutig – und ich glaube, Sie fürchten sich.
Vielleicht hat man Ihnen einmal sehr weh getan.
Zumindest könnte es etwas in Ihrem Leben gegeben haben,
Was Ihnen jedes Gefühl der Sicherheit raubte.

LUCASTA

Und sicher haben Sie d a s – das Gefühl der Sicherheit?

COLBY

Nein, ich habe es auch nicht.

LUCASTA

So, das glaube ich Ihnen nicht.

Oder täuschte ich mich? Ach, wie sonderbar, nicht wahr,
Daß man jemanden, wenn man ihn besser kennenlernt,
Sich selbst in vielem wirklich ähnlich findet,
Auf unerwartete Weise. Und dann fängt man an,
In der Ähnlichkeit Verschiedenheiten zu entdecken.
Sie mögen sich irgendwie unsicher fühlen –
Doch Ihre Unsicherheit ist nicht wie meine.

COLBY

Und worin liegt der Unterschied?

LUCASTA

Das ist schwer zu erklären.
Vielleicht hängt es mit Ihrer Musik zusammen.
Aber soviel weiß ich. Als Sie mir zuerst erzählten,
Was für eine Katastrophe in Ihrem Leben es war,
Zu entdecken, daß Sie nie ein guter Musiker würden –
Ob Sie recht hatten, weiß ich natürlich nicht.
Alles was ich sagen kann, ist, Sie können sich geirrt haben,
Und vielleicht könnten Sie ein ganz großer Musiker werden –
Aber darauf kommt es nicht an. Sie waren selbst davon überzeugt;
Und Sie fühlten, daß Ihr ganzes Leben zusammengebrochen war
Und Sie einen andern Beruf erlernen müßten.
Und so bewarben Sie sich um Eggersons Stelle
Und faßten den Entschluß, ins Geschäftsleben einzutreten
Und so etwas wie Claude ... oder B. zu werden. Es tat mir leid,
Sehr leid Ihretwegen. Ich bewunderte Ihren Mut
Angesichts von Tatsachen – oder was Sie dafür ansahen.
Und die ganze Zeit fand ich doch, daß ich Sie beneidete
Und nicht wußte weshalb! Und jetzt glaube ich es zu wissen.
Es muß furchtbar sein für einen Menschen, eine Karriere,
An der sein Herz hängt, aufzugeben, ganz gewiß:
Aber es ist nur die äußere Welt, die Sie verloren haben.
Sie haben noch Ihre innere Welt – eine Welt, die wirklicher ist.
Darin unterscheiden Sie sich von uns allen:
Sie haben Ihren geheimen Garten; in den können Sie sich zurückziehn
Und die Pforte hinter sich schließen.

COLBY

Und die Pforte hinter mir schließen?
Sind Sie sicher, daß nicht auch Sie Ihren geheimen Garten haben,
Irgendwo, wenn Sie ihn finden könnten?

LUCASTA

Wenn ich ihn finden könnte!
Nein, mein Garten ist ... ein schmutziger Platz
In einem schäbigen Londoner Viertel – wie das, wo ich einige Zeit
Mit meiner Mutter wohnte. Ich habe keinen Garten.
Ich fühle kaum, daß ich überhaupt Jemand bin:
Nein – nichts als ein Stück lebender Materie
Auf der Oberfläche eines Kanals dahintreibend.
Ja: dahintreibend – das ist es.

COLBY

Und ob Sie Jemand sind!
Ich bin sicher, daß es irgendwo einen Garten für Sie gibt –
Für jeden, der sich so danach sehnt wie Sie.

LUCASTA

Und Ihr Garten ist ein Garten,
Wo Sie Musik hören, die sonst niemand hört,
Mit Blumen, die einen Duft haben, den sonst niemand riecht.

COLBY

Sie mögen recht haben, bis zu einem gewissen Grade,
Und doch, verstehen Sie, ist er für mich nicht ganz wirklich,
Obgleich er für mich so wirklich ist wie ... diese Welt.
Aber das ist gerade die Schwierigkeit. Sie scheinen so beziehungslos.
Ich schließe auf und trete ein durch die Pforte,
Und ich bin ... allein, in meinem ›Garten‹.
Allein, das ist es. Darum ist er nicht wirklich.
Wissen Sie, ich glaube, daß Eggersons Garten
Wirklicher ist als meiner.

LUCASTA

Eggersons Garten?
Wie kommen Sie auf Eggerson – ausgerechnet auf ihn?

COLBY

Nun, er pflegt sich in seinen Garten zurückzuziehen – buchstäblich,

Und auch im selben Sinn, wie ich mich in meinen zurückziehe.
Aber er fühlt sich dort nicht allein. Und wenn er herauskommt,
Hat er Kürbisse oder Möhren oder Erbsen mit . . . für Mrs. Eggerson.

LUCASTA

Machen Sie sich lustig über mich?

COLBY

Ich meine es sehr ernst.
Was ich meine, ist, mein Garten ist für mich nicht weniger unwirklich
Als die Welt da draußen. Wenn man zwei Leben führt,
Die nicht das geringste miteinander zu tun haben –
Naja, dann sind beide unwirklich. Für Eggerson aber
Ist sein Garten ein Teil einer einzigen Welt.

LUCASTA

Aber was wollen Sie?

COLBY

Nicht allein sein dort.
Wenn ich fromm wäre, würde Gott in meinem Garten wandeln,
Und das würde, glaube ich, die Welt außerhalb wirklich
Und annehmbar machen.

LUCASTA

Das klingt schrecklich fromm.
Gibt es sonst nichts, sie wirklich zu machen für Sie?

COLBY

Einfach die Tatsache, daß ich dort allein bin,
Macht sie unwirklich.

LUCASTA

Kann sonst niemand eintreten?

COLBY

Man kann doch dazu keine Einladungen ergehen lassen:
Er müßte einfach kommen. Und ich dürfte ihn nicht kommen sehn,
Ich dürfte nicht hören, wenn die Pforte geht.
Er müßte einfach . . . plötzlich da sein,
Unerwartet. Eine Allee hinunterwandelnd,
Sollte ich wahrnehmen, daß jemand mit mir wandelt.
Ich weiß nicht, wie ich es sonst ausdrücken könnte.

LUCASTA

Diese Angst, die man hat ... verletzt zu werden!

COLBY

Nicht das Verletztwerden ist es, was man fürchtet,
Sondern das Gefühl der Trostlosigkeit hinterher.

LUCASTA

Ich weiß, was Sie meinen. Dann verwelkten die Blumen.
Und die Musik hörte auf. Und die Mauern stürzten ein.
Und man fände sich in einer verwüsteten Gegend –
Bombenruinen ... Unkraut ... ein Platz voller Unrat.
Aber ich kann mir nicht vorstellen, daß Ihnen das passiert.
Sie kommen mir so sicher vor. Nicht nur in Ihrer Musik –
Sie ist einfach Ausdruck dafür. Es scheint mir nicht,
Als brauchten Sie irgend jemand.

COLBY

Das ist ganz falsch.

LUCASTA

Aber Sie haben etwas anderes, was ich nicht besitze:
Etwas, für das die Musik ein ... Symbol ist.
Ich möchte wirklich gerne Musik verstehn;
Nicht etwa, um dabei mitreden zu können,
Sondern ... teils, um sie zu genießen ... und wegen dem, was sie für Sie ist.
Wissen Sie, ich bin ein bißchen eifersüchtig auf Ihre Musik!
Da ich in ihr ein Mittel sehe zum Kontakt mit einer Welt,
Die wirklicher ist als irgendeine, in der *ich* je gelebt habe.
Und ich möchte *Sie* gerne verstehn.

COLBY

Ich glaube, das tun Sie schon.
Besser als ... die andern. Und ich möchte *Sie* verstehn.
Kommt man je soweit, einen anderen zu verstehn?

LUCASTA

Ich finde, daß Sie sehr entmutigend sind.
Sind Sie absichtlich so?

COLBY

So war es nicht gemeint.

Ich meinte, man wird nie ganz damit fertig, einen Menschen zu verstehn.
Ihn immer besser verstehn, ist alles, was man tun kann,
Mit ihm Schritt halten; so daß man, wenn der andere sich wandelt,
Die Wandlung verstehn kann, sobald sie geschieht,
Obgleich man sie nicht voraussehn konnte.

LUCASTA

Ich glaube, ich bin anders geworden.
In den letzten zwei Stunden habe ich mich beträchtlich gewandelt.

COLBY

Ich glaube, auch ich bin anders geworden. Aber was wir Wandlung nennen, ist vielleicht ...

LUCASTA

Ist besser verstehn, wie man wirklich ist,
Und die Ursache dafür ist vielleicht ...

COLBY

Ist anfangen, einen andern Menschen zu verstehn.

LUCASTA

Oh, Colby, jetzt, wo wir anfangen zu verstehn,
Möchte ich, daß Sie etwas mehr über mich wissen.
Sie müssen sich gewundert haben.

COLBY

Mich gewundert haben?
Nein, ich habe mich nicht gewundert. Alles hier, wissen Sie,
Ist eine fremde Welt für mich, in der ich mich befinde.
Wenn Sie aber meinen, gewundert über Ihre ... Herkunft:
Nein. Ich hätte gerne gewußt, *wie* Sie sind,
Aber nicht, *wer* Sie sind, im gewöhnlichen Sinn.
Meinen Sie das? Ich habe Sie einfach genommen, wie Sie sind.

LUCASTA

Oh, wie herrlich, so hingenommen werden!
Bisher hat mich niemand ›einfach genommen, wie ich bin‹.
In gewisser Hinsicht bedeuten Tatsachen natürlich nichts.
Aber da wir so weit gekommen sind, können Sie sie ebensogut wissen.

COLBY

Ich würde Ihnen gern alles über mich erzählen;
Aber das meiste davon wissen Sie bereits;
Entweder erzählte ich es Ihnen selbst,
Oder ich habe es B. erzählt; oder Sie haben es von Sir Claude.

LUCASTA

Claude hat mir nichts über Sie erzählt;
Er erzählt mir nicht viel. Und was B. betrifft –
Ich möchte es viel lieber von Ihnen hören.

COLBY

Nur eines kann ich Ihnen nicht sagen.
Wenigstens n o c h nicht. Ich darf es nicht sagen.
Es handelt sich um meine Eltern.

LUCASTA

Ach so.
Schön, ich kann nicht annehmen, daß das so wichtig ist.
Aber ich kann Ihnen über m e i n e Eltern alles erzählen:
Zumindest werde ich's tun.

COLBY

Ist das irgendwie wichtig?

LUCASTA

In einer Hinsicht ist es wichtig. Vorhin sagten Sie,
Sehr gescheit, Sie hätten bei unserer ersten Begegnung
Bemerkt, daß ich mich bemühte, einen falschen Eindruck zu machen.
Jetzt will ich Ihnen sagen, warum ich das versuchte.
Bis jetzt ist es mir bei allen immer gelungen:
Und ich habe es mir angewöhnt, diesen Eindruck zu machen.
Dabei ist mir B. eine so große Hilfe gewesen –
Er fördert diesen Eindruck. Er glaubt fast selbst daran.
Er weiß alles über mich, und er weiß auch,
Daß es nicht wahr ist, was einige Männer von mir dachten.

COLBY

Was ist nicht wahr?

LUCASTA

Daß ich Claudes Geliebte wäre –
Oder seine Geliebte gewesen bin und B. angehängt wurde.

COLBY

So etwas habe ich nie gedacht!

LUCASTA

So etwas haben Sie nie gedacht!

Es gibt nicht viele Männer, die das nicht gedacht hätten.

Von B. weiß ich es nicht. Er ist sehr großzügig.

Er hätte sich vielleicht nichts daraus gemacht. Aber er ist auch sehr klug;

Und er hat die Wahrheit vom ersten Augenblick an vermutet.

COLBY

Aber was gibt es da zu wissen?

LUCASTA

Sie werden lachen, wenn ich es sage:

Ich bin nur Claudes Tochter.

COLBY

Seine Tochter!

LUCASTA

Seine Tochter. Ach, das ist eine häßliche Geschichte.

Ich haßte meine Mutter. Ich habe nie verstanden,

Wie Claude sie jemals lieben konnte. Oh, diese Kindheit –

Immer in schäbigen möblierten Zimmern leben

Und ausziehen müssen, wenn die Nachbarn sich beschwerten.

Claude gab ihr Geld, natürlich, einen laufenden Betrag;

Aber soviel er ihr auch gab, es hätte nie gereicht:

Immer war vor Ende des Quartals alles ausgegeben,

Für Gin und Wetten, nehme ich an.

Und ich wußte, wie sie ihre Einkünfte ergänzte,

Wenn sie mich hinausschickte. In einen Schrank bin ich eingesperrt worden!

Ich war erst acht Jahre alt, als sie starb –

Es hieß, sie hätte aus Versehen zuviel Veronal genommen.

Dann nahm Claude mich zu sich. Das war ein Glück.

Aber ich war alt genug, um mich zu erinnern ... an zuviel.

COLBY

Sie sind Claudes Tochter!

LUCASTA

Ja, daran kann kein Zweifel sein.
Er wünschte sicher, es gäbe einen. Auf seine Art
War er gut zu mir. Aber ich bin für ihn eine ständige Erinnerung
An etwas, das er lieber vergessen möchte.
Pause
Aber warum sagen Sie nichts? Sind Sie schockiert?

COLBY

Schockiert? Nein. Ja. Sie verstehn das nicht.
Ich möchte es erklären. Aber ich kann nicht, jetzt nicht.
Oh, warum bin ich je in dieses Haus gekommen!
Lucasta ...

LUCASTA

Sie sind doch schockiert. Ich seh es deutlich.
Sie sollten Ihr Gesicht nur sehn! Ich bin enttäuscht.
Wahrscheinlich ist das alles. Ich glaube, das hat Sie mehr schockiert,
Als wenn ich Ihnen erzählt hätte, ich wäre Claudes Geliebte.
Claude hat sich immer meiner geschämt.
Nun schämen Sie sich meiner. Ich dachte, Sie würden's verstehn.
Was wissen Sie, wie das ist, ein uneheliches Kind,
Das niemand haben will. Ich weiß, warum Sie schockiert sind:
Claude hat mich gerade akzeptiert, als ständigen Schuldposten
In seiner Buchführung. Ich mag mich selbst nicht.
Und ich mag die Person nicht, zu der ich mich künstlich machte.
Und Sie hatte ich gern, weil Sie diese Person auch nicht mochten;
Und ich dachte, Sie hätten in mir gerade die Person gesehn,
Die ich sein möchte. Die ich bin, wie ich weiß.
Das war neu für mich. Ich nehme an, es schmeichelte mir.
Und ich dachte, ich könnte nun, wo jemand mich so sieht,
Wie ich wirklich bin, vielleicht ich selbst werden.

COLBY

Oh, Lucasta, ich bin nicht schockiert. Nicht über Sie,
Noch über das, was Sie denken. Es handelt sich um mich selbst.

LUCASTA

Sie selbst, nicht möglich! Ihr kostbares Selbst!
Warum schließen Sie sich selbst nicht ein in den Garten,

Wo Sie so gern allein sind mit Ihrem Selbst.
Vielleicht denken Sie, es könnte Ihrer Karriere schaden,
Da Sie doch Claudes weißes Unschuldslamm sind.
Vielleicht wird er Sie adoptieren und zu seinem Erben machen,
Und Sie können eine andere Lady Elizabeth heiraten.
Doch, Colby, in dem Fall müßten Sie mich akzeptieren
Als Ihre Schwester. Wenn ich auch eine aus der Gosse bin ...

COLBY

Sie dürfen nicht solche Ausdrücke gebrauchen. Sie wissen nicht, wie das schmerzt.

LUCASTA

Ich könnte noch viel schlimmere Ausdrücke gebrauchen
Und tu es, wenn es mir paßt. Oh, Verzeihung:
Wahrscheinlich ist das meine Mutter, die in mir durchgekommen ist.
Wissen Sie, Colby, ich bin wirklich enttäuscht.
Als ich Ihnen das alles erzählte, war ich sicher,
Daß Sie keinen Anstoß daran nehmen würden. Daß Sie Mitleid haben würden.
Aber jetzt will ich kein Mitleid von Ihnen. Danke!
Wahrhaftig, ich hatte schon länger daran gedacht, es Ihnen zu sagen,
Und ich schob es, um es lange voraus zu genießen, auf:
Ich dachte, wenn ich es erzähle, wird im Augenblick
Alles wunderbar sein. Und jetzt ist gar nichts,
Überhaupt nichts. Es ist weit schlimmer als je.
Gerade wenn man glaubt, man würde erlöst werden
Aus der Einsamkeit, überfällt einen Einsamkeit;
Wenn man glaubt, man käme heraus, gerät man tiefer hinein;
Und am Ende weiß man, es gibt kein Entrinnen.
So, ich will jetzt gehn.

COLBY

Sie dürfen noch nicht gehn.
Da ist noch etwas, das ich erklären möchte,
Und ich werde es jetzt tun. Ich breche damit mein Wort.

LUCASTA

Ich glaube nicht, daß es etwas zu erklären gibt,
Was alles wegerklären könnte. Ich werde nie,

Niemals den Ausdruck auf Ihrem Gesicht vergessen,
Als ich Ihnen von Claude und meiner Mutter sprach.
Ich mag ein uneheliches Kind sein, aber ich habe noch etwas Selbstachtung.
Nun, es gibt immer noch B. Ich glaube, daß ich jetzt
Erst anfange, B. richtig zu schätzen.

COLBY

Lucasta, warten Sie!

B. Kaghan tritt ein.

KAGHAN

Auf tritt B. Kaghan.
Die neue Wohnung anzusehn. Lucasta, sieh da.
Das wußte ich, daß Sie als erste hier sein würden!
Verlaßt euch auf Kaghans Intuition. Ich bin dein Schutzengel,
Colby, der dich vor Lucasta beschützt.

LUCASTA

Im Augenblick sind Sie m e i n Schutzengel, B.
Sie müssen mich zum Dinner ausführen. Und ich lechze nach einem Drink.

KAGHAN

Ich warnte Colby: lerne nie Cocktails mixen,
Wenn du nicht willst, daß ständig eine Frau nach der andern kommt.
Und gegen ein paar menschenfressende Tiger
Wie Sie und Lizzie braucht er unbedingt Schutz.

LUCASTA

Soweit ich beteiligt bin, B., braucht Colby nicht
Ihren männlichen Schutz. Und was Lizzie betrifft,
I h r kommen Sie besser nicht ins Gehege, wenn sie im Jagen ist.
Aber jetzt ist das Wichtigste, daß ich Hunger habe,
Und Sie müssen mir ein gehöriges Dinner spendieren.

KAGHAN

Sie sollen versorgt werden. Alles zu seiner Zeit.
Ich kam, die neue Junggesellenwohnung zu besichtigen
Und Colby Glück zu wünschen. Ich war stets ein Glückspilz,
Und ich bringe andern immer Glück.

COLBY

Nimmst du einen Sherry?

KAGHAN

Ja, ich nehme gern einen Sherry,
Um auf die Wohnung anzustoßen. Und Lucasta auch:
Das ist viel besser für Sie als Cocktails, Lucasta.

LUCASTA

Sie wissen, daß ich Sherry nicht mag.

KAGHAN

Sie müssen mittrinken
Auf Colby und ein glückliches Junggesellenleben!
Was natürlich davon abhängt, daß Lizzie verhindert wird,
Sich ständig einzumischen. Sei standhaft, Colby;
Behaupte dein Recht auf dein Privatleben.
Jetzt mußt du hart sein. Laß sie nicht über die Schwelle.

LUCASTA

Als hätten Sie nicht ebensoviel Angst vor ihr wie alle!

KAGHAN

Na, zumindest ist es mir immer gelungen, ihr zu entwischen.

LUCASTA

Nur, weil es ihr nie eingefallen ist, Sie zu verfolgen.

KAGHAN

Ja, ich machte gleich zu Anfang einen schlechten Eindruck:
Ich sah, daß es nötig war. Colby hat, fürchte ich,
Einen guten Eindruck gemacht, den muß er verderben.
– Ich muß sagen, es gefällt mir, wie du die Wohnung eingerichtet hast.

COLBY

Die Ausstattung wurde von Lady Elizabeth ausgesucht.

KAGHAN

Dann weiß ich nicht, ob sie mir gefällt. Die Farben mußt du ändern.
Sie sind etwas zu blaß. Du brauchst was Leuchtenderes.
Aber davon abgesehen, ist der Eindruck recht komfortabel.
Ich hätte nie daran gedacht, mich zu verändern.
Lucasta, wenn ich es so gemütlich hätte wie Colby.

LUCASTA

Sie können's sich immer noch überlegen.

KAGHAN

Heiraten ist ein Glücksspiel. Aber ich bin der geborene Spieler,
Und ich setze mein Hemd . . . nein, das ist nicht ganz der richtige Ausdruck –
Lucasta ist die aufregendste Spekulation,
In die ich je etwas investieren wollte.
Colby ist vorsichtiger. Weißt du, Colby,
Du und ich, wir sollten zusammen Geschäfte machen.
Ich habe eine gute Nase. Aber manchmal tippe ich daneben.
Aber du würdest nie einen Sprung ins Ungewisse wagen;
Du würdest mich vor Entgleisungen bewahren.

COLBY

Unsinn.

Du tust nur so, als wärst du ein Spieler.
Du bist so nüchtern wie jeder andere
Und würdest dich nie in etwas Gewagtes einlassen.
Du machst nur gerne andern vor,
Daß du ein Spieler bist. Ich glaube, du würdest nie
Auf etwas setzen, das keine Sicherheit bietet.

KAGHAN

Da ist etwas Wahres dran. Wissen Sie, Lucasta,
Colby ist ein guter Menschenkenner.

LUCASTA

Ehe Sie das von Colby sagen können, müßten
Sie selbst ein besserer Menschenkenner sein.

KAGHAN

Oh, ich bin ein guter Menschenkenner. Ich werde Ihnen den Unterschied
Zwischen uns und Colby erklären. Sie und ich –
Was *wir* wollen, ist vor allem Sicherheit
Und Ansehn in der Gesellschaft. Colby dagegen
Macht sich gar nichts daraus, angesehn zu sein –
Er ist damit aufgewachsen. Ich aber nicht, Colby.
Weißt du, daß ich ein Findelkind bin? Das wußtest du nicht!

Nie irgendwelche Eltern gehabt. Einfach adoptiert von
nirgendwo.
Darum will ich eine Macht sein in der City,
In den Aufsichtsräten aller kreditfähigen Gesellschaften:
Eben weil ich ohne Herkunft bin – ohne jede Herkunft.
Das ist etwas, was mir an Lucasta gefällt:
Sie verachtet mich nicht.

LUCASTA

Niemand könnte Sie verachten.
Und was noch wichtiger ist: Sie verachten m i c h nicht.

KAGHAN

Niemand könnte S i e verachten, Lucasta;
Und wir wünschen uns dieselben Dinge. Colby aber
Gehört zu den Menschen, die alles hinwerfen können,
Um auf einer einsamen Insel zu leben.
Aber hoffentlich tust du's nicht. Wir brauchen dich hier.

COLBY

Ich fange an zu begreifen, daß du eine tüchtige Kenntnis
Von Dingen hast, die nichts mit Geschäften zu tun haben.

KAGHAN

Und du hast einen ganz gesunden Verstand fürs Geschäft.
Vielleicht bist du ein besserer Finanzmann als ich!
Deshalb sollten wir eben zusammenarbeiten

LUCASTA

Ihr seid beide ganz groß im Komplimentemachen;
Aber ich äußerte bereits, daß ich hungrig bin.

KAGHAN

Sie können noch nicht dinnieren.
Es ist erst sechs Uhr. Vor acht können wir nicht essen;
Nicht in einem Restaurant, das I h n e n paßt.
– Zur Abwechslung laß uns über Lucasta sprechen.

LUCASTA *steht auf:*

Wenn Sie über mich reden wollen

Es klopft. Lady Elizabeth tritt ein.

LADY ELIZABETH

Oh, guten Abend.

Guten Abend, Mr. Kaghan. Guten Abend, Lucasta.
Sind Sie grade gekommen, oder sind Sie grade im Gehn?

LUCASTA

Wir wollten grade gehen, Lady Elizabeth.

LADY ELIZABETH

Ich kam herüber, um mir die Wohnung anzusehn,
Nachdem Sie eingezogen sind. Um sagen zu können,
Ob die Art der Ausstattung richtig ist,
Müssen die Räume von dem bewohnt sein,
Für den sie eingerichtet worden sind.
Deshalb muß ich Sie darin sehn. Sagten Sie nicht, Sie wären grade im Gehn?

KAGHAN

Wir wollten zum Essen ausgehn. Lucasta ist sehr hungrig.

LADY ELIZABETH

Hungrig? Um sechs Uhr? Wo bekommen Sie jetzt Essen?
Ach, ich weiß schon. Sie könnten das Vegetarische Restaurant versuchen,
Das ich Ihnen empfohlen habe. Dort wird früh serviert:
Die meisten Gäste essen schon um halb sieben.
Dort bekommt man die köstlichsten Salate!
Ich sagte Ihnen schon, Mr. Kaghan, Sie gehören zu den Menschen,
Die viel Salat essen sollten.
Erinnern Sie sich, ich gab Ihnen die Adresse;
Es sieht mir nicht aus, als wären Sie schon dort gewesen.

KAGHAN

Wahrhaftig, es stimmt, ich war noch nicht dort.
Ich hatte es immer vor. Sollen wir hingehn, Lucasta?

LUCASTA

Ich bin so hungrig, daß ich sogar Rohkost essen würde.

LADY ELIZABETH

Also gut. Berufen Sie sich nur auf mich, Mr. Kaghan,
Und lassen Sie sich den Tisch links in der Ecke geben:
Dort ist die beste Kellnerin. Gute Nacht.

LUCASTA

Gute Nacht.

KAGHAN

Und vielen Dank. Sie geben so gute Winke.

Kaghan und Lucasta ab

LADY ELIZABETH

Waren diese jungen Leute auf Verabredung hier?
Oder kamen sie unvermutet vorbei?

COLBY

Ich hatte Lucasta eingeladen. Sie wollte, daß ich ihr vorspiele.

LADY ELIZABETH

Sie nennen sie Lucasta? Heute scheint die Jugend
Den Gebrauch des Familiennamens ganz fallenzulassen.
Aber Coby, ich hoffe, Sie nehmen mir einen leisen Wink nicht übel.
Ich hatte schon befürchtet, Sie könnten sich zu sehr anfreunden
Mit Mr. Kaghan und Miss Angel.
Ich sehe, Sie haben ein sehr behütetes Leben geführt,
Und es fiel mir schon auf, daß die beiden sich sehr um Sie bemühn.
Sehn Sie, Sie sind so etwas wie eine Kuriosität
Für die beiden – Sie sind ein Typ, dem sie
In ihren Gesellschaftskreisen nie begegnet sind.
Und ganz natürlich möchten sie mit Ihnen verkehren.
Als ältere Frau darf ich doch offen sprechen.

COLBY

Aber Lady Elizabeth ...

LADY ELIZABETH

Jedenfalls älter als Sie,
Und weit erfahrener im Lauf der Welt.

COLBY

Aber Lady Elizabeth, was haben Sie gegen sie?
Sie sind beide intelligent ... und liebenswürdig.

LADY ELIZABETH

Oh, ich habe nicht gesagt, daß sie nicht intelligent und liebenswürdig sind.
Ich mache doch keine gehässigen Andeutungen:
Aber sie sind etwas weltlich und materialistisch,
Und ... ja, etwas gewöhnlich. Sie passen gar nicht zu Ihnen.

COLBY

Ich würde sie nicht gewöhnlich nennen. Vielleicht bin ich auch gewöhnlich.
Wer würde, nach Ihrer Meinung, zu mir passen?
Ich weiß es nicht selbst. Und ich möchte es gern wissen.

LADY ELIZABETH

In erster Linie sollten Sie mit gut erzogenen Menschen verkehren.
Als ich Sie das erste Mal traf, sagte ich zu mir:
›Er ist gut erzogen.‹ Und wußte nichts über Sie,
Aber man braucht nichts zu wissen, wenn man weiß, was Erziehung ist.
Und zweitens brauchen Sie intellektuellen Verkehr.
Sicher, das schränkt schon Ihren Bekanntenkreis ein.
Denn – was erstaunlich ist – gut erzogene Menschen
Sind oft alles andere als intellektuell;
Und – was weniger erstaunlich ist – intellektuelle Menschen
Sind oft unerzogen. Aber das ist noch nicht alles.
Sie brauchen intellektuelle, wohlerzogene Menschen,
Die Geist haben – und das sind die seltensten.

COLBY

Das würde meinen Bekanntenkreis auf sehr wenige beschränken,
Und wo könnte ich die finden.

LADY ELIZABETH

Man kann sie finden.
Aber ich kam, um mir die Wohnung anzusehn,
Zu sehen, ob die Farbgestaltung zu Ihnen paßt.
Ich glaube, ja. Die Tapeten; und die Vorhänge;
Und die meisten Möbel. Nur, dieser Schreibtisch!
Wo ist dieser Schreibtisch hergekommen?

COLBY

Es ist ein Kontorpult. Sir Claude beschaffte es mir.
Ich sagte, daß ich ein Pult im Zimmer haben müßte:
Denn sehn Sie, ich werde viel von meiner Arbeit hier tun.

LADY ELIZABETH

Und das verhüllte Ding darauf, was ist das?
Sagen Sie bloß nicht, eine Schreibmaschine.

COLBY

Doch, eine Schreibmaschine,
Ich habe schon angefangen, hier zu arbeiten. Im Augenblick
Arbeite ich an einem Gesellschaftsbericht.

LADY ELIZABETH

Mit Berichten und Schreibmaschinen hatte ich nicht gerechnet,
Als ich dies Zimmer entwarf.

COLBY

Das Zimmer ist genau, was ich mir wünschte.

LADY ELIZABETH *steht auf:*

Da sehe ich eine Photographie in einem Silberrahmen.
Es tut mir leid, daß ich Sie belehren muß, Colby:
Porträt-Photographien – selbst in Silberrahmen –
Sind viel zu intim für das Wohnzimmer.
Darf ich sie wegnehmen? Ihr Schlafzimmer ist gewiß
Der korrekte Platz für photographische Andenken.
Sie setzt sich und hält das Bild in der Hand.
Was wollte ich gerade sagen? Ach so, ich weiß.
Glauben Sie an Seelenwanderung?

COLBY

Nein, das nicht. Das heißt, ich habe nie darüber nachgedacht.

LADY ELIZABETH

Ich kann nicht sagen, daß i c h daran glaube.
Eine Zeitlang tat ich's. Ich beschäftigte mich mit der Lehre.
Aber was ich sagen wollte: w e n n ich daran glaubte,
Würde ich sagen, daß wir uns in einer früheren
Inkarnation gekannt haben. – Ist das Ihre Mutter?

COLBY

Nein, meine Tante. Ich habe meine Mutter nicht gekannt.
Sie starb bei meiner Geburt.

LADY ELIZABETH

Sie starb bei Ihrer Geburt.
Haben Sie sonst nahe Verwandte? Brüder oder Schwestern?

COLBY

Weder Brüder noch Schwestern. Nein. Und andere Verwandte:
Als Kind habe ich nie welche kennengelernt.

Wahrscheinlich habe ich mich nicht für sie interessiert ... für die Verwandten.

LADY ELIZABETH

Sie wollten Ihre Verwandten nicht kennen!
Ich begreife vollständig, was Sie fühlten.
Oh, wie wenig ich meine Eltern mochte. Ich hatte eine Gouvernante;
Sogar mehrere. Und ich verabscheute sie alle.
Wurden Sie von einer Gouvernante erzogen?

COLBY

Nein, von meiner Tante.

LADY ELIZABETH

Und verabscheuten Sie sie? Nein, natürlich nicht.
Sonst hätten Sie nicht ihr Bild. Wenn Sie Ihre Eltern nie kannten ...
Aber lebte Ihr Vater noch?

COLBY

Ich habe meinen Vater nicht gekannt.

LADY ELIZABETH

Ja, wenn Sie nie eine Gouvernante hatten,
Und Ihre Eltern beide nicht gekannt haben,
Dann können Sie gar nicht wissen, was wirklich Abscheu ist.
Und doch müssen wir in unserer Herkunft etwas Gemeinsames haben.

COLBY

Sie hatten doch Eltern. Und offenbar viele Verwandte.

LADY ELIZABETH

Oh, Horden von Verwandten! Und so unangenehme Leute!
Ich kam mir vor wie eine Taube in einem Adlernest.
In ihrer Gier mußten sie immer etwas töten und essen.
Und doch muß unsere Kindheit ähnlich gewesen sein.
Das sind nur oberflächliche Unterschiede:
Sie müssen als Kind einsam gewesen sein, ohne Verwandte –
Weder Brüder noch Schwestern – und ich war einsam,
Weil so zahlreiche da waren – und so unsympathische.
Ich kam mir wie ausgestoßen vor. Und dabei waren sie so alltäglich.
Wissen Sie, Colby, damals als Kind

Hatte ich drei fixe Ideen, von denen ich nie sprach.
Ich bin gespannt, ob Sie dieselben Ideen hatten.

COLBY

Was für welche?

LADY ELIZABETH

Die erste, ich wäre furchtbar häßlich
Und wüßte es nicht. Und dann, ich wäre schwachsinnig
Und wüßte es nicht. Und schließlich,
Ich wäre ein Findelkind und wüßte es nicht.
Natürlich ärgerte es mich, häßlich zu sein
Und schwachsinnig: doch meine Familie brachte es mir bei.
Aber wissen Sie, daß ich gerne glaubte,
Ich wäre ein Findelkind oder ein Wechselbalg – was wollte ich sagen?

COLBY

Ich weiß wirklich nicht, was Sie sagen wollten.

LADY ELIZABETH

Wie dem auch sei,
Ich wollte nicht dazu gehören. Ich weigerte mich zu glauben,
Ein gewöhnlicher Graf könnte mein Vater gewesen sein!
Und daß meine Mutter wirklich meine Mutter sei, konnte ich nicht glauben.
Das waren alberne Phantastereien. Ich war ein törichtes Mädchen
Und sehr romantisch. Aber es beweist,
Wie anders ich mir vorkam.
Und dann verfiel ich auf die Weisheit des Ostens
Und glaubte, eine Zeitlang, an Seelenwanderung.
Das schien alles zu erklären. Jetzt glaube ich nicht mehr daran.
Das war nur eine Phase. Aber es machte alles so einfach!
Denken zu können, daß unsere irdischen Eltern
Nur Werkzeuge sind, und für uns nur dazu da,
Damit wir wiedergeboren werden. Und daß unsere wirklichen Ahnen
Unsere früheren Leben sind. Natürlich ist etwas in uns,
In uns allen, was nicht nur vererbt ist,
Sondern einmalig. Etwas, das wir von Ewigkeit an
Gewesen sind. Etwas ... unmittelbar von Gott.

Das heißt, daß wir Gott näher sind als jedem andern.
– Wo haben Sie als Kind gelebt?

COLBY

In Teddington.

LADY ELIZABETH

Teddington? In welcher Grafschaft?

COLBY

Ganz nahe bei London.

LADY ELIZABETH

Immerhin wuchsen Sie, wie ich, auf dem Lande auf.
Teddington. Mir ist, als hätt ich davon gehört.
War es ein großes Haus?

COLBY

Nein, ein sehr kleines.

LADY ELIZABETH

Aber Sie hatten Ihre Tante. Und sie hing sicherlich
Sehr an Ihnen. Wie heißt Ihre Tante?
Auch Simpkins?

COLBY

Nein, eine verheiratete Tante.
Eine Witwe. Sie heißt Mrs. Guzzard.

LADY ELIZABETH

Guzzard? Sagten Sie Guzzard? Ein ungewöhnlicher Name.
Guzzard, sagten Sie? Der Name sagt mir etwas.
Ja, Guzzard. Das ist der Name, den ich gesucht habe!

COLBY

Der Name mag Ihnen schon begegnet sein;
Obgleich er, wie Sie sagen, ungewöhnlich ist.
Meine Tante dürften Sie kaum kennen.

LADY ELIZABETH

Nein. Ich traf sie nicht ... Ihre Tante.
Aber der Name ist mir bekannt. Wie alt sind Sie, Colby?

COLBY

Fünfundzwanzig.

LADY ELIZABETH

Fünfundzwanzig. Und was wurde aus Ihrem Vater?

COLBY

Naja ... Ich habe keinen Vater gehabt.
Sehen Sie ... Ich bin ein uneheliches Kind.

LADY ELIZABETH

Ich verstehe. Ein uneheliches Kind.
So daß Mrs. Guzzard die einzige Verwandte war,
Die Sie kannten. Und Sie sagten immer ›Tante‹ zu ihr?

COLBY

Warum nicht? Sie war ja meine Tante.

LADY ELIZABETH

Und Ihre Mutter –
Mrs. Guzzards Schwester, nehme ich an ...

COLBY

Ihre Schwester – so daß Mrs. Guzzard meine Tante ist.

LAYD ELIZABETH

Und sind Sie ganz sicher, daß Mrs. Guzzards Schwester –
Die Ihre Mutter war, wie Sie sagen – wirklich Ihre Mutter war?

COLBY

Aber, Lady Elizabeth! Warum sollte ich daran zweifeln?
Meine Tante würde keine derartige Geschichte erfinden.

LADY ELIZABETH

Nicht, wenn sie Ihre Tante *ist*. Haben Mrs. Guzzard
Und Mr. Guzzard – je Kinder gehabt?

COLBY

Sie hatten keine eigenen Kinder.
Das heißt, sie hatten einen kleinen Jungen,
Der starb, als ich noch sehr klein war.
Ich erinnere mich nicht an ihn. Man erzählte mir von ihm.
Aber ich kann mir nicht helfen, weshalb interessiert Sie das so:
Es gibt nichts besonders Interessantes in meiner Herkunft –
Glauben Sie mir, wirklich nicht.

LADY ELIZABETH

Vielleicht ist sie interessanter
Als Sie selbst ahnen. Colby ...
Es klopft an der Tür.

Wer ist da?

Sir Claude tritt ein.

SIR CLAUDE

Elizabeth! Man sagte, du wärst hier bei Colby,
So kam ich herüber statt zu telefonieren,
Um ihm eben diese Notizen zu geben. Notizen für meine Rede
Auf dem Bankett der Töpfer-Gilde.

COLBY

Das ist morgen abend, nicht wahr?

SIR CLAUDE

Jawohl.
Aber wie du weißt, muß ich meine Rede ganz ausgearbeitet
Und auswendig gelernt haben. Notizen helfen mir nichts:
Es muß spontan klingen. Ich habe ein paar Schlagworte notiert.
Sieh zu, ob du etwas daraus machen kannst
Für mich, ein paar passende Phrasen. Es sollte etwa zehn Minuten dauern.
Wir werden sie dann morgen durchgehn.

COLBY *sieht sich die Notizen an:*

Ich will's versuchen.

SIR CLAUDE

Gerade in solchen Dingen, Elizabeth,
Kann Colby mir mehr helfen als Eggerson.
Ich hätte Eggerson nicht bitten können, eine Rede für mich zu schreiben.
Ach ja, Colby, wie ist eigentlich der Flügel?

COLBY

Es ist ein wunderbarer Flügel. Ich habe noch nie
Auf so einem Instrument gespielt. Er ist viel zu gut für mich.

SIR CLAUDE

Du brauchst einen guten Flügel. Um so besser wirst du spielen.

LADY ELIZABETH

Claude!

SIR CLAUDE

Was gibt es, Elizabeth?

LADY ELIZABETH

Ich habe soeben eine aufregende Entdeckung gemacht!

Nur durch einen Namen – und durch Intuition.
Aber es muß bewiesen werden. Die Wahrheit ist herausgekommen.
Es ist Colby. Colby ist mein verlorenes Kind!

SIR CLAUDE

Was? Dein Kind, Elizabeth? Was in aller Welt bringt dich auf diesen Gedanken?

LADY ELIZABETH

Ich muß diese Mrs. Guzzard sprechen. Ich muß ihr gegenüberstehen.
Das kann unmöglich ein Zufall sein.
Es klingt unglaublich, nicht wahr, Claude?
Und doch wäre es noch viel unglaublicher,
Wenn es nichts als ein Zufall wäre.
Vielleicht sollte ich es noch nicht glauben,
Vielleicht ist es falsch, daß ich mich so sicher fühle,
Es scheint, daß die Vorsehung ihn mir wiedergeschenkt hat,
Und du und Eggerson, ihr wart das Werkzeug, Claude.
Es muß stimmen. Claude, sag, daß ich recht habe.

SIR CLAUDE

Aber Elizabeth, was brachte dich auf den Gedanken,
Daß Colby dein Sohn ist?

LADY ELIZABETH

Ach, ich vergaß
In meiner Aufregung: du kamst gerade in dem Moment,
Als mir die Wahrheit aufging. Mrs. Guzzard!
Claude, Colby wurde von einer Mrs. Guzzard erzogen.

SIR CLAUDE

Das weiß ich. Aber wieso ist er deswegen dein Sohn?

LADY ELIZABETH

Das ist der Name, nach dem ich all die Jahre gesucht habe –
Das, und der andere Name, Teddington:
Mrs. Guzzard aus Teddington. Mehr wußte ich nicht.
Dann ist, wie du weißt, Tony in Afrika umgekommen,
Und mir war der Name entfallen. Mrs. Guzzard.

SIR CLAUDE

Allmählich fange ich an zu begreifen.
Du hast Colby über seine Familie ausgefragt ...

LADY ELIZABETH

Und als er Teddington erwähnte, war es wie ein fernes Echo –
Und dann Mrs. Guzzard! Es muß wahr sein.

SIR CLAUDE

Auf alle Fälle ist es ein sonderbarer Zufall –
Wenn der Zufall stimmt. Aber ich fürchte, Elizabeth,
Es ist folgendes: während du über die Vergangenheit brütetest,
Erinnerte dich Colby an deinen Sohn, wie er jetzt wäre,
Und da fingst du an, ihn als deinen Sohn anzusehn,
Und da – wäre dir jeder Name, den du hörtest, als der richtige erschienen.

LADY ELIZABETH

Ach Claude, wie kannst du so skeptisch sein!
Wir müssen diese Mrs. Guzzard sprechen und sie zwingen, es zu gestehn.

SIR CLAUDE

Es tut mir leid, Elizabeth. Wenn Mrs. Guzzard kommt
Und etwas gesteht, wird es was ganz anderes sein,
Als was du erwartest. Es tut mir leid, Colby,
Mir scheint, daß wir ihr die Wahrheit sagen müssen.

COLBY

Mir scheint . . . von mir ist nichts –
Absolut gar nichts – dazu zu sagen.
Ich muß das dir überlassen.

SIR CLAUDE

Ich hätte es eines Tages gesagt.
Es war mir immer zuwider, dir so etwas vorzuenthalten.
Jetzt sehe ich, ich hätte es dir ebensogut früher sagen können,
Aber ich hoffte – der Gedanke kommt mir jetzt so dumm vor . . .
Was jetzt geschieht, ist fast das, was geplant war,
Und doch eine solche Travestie aller Pläne –
Ich hoffte, du würdest Colby liebgewinnen,
Und daß er an die Stelle deines eigenen Kindes treten könnte,
Wenn du ihn erst einmal kennenlerntest – und du würdest ihn adoptieren wollen.

LADY ELIZABETH

Aber selbstverständlich will ich ihn adoptieren, Claude!
Das heißt, wenn man sein eigenes Kind adoptieren kann.

SIR CLAUDE

Das meinte ich nicht. Elizabeth,
Colby ist *mein* Sohn.

LADY ELIZABETH

Ganz unmöglich, Claude!
Du hast eine Tochter. Jetzt willst du einen Sohn.

SIR CLAUDE

Es würde mir nie einfallen, dir deinen Sohn wegzunehmen.
Vielleicht hast du einen Sohn. Aber es ist nicht Colby.
Ich hätte es dir sagen sollen, vor Jahren schon.
Ich erzählte dir von Lucasta, und du erzähltest mir
Von deinem eigenen ... Mißgeschick. Und beinahe hätte ich dir
Von Colby erzählt. Ich tat's nicht. Aus einem so dummen Grund.
Wie absurd es jetzt klingt. Jeder ein Kind –
Das schien fair zu sein – obgleich du um deins gekommen warst
Und ich um meins nicht kommen konnte. Aber wenn ich noch eins hätte,
Glaubte ich, könntest du denken – ›und wie viele noch?‹
Du hättest jede beliebige Anzahl vermuten können!
Jetzt scheint das grotesk. Es beeinflußte mich aber
Und ich fand noch einen guten Grund, es zu verschweigen.
Ich sah doch, wie sehr du dich nach einem eigenen Sohn sehntest,
Und dachte, ich warte, bis wir selbst Kinder haben,
Und sage es ihr dann. Es kamen aber keine.
Und jetzt bedaure ich meinen Entschluß bitter.
Ich hätte dir sagen müssen, daß ich einen Sohn habe.

LADY ELIZABETH

Aber warum glaubst du, daß Colby *dein* Sohn ist?

SIR CLAUDE

Colby ist der Sohn von Mrs. Guzzards Schwester,
Die bei seiner Geburt starb. Mrs. Guzzard zog ihn auf,
Und ich sorgte für seine Erziehung.

Ich habe ihn heranwachsen sehn. Und Mrs. Guzzard
Weiß, daß er mein Sohn ist.

LADY ELIZABETH

Wo warst du denn, Claude,
Als Colby geboren wurde?

SIR CLAUDE

Wo ich war? In Kanada.
Mein Vater hatte mich auf eine Geschäftsreise geschickt,
Um mich über seine Investierungen in Übersee zu orientieren.

LADY ELIZABETH

Wie weißt du dann, daß die Schwester ein Kind hatte?
Vielleicht hat Mrs. Guzzard die Geschichte erfunden ...

SIR CLAUDE

Warum sollte sie sie erfinden? Das Kind wurde erwartet.

LADY ELIZABETH

Vielleicht, um Geld von dir zu bekommen.
Nein, das sollte ich nicht sagen. Aber sie saß da
Mit einem fremden Kind. Der Vater war tot.
Und man hatte ihr nie den Namen der Mutter genannt;
Und die Mutter hatte den Namen von Mrs. Guzzard vergessen,
Und die Mutter war ich und Colby das Kind;
Und Mrs. Guzzard glaubte, der Gedanke, einen Sohn zu haben,
Würde dich glücklich machen, und du würdest gut für ihn sorgen –
Denn du hattest das Mädchen gern, nicht wahr?

SIR CLAUDE

Ja, ich hatte sie gern. Sehr. Ich war vorher
Noch nie verliebt gewesen.

LADY ELIZABETH

Nun also.
Auf die Art muß es passiert sein.
Oh, Claude, du weißt, daß ich etwas schwach im Kopf bin,
Wenn ich mich auch bemühe, klug zu sein. Bitte, hilf mir.

SIR CLAUDE

Es könnte so passiert sein. Aber ganz gewiß war es nicht so.

LADY ELIZABETH

Und sagt dir dein Instinkt nichts, Colby?

SIR CLAUDE

Ja, sag uns alles, was du denkst.
Ich weiß, diese Situation muß dir peinlich sein,
Viel mehr, als selbst für ... uns.

COLBY

Ich wünschte nur, es wäre eine tiefere Pein:
Ich weiß es nicht, ob ich bei diesem Gespräch
Gelitten habe oder nicht. Mein ganzes Gefühl ist erstarrt.
Wenn das Pein ist, ist es Teil einer völligen Pein,
Die ich noch nicht empfinden kann. Ich bin einfach unbeteiligt.
Und die ganze Zeit, während Sie sprachen,
Habe ich nur gedacht: ›Was macht das schon aus,
Wessen Sohn ich bin?‹ Sie verstehen es nicht,
Daß eine Lücke bleibt, wenn man als Kind
Keine Eltern hatte, die nie auszufüllen ist. Nie.
Ich mag Sie beide, ich könnte Sie sogar liebgewinnen –
Aber als Freunde ... ältere Freunde. Weder als Vater noch Mutter.
Es tut mir leid. Aber nur darum ist es für mich gleich,
Wer von Ihnen mein Vater oder wer meine Mutter war.

LADY ELIZABETH

Aber eine Mutter, Colby, ist das nicht anders?
Zwischen Mutter und Sohn müßte immer ein Band sein,
Wie lange sie auch für einander verloren waren.

COLBY

Nein, Lady Elizabeth. Die Lage ist dieselbe,
Oder viel grausamer. Angenommen, ich wäre Ihr Sohn.
Das wäre nichts als eine Tatsache. Besser nichts wissen,
Als die Tatsache kennen und wissen, daß sie nichts bedeutet.
Als ich geboren wurde, mögen Sie meine Mutter gewesen sein,
Aber Sie zogen es vor, es nicht zu sein. Ich mache Ihnen keine Vorwürfe:
Gott bewahre! Aber wir müssen die Konsequenzen tragen.
Als ich zur Welt kam, waren Sie als meine Mutter –
Falls Sie meine Mutter sind – etwas Lebendiges.
Jetzt ist es etwas Totes, und aus etwas Totem
Kann nichts Lebendiges entspringen. Nein, jetzt ist es zu spät.

Bisher habe ich mir noch nie Eltern gewünscht –
Ich habe nie daran gedacht. Jetzt bringen Sie mich darauf,
Und ich wünsche, ich hätte einen Vater gehabt und eine Mutter.

LADY ELIZABETH

Colby, hören Sie auf! Mir ist etwas eingefallen.
Claude! Ich will dir nicht den Sohn, den du
Für deinen hältst, wegnehmen. Und wenn ich dich richtig verstanden habe,
Möchtest du lieber, es wäre u n s e r Sohn und nicht nur d e i n e r.
Warum sollen wir weiter nachforschen?
Sehen wir ihn einfach als u n s e r e n Sohn an:
Es wird nicht ganz das sein, was wir uns wünschten –
Aber in mancher Hinsicht besser! Und uns beide bewahren,
Unbillige Ansprüche an Sie zu stellen, Colby.
Das ist eine gute Idee! Warum sollen wir nicht
Alle glücklich sein? Jetzt schon, Claude, fühle ich,
Daß es uns näher zusammengebracht hat.

SIR CLAUDE

Ich wäre mit einer solchen Lösung einverstanden;
Und tatsächlich ist sie von dem, was ich wollte, nicht so weit.
Könntest du uns beide auf diese Weise akzeptieren, Colby?

COLBY

Ich kann nur sagen, was ich im Moment empfinde:
Doch glaube ich, daß ich immer so empfinden werde.

SIR CLAUDE

Nun?

COLBY

Es wäre leichter, glaube ich,
Sie beide als Eltern anzunehmen,
Wenn Sie es beide nicht wären. Wenn es reine Fiktion wäre –
Man kann mit einer Fiktion leben – aber nicht mit einer solchen Mischung
Von Fiktion und Fakten. Es ist schon hart für mich,
Da ich nie die Gefühle eines Sohnes gekannt habe,
Zwischen zwei Eltern umstritten zu sein.
Wenn wir aber Ihrem Vorschlag folgten,

Weiß ich, ja, ich weiß, ich würde überall verfolgt
Von den unglücklichen Schatten der andern Eltern!
Es ist merkwürdig genug, zwei Eltern zu haben –
Aber ich soll vier haben! Was wäre mit den anderen?
Ich müßte mit diesen Schatten leben, der eine ungehalten,
Weil er um seine – oder ihre – Elternschaft betrogen wurde.
Der andere ungehalten über die Begünstigung
Falscher Elternschaft. Beide zum Narren gehalten.

SIR CLAUDE

Was möchtest du also, Colby? Was möchtest du?
Denk an die Zukunft. Wenn du heiratest,
Wirst du Eltern haben wollen, deiner Kinder wegen.

COLBY

Heute abend ist mir nicht zumut, als ob ich je heiraten würde.
Du magst recht haben. Das darf nicht mitsprechen.
Jetzt will ich aber wissen, wessen Sohn ich bin.

SIR CLAUDE

Dann ist das erste, daß wir Mrs. Guzzard sprechen müssen.

LADY ELIZABETH

Oh, Claude! Du tust mir schrecklich leid.
Ich glaube, wenn ich gewußt hätte von deinem ... Wahn,
Hätte ich dir nie die Augen geöffnet.

SIR CLAUDE

Und ich,
Hätte ich geahnt, was geschehen würde,
Ich hätte dir Colby mit Freuden überlassen.
Aber wir müssen mit Mrs. Guzzard sprechen. Ich werde sie kommen lassen.

LADY ELIZABETH

Und ich finde, daß Eggerson auch dabei sein sollte.

SIR CLAUDE *steht auf:*

Ja, natürlich, Eggerson! Er weiß alles.
Für heute abend ist es genug. Nun, Colby,
Wirst du etwas Trost am Flügel finden?

COLBY

Ich glaube nicht, daß der Flügel mir heute abend helfen würde:

Im Moment ist mir, als möchte ich ihn nie mehr anrühren.
Da ist aber auch noch was andres. Deine Rede
Bei der Töpfer-Gilde morgen abend, ich erinnere
Dich daran. Ich muß an die Arbeit gehn.

SIR CLAUDE

Morgen abend. Muß ich denn zu diesem Bankett
Morgen abend?

COLBY

Ich habe deine Notizen durchgesehn –
Bevor ich in das Gespräch gezogen wurde –
Und fand eine Notiz, die ich nicht verstand.
›Nachdenkliche Stimmung‹. Daraus kann ich nichts machen,
Wenn du mir nicht sagst – nachdenklich über was?

SIR CLAUDE

Nachdenklich über was? Nachdenklich über was?
›Heut abend bin ich in nachdenklicher Stimmung‹ –
Ach ja. Etwas zu sagen über meine früheren Ambitionen,
Ein Töpfer zu werden. Als ob die Mitglieder
Der Töpfer-Gilde irgend etwas von
Keramik verstehen würden ... oder überhaupt von Kunst.
Nein, ich glaube kaum, daß ich in nachdenklicher Stimmung sein werde.
Streich das aus. Es würde mich nur an Dinge
Erinnern, welche die Töpfer-Gilde befremden würden,
Wenn ich ihnen sagte, was mir in den Sinn gekommen war.
Komm jetzt, Elizabeth.

LADY ELIZABETH

Mein armer Claude!

Sir Claude und Lady Elizabeth ab

Vorhang

Dritter Akt

Das Arbeitszimmer wie im ersten Akt. Einige Tage später, vormittags. Sir Claude rückt Stühle zurecht. Lady Elizabeth tritt ein.

LADY ELIZABETH

Claude, was machst du da?

SIR CLAUDE

Plätze festlegen.
Es ist wichtig, bei einer schwierigen Verhandlung
Vorher zu überlegen, wie man sitzen soll.
Du und ich, wir sollten nicht so dicht zusammen sein.
Willst du dort, neben dem Schreibtisch sitzen?

LADY ELIZABETH

Auf der anderen Seite, mit dem Rücken zum Licht:
Aber wirst du nicht selbst am Schreibtisch sitzen?

SIR CLAUDE

Nein, das wäre zu förmlich. Ich dachte mir, dort
Am Schreibtisch würde besser Eggerson sitzen.
Weißt du, er sollte gewissermaßen den Vorsitz haben.

LADY ELIZABETH

Eine gute Idee.

SIR CLAUDE

Andererseits
Sollten wir nicht wie zwei Anwälte wirken,
Die darauf warten, einen Zeugen ins Kreuzverhör zu nehmen.
Es ist recht peinlich. Wir wollen doch nicht gleich
Mrs. Guzzard kränken. Deshalb dachte ich,
Eggerson sollte die ersten Fragen stellen.
Er ist sehr geschickt darin, auf Umwegen an eine Sache
Heranzukommen. Wo setzen wir sie aber hin?

LADY ELIZABETH

Dort drüben, wo das Licht voll auf sie fällt:
So daß ich ihren Ausdruck beobachten kann.

SIR CLAUDE

Aber nicht auf diesen Stuhl. Sie sollte einen Sessel haben . . .

LADY ELIZABETH

Nicht den niedrigen. Laß den in der Ecke
Für Colby. Er wird nicht auffallen wollen,
Der arme Junge!

SIR CLAUDE

Immerhin bestand er
Auf diese . . . Untersuchung. Aber vielleicht hast du recht.

LADY ELIZABETH

Claude, ich habe mir alles hin und her überlegt,
Die ganze Nacht hindurch. Ich habe kaum geschlafen.
Ich wünschte, es stellte sich irgendwie heraus, daß Colby
D e i n Sohn ist, nicht meiner· Ich wünsche es wirklich!
Es wäre so viel gerechter. Ist er mein Sohn –
Wovon ich überzeugt bin – dann hast du nie einen Sohn gehabt;
Ist er dagegen deiner . . . könnte er immer noch den Platz
Meines Sohnes einnehmen: und so u n s e r Sohn sein.
Ach Gott, was will ich eigentlich? Ich möchte, daß er meiner ist,
Du solltest aber glauben, er wäre deiner!
So hoffe ich also, Mrs. Guzzard wird sagen, er ist dein Sohn;
Und ich brauche ihr nicht zu glauben. Ich halte nichts von Tatsachen.
Aber du. Das ist der Unterschied zwischen uns.

SIR CLAUDE

Das weiß ich doch nicht. Ich habe versucht, an Tatsachen zu glauben;
Und mich immer so verhalten, als glaubte ich an sie.
Ich dachte, das, woran mein Vater glaubte, wären Tatsachen;
Ich dachte, daß es ihm um Macht und Reichtum zu tun wäre;
Und ich habe eingesehen, was ich für mich
So erklärte, war etwas anderes für i h n –
Eine Idee, eine Leidenschaft. Was er auf mich vererben wollte,
War diese Idee, diese Leidenschaft,
Die für ihn Leben war. Für mich aber eine Last.

Eine Leidenschaft läßt sich nicht einfach übertragen,
Beim besten Willen nicht. Er war ein großer Finanzmann –
Und ich bin höchstens ein erfolgreicher.
Vielleicht wäre ich der Leidenschaft meines Vaters treuer gewesen,
Wenn ich das getan hätte, was ich eigentlich wollte.

LADY ELIZABETH

Du hast noch nie so zu mir gesprochen!
Warum eigentlich nicht? Gewiß verstehe ich nicht alles,
Und ich weiß, du denkst, daß ich gar nichts verstehe,
Und das stimmt vielleicht. Aber wenn du doch manchmal
So mit mir sprechen wolltest, als könnte ich alles verstehn,
Vielleicht käme ich dann dazu, dich besser zu verstehn.
Was war's, was du eigentlich wolltest?

SIR CLAUDE

Töpfer werden.
Lach doch nicht.

LADY ELIZABETH

Ich lache nicht. Ich mußte nur denken,
Wie seltsam, alle diese Jahre habe ich mit dir gelebt,
Und jetzt sagst du mir, du wärst gerne Töpfer geworden!
Meinst du wirklich Krüge und Gefäße machen,
So wie die in deiner Sammlung?

SIR CLAUDE

Ja, das meine ich.

LADY ELIZABETH

Es hätte mir doch gefallen, wenn du Töpfer gewesen wärst!
Warum hast du mir das nie gesagt?

SIR CLAUDE

Ich dachte nicht,
Daß es dich interessieren würde. Und noch etwas.
Ich hielt es für selbstverständlich, du wolltest einen Mann haben
In bedeutender Stellung. Und du würdest mich verachten,
Wenn du wüßtest, was ich wirklich gerne gewesen wäre.

LADY ELIZABETH

Und ich hielt es für selbstverständlich, daß dich
Nichts interessierte als Finanzsachen;

Und du brauchtest mich in der Hauptsache zum
Repräsentieren.
Mir scheint, es ist ein großer Fehler,
Wenn Eheleute alles als selbstverständlich annehmen.

SIR CLAUDE

Das war wirklich eine intelligente Bemerkung.
Vielleicht nahm ich auch bei dir zuviel
Als selbstverständlich an, Elizabeth. Was hast du dir gewünscht?

LADY ELIZABETH

Einen Künstler zu inspirieren. Bitte, lach doch nicht.

SIR CLAUDE

Ich lache nicht.

So, du hättest also gern einen Künstler inspiriert.

LADY ELIZABETH

Ja, oder einen Dichter. Ich hielt Tony für einen Dichter.
Weil er mir Gedichte schrieb. Und er war so schön.
Jetzt weiß ich, daß Dichter nicht wie Dichter aussehn,
Und Finanzleute, scheint mir, sehn nicht wie Töpfer aus –
War es das, was ich sagen wollte? Ich bin ganz durcheinander.
Mit Tony, dachte ich, würde ich aus einer Welt herauskommen,
Die ich verabscheute. Und dann entdeckte ich, zu spät,
Daß er zu der Welt gehörte, aus der ich heraus wollte.
Er war so alltäglich. Ich wollte ihn vergessen,
Und ich nehme an, darum wollte ich Colby
Vergessen. Doch Colby ist ein Künstler.

SIR CLAUDE

Ein Musiker.

Ich bin ein enttäuschter Handwerker.
Und Colby ist ein enttäuschter Komponist.
Ich wäre ein zweitrangiger Töpfer gewesen,
Und er wäre ein zweitrangiger Organist geworden.
Wir zogen beide vor ... uns den Tatsachen zu beugen.

LADY ELIZABETH

Das war es wohl auch, was i c h versucht habe.
Wie merkwürdig, Claude, aber dies ist das erste Mal,
Daß ich mit dir spreche, ohne mir sehr dumm vorzukommen.

Du ließest mich immer fühlen, es lohne sich nicht, mit mir zu sprechen.

SIR CLAUDE

Und du ließest mich immer fühlen, *deine* Interessen
Wären viel zu hoch für ein Gespräch mit *mir*.
Heilverfahren. Moderne Kunst – solange sie modern war –
Und Derwisch-Tänze.

LADY ELIZABETH

Derwisch-Tänze!
Wirklich, Claude, das ist zu albern!
Ich zweifle allerdings nicht, daß man viel
Aus den Riten der Derwische lernen kann.
Was Mrs. Guzzard uns sagen wird, ist unwichtig,
Solange es Colby befriedigt. Was auch geschieht,
Er soll *unser* Sohn sein.

Klopfen an der Tür. Eggerson tritt ein.

SIR CLAUDE

Guten Morgen, Eggerson.

EGGERSON

Guten Morgen, Sir Claude! Lady Elizabeth!

SIR CLAUDE

Es tut mir leid, Eggerson, daß ich Sie so plötzlich
Nach London bemühte.

EGGERSON

Keine Ursache, Sir Claude.
Es ist wahr, ich habe hier nicht mehr viel zu tun;
Und Mrs. E. möchte, ich käme öfter herein!
So sind die Damen! Als ich fünf oder sechs Tage
Der Woche in London sein mußte, pflegte sie sich zu beklagen;
Doch jetzt sagt sie: ›Du wirst langsam ein Bauer!
Du verlierst jeden Kontakt mit dem öffentlichen Leben.‹
In Wirklichkeit vermißt sie den Kontakt mit London,
Wenn sie es auch nicht zugibt. Sie vermißt meine Neuigkeiten,
Wenn ich abends nach Hause kam. Und die Nachtausgaben
Der Zeitungen, die ich von Liverpool Street mitnahm.
Aber es gibt so viel zu tun in Joshua Park –

Abgesehen vom Garten –, daß ich keinen Moment müßig bin.
Ich komme mir wirklich ganz verloren vor in London.
Und jedesmal fällt mir auf, daß der Verkehr
Noch schlimmer geworden ist.

SIR CLAUDE

Ja, er wird immer schlimmer.

LADY ELIZABETH

– Und geht es Mrs. Eggerson gut?

EGGERSON

Ganz gut.
Um diese Zeit, wenn der Jahrestag herankommt,
Ist sie immer etwas niedergeschlagen.

SIR CLAUDE

Der Jahrestag? Vom Tode Ihres Sohnes?

EGGERSON

Vom Tag, an dem wir die Nachricht erhielten. Wir sprechen wenig darüber;
Doch weiß ich schon Tage vorher, wie ihr zumute ist.
Aber da spreche ich nur von uns!
Und wir haben sicher viel Wichtigeres zu tun.

SIR CLAUDE

Eggerson, ich erwarte Mrs. Guzzard.

EGGERSON

Ja wirklich! Mrs. Guzzard! Und warum wird sie erwartet?

SIR CLAUDE

Ich habe sie hergebeten. Lady Elizabeth
Ist sicher, daß ihr Mrs. Guzzards Name bekannt ist.

LADY ELIZABETH

Mrs. Guzzard aus Teddington.

EGGERSON

Ach, wirklich!
Das hätte ich nicht erwartet, daß ihr Name Ihnen bekannt ist.

SIR CLAUDE

Sie hat Colby über sein Leben ausgefragt,
Und er erwähnte den Namen seiner Tante, Mrs. Guzzard.
Jetzt ist sie davon überzeugt, daß Mrs. Guzzard

Aus Teddington der Name jener Person ist,
Der ihr Kind anvertraut wurde.

EGGERSON

Ein verblüffender Zufall!

SIR CLAUDE

Ja, wirklich,
Wenn sie sich nicht irrt ...

LADY ELIZABETH

Bitte, Claude!

SIR CLAUDE

Und sie schloß daraus, daß Colby ihr Kind sein muß,
Deshalb sagte ich ihr die Wahrheit, aber sie kann es nicht glauben.

LADY ELIZABETH

Claude, das stimmt nicht ganz. Laß mich erklären.
Ich bin überzeugt, daß Sir Claude sich irrt
Oder getäuscht worden ist, und daß Colby mein Sohn ist.
Ich bin sicher, daß er es ist. Aber ich will es gar nicht wissen:
Ich bin vollkommen einverstanden, die Dinge zu lassen, wie sie sind.
Und wir können ihn als unseren Sohn ansehn.

SIR CLAUDE

Das ist vollkommen richtig. Colby ist es,
Der mit dieser Lösung nicht zufrieden ist.
Er besteht auf Tatsachen. Und darum habe ich
Mrs. Guzzard hergebeten. Sie weiß nicht warum.

EGGERSON

Die Einstellung von Mr. Simpkins ist ganz verständlich,
Wenn ich das sagen darf. Natürlich könnten wir noch eine andere
Mrs. Guzzard entdecken ...

LADY ELIZABETH

Zwei Mrs. Guzzard?

EGGERSON

Ich gebe zu, es ist ein höchst seltener Name.
Aber es gab schon merkwürdigere Dinge.

LADY ELIZABETH

Und beide aus Teddington?

EGGERSON

Ich gebe zu, das wäre höchst überraschend.
Und mit der gleichen Adresse?

LADY ELIZABETH

Die Adresse kenne ich nicht.
Mrs. Guzzard aus Teddington ist alles, was ich weiß,
Aber das könnte ich beschwören.

EGGERSON

Es ist sehr unwahrscheinlich,
Daß in Teddington zwei Mrs. Guzzard leben sollten.
Aber nehmen wir für den Moment an, es gäbe nur eine Mrs. Guzzard,
Könnte es dann nicht zwei Kinder gegeben haben?

LADY ELIZABETH

Zwei Kinder, Eggerson?

EGGERSON

Ich wollte nur andeuten,
Es ist vielleicht der Beruf von Mr. Guzzard
Sich ... um anderer Leute Kinder zu kümmern.
Das ist, wie man zu sagen pflegt, vollkommen ehrbar.

SIR CLAUDE

Sie wollen andeuten, daß sie eine Babyfarm betrieb?
Das ist sehr unwahrscheinlich heutzutage.
Außerdem wäre mir das aufgefallen. Ich besuchte sie
Zu oft. Ich sah nie mehr als ein Kind.

EGGERSON

Sie könnte ein zweites vorübergehend
Aus Gefälligkeit dazu übernommen haben –
Zu entsprechenden Bedingungen. Wenn sie das aber tat,
Sollte man sich erkundigen, was aus dem andern wurde.

SIR CLAUDE

D i e s Kind aber war Colby.

LADY ELIZABETH

Natürlich war es Colby.

SIR CLAUDE

Aber, Eggerson, Sie können mir doch nicht im Ernst zumuten zu glauben,
Daß sie zwei Kinder angenommen und sie verwechselt hat.

LADY ELIZABETH

Es sieht so aus, als wäre das passiert. Und jetzt muß man herausfinden,
Was aus deinem Kind geworden ist, Claude.

SIR CLAUDE

Was aus meinem Kind geworden ist!
Die Mutter meines Kindes war die Schwester von Mrs. Guzzard.
Sie hätte das nicht weggegeben. Dein Kind ist es, Elizabeth,
Das man zu finden versuchen muß.

EGGERSON

Wenn noch ein Kind da war,
Dann muß man es zu finden versuchen. Richtig, Sir Claude:
Unser erster Schritt muß sein, Mrs. Guzzard zu fragen.

SIR CLAUDE

Und deswegen sind wir hier. Sie wird bald da sein.
Und sobald sie kommt, werde ich Colby rufen lassen.
Sie brauchte ich vorher hier, um die Situation zu erklären:
Und ich dachte mir, es wäre gut, wenn Sie die Verhandlung leiteten.
Wollen Sie am Schreibtisch sitzen?

EGGERSON

Wie Sie wünschen, Sir Claude.
Ich fühle mich am Schreibtisch mehr zu Hause:
Meine zweite Natur.

SIR CLAUDE

Und ihr den Fall erklären.
Nur darf sie nicht denken, ich hätte irgendwelche Zweifel.
Sie stellen die Fragen im Interesse meiner Frau.

EGGERSON

Ich verstehe, Sir Claude; ich verstehe vollkommen.
Klopfen an der Tür

SIR CLAUDE

Herrgott, da ist sie schon! Nun ... herein!

Lucasta tritt ein.

LUCASTA

Ist hier eine Sitzung? Ich wollte Colby sprechen.
Verzeihung.

SIR CLAUDE

Colby kommt auch her.
Aber die Sitzung betrifft nicht dich, Lucasta.
Hat es nicht noch Zeit?

LUCASTA

Ich wollte mich entschuldigen
Bei Colby. Macht nichts. Es hat Zeit.
Ach, Eggy, bin ich froh, daß Sie da sind. Sie sind eine solche Hilfe.
Ich habe jedenfalls eine Mitteilung zu machen,
Und das kann ebensogut jetzt sein. Wenn du zuhören willst.

SIR CLAUDE

Natürlich werde ich zuhören. Wir haben aber nicht viel Zeit.

LUCASTA

Es nimmt nicht viel Zeit. Ich werde B. heiraten.

SIR CLAUDE

B. heiraten! Ich glaubte, das wäre längst entschieden.

LUCASTA

Ja, selbstverständlich, Claude. Du glaubtest alles entschieden.
Das ist es ja gerade. Du zeigtest so auffällig,
Daß es von deinem Standpunkt aus
Die ideale Lösung wäre. Um mich los zu werden.
Oh, ich weiß, wie lästig du mich immer gefunden hast.
Und ich habe es dir nicht leichter gemacht. Versuchte es gar nicht.
Und wohl wissend, du wolltest, ich möchte B. heiraten,
War ich entschlossen, es nicht zu tun. Nur um dich zu ärgern,
Jawohl! Und deshalb zeigte ich Interesse
Für Colby. Weil du meintest, er sei zu gut für mich.

SIR CLAUDE

Für Colby!

LUCASTA

Warum nicht? Das ist doch ganz natürlich.

Aber ich bin Colby dankbar. Ohne Colby
Hätte ich B. niemals schätzen gelernt.

SIR CLAUDE

Doch Colby! Lucasta, hätte ich das nur geahnt,
Würde ich alles aufgeklärt haben. Colby ist dein Bruder.

EGGERSON

Halbbruder, Miss Angel.

SIR CLAUDE

Ja, Halbbruder.

LUCASTA

Was soll das heißen?

SIR CLAUDE

Colby ist mein Sohn.

LADY ELIZABETH

Sir Claude glaubt das. Claude, laß mich erklären.

SIR CLAUDE

Nein, ich werde es erklären. Es gibt da ein Mißverständnis.
Meine Frau glaubt, daß Colby *ihr* Sohn ist.
Das ist der Anlaß zu der Besprechung heute.
Wir warten auf Mrs. Guzzard – Colbys Tante.

LUCASTA

Colbys Tante? Das bringt mich ganz durcheinander

SIR CLAUDE

Ich hätte dir die Verhältnisse erklären sollen,
Als Colby hierher kam. Aber ich traute dir nicht,
Und es mußte Geheimnis bleiben. Dafür gab es Gründe,
Die jetzt nicht mehr bestehen. Aber ich hätte es dir sagen sollen.

LUCASTA

So, das verstehe ich nicht. Was ich verstehe,
Ist Colbys Verhalten. Wenn er es wußte.

SIR CLAUDE

Er wußte es.

LUCASTA

Warum hat er es mir nicht gesagt? Vielleicht hatte er es vor.
Jedenfalls war da irgendein Mißverständnis, das *wußte* ich.
Nein, du weißt überhaupt nicht, wovon ich rede.

Aber, wenn er wußte, daß er dein Sohn ist,
Muß es ihn erschüttert haben, als ich sagte, daß ich deine Tochter bin!
Ich kam her, ihm für den Schock zu danken, den er mir versetzte.
Er ließ mich erkennen, was ich wirklich suchte.
Ich fühle mich bei B. sicher aufgehoben. Und das suche ich.
Und auf eine oder die andere Weise kann ich ihm etwas sein –
Etwas, das er braucht. Colby braucht mich nicht.
Er braucht niemanden. Er ist faszinierend,
Aber er ist unverläßlich. Er hat seine eigene Welt,
Und in sie könnte er jeden Moment entschwinden –
Gerade in dem Moment, wenn man ihn dringend braucht.
Und er ist nicht von andern Menschen abhängig, von irgendeinem.
B. braucht mich. Er ist vom Leben verwundet, genau wie ich,
Wir können uns gegenseitig helfen. Ja, ich weiß, für dich ist er
Einfach nur ein Geschäftsmann. So wie ich für dich
Nur eine Last war. Wir passen zueinander:
Du fandest das auch, Claude, aber aus andern Gründen,
Und das hielt mich ab. Deshalb bin ich Colby dankbar.

SIR CLAUDE

Ich weiß nicht, was geschehen ist. Aber dennoch
Bin ich überzeugt, daß du die richtige Wahl getroffen hast.

LUCASTA

Aber deine Gründe, weshalb du das findest, sind falsch.

LADY ELIZABETH

Und auch ich bin überzeugt, Lucasta, Sie haben eine weise Wahl getroffen.

LUCASTA

Und ich weiß nur zu gut, warum *Sie* so denken:
Nach Ihrer Ansicht passen wir zusammen, weil wir beide gewöhnlich sind.
B. weiß, daß Sie ihn für gewöhnlich halten. Und weil er das weiß,
Deshalb tut er so, als ob er wirklich gewöhnlich wäre.
Sie gaben uns unsere Rollen. Und wir haben bewiesen, daß wir sie spielen können.

LADY ELIZABETH

Das sollten Sie, glaube ich, nicht sagen, Lucasta;

Ich bin immer ein Mensch mit liberalen Ansichten gewesen –
Deshalb habe ich mich nie mit meiner Familie vertragen.

LUCASTA

Nun, ich bin kein Mensch mit liberalen Ansichten.
Ich bin sehr konventionell. Und ich schäme mich darum nicht.

SIR CLAUDE

Vielleicht hast du recht. Ich finde mich nicht mehr hindurch.
Vielleicht habe ich, wie du sagst, B. mißverstanden,
Und ich habe nie angenommen, daß ich *dich* verstehe;
Und gewiß fehlt es mir an Verständnis für Colby.

LADY ELIZABETH

Aber du und ich, Claude, wir verstehn einander,
Und wenn auch erst so spät. Und vielleicht hilft uns das,
Andre Menschen zu verstehn. Ich hoffe das.
Lucasta, ich betrachte dich als ... Stieftochter.
Und es freut mich, Mr. Kaghan als Schwiegersohn zu bekommen.

LUCASTA

Vielen Dank. Ich bin überzeugt, er weiß *das* zu schätzen.
Aber da fällt mir ein, er wartet unten.
Ich nehme nicht an, daß ihr uns bei eurer Besprechung wünscht.

EGGERSON

Erlauben Sie. Dürfte ich einen Vorschlag machen?
Obgleich ich zuerst Gelegenheit nehmen muß,
Miss Angel alles Glück zu wünschen.
Und ich bin sicher, sie wird glücklich werden. Mr. Kaghan
Ist einer der hoffnungsvollsten jungen Männer in der City,
Und er hat ein Herz aus Gold. Auch Sie, Miss Angel.
Wir haben diese ganz wichtige Unterredung,
Aber sicher wollen wir dem glücklichen Paar gratulieren.
Im Familienkreise. Warum sollen sie nicht unten warten
Und wiederkommen, wenn Mrs. Guzzard gegangen ist?

SIR CLAUDE

Das ist keine schlechte Idee. Wenn Colby einverstanden ist.

LUCASTA

Ich verlasse mich auf Sie, Eggy. Und ich muß mich mit ihm aussöhnen.

SIR CLAUDE

Wir wollen ihn jetzt rufen.
Greift nach dem Telefon
Es klopft. Colby tritt ein.

COLBY

Komme ich zu früh?
Es tut mir leid, wenn ich vom Warten ungeduldig wurde.

LUCASTA

Colby! Ich bin nicht hier, um Ihre Besprechung zu stören.
Man sagte mir, um was es geht. Sondern ich kam, um Sie zu sehn.
Ich bin hier, mich zu entschuldigen für mein Benehmen
Neulich nachmittags.

COLBY

Entschuldigen?

SIR CLAUDE

Ich sagte ihr alles.

COLBY

Aber warum sollten Sie sich entschuldigen?

LUCASTA

Weil ich wußte,
Daß ich Ihre Reaktion mißverstanden haben muß.
Es hätte auch nicht zu Ihnen gepaßt – so wie ich sie deutete.
Sie sind viel zu ... unabhängig, um je über etwas
So, wie ich glaubte, schockiert zu sein. Ich schämte mich dessen,
Was ich Ihnen erzählte, und war also gefaßt auf das,
Was eintraf, wie ich annahm. Aber ich konnte es nicht glauben!
Es paßt nicht zu Ihnen, Menschen zu verachten.
Sie kümmern sich nicht genug.

COLBY

Ich kümmere mich nicht genug?

LUCASTA

Nein, Sie stehen entweder darüber, sich aufzuregen,
Oder aber Sie sind unempfindlich – ich meine: nicht empfindungslos!
Aber Sie sind entsetzlich kühl. Oder Sie glühen von
Einem Feuer, das nicht von derselben Art ist,
An dem andere sich erwärmen. Entweder sind Sie ein Egoist,

Oder etwas so Verschiedenes von uns allen,
Daß wir Sie nicht beurteilen können. So sind Sie, Colby.

COLBY

So – so bin ich also? Ich weiß es einfach nicht.
Vielleicht kennen Sie mich besser, als ich mich selbst kenne.
Aber jetzt, wo Sie wissen, wie ich bin ...

LUCASTA

Wer Sie sind,
Insofern, als man mir sagte, daß Sie mein Bruder sind;
Was es noch schwieriger macht zu wissen, wie Sie sind,
Vielleicht ist niemand so schwer zu verstehen
Wie der eigene Bruder ...

COLBY

Oder Schwester ...

LUCASTA

Was so schwer ist,
Ist, die Grenzen des eigenen Verstehens zu erkennen.
Es mag sein, dies Verstehen, zwischen Bruder und Schwester,
Kommt mit der Zeit. Vielleicht werden wir uns
Eines Tages verstehen. Und die Tatsache akzeptieren,
Daß wir einer den anderen nicht nötig haben, nicht
Auf die Art, wie wir meinten. Aber auf eine andere Art,
Die sich zeigt mit der Zeit. Und vielleicht – wer weiß? –
Werden wir einander als Bruder und Schwester
Viel notwendiger werden, als wir es in einer anderen Art
Von Verbindung je hätten sein können.

COLBY

Ich möchte, daß Sie glücklich werden.

LUCASTA

Ich werde glücklich sein,
Wenn Sie mich als Ihre Schwester akzeptieren
Für das Glück, das uns diese Verbindung
In zwanzig oder dreißig oder vierzig Jahren bescheren mag.
Ich werde glücklich sein. Ich werde B. heiraten.
Ich weiß, Sie mögen B.

COLBY

Ich mag ihn sehr gerne;
Der Gedanke, daß er mein Schwager wird, freut mich.
Ich brauche Sie, Sie beide, Lucasta!

LUCASTA

Wir mögen Ihnen etwas bedeuten. Aber b r a u c h e n tun Sie niemanden.

EGGERSON

Und dürfte ich jetzt unterbrechen, Miss Angel?
Weshalb sollten nicht Sie und Mr. Kaghan unten warten
Und wiederkommen, wenn diese Besprechung vorbei ist?
Ich bin überzeugt, Mr. Simpkins wird diesem Vorschlag zustimmen.

COLBY

Natürlich hätte ich sie gerne ... Kann B. nicht heraufkommen?

EGGERSON

Besser warten bis nachher.

SIR CLAUDE

Ganz richtig, Eggerson.

LUCASTA

Lebewohl, Colby.

COLBY

Warum Lebewohl?

LUCASTA

Lebewohl für Colby, wie Lucasta ihn kannte,
Und Lebewohl für die Lucasta, die Colby kannte.
Wir haben uns inzwischen gewandelt: wie du sagtest, wir wandeln uns ständig.
Wenn ich wiederkomme, werden wir Bruder und Schwester sein –
Das hoffe ich. Ja, auf jeden Fall,
Lebewohl, Colby.
Lucasta ab

COLBY

Lebewohl denn, Lucasta.

EGGERSON

Und nun, wann können wir mit Mrs. Guzzard rechnen?

SIR CLAUDE *sieht auf die Uhr:*
Sie sollte schon da sein. Es ist erstaunlich,
Ich habe über Lucastas unerwartetem Besuch
Nicht gemerkt, wie die Zeit vergangen ist.
Sie sollte da sein. Es sähe ihr gar nicht ähnlich,
Zu einer Verabredung zu spät zu sein. Sie erwähnte es stets,
Wenn ich zu spät kam zu einem Besuch bei ihr.
Lucasta tritt ein.

LUCASTA
Verzeihung, daß ich noch mal komme. Eine Anti-Klimax, nicht wahr.
Aber es scheint niemand da zu sein, der die Tür aufmacht.
Ich habe eben jemand herein gelassen. Es ist diese Mrs. Guzzard,
Die erwartet wird. Sie sieht etwas beängstigend aus.

SIR CLAUDE
Parkman hat Ausgang. Aber wo ist das Stubenmädchen?

LUCASTA
Mir war, als hörte ich jemand singen in der Anrichte.

LADY ELIZABETH
Ach ja, das vergaß ich. Gertrud hat ihre Stille Stunde.
Ich gab ihr Unterricht im Meditieren.
Aber da sollte sie nicht singen.

LUCASTA
Also, was soll ich tun?

EGGERSON
Ich werde hinunter gehn und es Mrs. Guzzard erklären
Und bringe sie dann herauf.

SIR CLAUDE
Nein, ich brauche Sie hier, Eggerson.
Würdest du sie heraufbitten, Lucasta?

LUCASTA
Ich werde B. veranlassen.

Lucasta ab

SIR CLAUDE
Ich wollte, du würdest den Dienst der Leute besser organisieren.
Dieser Anfang ist äußerst bedauerlich.

LADY ELIZABETH

Sie hat unter meiner Anweisung Fortschritte gemacht.
Aber sie hätte jetzt nicht singen sollen.

SIR CLAUDE

Also, sind wir so weit?

Leises Klopfen. Kaghan führt Mrs. Guzzard herein. Kaghan ab.

SIR CLAUDE

Guten Morgen, Mrs. Guzzard. Sie müssen entschuldigen:
Ich fürchte, irgendein häusliches Ungeschick ist passiert.
Man hätte Sie uns melden sollen.

MRS. GUZZARD

Ich glaube, ich war pünktlich.
Aber es hat mir nicht das geringste ausgemacht zu warten, Sir Claude.
Ich weiß, daß Sie immer sehr beschäftigt sind.

SIR CLAUDE

Darf ich Sie zuerst mit meiner Frau bekannt machen.
Lady Elizabeth Mulhammer.

LADY ELIZABETH

Guten Morgen, Mrs. Guzzard.
Sie kennen mich nicht, doch ich weiß von Ihnen:
Wir haben mehr gemeinsam, als Sie ahnen können.

MRS. GUZZARD

Ich nehme an, Sie meinen Colby?

LADY ELIZABETH

Ja. In Verbindung mit Colby.

SIR CLAUDE

Elizabeth, du weißt, wir überließen das Eggerson.
Das ist Mr. Eggerson, Mrs. Guzzard:
Mein Privatsekretär. Oder vielmehr
Colbys Vorgänger, der sich kürzlich zurückzog.
Jetzt lebt er ... auf dem Lande. Aber er weiß über alles Bescheid:
Er ist sehr viele Jahre mein Vertrauter gewesen und ist –
Darf ich sagen – mein Freund. Deshalb bat ich ihn, dabei zu sein.
Ich hoffe, es stört Sie nicht.

MRS. GUZZARD

Weshalb sollte es mich stören?
Colby hat mir von Mr. Eggerson erzählt.
Ich freue mich sehr, ihn kennenzulernen.

SIR CLAUDE

Und ich dachte, er könnte – die Verhandlung leiten:
Er ist wirklich der Inbegriff von Takt und Diskretion.

MRS. GUZZARD

Sicher, Sir Claude, wie Sie wünschen.
Aber ist der Gegenstand dieser Besprechung –
Ich vermute, es geht um Colby – wirklich so diskret?

EGGERSON

Doch, das würde ich unbedingt sagen, Mrs. Guzzard.
Ich denke, ich könnte das Gespräch eröffnen, Sir Claude?

SIR CLAUDE

Ja, bitte, Eggerson.

EGGERSON

Dann wollen wir anfangen.
Es handelt sich, wie Sie vermuteten, um Mr. Simpkins.
Es betrifft ferner das Problem der Vaterschaft.

LADY ELIZABETH

Oder der Mutterschaft.

SIR CLAUDE

Bitte, unterbrich nicht, Elizabeth.

MRS. GUZZARD

Ich verstehe Sie nicht.

EGGERSON

Es ist so, Mrs. Guzzard.
Vor kurzem erst hörte Lady Elizabeth,
Wie Mr. Simpkins Ihren Namen erwähnte.
Bei Ihrem Namen, und daß Sie in Teddington wohnen wurde sie stutzig.
Und jetzt müssen wir zurückgehn, viele Jahre:
Nun, nicht gar so viele Jahre – in meinem Alter
Scheinen einem beide, Vergangenheit und Zukunft, sehr kurz –
Aber lange genug, so daß die Frage möglich ist.

Lady Elizabeth hatte vor ihrer Heirat
Ein Kind ...

LADY ELIZABETH

Einen Sohn.

EGGERSON

Hatte einen Sohn,
Den sie, unter den Umständen, nicht zugeben konnte.
Das kommt nicht selten vor, Mrs. Guzzard.

MRS. GUZZARD

Das ist mir bekannt. Ich habe es erlebt.

EGGERSON

– Der von seinem Vater in Obhut genommen wurde.
Das heißt, bis auf weiteres der Fürsorge
Einer Pflegemutter anvertraut.
Unglücklicherweise starb der Vater plötzlich ...

LADY ELIZABETH

Er wurde überrannt. Von einem Rhinozeros.
In Tanganyika.

SIR CLAUDE

Das gehört nicht zur Sache.
Überlaß das Eggerson.

EGGERSON

Der Vater starb im Ausland.
Lady Elizabeth kannte nicht den Namen der Dame,
Die das Kind übernommen hatte. Oder richtiger: hatte ihn vergessen.
Ihre Lage war keinesfalls so,
Daß sie hätte Nachforschungen anstellen können.
So war sie jahrelang ohne jede Spur,
Bis kürzlich. Dieser Sohn, Mrs. Guzzard,
Muß jetzt, falls er lebt, ein erwachsener Mann sein.
Ich glaube, Sie hatten keine eigenen Kinder:
Aber sicher können Sie das nachfühlen.

MRS. GUZZARD

Ich kann das nachfühlen.
Ich hatte ein Kind und verlor es. Nicht auf die Weise,

Wie Lady Elizabeths Kind verlorenging.
Wir wollen hoffen, daß ihr Sohn ihr wiedergegeben wird.

EGGERSON

Das ist genau das, wonach wir streben.
Wir haben eine Spur – oder glauben eine zu haben.
Und darum hat Sir Claude Sie gebeten zu kommen.

MRS. GUZZARD

Sie glauben, daß ich ihm dabei helfen kann?

EGGERSON

Es scheint durchaus möglich. Vor einigen Tagen
Erfuhr, wie gesagt, Lady Elizabeth Ihren Namen;
Und der Name kam ihr wohlbekannt vor.

MRS. GUZZARD

Wirklich? Es ist kein sehr häufiger Name.

EGGERSON

Das wars, was sie berührte. Mrs. Guzzard
Aus Teddington! Lady Elizabeth ist fest überzeugt,
Daß es eine Mrs. Guzzard aus Teddington war,
Der ihr neugeborenes Kind anvertraut wurde.
Natürlich, in Teddington könnte sie sich irren.

LADY ELIZABETH

Ich irre mich nicht in Teddington.

EGGERSON

Ich möchte nur andeuten, Lady Elizabeth,
Daß es andere Ortsnamen gibt, die wie Teddington klingen,
Aber nicht so viele Namen, die wie Guzzard klingen –
Oder daß sie, wenn es sie gibt, ebenso ungewöhnlich sind.
Aber hier, Mrs. Guzzard, können Sie uns helfen –
Kennen Sie noch irgendeine andere Mrs. Guzzard?

MRS. GUZZARD

Nein.

EGGERSON

Ich meine, entweder in Teddington oder irgendwo?
Dann muß ich eine etwas delikatere Frage stellen:
Haben Sie, irgendwann, ein Kind angenommen –

Ein Kind, heißt das, dessen Eltern Sie nicht kannten –
Unter solchen Umständen?

MRS. GUZZARD

Ja, ich nahm ein Kind an.
Mein Mann und ich waren kinderlos ... damals,
Und sehr arm. Es bot zwei Vorteile.

EGGERSON

Und kannten Sie den Namen des Vaters
Oder der Mutter?

MRS. GUZZARD

Keinen von beiden.
Ich erfuhr, das Kind sei von sehr guter Herkunft:
Andernfalls hätte ich es nicht angenommen.
Aber ich erhielt es aus dritter Hand,
Und von dort kamen auch die monatlichen Zahlungen.

EGGERSON

Waren die Bedingungen günstig?

MRS. GUZZARD

Sehr günstig –
So lange, heißt das, wie das Geld einging.

EGGERSON

Hörten die Zahlungen dann auf?

MRS. GUZZARD

Ganz plötzlich.

LADY ELIZABETH

Das muß gewesen sein, als Tony der Unfall zustieß.

MRS. GUZZARD

Mir wurde mitgeteilt, der Vater sei gestorben,
Ohne ein Testament zu machen.

LADY ELIZABETH

Er war sehr nachlässig.

MRS. GUZZARD

Und daß die Erben jede Verpflichtung ablehnten.
Die Mutter, nehme ich an, hätte Ansprüche erheben können,
Wenn sie die Vaterschaft nachweisen konnte;
Aber ich wußte nicht, wer es war! Was sollte ich tun?

LADY ELIZABETH

Oh, siehst du, Claude? Du verstehst – Colby!

SIR CLAUDE

Sei noch nicht so sicher, Elizabeth.

LADY ELIZABETH

Es gibt keinen Zweifel mehr.
Colby ist mein Sohn.

MRS. GUZZARD

Ihr Sohn, Lady Elizabeth?
Wollen Sie zu verstehen geben, daß ich ein Kind von Ihnen behielt
Und Sir Claude hinterging, indem ich vorgab, es wäre seins?

SIR CLAUDE

Das ist gerade der Punkt. Meine Frau hat sich eingeredet,
Daß Colby ihr Sohn ist. Ich weiß, er ist mein Sohn.
Und ich bat Sie her, damit Sie ihr das bestätigen.

EGGERSON

Nehmen Sie das nicht als eine persönliche Bemerkung,
Mrs. Guzzard. Keinesfalls. Üben Sie Nachsicht
Bei einer Mutter, die gegen jede Hoffnung noch hofft,
Ihren Sohn wiederzufinden. Versetzen Sie sich in ihre Lage.
Wenn Sie Ihren Sohn auf ähnliche Weise verloren hätten,
Würden Sie nicht auch nach jedem Strohhalm greifen,
Der Hoffnung bietet, ihn zu finden?

MRS. GUZZARD

Vielleicht sollte ich's.

LADY ELIZABETH

Für mich gibt es nicht mehr den leisesten Zweifel.
Ich bin überrascht, daß Sie, Eggerson, bei Ihrer juristischen Schulung,
Noch von einem Strohhalm sprechen. Colby ist mein Sohn.

MRS. GUZZARD

Diese Bemerkung habe ich unter diesen Umständen nicht gehört.

EGGERSON

Darf ich einen Tropfen Öl auf die bewegten Wogen schütten?
Fassen wir die Sache von einer anderen Seite an
Und fragen Mrs. Guzzard, was aus dem Kind wurde,
Das sie annahm, das Lady Elizabeths Kind gewesen sein könnte.

SIR CLAUDE

Ein sehr verständiger Vorschlag, Eggerson.
Eine Spur von Vernunft. Haben Sie Dank.

MRS. GUZZARD

Wir trennten uns davon. Ein lieber kleiner Junge.
Ich war glücklich über ihn, solange die Zahlungen eintrafen;
Aber wir konnten es uns nicht leisten, das Kind zu adoptieren
Oder weiter zu ernähren, als die Zahlungen ausblieben.

EGGERSON

Und wie haben Sie über ihn verfügt?

MRS. GUZZARD

Wir hatten Nachbarn,
Die kinderlos waren und erpicht, ein Kind zu adoptieren.
Die hatten Neigung zu ihm gefaßt. Sie adoptierten ihn also.
Dann verließen sie Teddington, und wir verloren sie aus den Augen.

EGGERSON

Aber Sie kennen ihren Namen?

MRS. GUZZARD

Ja, ich kenne ihren Namen:
Ein verhältnismäßig ungewöhnlicher, so wie meiner.
Vielleicht ist es möglich, sie aufzufinden.
Der Name war Kaghan.

SIR CLAUDE

Ihr Name war Kaghan?

MRS. GUZZARD

K-a-g-h-a-n. Ein seltener Name.
Es waren vortreffliche Leute. Nonkonformisten.

EGGERSON

Und das Kind, ich nehme an, es hatte einen Vornamen?

MRS. GUZZARD

Als das Kind zu uns kam, war nichts da, was bewies,
Daß es schon getauft war; aber wir waren nicht sicher.
Mein Mann nahm diese Dinge sehr genau,
Darum ließen wir es unter Vorbehalt taufen.

EGGERSON

Welchen Namen gaben Sie ihm?

MRS. GUZZARD

Wir nannten das Kind Barnabas.

LADY ELIZABETH

Barnabas? Einen solchen Namen hat es in meiner Familie
Nie gegeben. Noch in der seines Vaters, das weiß ich.
Doch wie kam es, daß er Colby genannt wird?

SIR CLAUDE

Aber, Elizabeth, es ist nicht Colby!
Siehst du denn nicht, wer es ist?

MRS. GUZZARD

Mein Mann wählte den Namen.
Wir wurden in der Kirche St. Barnabas getraut.

COLBY

Barnabas Kaghan. Ist das der kleine Vetter,
Der starb? Erinnerst du dich nicht, Tante Sarah,
Einmal fand ich eine Klapper und eine Rassel,
Und da erzähltest du mir, ich hätte einen kleinen Vetter gehabt,
Der gestorben ist?

MRS. GUZZARD

Ja, Colby, das erzählte ich dir.

LADY ELIZABETH

Mein Kind lebt also. Das habe ich gewußt.
Aber ich glaube, Colby ist Barnabas.

SIR CLAUDE

Nein, Elizabeth. Barnabas ist Barnabas.
Ich muß das erklären, Mrs. Guzzard.
Ich habe einen viel versprechenden jungen Kollegen –
Übrigens der junge Mann, der Sie herauf brachte –
Der Barnabas Kaghan heißt.

LADY ELIZABETH

Barnabas?

SIR CLAUDE

Ja, Elizabeth. Gelegentlich muß er mit vollem Namen zeichnen.
Aus manchen Gründen mag er den Namen nicht.
Darum nennen wir ihn B.

MRS. GUZZARD

Ein sehr guter Name.
Er sollte stolz auf ihn sein.

LADY ELIZABETH

Wie alt ist dieser Barnabas?

SIR CLAUDE

Etwa achtundzwanzig, glaube ich.

MRS. GUZZARD

Er müßte achtundzwanzig sein.

LADY ELIZABETH

Dann muß ich mich verrechnet haben.

SIR CLAUDE

Das sollte mich nicht wundern.

LADY ELIZABETH

In welchem Jahr war es doch?
Ich werde ganz konfus. Teils soll Colby Barnabas sein –
Ich wollte sagen, nicht Barnabas. Und Mr. Kaghan
Soll Barnabas sein. Wahrscheinlich werde ich mich daran gewöhnen.

COLBY

Er wartet doch unten! Ist jetzt nicht der Moment,
Daß ich ihn heraufhole? Mit Lucasta?

EGGERSON

Ein ausgezeichneter Vorschlag, Mr. Simpkins.

Colby ab

EGGERSON

Und nun, Lady Elizabeth, können wir, wenn es
Ihnen recht ist, Mr. Kaghan nach seinen Eltern fragen.
Und wenn Mr. und Mrs. Kaghan noch am Leben sind,
Müßte Mrs. Guzzard sie doch wiedererkennen.

LADY ELIZABETH

Und wird das beweisen, daß Mr. Kaghan –
Jener Mr. Kaghan – mein Sohn ist?

EGGERSON

Das macht es zu einer inhärenten Wahrscheinlichkeit –
Wenn das der richtige Ausdruck ist.

SIR CLAUDE

Ich glaube, Elizabeth,
Daß du deinen Sohn gefunden hast.

EGGERSON

Vorbehaltlich der Bestätigung.

LADY ELIZABETH

Und daß ich mich daran gewöhnen kann.
Colby kommt mit Kaghan und Lucasta zurück.

COLBY

Ich sagte ihnen, sie sollten auf eine Überraschung gefaßt sein.

LADY ELIZABETH

Barnabas! Heißen Sie Barnabas?

KAGHAN

Warum? Ja, stimmt. Sagten Sie ihr das, Sir Claude?

SIR CLAUDE

Nein, B., Mrs. Guzzard hat es aufgedeckt.
Das ist Mr. Barnabas Kaghan –
Mrs. Guzzard. Und ... meine Tochter Lucasta.

KAGHAN

Aber woher kannte Mrs. Guzzard meinen Namen?

MRS. GUZZARD

Waren Mr. und Mrs. Alfred Kaghan Ihre Eltern?

KAGHAN

Ja. Das sind sie. Meine Adoptiveltern.

MRS. GUZZARD

Und haben sie früher in Teddington gewohnt?

KAGHAN

Soviel ich weiß, ja. Aber wieso interessiert Sie das?

MRS. GUZZARD

Lady Elizabeth, ich glaube, das ist Ihr Sohn.
Wenn ja, bin ich von Ihrem ungerechten Verdacht gereinigt.

EGGERSON

Mr. Kaghan, leben Ihre Adoptiveltern noch?

KAGHAN

In Kent. Sie wollten sich aufs Land zurückziehen.

Ich fand ein kleines Haus für sie, dicht bei Sevenoaks,
Wo sie Bienen züchten. Doch warum fragen Sie?

LADY ELIZABETH

Weil Sie wahrscheinlich mein Sohn sind, Barnabas.

EGGERSON

Sie werden für diese interessante Entdeckung
Bestätigung erhalten wollen, Mr. Kaghan,
Indem Sie Ihre Stiefeltern mit Mrs. Guzzard
Zusammenbringen. An ihnen ist es, zu bestätigen,
Daß sie Sie, als Kind, von Mrs. Guzzard übernahmen,
Der Sie, wie es scheint, zuerst anvertraut waren.

KAGHAN

Ich weiß wirklich nicht, welche Gefühle ich zeigen . . .

LUCASTA

Du brauchst nicht länger mehr in diesem Stil zu reden:
Sag einfach, du bist bestürzt.

KAGHAN

Also, ich bin bestürzt.
Wenn Lady Elizabeth meine Mutter ist . . .

LADY ELIZABETH

Darüber besteht nicht der geringste Zweifel mehr, Barnabas.
Ich bin Ihre Mutter.

KAGHAN

Aber wer war mein Vater?

LADY ELIZABETH

Er starb ganz plötzlich. Durch einen tödlichen Unfall,
Als du noch sehr klein warst. Deshalb wurdest du adoptiert.

KAGHAN

Aber was war er? War er ein Finanzmann?

LADY ELIZABETH

Er verstand nicht viel von Zahlen. Deine Geschäftstüchtigkeit
Kommt wahrscheinlich von der Seite meiner Familie.
Aber er war in einem sehr guten Regiment –
Eine Zeitlang wenigstens.

KAGHAN

Schön, ich muß mich erst daran gewöhnen.

Aber ich möchte gerne wissen, wie ich Sie anzureden habe,
Lady Elizabeth. Bisher pflegte ich immer
Mrs. Kaghan als meine Mutter anzusehn.

LADY ELIZABETH

Dann kannst du mich, um jede Konfusion
Zu vermeiden, Tante Elizabeth nennen.

KAGHAN

Das erleichtert es sehr.

LADY ELIZABETH

Und ich möchte sie kennenlernen.
Claude, wir müssen Kaghans zum Dinner einladen.

SIR CLAUDE

Unbedingt, Elizabeth.

KAGHAN

Doch, Lady Elizabeth –
Verzeihung – Tante Elizabeth: wenn ich Sie Tante Elizabeth nenne,
Hätten Sie was dagegen, mich einfach . . . B. zu nennen?

LADY ELIZABETH

Gewiß nicht, wenn es dir lieber ist, Barnabas.

LUCASTA

Wie kommt es, daß du Barnabas nicht magst?

KAGHAN

Ich möchte nicht, daß die Leute mich ›Barney‹ nennen –
Barney Kaghan! Kaghan ist in Ordnung.
Aber Barney Kaghan – das klingt nach Angabe:
Es würde einen falschen Eindruck machen in der City.

LUCASTA

Wenn du zu Würden kommst, wirst du Sir Barney Kaghan sein!

LADY ELIZABETH

Ich bin wirklich glücklich, daß ihr euch verlobt habt.
Lucasta, ich werde eure Hochzeit arrangieren.

LUCASTA

Wir wollten uns in aller Stille auf dem Standesamt
Trauen lassen.

LADY ELIZABETH

Ihr müßt eine kirchliche Trauung haben.

MRS. GUZZARD

Ich freue mich, daß Sie der Ansicht sind, Lady Elizabeth.
Aber sind Sie auch überzeugt?

LADY ELIZABETH

Überzeugt? Wovon?

MRS. GUZZARD

Daß Ihr Verdacht gegen mich völlig unbegründet war.

LADY ELIZABETH

Oh, Mrs. Guzzard, ich hegte keinen Verdacht!
Ich nahm an, es hätte da Verwirrung gegeben – weiter nichts.

MRS. GUZZARD

Ich befürchtete, in Ihrem Gedächtnis könnte Verwirrung bestehn
Über die Bedeutung von Verwirrung und Schwindel.

SIR CLAUDE

Ich glaube nicht, daß jetzt noch eine Unklarheit besteht:
Meine Frau ist sicher voll und ganz überzeugt;
Und Mr. Kaghans ... Mutter wird gewiß alles bestätigen.

MRS. GUZZARD

Daran kann niemand mehr Interesse haben als ich.
Aber wird Ihre Frau, wenn das Zeugnis der Kaghans
Es bestätigen wird, damit zufrieden sein,
Und Barnabas Kaghan als ihren Sohn anerkennen?
Zu Lady Elizabeth:
Geben Sie sich damit zufrieden, ihn zum Sohn zu haben?

SIR CLAUDE

Das scheint mir eine sonderbare Frage, Mrs. Guzzard.

MRS. GUZZARD

Man hat mich hergerufen, sonderbare Fragen zu beantworten –
Und jetzt ist die Reihe an mir, welche zu stellen.
Ich möchte gern jedermanns Wünsche befriedigen.

LADY ELIZABETH

Oh, natürlich ... Ja, bestimmt ... Ich werde glücklich sein.

MRS. GUZZARD

Sie wünschten sich Ihren Sohn, und nun haben Sie Ihren Sohn.
Wir haben uns alle unsern Wünschen anzupassen,
Wenn sie erfüllt sind. Das kann ein schmerzhafter Prozeß sein,

Wie ich weiß. Und Sie, Barnabas Kaghan,
Sind Sie es zufrieden, daß Sie der Sohn sein sollen
Von Lady Elizabeth Mulhammer?

KAGHAN

Es ist schon viel besser, als ein Findelkind zu sein –
Wenn ich mich daran gewöhne. Und ... ja, natürlich,
Wenn ich es mit meinen Eltern in Ordnung bringen kann.
Wissen Sie, ich hänge an ihnen.

LADY ELIZABETH

Ich werde mich drum kümmern, Barnabas.

KAGHAN

B. – wenn es Ihnen recht ist, Tante Elizabeth.

LADY ELIZABETH

B. – und ich bin überzeugt, wir werden gute Freunde.

EGGERSON

Es gibt für uns alle nichts, was wir mehr wünschten.

MRS. GUZZARD

Wünsche, wenn sie verwirklicht sind, kehren sich manchmal
Gegen jene, die sie äußerten.
Zu Lady Elizabeth und Kaghan:
Nicht bei Ihnen, glaube ich.
Zu Lucasta:
Noch, soweit ich das beurteilen kann, bei Ihnen.
Vielleicht sind Sie von allen, die hier Wünsche haben, die Klügste.
Ich brauche Sie nicht zu fragen, ob Sie zufrieden sind
Als Frau von Barnabas Kaghan,
Als Schwiegertochter von Lady Elizabeth
Und als Tochter von Sir Claude Mulhammer.

SIR CLAUDE

Das ist mein Interesse – daß sie zufrieden damit ist,
Meine Tochter zu sein.

MRS. GUZZARD

Und jetzt, Colby,
Jetzt muß ich dich fragen, hast du deine Wünsche bekommen?

SIR CLAUDE

Colby wollte nur Gewißheit über die Wahrheit.

COLBY

Das ist eine sehr merkwürdige Frage, Tante Sarah:
Auf die ich nur eine merkwürdige Antwort geben kann.
Sir Claude hat recht: ich wollte die Wahrheit wissen.
Wie sie aussieht, ist nicht wichtig. Ich wollte nur befreit werden
Von der quälenden Unruhe, daß es eine Tatsache gibt,
Die man nicht kennt. Aber die Tatsache selbst
Ist unwichtig, sobald man sie kennt.

MRS. GUZZARD

Gab es für dich keine Wahl? Zwischen einem Vater und einer Mutter?

COLBY

Ich habe nie einen Vater noch eine Mutter gehabt –
Für B. Kaghan ist das anders. Er hatte immer Pflegeeltern,
So kann er sich eine weitere Verwandtschaft gestatten.
Laß meine Mutter ruhn in Frieden. Und einen Vater –
Ich habe die Vorstellung von einem Vater.
Sie ist mir eben gekommen. Ich hätte gern einen Vater,
Den ich nie kannte und jetzt nicht kennen könnte,
Weil er gestorben ist, bevor ich geboren wurde
Oder bevor ich mich erinnern kann; den ich nur
Vom Erzählen, aus Urkunden kennenlernen könnte –
Die Geschichte seines Lebens, seiner Erfolge oder Fehlschläge . . .
Mehr seiner Fehlschläge vielleicht als seiner Erfolge –
Von Dingen, die ihm gehörten, und verblaßten Photographien
Würde ich versuchen, eine Ähnlichkeit zu entziffern;
Dessen Bild ich mir selbst schaffen könnte,
Um mit diesem Bild zu leben. Ein alltäglicher Mensch,
Dessen Leben ich irgendwie fortsetzen könnte,
Indem ich so sein würde, wie er gern gewesen wäre,
Und die Dinge tun würde, die er gern getan hätte.

MRS. GUZZARD

Wessen Sohn möchtest du sein, Colby?
Von Sir Claude – oder von irgendeinem andern Mann;
Unbekannt und stumm? Einem Toten, Colby.
Überlege, was du sagst.

COLBY

Von einem toten unbekannten Mann.

MRS. GUZZARD

Du sollst haben, was du wünschst. Und wenn du deinen Wunsch hast,
Mußt du sehen, wie du damit fertig wirst. Du sollst einen Vater haben,
Tot und dir unbekannt.

SIR CLAUDE

Was wollen Sie damit sagen?

MRS. GUZZARD

Colby ist nicht Ihr Sohn, Sir Claude.

COLBY

Wer denn war mein Vater?

MRS. GUZZARD

Herbert Guzzard
Du bist der Sohn eines enttäuschten Musikers.

COLBY

Und wer war meine Mutter?

MRS. GUZZARD

Laß deine Mutter ruhn in Frieden.
Ich *war* deine Mutter; aber ich zog vor, deine Tante zu sein.
So kannst du, was du wünschst, haben, und keine Mutter haben.

SIR CLAUDE

Mrs. Guzzard, das ist einfach unglaublich!
Sie können nicht eine solche Täuschung durchgeführt haben
All die Jahre über. Und warum *sollten* Sie mich getäuscht haben?

EGGERSON

Mrs. Guzzard, können Sie diese Behauptung beweisen?

MRS. GUZZARD

Geburtsregister. Dem Herbert Guzzard und seiner Frau Sarah Ein Sohn.

EGGERSON

Und war wurde aus Ihrer Schwester und ihrem Kind?

MRS. GUZZARD

Sterberegister. Das Kind wurde nie geboren.

SIR CLAUDE

Das glaube ich nicht. Ich kann es einfach nicht glauben.
Mrs. Guzzard, Sie haben diese Fiktion erfunden
Als Antwort auf das, was Colby sich wünschte.

EGGERSON

Ich werde selbst die Urkunden prüfen, Sir Claude.
Nicht, daß wir an Ihrem Wort zweifeln, Mrs. Guzzard:
Aber in einem Fall von so außerordentlicher Wichtigkeit
Werden Sie die Notwendigkeit exakter Beweise verstehen.

MRS. GUZZARD

Ich verstehe das, Mr. Eggerson. Durchaus.

SIR CLAUDE

Ich will es nicht glauben. Ich will diesen Urkunden nicht glauben.
Sie wollen diese Täuschung fünfundzwanzig Jahre
Durchgeführt haben? Das ist ganz unmöglich.

MRS. GUZZARD

Ich hatte nicht die Absicht, Sie zu täuschen, Sir Claude,
Bis Sie selbst sich täuschten. Als Sie nach Kanada gingen,
Entdeckte meine Schwester, daß sie ein Kind haben würde:
Soviel ist richtig. Ich erwartete ebenfalls eins.
Das wußten Sie nicht. Es ging Sie nicht an.
Wie ich grade sagte, starb meine Schwester,
Bevor das Kind geboren wurde. Sie waren sehr weit weg;
Ich schickte Ihnen Nachricht, die Sie nie erreichte.
Bei Ihrer Rückkehr kamen Sie sofort zu mir;
Ich fand, ich hätte Ihnen die Nachricht schonend mitzuteilen.
Sie sahen das Kind. Sie nahmen an, es wäre Ihr's.
Und Sie freuten sich so, daß ich mich im Moment scheute,
Ihre Illusion zu zerstören. Und dann dachte ich – warum nicht?
Auch mein Mann war gestorben. Ich blieb sehr arm zurück.
Wenn ich Sie weiter glauben ließ, er wäre Ihr Kind,
War für meinen Sohn ein guter Start im Leben gewiß –
Das wußte ich. Und es würde Sie glücklich machen!
Wenn ich sagte, er wäre mein Kind: was hätte er für eine Zukunft?
Und dann schreckte mich, was ich getan hatte.
Wenn ich auch nie gesagt hatte: ›Dies ist Ihr Kind‹,

Ich hatte Angst, Sie könnten nach dem Geburtsschein fragen.
Sie taten es nicht. Und so blieb es dabei.

SIR CLAUDE

Das klingt entsetzlich plausibel. Aber es kann nicht wahr sein.

MRS. GUZZARD

Überlegen Sie, Sir Claude. Würde ich Ihnen das alles erzählen,
Wenn es nicht wahr wäre? Indem ich Ihnen die Wahrheit sage,
Opfere ich meine Ambitionen für Colby.
Ich opfere außerdem mein früheres Opfer.
Das jetzt ist sogar größer als das Opfer, das ich brachte,
Als ich Ihnen Anrechte auf Colby gab. Denken Sie, es ist eine Kleinigkeit
Für mich, zu sehen, wie der Ehrgeiz meines Lebens zerrinnt?
Als ich darauf verzichtete, Colbys Mutter zu sein,
Gab ich etwas auf, das ich nie zurückhaben konnte.
Begreifen Sie nicht, daß diese Enthüllung
Das Messer tiefer treibt und die Wunde aufreißt?
Es wäre mir sehr viel lieber, die Dinge lägen anders.

COLBY

Ich glaube dir. Ich muß dir glauben:
Das gibt mir Freiheit.

SIR CLAUDE

Aber Colby –
Sollte das wahr sein – es kann selbstverständlich nicht wahr sein! –
Doch ich sehe, du glaubst es. Du willst es glauben.
Nun, so glaube es denn. Aber es darf nichts ändern
In unserem Verhältnis. Oder, vielleicht zum Besseren?
Vielleicht werden wir zusammen glücklicher sein, wenn du annimmst,
Ich bin nicht dein Vater. Ich will das hinnehmen,
Wenn du bei mir bleiben willst. Es soll nichts an meinen Plänen
Für deine Zukunft ändern.

COLBY

Ich danke Ihnen, Sir Claude.
Sie sind sehr großzügig. Aber jetzt, da ich weiß, wer mein Vater war,

Muß ich meinem Vater folgen – damit ich ihm möglichst nahe komme.

SIR CLAUDE

Was meinst du damit?

COLBY

Ich möchte Organist werden.
Dabei kommt es nicht auf Erfolg an –
Ich wollte bisher zu hoch – über meine Fähigkeit hinaus.
Ich glaubte, ich könnte nicht Organist werden,
Als sich zeigte, daß ich keine Aussicht hatte, ein erster –
Also Organist an einer Kathedrale zu werden.
Aber mein Vater war ein erfolgloser Organist.

MRS. GUZZARD

Du solltest sagen, nicht sehr erfolgreich, Colby.

COLBY

Ich wünsche meinem Vater zu folgen.

SIR CLAUDE

Aber Colby:
Erinnerst du dich nicht an unser Gespräch –
Wie lange ist das her! – als wir unsere ehrgeizigen Wünsche
Und unsere Enttäuschungen austauschten? Und du beschriebst deine Gefühle
Wie du anfingst, die Geschäftsmethoden zu lernen;
Deine Begeisterung, als du fandest, du könntest mit Dingen
Fertig werden, die dir so unsympathisch erschienen waren;
Und die Art und Weise, wie du fühltest, daß du dich ändertest?
Diese Unterhaltung allein, ohne jeden anderen Beweis,
Hätte mich überzeugt, daß du mein Sohn bist,
Weil du genau meine Erfahrung beschriebst.
Bedeutete sie für dich nichts, diese gemeinsame Erfahrung:
Gott weiß – und du selbst weißt – ich legte dir keine Hemmung
In den Weg zur Erfüllung deiner musikalischen Ambitionen –
Wärst du fähig gewesen, sie zu verwirklichen.
Wenn du willst, glaube, daß ich nicht dein Vater bin:
Ich werde das hinnehmen. Ich erhebe keinen Anspruch auf dich –
Außer dem einen Anspruch: auf die Ähnlichkeit zwischen dir und mir.

Wir haben dieselbe Enttäuschung mitgemacht:
Wir müssen das Beste daraus machen; miteinander.

COLBY

Ich verabscheue es, Sie zu kränken,
So wie ich Sie kränke. Aber es ist wirklich anders.
Solange ich glaubte, Sie wären mein Vater,
War ich zufrieden, die gleichen Ambitionen gehabt zu haben,
Und ihr Scheitern auf die gleiche Weise auf mich zu nehmen.
Sie hatten als Vorbild Ihren Vater vor sich;
Sie kannten Ihr Erbe. Ich kenne jetzt meins.

SIR CLAUDE

Ich werde dich nie bitten, in mir deinen Vater zu sehn;
Alles, was ich dich bitte, ist – betrachte mich als Freund.

COLBY

Aber Sie würden in mir weiter Ihren Sohn erblicken.
Es kann keine Verbindung geben zwischen Vater und Sohn,
Wenn sie nicht auf beiden Seiten wirkt. Daß Sie – wie Sie's tun –
Mich als Ihren Sohn ansehen, während ich Sie nicht als meinen Vater
Ansehn kann: wenn ich das annehmen wollte,
Würde ich mich schuldig machen gegen Sie. Ich mag Sie zu sehr.
Sie sind ein Mensch geworden ohne Illusionen
Über sich selbst, und ohne Ambitionen.
Jetzt, wo ich meine Illusionen und Ambitionen aufgegeben habe,
Bleibt nichts als Liebe. Aber nicht unter falschem Schein:
Darum muß ich fortgehen.

SIR CLAUDE

Eggerson!
Können Sie ihn nicht überreden?

LADY ELIZABETH

Ja. Mein armer Claude!
Versuchen Sie, ihm zu helfen, Eggerson.

EGGERSON

Das möchte ich nicht wagen.
Mr. Simpkins ist ein Mensch, der weiß, was er will.
Ist es wahr, Mr. Simpkins, daß es Ihr Wunsch ist,
Organist an einer der Pfarrkirchen zu werden?

COLBY

Ja, das möchte ich. Wenn mich eine nehmen wird.

EGGERSON

In dem Fall wüßte ich zufällig von einer Vakanz
In unserer Pfarre, in Joshua Park –
Wenn Ihnen das zusagen würde. Der Organist, den wir hatten,
Starb vor zwei Monaten. Wir suchen gerade einen neuen.

COLBY

Glauben Sie, man würde es mit mir versuchen?

EGGERSON

Mit Ihnen versuchen? Ganz gewiß.
Gute Organisten scheinen nicht nach Joshua Park zu kommen.

COLBY

Aber ich sagte Ihnen schon, ich bin wirklich kein guter Organist!

EGGERSON

Sagen Sie das nicht, Mr. Simpkins, solange Sie nicht unsere Orgel probiert haben.

COLBY

Nun, wenn Sie sie bewegen könnten, es mit mir zu probieren ...

EGGERSON

Der Kirchenrat der Pfarre wird nur erfreut sein,
Und ich habe etwas Einfluß. Ich bin der Kirchenvorsteher.

COLBY

Ich möchte mich bewerben.

EGGERSON

Das Gehalt ist klein –
Sehr klein, befürchte ich. Nicht genug, um davon zu leben.
Wir müssen uns noch andere Wege überlegen,
Ihr Einkommen zu erhöhen. Klavierstunden? –
Als vorübergehende Maßnahme; denn, Mr. Simpkins –
Ich hoffe, Sie fassen es nicht als Ungehörigkeit auf –,
Ich sehe Sie noch nicht Ihr Leben als Organist zubringen.
Ich glaube, Sie werden noch finden, daß Sie zu anderem berufen sind.
Wir arbeiteten, wie Sie wissen, eine ganze Weile
Täglich zusammen, und ich habe Sie recht genau beobachtet.

Mr. Simpkins, Sie werden sich noch auf ein geistliches Amt vorbereiten wollen.
Und Sie werden immer noch Ihre Musik haben. Ja, Mr. Simpkins,
Joshua Park ist vielleicht nur ein Sprungbrett
Zum Domkantor! Und zum Domherrn!

COLBY

Warten wir ab, bis es soweit ist, Eggers.
Oh, entschuldigen Sie ...

EGGERSON

Nichts zu entschuldigen: ich freue mich.
Und übrigens, eine praktische Frage:
Wenn Sie die Stelle annehmen, werden Sie in Joshua Park
Eine Bleibe brauchen, bis Sie eine ständige Wohnung haben;
Wir haben ein Zimmer übrig. Wir wären äußerst glücklich,
Wenn Sie Lust hätten, bei uns zu bleiben, bis Sie eingewöhnt sein werden.

COLBY

Das täte ich wirklich gerne – wenn es Mrs. Eggerson recht ist.

EGGERSON

Niemand wird sich mehr freuen als Mrs. E.;
Darauf können Sie sich verlassen.

MRS. GUZZARD

Mr. Eggerson,
Das kann ich, als die Frau eines Organisten, die ich selbst
Gewesen bin, nicht mit denselben Augen sehn wie Sie.
Aber für Sie, sehe ich, hat sich auch ein Wunsch erfüllt.
– Ich nehme an, dies Gespräch kann jetzt beendet werden.
Wenn Sie mich entschuldigen würden, Sir Claude ...

SIR CLAUDE

Sie entschuldigen? Ja.

MRS. GUZZARD

Ich muß zurück nach Teddington. Colby,
Würdest du mir ein Taxi zum Waterloo Bahnhof rufen?

COLBY

Dir ein Taxi rufen? Ja, Tante Sarah;
Aber ich sollte dich nach Hause bringen.

MRS. GUZZARD

Nach Hause? Nur zum Taxi.
Sind Sie einverstanden, wenn ich jetzt gehe, Sir Claude?
Ich bin hier nicht länger nötig.
Colby ab

SIR CLAUDE

Einverstanden? Womit einverstanden?

MRS. GUZZARD

Dann will ich mich verabschieden. Allen hier wurde ihr Wunsch erfüllt,
In der einen oder anderen Form. Sie und ich, Sir Claude,
Wir hatten unsere Wünsche vor fünfundzwanzig Jahren;
Aber als sie uns erfüllt wurden, versäumten wir zu beachten,
Daß eine Begrenzung auf Zeit im Vertrag war.

SIR CLAUDE

Was sagen Sie? Oh! Adieu, Mrs. Guzzard.
Mrs. Guzzard ab

SIR CLAUDE

Was ist geschehen? Sind sie fort? Kommt Colby wieder?

LADY ELIZABETH

Mein armer Claude!
Lucasta geht zu Sir Claude und kniet neben ihm.

KAGHAN

Wissen Sie, Claude, ich glaube, wir machen alle den gleichen Fehler –
Alle außer Eggers ...

EGGERSON

Ich, Mr. Kaghan?

KAGHAN

Wir erwarteten von Colby, er sollte etwas sein, was er nicht ist.

LADY ELIZABETH

Wahrscheinlich trifft das auf dich und mich zu, Claude.
Wenn man nicht weiß, was andere Menschen von einem erwarten
Und nicht weiß, was man von anderen Menschen fordern darf,
Begeht man Fehler! Aber das soll jetzt besser werden.
Claude, wir müssen versuchen, unsere Kinder zu verstehn.

KAGHAN

Und wir würden gerne Sie verstehen ...
Ich meine, Sie beide, Sie,
Claude ... und Tante Elizabeth.
Glauben Sie, Claude, wir beide, Lucasta und ich,
Möchten Ihnen gerne etwas sein ... wenn Sie uns lassen;
Und wir stehen dafür ein, daß es ernst ist.

Lucasta legt ihre Arme um Sir Claude.

SIR CLAUDE

Laß mich nicht allein, Lucasta.
Eggerson! Glauben Sie ihr wirklich?

EGGERSON *nickt.*

Vorhang

Ein verdienter Staatsmann

Deutsche Übertragung von Erich Fried

Meiner Frau

Der ich die springende Freude verdanke,
Die meine Sinne erquickt zur Zeit unsres Wachens,
Und den Rhythmus, der unsre Ruhe regiert zur Zeit unsres Schlafens,
    Das Atmen im Einklang

  Von Liebenden ...
Die die gleichen Gedanken denken und keiner Sprache bedürfen
Und die gleiche Sprache stammeln und keines Sinnes bedürfen:

Dir widme ich dieses Buch, um dir, so gut ich kann,
Mit Worten ein wenig von dem, was du mir gabst, wiederzugeben.
Der Worte Sinn ist, wie sie sagen, doch einige haben noch einen Sinn
    Für dich und mich nur.

Personen:

Monica Claverton-Ferry

Charles Hemington

Lambert

Lord Claverton

Federico Gomez

Mrs. Piggott

Mrs. Carghill

Michael Claverton-Ferry

Erster Akt

Salon in Lord Clavertons Haus in London. Vier Uhr nachmittags.

Zweiter Akt

Auf der Terrasse in Badgley Court. Ein heller, sonniger Vormittag, einige Tage später.

Dritter Akt

Szene wie im zweiten Akt. Spätnachmittag des nächsten Tages.

Erster Akt

Salon in Lord Clavertons Haus in London. Vier Uhr nachmittags.
Stimmen in der Halle.

CHARLES
Ist dein Vater heute zu Hause?

MONICA
Du wirst ihn beim Tee sehn.

CHARLES
Aber wenn ich dich nicht für mich allein haben kann,
Hat's wirklich keinen Sinn, daß ich zum Tee bleib.
Monica und Charles treten auf.
Sie tragen Pakete.

MONICA
Aber du m u ß t zum Tee bleiben. Das verstand sich von selbst,
Als du sagtest, du könntest mir den ganzen Nachmittag geben.

CHARLES
Aber ich konnte dir beim Lunch nicht sagen,
Was ich sagen wollte ...

MONICA
Da bist du selbst schuld.
Du hättest mich in ein anderes Restaurant führen sollen,
Nicht das, wo der maître d'hotel und alle Kellner
Anscheinend deine intimsten Freunde sind.

CHARLES
Das ist das eine Lokal, wo man mich wirklich gut kennt
Und daher gut bedient. Und wenn d u mit mir ausgehst,
Muß der Lunch tadellos sein.

MONICA
Der Lunch war tadellos.
Aber ich kenne die Männer – die prahlen gern.
Männliche Eitelkeit; zu wollen, daß die Kellner

Einen nur so umschwirren: und daraus entnimmt das Mädchen,
Daß sie nicht die erste ist, die mit ihm dort war.

CHARLES

Schön, verspotte mich, wenn du willst. Aber ein Mann kommt sich dumm vor,
Wenn er dich in ein Lokal führt, wo man ihn gar nicht kennt
Und die Kellner alle seinen Blick zu vermeiden scheinen.

MONICA

Das bringt uns vom Thema ab...

CHARLES

Du hast mich abgebracht, von meinem Thema...
Ich wollte erklären...

MONICA

Es ist einfach die Frage,
Bleibst du zum Tee. Was du praktisch versprochen hast.

CHARLES

Was du nicht verstehst, ist: ich habe Grund zur Klage.
Am Montag verläßt du London mit deinem Vater:
Ich habe mich den ganzen Nachmittag freigemacht
Auf Grund einer klaren Abmachung...

MONICA

Daß du zum Tee bleibst.

CHARLES

Als ich sagte, ich bin den ganzen Nachmittag frei,
Das hieß, daß du mir den ganzen Nachmittag freihältst.
Ich konnte doch im Restaurant nicht sagen, was ich wollte;
Und dann hast du mich zum Einkaufen mitgenommen...

MONICA

Wenn du nicht gern mit mir einkaufen gehst...

CHARLES

Natürlich geh ich gern mit dir einkaufen.
Aber wie kann man beim Einkaufen über etwas reden,
Außer erraten, was du gern kaufen möchtest,
Und dir zureden, daß du es kaufst.

MONICA

Und warum bleibst du nicht zum Tee?

CHARLES

Also schön, ich bleibe zum Tee,
Aber du weißt, ich kann dann wieder nicht mit dir reden.
Du weißt das. Seit dein Vater sich zurückgezogen hat,
Ist er jeden Tag zu Hause. Und jetzt verläßt du London.
Und weil dein Vater es einfach nicht erträgt,
Daß dich ein anderer Mann als er für sich haben könnte,
Wird er hereinstolziert kommen, noch eh' ich zwei Worte gesagt habe . . .

MONICA

Du hast jetzt schon weit mehr als zwei Worte gesagt.
Und nebenbei, mein Vater stolziert nicht.
Du bist kein bißchen respektvoll.

CHARLES

Ich versuche, respektvoll zu sein.
Doch du weißt, ich werde keine Minute allein mit dir haben.

MONICA

Du hast jetzt schon mehrere Minuten allein mit mir gehabt
Und hast sie mit Zanken verzettelt. Aber im Ernst, Charles:
Vater hat sich bestimmt in der Bibliothek vergraben
Und denkt gar nicht dran, zu kommen, solang man ihn nicht zum Tee ruft.
Also warum nicht jetzt sprechen? Obwohl ich sehr gut weiß,
Was du sagen willst. Ich hab das schon alles gehört.

CHARLES

Und du wirst es wieder hören. Du glaubst, ich werde dir wieder
Sagen, daß ich dich liebe. Schön, du hast recht.
Doch ich hab dir noch etwas zu sagen, was ich noch nicht gesagt hab,
Und das wird ein Schock für dich sein: Ich glaube, auch du liebst mich.

MONICA

Nein, was bist du doch für ein herrschsüchtiger Mann!
Wirklich, du scheinst dich für einen Hypnotiseur zu halten.

CHARLES

Ist das der Moment, mich zu quälen? Aber ich bin egoistisch,
Wenn ich das sage. Denn ich glaube

Ich glaube, du quälst damit zugleich auch dich selbst.

MONICA

Du hast recht. Das tu ich. Denn ich h a b e dich lieb.

CHARLES

So hatte ich recht! Kaum hatt' ich es gesagt,
Packte mich die Angst. Denn ich w u ß t e nicht, daß du mich liebst –
Ich wollte es einfach glauben! Und nun hab ich dich dazu gebracht, es zu sagen!
Aber nun hast du's gesagt, und nun mußt du es nochmals sagen,
Denn ich brauche soviel Bestätigung! Irrst du dich ganz gewiß nicht?

MONICA

Wie ist das gekommen, Charles? Es schlich so leise
Auf lautlosen Füßen und stand still hinter meinem Rücken,
Eine lange Zeit, eine lange, lange Zeit,
Dann spürte ich erst: es ist da.

CHARLES

Deine Worte klingen
Wie von weit her. Und doch ganz nah. Du veränderst mich.
Und ich verändere dich.

MONICA

Schon jetzt,
Wieviel von mir bist du?

CHARLES

Und wieviel von mir bist du?
Ich bin nicht mehr der, der ich eben noch war.
Was bedeuten jetzt die Worte – i c h und d u?

MONICA

In unserer eigenen Welt – wir haben jetzt eine eigene Welt –
Sind die Bedeutungen andere. Schau! Wir sind wieder im Zimmer,
Das wir erst vor ein paar Minuten betreten haben.
Hier ist ein Sessel, dort steht der Tisch.
Dort ist die Tür ... und ich höre jemand kommen:
Lambert, er bringt den Tee ...
Lambert kommt mit dem Teewagen herein.
und ich werde sagen: »Lambert,
Sagen Sie bitte Lord Claverton, der Tee ist serviert.«

LAMBERT

Jawohl, Miß Monica.

MONICA

Es freut mich sehr, Charles,
Daß du doch zum Tee bleiben kannst.
Lambert geht ab.
– Wir sind wieder in der Welt der andern –

CHARLES

Und dein Vater wird kommen. Mit seiner ruhig besitzergreifenden Art
Und dem freundlichen Gruß, der immer auch Mahnung ist,
Ich soll nicht zu lange bleiben, denn du gehörst ihm.
Er scheint es so ruhig für selbstverständlich zu halten,
Daß dir wirklich an keiner Gesellschaft liegt als an seiner.

MONICA

Du darfst nicht annehmen, das irgend etwas, das ich dir sagte,
Dir das Recht gibt, Vater zu kritisieren.
Erstens, du verstehst ihn gar nicht,
Zweitens, wir sind noch nicht verlobt.

CHARLES

Nein? Wir haben uns doch gesagt, daß wir uns lieben,
Und, da es keinerlei gesetzliches Hindernis gibt,
Ist denn das nicht genug, um als Verlobung zu gelten?
Bist du nicht sicher, daß du mich heiraten willst?

MONICA

Doch, Charles. Ich bin sicher, daß ich dich heiraten will,
Sowie ich frei bin. Aber bis dahin
Hast du dir's vielleicht überlegt. So etwas ist schon passiert.

CHARLES

Mir wird das nicht passieren.

Es klopft. Lambert kommt herein.

LAMBERT

Verzeihung, Miß Monica. Lord Claverton sagt, ich soll sagen,
Sie möchten nicht mit Tee auf ihn warten.

MONICA

Danke, Lambert.

LAMBERT

Er hat noch zu tun, aber es wird nicht lang dauern.
Geht ab

CHARLES

Verstehst du denn nicht, daß du mich damit quälst?
Wie lang wirst du eingesperrt sein, allein mit deinem Vater
In diesem sehr teuren Hotel oder Sanatorium,
In das du ihn bringst? Und was wird nachher sein?

MONICA

Es gibt mehrere sehr gute Gründe, warum ich mit ihm gehen muß.

CHARLES

Bessere Gründe, als mich zu heiraten?
Was für Gründe?

MONICA

Erstens seinen Horror vor dem Alleinsein.
Bei dem Leben, das er führte, mußte er nie allein sein.
Und auch wenn er zu Hause war am Abend,
Sogar wenn er liest oder über seinen Papieren sitzt,
Braucht er jemand, der im Zimmer bei ihm ist
Und auch liest – oder nur dasitzt – irgend jemand,
Der nichts zu tun hat, was man nicht unterbrechen kann.
Jemand, zu dem man ab und zu etwas sagt.
Und das war gewöhnlich ich.

CHARLES

Ich weiß, das warst du.
Schade, daß du nicht Brüder und Schwestern hattest,
Daß sich die Last verteilt. Schwestern, sollte ich sagen,
Denn dein Bruder war dir noch nie eine Hilfe.

MONICA

Und wird auch nie jemandem eine Hilfe sein,
Fürchte ich: Armer Michael! Mutter hat ihn verzogen
Und Vater war zu streng. – So geraten sie immer aneinander.

CHARLES

Doch du sprachst von mehreren Gründen, mit deinem Vater zu gehen.
Gibt es einen triftigeren Grund als seine Angst vorm Alleinsein?

MONICA

Der zweite Grund ist gerade das Gegenteil:
Seine Angst, Fremden ausgeliefert zu sein.

CHARLES

Aber er lebt doch geradezu auf unter Leuten!
Er dirigiert, manövriert, lockt oder schüchtert ein –
In all dem ist er ein Meister. Nein, wirklich, Fremde!

MONICA

Du verstehst nicht. Es ist etwas anderes, Leute zu treffen,
Wenn man im Amt ist, von seinem Amt bekleidet,
Wenn der Mann, den die Leute zu sehen bekommen, die ihn treffen,
Nicht der Privatmann ist, sondern die öffentliche Person.
Als Politiker hatte Vater seine öffentliche Schablone,
Und später, als Präsident von öffentlichen Gesellschaften,
War seine private Person immer gehütet.

CHARLES

Seine private Person war so gut gehütet,
Daß ich mich manchmal fragte, ob da
Überhaupt ein privates Ich zu hüten war.

MONICA

Er *hat* ein privates Ich, Charles,
Da bin ich sicher...

CHARLES

Du hast zwei Gründe genannt,
Der eine genau das Gegenteil des andern.
Kanns noch einen dritten geben?

MONICA

Der dritte Grund ist dies:
Doktor Selby hat ihn mir gerade erst genannt –
Vater ist viel, viel kränker als er weiß.
Er wird vielleicht nie mehr von Badgley Court zurückkommen.
Aber Selby möchte, daß man ihn möglichst ermutigt –
Wenn er Hoffnung hat, lebt er wahrscheinlich ein wenig länger.
Drum hat Selby den Ort ausgewählt: ein exklusives
Erholungsheim
Mit der Atmosphäre eines Hotels.

Nichts dort deutet auf eine Klinik hin –
Alles dort deutet auf Genesung hin.

CHARLES

Das ist dein bester Grund, und auch der deprimierendste;
Denn dieser Zustand kann sich lange Zeit hinziehen,
Und du wirst unsere Hochzeit aufschieben und wieder aufschieben ...

MONICA

Ich fürchte ... nicht sehr lange Zeit, Charles.
Es ist fast sicher, daß es zu diesem Winter in Jamaica
Nie kommen wird. »Bestellen Sie Zimmer und Fahrkarten«,
Hat Selby gesagt, »als würden Sie wirklich fahren.«
Aber Badgley Court ist doch ganz nahe bei deinem Wahlkreis!
Selbst wenn das Parlament tagt, kannst du am Wochenende kommen.
Und du kannst mit mir ausgehn, wenn mich Vater nicht braucht,
Und er wird sich so freuen, sich mit dir unterhalten zu können.

CHARLES

Ich weiß, er ist gewohnt, daß ich irgendwie da bin.

MONICA

Ich merkte, wie er dich ansah. Er dachte an die Zeit,
Als er so alt war wie du, als er wie du begann,
Mit denselben Hoffnungen, mit demselben Ehrgeiz;
Und an seine Enttäuschungen ...

CHARLES

Ist das Wehmut,
Mitgefühl oder ... Neid?

MONICA

Neid ist immer dabei.
Wer ist ohne Neid? Und die meisten Leute
Sind unbewußt oder unverschämt neidisch.
Es ist schon viel, wenn Mitgefühl und Wehmut –
Und Zärtlichkeit, Charles! – hinzukommen zu dem Neid.
Ich glaube wirklich, daß er dich gern hat.
Drum mußt du kommen! Und oh ... Charles, Lieber –
Lord Claverton tritt auf.

MONICA

Du hast lange gebraucht, Vater. Was hast du schon wieder getan?

LORD CLAVERTON

Guten Tag, Charles. Du kannst dir doch denken, Monica,
Was ich getan habe. Kennst du denn dieses Buch nicht?

MONICA

Es ist dein Terminkalender.

LORD CLAVERTON

Ja. Ich hab drüber gebrütet.

MONICA

Als ob jetzt die Zeit wäre für deinen Terminkalender!
Du weißt, was die Ärzte gesagt haben: »Völlige Ruhe,
Und an nichts denken.« Zwar, ich weiß, das wird nicht leicht sein.

LORD CLAVERTON

Gerade das habe ich getan.

MONICA

An nichts gedacht?

LORD CLAVERTON

An das Nichts gedacht. Erinnere dich nur:
Jeden Tag, Jahr für Jahr, habe ich mir beim Frühstück
Dieses Buch vorgenommen – oder eins, das genau so war –
Du weißt, ich hatte die alten auf einem Regal beisammen.
Ich könnte in dem betreffenden Buch nachsehen und finden,
Was ich heute vor zwanzig Jahren um diese Stunde tat.
Als ich mir diesen Terminkalender ansah, heute,
Nicht beim Frühstück, sondern erst vor dem Tee,
Waren's die leeren Seiten, in denen ich blätterte –
Die ersten leeren Seiten, seit ich ins Parlament kam.
Ich notierte mir immer, was ich den Leuten zu sagen hatte:
Nun habe ich nichts mehr zu sagen, und niemand, dem ich es sage.
Ich fragte mich . . . wieviel leere Seiten wohl noch?

MONICA

Du würdest sie sehr bald ausfüllen, wenn wir dich ließen!
Das habe ich zu verhindern. Du weißt, ich soll dich schützen
Vor deiner eigenen rastlosen Aktivität – den unerschöpflichen
Quellen der Kraft, die die Maschine abnutzt.

LORD CLAVERTON

Die sind versiegt, Monica, und du weißt es.

Sie reden von Ausruhn, die Ärzte, Charles, und raten mir Vorsicht,
Ich soll das Leben leichter nehmen. Leben leichter nehmen!
Als sagte man einem Mann, er darf nicht den Zügen nachjagen,
Obwohl er gar nicht dran denkt, noch irgendwohin zu fahren!
Nein, ich habe nicht die leiseste Sehnsucht nach dem Leben, das ich hinter mir ließ,
Nur Angst vor der Leere, die vor mir liegt.
Wenn ich die Kraft hätte, mich zu Tode zu arbeiten,
Wie froh würde ich dem Tod entgegensehn! Aber warten, nur warten,
Ohne Lust, noch etwas zu tun, doch voll Abscheu vor Untätigkeit,
Angst vor dem leeren Raum, und kein Bedürfnis, ihn auszufüllen.
Das ist ganz so, als säße man im leeren Warteraum
Einer Bahnstation an einer Nebenstrecke
Nach dem letzten Zug, nachdem alle anderen Fahrgäste
Fort sind, und die Fahrkartenschalter geschlossen sind,
Und die Träger weggegangen. Worauf warte ich noch
In einem kalten, leeren Raum vor dem kalten Kamin?
Auf niemand. Auf nichts.

MONICA

Und doch konntest du's kaum mehr erwarten.
Daß es soweit ist. Du weißt, wie du ungeduldig gemurrt hast
Über das Abschiedsbankett und die Ehrengabe der Mitarbeiter
Und die Dankrede, die du zu halten hattest,
Und die anderen Reden, die du anhören mußtest.

LORD CLAVERTON *zeigt auf einen silbernen Präsentierteller, der noch in seiner Schatulle dasteht:*
Ich weiß nicht, was mehr auf mich wirkte, die Unaufrichtigkeit
Der Reden über mich, oder die meiner Antwort –
Nur um ihnen für das da zu danken

Diese widerwilligen Spenden,
Die das Stück Silber da kauften! Diese unzureichende Umlage auf jeden.
Damit der Präsident seinen Preis kriegt! Und meine Mitdirektoren,
Die sagten: »Da müssen wir in die Tasche greifen
Und das Sammelergebnis verdoppeln; – es muß doch nach etwas aussehn!« –

Das wäre für Visitenkarten, wenn Leute noch Karten abgäben
Und wenn mir noch jemand eine Visite machte.

MONICA

Vater, du willst einfach um jeden Preis Trübsal blasen!
Du weißt selbst, daß du dich im Zenit deines Ruhmes zurückgezogen hast –
Du hast jedes Wort über dich in der Presse gelesen.

CHARLES

Und die Leitartikel, die sagten: »Wir sind überzeugt,
Daß sein weiser Rat noch lange der jeweiligen Regierung
Zur Verfügung stehen wird.«
Und die Erwartung, daß man Ihre Stimme vernehmen werde
Im Oberhaus in der Debatte ...

LORD CLAVERTON

Die übliche Litanei
Der Presse bei jedem halbwegs aufsehenerregenden Rücktritt.
Mein Nachruf, wenn ich in den Sielen gestorben wäre,
Hätte anderthalb Spalten ausgemacht
Mit einem zwanzig Jahre alten Photo als Einsatz im Text.
Aber in fünf Jahren wird es nur halbsoviel sein,
In zehn Jahren nur eine Notiz.

CHARLES

Das ist der Lohn
Für jeden Mann des öffentlichen Lebens.

LORD CLAVERTON

Nennen Sie's lieber die Exequien
Für die versagten Erfolge, die erfolgreichen Versager,
Die Stellungen innehaben, die andere Männer begehren.
Wenn wir gehen, empfinden viele ein leises Bedauern,
Und unsere engsten Mitarbeiter, die kleine Minderheit,
Die wirklich begriffen, an welchem Orte wir standen,
Sind innerlich froh. Die werden nicht wollen,
Daß mein Geist in der City umgeht oder im Oberhaus sitzt.
Und ich, der ich mich selber als Geist erkenne,
Werde dort nicht erscheinen wollen. Ich kann nur lächeln
Beim Gedanken, daß Menschen sich vor Geistern fürchten.

Wenn die wüßten, wie sich ein Geist vor Menschen fürchten kann!
Es klopft. Lambert kommt herein.

LAMBERT

Verzeihung, my Lord. Es ist ein Herr unten.
Er besteht drauf, daß er Sie sprechen muß.
Ich habe ihm gesagt, my Lord empfangen nie Besuche,
Außer, wenn's vorher vereinbart ist. Er hat gesagt, das weiß er,
Drum hat er diesen Brief gebracht. Er hat gesagt, wenn Sie den lesen,
Würden Sie ihn sprechen wollen. Sie würden sehr böse sein, hat er gesagt,
Wenn Sie hörten, er wäre gegangen, ohne vorgelassen zu werden.

LORD CLAVERTON

Was für eine Art Mann?

LAMBERT

Ein Mann aus dem Ausland,
Seinem Aussehn nach. Spricht aber ein gutes Englisch.
Ein Gentleman von der guten Art.

LORD CLAVERTON *nachdem er den Brief gelesen hat:*

Ich will ihn in der Bibliothek empfangen.
Nein, halt, ich habe zu viele Papiere dort liegen lassen.
Ich empfange ihn lieber hier.

LAMBERT

Sehr wohl, my Lord.
Soll ich den Teewagen mit herausnehmen, Miß Monica?

MONICA

Ja, bitte, Lambert.
Lambert geht ab.

CHARLES

Ich glaube, ich muß gehen.

MONICA

Gehn doch wir in die Bibliothek; nachher begleite ich dich.

LORD CLAVERTON

Es tut mir leid, daß ich euch aus dem Zimmer vertreibe,
Aber ich muß diesen Mann allein sprechen, Monica.
Ich habe nie von diesem Señor Gomez gehört,
Aber er hat eine Empfehlung von einem Mann,

Den ich einmal kannte. Abweisen kann ich ihn nicht.
Obwohl er, soweit ich mich des Mannes, der ihn empfiehlt, entsinne,
Sicher Geld will, oder wertloses Zeug verkaufen.

MONICA

Mit solchen Leuten solltest du dich jetzt nicht abgeben, Vater.
Wenn du ihn nicht in zwanzig Minuten los bist,
Schick ich dir Lambert, du hättest ein Ferngespräch.
Komm, Charles! Bringst du bitte meinen Mantel?

CHARLES

Darf ich mich verabschieden, Sir,
Und ich freu mich schon drauf, Sie beide in ein, zwei Wochen
In Badgley Court wiederzusehn.
Lambert tritt auf.

LAMBERT

Mr. Gomez, my Lord.

LORD CLAVERTON

Adieu, Charles, und bitte vergessen Sie nicht,
Daß wir beide Sie sehn wollen, wann immer Sie kommen können,
Wenn Sie in der Nähe sind. Stimmt das nicht, Monica?

MONICA

Ja, Vater.
Zu Charles:
Wir beide wollen dich sehn.
Monica und Charles ab. Lambert führt Gomez herein.

LORD CLAVERTON

Guten Abend, Mr.... Gomez. Sie sind ein Freund von Mr. Culverwell?

GOMEZ

Wir stecken unter einer Decke, könnt' man fast sagen!
Kennst du mich denn nicht mehr, Dick?

LORD CLAVERTON

Fred Culverwell!
Warum kommst du unter einem anderen Namen zurück?

GOMEZ

Du hast deinen Namen auch gewechselt, seit ich dich kenne.

Als wir in Oxford studierten, warst du ganz einfach Dick Ferry.
Dann, als du heiratetest, nahmst du den Namen deiner Frau an
Und wurdest Mr. Richard Claverton-Ferry
Und schließlich Lord Claverton. Ich folgte deinem Beispiel
Und tat das gleiche, auf bescheidene Art.
Weißt du, wo ich lebe, wechseln die Leute tatsächlich die Namen;
Und außerdem ist der Name meiner Frau viel gebräuchlicher
Als Culverwell in meinem Land – und leichter auszusprechen.

LORD CLAVERTON

Hast du immer dort gelebt, seitdem du ... England verlassen hast?

GOMEZ

Immer, seitdem ich meine Strafe abgebüßt hatte.

LORD CLAVERTON

Was führt dich nach England?

GOMEZ

Du kannst es Heimweh nennen,
Neugierde, Rastlosigkeit, was immer du willst.
Aber ich habe recht schwer gearbeitet all die Jahre
Und ich dachte mir, jetzt ist es Zeit für einen ausgiebigen Urlaub,
Sagen wir eine Erholungspause – das ist der Grund meines Kommens.
Siehst du, ich bin jetzt Witwer, wie du, Dick.
Also recht ungebunden ... Gomez, verstehst du,
Ist jetzt ein höchst angesehener Bürger
Einer mittelamerikanischen Republik: San Marco.
Es ist gerade so schwer, dort ein angesehener Bürger zu werden,
Wie hier bei euch. Mit dem einen Unterschied:
Dort drüben genießt man Ansehen aus ziemlich anderen Gründen.

LORD CLAVERTON

Willst du damit sagen, daß du dort drüben zu Ansehen kamst
Durch die Art Tätigkeit, die dich hier in England
Dein Ansehen gekostet hat?

GOMEZ

Keineswegs, keineswegs!
Sag, war das nicht ein etwas unfreundlicher Gedanke?
Ich bin immer gut mit dem Gesetz ausgekommen

Und sah zu, daß das Gesetz auch mit mir sein gutes Auskommen fand.
Manchmal mußte ich dafür ziemlich viel bezahlen,
Doch ich hab durch Erfahrung gelernt, wem man zahlen muß.
Und etwas Geld, auf die rechte Art ausgelegt
An den rechten Stellen, das macht sich dann vielfach bezahlt.
Das kann ich dir versichern.

LORD CLAVERTON

Mit anderen Worten:
Du hast systematisch Korruption betrieben.

GOMEZ

Nein, Dick, da ist ein Fehler in deiner Logik.
Wie kann man denn die korrumpieren, die schon korrupt sind?
Ich kann schwören, daß ich nie einen Menschen korrumpiert habe.
Tatsächlich, es ist mir nie ein Beamter begegnet,
Der noch unschuldig genug war, um erst korrumpiert zu werden

LORD CLAVERTON

Demnach scheinen deine Geschäfte meistens
So gewesen zu sein, daß sie dich hier in England
Vermutlich wieder ins Gefängnis gebracht hätten?

GOMEZ

Ja, das stimmt.
Nur ziehst du einen falschen Schluß: ich würde auch nicht im Traum
An solche Geschäfte denken, wenn ich in England wäre!
Ich habe die gleichen Auffassungen von Moral
Wie die Gesellschaft, in der ich mich befinde.
In England tu ich nichts, was du mißbilligen würdest.

LORD CLAVERTON

Nun, wenigstens dafür kann man dir dankbar sein!
Ich hoffe, du brauchst dich nicht mit Fälschungen zu befassen.

GOMEZ

Fälschungen, Dick? Ein lächerlicher Gedanke!
Fälschen, glaub mir, ist eine Eselei.
Das ist mein Urteil – und ich weiß genau, was ich sage.
Nein, Fälschen, Scheckbetrug und dergleichen mehr
Kommt früher oder später immer heraus.

Und was geschieht dann? Dann muß man weiterziehen.
Das wäre nicht mein Fall. Ich bin zu seßhaft.
Und übrigens, ich habe mehrere Kinder,
Alle erwachsen, kommen gut voran.
Ich würde keinem von meinen zwei Söhnen gestatten,
Sich auf Politik zu werfen. In meinem Land, Dick,
Können Politiker sich keine Fehler leisten. Die gescheit sind,
Haben immer ein Flugzeug startbereit.
Und auch ein Konto bei einer Bank in der Schweiz.
Die aber nicht beizeiten verschwinden,
Finden sich hinter Gittern, und gar nicht sehr gemütlich,
Oder vor einem Hinrichtungskommando.
Du weißt nicht, was ernsthafte Politik heißt!
Ich hab meinen Jungen gesagt: »Laßt die Finger von Politik.
Haltet euch raus, setzt auf beide Parteien:
Was die eine euch nicht gibt, bekommt ihr vielleicht von der andern.«
Dick, du hast doch sicher Whisky im Haus?

LORD CLAVERTON

Mit Whisky kann ich aufwarten.
Er klingelt.
Aber warum kamst du her?

GOMEZ

Das hast du mich schon gefragt.
Um dich zu sehen, Dick. Ein begreiflicher Wunsch!
Denn du bist der einzige alte Freund, dem ich trauen kann.

LORD CLAVERTON

Wirklich, du traust mir? Danke fürs Kompliment!

GOMEZ

Du glaubst ja, daß du es verdienst. Aber wenn ich sag: »trauen« ...
Es klopft. Lambert kommt.

LORD CLAVERTON

Lambert, bringen Sie bitte den Whisky. Und Soda.

LAMBERT

Sehr wohl, my Lord.

GOMEZ

Und Eis.

LAMBERT

Eis? Ja, my Lord.

Geht ab

GOMEZ

Was ich sagen wollte: Wenn ich sag: »trauen«,
Gebrauch ich das Wort, wie's mich die Erfahrung gelehrt hat.
Es ist Unsinn, davon zu reden, den Menschen ganz allgemein
Zu trauen. Was heißt das? Man traut einem Mann
Oder einer Frau in der oder jener Hinsicht:
A wird mich nicht im Stich lassen in dieser Sache,
B wird mich nicht im Stich lassen in jener Hinsicht.
Sondern, wie ich auch immer meinen Söhnen gesagt hab.
»Wenn's dahin kommt, daß ihr jemandem trauen müßt, dann müßt ihr schauen,
Daß es sich für ihn lohnt, vertrauenswürdig zu sein.«

Während dieser Worte ist Lambert schweigend hereingekommen, hat ein Tablett hingestellt und geht wieder ab.

LORD CLAVERTON

Willst du dich nicht bedienen?

Gomez bedient sich ungeniert.

GOMEZ

Und wie ist's mit dir?

LORD CLAVERTON

Ich nehme keinen, danke.

GOMEZ

Ein bekehrter Sünder!

LORD CLAVERTON

Ich wüßte gerne, weshalb du mir trauen mußt.

GOMEZ

Das ist ganz einfach. Ich komme zurück nach England
Nach fünfunddreißig Jahren. Kannst du dir vorstellen,
Wie das ist, wenn man fünfunddreißig Jahre
Von Zuhause fort war? Ich war damals fünfundzwanzig –
So alt wie du – als ich wegging,
Tausende Meilen weit, in ein anderes Klima,
Eine andere Sprache, andere Lebensauffassungen,

Um dort eine andere Person aus mir zu machen
Und einen anderen Namen anzunehmen. Denk, was das heißt –
Einen anderen Namen annehmen.
Steht auf und schenkt sich Whisky ein.
Aber natürlich, du weißt das!
Du weißt grade genug, um zu denken, du wüßtest noch mehr als du weißt.
Du hast zweimal den Namen gewechselt – in bequemen Etappen,
Und jeder Schritt war bloß ein Schritt auf der Leiter nach oben.
So merktest du nicht, wie du ein Anderer wurdest:
Doch wo ich meinen Namen wechselte, gabs keine Stufenleiter.
Ein Sprung über eine Kluft – und zurückspringen kann man nicht mehr.
Ich trennte mich von mir mit einem schnellen Ruck,
Du dich von dir so langsam und zärtlich, daß du noch heut nicht bemerkt hast,
Daß Dick Ferry schon längst gestorben ist.
Ich hab ein Mädchen geheiratet, die kein Wort Englisch sprach,
Es auch nicht lernen wollte, die sich nicht interessierte
Für irgendetwas, was viertausend Meilen weit weg geschah,
Sondern nur glaubte, was ihr der Pfarrer in ihrem Kirchspiel sagte.
Meinen Kindern brachte ich Englisch bei – es ist nützlich –
Ich sprech immer nur englisch zu ihnen.
Aber denken sie englisch? Nein, keine Spur: sie denken
Spanisch, aber ihre Gedanken sind die Gedanken von Indianern.
Mein Gott, Dick, du ahnst ja nicht, wie das ist,
So abgeschnitten zu sein! An Heimweh zu leiden!
An Heimweh leiden – das ist ein wehleidiges Wort.
Du weißt nicht, was das heißt, so abgeschnitten zu sein,
Wie ich, du glaubst bloß, du weißt ...

LORD CLAVERTON

O doch, ich weiß das.
Ich war immer allein.

GOMEZ

Ach, Einsamkeit –
Ein jeder weiß, wie das ist.

Deine Einsamkeit – so gemütlich, warm und wattiert:
Du bist nicht abgeschnitten – bloß abgekapselt.
Erst wenn du einsiehst, du hast d i c h s e l b e r verloren,
Dann bist du ganz allein.

LORD CLAVERTON

Ich bin noch immer gespannt,
Warum du es notwendig findest, mir zu trauen.

GOMEZ

Ganz einfach.
Mein Vater ist schon längst tot – und das ist gut.
Meine Mutter – ich bin ziemlich sicher, sie ist noch am Leben.
Aber sie muß sehr alt sein. Und wird glauben, ich bin tot.
Und meine verheirateten Schwestern, die haben wohl kaum ihren Männern
Von mir erzählt. D i e würden mich nicht wiedersehn wollen.
Nein, ich brauch einen alten Freund; einen Freund, dem ich trauen kann, –
Einen, der sowohl Culverwell akzeptiert wie auch Gomez,
Der Culverwell sieht als Gomez – Gomez als Culverwell.
Ich brauche dich, Dick, um mir Wirklichkeit zu verleihen!

LORD CLAVERTON

Aber nach deiner eigenen Darstellung vorhin,
Wie man Menschen traut, wie gedenkst du es einzurichten,
Daß es sich für mich lohnt, vertrauenswürdig zu sein?

GOMEZ

Ist längst vollzogen, Dick! Vor Jahren schon:
Aufgepfropft und geprüft, an meine Seele geschmiedet
Mit Reifen aus Stahl, und was es sonst so gibt.
Wir kommen gleich dazu. Ist es nicht sonderbar,
Daß die ganze Zeit dieses Band zwischen uns bestanden hat?

LORD CLAVERTON

Ist mir nie aufgefallen. Erkläre dich näher.

GOMEZ

Überleg dir doch einmal, wer wir waren, als wir nach Oxford kamen,
Und dann, was aus mir unter deinem Einfluß wurde.

LORD CLAVERTON

Du kannst dein ... Mißgeschick nicht m e i n e m Einfluß zuschreiben.

GOMEZ

Ich war so grundverschieden, wie man nur sein konnte, von
Der Sorte Burschen, die du von der Schule her kanntest.
Ich paßte nicht in deinen Kreis, und das wußte ich.
Als du anfingst, dich in Oxford meiner anzunehmen,
Fragten sich deine Freunde zweifellos, was du an mir fändest –
An einem Jungen mit einem Stipendium, von einem wenig bekannten Gymnasium ...
Ich wußte es auch nicht, aber es schmeichelte mir.
Später begriff ich es dann: du hast dich mit mir befreundet,
Denn es schmeichelte d i r ; es kitzelte deinen Machttrieb
Zu sehn, wie geschmeichelt ich war, wie ich dich bewunderte.
Alle erwarteten, ich würde mit Auszeichnung graduieren,
Und ich glaube, dein Tutor dachte, dich würde man relegieren.
Es kam umgekehrt. Du hast wenigstens durchgehalten.
Ich hatte viel Zeit über all das nachzudenken, später.

LORD CLAVERTON

Und zu welchem Ergebnis kamst du?

GOMEZ

Es läuft auf das hinaus, Dick: Du spieltest gerne den wilden Mann,
Aber du gingst nie zu weit. Du hast einen vorsichtigen Teufel
In dir, Dick. M i r ist der nie zu Hilfe gekommen.

LORD CLAVERTON

Ich weise jede Verantwortung zurück,
Aber auch jede, für das, was später mit dir geschah.

GOMEZ

Du hast mich angestachelt in Oxford und mich dann hängen lassen.
Und so kam es, daß ich relegiert wurde, mit den Folgen,
Die du ja kennst: ein elender Posten in einem
Büro – den dein Vater mir fand,
Und teure Liebhabereien, auf die du mich gebracht hattest,
Und, nicht minder verhängnisvoll, Geschicklichkeit mit der Feder.
Daher, wie du mich eben erinnert hast,

Unterschlagung und Fälschung. Und dann das Gefängnis,
Wo ich Zeit hatte, über alles nachzudenken.

LORD CLAVERTON

Das ist das zweite Mal, daß du von deinem Nachdenken sprichst.
Aber eines hast du bei alldem anscheinend vergessen:
Ich kam dir zu Hilfe, als du freigelassen wurdest.

GOMEZ

Ja, und bezahltest meine Ausreise. Ich weiß den Grund:
Du wolltest mich los sein. Warum, will ich dir gleich sagen.
Aber laß uns erst deine Lebensgeschichte betrachten.
Du hattest viel Geld, und machtest eine gute Partie,
So schien es wenigstens – und mit deines Vaters Geld
Und dem Einfluß der Familie deiner Frau warst du lanciert
In der Politik. Wollen wir sagen, dir glückte das alles sehr gut?
Obwohl ich vermute, nicht so gut, wie du ursprünglich hofftest.

LORD CLAVERTON

Man hat mir niemals einen Fehler vorgeworfen.

GOMEZ

Nein, in England bleiben Fehler anonym,
Denn der Mann, der die Verantwortung auf sich nimmt,
Ist nicht der Mann, der den Fehler gemacht hat.
Das ist stillschweigendes Übereinkommen bei euch. Wird's aber doch bekannt,
Wer ihn gemacht hat, versetzt man euch einfach auf einen anderen Posten,
Wo ihr zumindest nicht denselben Fehler wiederholen könnt.
Im schlimmsten Fall geht ihr in Opposition
Und laßt die anderen ihre Fehler machen,
Bis eure eigenen mehr oder minder vergessen sind.
Du wirst schon irgendeinen Fehler gemacht haben, Dick...
Das wär' die Erklärung, warum du dich von der Politik zurückzogst
Und in der City eine glänzende Position annahmst,
Wo die Regierung dich immer zu Rate ziehn konnte,
Aber selbstverständlich nicht deinen Rat zu befolgen brauchte...
Du siehst, ich hab deine Laufbahn immer im Auge behalten.

LORD CLAVERTON

Dein Interesse rührt mich.

GOMEZ

Ich hab ein Talent für Freundschaft.
Mich freute dein Erfolg. Aber etwas gab mir zu denken.
Du bekamst ein Ministerium, noch ehe du fünfzig warst:
Das hätte dich bis ganz hinauf bringen müssen!
Und doch zogst du dich von der Politik zurück
Und gingst in die City. Bankdirektor und Präsident
Großer Gesellschaften. Du sahst auch richtig aus,
Wie geschaffen dafür, ein imponierendes Aushängeschild zu sein.
Und wieder trat'st du zurück, mit sechzig. Warum schon mit sechzig?

LORD CLAVERTON

Da du von mir so viel weißt, mußt du doch
Gelesen haben, daß ich auf Drängen der Ärzte zurücktrat.

GOMEZ

Ja, ja, die üblichen schönen Redensarten.
Trotzdem: ich staune. Es ist doch überraschend:
Du hättest mindestens noch fünf Jahre
Durchhalten können. Warum ließen sie dich gehen?

LORD CLAVERTON

Wenn du's wissen willst, ich hatte einen Schlaganfall.
Und ich kann einen zweiten bekommen.

GOMEZ

Ja, du kannst einen zweiten bekommen.
Aber ich frage mich, was hat diesen ... Schlaganfall verursacht?
Und ich frage mich, bist du wirklich der große Wirtschaftler,
Der Zauberer der Finanz, für den man dich hält.
Und ich habe auch von anderen Wechselfällen gehört.
Dick, es hat mir sehr leid getan, zu hören,
Daß deine Ehe nicht so ganz glücklich war.
Und was deinen Sohn betrifft – nach dem, was ich von ihm hörte,
Ist er als Student in Oxford deinem Beispiel gefolgt,
Nur ohne den Schutz jenes vorsichtigen Teufels,
Den du in dir hattest, der dir riet, nicht zu weit zu gehen.
So, aber jetzt krieg ich wieder Durst.

Schenkt sich Whisky ein

LORD CLAVERTON

Ein interessanter historischer Überblick.
Ich kann ihn nur nicht als ganz zutreffend akzeptieren.
Das Einzige, was ich überraschend finde
An dem hochangesehenen Bürger von San Marco,
Ist, daß er sich mitten in aufreibenden Geschäften,
Über deren Charakter dunkle Andeutungen gemacht wurden,
So genau über meine Laufbahn informiert hat.

GOMEZ

Ich will dir jetzt nicht im einzelnen einen Bericht
Über meine Laufbahn geben. Ich hatte sehr viel Erfolg.
Was wäre aus mir geworden, frag ich mich, wenn ich
Dir nie begegnet wäre. Ich hätte mein Examen glänzend bestanden
Und ich wäre vielleicht Geschichtslehrer geworden,
An einer ähnlichen Schule wie die, aus der ich nach Oxford kam.
So aber bin ich jemand – ein wichtigerer Mann
In San Marco, als ich je in England geworden wäre.

LORD CLAVERTON

Also, da du dich als erfolgreich ansiehst ...

GOMEZ

Ein weltlicher Erfolg, Dick! In einem anderen Sinn
Sind wir beide Versager. Aber wenn schon,
Möcht ich lieber in meiner Art ein Versager sein als in deiner.

LORD CLAVERTON

Und was nennst du einen Versager?

GOMEZ

Was ich einen Versager nenne?
Die schlimmste Art Versager ist meiner Meinung
Der Mann, der sich immer wieder vormachen muß,
Daß er ein erfolgreicher Mann ist – der Mann, der morgens früh
Sein Gesicht zurechtlegen muß, eh' er in den Spiegel schaut.

LORD CLAVERTON

Ist das nicht die Art Vorspiegelung, die du treibst,
Wenn du versuchst, mich von deinem ... weltlichen Erfolg zu überzeugen?

GOMEZ

Nein, denn ich kenne den Wert der Münze, in der ich
Mich selbst bezahle.

LORD CLAVERTON

Wirklich! Wie interessant!
Ich weiß noch immer nicht, weshalb du zu mir kamst,
Oder was du damit meinst, daß du mir trauen kannst.

GOMEZ

Dick, du erinnerst dich noch an diese Mondnacht,
Wir fuhren nach Oxford zurück. Du hast chauffiert.

LORD CLAVERTON

Das kam öfters vor.

GOMEZ

Besonders einmal.
Du weißt ganz gut, von welchem Mal ich da spreche:
Eine Sommernacht – voller Mondschein und Schatten –
Die Nacht, als du den alten Mann überfuhrst.

LORD CLAVERTON

Du sagtest, ich hätte einen alten Mann überfahren.

GOMEZ

Du wußtest es genau. Wärst du überrascht gewesen,
Als ich sagte: »Dick, du hast jemand überfahren«,
Hättest du das nicht gezeigt ... wenn auch bloß für eine Sekunde?
Du nahmst nicht einmal den Fuß vom Gaspedal fort.

LORD CLAVERTON

Wir hatten es eilig.

GOMEZ

Mehr als eilig.
Du wolltest nicht, daß herauskam, wo wir gewesen waren,
Du wolltest nicht, daß diese Mädchen, die wir bei uns hatten
(Wie hießen sie doch? Ich hab's total vergessen) als Zeugen
Einvernommen würden. Du konntest das nicht ertragen.
Verstehst du jetzt, Dick, wenn ich sage, daß ich dir trauen kann?

LORD CLAVERTON

Wenn du denkst, daß diese Geschichte die Öffentlichkeit interessiert,
Warum bietest du dann deine Version nicht einem Sonntagsblatt an?

GOMEZ

Mein lieber Dick, welch absurder Vorschlag!
Wer glaubt schon eine nicht erwiesene Behauptung
Von Federico Gomez aus San Marco
Über etwas, was vor so vielen Jahren geschah?
Das gäb' noch ein Verleumdungsverfahren. Die Presse nimmt so etwas nicht.
Außerdem, glaubst du, ich hätte die mindeste Lust
Öffentlich als Frederick Culverwell aufzutreten?
Nein, Dick, dein Geheimnis ist gut bei mir aufgehoben.
Natürlich, ich könnte es ein paar Freunden erzählen, vertraulich.
Es könnte sogar einigen deiner Bekannten zu Ohren kommen –
Aber du würdest nie wissen, wem ich's erzählt hab,
Oder wer die Geschichte weiß, und wer nicht. Das verspreche ich dir.
Verlaß dich auf mich; ich bin die Diskretion selbst.

LORD CLAVERTON

Also was willst du? Brauchst du Geld?

GOMEZ

Mein Lieber, du bist schwer von Begriff!
Ich sage dir: »Dein Geheimnis ist gut bei mir aufgehoben«,
Und du gehst her ... Also wirklich, daß hätte ich nie geglaubt,
Daß du einen alten Freund ... der Erpressung beschuldigst!
Im Gegenteil, ich glaube, ich könnte dich mehrfach
In die Tasche stecken. San Marco ist gar nicht schlecht,
Um Geld zu machen – nur nicht um es dort zu lassen.
Meine Anlagen – und auch nicht einmal alle auf meinen Namen –
Sind schön verteilt. Und was übrigens das betrifft,
So genügte mein Bankkonto in Stockholm oder Zürich
Mir durchaus für einen behaglichen Lebensabend.
Wirklich, Dick, du schuldest mir eine Entschuldigung.
Erpressung! Im Gegenteil,
Falls du jemals knapp bei Kasse sein solltest,
Steht alles, was ich habe, zu deiner Verfügung.
Du warst mir einmal ein großzügiger Freund,
Wie du mich eben erst sehr deutlich erinnert hast.
Nun ist's vielleicht an mir, dir einen Gefallen zu tun.

Lambert kommt herein.

LAMBERT

Verzeihung, my Lord, Miß Monica schickt mich
Sie daran zu erinnern, ein Ferngespräch kommt in fünf Minuten
Für Sie durch.

LORD CLAVERTON

Ich werde es abnehmen.

Lambert geht hinaus.

GOMEZ

Aha, die im voraus vereinbarte Unterbrechung,
Um das unerwünschte Eindringen des Besuchers
In Geldnöten zu beenden.
Aber ich werde dich nicht länger aufhalten, obwohl dein Gesprächspartner sicher
Noch eine Viertelstunde warten könnt'.

LORD CLAVERTON

Bevor du gehst – was willst du eigentlich?

GOMEZ

Ich hab versucht, klar zu machen, daß ich nichts will als deine Freundschaft,
Ganz wie's damals in alten Zeiten war,
Als du mir teure Liebhabereien beibrachtest. Nun ist's an mir:
Ich kann dir Zigarren schicken lassen, direkt aus Kuba,
Wenn dir deine Ärzte ab und zu noch eine erlauben.
Ich bin ein einsamer Mann, Dick, der sich nach Zuneigung sehnt.
Alles, was ich will, solange ich hier bleibe, ist von deiner Gesellschaft,
Soviel wie ich nur haben kann,
Und je mehr das möglich ist, desto länger bleibe ich wohl.

LORD CLAVERTON

Das ist absurd!
Nennst du das Freundschaft, einem deine Gesellschaft
Durch Drohungen aufzudrängen? Wozu diese Heuchelei?

GOMEZ

Drohungen, Dick! Wie kannst du von Drohungen reden?
Das ist wirklich nicht nett von dir! Ich will sonst nichts

Als unsere Freundschaft erneuern. Verstehst du das nicht?

LORD CLAVERTON

Ich sehe, als ich dir meine Freundschaft schenkte,
Vor so viel Jahren, erwarb ich mir dafür nur
Deinen Neid, Groll und Haß. Aus diesem Grund schreibst du
Mir deine Schande zu. Aber wieso war ich verantwortlich?
Wir waren gleich alt. Du warst Herr deines eigenen Handelns.
Du behauptest, ich hätte dir teure Liebhabereien beigebracht:
Hättest du diese Liebhabereien nicht schon gehabt,
Hättest du kaum an meiner Gesellschaft Geschmack gefunden.

GOMEZ

Sehr hübsch argumentiert, fast überzeugend:
Würdest du nicht selbst gern daran glauben?

LORD CLAVERTON

Und was geschieht, wenn ich mich weigere,
Dir das Vergnügen meiner Gesellschaft zu machen?

GOMEZ

Ach, ich kann warten, Dick. Du gibst zuletzt doch nach.
Du wirst dich noch wohler fühlen, wenn ich bei dir bin,
Als wenn ich außer Sicht bin. Du wirst dich vor dem Getuschel fürchten,
Vor dem Gesicht hinter dir, das du im Spiegel siehst,
Vor dem zweideutigen Lächeln, dem reservierten Gruß,
Vor dem Lachen im Korridor, dem Kichern im Eingang,
Vor der plötzlichen Stille, wenn du das Herrenzimmer betrittst.
Vergiß nicht, Dick:
Du hast nicht angehalten. Na, schön, und jetzt geh ich wohl besser.
Ich hoffe, ich bin nicht länger geblieben als es dir recht war?
Dein Partner am Telephon wird vielleicht schon ungeduldig.
Wir sehn uns bald wieder.

LORD CLAVERTON

Ich glaube, nicht so bald.
Ich verreise.

GOMEZ

Das hat man mir schon gesagt.

Ich habe Freunde bei der Presse – wenn schon nicht unter den Lords.
Adieu für heute. Es war ein richtiger Zaubertrunk,
Dich wiederzusehen und mich zu vergewissern,
Daß wir genau dort, wo wir aufhörten, wieder anfangen können.

Gomez geht ab. Lord Claverton bleibt einige Minuten grübelnd sitzen. Es klopft, Monica tritt ein.

MONICA

Wer war's denn, Vater?

LORD CLAVERTON

Ach, ein Mann, den ich kannte.

MONICA

So, du kanntest ihn also?

LORD CLAVERTON

Ja, er hat bloß den Namen gewechselt.

MONICA

Dann wollte er sicher Geld?

LORD CLAVERTON

Nein, er wollte kein Geld.

MONICA

Vater, dieses Gespräch hat dich angestrengt.
Du mußt jetzt gehn und dich vor dem Dinner ausruhn.

LORD CLAVERTON

Ja, ich geh jetzt und ruhe mich aus. Wenn doch Charles zum Dinner hier wäre.
Wenn wir doch nur Gesellschaft hätten zum Dinner.

MONICA

Vater, kannst du's nicht ertragen, mit mir allein zu sein?
Wenn du's nicht ertragen kannst, mit mir heut abend allein zu essen,
Wie wird das dann erst werden in Badgley Court?

Zweiter Akt

Auf der Terrasse in Badgley Court. Ein heller, sonniger Vormittag, einige Tage später.
Lord Claverton und Monica treten auf.

MONICA

Nun, Vater, bis jetzt ist es besser als du gedacht hast,
Findest du nicht? Man hat uns in Frieden gelassen,
Die Leute im Speisesaal verraten keine Neugier,
Die Betten sind bequem, das heiße Wasser ist heiß,
Sie geben uns ein ganz passables Frühstück,
Und das Zimmermädchen ist wirklich ein Zimmermädchen;
Denn als ich sie nach dem Morgenkaffee fragte,
Sagte sie: »Ich bin nicht für's Zweite Frühstück da,
Das bringt die Schwester.«

LORD CLAVERTON

Soweit, so gut.
Trauen werde ich dem Frieden erst nach zwei Wochen –
Wenn sie einen vierzehn Tage lang nicht anstarren,
Illustrierte anbieten oder als Vierten zum Bridge einladen.
Aber ich bin bereit, schon jetzt ein Gefühl von Zufriedenheit
Zuzugeben. Ich hoffe nur, daß es anhält –
Dieses Wohlbefinden! Wir haben es oft,
So lange wir jung sind, doch da merkt man es nicht,
Und wenn es uns später dann zu Bewußtsein gekommen ist,
Stellt es sich seltener ein.
Ich hoffe, diese wohltuende Sonne
Und Wärme wird noch einige Tage anhalten.
Aber dieser verfrühte Sommer paßt kaum zur Jahreszeit,
Das kündigt oft nur Frost für die Obstbäume an.

MONICA

Ach, laß uns das Wetter genießen, so lange es anhält.

Ich kannte dich nie anders als mit Sorgen
Beschäftigt, denen du gerne entfliehen wolltest;
Nun möchte ich sehen, daß du lernst, das Leben zu genießen!

LORD CLAVERTON

Vielleicht habe ich das Leben nie wirklich so genossen
Wie die meisten Menschen. Wenigstens scheinen sie es zu tun,
Auch wenn sie nicht wissen, daß sie es genießen. Ich aber wußte oft,
Daß es für mich kein Genuß war. Eine Unzufriedenheit
Mit mir selbst, die, vermute ich, tief in mir steckt,
Trieb mich mein Leben lang, Rechtfertigung zu suchen,
Nicht so sehr vor der Welt – in erster Linie vor mir selbst.
Was ist dieses Selbst in uns, dieser stille Beobachter,
Dieser strenge wortlose Kritiker, der uns ohne Erbarmen beherrschen
Und uns zu vergeblichen Bemühungen antreiben kann,
Und uns am Ende, der Irrtümer wegen, in die uns
Seine eigenen Vorwürfe trieben, noch strenger richtet?

MONICA

Du gibst zu, daß dir im Augenblick das Leben gefällt,
Daß es hier wirklich ruhig scheint und friedlich.
Sogar die Oberin, die zwar recht herrisch aussieht,
Hat uns in Ruhe gelassen.

LORD CLAVERTON

Ja, aber vergiß nicht,
Was sie sagte. Sie sagte: »Ich werde Sie in Ruhe lassen!
Sie brauchen ungestörten Frieden; dafür ist ja Badgley Court da.«
Ich fand das sehr bedenklich. Wenn Leute so reden,
Deutet das auf ein verstecktes Verlangen hin, sich in das Privatleben andrer
Einzumischen; ein Verlangen, das sicher zum Ausbruch kommt.

MONICA

Pst, Vater! Da kommt sie gerade aus dem Haus.
Nimm die Zeitung und fang an mir vorzulesen.
Mrs. Piggott tritt auf.

MRS. PIGGOTT

Guten Morgen, Lord Claverton! Guten Morgen, Miß Claverton!
Ist das nicht ein herrlicher Morgen!

Sie glauben sicher, daß ich Sie vernachlässigt habe;
Drum komme ich mich entschuldigen und erklären.
Ich hatte so viel zu tun in diesen letzten Tagen,
Und ich dachte: »Lord Claverton wird das verstehen,
Wenn ich nicht gleich nach dem Frühstück zu ihm komme:
Er hat doch auch ein arbeitsreiches Leben geführt!« Doch ich hoffe,
Sie fühlen sich wohl?
Fehlt noch etwas, das Sie gerne hätten?
Sie brauchen nur Ihre Wünsche zu äußern.
Rufen Sie einfach in meinem Büro an. Wenn ich selbst nicht da bin,
Wird meine Sekretärin, Miß Timmins, da sein.
Sie wird hocherfreut sein über die Ehre, Ihnen helfen zu dürfen.

MONICA

Sie sind sehr freundlich ... Oh, Verzeihung,
Wir wissen nicht, wie wir Sie anreden sollen.
Sagt man »Frau Oberin«?

MRS. PIGGOTT

Aber nein, nicht »Frau Oberin«!
Natürlich, »Frau Oberin« träfe auch zu, gewissermaßen –
Nein, ich meine nicht einfach, weil ich eine verheiratete Frau bin –
Witwe übrigens. Aber ich bin als Schwester ausgebildet
Und habe natürlich stets in einem, wie man so sagt,
Ärztlichen Milieu gelebt. Mein Vater war Spezialist
Für Pharmakologie. Und mein Mann war ein
Berühmter Chirurg. Denken Sie, ich verliebte mich in ihn
Während einer Blinddarmoperation!
Ich war Operationsschwester. Aber Sie dürfen nicht »Frau Oberin« sagen,
Nicht in Badgley Court. Sehen Sie, wir sind bestrebt,
Alles zu vermeiden, was an eine Klinik erinnern könnte.
Wir wollen nicht, daß unsere Gäste sich für krank halten.
Obwohl wir nie Gäste haben, die völlig gesund sind –
Außer es kommen Gäste wie Sie, Miß Claverton.

MONICA

Claverton-Ferry. Oder Ferry; das ist kürzer.

MRS. PIGGOTT

Verzeihung, Miß Claverton-Ferry. Ich bin Mrs. Piggott.
Nennen Sie mich einfach Mrs. Piggott. Ein kurzer einfacher Name,
Und leicht zu merken. Doch was ich sagen wollte,
Vollkommen gesunde Gäste sind eine Ausnahme,
Obwohl wir nie einen Gast nehmen, der unheilbar ist.
Wissen Sie, wir wurden mit Anfragen überschwemmt
Von Leuten, die kommen wollten, um hier zu sterben!
Keinen von denen nehmen wir an. Und es kommt uns
Auch kein Gast ins Haus, der unheilbar aussieht –
Darauf bestehen wir bei allen unseren Ärzten,
Die Leute herschicken. Sehen Sie sich rasch einmal um,
Wenn Sie zum Lunch in den Speisesaal gehen:
Niemand sieht krank aus! Es sind alles Rekonvaleszenten,
Oder sie brauchen Ruhe, wie Sie. Drum denken Sie bitte dran,
Mich immer Mrs. Piggott zu nennen, nicht wahr?

MONICA

Ja, Mrs. Piggott, aber sagen Sie mir bitte eines.
Das Zimmermädchen sprach von einer Schwester.
Wir haben sie noch nicht gesehen, aber wenn wir sie sehen,
Reden wir sie dann mit »Schwester« an?

MRS. PIGGOTT

Ah, ja, das ist etwas anderes.
Sehen Sie, sie ist wirklich eine perfekt ausgebildete Schwester.
Unser System ist sehr fein ausgewogen.
Daß ich für die Gäste einfach »Mrs. Piggott« bin,
Gibt ihnen Sicherheit in einer Hinsicht;
Und unsere Schwestern »Schwester« zu nennen, gibt ihnen
Sicherheit in einer anderen Hinsicht.

LORD CLAVERTON

Ich versteh Sie vollkommen.

MRS. PIGGOTT

Und jetzt muß ich forteilen! Ich hab so viel zu tun!
Aber erst will ich Sie noch eben fest einpacken ...
Um diese Jahreszeit tut Vorsicht not;
Dieses vorzeitig warme Wetter kann sehr heimtückisch sein.

So, jetzt haben Sie es bequemer. Lassen Sie ihn nicht zu lange
draußen bleiben
Am Nachmittag, Miß Claverton-Ferry!
Und vergessen Sie nicht, wenn Sie absolute Ruhe haben wollen,
Gibt es das Schweigezimmer. Mit einem Fernsehgerät,
Deshalb ist es am Abend beliebt. Aber nicht zu überfüllt. *Geht ab*

LORD CLAVERTON

Ganz wie ich befürchtet hatte. Womit ich nicht sagen will,
Nichts könnte schlimmer sein. Wo eine Mrs. Piggott ist,
Da könnte unter den Gästen noch etwas Schlimmeres sein als
Mrs. Piggott.

MONICA

Hoffen wir, daß das nur die Mixtur war,
Die sie jedem Neuankömmling kredenzt.
Vielleicht läßt sie uns nach diesen, wie sie glaubt, schicklichen
Höflichkeiten in Ruhe.
Mrs. Piggott kommt zurück.

MRS. PIGGOTT

Ich bin aber wirklich vergeßlich!
Miß Claverton-Ferry, ich muß Ihnen doch noch sagen,
Welche Annehmlichkeiten Badgley Court den Gästen
Der jüngeren Generation zu bieten hat.
Wenn wir genug Jugend unter uns haben,
Ist Tanz am Abend. Im Augenblick findet kein Tanz statt,
Es ist auch noch zu früh im Jahr für das Schwimmbad.
Aber mehrere unserer Gäste spielen leidenschaftlich gern Tennis,
Und natürlich gibts auch Krocket. Nur Krocket möchte ich nicht
empfehlen,
Bevor Sie die übrigen Gäste nicht besser kennen,
Um zu wissen, mit wem man nicht spielt. Ich will keine Namen
nennen.
Aber wir haben ein oder zwei, die nicht verlieren können.
Und das verdirbt meiner Meinung nach jeden Sport.

MONICA

Danke. Mrs. Piggott, aber ich gehe sehr gerne spazieren,
Und ich höre, es gibt sehr schöne Spaziergänge hier herum.

MRS. PIGGOTT

Ja, das stimmt. Ich kann Ihnen eine Landkarte leihen.
Es gibt wunderschöne Spaziergänge, an der Küste, und in den Hügeln,
Ganz abseits der Autostraße. Sie müssen die schönsten kennen lernen.
Ich werde mich nicht dafür entschuldigen, daß hier alles Aufregende fehlt,
Denn schließlich ist Ruhe und Frieden ja unsere raison d'être.
Und nun lasse ich Sie allein, damit Sie das genießen.
Geht ab

MONICA

Ich hoffe, es fällt ihr nicht noch etwas ein.

LORD CLAVERTON

Sie wird zurückkommen und uns noch mehr von Ruhe und Frieden erzählen.

MONICA

Ich glaube nicht, daß sie uns noch einmal belästigen wird.
Ich sah aus ihrer Miene, als sie ging,
Daß sie glaubt, sie ist uns heute nichts mehr schuldig.
Ich geh jetzt ein wenig spazieren. Mach kein so bestürztes Gesicht!
Wenn du einen Gast siehst, der's auf dich abgesehen hat,
Leg dir einfach die Zeitung übers Gesicht
Und tu so, als tätest du so als ob du schliefest.
Wenn sie glauben, du schläfst wirklich, dann versuchen sie dich zu wecken.
Wenn sie sehn, daß du dich verstellst, müssen sie den Wink verstehn.
Monica geht ab. Einen Augenblick später breitet Lord Claverton seine Zeitung über sein Gesicht. Mrs. Carghill tritt auf. Sie setzt sich in einen Liegestuhl, ganz in der Nähe, macht es sich bequem und nimmt ihr Strickzeug zur Hand.

MRS. CARGHILL *nach einer Pause:*

Ich hoffe, ich störe nicht. Ich sitze immer hier.
Es ist der sonnigste und geschützteste Winkel,
Und von den anderen Gästen hat ihn noch keiner entdeckt!
Es war gescheit von Ihnen, ihn so schnell herauszufinden!
Weshalb haben Sie ihn gewählt?

LORD CLAVERTON *wirft die Zeitung weg:*
Meine Tochter hat ihn gewählt.
Sie hat entdeckt, daß er gerade die Vorteile zu haben schien,
Die Sie soeben erwähnten. Freut mich, daß Sie das auch finden!

MRS. CARGHILL
Ah, es i s t also Ihre Tochter – dieses ganz reizende Mädchen?
Und hat offenbar nur Augen für ihren Vater.
Ich habe Sie beide beobachtet, gestern Abend im Speisesaal.
Sie sind doch der große Lord Claverton, nicht wahr?
Jemand erzählte, Sie würden kommen –
Das war schon Gesprächsstoff hier.
Doch ich konnte einfach nicht glauben, daß es wirklich geschehen würde!
Und jetzt sitze ich hier und spreche mit Ihnen.
Du lieber Himmel, es ist erstaunlich, nach all den Jahren;
Und du kennst mich nicht einmal wieder! Ich würde dich immer erkennen.
Aber natürlich, wir haben alle so oft dein Bild gesehen,
In der Zeitung. Und d i c h kennt alle Welt. Aber trotzdem:
Ich wünschte, du hättest m i r dieses Kompliment gemacht, Richard.

LORD CLAVERTON
Wie!

MRS. CARGHILL
Du kennst mich noch immer nicht?

LORD CLAVERTON
Bedaure, nein.

MRS. CARGHILL
Wir waren zu dritt, Effie, Maudie und ich,
An dem Tag am Fluß – ich habe ihn nie vergessen –
Der Wendepunkt meines ganzen Lebens!
Nein, wie haben nur diese Freunde von dir geheißen,
Und welcher hat uns dann zum Lunch eingeladen?
Wirklich, ich hab ihre Namen total vergessen.
Und ihr habt uns Lunch spendiert – ich hab vergessen, in welchem Hotel –
Aber so einen guten Lunch! – und wir fuhren alle Kahn

Auf dem Fluß – und wir hatten Tee und Gebäck in einem Korb,
Leckeres kleines Gebäck – ich habe vergessen, wie ihr es nanntet,
Und du wolltest, daß ich stakte, und ich wurde pitschnaß und hätte beinahe
Die Bootsstange wegschwimmen lassen, und ihr lachtet mich alle aus.
Erinnerst du dich nicht?

LORD CLAVERTON

Bitte, fahren Sie fort.
Je mehr Sie davon reden, desto besser kann ich mich erinnern.

MRS. CARGHILL

Und wir haben dann hinterher alle von dir gesprochen –
Effie und Maud und ich. Wie lang das schon her sein muß!
Zum Staunen, daß ich mich an das alles so deutlich erinnre.
Weißt du, ich fühlte mich auf den ersten Blick zu dir hingezogen –
Ich weiß nicht warum, aber so geht das eben.
Ich sagte: »Dem Mann würde ich folgen, rund um die Welt!«
Aber was Effie war – weißt du, Effie war sehr raffiniert –
Effie, die hat gesagt: »Da wirfst du dich einfach weg!
Merk dir's«, hat Effie gesagt, »wenn du dem Mann folgen willst,
Der ließe dich sitzen: dem ist nicht zu trauen.
Der Mann ist zu nichts gut.« Das hat sie gesagt,
Oder »Der hat keinen Mut«. Ich bin nicht ganz sicher.
Aber jetzt erinnerst du dich doch, nicht wahr, Richard?

LORD CLAVERTON

Nicht an das Gespräch, das Sie eben wiederholten.
Das ist mir neu. Aber ich erinnere mich an Sie.

MRS. CARGHILL

Die Zeit hat traurige Spuren an mir hinterlassen, Richard.
Ich war einmal sehr schön. Das fandest du,
Und andere fanden das auch. Weil du dich aber erinnerst,
Bitte, Richard, sag doch meinen Namen – nur einmal!
Den Namen, unter dem du mich kanntest. Das wäre für mich so viel,
Dich einmal noch meinen Namen nennen zu hören.

LORD CLAVERTON

Dein Name war Maisie Batterson.

MRS. CARGHILL

Ach, Richard, das sagst du nur, um mich zu kränken.
Du weißt, ich hab meinen Künstlernamen gemeint, den Namen, unter dem du mich kanntest.

LORD CLAVERTON

Gut also: Maisie Montjoy.

MRS. CARGHILL

Ja, Maisie Montjoy.
Ich war einmal Maisie Montjoy. Und du hast mich nicht
wiedererkannt.

LORD CLAVERTON

Du hast zweifellos deinen Namen geändert. Und ich hab meinen geändert.
Du heißt jetzt also . . .

MRS. CARGHILL

Ich heiße Mrs. John Carghill.

LORD CLAVERTON

Du hast vermutlich geheiratet, vor vielen Jahren?

MRS. CARGHILL

Vor vielen Jahren, das erste Mal. Das hat nicht lang gehalten.
Man sagt manchmal: »Dem ersten Fehler in der Liebe
Folgt der zweite auf dem Fuße nach!«
Wie wahr das ist! Algy war ein Schwächling,
Aber einfältig war er – nicht schlau und schlüpfrig.
Dann hab ich Mr. Carghill geheiratet. Um zwanzig Jahre
War er älter als ich. Gerade das, was ich brauchte.

LORD CLAVERTON

Lebt er noch?

MRS. CARGHILL

Er hatte ein schwaches Herz.
Und er hat zu schwer gearbeitet. Hast du nie
Von Carghill-Ausstattungen gehört? Büro-Einrichtung.

LORD CLAVERTON

Ich hatte mich nie mit Fragen der Einrichtung abzugeben.
Ich darf wohl annehmen, daß sein Unternehmen florierte . . .
Ich meine, daß er gut für dich vorgesorgt hat?

MRS. CARGHILL

Nun, Richard, mein Arzt hätte mich kaum hierher schicken können,
Wenn ich nicht gut gestellt wäre. Ja, ich bin gut versorgt.
Aber ist es nicht eigenartig, daß du und ich
Uns zuletzt hier begegnen. Ausgerechnet hier!

LORD CLAVERTON

Warum nicht ausgerechnet hier? Was ich nicht verstehe,
Ist, warum du die erste Gelegenheit wahrnimmst,
Bei dieser Begegnung alte Erinnerungen auszukramen,
Die wir beide, dächte ich, lieber begraben ließen.

MRS. CARGHILL

Da irrst du dich, Richard. Effie hat immer gesagt –
Was für ein kluges Ding sie doch war! – »Der versteht nichts von Frauen.
Jede Frau, die ihm traut, fände das bald heraus!«
Ein Mann zieht es vielleicht vor, alle Frauen zu vergessen,
Die er einmal geliebt hat. Aber eine Frau will nicht vergessen,
Nicht einen von ihren Bewunderern! Ja, sogar ein treuloser Geliebter
Ist immer noch in ihrer Erinnerung eine Art Zeugnis.
Männer leben vom Vergessen – Frauen von Erinnerungen.
Außerdem: eine Frau braucht sich für nichts zu schämen:
Ein Mann versucht immer zu vergessen,
Wie schäbig er sich benommen hat.

LORD CLAVERTON

Aber wir waren doch quitt.
Was ist schon passiert? Ich habe meine Lektion gelernt,
Und du die deine, falls du einer Lektion bedurftest.

MRS. CARGHILL

Du weigerst dich zu glauben, daß ich dich wirklich geliebt habe!
Ist auch ganz natürlich, daß du das nicht glauben willst.
Aber du denkst, oder möchtest denken, wenn ich wirklich gelitten hätte,
Würde ich dir nicht sagen, wer ich bin,
Und würde nicht kommen und von der Vergangenheit reden.
Da irrst du dich, weißt du! Es ist ein Schmerz, aber auch eine Lust,

Von früher zu sprechen – von dir und mir.
Diese Erinnerungen sind schmerzhaft – aber sie sind mir teuer.

LORD CLAVERTON

Wenn dir wirklich das Herz damals brach,
Dann versteh ich nicht, daß du so handeln konntest.

MRS. CARGHILL

Wer kann sagen, ob ein Herz gebrochen war,
Wenn's wieder repariert ist? Aber ich weiß, was du meinst.
Du meinst, ich hätte nie einen Prozeß angefangen wegen gebrochenen Eheversprechens, wenn ich mir wirklich etwas aus dir gemacht hätte.
Welch sentimentaler Unsinn! Einen Prozeß fängt man an
Ganz einfach, weil man irgendetwas tun muß.
Ja, vielleicht hätt' ich mich nicht außergerichtlich vergleichen sollen.
Mein Anwalt hat gesagt: »Ich rate Ihnen dazu.
Weil Mr. Ferry sich fürs Parlament aufstellen läßt –
Sein Vater hat ehrgeizige Pläne mit ihm in der Politik –
Wenn er wegen gebrochenen Eheversprechens verurteilt wird,
Werden manche Leute sich nicht für ihn einsetzen wollen.«
Er sagte: »Was seine Anwälte als Abfindung bieten, ist meines Erachtens
Doppelt so viel wie ein Gericht Ihnen zusprechen würde.«
Effie war dagegen, sie wollte dich bloßgestellt sehen.
Aber ich gab nach. Ich wollte dich nicht ruinieren.
Wenn ich festgeblieben wäre, hätte ich dir vielleicht die Karriere verdorben.
Dann wärest du nicht Lord Claverton geworden.
So hab vielleicht ich den Grundstein zu deinen Erfolgen gelegt!

LORD CLAVERTON

Und gleichzeitig vielleicht auch zu den deinen?
Ich glaube mich zu erinnern, daß kaum ein Jahr danach
Dein Name in Riesenlettern zu lesen war –
Auf der Shaftesbury Avenue.

MRS. CARGHILL

Ja; ich hatte meine Kunst.
Erinnerst du dich nicht, was für ein Erfolg ich war,
Mit dem Schlager »Es ist nicht zu spät, daß du mich liebst?«

Ich hätte nicht so viel Gefühl hineinlegen können,
Wenn ich das nicht durchgemacht hätte. Hast du mich das einmal singen hören?

LORD CLAVERTON

Ja, ich hab dich das singen hören.

MRS. CARGHILL

Und was hast du dabei empfunden?

LORD CLAVERTON

Gar nichts. Ich weiß noch, wie ich erstaunt war,
Als ich merkte, daß ich gar nichts empfand.
Ich dachte: »Vielleicht doch gut davongekommen
Aus dieser Affaire. Ein Glück für dich und mich.«

MRS. CARGHILL

Dieses »für dich und mich«
Ist ein späterer Zusatz, Richard. Gut davongekommen,
Dachtest du also, ein Glück für dich. Und du warst nicht verlegen?

LORD CLAVERTON

Warum sollte ich verlegen sein? Mein Gewissen war rein.
Ein kurzes Strohfeuer, gelöscht auf die einzig mögliche Weise
Zu unserer beider Zufriedenheit.

MRS. CARGHILL

Dein Gewissen war rein.
Ich habe sehr selten Leute ihr Gewissen erwähnen hören,
Außer um zu bemerken, daß ihr Gewissen rein war.
Du zogst dich aus einer Klemme, für eine Stange Geld,
Aber ohne Skandal. Deshalb war dein Gewissen rein.
Im Grunde, glaub ich, bist du noch der selbe dumme Richard,
Der du immer warst. Du wolltest damals
Den Mann von Welt spielen. Und heute spielst du –
Ja, was? Ich nehme an, den verdienten Staatsmann;
Und der Unterschied, ob man ein verdienter Staatsmann *ist*
Oder erfolgreich einen verdienten Staatsmann spielt,
Ist gar nicht der Rede wert. Und du siehst richtig aus für die Rolle.
Welche Rolle du spieltest, ich muß sagen, du sahst immer richtig aus.

LORD CLAVERTON

Ich habe keine Rolle mehr zu spielen, Maisie.

MRS. CARGHILL

Irgendeine Rolle wird's für dich immer geben,
Bis ganz zuletzt. Du spielst auch noch eine Rolle
In deinem Nachruf, ganz egal, wer ihn schreibt.

LORD CLAVERTON

Bedenkt man, wie lange es her ist, daß du mich gekannt hast,
Und bedenkt man die Kürze unserer Bekanntschaft,
So muß ich sagen, du bist überraschend selbstsicher,
Was deine Beurteilung meines Charakters betrifft.

MRS. CARGHILL

Ich hab deinen Aufstieg Jahr für Jahr verfolgt, Richard.
Und wenn's auch stimmt, daß unsere Bekanntschaft kurz war,
So waren unsere Beziehungen doch eng genug, denke ich,
Um mir hie und da einen Einblick zu gewähren.
Nein, Richard, glaub nicht, daß ich noch verliebt in dich bin,
Und du brauchst nicht zu denken, daß ich die Erinnerung an dich vergöttere,
Ich fühle nur einfach, daß wir zusammengehören.
Komm, reg dich nicht auf. Aber du hast meine Seele berührt –
Täppisch vielleicht, aber diese Berührung wirkt nach.
Und ich habe deine berührt.
Es ist furchtbar zu denken, daß wir noch immer zusammen sind,
Und noch furchtbarer zu denken, daß wir vielleicht *immer* zusammen sein werden.
Da fällt mir ein Ausspruch ein, den ich wohl mal irgendwo las:
»Wo ihre Feuer nicht gelöscht sind.« Weißt du, was ich tue?
Ich lese jeden Abend deine Briefe.

LORD CLAVERTON

Meine Briefe!

MRS. CARGHILL

Hast du vergessen, daß du mir Briefe geschrieben hast?
Oh, nicht sehr viele. Nur ein paar lohnten sich aufzuheben.
Nur ein paar. Aber sehr schöne!
Effie war's, die sagte, als es zum Bruch kam,
»Die werden für dich ein Vermögen wert sein, Maisie«.

Sie hätten bei dem Prozeß eine Rolle gespielt, nehm ich an,
Wenn's zum Prozeß gekommen wär. Erinnerst du dich nicht an sie?

LORD CLAVERTON

Undeutlich. Waren sie sehr leidenschaftlich?

MRS. CARGHILL

Sie waren sehr zärtlich. Möchtest du sie gerne lesen?
Ich kann dir leider die Originale nicht zeigen,
Die hat mein Anwalt im Safe. Aber ich habe Photokopien,
Die sind genau so gut, sagt man mir. Und ich lese sie lieber
In deiner eigenen Handschrift.

LORD CLAVERTON

Und hast du diese Briefe
Vielen Leuten gezeigt?

MRS. CARGHILL

Nur einigen Freunden.
Effie sagte: »Wenn er ein berühmter Mann wird,
Und es dir einmal schlecht geht, kannst du diese Briefe versteigern lassen.«
Ja, ich bringe die Photokopien morgen vormittag mit
Und les sie dir vor.
Oh je, da kommt Mrs. Piggott!
Sie steuert auf uns zu. Ist sie nicht schrecklich!
Sie redet unaufhörlich. Kannst du das ertragen?
Wenn ich sofort weggehe, versteht sie vielleicht den Wink
Und läßt uns morgen in Ruhe.
Guten Morgen, Mrs. Piggott!
Ist das nicht ein herrlicher Morgen!

Mrs. Piggott tritt auf.

MRS. PIGGOTT

Guten Morgen Mrs. Carghill!

MRS. CARGHILL

Meine liebe Mrs. Piggott!
Mir scheint, Sie gönnen sich keine ruhige Minute.
Sie opfern sich einfach auf für uns.

MRS. PIGGOTT

Das ist mein Lebensinhalt, Mrs. Carghill,

Mich um meine Gäste zu kümmern. Ich spür so gern, daß sie mich brauchen!

MRS. CARGHILL

Sie sorgen wirklich gut für uns, Mrs. Piggott:
Sie sind so rücksichtsvoll – und so voll Verständnis.

MRS. PIGGOTT

Aber ich muß Sie doch miteinander bekanntmachen. Sie sprachen mit Lord Claverton,
Dem berühmten Lord Claverton. Und das ist Mrs. Carghill.
Zwei unserer liebsten Gäste!
Ich kam nur, um nachzusehen, ob Lord Claverton sich wohl fühlt:
Wir können ihm nicht erlauben, sich durch Sprechen zu ermüden.
Was er braucht, ist Ruhe! Sie gehen doch nicht, Mrs. Carghill?

MRS. CARGHILL

Oh, ich wußte, daß Lord Claverton hierher kam, um Ruhe zu finden,
Und mir fiel ein, daß es ihm zuviel sein könnte,
Uns beide gleichzeitig auf dem Hals zu haben.
Außerdem muß ich an meine Atemübungen denken.
Geht ab

MRS. PIGGOTT

Ich bin tatsächlich nur zu Ihrer Rettung herbeigeeilt,
(Darum habe ich auch hier Ihren Morgenschluck selbst gebracht,
Statt es, wie üblich, der Schwester zu überlassen),
Als ich sah, daß Mrs. Carghill sich Ihrer bemächtigt hatte.
Der Name wird Ihnen nichts sagen, doch Sie kennen sie vielleicht noch
Als Maisie Montjoy aus der Revue.
Sie war einmal recht bekannt. Aber ich fürchte, ihr Name
Bedeutet der jüngeren Generation gar nichts mehr.
Aber Sie und ich, wir müßten uns noch erinnern, Lord Claverton!
Sie hat diesen Schlager gesungen »Es ist nicht zu spät, daß du mich liebst.«
Alle Welt sang den damals. Eine charmante Person,
Zweifellos, aber nicht ganz Ihr Fall; meiner auch nicht.
Ich vermutete, sie würde Sie kennenlernen wollen, deshalb dachte ich,
Ich gebe ihr gleich bei der ersten Gelegenheit einen Wink –
Taktvoll, selbstverständlich – daß man Sie nicht stören soll.

Nun, jetzt sind wir sie los. Wenn sie Sie wieder belästigt,
Sagen Sie es mir nur. Das ist eben leider die Strafe dafür,
Wenn man berühmt ist.
Monica tritt auf.
Ach, Miß Claverton-Ferry!
Ich hab Sie nicht kommen sehen ... Jetzt muß ich mich aber beeilen.
Geht ab

MONICA
Ich sah, daß Mrs. Piggott dich wieder belästigte,
Deshalb kam ich rasch, dich retten. Du siehst müde aus, Vater.
Sie müßte das wirklich wissen. Aber was mich noch mehr bedrückt:
Ich habe eine ... nicht sehr gute Nachricht für dich.

LORD CLAVERTON
Ach, wirklich? Was ist los?

MONICA
Ich bin nicht weit gekommen.
Ich habe Michael getroffen, in der Auffahrt. Er sagt, er muß mit dir sprechen.
Ich fürchte, es ist etwas Unangenehmes passiert.

LORD CLAVERTON
Kam er mit seinem Wagen?

MONICA
Nein, er kam zu Fuß.

LORD CLAVERTON
Hoffentlich hatte er nicht wieder einen Unfall.
Weißt du, seit seiner letzten Eskapade
Lebe ich in der ständigen Angst, daß er jemanden überfährt.

MONICA
Aber, Vater, wie kommst du bloß auf so etwas?
Das zeigt, wie du mit den Nerven herunter warst.
Er fuhr doch nur gegen einen Baum.

LORD CLAVERTON
Ja, einen Baum.
Es hätte ein Mensch sein können. Aber das kann es nicht sein,
Sonst wäre er nicht auf freiem Fuß. Vielleicht hat er Scherereien

Mit irgendeiner Frau. Bestimmt hat er Freunde,
Bei denen ihm lieber ist, daß du und ich nichts davon wissen.

MONICA

Wahrscheinlich dreht sich's um Geld.

LORD CLAVERTON

Wenn's nur wieder Schulden sind,
Damit könnte ich mich vermutlich abfinden.
Aber wo ist er?

MONICA

Ich sagte ihm, daß er im Garten warten soll,
Bis ich dich vorbereitet habe. Ich gab ihm zu verstehn,
Daß die Ärzte wollen, daß man dir alle Unruhe fernhält.
Er wird keine Szene machen. Nur, ich kann sehn, daß er Angst hat.
Und du weißt, wie Michael ist, wenn er Angst hat.
Dann wird er leicht aufsässig und ist schnell beleidigt.
Deshalb hoffe ich, du wirst Geduld mit ihm haben.

LORD CLAVERTON

Also gut, hol ihn her.
Bringen wir's hinter uns.

MONICA *ruft:*

Michael!

Michael tritt auf

LORD CLAVERTON

Guten Morgen, Michael.

MICHAEL

Guten Morgen, Vater.
Eine Pause
Ein herrlicher Tag!
Ich bin froh, daß du hier bist und so gutes Wetter hast.

LORD CLAVERTON

Du bist froh, daß ich hier bin? Bist du aus London hergefahren?

MICHAEL

Ja. Gestern abend. Ich wohne in einem Gasthof
Etwa drei Kilometer von hier. Gar nicht so schlecht.

LORD CLAVERTON

Warum wohnst du dort? Ich hätte nie gedacht,

Daß du dir so etwas für deinen Urlaub aussuchst.

MICHAEL

Ja, es ist eigentlich kein direkter Urlaub.
Aber dieser Gasthof war mir besonders empfohlen.
Gute Küche, für einen Gasthof. Und gar nicht teuer.

LORD CLAVERTON

Das betrachtest du doch sonst nicht als Empfehlung.
Bleibst du lange dort? Den ganzen Urlaub über?

MICHAEL

Ja, es ist eigentlich kein direkter Urlaub.
Ach, das habe ich schon vorhin gesagt. Nicht?

MONICA

Ich wollte, ihr hörtet auf, so höflich zu einander zu sein.
Michael, du weißt, um was du Vater bitten willst.
Und Vater weiß, daß du etwas von ihm willst.
Vielleicht kommt ihr rascher zur Sache, wenn ich euch allein lass'.
Geht ab

MICHAEL

Weißt du, es ist furchtbar schwer, d i r etwas zu erklären.
Für dich stand immer von vornherein fest, daß ich schuld war.
Noch bevor du die Umstände kanntest. Meine erste Erinnerung ist,
Daß ich die Schuld bekam für etwas, das ich nicht getan hatte.
Ich kam nie darüber hinweg. Wenn man jemand immer die Schuld gibt,
Ist es klar, daß er schließlich in Schwierigkeiten gerät.

LORD CLAVERTON

Du gerietest reichlich früh in Schwierigkeiten,
Damals, als man dich wegen Diebstahl aus deiner Vorschule hinauswarf.
Aber komm zur Sache. Du bist wieder in Schwierigkeiten.
Wir überspringen, wenn es dir recht ist, die Frage der Schuld:
Das erspart dir die Notwendigkeit, jemand anderem Schuld zu geben.
Sag mir einfach, was passiert ist.

MICHAEL

Also, ich hab meine Stellung verloren.

LORD CLAVERTON

Die Sir Alfred Walter eigens für dich geschaffen hat?

MICHAEL

Ich hab's zwei Jahre ausgehalten. Und totlangweilig war es.

LORD CLAVERTON

Jede Stellung ist langweilig, neun Zehntel der Zeit . . .

MICHAEL

Ich brauche etwas Anregenderes.

LORD CLAVERTON

Zum Beispiel?

MICHAEL

Ich möchte etwas mehr Spekulatives finden.

LORD CLAVERTON

Du hast wohl schon auf eigene Faust ein wenig zu spekulieren versucht?

MICHAEL

Einige meiner Freunde gaben mir sehr gute Tips.
Sie kamen auch immer raus – die Tips, die ich nicht nahm.

LORD CLAVERTON

Und die du nahmst?

MICHAEL

Waren irgendwie nicht so gut.
Tatsache ist, ich hätte viel mehr Kapital gebraucht,
Damit was dabei rauskam. Hätt' ich mehr borgen können,
Hätt' ich es vielleicht geschafft.

LORD CLAVERTON

Borgen? Von wem?
Nicht etwa . . . von der Firma?

MICHAEL

Ich ging zu 'nem Geldverleiher,
Einem Mann, den mir einer meiner Freunde empfohlen hatte.
Er gab es mir zu günstigen Bedingungen, auf meinen Namen hin.
Das einzige, wozu mein Name mir jemals gut war.

LORD CLAVERTON

Auf deinen Namen hin. Und was nennst du günstige Bedingungen?

MICHAEL

Ich brauche zwei Jahre lang überhaupt nichts zu bezahlen,
Die Zinsen schrieb er einfach zum Kapital.

LORD CLAVERTON

Und wie lang ist das her?

MICHAEL

Schon fast zwei Jahre.
Die Zeit vergeht ziemlich rasch, wenn man Schulden hat.

LORD CLAVERTON

Und hast du sonst noch Schulden?

MICHAEL

Oh, so die üblichen Schulden:
Meine Schneiderrechnung zum Beispiel.

LORD CLAVERTON

Das hab ich erwartet.
Genau so war es in Oxford.

MICHAEL

Aber daran sind sie selber schuld!
Sie schicken einfach keine Rechnungen, und dann vergesse ich sie.
Ich gerate in Schulden, weil ich dein Sohn bin,
Eben wegen deines Namens bestehn sie darauf, Kredit zu geben.

LORD CLAVERTON

Und deine Schulden: sind sie der Grund für deine Entlassung?

MICHAEL

Nun ja, teilweise. Sir Alfred hat schließlich davon gehört.
Und da tat er dann sehr schockiert,
Sagte, er könne unter seinen Mitarbeitern niemand behalten,
Der sich aufs Spielen verlege. Nannte mich einen Spieler!
Sagte, er werde sich mit dir in Verbindung setzen.

LORD CLAVERTON

Das erklärt, weshalb du so überstürzt hierherkamst –
Damit ich deine Version zuerst erfahre.
Sir Alfreds Version wird vermutlich ganz anders lauten.
Und was sagte er sonst noch?

MICHAEL

Das Übliche,

Ganz wie der Schuldirektor, und mein Tutor in Oxford:
»Nicht, was wir von dem Sohne Ihres Vaters erwartet hätten!«
Und dergleichen. Er sagt, es sei deinetwegen,
Daß er's vertuschen will. Glaub mir, es ist kein Spaß,
Der Sohn einer bekannten Persönlichkeit zu sein.
Du weißt nicht, wie ich bei der Arbeit in diesem Büro gelitten habe.
Erstens wußten sie alle, man hatte die Stellung nur mir zuliebe
  geschaffen,
Weil ich dein Sohn bin. Sie fanden mich überflüssig;
Sie wußten, daß ich von meinem Gehalt nicht leben konnte;
Sie machten sich über mich lustig – manchmal taten sie,
Als sei ich überarbeitet, wenn ich nichts zu tun hatte.
Selbst die Laufjungen fingen an, mich zu verspotten.
Ein Wunder, daß ich es so lange ausgehalten habe.

LORD CLAVERTON

Und ist die Liste deiner Unzulänglichkeiten damit beendet?
Oder äußerte Sir Alfred sonst noch unschmeichelhafte Kritik?

MICHAEL

Ja, da war etwas, das er mir vorhielt,
Ich sei zu intim gewesen mit einem der Mädchen;
Er nahm an, es sei viel weiter gegangen, als es in Wirklichkeit ging.

LORD CLAVERTON

Vielleicht ist es weiter gegangen, als du zugeben willst.

MICHAEL

Nun ja, schließlich und endlich, sie war der einzige Mensch,
Der überhaupt nett zu mir war. Aufregend war sie nicht,
Doch es half die Zeit zu vertreiben. Es wäre nie dazu gekommen,
Wenn man mir interessante Arbeit gegeben hätte!

LORD CLAVERTON

Und was gedenkst du jetzt mit dir anzufangen?

MICHAEL

Ich will nach Übersee gehen.

LORD CLAVERTON

Du willst nach Übersee gehen?
Hm, gar keine schlechte Idee, ein paar Jahre von England fort,
Irgendwo in den Dominions, das könnte dich auf die Beine bringen.

Ich habe fast überall Verbindungen oder zumindest
Geschäftsfreunde. Australien – nein.
Die Leute, die ich dort kenne, sind alle in den Städten:
Beschäftigung im Freien wäre besser für dich.
Was würdest du zu West-Kanada sagen?
Oder wie wär's mit einer Schaffarm in Neuseeland?

MICHAEL

Schaffarm? O Gott, nur das nicht!
Das habe ich nicht gemeint. Ich will Geld machen.
Ich will auf eigene Rechnung jemand sein.

LORD CLAVERTON

Aber was willst du tun? Wohin willst du gehen?
Was für eine Art Leben möchtest du führen?

MICHAEL

Ich möchte einfach mein eigenes Leben leben,
Nach meinen eignen Ansichten von Gut und Böse,
Von Recht und Unrecht. Ich möchte weit weg von hier,
In ein Land, wo kein Mensch den Namen Claverton gehört hat,
Oder, wenn ich meinen Namen ändre – das will ich vielleicht –
Wo kein Mensch weiß oder fragt, wie ich geheißen hab.

LORD CLAVERTON

Du willst also deine Familie verleugnen
Und alles wegwerfen, was du erlebt hast?

MICHAEL

Was habe ich denn schon erlebt? Deinen Titel –
Ich weiß, warum du ihn annahmst. Und Mutter wußte das auch.
Einmal, weil er dir die Möglichkeit bot,
Mit würdevoller Geste die Politik sein zu lassen,
Als man dich nicht mehr wollte. Und außerdem wolltest du
Lord Claverton sein,
Um neben Mutters Familie zu bestehen –
Ja, um über ihr zu stehen. Ach, ich bezweifle nicht,
Daß der Gedanke, einem Sohn deinen Namen und Titel
Zu vererben, dich freute. Aber auch das nicht um
meinetwillen!
Ich war bloß dein Sohn – das heißt,

Eine Art Verlängerung deiner eigenen Existenz,
Ein Stellvertreter, der die Geschäfte weiterführt, wenn du fort bist.
Warum sollte ich dir für diese Last auch noch danken?
Und ich frage mich, welche Genugtuung dir das geben wird
Im Grab? Falls du nach dem Tod noch Bewußtsein hast,
Wird es, wette ich, ein erstauntes Bewußtsein sein.
Armer Geist! Berechnet Gewinn und Verlust
Und fragt sich, warum er sich mit solchen Lappalien abgab.

LORD CLAVERTON

Ich soll dir also helfen, deinem Vater zu entfliehen!

MICHAEL

Und meinem Vater helfen, m i c h los zu sein.
Du weißt ja gar nicht, um wieviel angenehmer
Das Leben für dich sein wird, wenn ich erst aus dem Land bin.
Was ich gerne hätt', wär' eine Chance, nach Übersee zu gehen
Als Teilhaber eines interessanten Geschäftsunternehmens.
Da erwartet man aber sicher, daß ich etwas Kapital investiere.

LORD CLAVERTON

Welche Art Geschäftsunternehmen schwebt dir vor?

MICHAEL

Ach, ich weiß nicht. Import und Export,
Mit Gelegenheit, nach beiden Seiten zu verdienen.

LORD CLAVERTON

Ich will folgendes für dich tun, Michael:
Ich werde dir beim Start eines jeden Unternehmens helfen,
Das du dir aussuchst, wenn ich Auskünfte eingeholt habe
Und mit der Art des Unternehmens einverstanden bin.

MICHAEL

Jedenfalls bin ich entschlossen, von England wegzugehen.

LORD CLAVERTON

Michael! Gibt es Gründe, weshalb du fort willst,
Die du mir noch nicht gesagt hast? Doch nicht ... fahrlässige
Tötung?

MICHAEL

Fahrlässige Tötung? Wieso? Ach, du meinst, auf der Straße
Nein, wirklich nicht. Ich bin ein viel zu guter Fahrer.

LORD CLAVERTON

Was denn? Diese junge Frau?

MICHAEL

Ich bin doch nicht so ein Idiot,
Daß ich mir wegen gebrochenen Eheversprechens oder wegen einer Scheidung
Einen Prozeß anhängen lasse. Nein, sorg dich nicht
Um dieses Mädchen – und auch um keine andre.
Aber ich möchte fort. Ich hab England satt.

LORD CLAVERTON

Das ist sicher nicht dein Ernst. Aber ein paar Jahre Ausland,
Das ist ein ganz natürlicher Wunsch. Es könnte sehr gut für dich sein,
Einmal auf eigenen Füßen zu stehn. Nur, mir paßt der Gedanke nicht,
Daß das, was dich dazu anspornt, kein echter Ehrgeiz ist,
Sondern nur der Wunsch zu entfliehen.

MICHAEL

Ich bin kein Flüchtling.

LORD CLAVERTON

Nein, kein Flüchtling vor dem Gesetz –
Nur ein Flüchtling vor der Wirklichkeit.
Ach, Michael, wenn du irgendein großes Ziel hättest,
Einen Traum, dich hervorzutun, wie gerne wollt' ich dir helfen!
Selbst wenn dich das für immer von mir fortführte,
Um die eintönige Sonne der Tropen zu erleiden
Oder in der Nacht des hohen Nordens zu frösteln. Aber glaube mir, Michael:
Wer vor seiner Vergangenheit flieht, verliert immer das Rennen.
Ich weiß das aus Erfahrung. Wenn du dein Ziel erreichst,
Deiner Phantasie Paradies von Erfolg und Größe,
Findest du deine früheren Fehlschläge dort auf dich warten, um dich zu begrüßen.
Nur für euch lebe ich, Michael –
Für dich und Monica. Wenn ich noch zwanzig Jahre zu leben hätte,
Und wüßte, daß mein Sohn den Feigling gespielt hat –
Dann würde ich nur noch zwanzig Jahre lang sterben.

MICHAEL

Nun gut; wenn du willst, nenne mich einen Feigling.
Ich wüßte gerne, ob du an meiner Stelle
Den Held spielen würdest. Ich glaube nicht.
Du hattest nicht unter meinen Schwierigkeiten zu leiden!
Dein Vater war reich, aber weiter niemand,
Dem du nachleben mußtest. Diese Maßstäbe des Verhaltens,
Von denen du mir gegenüber so viel hermachtest:
Ich wüßte gerne, ob du immer danach gelebt hast?
Monica ist unbemerkt aufgetreten.

MONICA

Michael! Wie kannst du so mit Vater sprechen?
Vater! Was ist geschehen? Warum schaust du so zornig?
Ich weiß, daß Michael in großen Schwierigkeiten sein muß,
Kannst du ihm denn nicht helfen?

LORD CLAVERTON

Ich versuche, ihm zu helfen
Und ihm auf halbem Weg entgegenzukommen. Ich machte ihm einen Vorschlag,
Den er sich überlegen muß. Aber wenn er nach Übersee geht,
Möchte ich, daß er in einem ganz anderen Geist geht
Als dem, den er eben zur Schau trug.

MONICA

Michael! Sag etwas.

MICHAEL

Was gibt es da zu sagen?
Ich will weg von England und meinen eigenen Weg gehn:
Und Vater nennt mich einfach einen Feigling.

MONICA

Vater! Du weißt, daß ich mein Leben fur dich lassen würde.
Ach, wie dumm das klingt! Aber es gibt keinen Ausdruck
Für Liebe in einer Familie, Liebe, in der man wohnt,
Aber die man nicht ansieht; Liebe, in deren Licht
Man alles andere sieht; die Liebe, in der
Alle andere Liebe zu Worte kommt.
Diese Liebe ist stumm.

Was kann ich euch sagen?
Wie immer Michael sich benommen hat, Vater;
Was immer Vater gesagt hat, Michael;
Ihr müßt einander verzeihen, ihr müßt einander lieben.

MICHAEL

Ich hätt' Vater lieben können, wenn er Liebe gewollt hätt',
Aber er wollte sie nicht, Monica; nicht von mir.
Du weißt, ich habe dich immer sehr gern gehabt –
Ich bin sehr zärtlich veranlagt, eigentlich,
Aber ...
Mrs. Carghill tritt auf mit einer Aktenmappe.

MRS. CARGHILL

Richard! Ich glaubte nicht, daß du noch hier sein würdest.
Ich kam zurück, um ungestört deine Briefe zu lesen.
Aber wie nett, eine kleine Familiengesellschaft zu finden!
Ich weiß, wer ihr seid! Sie sind Monica, natürlich:
Und das hier muß Ihr Bruder Michael sein.
Das stimmt doch, nicht wahr?

MICHAEL

Ja, es stimmt.
Aber ...

MRS. CARGHILL

Woher ich das weiß? Weil Sie ganz genau wie Ihr Vater aussehen,
Als er so alt war wie Sie. Er ist dein Ebenbild, Richard!
So wie du früher aussahst. Nein, du sollst uns nicht vorstellen.
Ich stelle mich selber vor. Ich bin Maisie Montjoy!
Das bedeutet euch nichts, meine Lieben.
Es ist schon sehr lange her, daß der Name Maisie Montjoy
Auf den Revueplakaten an erster Stelle stand. Jetzt bin ich Mrs. John Carghill.
Richard! Es ist erstaunlich mit deinen Kindern:
Monica sieht dir fast überhaupt nicht ähnlich;
Aber Michael – Ihr Vater hat sich ziemlich verändert
Seit wir einander kannten, vor so vielen Jahren.
Doch Sie sind ganz Ihr Vater, wie er damals war.
Ihr Vater war mir einmal ein sehr teurer Freund.

MICHAEL

Hat er wirklich wie ich ausgesehen?

MRS. CARGHILL

Sie haben seine Stimme! Und seine Bewegungen! Wirklich unglaublich.
Und den Charme! Er hat deinen ganzen Charme geerbt, Richard.
Nicht zu verleugnen. Aber wer kommt denn da?
Noch ein neuer Gast hier. Er winkt uns zu.
Kennst du ihn, Richard?

LORD CLAVERTON

Jemand, den ich von früher kenne.

MRS. CARGHILL

Wie interessant! Er hat eine sehr gute Figur
Und sieht ziemlich exotisch aus. Ist er Ausländer?

LORD CLAVERTON

Er ist von irgendwo in Mittelamerika.

MRS. CARGHILL

Wie romantisch! Ich möcht ihn gerne kennenlernen.
Er kommt her, er will mit uns sprechen. Du mußt ihn mir vorstellen.
Gomez tritt auf.

GOMEZ

Guten Morgen, Dick!

LORD CLAVERTON

Guten Morgen, Fred.

GOMEZ

Du hast nicht erwartet, daß ich auch hierher komme, nicht wahr?
Du bist hier, weil du Ruhe brauchst. Ich hab meinen Doktor beschwatzt,
Daß auch ich Ruhe notwendig habe.
Und als ich hörte, daß du dir Badgley Court ausgesucht hattest,
Sagte ich zu meinem Doktor: »Wie wär's denn damit?
Könnte es eine bessere Empfehlung geben?«
So hat er mich hergeschickt.

MRS. CARGHILL

Oh, Ihr wart kürzlich zusammen?
Richard, ich finde, du könntest uns eigentlich vorstellen.

LORD CLAVERTON

Oh, das ist ...

GOMEZ

... dein alter Freund Federico Gomez,
Der angesehene Bürger von San Marco.
Das ist mein Name.

LORD CLAVERTON

Dann darf ich dich – unter diesem Namen – vorstellen
Das ist ... Mrs. ... Mrs. ...

MRS. CARGHILL

Mrs. John Carghill.

GOMEZ

Wir sind wohl ein bißchen schwach in Zunamen, Dick!

MRS. CARGHILL

Ja, sehen Sie, Señor Gomez, als wir seinerzeit Freunde wurden –
Lord Claverton und ich – hatte ich meinen Künstlernamen.
Es war einmal eine Zeit, da kannte ganz London
Den Namen Maisie Montjoy von der Revue.

GOMEZ

Wenn Maisie Montjoy so schön anzusehn war,
Wie Mrs. Carghill, dann kann ich ihren Erfolg
Auf der Bühne sehr wohl verstehen.

MRS. CARGHILL

Ach, Sie haben mich nie gesehn?
Wie schade, Señor Gomez!

GOMEZ

Ich hatte keine Verbindung mit England.
Wäre ich in London gewesen, und in der Lage von Dick,
Wäre ich Ihr treuester Bewunderer gewesen!

MRS. CARGHILL

»Es ist nicht zu spät, daß du mich liebst!« das ist das Lied,
Das mich berühmt gemacht hat, Señor Gomez.

GOMEZ

Es wird niemals zu spät sein. Meinst du nicht auch, Dick?
Die junge Dame hier ist wohl deine Tochter?
Und das ist dein Sohn?

LORD CLAVERTON

Das ist mein Sohn Michael.
Und meine Tochter Monica.

MONICA

Sehr erfreut. –
Michael!

MICHAEL

Sehr erfreut.

MRS. CARGHILL

Ich glaube nicht, daß Sie Lord Claverton schon
So lange kennen wie ich, Señor Gomez.

GOMEZ

Liebe gnädige Frau, Sie sind noch nicht alt genug,
Um Dick Ferry so lange zu kennen wie ich.
Wir waren Freunde in Oxford.

MRS. CARGHILL

Oh, Sie waren also in Oxford!
Daher sprechen Sie so ein perfektes Englisch?
Natürlich, ich sah Ihnen an, daß Sie Spanier sind.
Ich liebe Spanier. Sie sind so aristokratisch.
Aber komisch, daß wir uns nie getroffen haben.
Sie waren ein Freund von Richard in Oxford,
Und Richard und ich, wir wurden intime Freunde
Gar nicht lange danach; nicht wahr, Richard?

GOMEZ

Ich nehme an, das war, nachdem ich England verlassen hatte.

MRS. CARGHILL

Natürlich, das ist die Erklärung! Nach Oxford
Kehrten Sie wohl zurück nach ... Wo sind Sie zu Hause?

GOMEZ

In der Republik von San Marco.

MRS. CARGHILL

... Zurück nach San Marco.
Señor Gomez, wenn es wahr ist, daß Sie in Badgley Court bleiben,
Dann warne ich Sie, – ich werde Sie ins Kreuzverhör nehmen,

Und Sie müssen mir alles erzählen über Richard,
Aus seiner Zeit in Oxford.

GOMEZ

Unter einer Bedingung:
Daß Sie mir alles über Dick erzählen, wie Sie ihn kannten.

MRS. CARGHILL *klopft auf ihre Aktenmappe:*

Geheimnis gegen Geheimnis, Señor Gomez!
Sie müssen zuerst die Karten auf den Tisch legen!

MONICA

Vater, ich meine, du solltest jetzt etwas ruhen.
– Ich muß erklären: die Ärzte dringen darauf,
Daß mein Vater sich vor jeder Mahlzeit etwas hinlegt
Und absolute Ruhe hat.

LORD CLAVERTON

Aber Michael und ich
Müssen unser Gespräch fortsetzen. Heute nachmittag, Michael.

MONICA

Nein, ich glaube, du hast heut genug geredet.
Michael, da du doch ganz in der Nähe wohnst,
Willst du nicht morgen kommen? Nach dem Frühstück?

LORD CLAVERTON

Ja, komm morgen früh.

MICHAEL

Gut, ich komm morgen früh.

MRS. CARGHILL

Wohnen Sie hier in der Nähe, Michael?
Ihr Vater ist so ein alter Freund von mir,
Daß es mir ganz selbstverständlich scheint, Sie Michael zu nennen.
Sie haben doch nichts dagegen, nicht wahr?

MICHAEL

Nein, gar nichts.
Ich wohne im »König Georg« – nicht weit von hier.

MRS. CARGHILL

Dann möchte ich Sie gern ein Stückchen begleiten.

MICHAEL

Aber bitte, sehr gerne.

GOMEZ

Ein kleiner Urlaub, wie?
Sie sind doch in einer Firma in London, nicht wahr?

MICHAEL

Nein, kein Urlaub. Ich w a r in einer Firma in London.
Aber ich denke, ich gebe auf und gehe nach Übersee.

MRS. CARGHILL

Das müssen Sie mir erzählen! Ich kann Sie vielleicht beraten.
Wir lassen dich jetzt allein, Richard. Au revoir, Monica.
Und, Señor Gomez, ich nehme Sie beim Wort!
Mrs. Carghill und Michael ab

GOMEZ

Nun, Dick, wir müssen tun, was unsere Ärzte uns sagen.
Aber solange wir hier sind, müssen wir uns noch ausgiebig
Über die alten Zeiten unterhalten. Bis später dann.
Geht ab

MONICA

Vater, diese schrecklichen Menschen. Hier können wir nicht bleiben.
Ich will, daß du ihnen entfliehst.

LORD CLAVERTON

Wem ich entfliehen will,
Das bin ich, das ist die Vergangenheit. Doch welch ein Feigling bin ich,
Von Entfliehen zu reden! Und welch ein Heuchler!
Vor wenigen Minuten habe ich Michael beschworen
Nicht zu versuchen, seinen eigenen Fehlschlägen zu entfliehen:
Ich sagte, ich spräche aus Erfahrung. Versteh ich den Sinn der Lehre,
Die ich da predigte? Komm, ich will wieder von vorne anfangen zu lernen.
Michael und ich werden zusammen zur Schule gehen.
Wir werden Seite an Seite sitzen, an kleinen Pulten,
Und die gleichen Demütigungen erleiden
Von des gleichen Schulmeisters Hand. Aber bleibt mir noch Zeit?
Michael hat Zeit. Ist es für mich zu spät, Monica?

Dritter Akt

Szene wie im zweiten Akt. Spätnachmittag des nächsten Tages. Monica sitzt allein. Charles tritt auf.

CHARLES

Nun, Monica, da bin ich. Ich hoffe, man hat es dir ausgerichtet.

MONICA

Oh, Charles, Charles, Charles, ich bin so froh, daß du da bist!
Ich war so in Sorge und hatte ziemliche Angst.
Es war ärgerlich, daß sie mich nicht finden konnten,
Als du heute vormittag anriefst. Daß Mrs. Piggott
Die Stimme meines Liebsten hören konnte,
Und ich selber nicht, gerade als ich mich sehnte
Nach ihrem Klang, nach der Liebkosung in ihr.
Oh, Charles, wie hast du mir gefehlt! Und jetzt b r a u c h e ich dich.

CHARLES

Mein Liebes, das will ich ja hören, daß du mich brauchst.
An jenem letzten Tag in London gabst du zu, daß du mich liebst,
Aber ich fragte mich ... verzeih; ich mußte mich fragen,
Wieviel deine Worte bedeuteten. Damals schienst du mich nicht zu brauchen.
Und du sagtest, wir seien noch nicht verlobt ...

MONICA

Jetzt sind wir verlobt.
Jedenfalls i c h bin verlobt. Ich bin verlobt mit dir für immer.

CHARLES

Da müssen wir wieder miteinander einkaufen gehen!
Aber, mein Liebes, seit ich heut früh deinen Brief bekam
Über deinen Vater und Michael und diese »Bekannten von früher«,
Zerbrach ich mir den Kopf, wie ich ihm helfen könnte.
Wenn es Erpressung ist, und es sieht ganz danach aus,
Glaubst du, ich könnte ihn überreden, sich mir anzuvertrauen?

MONICA

Aber, Charles! Wie könnte jemand Vater erpressen?
Vater, den gewissenhaftesten, peinlich genauesten Menschen,
Den es nur gibt. Nein, ganz unmöglich.
Vater und eine geheime Schuld von früher!
Ich kann mir das einfach nicht vorstellen.
Claverton ist unbemerkt hereingekommen.

MONICA

Ich hätte dich nie aus der Richtung erwartet, Vater!
Ich glaubte, du seist im Haus. Wo bist du gewesen?

LORD CLAVERTON

Nicht weit weg. Dort unter der großen Buche.

MONICA

Warum unter der Buche?

LORD CLAVERTON

Es zieht mich etwas dorthin.
Nicht wichtig. – Ich habe gehört, was du von geheimer Schuld gesagt hast.
Es gibt vielerlei Dinge, Monica, keine Verbrechen,
Außerhalb all dessen, womit das Gesetz sich befaßt:
Zeitweiliges Versagen, achtlose Verfehlungen,
Draufgängerisches Sichgehenlassen, unerklärliche Anwandlungen,
Augenblicke, die wir im nächsten Augenblick bereuen,
Episoden, die wir vor der Welt zu verheimlichen suchen.
Hat es in Ihrem Leben nichts gegeben, Charles Hemington,
Was Sie vergessen möchten? Was Sie geheimhalten möchten?

CHARLES

Ja, natürlich gibt es Dinge, die ich gern vergessen wollte, Sir,
Oder lieber noch ungeschehen machen würde.
Mir fallen Dinge ein, von denen du noch nichts weißt, Monica;
Aber es gibt nichts, was ich je vor dir verheimlichen möchte.

LORD CLAVERTON

Wenn es nichts gibt, wirklich nichts, was Sie Monica nicht sagen könnten,
Dann ist alles in Ordnung mit euch. Ihr habt einander lieb –
Man braucht mir nicht erst zu sagen, was ich schon selbst gesehn hab!

Und wenn es nichts gibt, was Sie vor ihr verheimlichen wollen,
Wie wichtig es Ihnen auch scheinen mag,
Es vor der Welt zu verheimlichen – dann ist Ihre Seele außer Gefahr.
Wenn ein Mann einen Menschen hat, nur einen in seinem Leben,
Dem er willens ist, alles zu bekennen –
Und das heißt, wohlgemerkt, nicht nur sträfliche Dinge,
Nicht nur Niedertracht, Erbärmlichkeit und Feigheit,
Sondern auch Lebenslagen, die einfach lächerlich sind,
Wenn er ein Narr war (und wer war das noch nie?) –
Dann liebt er diesen Menschen, und seine Liebe wird ihn retten.
Ich fürchte, ich habe nie jemand wirklich geliebt –
Nein, meine Monica lieb ich – aber da gibts ein Hindernis:
Es ist unmöglich, zu seinem Kind wirklich ehrlich zu sein,
Wenn man nie ehrlich zu jemand Älterem war, zu jemand,
Der einem gleichgestellt ist. Einer Tochter kann man sich nicht enthüllen,
Solang sie ein Kind ist. Und ist sie dann erwachsen,
Hat man schon ein Gespinst von Täuschung um sich gewoben!
Ich verbrachte mein Leben mit Versuchen, mich selbst zu vergessen,
Versuchen, mich mit der Rolle zu identifizieren,
Die ich mir gewählt hatte. Und je länger wir uns verstellen,
Desto schwerer wird es, das Verstellen aufzugeben,
Von der Bühne abzutreten, in die eigenen Kleider zu schlüpfen
Und aus uns selbst zu sprechen. So war ich für Monica
Ein Idol geworden: Sie verehrte die Rolle, welche ich spielte.
Wie konnte ich sicher sein, daß sie den Schauspieler lieben würde,
Wenn sie ihn sähe, nicht auf der Bühne, ohne Kostüm und Schminke
Und ohne seinen Bühnentext. Monica!
Ich besaß deine Liebe unter Vorspiegelung falscher Tatsachen.
Jetzt bin ich es müde, diese fortzusetzen,
Aber ich hoffe, du wirst doch noch ein wenig Liebe in deinem Herzen
Für deinen Vater aufbringen, wenn du ihn als den erkennst,
Der er ist, als den zusammengebrochenen Schauspieler.

MONICA

Ich glaube, ich würde dich nur um so mehr lieben, Vater,

Je mehr ich von dir wüßte. Ich würde dich besser verstehen.
Es gibt nichts, wovor ich Angst hätte, es über Charles zu erfahren,
Es gibt nichts, wovor ich Angst hätte, es über dich zu erfahren.

CHARLES

Ich dachte, Sir, – verzeihen Sie den Verdacht –
Nach dem, was Monica mir von diesen zwei Gästen erzählt hat –
Zwei Personen, die, wie sie sagt, sich als ganz alte Bekannte ausgeben.
Ich dachte, falls irgendwie Erpressung im Spiel wär',
Darin habe ich aus meiner Praxis als Anwalt Erfahrung,
Da könnte ich sicher helfen.

MONICA

Ach, Vater, laß ihn doch helfen!

CHARLES

Zumindest glaub ich, kenn ich den besten Mann für so eine Sache.

LORD CLAVERTON

Erpressung? Ja, ich hab dieses Wort schon gehört,
Vor gar nicht so langer Zeit. Als ich ihn fragte, was er wolle.
Aber nein, sagte er, ich will nichts von dir,
Nur deine Freundschaft und deine Gesellschaft.
Er ist ein sehr reicher Mann. Und sie ist eine reiche Frau.
Wenn Leute uns nur erpressen um unsrer Gesellschaft willen,
Fürchte ich, kann ihnen das Gesetz nichts anhaben.

CHARLES

Aber warum sich fügen?
Warum nicht Badgley verlassen und ihnen entfliehen?

LORD CLAVERTON

Weil sie nicht wirklich sind, Charles. Sie sind nur Geister:
Gespenster aus meiner Vergangenheit. Sie waren immer um mich
Obgleich ich erst jetzt herausfand, daß die lebenden Personen,
Deren Geister mich folterten, Menschen sind,
Boshafte, kleinliche Menschen, und ich sehe mich auftauchen
Aus meinem Gespensterdasein in so etwas wie Wirklichkeit.

MONICA

Aber was bedeuteten die Geister? Die ganzen Jahre
Behieltest du sie für dich. Hat Mutter davon gewußt?

LORD CLAVERTON

Deine Mutter hat nichts davon gewußt. Und ich weiß,
Daß ich nie etwas von deiner Mutter wußte, und sie nichts von mir.
Ich dachte, sie würde es niemals verstehen,
Oder eifersüchtig sein auf die Geister, die mich verfolgten.
Ich bin immer noch dieser Ansicht. Wie tut man sein Herz auf,
Wenn man sicher ist, daß die falsche Antwort kommt?
Wie legt man Beichte ab ohne Hoffnung auf Lossprechung?
Es war nicht ihre Schuld. Wir haben uns nie verstanden.
Und so lebten wir, mit einem tiefen Schweigen zwischen uns,
Und schweigend starb sie. Sie hatte mir nichts zu sagen.
Wenn ich daran denke, wie deine Mutter im Sterben lag:
Ganz ohne Interesse an dem Leben, das hinter ihr lag,
Und ganz gleichgültig gegen all das, was vor ihr lag.

MONICA

Es ist Zeit, das Schweigen zu brechen! Laß uns deine Geister mit dir teilen!

CHARLES

Aber das sind nur Menschen, mit denen man fertig werden kann.

MONICA

Oder nur Geister, die man bannen kann.
Wer sind sie, und welchen Platz haben sie in deinem Leben?

LORD CLAVERTON

... Und doch ist es ihnen beiden besser ergangen
Bei alledem. Er gab das soweit zu.
Fred Culverwell ...

MONICA

Fred Culverwell?
Wer ist Fred Culverwell?

LORD CLAVERTON

Es gibt ihn nicht mehr,
Er ist Federico Gomez, der Mittelamerikaner,
Ein Mann, der auf seine eigne besondere Art ein Vermögen gemacht hat,
Ein Mann von großem Einfluß und höchstem Ansehn
In seiner Wahlheimat. Er hat sogar Söhne,

Die in die Fußstapfen ihres Vaters treten
Und gleichfalls erfolgreich sind. Was wäre aus ihm geworden,
Wenn er mich nicht gekannt hätte? Nur ein Schulmeister
An einem unbedeutenden Gymnasium irgendwo in den Midlands.
Und was Maisie Batterson anlangt ...

MONICA

Maisie Batterson?
Wer ist Maisie Batterson?

LORD CLAVERTON

Es gibt sie nicht mehr.
Auch nicht mehr den Revue-Star Maisie Montjoy.
Es gibt Mrs. John Carghill, die wohlhabende Witwe.
Aber Freddy Culverwell und Maisie Batterson,
Und auch Dick Ferry, und Richard Ferry –
Das sind meine Geister. Sie waren Menschen, in denen Gutes war,
Menschen, die alle ganz anders hätten werden können
Als Gomez, Mrs. Carghill und Lord Claverton.
Freddy bewunderte mich, als wir in Oxford studierten ...
Was hab ich aus seiner Bewunderung gemacht?
Ich brachte ihm Liebhabereien bei, die über seine Mittel gingen.
So wurde er zum Wechselfälscher. Und so verbüßte er seine Strafe.
War ich verantwortlich für diese Schwäche in ihm?
Ja, das war ich.
Wie leicht übersehen wir, daß jene, die uns bewundern,
Auch unsre Laster und nicht nur unsre Tugenden nachahmen –
Oder welche Eigenschaften sie an uns bewundern!
Und das kann wieder angeborene Schwächen in ihnen nähren.
Und Maisie liebte mich, mit allem Vermögen
Zu lieben, das sie besaß – egozentrisch und töricht –
Doch wir sollten Liebe stets achten, wenn wir ihr begegnen;
Auch eitle, selbstsüchtige Liebe dürfen wir nicht mißbrauchen.
Darin hab ich versagt. Und die Erinnerung drückt mich.

CHARLES

Aber trotzdem dürfen diese beiden Menschen Sie nicht verfolgen.
Wir können das nicht zulassen. Welche Macht haben die über Sie?

LORD CLAVERTON

Nur die Macht derer, die etwas wissen,
Etwas Unschönes, Unehrenhaftes ...

MONICA

Dann, Vater, solltest du auch uns sagen, was sie schon wissen.
Warum willst du vor denen etwas verheimlichen, die dich lieben,
Was jenen wohlbekannt ist, die dich hassen?

LORD CLAVERTON

Ich will es euch ganz kurz und bündig
Sagen: Zunächst Frederick Culverwell,
Er tritt wieder ein in mein Leben, um den Mahner zu spielen
An ein Ereignis, dessen Erinnerung,
Wie er sehr wohl weiß, mich immerzu verfolgt hat.
Ich fuhr nach Oxford zurück. Wir hatten zwei Mädchen im Wagen.
Es war spät in der Nacht. Auf einer Nebenstraße.
Ich überfuhr einen alten Mann, der auf der Straße lag,
Und ich hielt nicht an. Dann überfuhr ihn ein andrer,
Ein Lastwagenfahrer. Der hielt an und wurde verhaftet,
Aber später entlassen. Man stellte eindeutig fest,
Daß der alte Mann eines natürlichen Todes gestorben war, auf der Straße
Und erst, als er schon tot war, überfahren wurde.
Es war nur ein Leichnam, den wir überfahren hatten; keiner von uns
Hatte ihn getötet. Aber ich hatte nicht angehalten.
Und mein ganzes Leben lang hab ich von Zeit zu Zeit,
Wenn ich am wenigsten darauf gefaßt war, zwischen Wachen und Schlafen,
Eine Stimme flüstern hören: »Du hast nicht angehalten!«
Ich kannte die Stimme: es war Fred Culverwell.

MONICA

Armer Vater! Dein ganzes Leben lang! Und niemand, der das mit dir teilte!
Ich habe nie gewußt, wie allein du warst,
Oder warum du allein warst.

CHARLES

Und Mrs. Carghill,
Was hat die gegen Sie?

LORD CLAVERTON

Ich war ihr erster Geliebter.
Ich hätte sie geheiratet – doch mein Vater verhinderte das:
Machte es lohnend für mich, sie nicht zu heiraten –
So drückte er sich aus – und natürlich
Machte er es lohnend für sie, mich nicht zu heiraten.
Tatsächlich paßten wir überhaupt nicht zusammen,
Aber sie hatte eine besondere physische Anziehungskraft,
Wie keine Frau mehr späterhin. Und sie weiß das.
Und sie weiß, daß der Geist des Mannes, der ich war,
Immer noch an dem Geist der Frau hängt, die Maisie war.
Wir wären arm gewesen, wir hätten uns bestimmt miteinander gezankt,
Wir wären unglücklich gewesen, hätten uns vielleicht scheiden lassen.
Aber sie hat mich nicht vergessen und mir nicht vergeben.

CHARLES

Dieser Mann, und diese Frau, die so rachsüchtig sind,
Sehn Sie denn nicht, Sir, daß die ebenso schuldig waren wie Sie
Und das auch selber wissen? Das ist das Motiv für ihre Rachsucht –
Es ist ihre Art sich selbst zu rechtfertigen.
Lassen Sie sie doch ihre Version ihrer elenden Geschichten erzählen,
Sie vertraulich weiterflüstern! Publik machen können sie nichts.

LORD CLAVERTON

Was Sie sagen, das stimmt schon, Charles. Aber es ist hier belanglos.
Beide erinnern sich an je einen Anlaß,
Bei dem ich davongelaufen bin. Nun gut:
Ich werde jetzt nicht davonlaufen – nicht vor ihnen.
Nein, durch diese Begegnung hier werde ich ihnen endlich entfliehen.
– Ich habe vor dir meine Beichte abgelegt, Monica:
Das ist der erste Schritt zu meiner Freiheit,
Und vielleicht der wichtigste. Ich weiß, was ihr denkt.
Ihr denkt, ich leide an einem krankhaften Gewissen,
Am Brüten über Fehler, die ich lieber vergessen sollte.
Ihr denkt, ich erkranke, während ich gerade genese!
Es ist schwer, anderen Menschen die Größe von Dingen

Klarzumachen, die ihnen gering erscheinen;
Es ist schwerer, die Sünde zu beichten, an die keiner glaubt,
Als das Verbrechen, das jeder begreifen kann.
Denn das Verbrechen besteht in Bezug auf das Gesetz,
Und die Sünde besteht in Bezug auf den Sünder.
Der Unterschied in den letzten fünf Minuten
Ist nicht die Abscheulichkeit meiner Missetaten,
Sondern die Tatsache meiner Beichte. Und vor d i r, Monica,
Gerade vor dir.

CHARLES

Ich gesteh Ihnen das alles zu.
Doch was haben Sie vor, Lord Claverton? Wie lange
Wollen Sie hier bleiben und diese Verfolgung erdulden?

LORD CLAVERTON

Bis zum Ende. Der Ort und die Zeit der Befreiung
Sind, denke ich, bestimmt. Reden wir nicht mehr davon.
Inzwischen konspirieren die beiden sicher schon gegen mich.
Da kommt Mrs. Carghill.

MONICA

Laß uns gehn!

LORD CLAVERTON

Wir werden hierbleiben. Laß sie zu uns kommen.
Mrs. Carghill tritt auf.

MRS. CARGHILL

Ich hab dich gesucht wie eine Stecknadel, Richard!
Ich hab ganz aufregende Neuigkeiten für dich.
Aber ich glaube gar ... Darf ich? Ja, sicher, Monica!
Ich seh's Ihrem veränderten Gesicht heut an,
Das muß Ihr Verlobter sein. Stellen Sie ihn mir doch bitte vor!

MONICA

Mr. Charles Hemington. – Mrs. Carghill.

CHARLES

Freut mich sehr.

MRS. CARGHILL

Welch ein charmanter Name!

CHARLES

Freut mich, daß mein Name Ihre Zustimmung findet, Mrs. Carghill.

MRS. CARGHILL

Und ich darf Ihnen gratulieren, Mr. Hemington!
Sie haben großes Glück, ein Mädchen wie Monica zu bekommen.
Ich interessiere mich sehr für Monicas Zukunft.
Doch komisch! Ich kenn' Monica erst seit zwei Tagen!
Aber ich fühle für sie schon wie eine Mutter.
Man könnte ja sagen, ich wäre beinahe ihre Mutter geworden!
Ich habe Monicas Vater schon sehr lange gekannt.
Und es gab einen Moment, in dem ich ihn fast geheiratet hätte.
Oh, wie lang das schon her ist! Sehn Sie, Mr. Hemington, daher
Betrachte ich sie als meine Adoptivtochter.
Drum kommt's mir auch komisch vor, Sie Mr. Hemington zu nennen.
Ich nenne Sie einfach Charles!

CHARLES

Wie es Ihnen beliebt, Mrs. Carghill.

LORD CLAVERTON

Du sagtest, du hättest aufregende Neuigkeiten für uns.
Nun: Wir sind ganz Ohr.

MRS. CARGHILL

Es handelt sich um den lieben Michael!

LORD CLAVERTON

Oh? Was ist mit Michael?

MRS. CARGHILL

Er hat mir alles erzählt.
Du hast ihn grausam mißverstanden, Richard!
Wie muß er gelitten haben! Also hab ich scharf nachgedacht.
Ich weiß, du hast immer geglaubt, ich hab rein gar nichts im Kopf,
Aber dann und wann fällt mir doch etwas ein.
Und zuletzt entdeckte ich, was Michael wirklich will,
Um neu anzufangen: Er will nach Übersee gehen
Und seinen eigenen Weg in der Welt machen! Das ist ganz natürlich.
So dachte ich, warum sich nicht an Señor Gomez wenden.
Er ist wohlhabend, und ein sehr bedeutender Mann

In seinem eigenen Land. Und ein Freund von Michaels Vater!
Und ich fand ihn nur allzu bereit, zu helfen.

LORD CLAVERTON

Und was für Vorschläge hatte Señor Gomez zu machen?

MRS. CARGHILL

Ja! Das ist die Überraschung, auf die ich dich vorbereiten kam.
Michael ist so glücklich, – seine ganzen Probleme sind gelöst!
Und er war so verwirrt, der Ärmste ... Nun wolln wir uns alle freuen!

Gomez und Michael treten auf.

LORD CLAVERTON

Nun, Michael? Du weißt, ich habe dich heute vormittag erwartet,
Aber du kamst nicht.

MICHAEL

Nein, Vater. Ich werde dir erklären, warum.

LORD CLAVERTON

Und ich höre, du hast deine Probleme zunächst
Mit Mrs. Carghill erörtert, und dann mit Señor Gomez.

MICHAEL

Weißt du, Vater, als ich dir sagte, ich will nach Übersee gehen,
Konntest du mich nicht begreifen. Aber was soll es,
Um die halbe Welt zu jagen, nach derselben Art Stellung,
Die du mir hier in London verschafft hast? Bei einem zweiten Sir Alfred,
Der sich wieder als mein Moralwächter aufspielt
Und dir alles berichtet. Wieder eine Stellung,
Bei der jeder den Mund verziehn würde über den Burschen aus London,
Für den man ein Pöstchen schuf und der Taschengeld von Zuhaus kriegt.
Nein! Ich will dahin gehn, wo ich mir meinen eigenen Weg bahnen kann
Und nicht nur dein Sohn bin. Und Mr. Gomez begreift das.
Er begreift, was ich will, auch wenn du es nicht tust.
Und er bietet mir eine Stellung, die genau das ist, was ich wollte.

LORD CLAVERTON

Ja, ich begreife den Vorteil einer Stellung, die Señor Gomez
Für dich schafft.

MICHAEL

Sie wird nicht für mich geschaffen.
Señor Gomez kam nach London, um dafür einen Mann zu finden,
Und denkt, ich bin der Mann, den er braucht.

GOMEZ

Ja, war das nicht wirklich seltsam!

LORD CLAVERTON

Natürlich bist du der Mann, den Señor Gomez braucht,
Aber in anderem Sinn, und aus anderen Gründen
Als du denkst. Laß mich dir von Gomez erzählen.
Er wird kaum versuchen, dein Moralwächter zu sein;
Sein wirklicher Name ist Culverwell ...

GOMEZ

Mein lieber Dick,
Du vergeudest deine Zeit mit dem Aufwärmen alter Geschichten!
Michael weiß das schon. Ich habe es ihm selbst erzählt.
Ich dachte: »Er erfährt die Tatsachen besser von mir,
Bevor er deine schiefe Darstellung hört.«
Aber Dick, mich hat diese Andeutung vorhin gewurmt,
Daß ich nicht Michaels Moralwächter sein würde.
Gerade ich sollte das sein! Und ganz zu Recht,
Nicht wahr, Dick, wenn wir daran zurückdenken,
Daß du einmal m e i n Moralwächter warst.
Natürlich, dein T e m p o war etwas schneller als meines.

LORD CLAVERTON

Was das betrifft, Fred, so vergeudest du d e i n e Zeit:
Meine Tochter und mein künftiger Schwiegersohn
Verstehen diese Anspielung. Ich erzählte ihnen die Sache,
Um ihnen unsere ... intime Freundschaft zu erklären,
Die sie rätselhaft fanden.

MRS. CARGHILL

Oh, Richard!
Hast du ihnen auch unsere intime Freundschaft erklärt?

LORD CLAVERTON

Ja, allerdings.

MRS. CARGHILL

Die Liebe meines Lebens.
Euer Vater war einfach unwiderstehlich zu jener Zeit.
Ich war dahin, als er mich das erste Mal ansah!
Monica, eines Tages erzähl ich Ihnen das alles.

MONICA

Mir genügt das, Mrs. Carghill, was ich über Sie
Bereits weiß.

MRS. CARGHILL

Aber ich war damals sehr schön.

GOMEZ

Das glauben wir! Sie sind auch heute so schön,
Daß wir Sie uns gut vorstellen können mit ... Wie alt waren Sie damals?

MRS. CARGHILL

Gerade achtzehn.

LORD CLAVERTON

Nun, Michael;
Señor Gomez sagt, er hat dir seine Geschichte erzählt.
Auch die Tatsache, daß er eine Gefängnisstrafe verbüßt hat?

MICHAEL

Er hat mir alles erzählt. Es war seine Erfahrung
Mit dir, die ihm soviel Verständnis für meine
Mißliche Lage gab.

LORD CLAVERTON

Und deshalb hat er
Die Stellung erfunden, für die er einen Mann braucht.

MICHAEL

Das geht mich nichts an. Er hat mir die Stellung angeboten,
Mit verteufelt gutem Gehalt und mit fetten Provisionen.
Er hat dort ein Vermögen gemacht: Ich halt's mit San Marco!

LORD CLAVERTON

Und welche Pflichten wirst du haben? Weißt du das?

MICHAEL

Wir sprachen noch nicht über Einzelheiten. Das findet sich später.

GOMEZ

Viel besser zu warten, bis wir an Ort und Stelle sind.
Die Art der Geschäfte in San Marco
Läßt sich leichter in San Marco erklären als in England.

LORD CLAVERTON

Vielleicht möchtest du deinen Namen in Gomez umändern?

GOMEZ

Nein, Dick, es gibt eine Menge andere gute Namen.

MONICA

Michael, Michael, du kannst doch nicht deine Familie aufgeben,
Und dein eigenes Ich – das ist beinahe Selbstmord!

CHARLES

Michael, Sie glauben, Señor Gomez sei von seinem Wohlwollen veranlaßt ...

MICHAEL

Ich hab euch gesagt, er kam nach London, um jemand zu suchen
Für eine wichtige Stellung in der Leitung seiner Geschäfte ...

CHARLES

Eine Stellung, deren Art er im Unklaren läßt.

MICHAEL

Ich sagte ja, eine Vertrauensstellung

CHARLES

Kann ich mir vorstellen,
Höchst vertraulich! ...

GOMEZ

Vorsicht, Herr Rechtsanwalt!
Sie müßten das Gesetz gegen Verleumdung kennen.
Hier steht Mrs. Carghill, eine zuverlässige Zeugin ...

CHARLES

Ich kenne das Gesetz gegen üble Nachrede und Verleumdung
Gut genug, um zu wissen, daß Sie kaum drauf pochen dürften.
Und Michael, da gibt es noch etwas zu bedenken:
Señor Gomez hat Ihnen eine Stellung in San Marco angeboten,
Señor Gomez bezahlt Ihre Überfahrt ...

MICHAEL

Und Vorschuß auf mein Gehalt ...

CHARLES

Señor Gomez bezahlt Ihre Überfahrt ...

GOMEZ

So wie vor vielen Jahren
Sein Vater meine bezahlt hat.

CHARLES

Die Erwiderung früherer Freundlichkeit
Macht Ihnen zweifellos Spaß?

GOMEZ

Ja, das ist immer schön,
Eine alte Schuld zu begleichen. Und besser spät als nie.

CHARLES

Ich verstehe, was Sie meinen. – Michael, können Sie wirklich
Einem Manne vertrauen, dessen Absicht es ist, durch Sie
Seinen lebenslänglichen Groll gegen Ihren Vater zu befriedigen?
Bedenken Sie, Sie geben sich ganz in die Hand
Eines Mannes, den Sie nicht kennen, von dessen Geschäften Sie
Nicht das geringste wissen. Fest steht doch für Sie nur,
Daß er wegen Wechselfälschung eine Gefängnisstrafe verbüßt hat.

GOMEZ

Nun Michael, was sagen Sie zu alledem?

MICHAEL

Ich meine, Hemington ist reichlich unverschämt!
Señor Gomez und ich haben alles besprochen, Hemington ...

GOMEZ

Als Männer von Welt diskutierten wir beide alles recht offen.
Und ich kann euch sagen, Michael weiß genau, was er will.
Er hat Grütze im Kopf, er hat eine gute Nase. Wenn e r zurückkommt,
Kann er euch zehnmal in die Tasche stecken.

MRS. CARGHILL

Richard, ich glaub, es ist Zeit, daß auch i c h ein Wort dazu sage.
Mein seliger Mann, Mr. Carghill, war ein Geschäftsmann –
Ich wünschte, Sie hätten ihn gekannt, Señor Gomez!

Sie sind einander sehr ähnlich in mancher Hinsicht –
Drum versteh ich was von Geschäften. Das hat auch Mr. Carghill gesagt.
Also Michael hat sehr großes Geschäftstalent,
Das habe *ich* bemerkt, und auch Mr. Gomez.
Er hat nur dran gekrankt, der Ärmste, daß ihm alles vereitelt wurde,
Und die ganze Zeit wartet er auf die Gelegenheit,
Von seinem Talent Gebrauch zu machen. Und jetzt – jetzt ist sie da,
Die Gelegenheit, und klopft an seine Tür.
Richard, du darfst ihm nicht im Wege stehen. Das wäre schändlich.

LORD CLAVERTON

Ich kann ihm nicht im Wege stehen, das weißt du genau.
Michael ist sein eigener Herr. Wenn er sich also entscheidet,
Sich in deine Macht zu begeben, Fred Culverwell,
Aus freien Stücken sich selbst in Sklaverei zu verdingen,
Kann ich ihn nicht hindern. – Ich habe dir etwas zu sagen,
Michael, ehe du gehst. Ich werde dich nie verleugnen.
Wenn auch du mich verleugnest. Ich erkenne jetzt deutlich
Die vielen, vielen Fehler, die ich gemacht habe
Mein ganzes Leben lang. Fehler um Fehler.
Die verfehlten Versuche, Fehler zu korrigieren
Mit Methoden, die sich als nicht minder verfehlt erwiesen.
Ich sehe jetzt, daß deine Mutter und ich, indem wir nicht lernten,
Einander zu verstehen, auch dich mißverstanden,
Jeder auf seine Weise. Wenn ich an deine Kindheit denke,
Wenn ich an den glücklichen kleinen Jungen denke, der Michael war,
Wenn ich an deine Knabenzeit und deine Jugend denke
Und sehe, wie alle gutgemeinten Versuche
Nur den Erfolg hatten, einander zum Scheitern zu bringen, –
Was anderes kann ich fühlen als Kummer und schlechtes Gewissen?

MONICA

Oh, Michael, bedenke, du bist mein einziger Bruder,
Und ich bin deine einzige Schwester. Du hast dich nie viel um mich gekümmert.
Als wir größer wurden, hatten wir nie die gleichen Freunde.

Ich dachte, das müßte so sein. Ich begreife erst jetzt,
Wieviel es für mich bedeutet, einen Bruder zu haben.

MICHAEL

Aber natürlich, Monica! Du weißt, ich habe dich sehr gern,
Wenn wir auch nie wirklich die gleichen Interessen hatten.
Ich weiß noch, wie es mir, wenn ich in den Ferien nach Hause kam,
Auf die Nerven ging, daß ich dich immer
Dasitzen sah mit der Nase in einem Buch.
Und einmal hat dir Mutter ein Buch weggerissen
Und es ins Feuer geworfen. Wie habe ich da gelacht!
Du schienst auch nie etwas fürs Flirten übrig zu haben,
Meine Freunde neckten mich mit meiner gelehrten Schwester.
Trotzdem hatte ich dich gern und werde dich immer gern haben,
Wir sehen uns nicht oft, aber wenn wir uns mögen,
Braucht das deinem Leben oder meinem nicht im Wege zu stehen.

MONICA

Ach, Michael, du hast kein Wort von dem verstanden,
Was ich gesagt habe! Du mußt dein eigenes Leben leben,
Natürlich, so, wie ich *mein* Leben leben muß.
Es geht nicht darum, daß du nach Übersee gehst,
Sondern es geht darum, was dich zu dieser Entscheidung veranlaßt:
Wenn du dich von deinem Vater und deiner Familie lossagen willst,
Was bleibt zwischen dir und mir?

MICHAEL

Das ändert doch nichts.
Du wirst mich schon wiedersehen.

MONICA

Aber wer wirst du sein,
Wenn ich dich wiedersehe? Wer immer du sein wirst,
Ich werde immer tun, als seist du der alte Michael.

CHARLES

Und wann verlassen Sie England?

MICHAEL

Sowie wir eine Überfahrt bekommen.
Und ich muß meine Ausrüstung kaufen. Wir fahren jetzt nach London.

Señor Gomez wird mich beraten, was ich für das Klima dort brauche,
Und, seht ihr, er hat bei der Schiffahrtslinie Freunde,
Die können ihm vielleicht helfen, Passagen zu bekommen.

MRS. CARGHILL

Großartig, Señor Gomez, wie Sie alles erledigen!
Kaum hatte ich ihm meinen Vorschlag unterbreitet,
Da war auch schon alles arrangiert! Es war wirklich inspirierend –
Für mich, meine ich. Hörst du mir zu, Richard?
Du siehst ganz abwesend aus. Du müßtest aufgeregt sein!

LORD CLAVERTON

Dann heißt's jetzt Adieu sagen, Michael?

MICHAEL

Nun, das kommt drauf an.
Ich könnte ja noch einmal vorbeikommen. Wenn's Sinn hat.
Was mich betrifft, so glaub ich, wenn man seinen Entschluß gefaßt hat,
Soll man lieber gleich Abschied nehmen, damit man es hinter sich hat.

LORD CLAVERTON

Ja, wenn du gehst, und ich sehe nicht, wie ich dich hindern könnte,
Dann bin ich deiner Meinung; je früher, desto besser.
Wir sehn uns vielleicht nie wieder, Michael.

MICHAEL

Ich seh nicht ein, warum nicht.

GOMEZ

In fünf Jahren kriegt er seinen ersten Urlaub.

MICHAEL

Also ... es ist sonst nichts mehr zu sagen, nicht wahr?

LORD CLAVERTON

Nein, gar nichts.

MICHAEL

Dann können wir eigentlich gehen.

GOMEZ

Ja, dann können wir eigentlich gehen.
Du wirst mir letzten Endes noch dankbar sein, Dick.

MRS. CARGHILL

Eltern sind nicht immer die rechten Personen, Richard,
Um die Probleme eines Sohnes zu lösen. Ein Außenseiter,
Ein Freund der Familie, kann manchmal klarer sehen.

GOMEZ

Nicht, als wäre das mein Verdienst gewesen.
Wir können es nur als glücklichen Zufall betrachten,
Daß ich gerade in dem Augenblick nach England kam,
In dem ich helfen konnte.

MRS. CARGHILL

Wirklich die Hand der Vorsehung!

MONICA

Adieu, Michael. Darf ich dir schreiben?

GOMEZ

Gut, daß Sie mich erinnern! Hier – meine Geschäftskarte
Mit der vollen Adresse. Dort kann man ihn immer erreichen.
Nur dauert es ein paar Tage, wissen Sie, sogar mit Luftpost.

MONICA

Nimm die Karte, Charles. Wenn ich dir schreibe, Michael,
Wirst du jemals antworten?

MICHAEL

Aber klar, Monica!
Du weißt ja, ich bin kein großer Briefeschreiber,
Aber ich schreibe dir ab und zu eine Karte,
Bloß um dich wissen zu lassen, daß es mir gut geht.

LORD CLAVERTON

Ja, schreib an Monica.

GOMEZ

Also, Adieu, Dick. Und, Adieu, Monica.
Adieu, Mr.... Hemington.

MONICA

Adieu, Michael!

Michael und Gomez ab

MRS. CARGHILL

Ich fürchte, das kommt schrecklich plötzlich für dich, Richard?
Es ist nicht so plötzlich. Wir haben das alles besprochen.

Aber ich hab noch eine kleine Nachricht, die mich betrifft:
Nächsten Herbst fahre ich nach Australien,
Auf Rat meines Doktors. Und für die Rückreise
Hat mich Señor Gomez zu einem Besuch in San Marco eingeladen.
Ich bin schon so aufgeregt! Aber, was mich am meisten freut,
Ist, daß ich dir dann Nachricht von Michael bringen kann.
Und nun, wo wir einander wiedergefunden haben,
Müssen wir immer in Verbindung bleiben. Aber ruh dich jetzt lieber aus.
Du siehst recht müde aus. Ich lauf und wink ihnen nach.
Mrs. Carghill ab

MONICA

O Vater, Vater, ich bin so traurig!
Aber vielleicht, vielleicht, wird Michael daraus lernen.
Ich bin sicher, daß er zurückkommt. Wenn das Ganze sich als Fehlschlag erweist,
Wird ihn sicher das Heimweh zu uns zurückbringen;
Und wenn es ihm gut geht, wird ihm das Sicherheit geben –
Es ist nur Selbstvertrauen, was Michael fehlt.
Oh, Vater, was er ablehnt, das bist nicht du und ich,
Sondern er selbst ist es, sein unglückliches Selbst, dessen er sich schämt.
Ich bin sicher, er liebt uns.

LORD CLAVERTON

Monica, meine Liebe,
Was du sagst, das leuchtet mir ein. Ich fürchte für Michael;
Und doch hast du recht, Besseres davon zu erhoffen.
Und wenn er zurückkommt, falls er zurückkommt,
So weiß ich, daß du und Charles tun werdet, was ihr könnt,
Um ihn fühlen zu lassen, daß er euch nicht entfremdet ist.

CHARLES

Das werden wir sicher. Er wird uns immer willkommen sein,
Und wir werden ihm immer helfen. Aber die Kraft, die ihn herzieht,
Das sind Sie beide, Sie und Monica zusammen.

LORD CLAVERTON

Ich werde nicht da sein. Ihr habt gehört, wie ich ihm sagte,

Daß das vielleicht ein Abschied für immer ist.
Das weiß ich jetzt sicher. Vielleicht ist es gut so.

MONICA

Was meinst du, Vater? Du wirst da sein, um ihn zu begrüßen!
Nur eins steht fest für mich: Du mußt fort von Badgley Court.

CHARLES

Da hat Monica sicher recht. Sie sollten hier weg.

LORD CLAVERTON

Das mag euch überraschen: Ich habe jetzt Frieden.
Es ist der Frieden, der aus Reue entspringt,
Denn die Reue entspringt aus der Erkenntnis der Wahrheit.
Warum hab ich immer versucht, über meine Kinder zu herrschen?
Warum hab ich einen schmalen Pfad für Michael vorgezeichnet?
Weil ich mich selbst in ihm verewigen wollte.
Warum wollte ich dich nur für mich haben, Monica?
Weil ich wollte, daß du dein Leben damit verbringen solltest,
Den Mann anzubeten, der zu sein ich mir vorspiegelte,
Damit ich an meine eigenen Vorspiegelungen glauben konnte.
Erst in diesem Augenblick ist mir die Erleuchtung gekommen,
Das Wissen, was Liebe ist. Wir alle glauben, das zu wissen,
Aber wie wenige von uns wissen es! ... Und nun fühl ich mich glücklich –
Trotz allem, und gegen alle Vernunft.
Der Flügelschlag des Glücks hat mich gestreift,
Und ich bin glücklich, Monica, daß du einen Mann gefunden hast,
In dem du den Mann lieben kannst, der er wirklich ist.

MONICA

Oh, Vater, ich habe dich immer geliebt,
Aber ich liebe dich mehr, seit ich dich kennengelernt habe,
Hier in Badgley Court. Und ich liebe dich um so mehr,
Weil ich Charles liebe.

LORD CLAVERTON

Ja, mein Liebes,
Deine Liebe gilt dem wirklichen Charles, und nicht einer Maske,
Wie bisher deine Liebe zu mir.

MONICA

Aber jetzt nicht mehr, Vater!
Ich liebe wirklich d i c h – den Mann, der du bist,
Nicht den Mann, für den ich dich hielt.

LORD CLAVERTON

Und Michael –
Ich liebe ihn, sogar dafür, daß er mich ablehnt,
Denn das I c h , das er abgelehnt hat, das lehne auch ich ab.
Ich bin befreit worden von dem Selbst, das vorgibt, Jemand zu sein,
Und indem ich Niemand werde, fange ich an zu leben.
Es lohnt sich zu sterben, um zu finden, was Leben ist.
Und ich liebe dich, meine Tochter, um so aufrichtiger, weil ich weiß,
Daß es jemanden gibt, den du mehr liebst als deinen Vater –
Daß du liebst und geliebt wirst. Und nun, da ich Michael liebe,
Ich glaube, zum ersten Mal – bedenke, mein Liebes,
Ich bin nur ein Anfänger in der Ausübung der Liebe –
Ja, das ist schon etwas.
Ich verlasse euch jetzt eine Weile.
Das ist Ihr erster Besuch bei uns in Badgley Court,
Charles, und keineswegs, was Sie erwartet haben.
Ich bedaure, daß Sie soviel mitansehen mußten,
Personen und Situationen, die nicht sehr angenehm waren.
Ihr beide solltet nun ein wenig Zeit füreinander haben.
Ich lasse Ihnen Monica, kümmern Sie sich um sie, Charles,
Jetzt und immer. Ich gehe jetzt spazieren.

MONICA

Um diese Tageszeit? Du gehst nicht weit, nicht wahr?
Du weißt, du darfst nicht so spät draußen bleiben
Um diese Jahreszeit. Es ist kühl in der Dämmerung.

LORD CLAVERTON

Ja, es ist kühl in der Dämmerung. Aber mir wird nicht kalt sein.
Ich werde nicht weit gehen.
Claverton ab

CHARLES

Er ist ein ganz anderer Mensch als der, der er war.
Es ist, als wär' er durch eine Türe gegangen, die wir nicht sehen,

Und hätte sich umgedreht und blickte auf uns zurück
Mit einem Abschiedsblick.

MONICA
Ich kann nicht verstehen, wieso er spazieren geht.

CHARLES
Er wollte uns allein miteinander lassen!

MONICA
Ja, er wollte uns allein miteinander lassen.
Und doch, Charles, obwohl wir heut nur ein paar Minuten
Allein waren, fühlte ich die ganze Zeit...

CHARLES
Ich weiß, was du sagen willst!
Wir waren allein miteinander, auf geheimnisvolle Weise,
Sogar als Michael da war, und diese schrecklichen Leute,
Denn irgendwie hatten wir angefangen, zusammenzugehören
Und waren uns eines des andern bewußt, und dieses Bewußtsein...

MONICA
War ein Schild, der uns beide beschützte...

CHARLES
So daß wir uns jetzt einer neuen Person bewußt sind,
Die du und ich zusammen ist.
Oh, du Liebe,
Ich liebe dich bis zu den Grenzen der Sprache, und darüber hinaus.
Seltsam, daß Worte so unzulänglich sind.
Aber wie der Asthmatiker nach Atem ringt,
So muß der Liebende nach Worten ringen.

MONICA
Ich hab dich seit Anbeginn der Welt geliebt.
Schon bevor du und ich geboren waren, war die Liebe,
Die uns zusammenführte, immer da.
O Vater, Vater!
Jetzt könnte ich zu dir sprechen.

CHARLES
Laß mich ihn suchen gehen.

MONICA
Wir wollen zusammen zu ihm gehen. Er ist ganz nah,

Obwohl er zu weit gegangen ist, um zu uns zurückzukehren.
Er ist unter der Buche. Es ist dort still und kalt.
Indem er Niemand geworden ist, ist er Er Selbst geworden.
Jetzt ist er nur mein Vater, und Michaels Vater,
Und ich bin glücklich. Ist das nicht seltsam, Charles,
Glücklich zu sein in diesem Augenblick?

CHARLES

Das ist gar nicht seltsam.
Das Tote hat Segen über das Lebende ausgegossen.

MONICA

Alter und Verfall können für mich keine Schrecken haben,
Verlust und Schicksalsschlag können mich nicht entsetzen,
Nicht einmal der Tod kann mich bestürzen oder verwirren,
Befestigt in der Gewißheit unwandelbarer Liebe.
Ich fühle mich völlig sicher
In dir; ich bin ein Teil von dir. Nun führ mich zu meinem Vater.

Daten

SWEENEY AGONISTES

Geschrieben 1926.
Originaltitel: SWEENEY AGONISTES
Der Autor legt Wert auf die Feststellung, daß SWEENEY AGONISTES kein Einakter ist und nicht als solcher konzipiert war. Das Stück besteht aus zwei Fragmenten. Da aber der Autor alle Pläne, sie zu vollenden, aufgegeben hat, sind diese beiden Szenenbruchstücke verschiedentlich als Einakter gespielt worden.

Uraufführung: 1933. USA.
Deutschsprachige Erstaufführung: Städtische Bühnen, Münster, November 1966. Regie: Alfred Erich Sistig

MORD IM DOM

Geschrieben 1935.
Originaltitel: MURDER IN THE CATHEDRAL

Der Text folgt der Einzelausgabe von MORD IM DOM,
Frankfurt am Main, 1962.
Uraufführung: Canterbury Cathedral, Juni 1935
Deutschsprachige Erstaufführung: Schauspielhaus Zürich,
Juni 1947. Regie: Leonard Steckel

DER FAMILIENTAG

Geschrieben 1939.
Originaltitel: THE FAMILY REUNION

Unserer Ausgabe liegt die zweite Fassung von 1945 zugrunde. Uraufführung: London 1939.
Deutschsprachige Erstaufführung: Düsseldorfer Schauspielhaus am 10. Februar 1950. Regie: Gustaf Gründgens

DIE COCKTAIL PARTY

Geschrieben 1949.
Originaltitel: THE COCKTAIL PARTY

Uraufführung: Edinburgher Festspiele am 22. August 1949.
Regie: E. Martin Browne
Deutschsprachige Erstaufführung: Düsseldorfer Schauspielhaus am 9. Dezember 1950. Regie: Gustaf Gründgens

DER PRIVATSEKRETÄR

Geschrieben 1952/53.
Originaltitel: THE CONFIDENTIAL CLERK

Uraufführung: Edinburgher Festspiele am 25. August 1953.
Regie: E. Martin Browne
Deutschsprachige Erstaufführung: Ruhrfestspiele Recklinghausen am 24. Juni 1954. Regie: Gustaf Gründgens

EIN VERDIENTER STAATSMANN

Geschrieben 1958.
Originaltitel: AN ELDERLY STATESMAN

Uraufführung: Edinburgher Festspiele am 25. August 1958.
Regie: E. Martin Browne
Deutschsprachige Erstaufführung: Bühnen der Stadt Köln am 29. Januar 1960. Regie: Oscar Fritz Schuh

Inhalt

Zeittafel

1888	am 26. 9. in St. Louis, Missouri, geboren
1906–1909	Studien an der Harvard University: Mathematik, Philosophie, europäische und asiatische Sprachen
1910–1911	Studien in Frankreich und Deutschland
1915	*The Love Song of J. Alfred Prufrock* in der Zeitschrift *Poetry* (dt. *J. Alfred Prufrocks Liebesgesang*, 1951) Übersiedlung nach Oxford
1917	*Prufrock and Other Observations*. Gedichte
1917–1919	Mitherausgeber der literarischen Zeitschrift *Egoist*, Mitarbeiter von *Athenaeum*
1922	*The Waste Land*. Gedicht (dt. *Das wüste Land*, 1927)
1922–1939	Herausgeber von *The Criterion*
1926	*Sweeney Agonistes*. Szenisches Fragment (dt. *Sweeney Agonistes*, 1961)
seit 1926	Mitarbeiter und Direktor des Verlags Faber & Faber in London
1927	Konversion zur Anglikanischen Hochkirche
1930	*Ash Wednesday*. Gedicht (dt. *Aschermittwoch*, 1951)
1932	*Selected Essays* (dt. *Ausgewählte Essays 1917–1947*, 1950)
1935	*Murder in the Cathedral*. Drama (dt. *Mord im Dom*, 1946)
1936	*Collected Poems 1909–1935* (dt. *Ausgewählte Gedichte*, 1951)
1939	*Old Possum's Book of Practical Cats*. Gedichte (dt. *Old Possums Katzenbuch*, 1952) *The Family Reunion. A play* (dt. *Der Familientag*, 1949)
1943	*Four Quartets*. Gedichte (dt. *Vier Quartette*, 1948)
1948	*Notes Towards the Definition of Culture*. Essay (dt. *Beiträge zum Begriff der Kultur*, 1949) Nobelpreis für Literatur
1950	*The Cocktail Party. A Comedy* (dt. *Die Cocktail Party. Eine Komödie*, 1950)
1951	*Ausgewählte Gedichte*. Englisch und deutsch
1954	*The Confidential Clerk. A play* (dt. *Der Privatsekretär. Eine Komödie*, 1954)
1955	Hansischer Goethe-Preis

1957	*On Poetry and Poets.* Essays (dt. *Dichter und Dichtung*, 1958)
1959	*The Elder Statesman* (dt. *Ein verdienter Staatsmann*, 1959)
1965	am 4. Januar in London gestorben
1966–1972	Werke in vier Bänden im Suhrkamp Verlag (Bd. 1 Die Dramen; Bd. 2 und 3 Essays, Bd. 4 Gesammelte Gedichte 1909–1962)

Von T. S. Eliot
erschienen im Suhrkamp Verlag

Ausgewählte Essays, 1950
Beiträge zum Begriff der Kultur, 1950
Die Cocktail Party, 1950
Ausgewählte Gedichte. Zweisprachig, 1951
Der Familientag. Schauspiel, 1951
Der Vers. Vier Essays, 1952
Old Possums Katzenbuch. Gedichte, 1952. *Bibliothek Suhrkamp* Band 10
Der Privatsekretär. Komödie, 1954
Dichter und Dichtung. Essays, 1958
Ein verdienter Staatsmann. Schauspiel, 1959
Mord im Dom. 1959
Was ist ein Klassiker? / Dante / Goethe der Weise, 1963. *edition suhrkamp* Band 33
Gedichte. Zweisprachig, 1968. *Bibliothek Suhrkamp* Band 130
Werke in vier Bänden, 1966–1972 (Bd. 1 Die Dramen; Bd. 2 und 3 Essays; Bd. 4 Gesammelte Gedichte 1909–1962)
Das wüste Land. Englisch und deutsch, 1975. *Bibliothek Suhrkamp* Band 425
Zur Aktualität T. S. Eliots. Herausgegeben von Helmut Viebrock und Armin Paul Frank, 1975. *suhrkamp taschenbuch* Band 222

Alphabetisches Gesamtverzeichnis der suhrkamp taschenbücher

Abe, Die vierte Zwischeneinszeit 756
Achternbusch, Alexanderschlacht 61
– Das letzte Loch 803
– Der Neger Erwin 682
– Die Stunde des Todes 449
– Happy oder Der Tag wird kommen 262
Adorno, Erziehung zur Mündigkeit 11
– Studien zum autoritären Charakter 107
– Versuch, das ›Endspiel‹ zu verstehen 72
– Versuch über Wagner 177
– Zur Dialektik des Engagements 134
Aitmatow, Der weiße Dampfer 51
Aldis, Der unmögliche Stern 834
Alegría, Die hungrigen Hunde 447
Alewyn, Probleme und Gestalten 845
Alfvén, Atome, Mensch und Universum 139
– M 70 – Die Menschheit der siebziger Jahre 34
Allerleirauh 19
Alsheimer, Eine Reise nach Vietnam 628
– Vietnamesische Lehrjahre 73
Alter als Stigma 468
Anders, Kosmologische Humoreske 432
v. Ardenne, Ein glückliches Leben für Technik und Forschung 310
Arendt, Die verborgene Tradition 303
Arlt, Die sieben Irren 399
Arguedas, Die tiefen Flüsse 588
Artmann, Grünverschlossene Botschaft 82
– How much, schatzi? 136
– Lilienweißer Brief 498
– The Best of H. C. Artmann 275
– Unter der Bedeckung eines Hutes 337
Augustin, Raumlicht 660
Bachmann, Malina 641
v. Baeyer, Angst 118
Bahlow, Deutsches Namenlexikon 65
Balint, Fünf Minuten pro Patient 446
Ball, Hermann Hesse 385
Ballard, Der ewige Tag 727
– Die Tausend Träume 833
– Kristallwelt 818
Barnet (Hg.), Der Cimarrón 346
Basis 5, Jahrbuch für deutsche Gegenwartsliteratur 276
Basis 6, Jahrbuch für deutsche Gegenwartsliteratur 340
Basis 7, Jahrbuch für deutsche Gegenwartsliteratur 420
Basis 8, Jahrbuch für deutsche Gegenwartsliteratur 457
Basis 9, Jahrbuch für deutsche Gegenwartsliteratur 553
Basis 10, Jahrbuch für deutsche Gegenwartsliteratur 589
Sylvia Beach, Shakespeare and Company 823
Beaucamp, Das Dilemma der Avantgarde 329
Becker, Jürgen, Eine Zeit ohne Wörter 20
– Gedichte 690
Becker, Jurek, Irreführung der Behörden 271
– Der Boxer 526
– Jakob der Lügner 774
– Schlaflose Tage 626
Beckett, Das letzte Band (dreisprachig) 200
– Der Namenlose 536
– Endspiel (dreisprachig) 171
– Glückliche Tage (dreisprachig) 248
– Malone stirbt 407
– Molloy 229
– Warten auf Godot (dreisprachig) 1
– Watt 46
Das Werk von Beckett. Berliner Colloquium 225
Materialien zu Beckett »Der Verwaiser« 605
Materialien zu Becketts »Godot« 104
Materialien zu Becketts »Godot« 2 475
Materialien zu Becketts Romanen 315
Behrens, Die weiße Frau 655
Bell, Virginia Woolf 753
Benjamin, Der Stratege im Literaturkampf 176
– Illuminationen 345
– Über Haschisch 21
– Ursprung des deutschen Trauerspiels 69
Zur Aktualität Walter Benjamins 150
Beradt, Das dritte Reich des Traums 697
Bernhard, Das Kalkwerk 128
– Der Kulterer 306
– Frost 47
– Gehen 5
– Salzburger Stücke 257
Bertaux, Hölderlin 686
– Mutation der Menschheit 555
Beti, Perpétue und die Gewöhnung ans Unglück 677
Bienek, Bakunin, eine Invention 775
Bierce, Das Spukhaus 365
Bingel, Lied für Zement 287
Bioy Casares, Fluchtplan 378
– Tagebuch des Schweinekriegs 469
Blackwood, Besuch von Drüben 411
– Das leere Haus 30
– Der Griff aus dem Dunkel 518
Blatter, Zunehmendes Heimweh 649
– Schaltfehler 743
Bloch, Atheismus im Christentum 144
Böni, Ein Wanderer im Alpenregen 671
Börne, Spiegelbild des Lebens 408
Bohrer, Ein bißchen Lust am Untergang 745
Bonaparte, Edgar Poe, 3 Bde. 592
Bond, Bingo 283
– Die See 160
Brandão, Null 777
Brasch, Kargo 541
Braun, J. u. G., Conviva Ludibundus 748
– Der Fehlfaktor 687
– Der Irrtum des Großen Zauberers 807
– Unheimliche Erscheinungsformen auf Omega XI 646
Braun, Das ungezwungne Leben Kasts 546
– Gedichte 499
– Stücke 1 198
– Stücke 2 680
Brecht, Frühe Stücke 201
– Gedichte 251
– Gedichte für Städtebewohner 640
– Geschichten vom Herrn Keuner 16
– Schriften zur Gesellschaft 199
Brecht in Augsburg 297
Bertolt Brechts Dreigroschenbuch 87
Brentano, Berliner Novellen 568
– Prozeß ohne Richter 427
Broch, Hermann, Barbara 151
– Briefe I 710
– Briefe II 711
– Briefe III 712
– Dramen 538
– Gedichte 572

– Tagebuch 1966–1971 256
– Wilhelm Tell für die Schule 2
Materialien zu Frischs »Biedermann und die Brandstifter« 503
– »Stiller« 2 Bde. 419
Frischmuth, Amoralische Kinderklapper 224
Froese, Zehn Gebote für Erwachsene 593
Fromm/Suzuki/de Martino, Zen-Buddhismus und Psychoanalyse 37
Fuchs, Todesbilder in der modernen Gesellschaft 102
Fuentes, Nichts als das Leben 343
Fühmann, Bagatelle, rundum positiv 426
– Erfahrungen und Widersprüche 338
– 22 Tage oder Die Hälfte des Lebens 463
Gabeira, Die Guerilleros sind müde 737
Gadamer/Habermas, Das Erbe Hegels 596
Gall, Deleatur 639
García Lorca, Über Dichtung und Theater 196
Gauch, Vaterspuren 767
Gespräche mit Marx und Engels 716
Gibson, Lorcas Tod 197
Gilbert, Das Rätsel Ulysses 367
Ginzburg, Ein Mann und eine Frau 816
Glozer, Kunstkritiken 193
Goldstein, A. Freud, Solnit, Jenseits des Kindeswohls 212
Goma, Ostinato 138
Gorkij, Unzeitgemäße Gedanken über Kultur und Revolution 210
Grabiński, Abstellgleis 478
Griaule, Schwarze Genesis 624
Grimm/Hinck, Zwischen Satire und Utopie 839
Grossmann, Ossietzky. Ein deutscher Patriot 83
Gulian, Mythos und Kultur 666
Gustav Gründgens Faust 838
Habermas, Theorie und Praxis 9
– Kultur und Kritik 125
Habermas/Henrich, Zwei Reden 202
Hammel, Unsere Zukunft – die Stadt 59
Han Suyin, Die Morgenflut 234
Handke, Als das Wünschen noch geholfen hat 208
– Begrüßung des Aufsichtsrats 654
– Chronik der laufenden Ereignisse 3
– Das Ende des Flanierens 679
– Das Gewicht der Welt 500
– Die Angst des Tormanns beim Elfmeter 27
– Die linkshändige Frau 560
– Die Stunde der wahren Empfindung 452
– Die Unvernünftigen sterben aus 168
– Der kurze Brief 172
– Falsche Bewegung 258
– Die Hornissen 416
– Ich bin ein Bewohner des Elfenbeinturms 56
– Stücke 1 43
– Stücke 2 101
– Wunschloses Unglück 146
Hart Nibbrig, Ästhetik 491
– Rhetorik des Schweigens 693
Heiderich, Mit geschlossenen Augen 638
Heilbroner, Die Zukunft der Menschheit 280
Heller, Die Wiederkehr der Unschuld 396
– Enterbter Geist 537
– Nirgends wird Welt sein als innen 200
– Thomas Mann 243
Hellman, Eine unfertige Frau 292
Henle, Der neue Nahe Osten 24
v. Hentig, Die Sache und die Demokratie 245
– Magier oder Magister? 207
Herding (Hg.), Realismus als Widerspruch 493
Hermlin, Lektüre 1960–1971 215
Herzl, Aus den Tagebüchern 374
Hesse, Aus Indien 562
– Aus Kinderzeiten. Erzählungen Bd. 1 347
– Ausgewählte Briefe 211
– Briefe an Freunde 380
– Demian 206
– Der Europäer. Erzählungen Bd. 3 384
– Der Steppenwolf 175
– Die Gedichte. 2 Bde. 381
– Die Kunst des Müßiggangs 100
– Die Märchen 291
– Die Nürnberger Reise 227
– Die Verlobung. Erzählungen Bd. 2 368
– Die Welt der Bücher 415
– Eine Literaturgeschichte in Rezensionen 252
– Das Glasperlenspiel 79
– Innen und Außen. Erzählungen Bd. 4 413
– Italien 689
– Klein und Wagner 116
– Kleine Freuden 360
– Kurgast 383
– Lektüre für Minuten 7
– Lektüre für Minuten. Neue Folge 240
– Morgenlandfahrt 750
– Narziß und Goldmund 274
– Peter Camenzind 161
– Politik des Gewissens, 2 Bde. 656
– Roßhalde 312
– Siddhartha 182
– Unterm Rad 52
– Von Wesen und Herkunft des Glasperlenspiels 382
Materialien zu Hesses »Demian« 1 166
Materialien zu Hesses »Demian« 2 316
Materialien zu Hesses »Glasperlenspiel« 1 80
Materialien zu Hesses »Glasperlenspiel« 2 108
Materialien zu Hesses »Siddhartha« 1 129
Materialien zu Hesses »Siddhartha« 2 282
Materialien zu Hesses »Steppenwolf« 53
Über Hermann Hesse 1 331
Über Hermann Hesse 2 332
Hermann Hesse – Eine Werkgeschichte von Siegfried Unseld 143
Hermann Hesses weltweite Wirkung 386
Hildesheimer, Hörspiele 363
– Mozart 598
– Paradies der falschen Vögel 295
– Stücke 362
Hinck, Von Heine zu Brecht 481
Hinojosa, Klail City und Umgebung 709
Hobsbawm, Die Banditen 66
Hodgson, Stimme in der Nacht 749
Hofmann (Hg.), Schwangerschaftsunterbrechung 238
Hofmann, Werner, Gegenstimmen 554
Höllerer, Die Elephantenuhr 266
Holmqvist (Hg.), Das Buch der Nelly Sachs 398
Hortleder, Fußball 170
Horváth, Der ewige Spießer 131
– Der jüngste Tag 715
– Die stille Revolution 254
– Ein Kind unserer Zeit 99
– Ein Lesebuch 742
– Geschichten aus dem Wiener Wald 835
– Jugend ohne Gott 17
– Leben und Werk in Dokumenten und Bildern 67
– Sladek 163
Horváth/Schell, Geschichten aus dem Wienerwald 595